AF198130

nora roberts

TÖDLICHE FLAMMEN

ROMAN

Aus dem Amerikanischen von
Karin Dufner und Ulrike Laszlo

WILHELM HEYNE VERLAG
MÜNCHEN

Die Originalausgabe BLUE SMOKE erschien
2005 bei G.P. Putnam's Sons

Penguin Random House Verlagsgruppe FSC® N001967

2. Auflage
Vollständige Taschenbuchausgabe 09/2024
Copyright © 2005 by Nora Roberts
Copyright © 2005 der deutschsprachigen Ausgabe
by Wilhelm Heyne Verlag, München,
in der Penguin Random House Verlagsgruppe GmbH,
Neumarkter Straße 28, 81673 München
Umschlaggestaltung: t. mutzenbach design, München,
unter Verwendung von Shutterstock.com
(Dmytro Balkhovitin, Gayvoronskaya_Yana, JADA photos,
yanikap, MaxMaximovPhotography, tokar)
Druck und Bindung: GGP Media GmbH, Pößneck
Printed in Germany
ISBN: 978-3-453-42962-8

www.heyne.de

Ursprungsort
Der genau bezeichnete Ort,
an dem ein Feuer entfacht wurde.

Dinge, böse begonnen,
gewinnen ihre Stärke durch Schlechtes.
William Shakespeare

Prolog

Das Feuer erzeugte Hitze, Rauch und Licht. Wie eine außerirdische Bestie, die sich mit ihren Klauen aus dem Mutterleib befreite, brach es hervor, und das Glucksen schwoll rasch zu einem Gebrüll an.

Und veränderte alles in einem einzigen bedeutenden Moment.

Wie dieses Ungetüm bahnte es sich schlangengleich seinen Weg über das Holz und versengte mit seinen mächtigen schwarzen Fingern alles, was eben noch sauber und hell gewesen war.

Es besaß rote, alles wahrnehmende Augen und einen so brillanten, vollkommenen Verstand, dass es sich alles in seinem Umkreis einprägte.

Er betrachtete es als eine Art Wesen, einen Gott, goldfarben und purpurrot, der nur existierte, um zu zerstören. Und dieser Gott nahm sich, was er wollte, ohne Bedauern, ohne Gnade. Mit Feuereifer.

Vor ihm gingen alle in die Knie. Bittsteller, die ihn selbst noch anbeteten, während er sie verschlang.

Aber er war derjenige, der es erschaffen hatte. Also war er der Gott des Feuers. Mächtiger als die Flammen, schlauer als die Hitze, überwältigender als der Rauch.

Es war erst entstanden, als er ihm Leben eingehaucht hatte.

Während er es beobachtete, verliebte er sich in das Feuer. Das flackernde Licht erhellte sein Gesicht und tanzte in seinen faszinierten Augen. Er trank einen Schluck Bier und genoss die schneidende Kälte in seiner Kehle, während ihm der Schweiß über die Haut rann.

Sein Magen krampfte sich vor Erregung zusammen, als er das Schauspiel bewunderte. Während das Feuer an den Mauern leckte, fielen ihm blitzartig weitere Möglichkeiten ein.

Es war wunderschön. Es war stark. Und es bereitete ihm Vergnügen.

Während er beobachtete, wie es zum Leben erwachte, wurde auch er lebendig. Und sein Schicksal war besiegelt, eingebrannt in Herz und Seele.

Kapitel 1

Baltimore, 1985

Catarina Hales Kindheit endete an einem schwülen Augustabend, einige Stunden nachdem die Orioles die Rangers im Memorial Stadium mit neun zu eins vernichtend geschlagen hatten, also ihnen – wie ihr Vater sich ausdrückte – einen kräftigen Tritt in ihre texanischen Hintern verpasst hatten. Ihre Eltern hatten sich, was nur selten vorkam, einen Abend freigenommen, um mit der ganzen Familie zum Spiel zu fahren. Das versüßte den Gewinn noch mehr. Meistens waren sie, allein oder zu zweit, bis spätabends in der Pizzeria Sirico, die sie vom Vater ihrer Mutter übernommen hatten. Dort hatten sie sich vor achtzehn Jahren kennengelernt. Ihre Mutter war damals, so erzählte man sich, eine temperamentvolle Achtzehnjährige gewesen, als der zwanzigjährige Gibson Hale hereinstolziert war, um sich einen Happen zu kaufen.

»Wollte nur 'ne Pizza und bekam eine italienische Göttin«, sagte er häufig.

Ihr Vater drückte sich oft so merkwürdig aus, aber Reena gefiel das.

Zehn Jahre später, als Oma und Opa beschlossen, sich auf die Reise zu machen, bekam er auch noch eine Pizzeria. Bianca, die jüngste von fünf Geschwistern und die einzige Tochter, übernahm sie zusammen mit ihrem Gib, da keiner ihrer Brüder daran interessiert war.

Das Sirico stand seit über dreiundvierzig Jahren am selben Fleck im italienischen Viertel von Baltimore. Reena fand das erstaunlich, denn das waren mehr Jahre, als ihr Vater alt war. Jetzt führte ihr Vater, der keinen einzigen Tropfen italienisches Blut in seinen Adern hatte, den Laden gemeinsam mit ihrer Mutter, die durch und durch Italienerin war.

Das Sirico war fast immer gut besucht. Es gab jede Menge Arbeit, aber Reena machte es nichts aus, wenn sie helfen musste. Ihre ältere Schwester Isabella beklagte sich, weil sie manchmal an den Samstagabenden dort arbeiten musste, anstatt sich mit einem Jungen oder ihren Freundinnen treffen zu können. Aber Bella beklagte sich ohnehin ständig.

Vor allem regte sie sich darüber auf, dass ihre älteste Schwester Francesca im zweiten Stock ihr eigenes Zimmer hatte, während sie sich ihres mit Reena teilen musste. Sogar Xander, der jüngste von allen, hatte ein eigenes Zimmer, weil er ein Junge war.

Das Zimmer mit Bella zu teilen war in Ordnung gewesen. Es hatte sogar Spaß gemacht, bis Bella ein Teenager wurde und beschloss, dass sie zu alt war, um etwas anderes zu tun, als über Jungs zu reden, Modezeitschriften zu lesen oder mit ihrem Haar herumzuspielen.

Reena war elf Jahre und fünf Sechstel. Die fünf Sechstel waren ausgesprochen wichtig, weil sie bedeuteten, dass Reena nur noch vierzehn Monate warten musste, bis auch sie ein Teenager war. Im Augenblick war das ihr innigster Wunsch – viel erstrebenswerter als ihre früheren Ziele wie, Nonne zu werden oder Matt Dillon zu heiraten.

In dieser schwülheißen Nacht im August, als Reena elf Jahre und fünf Sechstel alt war, wachte sie im Dunkeln mit heftigen, krampfartigen Bauchschmerzen auf. Sie zog die Beine an, rollte sich zusammen und biss sich auf die Lippen, um ein Stöhnen zu unterdrücken. Auf der anderen Seite des Zimmers schnarchte Bella leise – so weit von ihr entfernt wie nur möglich, seit sie vierzehn Jahre alt war und sich mehr für ihre Frisur als für ihre Rolle als große Schwester interessierte.

Reena rieb sich den schmerzenden Bauch und dachte an die Hot Dogs, das Popcorn und die Süßigkeiten, die sie während des Spiels verschlungen hatte. Ihre Mutter hatte sie gewarnt, dass sie das bereuen würde.

Konnte ihre Mutter nicht ein einziges Mal im Unrecht sein?

Sie versuchte, die Bauchschmerzen als Opfer darzubringen, damit ein armer Sünder daraus Nutzen ziehen konnte – so wie die Nonnen es ihr immer sagten. Aber es tat einfach nur weh!

Vielleicht kam es auch gar nicht von den Hot Dogs, sondern von dem Schlag in die Magengrube, den Joey Pastorelli ihr verpasst hatte. Er hatte großen Ärger bekommen, weil er sie auf den Boden geworfen, ihr T-Shirt zerrissen und sie mit einem Ausdruck beschimpft hatte, den sie nicht kannte. Mr Pastorelli und ihr Vater hatten einen Streit angefangen, als ihr Dad die Sache mit ihm »besprechen« wollte.

Sie hatte gehört, wie sie sich anbrüllten. Ihr Vater schrie nie – na ja, fast nie. Es war eher ihre Mutter, die laut wurde, weil sie eine hundertprozentige Italienerin war und Temperament besaß.

Meine Güte, hatte er Mr Pastorelli angeschrien. Und als sie wieder zu Hause waren, hatte er sie ganz fest in den Arm genommen.

Und dann waren sie zu dem Baseballspiel gefahren.

Vielleicht wurde sie dafür bestraft, weil sie sich darüber gefreut hatte, dass Joey Pastorelli Ärger bekommen hatte. Und weil sie auch ein wenig froh darüber gewesen war, dass er sie geschubst und ihr T-Shirt zerrissen hatte. Schließlich waren sie anschließend zu dem Spiel gefahren, und sie hatte zusehen können, wie die Orioles die Rangers plattgemacht hatten. Oder sie hatte möglicherweise innere Verletzungen.

Sie wusste, dass es so etwas gab und dass man davon sterben konnte, weil sie es im Fernsehen gesehen hatte, eine ihrer und Xanders Lieblingsserien. Der Gedanke daran rief einen weiteren scheußlichen Krampf hervor, der ihr Tränen in die Augen trieb.

Langsam kroch sie aus dem Bett, um zu ihrer Mutter zu gehen. Dann spürte sie etwas Nasses zwischen ihren Schenkeln.

Schniefend und peinlich berührt, weil sie sich womöglich wie ein Baby in die Hose gemacht hatte, schlich sie sich aus dem Schlafzimmer den Gang hinunter zum Bad. In dem Raum mit der pinkfarbenen Badewanne und den gleichfarbigen Fliesen zog sie ihr Ghostbusters-T-Shirt hoch.

Heiße Wogen der Angst überrollten sie, während sie auf das Blut an ihren Schenkeln starrte. Sie würde sterben. In ihren Ohren begann es zu rauschen. Als sich ihr Unterleib wieder zusammenkrampfte, öffnete sie den Mund, um zu schreien.

Und dann begriff sie.

Nicht der Tod, dachte sie. Und auch keine inneren Verletzungen. Sie hatte ihre Periode bekommen. Zum ersten Mal. Ihre Mutter hatte ihr alles darüber erzählt. Über die Eier, die Zyklen und darüber, wie man zur Frau wurde. Ihre Schwestern hatten beide ihre Periode jeden Monat, ebenso wie ihre Mutter.

In dem Schränkchen unter dem Waschbecken fand sie Binden. Mama hatte ihr gezeigt, wie man sie benützte, und sie hatte sich eines Tages im Bad eingeschlossen, um sie auszuprobieren. Sie wischte sich sauber und befahl sich, sich nicht wie eine Heulsuse zu verhalten. Es war nicht das Blut, das sie so ängstigte, vielmehr ekelte sie sich vor der Stelle, wo es herkam.

Aber sie war jetzt erwachsen. Erwachsen genug, um damit fertig zu werden, was ihre Mama als natürliche Sache bezeichnet hatte, als Frauensache.

Weil sie nicht mehr müde war und außerdem jetzt eine Frau, beschloss sie, in die Küche hinunterzugehen und sich ein Gingerale zu holen. Im Haus herrschte brütende Hitze. »Hundstage« nannte ihr Dad das. Jetzt, da sie etwas geworden war, musste sie über vieles nachdenken; also nahm sie ihr Glas mit nach draußen, setzte sich auf die weißen Marmorstufen und grübelte, während sie an ihrem Getränk nippte.

Es war so ruhig, dass sie Pastorellis Hund auf seine für ihn typische harte, keuchende Weise bellen hörte. Die Straßenlaternen leuchteten, und sie hatte das Gefühl, als Einzige auf der ganzen Welt wach zu sein. Zumindest war sie im Moment die Einzige auf der Welt, die wusste, was in ihrem Körper geschehen war.

Sie trank einen Schluck und überlegte, wie es wohl sein würde, im nächsten Monat wieder zur Schule zu gehen. Wie viele der Mädchen hatten wohl im Sommer ihre Periode bekommen?

Jetzt würden ihr Brüste wachsen. Sie sah nach unten auf ihren Brustkorb und fragte sich, wie das wohl sein würde. Wie es sich anfühlen würde. Man spürte sein Haar und seine Fingernägel nicht wachsen, aber vielleicht war das bei Brüsten anders.

Unheimlich, aber interessant.

Begännen sie jetzt zu wachsen, hätte sie welche, wenn sie endlich ein Teenager war.

Sie saß auf den Marmorstufen, ein noch flachbrüstiges Mädchen mit schmerzendem Bauch. Ihr kurz geschnittenes honigblondes Haar kräuselte sich in der feuchten Luft, ihre Lider über den goldbraunen Augen wurden schwer. Auf der rechten Seite über ihrer Oberlippe hatte sie ein kleines Muttermal, und sie trug eine Zahnspange.

In dieser schwülen Nacht schien die Gegenwart absolut sicher, die Zukunft aber nur ein verschwommener Traum zu sein.

Sie gähnte und blinzelte schläfrig. Als sie aufstand, um wieder ins Haus zu gehen, schweifte ihr Blick die Straße hinunter zum Sirico, dorthin, wo es schon vor der Geburt ihres Vaters gestanden hatte. Zuerst hielt sie das flackernde Licht in dem großen vorderen Fenster für eine Spiegelung. Hübsch, dachte sie.

Bei näherem Hinsehen schürzte sie die Lippen und neigte verwundert den Kopf zur Seite. Es sah nicht wirklich aus wie eine Reflexion oder so, als hätte jemand vergessen, beim Abschließen alle Lichter zu löschen.

Sie hielt immer noch das Glas in der Hand und ging interessiert hinunter auf den Gehsteig.

Reena war so neugierig, dass sie beim Weitergehen nicht einmal daran dachte, was sie von ihrer Mutter zu hören kriegen würde, wenn sie mitten in der Nacht allein auf die Straße ging.

Ihr Herz begann heftig zu klopfen, als das Gesehene sich langsam den Weg durch ihre träumerische Schläfrigkeit bahnte. Rauch drang aus der offen stehenden Vordertür, und die Lichter, die sie sah, waren Flammen.

»Feuer.« Zuerst war es nur ein Flüstern, dann schrie sie das Wort heraus, während sie zurück zum Haus und zur Tür hineinrannte.

Ihr ganzes Leben lang würde sie nicht vergessen, wie sie mit ihrer Familie dabeistand, als das Sirico abbrannte. Das Brüllen des Feuers, das durch zerborstene Fensterscheiben schlug und in schnellen goldfarbenen Türmen emporloderte, hallte in ihren Ohren wider. Sirenen heulten, Wasser zischte aus dicken Schläuchen, überall Weinen und Geschrei. Aber das Geräusch des Feuers, seine Stimme, übertönte alles andere.

Sie konnte das Feuer in ihrem Bauch spüren wie ihre Krämpfe. Das Erstaunen und Entsetzen, die schreckliche Schönheit des Feuers pulsierten in ihr.

Wie war es wohl in seiner Mitte, dort, wohin die Feuerwehrmänner gingen? Heiß und dunkel? Undurchdringlich und hell? Einige der Flammen sahen aus wie große Zungen, die hervor- und zurückschnellten, als könnten sie schmecken, was sie versengten.

Rauchschwaden stiegen wabernd in die Luft. Der Qualm brannte in ihren Augen und in ihrer Nase, und der wirbelnde Tanz der Flammen blendete sie. Sie war immer noch barfuß, und der Asphalt fühlte sich an wie glühende Kohlen. Aber sie konnte nicht zurücktreten, konnte ihren Blick nicht von dem Spektakel abwenden, das einem verrückten, wilden Zirkus gleichkam.

Irgendetwas explodierte, und weitere Schreie folgten. Die Feuerwehrmänner, ihre Gesichter unter den Helmen geschwärzt von Rauch und Asche, bewegten sich wie Gespenster im Dunst des Qualms. Wie Soldaten, dachte sie. Es sah aus wie in einem Kriegsfilm.

Und doch glitzerten die Wasserfontänen, die durch die Luft spritzten.

Sie fragte sich, was dort drin geschah. Was machten die Männer? Was tat das Feuer? Wenn es sich um einen Krieg handelte, versteckte es sich, um dann zu einem Angriff hervorzuspringen, goldfarben glänzend?

Asche schwebte herunter wie schmutziger Schnee. Gebannt trat Reena einen Schritt nach vorne.

Ihre Mutter packte sie am Armgelenk und hielt sie zurück. Sie legte einen Arm um sie und zog Reena an sich.

»Bleib hier«, murmelte Bianca. »Wir müssen zusammenbleiben.«

Aber sie wollte es einfach sehen. Der Herzschlag ihrer Mutter dröhnte wie ein hektischer Trommelwirbel in ihrem Ohr. Sie drehte den Kopf und hob das Gesicht, um zu bitten, ob sie noch näher hingehen konnte. Nur noch ein wenig näher.

Aber das Gesicht ihrer Mutter spiegelte keine Aufregung wider. Nicht Staunen ließ ihre Augen schimmern, sondern Tränen.

Sie war wunderschön; das sagten alle. Doch jetzt wirkte ihr Gesicht, als sei es aus einem festen Material gemeißelt, mit harten, tiefen Linien. Die Tränen und der Rauch hatten ihre Augen gerötet, und ihr Haar war mit grauer Asche bedeckt.

Neben ihr stand Dad und legte ihr die Hand auf die Schulter. Bestürzt sah Reena, dass auch er Tränen in den Augen hatte. Sie sah den Schein der Flammen darin, als wäre es ihnen irgendwie gelungen, in ihn hineinzukriechen.

Das war kein Film, es war Realität. Etwas, was ihnen gehörte, schon ihr ganzes Leben lang gehört hatte, brannte direkt vor ihr nieder. Jetzt konnte sie über das hypnotisierende Licht und das Flackern des Feuers hinausschauen und die schwarzen Schlieren an den Wänden des Sirico sehen, den nassen Ruß, der die Marmorstufen befleckte, die gezackten Glasscheiben.

Auf den Gehsteigen standen die Nachbarn. Die meisten trugen Nachtwäsche. Einige hielten Kinder oder Babys auf dem Arm. Manche weinten.

Plötzlich fiel ihr ein, dass Pete Tolino mit seiner Frau und dem Baby in dem kleinen Apartment über dem Lokal wohnte. Ihr Herz zog sich zusammen, als sie nach oben blickte und den Rauch aus den oberen Fenstern quellen sah.

»Daddy! Daddy! Pete and Theresa. «

»Es geht ihnen gut.« Er hob sie hoch, als sie sich von ihrer Mutter losriss. So, wie er es immer getan hatte, als sie noch klein war. Und er drückte das Gesicht gegen ihren Nacken. »Es geht allen gut.«

Beschämt verbarg sie das Gesicht an seiner Schulter. Sie hatte nicht an die Menschen gedacht, nicht einmal an die Sachen – die Bilder und die Barhocker, die Tischdecken und die großen Öfen.

Sie hatte nur an das Feuer gedacht, an seinen hellen Glanz und sein Gebrüll.

»Es tut mir leid.« Sie weinte, ihr Gesicht an die nackte Schulter ihres Vaters gedrückt. »Es tut mir leid.«

»Sch! Wir werden das wieder in Ordnung bringen.« Seine Stimme klang so rau, als hätte er den Rauch geschluckt. »Ich werde das schaffen.«

Beruhigt ließ sie den Kopf auf seine Schultern sinken und betrachtete die Menschen und das Feuer. Sie sah, wie ihre Schwestern sich umarmten und ihre Mutter Xander festhielt.

Der alte Mr Falco saß auf den Stufen und ließ einen Rosenkranz durch seine gichtigen Finger gleiten. Mrs DiSalvo von nebenan kam herüber und legte ihrer Mutter einen Arm um die Schulter. Ein wenig erleichtert entdeckte sie Pete. Er saß auf dem Randstein, und seine Frau presste sich an ihn, das Baby fest an sich gedrückt.

Dann sah sie Joey. Er hatte die Daumen in die Taschen gesteckt, die Hüften vorgeschoben und starrte ins Feuer. Sein Gesicht war von einer Art Freude erleuchtet, wie bei den Märtyrern auf ihren Heiligenbildchen.

Das veranlasste Reena, sich noch enger an ihren Vater zu schmiegen.

Dann wandte Joey sich um, sah sie an und grinste.

»Daddy«, flüsterte sie, aber da kam ein Mann mit einem Mikrofon angelaufen und begann, Fragen zu stellen.

Sie versuchte, sich an ihm festzuhalten, als er sie auf den Boden stellte. Joey starrte sie immer noch grinsend an, und das war erschreckender als das Feuer. Aber ihr Vater schubste sie zu ihren Schwestern hinüber.

»Fran, du bringst deine Geschwister nach Hause.«

»Ich will aber bei dir bleiben.« Reena packte seine Hand. »Ich muss bei dir bleiben.«

»Du musst nach Hause gehen.« Er bückte sich, bis sich seine rot geränderten Augen auf gleicher Höhe mit ihren befanden. »Es ist jetzt fast gelöscht. Alles ist beinahe erledigt. Ich sagte, ich werde das in Ordnung bringen, und genau das werde ich tun.« Er drückte ihr einen Kuss auf die Stirn. »Geh heim. Wir werden bald nachkommen.«

»Catarina.« Ihre Mutter zog sie zurück. »Hilf deinen Schwestern, Kaffee und etwas zu essen zu machen. Für die Leute, die uns helfen. Das ist das Mindeste, was wir tun können.«

Für Verpflegung konnten sie sorgen. Kannen mit Kaffee, Krüge mit kaltem Tee und dick belegte Sandwiches. Ausnahmsweise gab es in der Küche keinen Streit unter den Schwestern. Bella weinte ständig vor sich hin, aber Fran versetzte ihr keinen Klaps deswegen.

Und als Xander verkündete, er würde einen der Krüge hinaustragen, belehrte ihn niemand, dass er dafür noch zu klein sei.

Die Luft war mit einem Gestank durchzogen, den sie niemals vergessen würde, und der Rauch hing darin wie ein schmutziger Vorhang. Trotzdem stellten sie einen Klapptisch für den Kaffee, den Tee und die Sandwiches auf dem Gehsteig auf, verteilten Tassen und reichten rußgeschwärzten Händen Brot.

Einige der Nachbarn waren nach Hause gegangen, aus dem Rauch und dem Gestank, aus der fliegenden Asche, die sich wie Schnee in einer dünnen Schicht auf die Autos und den Boden senkte. Das gleißende Licht war erloschen, und selbst aus der Ferne konnte Reena die geschwärzten Ziegel sehen, die Bäche von nassem Ruß und die gähnenden Löcher, die einmal Fenster gewesen waren.

Die Blumentöpfe, die sie gemeinsam mit ihrer Mutter im Frühling bepflanzt hatte, lagen zerbrochen, zertreten, tot auf den weißen Stufen.

Ihre Eltern standen vor dem Sirico auf der Straße und hielten sich an den Händen. Ihr Vater trug die Jeans, die er rasch übergestreift hatte, als sie ihn aufweckte, ihre Mutter das hellrote Kleid, das sie erst im letzten Monat zu ihrem Geburtstag bekommen hatte.

Selbst als die großen Lkws davonfuhren, blieben sie dicht beieinander stehen.

Einer der Männer mit den Helmen ging zu ihnen, und sie unterhielten sich für eine scheinbar sehr lange Zeit miteinander. Dann drehten ihre Eltern sich um und gingen, immer noch Hand in Hand, nach Hause.

Der Mann wandte sich wieder den Ruinen des Sirico zu, knipste eine Taschenlampe an und verschwand im Dunkeln.

Gemeinsam trugen sie die Reste des Essens und der Getränke ins Haus zurück. Reena fand, dass sie mit den schmutzigen Haaren und den müden Gesichtern alle aussahen wie die Überlebenden in diesen Kriegsfilmen. Als die Lebensmittel verstaut waren, fragte ihre Mutter, ob sich jemand schlafen legen wollte.

Bella fing wieder zu schluchzen an. »Wie können wir jetzt schlafen? Was sollen wir nur tun?«

»Was als Nächstes kommt. Wenn du nicht schlafen willst, dann räum auf. Ich werde Frühstück machen. Geh schon. Wenn wir uns gewaschen und etwas gegessen haben, wird es uns leichter fallen nachzudenken.«

Da Reena vom Alter her an dritter Stelle war, durfte sie auch immer erst als Dritte ins Bad. Sie wartete, bis sie Fran heraus- und Bella hineingehen hörte. Dann schlüpfte sie aus ihrem Zimmer und klopfte an die Schlafzimmertür ihrer Eltern.

Ihr Vater hatte sich das Haar gewaschen; es war noch nass. Er trug eine saubere Jeans und ein T-Shirt, und sein Gesicht sah aus, als würde er eine Grippe bekommen.

»Belagern deine Schwestern das Bad?« Das schwache Lächeln drang nicht bis in seine Augen vor. »Du kannst ausnahmsweise unseres benützen.«

»Wo ist dein Bruder, Reena?«, wollte ihre Mutter wissen.

»Er ist auf dem Boden eingeschlafen.«

»Oh.« Sie band sich das feuchte Haar mit einem Band zurück. »Schon gut. Geh duschen. Ich hole dir frische Sachen zum Anziehen.«

»Warum ist der Feuerwehrmann hineingegangen, als die anderen wegfuhren?«

»Das ist ein Inspektor«, erklärte ihr Vater. »Er versucht herauszufinden, warum es passiert ist. Wenn du es nicht bemerkt hättest, wären sie nicht so schnell da gewesen. Pete und seine Familie sind in Sicherheit, und das ist das Wichtigste. Warum warst du so spät noch wach, Reena?«

»Ich …« Sie spürte, wie ihr die Röte in den Nacken stieg, als sie an ihre Periode dachte. »Das kann ich nur Mama sagen.«

»Ich werde nicht böse auf dich sein.«

Sie starrte auf ihre Zehen. »Bitte. Es ist privat.«

»Kannst du schon mal ein paar Würstchen braten, Gib?«, bat Bianca beiläufig. »Ich komme gleich nach unten.«

»Na gut.« Er presste die Hände auf die Augen. Dann ließ er sie fallen und sah Reena wieder an. »Ich werde nicht böse auf dich sein«, wiederholte er und ging hinaus.

»Was kannst du deinem Vater nicht erzählen? Warum verletzt du seine Gefühle in einer solchen Situation?«

»Das wollte ich nicht … Ich bin aufgewacht, weil ich … weil ich Bauchschmerzen hatte.«

»Bist du krank?« Bianca drehte sich um und legte eine Hand auf Reenas Stirn.

»Ich habe meine Periode bekommen.«

»Oh. Oh, mein armes Baby.« Bianca zog sie zu sich heran und drückte sie fest an sich. Dann begann sie zu weinen.

»Weine nicht, Mama.«

»Nur eine Minute. So viel, alles auf einmal. Meine kleine Catarina. So ein großer Verlust, so eine große Veränderung. Meine bambina.« Sie trat einen Schritt zurück. »Du hast dich heute Nacht verändert, und weil das so ist, hast du Leben gerettet. Wir werden dankbar für das sein, was gerettet werden konnte, und wir werden mit dem fertig werden, was wir verloren haben. Ich bin sehr stolz auf dich.«

Sie küsste Reena auf beide Wangen. »Hast du immer noch Bauchschmerzen?« Als Reena nickte, küsste Bianca sie erneut. »Du gehst jetzt duschen und nimmst dann ein schönes warmes Bad in meiner Badewanne. Dann wirst du dich besser fühlen. Möchtest du mich etwas fragen?«

»Ich weiß, was zu tun ist.«

Ihre Mutter lächelte, aber in ihren Augen lag eine gewisse Traurigkeit. »Dann stell dich unter die Dusche. Ich werde dir helfen.«

»Mama, ich konnte das nicht vor Dad erzählen.«

»Natürlich nicht. Das ist schon in Ordnung. Das ist Frauensache.«

Frauensache. Der Ausdruck verlieh ihr das Gefühl, etwas Besonderes zu sein, und das warme Bad linderte die Schmerzen. Als sie nach unten kam, war die Familie in der Küche versammelt, und an der sanften Art, wie ihr Vater ihr über das Haar strich, erkannte sie, dass er die Neuigkeiten erfahren hatte.

Am Tisch herrschte Trübsinnigkeit, eine Art erschöpftes Schweigen. Bella schien alle ihre Tränen vergossen zu haben – zumindest für den Augenblick.

Sie beobachtete, wie ihr Vater den Arm ausstreckte, seine Hand über die ihrer Mutter legte und sie drückte, bevor er zu sprechen begann. »Wir müssen warten, bis man uns sagt, dass es sicher ist. Dann können wir mit dem Aufräumen anfangen. Noch wissen wir nicht, wie groß der Schaden ist und wann wir wieder aufmachen können.«

»Jetzt werden wir arm sein.« Bellas Unterlippe zitterte. »Alles ist zerstört, und wir werden kein Geld mehr haben.«

»Hast du jemals kein Dach über dem Kopf gehabt, kein

Essen auf dem Tisch und keine Kleidung am Leib?«, fragte Bianca in scharfem Ton. »Ist das dein Verhalten, wenn es Probleme gibt? Du weinst und beschwerst dich?«

»Sie heulte die ganze Zeit«, erklärte Xander und spielte mit einer Scheibe Toast.

»Das wollte ich nicht von dir hören – ich habe es selbst gesehen. Euer Vater und ich haben fünfzehn Jahre lang jeden Tag gearbeitet, um aus dem Sirico ein gutes Lokal zu machen, einen bedeutenden Ort in diesem Viertel. Und mein Vater und meine Mutter haben mehr Jahre dafür gearbeitet, all das auf die Beine zu stellen, als ihr euch vorstellen könnt. Es tut weh. Aber nicht die Familie ist abgebrannt, sondern ein Lokal. Und wir werden es wieder aufbauen.«

»Aber was sollen wir jetzt tun?«, fragte Bella.

»Halt den Mund, Isabella!«, befahl Fran, als ihre Schwester zu sprechen begann.

»Ich meine, was sollen wir zuerst tun?«

»Wir sind versichert.« Gibson starrte auf seinen Teller, als sei er erstaunt, dort Essen vorzufinden. Aber dann nahm er seine Gabel in die Hand und begann zu essen. »Mit dem Geld werden wir alles neu aufbauen oder reparieren oder tun, was zu tun ist. Wir haben Ersparnisse. Wir werden nicht arm sein«, fügte er mit einem strengen Blick auf seine mittlere Tochter hinzu. »Aber solange es dauert, werden wir uns umsichtig verhalten müssen. Wir werden nicht zum Tag der Arbeit das Wochenende am Strand verbringen wie geplant. Wenn die Versicherungssumme nicht ausreicht, werden wir unsere Ersparnisse angreifen oder einen Kredit aufnehmen müssen.«

»Vergesst eines nicht«, fügte Bianca hinzu. »Die Leute, die für uns arbeiten, haben nun keinen Job mehr, nicht, bis wir wieder eröffnen können. Einige von ihnen haben Familie. Wir sind nicht die Einzigen, die betroffen sind.«

»Pete und Theresa und ihr Baby«, sagte Reena. »Sie haben vielleicht keine Kleidung, Möbel oder sonst etwas mehr. Wir könnten ihnen etwas geben.«

»Ja, das ist eine gute Idee. Alexander, iss deine Eier«, fügte Bianca hinzu.

»Ich möchte lieber Cocoa Puffs.«

»Und ich hätte gern einen Nerzmantel und eine mit Diamanten besetzte Tiara. Iss. Wir haben viel Arbeit vor uns, und ihr werdet alle euren Teil übernehmen.«

»Niemand, niemand«, betonte Gibson und richtete seinen Zeigefinger auf Xander, »wird dort hineingehen, bevor er die Erlaubnis dazu bekommen hat.«

»Opa«, murmelte Fran. »Wir müssen es ihm sagen.«

»Es ist noch zu früh, um ihm solche Neuigkeiten mitzuteilen.« Bianca schob ihr Essen auf dem Teller hin und her. »Ich werde ihn und meine Brüder bald anrufen.«

»Wie kann es nur passiert sein? Und wie können sie das herausfinden?«, fragte Bella.

»Ich weiß es nicht. Es ist ihr Job. Und unserer ist es, alles wieder in Ordnung zu bringen.« Gibson hob seine Kaffeetasse. »Und das werden wir.«

»Die Tür war offen.«

Gibson wandte sich Reena zu. »Was?«

»Die Tür. Die Vordertür war offen.«

»Bist du sicher?«

»Ich habe es gesehen. Die offene Tür und die Lichter – das Feuer im Fenster. Vielleicht hat Pete vergessen, sie abzuschließen.«

Dieses Mal legte Bianca die Hand auf die ihres Mannes. Bevor sie etwas sagen konnte, läutete es an der Tür.

»Ich gehe schon.« Sie stand auf. »Ich glaube, das wird ein langer Tag werden. Wer müde ist, sollte jetzt versuchen zu schlafen.«

»Esst auf«, befahl Gibson. »Und kümmert euch um das Geschirr.«

Als er aufstand, erhob Fran sich ebenfalls und ging um

den Tisch herum, um ihn in den Arm zu nehmen. Mit ihren sechzehn Jahren war sie schlank und anmutig und besaß eine Weiblichkeit, um die Reena sie beneidete.

»Es wird alles wieder gut. Wir werden es noch besser machen, als es vorher war.«

»Das ist mein Mädchen. Ich zähle auf dich. Auf euch alle«, fügte er hinzu. »Reena? Komm für einen Augenblick mit mir.«

Als sie zusammen die Küche verließen, hörten sie, wie Bella genervt sagte: »Die heilige Franziska.« Gibson seufzte nur und schubste Reena in das Fernsehzimmer. »Äh, hör zu, Schätzchen, wenn es dir nicht gut geht, kann ich dich vom Küchendienst befreien.«

Ein Teil von ihr wollte die Chance ergreifen, aber das Schuldgefühl war ein wenig stärker. »Ich bin okay.«

»Sag es mir einfach, wenn du … dich nicht gut fühlst.«

Er tätschelte sie zerstreut und machte sich auf den Weg in den vorderen Teil des Hauses.

Sie sah ihm nach. Er wirkte immer so groß auf sie, doch jetzt waren seine Schultern gebeugt. Sie wollte es Fran gleichtun, das Richtige sagen, ihn umarmen, aber es war zu spät.

Kapitel 2

Sie wollte sofort in die Küche zurückgehen und ein braves Mädchen sein. Wie Fran. Doch dann hörte sie Petes Stimme, und es klang, als würde er weinen. Auch ihren Vater hörte sie, konnte aber seine Worte nicht verstehen.

Also schlich sie sich leise zum Wohnzimmer.

Pete weinte nicht, aber er sah so aus, als würde er jeden Moment damit anfangen. Sein langes Haar fiel ihm an den Seiten ins Gesicht, während er mit starrem Blick seine Hände im Schoß knetete. Er war einundzwanzig Jahre alt. Zu seinem Geburtstag hatten sie eine kleine Party im Sirico veranstaltet. Nur die Familie. Da er seit seinem fünfzehnten Lebensjahr dort arbeitete, war er wie ein Familienmitglied. Und als Theresa von ihm schwanger geworden war und die beiden heiraten mussten, vermieteten ihre Eltern ihnen das kleine Apartment über dem Lokal zu einem Spottpreis.

Sie wusste das, weil sie gehört hatte, wie Onkel Paul sich mit ihrer Mutter darüber unterhielt. Lauschen war etwas, wofür sie viel Buße tun musste. Aber es schien immer ein paar zusätzliche Ave-Maria wert zu sein.

Ihre Mutter saß neben Pete und hatte ihm die Hand auf das Bein gelegt. Ihr Vater saß ihm gegenüber auf dem Couchtisch, was sie nie durften. Sie konnte immer noch nicht genau verstehen, was ihr Vater sagte – seine Stimme war zu leise –, aber Pete schüttelte immer wieder den Kopf.

Als er aufblickte, glänzten seine Augen. »Ich schwöre, ich habe nichts brennen lassen. Ich bin in Gedanken alles tausend Mal durchgegangen. Jeden Schritt. Meine Güte, Gib, ich würde es dir sagen, wenn ich etwas vermasselt hätte. Du musst mir glauben, ich versuche nicht, etwas zu vertuschen. Theresa und das Baby – wenn ihnen etwas passiert wäre ...«

»Ist es ja nicht.« Bianca drückte seine Hand, um ihn zu beruhigen.

»Sie hat sich so geängstigt. Wir beide sind furchtbar erschrocken, als das Telefon klingelte.« Er sah Bianca an. »Als du angerufen hast und uns gesagt hast, ein Feuer sei ausgebrochen und wir müssten aus dem Haus, kam es mir vor wie ein Traum. Wir packten das Baby und rannten los. Ich habe nicht einmal den Rauch gerochen, bevor du, Gib, kamst, um uns herauszuhelfen.«

»Pete, ich möchte, dass du gründlich nachdenkst. Hast du abgeschlossen?«

»Natürlich. Ich ...«

»Nein.« Gib schüttelte den Kopf. »Brich es nicht übers Knie. Geh die einzelnen Schritte durch. Manche Routinesachen geschehen so automatisch, dass man leicht etwas übersehen kann, ohne sich später daran zu erinnern. Denk noch mal zurück. Die letzten Kunden?«

»Meine Güte.« Pete fuhr sich mit einer Hand durch das Haar. »Jamie Silvio und ein Mädchen, mit dem er sich trifft. Eine Neue. Sie haben sich eine Pizza Peperoni geteilt und ein paar Bier getrunken. Und Carmine. Er war bis kurz vor Schluss da und versuchte, Toni zu überreden, mit ihm auszugehen. Hm, sie gingen ungefähr zur selben Zeit, gegen halb zwölf. Toni, Mike und ich räumten den Rest auf. Ich habe die Abrechnung gemacht – o Gott, Gib, das Kuvert für die Bank ist noch oben. Ich ...«

»Mach dir darüber jetzt keine Gedanken. Du, Toni und Mike seid also zusammen gegangen?«

»Nein, Mike ging zuerst. Toni wartete, bis ich mit allem fertig war. Es war gegen Mitternacht, und ihr ist es lieber, wenn einer von uns aufpasst, wenn sie nach Hause geht. Wir gingen hinaus, und ich erinnere mich ... ich erinnere mich, dass ich meine Schlüssel herauszog, und sie sagte, wie hübsch sie meinen Schlüsselanhänger fände. Theresa hat ihn aus einem Bild von Rosa machen lassen. Ich erinnere mich, dass sie sagte, er sei süß, während ich die Tür abschloss. Ich habe die Tür abgeschlossen, Gib, das schwöre ich. Du kannst Toni fragen.«

»Okay. Das ist alles nicht deine Schuld. Wo wohnt ihr jetzt?«

»Bei meinen Eltern.«

»Braucht ihr etwas?«, erkundigte sich Bianca. »Windeln für das Baby?«

»Meine Mum hat einige Babysachen bei sich. Ich bin nur gekommen, um es euch zu sagen. Und ich wollte wissen, was ich tun kann. Ich bin gerade vorbeigegangen, aber man kann nicht hinein. Sie haben alles abgesperrt. Es sieht nicht gut aus. Ich wollte nur wissen, was ich machen kann. Es muss doch irgendetwas zu erledigen geben.«

»Es wird eine Menge Arbeit geben, sobald wir hineindürfen, um aufzuräumen. Aber jetzt solltest du dich um deine Frau und dein Baby kümmern.«

»Ruf mich bei meiner Mutter an, wenn du irgendetwas brauchst. Jederzeit. Ihr wart so gut zu mir, zu uns.« Er umarmte Gib. »Egal, was es ist.«

Gib ging zur Tür und wandte sich zu Bianca um. »Ich muss hingehen und es mir ansehen.«

Reena schoss ins Wohnzimmer. »Ich will mit dir gehen. Ich begleite dich.«

Gib öffnete den Mund, und Reena erkannte an seinem Gesichtsausdruck, dass er ablehnen wollte. Doch Bianca sah ihn an und schüttelte den Kopf. »Ja, geh mit deinem Vater. Wenn ihr zurückkommt, werden wir wieder einmal über das Belauschen privater Unterhaltungen sprechen müssen. Ich werde auf euch warten, bevor ich meine Eltern anrufe. Vielleicht können wir ihnen dann mehr sagen. Möglicherweise ist es nicht so schlimm, wie wir denken.«

Es wirkte noch schlimmer, zumindest in Reenas Augen. Im Tageslicht sahen die geschwärzten Ziegel, das zerbrochene Glas und der durchnässte Brandschutt schrecklich aus, und der Gestank war noch stärker geworden. Es schien unvorstellbar, dass das Feuer so schnell so viel Schaden hatte anrichten können. Durch das gähnende Loch, wo das große Fenster mit der darauf gemalten Pizza gewesen war, konnte sie die Zerstörung im Inneren sehen. Die verbrannten Überreste der orangefarbenen Sitzbänke und der alten Tische, das Durcheinander der kaputten Stühle. Die sonnengelbe Wandfarbe war verschwunden. Ebenso die große Speisekartentafel, die im offenen Küchenbereich gehangen hatte, wo ihr Vater – und manchmal auch ihre Mutter – zur Unterhaltung der Gäste den Teig durch die Luft wirbelten.

Der Mann mit dem Feuerwehrhelm und der Taschenlampe kam mit einer Art Werkzeugkasten heraus. Er war älter als ihr Vater; das sah sie an den Falten in seinem Gesicht und daran, dass sein Haar, das unter dem Helm hervorschaute, beinahe ganz grau war.

Bevor er aus dem Haus trat, warf er ihnen einen kurzen prüfenden Blick zu. Der Mann, Gibson Hale, war groß und schlaksig gebaut und würde wohl kaum jemals dick werden. Ein wenig erschöpft von der schlaflosen Nacht. Er hatte dichtes lockiges Haar, sandfarben mit einigen ausgebleichten Spitzen. Hielt sich offensichtlich ohne Hut in der Sonne auf, wann immer er konnte.

John Minger studierte nicht nur Brände, sondern auch die Menschen, die darin verwickelt waren.

Das Mädchen war bildhübsch, trotz des ausdruckslosen, von Schlafmangel gezeichneten Blicks. Ihr Haar war dunkler als das ihres Vaters, aber ebenso gelockt. John hielt es für sehr wahrscheinlich, dass sie in Größe und Körperbau ihrem Vater nachschlagen würde.

28

Er hatte sie bereits letzte Nacht gesehen, als er am Ort des Geschehens eingetroffen war. Die ganze Familie hatte wie schiffbrüchige Überlebende in einer Gruppe beieinander gestanden. Die Frau war ein Hingucker, ein Vollweib von der Art, wie man sie fast nur in Filmen sah. Die älteste Tochter sah ihr am ähnlichsten, soweit er sich erinnern konnte. Die mittlere war nur einen Bruchteil von diesem überwältigenden Eindruck entfernt. Der Junge war hübsch und hatte noch eine kindliche, rundliche Figur.

Dieses Mädchen wirkte aufgeweckt. Die blauen Flecken und Kratzer an ihren langen Beinen ließen ihn vermuten, dass sie wahrscheinlich mehr Zeit damit verbrachte, mit ihrem kleinen Bruder als mit ihren Puppen zu spielen.

»Mr Hale, ich kann Sie noch nicht hineinlassen.«

»Ich wollte Sie sprechen. Haben Sie … Konnten Sie herausfinden, wo es ausgebrochen ist?«

»Darüber möchte ich mich mit Ihnen unterhalten. Wer ist das?« Er lächelte Reena an.

»Meine Tochter Catarina. Es tut mir leid, ich weiß, Sie haben mir Ihren Namen genannt, aber …«

»Minger. Inspektor Minger. Sie erwähnten, dass eine Ihrer Töchter das Feuer entdeckt und Sie geweckt habe.«

»Das war ich«, meldete sich Reena zu Wort. Ihr war bewusst, dass es wahrscheinlich eine Sünde war, darauf stolz zu sein. Aber vielleicht war es nur eine der lässlichen Sünden. »Ich habe es zuerst gesehen.«

»Darüber möchte ich mich auch unterhalten.« Er sah hinüber zu dem Polizeiwagen, der am Straßenrand anhielt. »Würden Sie mich einen Moment entschuldigen?« Ohne eine Antwort abzuwarten, ging er zu dem Wagen und sprach leise mit dem Polizisten darin.

»Gibt es einen Ort in der Nähe, an dem wir uns in Ruhe unterhalten können?«, fragte er, nachdem er zurückgekommen war.

»Wir wohnen nur einen Block weiter.«

»Gut. Einen Augenblick noch.« Er ging zu einem anderen Wagen, und Reena beobachtete, wie er eine Art Schutzoverall auszog. Darunter trug er normale Kleidung. Er legte den Overall und seinen Helm zusammen mit dem Werkzeugkasten in den Kofferraum, verschloss ihn und nickte dann den Polizisten zu.

»Was ist da drin?«, wollte Reena wissen. »In dem Werkzeugkasten?«

»Alle möglichen Sachen. Wenn du möchtest, zeige ich sie dir irgendwann einmal. Mr Hale? Kann ich einen Moment mit Ihnen reden? Würdest du hierbleiben, Catarina?«

Wieder wartete er nicht ab, sondern trat einfach ein paar Schritte zur Seite.

»Wenn es irgendetwas gibt, was Sie mir sagen können«, begann Gib.

»Dazu kommen wir noch.« Er holte ein Päckchen Zigaretten und ein Feuerzeug hervor. Nach dem ersten Zug steckte er das Feuerzeug in die Tasche. »Ich muss mit Ihrer Tochter sprechen. Ihr Instinkt verleitet Sie vielleicht dazu, Details hinzuzufügen oder ihr etwas vorzusagen. Es wäre besser, wenn Sie das nicht täten. Lassen Sie uns beide die Sache einfach durchsprechen.«

»Okay. Natürlich. Reena ist sehr aufmerksam.«

»Gut.« Er ging zurück zu Reena und bemerkte, dass ihre Augen eher bernsteinfarben als braun waren und trotz der Augenringe wach wirkten. »Hast du das Feuer von deinem Schlafzimmerfenster aus gesehen?«, fragte er, während sie sich in Bewegung setzten.

»Nein, von den Stufen aus. Ich saß auf den Stufen vor unserem Haus.«

»Da war die Schlafenszeit schon ein wenig überschritten, stimmt's?«

Sie dachte darüber nach und überlegte, wie sie die Frage beantworten konnte, ohne die peinlichen persönlichen Details preiszugeben und dabei trotzdem nicht lügen zu müssen. »Es war heiß, und ich wachte auf, weil ich mich nicht gut fühlte. Ich habe mir in der Küche ein Gingerale geholt und mich damit auf die Stufen gesetzt, um es dort zu trinken.«

»Gut. Vielleicht kannst du mir zeigen, wo du gesessen hast, als du es sahst.«

Sie lief voraus und setzte sich folgsam auf die weißen Stufen, so genau wie möglich dorthin, wo sie ihrer Erinnerung nach gesessen hatte. Sie starrte die Straße hinunter, als die Männer näher kamen. »Hier war es kühler als oben in meinem Zimmer. Hitze steigt nach oben. Das haben wir in der Schule gelernt.«

»Das stimmt.« Minger setzte sich neben sie und folgte ihrem Blick die Straße hinunter. »Du hast also hier mit deinem Gingerale gesessen und hast das Feuer entdeckt.«

»Ich sah die Lichter. Lichter in den Scheiben. Und ich wusste nicht, was das war. Ich dachte, dass Pete vielleicht vergessen hatte, das Licht auszuschalten, aber so sah es nicht aus. Sie bewegten sich.«

»Wie?«

Sie zog eine Schulter hoch und fühlte sich ein wenig töricht. »So, als würden sie tanzen. Es war hübsch. Ich fragte mich, was das sein konnte. Deshalb stand ich auf und ging ein Stück darauf zu.« Sie biss sich auf die Lippe und warf ihrem Vater einen Blick zu. »Ich weiß, dass ich das nicht darf.«

»Darüber können wir später reden.«

»Ich wollte es nur ansehen. Oma Hale sagt, ich sei neugieriger, als mir guttäte, aber ich wollte es einfach wissen.«

»Wie weit bist du gegangen? Kannst du mir das zeigen?«

»Okay.«

Er stand mit ihr auf und schlenderte neben ihr her,

während er sich vorzustellen versuchte, wie es für ein Kind sein mochte, in einer heißen Nacht eine dunkle Straße entlangzugehen. Aufregend. Verboten.

»Ich nahm mein Gingerale mit und trank beim Gehen davon.« Angestrengt runzelte sie die Stirn und versuchte, sich an jeden Schritt zu erinnern. »Ich glaube, hier bin ich stehen geblieben, hier in der Nähe, weil ich sah, dass die Tür offen stand.«

»Welche Tür?«

»Die Vordertür des Ladens. Sie war offen. Das konnte ich sehen. Zuerst dachte ich, du lieber Himmel, Pete hat vergessen, die Tür abzuschließen, und Mama wird ihm das Fell über die Ohren ziehen. Dafür ist bei uns zu Hause Mama zuständig. Aber dann sah ich, dass es brannte, und ich sah Rauch. Er quoll aus der Tür, und ich bekam Angst. Ich schrie, so laut ich konnte, und rannte nach Hause zurück. Ich lief die Treppe hinauf. Wahrscheinlich schrie ich immer noch, denn Dad war schon aufgestanden und zog sich seine Hose an. Mama griff nach ihrem Kleid. Alle riefen durcheinander. Fran sagte immer wieder: ›Was? Was ist los? Ist es das Haus?‹ Und ich antwortete: ›Nein, nein, es ist der Laden.‹ So nennen wir das Sirico meistens. Den Laden.«

John stellte fest, dass sie alles gründlich durchdacht hatte. Sie war in Gedanken zurückgegangen und hatte sich Detail für Detail ins Gedächtnis gerufen.

»Bella fing zu heulen an. Sie weint ständig, weil Teenager das nun mal tun. Fran hat allerdings nicht so viel geheult. Auf jeden Fall hat Dad aus dem Fenster geschaut und Mama gebeten, Pete anzurufen – er wohnt über dem Laden – und ihm zu sagen, dass er rausmuss, seine Familie aus dem Haus bringen muss. Pete ist mit Theresa verheiratet. Sie haben im Juni ein Baby bekommen. Er sagte, Pete muss wissen, dass im Haus ein Feuer ausgebrochen ist und dass er sofort rausmuss. Dann solle Mama die

Feuerwehr anrufen. Während er die Treppe hinunterlief, sagte er ihr, sie solle den Notruf wählen, aber das tat sie bereits.«

»Das ist ein guter Bericht.«

»Ich weiß noch mehr. Wir rannten alle, aber Dad lief am schnellsten. Er rannte den ganzen Weg hinunter. Das Feuer war größer geworden, das konnte ich sehen. Und das Fenster zerplatzte, und es sprang heraus. Das Feuer. Dad ging nicht zur Vordertür hinein. Ich hatte Angst, dass er das tun und ihm dann etwas passieren würde. Er könnte verbrennen. Aber er lief zur hinteren Treppe und hinauf zu Petes Wohnung.«

Sie hielt einen Moment inne und presste die Lippen zusammen.

»Um ihnen herauszuhelfen«, ermutigte John sie.

»Weil sie wichtiger sind als der Laden. Pete trug das Baby, und mein Dad packte Theresa am Arm. Dann rannten sie alle die Treppe hinunter. Allmählich kamen die Leute aus ihren Häusern. Alle riefen und schrien durcheinander. Ich glaube, Dad versuchte, in das brennende Haus zu laufen, aber Mama hielt ihn fest und sagte: ›Tu's nicht, tu's nicht.‹ Und er tat's nicht. Er blieb bei ihr stehen und sagte: ›Meine Güte, Baby.‹ Manchmal nennt er meine Mutter so. Dann hörte ich die Sirenen, und die Feuerwehrautos kamen. Die Feuerwehrmänner sprangen heraus und schlossen die Schläuche an. Mein Dad sagte ihnen, dass niemand mehr im Haus sei, aber einige von ihnen gingen trotzdem hinein. Ich verstehe nicht, wie sie das tun konnten bei den Flammen und dem Rauch. Sie sahen aus wie Soldaten. Wie Geistersoldaten.«

»Dir entgeht nicht viel, stimmt's?«

»Ich habe ein Gedächtnis wie ein Elefant.«

John warf Gib einen Blick zu und grinste. »Ihre Tochter ist ein kluges Köpfchen, Mr Hale.«

»Gib. Nennen Sie mich Gib. Und ja, da haben Sie recht.«

»Okay, Reena, erzähl mir, was du sonst noch gesehen hast, als du auf den Stufen saßt. Bevor du das Feuer entdeckt hast. Lass uns zurückgehen, damit du versuchen kannst, dich daran zu erinnern.«

Gib warf einen Blick auf den Laden und wandte sich dann wieder John zu. »Es war Vandalismus, nicht wahr?«

»Warum sagen Sie das?«, fragte John.

»Die Tür. Die offene Tür. Ich habe mit Pete gesprochen. Er hat gestern Abend abgeschlossen, weil ich mit der Familie bei einem Baseballspiel war.«

»Die Birds haben die Rangers haushoch geschlagen.«

»Stimmt.« Gib brachte ein schwaches Lächeln zustande. »Pete schloss den Laden mit einem meiner anderen Kinder – Angestellten – ab. Er erinnert sich genau daran, die Tür verschlossen zu haben, weil er und Toni – Antonia Vargas – sich dabei über seinen Schlüsselanhänger unterhielten. Er hat die Tür noch nie unverschlossen gelassen. Wenn sie also offen war, dann muss jemand eingebrochen sein.«

»Wir werden uns noch darüber unterhalten.« John setzte sich wieder zu Reena. »Ein hübscher Ort. Ein schönes Plätzchen, um in einer heißen Nacht etwas Kühles zu trinken. Erinnerst du dich daran, wie spät es war?«

»Hm, es war ungefähr zehn nach drei. Ich sah auf die Küchenuhr, als ich mir das Gingerale holte.«

»Um diese Uhrzeit schläft wahrscheinlich die ganze Nachbarschaft.«

»Alle Häuser waren dunkel. Bei den Castos brannte die Außenbeleuchtung, aber sie vergessen meistens, sie abzuschalten. Und in Mindy Youngs Schlafzimmerfenster konnte ich einen Lichtschein sehen. Sie lässt die Nachttischlampe an, obwohl sie schon zehn ist. Ich hörte einen Hund bellen. Ich glaube, es war Fabio, Pastorellis Hund. Er hörte sich zumindest so an. Zuerst schien er aufgeregt zu sein, aber dann hörte er auf zu bellen.«

»Fuhren Autos vorbei?«

»Nein, kein einziges.«

»Bei dieser Stille so spät in der Nacht hättest du es wahrscheinlich gehört, wenn am anderen Ende des Blocks ein Wagen gestartet worden wäre oder jemand eine Autotür zugeschlagen hätte.«

»Es war ganz ruhig. Nur der Hund hat ein paar Mal gebellt. Ich konnte die Klimaanlage von nebenan summen hören. Sonst habe ich nichts gehört, an das ich mich erinnern könnte. Nicht einmal, als ich in Richtung des Ladens ging.«

»Okay, Reena. Das hast du gut gemacht.«

Die Tür ging auf, und John war wieder verblüfft von der Schönheit der Frau.

Bianca lächelte. »Gib, möchtest du den Herrn nicht hereinbitten? Und ihm einen kühlen Drink anbieten? Bitte kommen Sie ins Haus. Ich habe frische Limonade gemacht.«

»Vielen Dank.« John hatte sich bereits erhoben. Sie war eine Frau, auf die die Männer flogen. »Gegen etwas Kaltes zu trinken und noch ein paar Minuten von Ihrer Zeit hätte ich nichts einzuwenden.«

Das Wohnzimmer war farbenfroh eingerichtet. Er fand, dass kräftige Farben zu einer Frau wie Bianca Hale passten. Es war ordentlich aufgeräumt, die Möbel nicht mehr neu, aber offensichtlich frisch poliert, wie er aus dem leichten Duft nach Zitronenöl schließen konnte. An der Wand hingen Zeichnungen – Porträts der Familienmitglieder, mit Pastellkreide gezeichnet und einfach gerahmt. Da besaß jemand ein gutes Auge und eine talentierte Hand.

»Wer ist der Künstler?«

»Das bin ich.« Bianca goss Limonade über Eiswürfel. »Mein Hobby.«

»Sie sind großartig.«

»Im Laden hatten wir auch Zeichnungen von Mama«, warf Reena ein. »Die von Dad gefiel mir am besten. Er hatte eine große Kochmütze auf und wirbelte eine Pizza durch die Luft. Das Bild ist nicht mehr da, stimmt's? Verbrannt.«

»Ich werde eine neue Zeichnung machen. Eine noch bessere.«

»Und dann hatten wir diesen alten Dollar. Mein Opa hat den ersten Dollar einrahmen lassen, den er bei der Eröffnung des Sirico verdiente. Und die Landkarte von Italien und das Kreuz, das Oma vom Papst hat segnen lassen, und ...«

»Catarina.« Bianca hob eine Hand, um den Redefluss zu stoppen. »Wenn du etwas verloren hast, solltest du lieber an das denken, was geblieben ist und was du daraus machen kannst.«

»Jemand hat das Feuer mit Absicht gelegt, jemand, dem deine Zeichnungen, das Kreuz und alles andere gleichgültig waren. Sogar, dass Pete, Theresa und das Baby im Haus waren.«

»Was?« Bianca stützte sich mit der Hand auf eine Stuhllehne. »Was sagst du da? Ist das wahr?«

»Wir wollen keine voreiligen Schlüsse ziehen. Ein Brandinspektor wird ...«

»Brandstiftung.« Bianca ließ sich auf den Stuhl fallen.

»O mein Gott. Herr Jesus.«

»Mrs Hale, ich habe meine ersten Untersuchungsergebnisse an das Branddezernat weitergegeben. Mein Job ist es, das Gebäude zu untersuchen und zu entscheiden, ob das Feuer durch Brandstiftung verursacht wurde. Jemand vom Branddezernat wird das Haus besichtigen und eine Untersuchung durchführen.«

»Warum tun Sie das nicht?«, wollte Reena wissen. »Sie wissen doch, wie es war.«

John sah sie an und betrachtete diese müden und intelligenten bernsteinfarbenen Augen. Ja, er wusste es. »Wenn das Feuer absichtlich gelegt wurde, dann ist das ein Verbrechen, um das sich die Polizei kümmern wird.«

»Aber Sie wissen es.«

Nein, diesem Kind konnte man nichts vormachen. »Ich habe die Polizei informiert, weil ich bei meinen Untersuchungen in dem Haus Zeichen für ein gewaltsames Eindringen gefunden habe. Die Rauchmelder waren unbrauchbar gemacht, und ich habe mehrere Ursprungsorte gefunden.«

»Was heißt Ursprungsorte?«, fragte Reena, neugierig wie immer.

»Das bedeutet, dass das Feuer an mehreren Orten entstanden ist, und aus den Brandmustern, der Art, wie das Feuer bestimmte Bereiche am Boden, an den Wänden, an den Möbeln beschädigt hat, und aus den Überresten kann man mit großer Wahrscheinlichkeit schließen, dass es mit Benzin entfacht wurde. Außerdem wurde eine regelrechte Straße aus brennbarem Material wie Zeitungs- und Wachspapier sowie Steichholzbriefchen gebaut. Es sieht so aus, als habe ein Einbrecher eine Spur durch das ganze Restaurant bis in die Küche gelegt. Dort gab es weitere entzündliche Stoffe: unter Druck stehende Dosen, Holzschränke. Das ganze Drumherum – die Tische und Stühle. Wahrscheinlich wurde Benzin über den Boden und die Möbel gekippt und an die Wände gespritzt.«

»Wer sollte so etwas tun? Mit Absicht?« Gib schüttelte den Kopf. »Ich könnte mir vorstellen, dass ein paar dumme Jungs eingebrochen sind, Unsinn gemacht haben und dabei einen Unfall hatten, aber Sie sprechen davon, dass jemand bewusst versucht hat, den Laden abzufackeln – und das, obwohl darüber eine Familie wohnt. Wer würde so etwas tun?«

»Das frage ich Sie. Gibt es jemanden, der gegen Sie oder Ihre Familie einen Groll hegt?«

»Nein. Meine Güte, wir leben seit fünfzehn Jahren in diesem Viertel. Bianca ist hier aufgewachsen. Und das Sirico ist eine Institution.«

»Ein Konkurrent?«

»Ich kenne die Restaurantbesitzer in dieser Gegend und komme mit allen gut aus.«

»Vielleicht ein früherer Angestellter. Oder jemand, der für Sie arbeitet und dem Sie einen Verweis erteilen mussten?«

»Nichts dergleichen. Das kann ich beschwören.«

»Haben Sie oder ein Mitglied Ihrer Familie mit jemandem Streit? Einem Angestellten oder einem Kunden?«

Gib fuhr sich mit der Hand über das Gesicht und ging zum Fenster hinüber. »Niemand. Nicht, dass ich wüsste. Wir sind ein Familienbetrieb. Manchmal gibt es Beschwerden – das ist in jedem Restaurant der Fall. Aber es ist nichts vorgefallen, was so etwas hätte auslösen können.«

»Könnte es unter Ihren Angestellten eine Auseinandersetzung gegeben haben? Vielleicht außerhalb der Arbeitszeit? Ich möchte eine Namensliste haben. Wir werden sie alle befragen müssen.«

»Dad.«

»Nicht jetzt, Reena. Wir haben immer versucht, mit allen Nachbarn gut auszukommen und das Lokal so zu führen, wie Biancas Eltern es getan haben. Auch wenn wir alles ein wenig modernisiert haben, ist es im Kern so geblieben, wie es immer war, verstehen Sie?« Seine Stimme verriet Trauer, aber auch Zorn. »Es ist ein solider Laden. Wenn man hart genug arbeitet, kann man gut davon leben. Ich kann mir niemanden vorstellen, der uns oder dem Lokal das antun würde.«

»Den ganzen Morgen über haben uns Nachbarn angerufen«, warf Bianca ein, als das Telefon schon wieder klingelte. »Unsere älteste Tochter nimmt die Anrufe entgegen.

Die Leute sagen uns, wie leid es ihnen tut, und bieten uns ihre Hilfe an. Beim Aufräumen, beim Kochen, beim Wiederaufbau. Ich bin hier aufgewachsen. Im Sirico. Die Leute lieben Gib über alles. Man muss jemanden hassen, um ihm so etwas anzutun, nicht wahr? Uns hasst niemand.«

»Joey Pastorelli hasst mich.«

»Catarina.« Bianca fuhr sich müde mit der Hand über das Gesicht. »Joey hasst dich nicht. Er ist nur ein Grobian.«

»Warum glaubst du, dass er dich hasst?«, wollte John wissen.

»Er hat mich auf den Boden geworfen, mich geschlagen und mein T-Shirt zerrissen. Und er hat mir einen Schimpfnamen gegeben, aber keiner will mir sagen, was er bedeutet. Xander und seine Freunde haben alles gesehen und kamen mir zu Hilfe. Dann ist Joey weggelaufen.«

»Er ist ein Rohling«, warf Gib ein. »Und es war …« Er sah John in die Augen, und die beiden tauschten etwas aus, was Reena nicht verstand. »Es war sehr beunruhigend. Er sollte dafür bestraft werden. Aber er ist erst zwölf, und ich kann mir nicht vorstellen, dass ein Zwölfjähriger bei uns eingebrochen ist und all das getan hat, was Sie uns geschildert haben.«

»Wir sollten das trotzdem nicht unberücksichtigt lassen. Reena, du sagtest, du hättest den Hund der Pastorellis gehört, als du draußen gesessen hast.«

»Ich glaube, dass er es war. Er macht mir ein wenig Angst und hat ein hartes Bellen – wie ein Husten, der in der Kehle wehtut.«

»Gib, wenn ein Junge meine Tochter angegriffen hätte, dann hätte ich wohl ein Wörtchen mit ihm und seinen Eltern gewechselt.«

»Das habe ich auch getan. Ich war bei der Arbeit, als Reena, Xander und ein paar der anderen Kinder hereinkamen. Reena weinte. Das tut sie sehr selten, also war mir sofort klar, dass man sie verletzt hatte. Ihr T-Shirt war zerrissen. Als sie mir erzählte, was geschehen war ... Ich war ziemlich aufgebracht. Ich ...«

Langsam wandte er sich seiner Frau zu und sah sie entsetzt an. »Meine Güte, Bianca.«

»Was haben Sie getan, Gib?«, fragte John und lenkte Gibs Aufmerksamkeit wieder auf sich.

»Ich bin sofort zu den Pastorellis hinübergegangen. Pete begleitete mich. Joe Pastorelli öffnete uns die Tür. Er war fast den ganzen Sommer über arbeitslos. Ich habe ihn angeschrien.« Er schloss die Augen. »Ich war so verärgert und zornig. Sie ist doch noch ein kleines Mädchen. Ihr T-Shirt war zerrissen, und ihr Bein blutete. Ich sagte ihm, dass ich es satt hätte, dass sein Kind meines tyrannisiert und dass das aufhören müsse. Dass Joey dieses Mal zu weit gegangen sei und ich mir überlege, den Fall der Polizei zu melden. Wenn er seinen Jungen nicht erziehen könne, müsse die Polizei das in die Hand nehmen. Wir brüllten uns an.«

»Er nannte dich einen verfluchten Weltverbesserer und ein Arschloch, das sich um seine eigenen verdammten Sachen kümmern solle.«

»Catarina!« Biancas Ton war messerscharf. »Benütze nie wieder solche Ausdrücke in diesem Haus.«

»Ich habe doch nur wiederholt, was er gesagt hat. Für den Bericht. Er sagte, Dad würde eine Bande weinerlicher Rotznasen großziehen, die ihre Probleme nicht selbst lösen könnten. Und er hat noch weitere Schimpfwörter gesagt. Dad sagte auch ein paar.«

»Ich kann nicht mehr genau wiedergeben, was er gesagt hat und ich gesagt habe.« Gib strich sich mit dem Finger über den Nasenrücken. »Ich habe keinen Kassettenrekorder in meinem Kopf wie Reena. Aber ich war wütend und hätte ihn beinahe körperlich angegriffen. Aber die Kinder standen vor dem Laden, und ich wollte keine Prügelei vor ihren Augen anfangen, vor allem nicht, weil ich ja wegen einer Tätlichkeit dorthin gegangen war.«

»Er sagte, dass dir und deiner ganzen Familie jemand eine Lektion erteilen sollte. Und fluchte wieder«, fügte Reena hinzu. »Als du mit Pete gegangen bist, hat er unanständige Gesten gemacht. Und während des Feuers vor dem Laden, habe ich Joey gesehen. Er hat mich angegrinst. Es war ein gemeines Grinsen.«

»Haben die Pastorellis noch mehr Kinder?«

»Nein, nur Joey.« Gib setzte sich neben seine Frau auf die Armlehne des Stuhls. »Eigentlich könnte einem der Junge leid tun, weil Pastorelli ihn anscheinend nicht gut behandelt, aber er ist ein Grobian.« Er warf Reena einen Blick zu. »Vielleicht sogar noch schlimmer als das.«

»Wie der Vater, so der Sohn«, murmelte Bianca. »Ich glaube, er schlägt seine Frau. Ich habe sie schon oft mit blauen Flecken gesehen. Sie ist sehr zurückhaltend, daher kenne ich sie nicht besonders gut. Ich glaube, sie leben jetzt seit beinahe zwei Jahren hier, und ich habe mich kaum mit ihr unterhalten. Einmal kam die Polizei, kurz nachdem er entlassen worden war. Die Nachbarn hörten Schreie und Weinen und riefen die Polizei. Aber Laura – Mrs Pastorelli – sagte ihnen, dass alles in Ordnung, und sie gegen eine Tür gelaufen sei.«

»Klingt, als wäre er ein richtig netter Kerl. Die Polizei wird sich mit ihm unterhalten wollen. Es tut mir leid, dass das passiert ist.«

»Wann können wir hinein und anfangen aufzuräumen?«

»Das wird noch eine Weile dauern. Das Team vom Branddezernat muss erst seinen Job erledigen. Was die Bausubstanz betrifft, sieht es gar nicht so schlecht aus. Die Feuerschutztüren haben verhindert, dass sich das Feuer in den oberen Stockwerken ausbreiten konnte. Ihre Versicherungsgesellschaft wird sich alles anschauen wollen. Diese Dinge brauchen ihre Zeit, aber wir werden unser

Bestes tun, um die Sache zu beschleunigen. Und ohne unser Adlerauge wäre das Ganze noch viel schlimmer.« Er zwinkerte Reena zu, als er aufstand. »Es tut mir wirklich leid für Sie. Ich werde dafür sorgen, dass man Sie auf dem Laufenden hält.«

»Werden Sie wiederkommen?«, fragte Reena. »Und mir zeigen, was in Ihrem Werkzeugkoffer ist und was Sie damit tun?«

»Auf jeden Fall. Du warst eine große Hilfe.« Er streckte ihr seine Hand entgegen. Zum ersten Mal wirkte sie schüchtern, aber sie ergriff seine Hand und schüttelte sie.

»Vielen Dank für die Limonade, Mrs Hale. Gib, begleiten Sie mich zu meinem Wagen?«

Sie gingen zusammen hinaus.

»Ich weiß nicht, warum ich nicht an Pastorelli gedacht habe. Es fällt mir immer noch schwer zu glauben, dass er so weit gehen könnte. In meiner Welt versetzt man einem Kerl, auf den man wütend ist, eins auf die Nase.«

»Der direkte Weg. Wenn er wirklich etwas damit zu tun hat, wollte er Sie vielleicht in Ihrem Lebensmittelpunkt treffen, Ihre familiäre Basis, Ihre Tradition und Ihre Existenz zerstören. Er ist arbeitslos, Sie nicht. Obwohl, das sind Sie jetzt auch.«

»Meine Güte, ja.«

»Sie und Ihr Angestellter stellen ihn zur Rede. Ihre Kinder stehen dabei und beobachten das. Nachbarn auch, nehme ich an.«

Gib schloss die Augen. »Ja, ja. Die Leute kamen aus ihren Häusern.«

»Indem er Sie angreift und Ihre Arbeitsstätte zerstört, erteilt er Ihnen eine Lektion. In welchem Haus wohnt er?«

»Dort, auf der rechten Seite.« Gib neigte den Kopf. »Das, in dem die Vorhänge zugezogen sind. Ein zu heißer Tag, um die Vorhänge zuzuziehen. Mistkerl.«

»Sie sollten sich von ihm fernhalten. Unterdrücken Sie

den Wunsch, ihn wegen des Feuers zu befragen. Hat er einen Wagen?«

»Ja, es ist der alte Ford dort drüben. Der blaue Laster.«

»Um welche Uhrzeit hatten Sie die Auseinandersetzung?«

»Ich denke, gegen zwei Uhr. Die Mittagsgäste waren fast alle schon weg.«

Während sie weitergingen, blieben mehrere Leute stehen. Türen wurden geöffnet, und einige Nachbarn streckten die Köpfe aus dem Fenster, um Gib einen Gruß zuzurufen. Im Haus der Pastorellis blieben jedoch die Vorhänge zugezogen.

Auf dem Gehsteig vor dem Restaurant hatte sich eine kleine Gruppe versammelt. John blieb außer Hörweite stehen.

»Ihre Nachbarn werden sich mit Ihnen darüber unterhalten wollen und Ihnen Fragen stellen. Es ist am besten, wenn Sie nicht erwähnen, worüber wir gesprochen haben.«

»Das werde ich nicht.« Gib atmete tief aus. »Ich hatte ohnehin vor, einiges zu renovieren. Das ist dann wohl jetzt der richtige Zeitpunkt dafür.«

»Wenn Sie später hineinkönnen, werden Sie viele Schäden sehen, die durch die Brandbekämpfung entstanden sind. Aber die tragenden Wände haben standgehalten. Geben Sie uns ein paar Tage. Wenn alles erledigt ist, werde ich zurückkommen und Sie persönlich durch das Haus führen. Sie haben eine nette Familie, Gib.«

»Danke, das stimmt. Aber Sie haben noch nicht alle kennengelernt.«

»Ich habe gestern Nacht alle gesehen.« John holte seine Schlüssel hervor und spielte damit. »Ihre Kinder haben Sandwiches für die Feuerwehrmänner gemacht. Menschen, die anderen etwas Gutes tun, obwohl sie selbst in einer schwierigen Situation stecken, haben einen guten

Charakter. Da kommen die Leute vom Branddezernat.« Er neigte den Kopf, als ein Wagen vorfuhr. »Ich werde mich kurz mit ihnen besprechen. Wir bleiben in Verbindung.« John streckte seine Hand aus und verabschiedete sich. Er ging auf das Auto zu, aus dem zwei Polizisten ausstiegen, und schenkte ihnen ein grimmiges Lächeln.

»Hallo, Minger.«

»Hallo. Sieht so aus, als hätte ich euch eure Arbeit abgenommen.« Er zog eine Zigarette hervor und zündete sie an. »Ich werde euch auf den neuesten Stand der Dinge bringen.«

Kapitel 3

Es dauerte keine zwei Tage. Die Polizei kam bereits am nächsten Nachmittag und holte Mr Pastorelli ab. Reena sah es mit eigenen Augen, als sie mit Gina Rivero, ihrer besten Freundin seit der zweiten Klasse, nach Hause ging.

Sie blieben an der Ecke stehen, an der das Sirico stand. Die Polizei und die Feuerwehr hatten alles abgesperrt, ein Band gespannt und Warntafeln aufgestellt.

»Es sieht verlassen aus«, murmelte Reena.

Gina legte ihr tröstend eine Hand auf die Schulter. »Meine Mom sagt, wir werden für dich und deine Familie am Sonntag vor der Messe Kerzen anzünden.«

»Das ist nett. Pater Bastillo hat uns besucht. Er erzählte etwas über Stärke, die aus einer Notlage entsteht, und darüber, dass Gottes Wege unergründlich sind.«

»Das ist wahr«, erwiderte Gina ehrfürchtig und berührte den Anhänger mit dem Kruzifix, den sie trug.

»Ich finde es in Ordnung, Kerzen anzuzünden und zu beten und so, aber noch besser ist es, etwas zu unternehmen. Untersuchungen anzustellen und herauszufinden, warum es passiert ist. Und dafür zu sorgen, dass jemand bestraft wird. Wenn man nur herumsitzt und betet, geschieht nichts.«

»Ich glaube, das ist Blasphemie«, flüsterte Gina und sah sich rasch um, ob ein Engel Gottes auftauchen und sie bestrafen würde.

Reena zuckte die Schultern. Für sie war es keine Blasphemie, wenn man sagte, was man dachte. Ginas älterer Bruder Frank hatte wohl guten Grund, seine Schwester in letzter Zeit als Schwester Maria zu bezeichnen.

»Inspektor Minger und die beiden Polizisten tun etwas. Sie stellen Fragen und suchen nach Beweismaterial. Dann weiß man Bescheid, und das ist gut so. Es ist besser, etwas zu unternehmen. Ich wünschte, ich hätte mich verteidigt, als Joey Pastorelli mich zu Boden geworfen und geschlagen hat. Aber ich hatte so große Angst, dass ich mich nicht wehren konnte.«

»Er ist größer als du.« Gina legte den Arm um Reenas Taille. »Und er ist gemein. Frank sagt, er sei nur ein kleiner Spinner, dem man mal in den A... treten sollte.«

»Du kannst das Wort ›Arsch‹ ruhig aussprechen, Gina. Es kommt sogar in der Bibel vor. Sieh mal, da sind die Leute vom Branddezernat.«

Sie erkannte die beiden Männer und ihren Wagen wieder. Heute trugen sie Anzüge und Krawatten, wie Geschäftsleute, aber sie hatte sie schon in Schutzanzügen und mit Helmen bei ihrer Arbeit im Sirico gesehen.

Sie waren zu ihr nach Hause gekommen und hatten ebenso wie Inspektor Minger mit ihr gesprochen. Als sie jetzt aus dem Wagen stiegen und auf das Haus der Pastorellis zugingen, krampfte sich ihr Magen vor Aufregung zusammen.

»Sie gehen zu Joeys Haus.«

»Sie haben sich auch mit meinem Dad unterhalten. Er ging los, um sich das Sirico anzuschauen, da haben sie ihn angesprochen.«

»Psst. Schau mal.« Sie legte den Arm um Ginas Taille und zog sie mit sich zurück um die Ecke, als Mrs Pastorelli die Tür öffnete. »Sie will sie nicht hineinlassen.«

»Warum nicht?«

Es kostete Reena enorme Willenskraft, es nicht ausführlich zu schildern, aber sie schüttelte nur den Kopf. »Sie zeigen ihr ein Blatt Papier«, sagte sie schließlich.

»Sie wirkt verängstigt. Jetzt gehen sie hinein.«

»Wir warten.« Sie ging zum Bordstein, um sich dort zwischen den parkenden Autos hinzusetzen. »Hier können wir bleiben.«

»Aber wir sollten sofort zu dir nach Hause gehen.«

»Das ist etwas anderes. Du kannst gehen und meinem Dad Bescheid sagen.« Sie sah zu Gina auf. »Geh zu meinem Haus und erzähle es Dad. Ich werde hier warten und schauen, was geschieht.«

Während Gina loslief, setzte sich Reena auf den Randstein und behielt die immer noch zugezogenen Vorhänge im Auge.

Als ihr Vater allein zurückkam, stand sie auf.

Er sah sie an und hatte mit einem Mal das Gefühl, kein Kind mehr vor sich zu haben. In ihren Augen lag ein kalter, grimmiger Ausdruck, der sehr erwachsen wirkte.

»Sie wollte sie nicht ins Haus lassen, aber sie haben ihr ein Blatt Papier gezeigt. Ich glaube, das war ein Haftbefehl, wie in Miami Vice. Also musste sie sie hineinlassen.«

Er nahm ihre Hand. »Ich sollte dich nach Hause schicken. Du bist noch nicht einmal zwölf Jahre alt und solltest bei einer solchen Sache nicht dabei sein.«

»Aber du tust es nicht.«

»Nein.« Er seufzte. »Deine Mutter erledigt alles, wie sie sich das vorstellt. Sie hat ihren Glauben und ihr Temperament, einen messerscharfen Verstand und ein unglaublich großes Herz. Auch Fran besitzt einen starken Glauben und ein großes Herz. Sie glaubt, dass alle Menschen von Natur aus gut sind, dass es sich eher um eine Ausnahme handelt, wenn jemand schlecht ist.«

»Das trifft aber nicht immer richtig zu.«

»Nein. Bella konzentriert sich im Augenblick hauptsächlich auf sich selbst. Sie ist sehr mit ihren Gefühlen beschäftigt, und ob ein Mensch gut oder schlecht ist, interessiert sie im Moment wenig, solange es sie nicht betrifft. Wahrscheinlich wird sich das noch ändern, aber sie wird immer zuerst auf ihren Bauch hören, bevor sie nachdenkt. Und Xander hat von allen das sonnigste Gemüt. Er ist ein glückliches Kind, das keinen Ärger sucht.«

»Xander kam mir zu Hilfe, als Joey mir wehgetan hat. Er hat ihn vertrieben, und er ist erst neuneinhalb.«

»Das gehört zu seinem Naturell. Er will immer helfen, vor allem, wenn jemandem ein Leid zugefügt wird.«

»Weil er so ist wie du.«

»Das ist schön zu hören. Und du, mein Schatz.« Er beugte sich hinunter und küsste ihre Fingerspitzen. »Du gleichst deiner Mutter am meisten, hast aber auch etwas ganz Spezielles. Du bist sehr wissbegierig. Nimmst alle Dinge auseinander – nicht um zu sehen, wie sie funktionieren, sondern wie sie zusammenpassen. Als du noch klein warst, hat es nichts genützt, dir zu verbieten, etwas anzurühren. Du musstest es in die Hand nehmen, es fühlen und herausfinden, was damit los ist. Es hat nie viel Sinn gemacht, dir etwas zu sagen – du musstest immer alles für dich selbst entdecken.«

Sie lehnte den Kopf an seinen Arm. Die Hitze war erdrückend und machte sie schläfrig. Irgendwo in der Ferne grollte Donner. Reena wünschte, sie hätte ein Geheimnis, etwas Gewichtiges, Dunkles und Persönliches, um es mit ihm zu teilen. Sie wusste, dass sie ihm in diesem Moment alles anvertrauen könnte.

Da ging auf der anderen Straßenseite die Tür auf. Die beiden Kriminalbeamten brachten Mr Pastorelli heraus, einer links, der andere rechts von ihm. Er trug Jeans und ein schmuddeliges weißes T-Shirt. Sein Kopf war gesenkt, als sei er peinlich berührt, doch Reena sah an seinem Kinn und an der Art, wie er die Lippen zusammenpresste, dass er wütend war.

Einer der Polizisten trug einen großen roten Kanister, der andere eine riesige Plastiktüte.

Mrs Pastorelli stand an der Haustür und schluchzte laut. Sie hielt ein hellgelbes Geschirrtuch in der Hand und vergrub ihr Gesicht darin. Am linken ihrer weißen Turnschuhe hatten sich die Schnürsenkel gelöst.

Die Nachbarn kamen aus ihren Häusern, um die Szene zu beobachten. Der alte Mr Falco saß in seinen roten Shorts auf den Stufen; seine dürren weißen Beine waren gegen den Stein kaum zu sehen. Mrs DiSalvo blieb mit ihrem kleinen Sohn Christopher am Straßenrand stehen. Er leckte an einem Eis mit Traubengeschmack, das lilafarben glänzte. Im Sonnenschein schien alles zu leuchten und sich scharf abzuzeichnen.

Es war ganz ruhig. So ruhig, dass Reena Mrs Pastorellis schwere Atemzüge zwischen den Schluchzern hören konnte.

Einer der Polizisten öffnete die hintere Tür des Wagens. Der andere legte die Hand auf Mr Pastorellis Kopf und schob ihn hinein. Dann legten sie den Kanister – es war ein Benzinkanister, das konnte sie jetzt erkennen – und den grünen Plastiksack in den Kofferraum.

Der mit dem dunklen Haar und den Bartstoppeln wie Sonny Crockett sagte etwas zu dem anderen und überquerte dann die Straße.

»Mr Hale.«

»Detective Umberio.«

»Wir haben Pastorelli wegen Verdachts auf Brandstiftung festgenommen. Wir nehmen ihn in Gewahrsam und sichern Beweismaterial.«

»Hat er es zugegeben?«

Umberio grinste. »Noch nicht, aber mit dem, was wir gefunden haben, stehen seine Chancen schlecht. Wir werden Sie auf dem Laufenden halten.«

Er warf einen Blick zurück auf Mrs Pastorelli, die an der Türschwelle in das gelbe Geschirrtuch schluchzte. »Sie hat ein blaues Auge und weint ihm trotzdem nach. Was es nicht alles gibt.«

Er tippte sich zum Gruß mit zwei Fingern an die Stirn und ging zurück zum Wagen. Als er eingestiegen war und losfuhr, kam Joey aus dem Haus geschossen.

Er war gekleidet wie sein Vater: Jeans und ein vom vielen Waschen ohne Bleiche grau gewordenes T-Shirt. Während er zu dem Auto rannte, stieß er wüste Beschimpfungen gegen die Polizisten aus. Und er weinte, wie Reena beklommen bemerkte. Er weinte um seinen Vater, als er hinter dem Auto herlief und die Fäuste schüttelte.

»Lass uns nach Hause gehen, Schätzchen«, murmelte Gib.

Reena ging Hand in Hand mit ihrem Vater nach Hause. Joeys fürchterliche Schreie, als er verzweifelt hinter seinem Vater herlief, klangen ihr immer noch in den Ohren.

Die Nachrichten verbreiteten sich rasch. Wie ein Lauffeuer, das sich aus einem geschlossenen Raum explosionsartig ausbreitet, sobald es neuen Sauerstoff erhält. Die Entrüstung wirkte wie eine Lunte und trug die Flammen durch die gesamte Nachbarschaft, in die Wohnhäuser und Geschäfte, auf die Straßen und in die Parks.

Die Vorhänge im Haus der Pastorellis blieben geschlossen, so als sei der dünne Stoff ein Schutzschild.

Reena kam es vor, als sei ihr Haus niemals geschlossen. Nachbarn kamen hereingeströmt und brachten verpackte Lebensmittel, Unterstützung und Klatsch mit.

Habt ihr gewusst, dass er die Kaution nicht aufbringen konnte?

Sie ist nicht einmal am Sonntag zur Messe gegangen.

Mike von der Sunoco-Tankstelle hat ihm das Benzin verkauft!

Mein Cousin, der Anwalt, sagte, sie könnten ihn wegen versuchten Mordes anklagen.

Zusätzlich zu dem Klatsch und den Spekulationen kam immer wieder die Bemerkung: Ich wusste, dass dieser Mann Ärger bedeutet.

Oma und Opa kamen mit ihrem Winnebago-Wohnmobil den weiten Weg von Bar Harbor in Maine zurückgefahren.

Sie parkten es in Onkel Sals Auffahrt in Bel Air, weil er der Älteste war und das größte Haus besaß.

Dann gingen alle zusammen, Onkel, Tanten und einige der Cousins, hinunter zum Sirico, um sich dort umzuschauen. Es wirkte wie eine Parade, nur dass es keine Kostüme und keine Musik gab. Einige der Nachbarn kamen aus ihren Häusern, hielten sich aber respektvoll fern.

Opa war schon alt, aber noch sehr rüstig. Das war das Wort, das Reena im Zusammenhang mit ihm am häufigsten gehört hatte. Sein Haar war weiß wie eine Wolke und sein dichter Schnauzbart ebenfalls. Er hatte einen dicken Bauch und breite Schultern und trug gern diese Polohemden mit dem Krokodil auf der Brusttasche. Heute hatte er ein rotes an.

Oma sah neben ihm winzig aus; sie verbarg ihre Augen hinter einer Sonnenbrille.

Es wurde viel gesprochen – sowohl englisch als auch italienisch. Onkel Sal redete fast nur italienisch. Mama sagte, er hielte sich selbst für italienischer als Manicotti.

Reena beobachtete, wie Onkel Larry – den sie nur Lorenzo nannten, wenn sie ihn aufziehen wollten – zu Mama hinüberging und ihr die Hand auf die Schulter legte und sie ihre hob und auf seine drückte. Onkel Larry war der jüngste und der ruhigste von allen.

Onkel Gio wandte sich um und starrte Löcher in die zugezogenen Vorhänge von Pastorellis Haus. Er war der Hitzkopf, und sie hörte, wie er etwas auf Italienisch murmelte, das sich anhörte wie ein Fluch. Oder eine Drohung. Aber Onkel Paul – Paolo – schüttelte den Kopf. Er war der Ernsthafte unter ihnen.

Opa schwieg lange Zeit. Reena fragte sich, was er wohl dachte. An die Zeit, in der sein Haar noch nicht weiß und sein Bauch noch nicht so dick gewesen war und er mit Oma Pizza gebacken und den ersten verdienten Dollar in einem Rahmen an die Wand gehängt hatte?

Vielleicht dachte er auch daran, wie sie vor Mamas Geburt in der Wohnung über dem Sirico gewohnt hatten oder wie einmal der Oberbürgermeister von Baltimore zum Essen gekommen war. Oder daran, wie Onkel Larry ein Glas zerbrochen und sich in die Hand geschnitten hatte und Dr. Trivani seine mit Parmesan überbackene Aubergine stehen ließ, ihn in seine Praxis mitnahm und die Wunde nähte. Er und Oma erzählten viele Geschichten von den alten Zeiten, und Reena hörte sie sich gerne an, auch wenn sie sie schon kannte.

Sie schlängelte sich an ihren Cousins und Tanten vorbei und ergriff seine Hand. »Es tut mir leid, Opa.«

Er drückte ihre Finger und schob dann zu ihrem Erstaunen eine der Sperren beiseite. Ihr Herz klopfte heftig, als er sie die Stufen hinaufführte. Sie konnte das verbrannte schwarze Holz und die Pfützen mit Schmutzwasser sehen. Die Sitzfläche eines der hohen Hocker war zu einer seltsamen Form zusammengeschmolzen. Überall waren Brandflecken, und der Boden hatte dort, wo er nicht ganz verbrannt war, Blasen geworfen.

Verwundert betrachtete sie eine Spraydose, die in einer der Wände steckte, als wäre sie mit einer Kanone dort hineingeschossen worden. Die fröhlichen Farben waren verschwunden, ebenso wie die Flaschen mit den Kerzen, an denen seitlich das Wachs heruntergetropft war. Keines der hübschen Bilder, die ihre Mutter gezeichnet hatte, hing mehr an der Wand.

»Ich sehe Geister hier, Catarina. Gute Geister. Ein Feuer kann sie nicht vertreiben. Gibson?« Er wandte sich um, und ihr Vater trat durch die Öffnung in der Absperrung. »Bist du versichert?«

»Ja. Die Leute waren schon da, um sich umzuschauen. Damit wird es keine Probleme geben.«

»Willst du die Versicherungssumme für den Wiederaufbau verwenden?«

»Keine Frage. Vielleicht können wir morgen schon wieder hinein und damit anfangen.«

»Wie willst du das anstellen?«

Onkel Sal fing zu sprechen an, weil er zu allem eine Meinung hatte, aber Opa hob den Zeigefinger. Laut Reenas Mutter war er der Einzige, der Onkel Sal zum Schweigen bringen konnte. »Gibson und Bianca sind die Eigentümer des Sirico, also ist es ihr Recht zu entscheiden, was und wie es getan werden soll. Wie kann die Familie euch helfen?«

»Bianca und mir mag der Laden zwar gehören, aber du hast ihn aufgebaut. Ich würde gerne deinen Rat hören.«

Opa lächelte. Reena beobachtete, wie das Lächeln über sein Gesicht wanderte, den dichten weißen Schnurrbart nach oben zog und die Trauer aus seinen Augen vertrieb. »Du bist mein Lieblingsschwiegersohn.«

Mit diesem alten Familienscherz trat er wieder auf die Straße. »Lasst uns zum Haus zurückgehen und reden.«

Als sie wie in einer Parade zurückmarschierten, sah Reena, dass sich die Vorhänge im Haus der Pastorellis bewegten.

»Gespräch« war nicht das passende Wort, um zu beschreiben, was sich bei einem Familientreffen abspielte. Riesige Mengen von Essen wurden zubereitet. Die älteren Kinder wurden damit beauftragt, die jüngeren zu beaufsichtigen, was zu Streitereien oder offenem Krieg führte. Je nach Stimmung wurden sie dann gescholten, oder man lachte über sie.

Der Geruch nach Knoblauch und Basilikum, das Reena frisch aus dem Garten geholt hatte, zog durch das Haus. Und es ging laut zu.

Als Opa Reena befahl, mit den Erwachsenen ins Esszimmer zu kommen, hatte sie Schmetterlinge im Bauch.

Der Tisch war ganz ausgezogen, aber immer noch nicht

groß genug für alle. Die meisten Kinder hatten sich draußen an Klapptische oder auf Decken gesetzt, und einige der Frauen hüteten die Schar. Aber Reena befand sich im Esszimmer mit allen Männern, ihrer Mutter und Tante Mag, die Anwältin und sehr klug war.

Opa teilte die Nudeln aus einer großen Schüssel aus und reichte Reena eine Portion. »Also dieser Junge, dieser Joey Pastorelli, hat dich geschlagen.«

»Er hat mich in den Bauch gehauen, mich auf den Boden geworfen und dann noch einmal geschlagen.«

Opa schnaubte laut, und da seine Nase sehr groß war, erinnerte sie das Geräusch an einen angriffslustigen Stier. »Wir leben in einer Zeit der Gleichberechtigung von Mann und Frau, aber ein Mann darf niemals eine Frau schlagen und ein Junge niemals ein Mädchen. Aber ... hast du irgendetwas zu diesem Jungen gesagt, was ihn dazu veranlasst haben könnte, dich zu schlagen?«

»Ich halte mich von ihm fern, weil er in der Schule und in der Nachbarschaft immer Raufereien anfängt. Einmal hat er sein Taschenmesser herausgeholt und gesagt, er würde Johnnie O'Hara damit erstechen, weil er ein blöder Ire sei. Die Schwester hat ihm das Messer weggenommen und ihn zur Oberin geschickt. Er ... er sieht mich manchmal so an, dass ich Bauchschmerzen bekomme.«

»Was hast du an dem Tag gemacht, an dem er dich geschlagen hat?«

»Ich habe mit Gina auf dem Schulhof gespielt. Wir haben Bälle geworfen, aber es war so heiß, und wir wollten ein Eis essen. Gina ist nach Hause gelaufen, um ihre Mutter um Geld zu bitten. Ich hatte achtundachtzig Cent dabei, aber das reichte nicht für zwei. Dann kam er zu mir herüber und sagte, ich soll mit ihm kommen, er will mir etwas zeigen. Aber ich wollte nicht und sagte, dass ich lieber auf Gina warten will. Sein Gesicht war so rot, als ob er schnell gelaufen wäre, und er wurde wütend, packte mich am Arm und zog mich mit sich. Aber ich riss mich los und erklärte ihm, dass ich nicht mitkommen würde. Dann schlug er mich in den Magen und beschimpfte mich mit einem Wort. Es bedeutet …«

Sie brach ab und sah ihre Eltern kleinlaut an. »Ich habe es im Wörterbuch nachgeschlagen.«

»Das war ja klar«, murmelte Bianca und fuhr mit der Hand durch die Luft. »Er nannte sie eine kleine Fotze. Das ist ein hässliches Wort, Catarina. Wir werden es in diesem Haus nie wieder aussprechen.«

»Nein, Mama.«

»Dein Bruder kam dir zu Hilfe«, fuhr Opa fort. »Weil er dein Bruder ist und weil es richtig ist, jemandem in Not zu helfen. Dann tat dein Vater das Richtige und ging, um mit dem Vater dieses Jungen zu reden. Aber der Mann verhielt sich nicht wie ein Mann. Er hat nicht durchgegriffen und getan, was er hätte tun sollen. Stattdessen hat er deinen Vater auf feige Weise angegriffen, um ihn zu verletzen – um uns alle zu verletzen. War das deine Schuld?«

»Nein, Opa. Aber es war mein Fehler, dass ich zu große Angst hatte, um mich zu wehren. Das wird beim nächsten Mal nicht mehr der Fall sein.«

Er lachte unterdrückt. »Lerne davonzulaufen. Und wenn das nicht geht, dann kämpfst du.« Er lehnte sich zurück und nahm seine Gabel in die Hand. »Hier kommt mein Ratschlag. Salvatore, dein Schwager besitzt eine Baufirma. Wenn wir wissen, was gebraucht wird, kannst du uns alles zu einem ermäßigten Preis besorgen. Gio, der Cousin deiner Frau ist Klempner, stimmt's?«

»Ich habe schon mit ihm gesprochen. Bianca, Gib, sagt einfach, was ihr braucht.«

»Mag, würdest du dich mit der Versicherungsgesellschaft in Verbindung setzen, damit wir Verzögerungen vermeiden und den Scheck so schnell wie möglich bekommen?«

»Aber selbstverständlich. Ich würde gern einen Blick auf die Versicherungspolice werfen. Vielleicht gibt es etwas, was wir für die Zukunft ändern wollen. Dann müssen wir uns noch mit dem Strafverfahren gegen diesen ... gegen diese Person beschäftigen.« Sie zog die Augenbrauen hoch und sah Reena an. »Wenn es zu einer Verhandlung kommt, wird Reena höchstwahrscheinlich aussagen müssen. Aber vielleicht auch nicht«, fuhr sie fort. »Ich habe schon meine Fühler ausgestreckt. Typische Fälle von Brandstiftung sind schwer nachzuweisen, aber dieser scheint bereits klar zu sein.«

Sie wickelte Nudeln um ihre Gabel und schob sich einen kleinen Bissen in den Mund. »Die Ermittlungsbeamten arbeiteten überaus gründlich, und der Brandstifter verhielt sich sehr dumm. Der Staatsanwalt nimmt an, dass er sich auf einen Handel einlassen wird, um eine Anklage wegen versuchten Mordes zu vermeiden. Sie haben ausreichend Beweismaterial, einschließlich der Tatsache, dass er wegen anderer Brände schon zweimal verhört wurde.«

Mag widmete sich wieder ihren Nudeln, während alle anderen am Tisch durcheinander zu reden begannen.

»Im Frühsommer wurde er von seinem Job als Mechaniker gefeuert«, fuhr sie schließlich fort. »Einige Tage darauf brach nachts in der Werkstatt ein Feuer aus, das verdächtig erschien. Der Schaden hielt sich in Grenzen, weil ein anderer Angestellter die Werkstatt für ein Stelldichein mit seiner Freundin nützen wollte. Man hat unter anderem auch Pastorelli verhört, aber eine Brandstiftung konnte nicht nachgewiesen werden. Vor einigen Jahren hatte er eine heftige Auseinandersetzung mit dem Bruder seiner Frau in Columbia. Der Bruder leitete ein Geschäft für Elektroartikel. Jemand schleuderte einen Molotowcocktail durch das Fenster. Eine ...«

Sie warf wieder einen Blick auf Reena. »Eine Dame, die

sich abends noch auf der Straße aufhielt, sah einen Lastwagen davonbrausen und konnte sich sogar einen Teil des Kennzeichens merken. Aber Pastorellis Frau beschwor, dass er die ganze Nacht zu Hause gewesen sei, und sie glaubten ihr.«

Mag griff nach ihrem Weinglas. »Diese Geschichte werden sie als Aufhänger nehmen und ihn festnageln.«

»Wären Inspektor Minger und die Kommissare vom Branddezernat mit dem Fall befasst gewesen, hätten sie ihn überführt.«

Mag schenkte Reena ein Lächeln. »Vielleicht. Aber dieses Mal wird er sicher dingfest gemacht.«

»Lorenzo?«

»Ich habe einen starken Rücken«, meldete er sich zu Wort. »Und ich habe einen Freund, der Böden verlegt. Mit ihm kann ich einen Sonderpreis aushandeln.«

»Und ich kann mich um Lastwagen und Bauarbeiter kümmern«, warf Paul ein. »Außerdem handelt der Schwager eines Freundes mit Restaurantbedarf. Da bekommt ihr Rabatt.«

»Mit alldem und der Hilfe der Nachbarn können Bianca, die Kinder und ich den Großteil des Versicherungsgeldes für einen Urlaub in Hawaii ausgeben.«

Ihr Vater scherzte, aber seine Stimme zitterte ein wenig, daher wusste Reena, dass er gerührt war.

Nachdem die Reste verteilt oder verstaut waren, die Küche aufgeräumt war und alle Tanten, Onkel und Cousins das Haus verlassen hatten, holte Gib sich ein Bier und nahm es mit hinaus auf die Stufen vor der Eingangstür. Er musste nachdenken, und das tat er am liebsten bei einem Bier.

Die Familie war gekommen, und das hatte er auch nicht anders erwartet. Seine Eltern hatten lediglich gesagt: »Meine Güte, wie schrecklich«, und auch das war nicht unerwartet gekommen.

So war es eben. – Aber jetzt dachte er daran, dass er zwei Jahre lang in demselben Block mit einem Mann gelebt hatte, der ein Feuer legte, um seine persönlichen Probleme zu lösen. Ein Mann, der auch sein Heim anstelle seines Ladens hätte anzünden können.

Ein Mann, dessen zwölfjähriger Sohn seine jüngste Tochter angegriffen hatte. Verdammt, er hatte sie vergewaltigen wollen!

Das verursachte ihm Übelkeit und zeigte, dass er zu vertrauensselig, zu gutgläubig war. Zu weich.

Er musste eine Frau und vier Kinder beschützen, und im Augenblick fühlte er sich dem nicht gewachsen.

Er nahm einen Schluck aus der Flasche mit Peroni, als John Minger seinen Wagen parkte.

Minger trug eine khakifarbene Hose, ein T-Shirt und knöchelhohe Leinenturnschuhe, die sehr abgetragen waren. Er überquerte den Gehsteig.

»Gib.«

»John.«

»Haben Sie eine Minute Zeit?«

»Jede Menge. Wollen Sie ein Bier?«

»Da sage ich nicht nein.«

»Setzen Sie sich.« Gib klopfte auf die Stufe neben sich und stand auf, um ins Haus zu gehen. Kurz darauf kehrte er mit dem Rest des Sixpacks zurück.

»Schöner Abend.« John nahm einen kräftigen Schluck Bier. »Ein bisschen kühler.«

»Ja. Ich würde sagen, wir befinden uns nur im fünften Stockwerk der Hölle statt direkt im Zentrum.«

»Hatten Sie einen harten Tag?«

»Nein, nicht wirklich.« Gib lehnte sich zurück und stützte sich mit dem Ellbogen auf der Stufe über ihm ab. »Die Familie meiner Frau kam heute zu uns. Es war schwer, ihre Mutter und ihren Vater zu beobachten, als sie das sahen.« Er deutete mit dem Kinn auf das Sirico. »Aber sie werden damit fertig. Und sie sind sogar bereit, die Ärmel aufzukrempeln und uns zu helfen. Mit so viel Hilfe könnte ich einfach faul sitzen bleiben und nichts tun, und der Laden würde in einem Monat wieder laufen.«

»Sie fühlen sich als Versager. Genau das wollte er erreichen.«

»Pastorelli?« Gib prostete ihm zu. »Dann ist die Mission erfüllt. Verdammt, sein Kind hat sich an meines herangemacht, und darüber denke ich jetzt nach. Ich denke viel darüber nach, und ich glaube, er wollte sie vergewaltigen. Herr im Himmel!«

»Er hat es nicht getan. Sie hat Kratzer und blaue Flecken, aber es ist sinnlos, sich Gedanken darüber zu machen, was hätte passieren können.«

»Ich muss sie beschützen. Das ist meine Aufgabe. Meine älteste Tochter ist ausgegangen. Mit einem netten Kerl, nichts Ernstes. Aber ich ängstige mich zu Tode.«

John nahm langsam einen langen Zug aus der Flasche. »Gib, eines der Dinge, die Männer wie Pastorelli erreichen wollen, ist es, Angst zu schüren. Das gibt ihm das Gefühl, wichtig zu sein.«

»Ich werde ihn wohl niemals vergessen können, oder? Das macht ihn verdammt wichtig. Entschuldigung, es tut mir leid.«

Gib richtete sich auf und fuhr sich durch das Haar.

»Ich bemitleide mich nur selbst, das ist alles. Ich habe eine große Familie mit unzähligen Mitgliedern, die alle bereit sind, mir zu helfen. Auch die Nachbarn halten zu mir. Ich muss das einfach abschütteln.«

»Das wird Ihnen auch gelingen. Vielleicht hilft Ihnen das dabei: Ich bin vorbeigekommen, um Ihnen zu sagen, dass Sie anfangen können, das Lokal aufzubauen. Und wenn Sie das tun, nehmen Sie es ihm wieder weg.«

»Es wird schön sein, tatsächlich etwas tun zu können.«

»Er wird von hier verschwinden, Gib. Nur ein Bruchteil

aller Brandstiftungen endet mit einer Festnahme, aber wir haben ihn. Der Mistkerl versteckte Schuhe und Kleidung in seinem Schuppen, die nach Benzin stanken. Das Benzin kaufte er bei einem Jungen an der Sunoco-Tankstelle, der ihn kennt. In seine Kleidung war ein Brecheisen eingewickelt, das er wahrscheinlich bei dem Einbruch benützte. Er war so dumm und holte sich ein Bier aus Ihrem Kühlschrank, bevor er das Feuer legte, und trank es im Lokal aus. Wir fanden seine Fingerabdrücke auf der Flasche.«

Er hob die Flasche Peroni und hielt sie schräg, um mit dem Glas die Sonnenstrahlen einzufangen. »Viele Leute glauben, dass ein Feuer alle Spuren verwischt, aber manchmal hinterlässt es unerwartete Dinge. Wie zum Beispiel eine Flasche Bier. Er brach Ihre Kasse auf und nahm das Kleingeld heraus. Auch den Briefumschlag für die Bank fanden wir bei ihm. An der Schublade und der Kühlschranktür in der Küche waren seine Fingerabdrücke. Es gibt so viele Beweise, dass sein Pflichtverteidiger auf einen Handel eingegangen ist.«

»Dann wird es keine Gerichtsverhandlung geben?«

»Nur eine Anhörung, bei der das Urteil verkündet wird. Ich wünsche mir, dass Sie das erleichtert und dass Sie sich gerecht behandelt fühlen. Viele Leute betrachten Brandstiftung nur als ein Eigentumsdelikt, aber das ist sie nicht. Und das haben Sie am eigenen Leib erfahren. Es geht dabei um Menschen, die ihr Heim oder ihr Geschäft verlieren, die zusehen müssen, wie das Resultat ihrer harten Arbeit und ihre Erinnerungen verbrennen. Was er Ihnen und Ihrer Familie angetan hat, war bösartig und persönlich. Jetzt muss er dafür bezahlen.«

»Ja.«

»Seine Frau versuchte, Geld für die Kaution und für einen Anwalt aufzubringen, aber es ist ihr nicht gelungen. Der Junge ist bereits auch in Verruf geraten. Als die Polizei das letzte Mal dort war, hat er einen Stuhl nach einem der Beamten geworfen. Die Mutter hat sie angefleht, ihn nicht mitzunehmen, und sie haben sich erweichen lassen. Sie sollten ihn im Auge behalten.«

»Das werde ich, aber ich glaube nicht, dass sie noch lange hierbleiben werden. Das Haus ist gemietet, und sie sind mit der Miete schon drei Monate im Rückstand.« Gib zuckte die Schultern. »Man spricht in der Nachbarschaft darüber. Vielleicht sollte mich das aufrütteln, damit ich in Zukunft das, was ich habe, mehr zu schätzen weiß.«

»Sie haben die schönste Ehefrau, die ich jemals gesehen habe, wenn ich das sagen darf.«

»Dagegen ist nichts einzuwenden.« Gib öffnete ein weiteres Bier und lehnte sich zurück. »Als ich sie zum ersten Mal sah, traf es mich wie ein Blitz. Ich kam mit einigen Freunden in den Laden. Wir wollten anschließend um die Häuser ziehen, vielleicht ein paar Mädchen aufreißen oder zumindest eine Bar besuchen. Und da war sie. Es war, als hätte jemand mit der Hand durch meinen Brustkorb gegriffen, mein Herz gepackt und zugedrückt. Sie trug eine Jeans mit Schlag und ein weißes Oberteil – eine Bauernbluse, wie man das damals nannte. Hätte mich vor diesem Augenblick jemand gefragt, ob ich an Liebe auf den ersten Blick glaubte, hätte ich ihn ausgelacht. Aber genauso war es. Sie wandte den Kopf und sah mich an, und es gab einen Knall. In ihren Augen sah ich den Rest meines Lebens.«

Er lachte kurz auf und schien sich zu entspannen. »Und erstaunlicherweise tue ich das immer noch. Es ist jetzt fast zwanzig Jahre her, und wenn ich sie ansehe, ist es genau wie damals.«

»Sie können sich glücklich schätzen.«

»Da haben Sie verdammt recht. Für sie hätte ich alles, aber auch alles aufgegeben. Und nun habe ich dieses Leben, diese Familie. Haben Sie Kinder, John?«

»Ja, einen Sohn und zwei Töchter. Und einen Enkel und eine Enkelin.«

»Enkelkinder? Tatsächlich?«

»Sie machen mir große Freude. Ich habe nicht alles getan, was ich hätte tun sollen, als meine Kinder aufgewachsen sind. Ich war neunzehn, als das erste geboren wurde. Als meine Freundin schwanger war, haben wir geheiratet. Zwei Jahre später kam das nächste Kind, und das dritte nach drei weiteren Jahren. Ich war damals bei der Feuerwehr. Dieser Job und die Arbeitszeiten können für eine Familie sehr hart sein. Mein Fehler war, dass ich sie nicht an erste Stelle setzte. Also kam es vor etwa zehn Jahren zur Scheidung.«

»Das tut mir leid.«

»Seltsamerweise verstanden wir uns danach besser. Wir kamen uns näher. Vielleicht beseitigte die Scheidung die schlechten Dinge und machte Platz für die guten.« Er trank mit zurückgelegtem Kopf aus seiner Flasche. »Ich bin also zu haben, falls Ihre Frau eine ältere unverheiratete Schwester haben sollte.«

»Sie hat nur Brüder, aber eine Menge Cousinen.«

Für eine Weile kehrte geselliges Schweigen ein. »Hier lässt es sich aushalten.« John trank einen kleinen Schluck, zog an seiner Zigarette und ließ den Blick über die Nachbarschaft gleiten. »Ein guter Ort, Gib. Sollten Sie noch jemanden brauchen, der Ihnen hilft, den Laden wieder aufzubauen, lassen Sie es mich wissen – mit mir können Sie rechnen.«

»Das weiß ich zu schätzen.«

Im oberen Stockwerk lag Reena im Bett und lauschte den Stimmen, die durch das offene Fenster hereindrangen, während die Abenddämmerung den Himmel mit zarten Farben überzog.

Es war bereits vollkommen dunkel, als die Schreie sie weckten. Sie rollte sich aus dem Bett mit dem beklemmenden Gefühl, dass das Feuer sie verfolgte. Er war zurückgekommen. Er war hier, um ihr Haus niederzubrennen.

Aber es brannte nicht. Fran hatte geschrien. Sie stand auf dem Gehsteig und verbarg das Gesicht an der Schulter des Jungen, der sie ins Kino ausgeführt hatte.

Im Wohnzimmer lief der Fernseher. Der Ton war kaum zu hören. Ihre Eltern standen bereits an der Eingangstür. Als sie sich zwischen die beiden drängte, sah sie, warum Fran geschrien hatte und warum ihre Mutter und ihr Vater so steif an der offenen Haustür standen.

Der Hund brannte, sein Fell kokelte und rauchte. Von der Blutlache, die aus seinem Maul geflossen war, stieg Dampf auf. Reena erkannte am heiseren Bellen den Köter, den Joey Pastorelli Fabio getauft hatte.

Sie sah zu, wie die Polizei Joey Pastorelli abholte – so, wie sie es mit seinem Vater getan hatten. Aber er hielt den Kopf nicht gesenkt, und seine glänzenden Augen trugen einen teuflischen Ausdruck.

Das war einer der letzten Eindrücke dieser langen heißen Augustwochen, die ihr ganz deutlich im Gedächtnis blieben – ein August, in dem der Sommer und auch ihre Kindheit endeten.

Sie erinnerte sich an den freudigen Glanz in Joeys Augen und an seinen stolzen Gang, als sie ihn zum Streifenwagen führten. Und sie vergaß nie seine blutbeschmierten Hände – es war das Blut seines eigenen Hundes.

Kapitel 4

Mai 1992

Das aufwändig instrumentierte, schmalzige Gesülze, mit dem Mariah Carey ihre Gefühle auszudrücken versuchte, drang durch die Wand des Nebenzimmers. Ein nicht enden wollender Strom – wie zähe Lava, einfach furchtbar!

Reena störte normalerweise Musik beim Lernen nicht. Auch Partys, Kleinkriege oder ein Donnerwetter brachten sie dabei nicht aus der Ruhe. Immerhin war sie in einem Haus mit einer großen, lauten Familie aufgewachsen. Wenn ihre Zimmernachbarin jetzt allerdings noch einmal diesen Song spielte, würde sie hinübergehen und ihr einen Bleistift ins Auge stechen. Danach würde sie sie zwingen, diese verdammte CD aufzuessen, und zwar samt der Hülle. Verdammt, immerhin steckte sie mitten in den Vorbereitungen für ihre Abschlussprüfung. Und was sie sich in diesem Semester aufgeladen hatte, war nicht von schlechten Eltern. Aber, rief sie sich selbst ins Gedächtnis, es war es wert. Für die Zukunft.

Reena schob den Stuhl vom Computertisch zurück und rieb sich die Augen. Vielleicht brauchte sie eine kurze Pause. Oder Ohrstöpsel.

Sie stand auf, ignorierte das Chaos, das entstand, wenn zwei Collegestudentinnen sich einen kleinen Raum teilten, und ging zum Kühlschrank, um sich eine Cola light herauszuholen. Allerdings fand sie nur eine offene Flasche mit fettarmer Milch, vier Packungen Slim Fast, eine Diätlimonade und eine Tüte mit Karottenstiften.

Das war unfair. Warum klaute man immer ihr alle Sachen? Natürlich, wer wollte denn schon Ginas »Ich-bin-auf-einer-Dauerdiät«-Zeug haben? Trotzdem …

Sie setzte sich auf den Fußboden und starrte auf den

Stapel Bücher und Aufzeichnungen auf ihrem Schreibtisch, während Mariahs Stimme sich wie eine bösartige Sirene in ihre ohnehin überlasteten Gehirnwindungen bohrte.

Warum glaubte sie eigentlich, sie könne das schaffen? Warum wollte sie das tun? Sie hätte Frans Beispiel folgen und in das Familienunternehmen einsteigen können.

Sie könnte zu Hause sein. Oder eine Verabredung haben wie ein normales Mädchen. Früher einmal war es ihr Lebensziel gewesen, ein Teenager zu werden. Jetzt hatte sie diese Phase des Lebens beinahe schon abgeschlossen und saß in einem vollgestopften Zimmer in einem Studentenwohnheim, hatte nicht einmal eine Cola und war begraben unter der Last eines Lernpensums, das nur ein verrückter Masochist aushalten konnte.

Sie war achtzehn Jahre alt und hatte bisher keinen Sex gehabt. Noch nicht einmal einen richtigen Freund.

Bella heiratete im kommenden Monat, Fran konnte sich die Verehrer nur mit Mühe vom Leib halten, und Xander arbeitete sich vergnügt durch einen Schwarm von Schönheiten, wie ihre Mutter es zu bezeichnen pflegte.

Und sie war an einem Samstagabend allein, weil sie von ihrer Abschlussprüfung so besessen war wie ihre Mitstudentin von Mariah Carey.

O nein, jetzt hatte sie Céline Dion aufgelegt.

Lasst mich sterben.

Es war ihre eigene Schuld. Sie hatte sich dafür entschieden, ein enormes Lernpensum an der High School auf sich zu nehmen und an den Wochenenden mehr zu arbeiten als auszugehen. Weil sie wusste, was sie wollte. Sie wusste es schon seit damals, seit dieser langen heißen Woche im August.

Sie wollte das Feuer.

Also lernte sie und behielt dabei auch noch etwas anderes im Auge. Sie wollte ein Stipendium, dafür arbeitete sie und sparte eisern ihr Geld für den Fall, dass sie kein Stipendium bekommen würde.

Aber es hatte geklappt, und nun war sie an der Universität von Maryland, teilte sich ein Zimmer mit ihrer ältesten Freundin und dachte bereits an die Prüfungen, die auf sie zukommen würden.

Wenn das Semester vorüber war, würde sie nach Hause fahren, im Laden arbeiten und den Großteil ihrer Freizeit in der Feuerwache verbringen. Oder John Minger dazu überreden, dass sie ihn bei seinen Einsätzen begleiten durfte.

Und dann war da natürlich Bellas Hochzeit. Seit neun Monaten wurde über fast nichts anderes mehr gesprochen. Eigentlich war das ein guter Grund, einen Samstagabend hier allein zu verbringen.

Es könnte noch schlimmer sein – sie könnte sich zum Beispiel inmitten der Planung für die perfekte Hochzeit befinden. Sollte sie jemals heiraten – was zuerst einmal den richtigen Freund voraussetzte –, würde sie die Hochzeit ganz schlicht gestalten. Sollte Bella doch ihren Spaß an den endlosen Anproben des aufwändig geschneiderten Hochzeitskleides haben, das natürlich wunderschön war. Und an den nicht enden wollenden, oft tränenreichen Diskussionen über Schuhe, Frisur und Blumenschmuck. Die Vorbereitungen für den gigantischen Empfang kamen beinahe den strategischen Planungen für einen großen Krieg gleich.

Sie würde sich lieber in St. Leo trauen lassen und anschließend mit der Familie im Sirico feiern. Wahrscheinlich würde sie den Rest ihres Lebens die Rolle der ewigen Brautjungfer spielen. Meine Güte, auf diesem Gebiet war sie inzwischen bereits Expertin.

Um Himmels willen, wie oft konnte sich Lydia noch die Titelmelodie von *Die Schöne und das Biest* anhören, ohne ins Koma zu fallen?

Einer plötzlichen Eingebung folgend sprang Reena auf,

66

bahnte sich den Weg zu dem tragbaren CD-Player und wühlte in der Menge der CDs.

Grimmig lächelnd legte sie *Smells Like Teen Spirit* von Nirvana ein und drehte den Lautstärkeregler auf.

Während der Krieg zwischen Diva und Grunge tobte, klingelte das Telefon.

Sie stellte die Musik nicht leiser – es ging ums Prinzip –, sondern schrie in den Hörer.

Eine drittes Lied dröhnte an ihr Ohr, und Gina brüllte: »Party!«

»Ich habe dir doch gesagt, dass ich lernen muss.«

»Party! Komm schon, Reena, sie kommt gerade in Gang. Du musst auch noch etwas vom Leben haben!«

»Musst du am Montag nicht deine Abschlussprüfung in Literatur schreiben?«

»Party!«

Reena musste kichern. Gina brachte sie immer zum Lachen. Nach der religiösen Phase, die sie im Sommer des Feuers durchgemacht hatte, hatte sie sich der Poesie verschrieben, sich danach auf Rockstars und später auf Mode konzentriert.

Jetzt ging es pausenlos nur noch um Partys.

»Du wirst die Prüfung in den Sand setzen«, warnte Reena.

»Das lege ich alles in die Hände einer höheren Macht, und währenddessen belebe ich mein Gehirn mit billigem Wein. Komm doch, Reena. Josh ist hier. Er hat nach dir gefragt.«

»Tatsächlich?«

»Ja, und er hängt trübsinnig seinen Gedanken nach. Du weißt doch, dass du ohnehin alles mit Bravur schaffen wirst. Außerdem solltest du auf mich aufpassen, bevor ich es in meinem betrunkenen Zustand einem der Jungs gestatte, zu weit zu gehen. Hey, obwohl, wenn ich mir das überlege ...«

»Bei Jen und Deb, oder?«

»Party!«

»In zwanzig Minuten.« Reena legte lachend auf.

Es dauerte eine Weile, bis sie ihre alte Jogginghose durch eine enge Jeans ausgetauscht und sich für ein Oberteil entschieden hatte. Dann brachte sie ihre Locken in Form, die ihr mittlerweile bis über die Schultern reichten.

Sie ließ die Musik in voller Lautstärke laufen, während sie sich umzog und ein wenig Rouge auftrug, um die Blässe, die das Büffeln mit sich brachte, zu übertünchen.

Sie sollte lernen und sich danach ordentlich ausschlafen, ermahnte sie sich selbst, während sie ihre Wimpern tuschte. Und nicht ausgehen.

Aber sie hatte es so satt, immer nur vernünftige Dinge zu tun. Sie würde nur eine Stunde bleiben, ein wenig Spaß haben und Gina davor bewahren, sich in Schwierigkeiten zu bringen.

Und sie würde Josh Bolton sehen.

Er sah so gut aus mit seinem von der Sonne gebleichten Haar, den strahlend blauen Augen, diesem süßen, scheuen Lächeln. Sein Hauptfach war Literatur, und er wollte Schriftsteller werden.

Und er hatte sich nach ihr erkundigt.

Sie war sich zu neunundneunzig Prozent sicher, dass er ihr erster Mann sein würde.

Vielleicht heute Abend. Sie legte die Wimperntusche beiseite und betrachtete sich im Spiegel. Heute Abend würde sie möglicherweise erleben, wie es war. Sie presste eine Hand auf ihren Magen, der sich vor Vorfreude und Nervosität zusammenkrampfte. Das könnte das letzte Mal sein, dass sie sich als Jungfrau im Spiegel ansah.

Sie war bereit, und sie wollte, dass es mit jemandem wie Josh geschah. Mit jemandem, der süß und verträumt war und ein wenig Erfahrung hatte, damit es nicht in peinliches Gefummel ausartete.

Es war ihr verhasst, etwas zu tun, wovon sie nichts verstand. Natürlich hatte sie sich das Grundwissen angeeignet. Über die Anatomie, die Körpereigenschaften. Und über den romantischen Aspekt hatte sie sich mit Büchern und Filmen informiert. Aber es tatsächlich zu tun, nackt und mit einem anderen Menschen vereint zu sein, war eine ganz neue Erfahrung.

Das war nichts, was man üben konnte. Man konnte kein Diagramm erstellen oder Versuche machen, bis man seine Technik verfeinert hatte.

Deshalb wünschte sie sich einen verständnisvollen und geduldigen Partner, der sie über die Hürden führen würde, bis sie ihren eigenen Weg gefunden hatte.

Es machte ihr nichts aus, dass sie ihn nicht liebte. Sie mochte ihn sehr gern, und sie war nicht auf der Suche nach einem Ehemann wie Bella.

Zumindest noch nicht.

Sie wollte nur wissen, wie es war, es fühlen, spüren, wie es geschah. Und sie wollte – vielleicht war das dumm – damit die letzten Überreste der Kindheit abstreifen. Vielleicht war ihr Unterbewusstsein daran schuld, dass sie in den vergangenen Tagen so unruhig und abgelenkt gewesen war.

Und jetzt dachte sie natürlich schon wieder viel zu viel darüber nach.

Rasch schnappte sie sich ihre Handtasche, stellte die Musik ab und stürmte aus dem Wohnheim.

Es war eine wundervolle Nacht, mild und sternenklar. Es wäre lächerlich, sie über Chemiebüchern brütend zu verschwenden. Als sie zum Parkplatz ging, sah sie lächelnd nach oben, doch dann lief ihr mit einem Mal ein Schauder über den Rücken. Sie blickte über die Schulter und ließ den Blick über den Rasen, die Wege und die Sicherheitsbeleuchtung wandern.

Niemand beobachtete sie. Sie schüttelte den Kopf, beschleunigte aber trotzdem ihren Schritt. Es war sicher nur ein Anflug von Schuldgefühl, aber damit konnte sie leben.

Reena stieg rasch in ihren gebrauchten Dodge Shadow und verriegelte die Türen von innen, bevor sie losfuhr, da sie das Gefühl des Unbehagens immer noch nicht abschütteln konnte.

Das Gruppenhaus lag nur fünf Minuten Autofahrt vom Campus entfernt. Das alte dreistöckige Gebäude war hell erleuchtet. Partygänger tummelten sich auf dem Rasen, und aus der offenen Tür drang laute Musik.

Reena nahm den süßlichen Geruch eines Joints wahr und hörte Gesprächsfetzen von hochtrabenden Diskussionen über Emily Dickinsons durchdringenden Verstand und die derzeitige Regierung bis zu leichterer Konversation über die Innenfeldspieler der Orioles.

Im Haus angelangt, musste sie sich einen Weg durch die Menge bahnen und konnte gerade noch verhindern, dass sich ein Drink in ihren Ausschnitt ergoss. Erleichtert stellte sie fest, dass sie wenigstens ein paar der Leute kannte, die sich im Wohnzimmer drängten.

Gina entdeckte sie, drängte sich zu ihr durch und legte ihr die Hand auf die Schulter. »Reena! Du bist da! Ich habe Neuigkeiten!«

»Sprich nicht weiter, bevor du ein ganzes Päckchen Tic Tac gegessen hast.«

»Verdammt.« Gina schob die Hand in die Tasche ihrer Jeans, die so eng saß, dass sie sicher Organschäden verursachte. Trotz Slim Fast war es ihr nicht gelungen, die zwölf Pfund loszuwerden, die sie im ersten Semester zugenommen hatte.

Sie zog die kleine Plastikbox heraus, die sie immer bei sich trug und schob sich ein paar orangefarbene Tic Tacs in den Mund. »Ich hatte schon ein paar Drinks«, erklärte sie kauend.

»Wer hätte das gedacht? Du kannst dein Auto stehen lassen. Ich spiele den Chauffeur für dich und bringe dich nach Hause.«

»Schon okay. Ich werde mich ohnehin bald übergeben müssen, dann wird's mir wieder besser gehen. Wie auch immer, es gibt Neuigkeiten!« Sie zog Reena durch die ebenso überfüllte Küche und zur Hintertür hinaus.

Im Hof stand auch eine Menge Leute herum. Hatte der gesamte Campus des College beschlossen, sich nicht auf die Abschlussprüfung vorzubereiten?

»Scott Delauter wird's nicht schaffen und fliegen«, verkündete Gina und unterstrich ihre Worte, indem sie mit der Hüfte wackelte.

»Wer ist Scott Delauter, und warum tanzt du Boogie wegen seines Pechs?«

»Er wohnt hier. Du kennst ihn. Ein kleiner Junge mit großen Zähnen. Und ich tanze, weil sein Pech unser Jackpot ist. Im nächsten Semester wird im Haus einer fehlen, und ein anderer der Gruppe macht im Dezember seinen Abschluss. Jen sagt, sie können uns aufnehmen, wenn wir uns ein Schlafzimmer teilen. Reena, wir können aus unserem Loch ausziehen.«

»Und hier einziehen? Gina, komm zurück auf die Erde. Das können wir uns nicht leisten.«

»Wir teilen die Miete und die anderen Kosten durch vier. Das ist nicht viel mehr als jetzt, Reena.« Gina packte Reena an den Armen. Ihre dunklen Augen glänzten vor Begeisterung und auch als Folge des billigen Weins. Ehrfürchtig senkte sie die Stimme. »Es gibt drei Badezimmer. Drei für vier Leute. Nicht eines für sechs.«

»Drei Badezimmer«, wiederholte Reena, als spräche sie ein Gebet.

»Das ist die Rettung. Als Jen es mir sagte, hatte ich eine Vision. Eine Vision, Reena. Ich glaube, ich sah die heilige Mutter Gottes lächeln. Und sie hielt einen Luffaschwamm in der Hand.«

»Drei Badezimmer«, sagte Reena noch einmal. »Nein, nein, ich darf mich von solchen Verlockungen nicht in Versuchung führen lassen. Wie hoch ist die Miete?«

»Na ja ... wenn du bedenkst, dass wir sie aufteilen und dass wir kein Geld mehr für das Essen auf dem Campus ausgeben müssen, weil wir selbst kochen können, wohnen wir praktisch mietfrei.«

»Tatsächlich?«

»Wir arbeiten beide diesen Sommer, also können wir etwas zurücklegen. Bitte, bitte, bitte, Reena. Wir müssen ganz schnell Bescheid geben. Und sieh nur, da haben wir sogar einen Garten.« Sie fuhr mit dem Arm durch die Luft. »Wir können Blumen anpflanzen. Verdammt, wir bauen Gemüse an und verkaufen es an einem Stand. Wir werden sogar noch Geld verdienen, wenn wir hier wohnen.«

»Sag mir den Betrag, Gina.«

»Lass mich dir zuerst einen Drink holen.«

»Spuck's schon aus«, forderte Reena. Und zuckte zusammen, als Gina ihr die monatliche Miete nannte.

»Aber du musst berücksichtigen, dass ...«

»Psst, lass mich nachdenken.« Reena schloss die Augen und rechnete. Es würde knapp werden. Aber wenn sie ihre Mahlzeiten selbst zubereiteten und weniger Geld für Kinobesuche, CDs und Klamotten ausgaben ... Für drei Badezimmer würde sie gern auf neue Kleidung verzichten.

»Ich bin dabei.«

Gina jubelte laut, nahm Reena in die Arme und schwenkte sie über den Rasen. »Das wird einfach fantastisch! Ich kann es kaum erwarten. Lass uns ein Glas Wein trinken und auf Scott Delauters Versagen anstoßen.«

»Das klingt gemein, scheint aber angemessen zu sein.« Sie wirbelte Gina herum und blieb dann abrupt stehen. »Josh. Hi.«

Er schloss die Tür hinter sich und schenkte ihr dieses sanfte, schüchterne Lächeln, das ihr immer einen Schauer über den Rücken jagte. »Hi. Ich habe schon gehört, dass du gekommen bist.«

»Ja, ich brauchte eine Lernpause. Mein Gehirn fing bereits an zu kochen.«

»Für die letzten Vorbereitungen bleibt dir ja noch morgen.«

»Genau das habe ich ihr auch gesagt.« Gina strahlte beide an. »Macht es euch gemütlich. Ich werde mich nun in einem der Badezimmer, die ich bald als mein eigenes bezeichnen darf, übergeben.« Angeheitert umarmte sie Reena noch einmal. »Ich bin so glücklich.«

Josh sah Gina nach, als sie die Tür hinter sich ins Schloss fallen ließ. »Darf ich fragen, warum Gina so glücklich ist, dass sie kotzen muss?«

»Sie freut sich darüber, dass wir im nächsten Semester hier einziehen werden.«

»Tatsächlich? Das ist großartig.« Er trat auf sie zu, die Hände in den Hosentaschen, und gab ihr einen Kuss. »Gratulation.«

Ihre Haut begann zu prickeln – ein faszinierendes und wundervoll erwachsenes Gefühl. »Ich dachte, es würde mir im Wohnheim gefallen. Es war ein Abenteuer. Gina und ich, aus derselben Nachbarschaft und im College wieder vereint. Aber einige der anderen dort machen mich wahnsinnig. Eine versucht, rund um die Uhr meine Gehirnzellen mit Mariah Carey zu zerstören.«

»Wie hinterlistig.«

»Ja, und ich glaube, es fing bereits zu wirken an.«

»Du siehst großartig aus. Ich freue mich, dass du gekommen bist. Ich wollte gerade gehen, als ich hörte, dass du da bist.«

»Oh.« Das prickelnde Gefühl verschwand abrupt. »Du bist am Gehen.«

Er lächelte wieder, nahm eine Hand aus der Hosentasche und ergriff ihre. »Jetzt nicht mehr.«

Bo Goodnight war sich nicht sicher, was er in einem fremden Haus mit einem Haufen Collegestudenten tat, die er nicht kannte. Aber es fand eine Party statt, und er hatte sich von Brad überreden lassen.

Die Musik war nicht schlecht, und es war eine Menge Mädchen hier. Große, kleine, rundliche und schlanke. Eine reichliche Auswahl an Frauen.

Einschließlich derjenigen, nach der Brad im Moment total verrückt war. Sie war der Grund dafür, warum sie hergekommen waren.

Sie war die Freundin einer Freundin eines der Mädchen, die in diesem Haus wohnten. Und Bo gefiel sie gut – hätte Brad sie nicht zuerst entdeckt, wäre er auch an ihr interessiert gewesen.

Aber die Regeln in einer Freundschaft verlangten, dass er sich zurückhielt.

Zumindest hatte Brad beim Knobeln verloren und musste als Fahrer fungieren. Eigentlich sollten sie beide nichts trinken, da sie das dafür gesetzlich vorgeschriebene Alter von einundzwanzig Jahren noch nicht erreicht hatten. Aber eine Party war eben eine Party, dachte Bo, während er an seinem Bier nippte.

Außerdem verdiente er seinen Lebensunterhalt selbst, zahlte seine Miete und bereitete sich seine Mahlzeiten eigenhändig zu – so gut es eben ging. Er war wesentlich erwachsener als viele dieser Collegejungs, die sich auf der Fete ein paar Drinks genehmigten.

Er sah sich im Raum um und versuchte, seine Chancen einzuschätzen. Bo war zwanzig Jahre alt, groß und schlaksig und hatte dichtes, gelocktes schwarzes Haar und grüne Augen, die einen verträumten Ausdruck trugen. Sein Gesicht war schmal wie seine Figur, aber er war der Meinung, dass er seine Oberarmmuskeln durch das ständige Schwingen eines Hammers und Holzschleppen gut trainiert hatte.

Ein wenig fühlte er sich fehl am Platz, als er Gesprächsfetzen über Abschlussprüfungen, Politik und Frauenstudien hörte. Das College war nichts für ihn. Der glücklichste Tag seines Lebens war der letzte Tag in der High School gewesen. Bis dahin hatte er jeden Sommer gearbeitet. Zuerst als Hilfsarbeiter, dann als Lehrjunge, und nun, mit zwanzig, war er ein Tischler und hatte sein Auskommen.

Er liebte es, Dinge aus Holz zu fertigen. Darin war er sehr geschickt. Vielleicht deshalb, weil er so viel Freude dabei empfand. Er hatte seinen Beruf in der Praxis erlernt und dabei immer den Geruch von Sägespänen und Schweiß in der Nase gehabt.

Und genau das gefiel ihm.

Er war seinen Weg gegangen – er musste sich seine Rechnungen nicht von seinem Dad bezahlen lassen wie die meisten hier.

Das Fünkchen Verbitterung überraschte ihn und war ihm ein wenig peinlich. Rasch versuchte er, das Gefühl abzustreifen, und lockerte seine Schultermuskulatur. Dann ließ er seinen Blick durch den Raum schweifen und richtete ihn schließlich auf einige Mädchen, die sich auf ein Sofa gesetzt hatten und miteinander plauderten.

Die Rothaarige sah vielversprechend aus, und, wenn nicht, dann war da ja noch die Brünette.

Er trat einen Schritt vor und wurde von Brad aufgehalten.

»Aus dem Weg, ich werde jetzt ein paar Frauenherzen erobern.«

»Ich habe dir doch gesagt, dass du Spaß haben würdest. Hör mal, ich habe da noch etwas Besseres. Cammie und ich werden verschwinden. Wir fahren zu ihr, und ich denke, ich liege nicht verkehrt, wenn ich sage: Treffer!«

Bo sah seinen Freund an und bemerkte den Glanz in dessen Augen hinter der Brille, der seine Vorfreude auf ein sexuelles Abenteuer verriet. »Du lässt mich in einem Haus mit lauter Fremden sitzen, nur wegen eines Mädchens, das sich für dich auszieht?«

»Ganz genau.«

»Na ja, das ist verständlich. Aber ruf mich nicht an, wenn sie dich hinauswirft. Sieh zu, wie du allein nach Hause kommst.«

»Keine Sorge. Sie holt gerade ihre Handtasche, und dann –«

»Warte.« Bo umklammerte Brads Arm, als er das blonde Mädchen sah. Zuerst konnte er in der Menge nur einen kurzen Blick von ihr erhaschen. Sie hatte eine wilde Lockenmähne in der Farbe guten, unbehandelten Eichenholzes. Sie lachte. Ihre Haut schimmerte wie Porzellan, die hohen Wangenknochen waren leicht gerötet.

Er konnte die Form ihrer Lippen sehen und das kleine Muttermal darüber. Sein Sehvermögen schien mit einem Mal schärfer zu sein, so, als hätte er ein Teleskop vor Augen. Durch den Rauch und die vielen Gesichter hindurch konnte er alle Einzelheiten wahrnehmen. Große Augen, die fast die gleiche Farbe hatten wie ihr Haar. Eine lange schmale Nase. Und diese üppig geschwungenen Lippen. Goldene Ohrringe. Zwei im linken und einen im rechten Ohr.

Sie war groß. Vielleicht trug sie Schuhe mit hohen Absätzen – er konnte ihre Füße nicht sehen. Aber er sah das Kettchen an ihrem Hals, an dem ein Edelstein oder ein Kristall hing. Und die Kurven ihrer Brüste, die sich unter dem pinkfarbenen Oberteil abzeichneten.

Einen Augenblick lang hörte er die Musik nicht mehr. Für ihn wurde es ganz still in dem Raum.

Dann trat jemand in sein Blickfeld, und die Musik brüllte wieder los.

76

»Wer ist dieses Mädchen?«

»Welches Mädchen?« Brad blickte sich zerstreut um und zuckte mit den Schultern. »Hier gibt es jede Menge Mädchen. Hey, nimm mich mit, wenn du das nächste Mal auf die Reise gehst.«

»Was?« Immer noch völlig verwirrt sah Bo ihn an. Er konnte sich kaum an den Namen seines Freundes erinnern. »Ich muss ... hier.« Er drückte Brad sein Bier in die Hand und bahnte sich den Weg durch die Menge.

Bis er dort angelangt war, wo sie gestanden hatte, war keine Spur mehr von ihr zu sehen. Panik stieg in ihm auf, als er sich in die Küche drängte, ein Raum, in dem die Leute auf und unter den Tischen saßen.

»Ist hier ein Mädchen durchgekommen? Eine große Blondine mit lockigem Haar und einem pinkfarbenen T-Shirt?«

»Außer dir ist niemand vorbeigekommen.« Ein Mädchen mit kurz geschnittenem schwarzem Haar schenkte ihm ein verführerisches Lächeln. »Aber ich kann auch blond sein.«

»Vielleicht ein anderes Mal.«

Er durchsuchte das ganze Haus bis hinauf zum zweiten Stockwerk und anschließend den Hof vor und hinter dem Haus.

Er fand Blondinen und Mädchen mit gelocktem Haar, aber nicht diejenige, die die Musik hatte verstummen lassen.

Das Herz schlug ihr bis zum Hals, aber sie hielt es für eine gute Idee, selbst zu fahren. Das zeigte, dass sie sich nicht hinreißen ließ, sondern eine eigene Wahl getroffen hatte. Sie besaß die Kontrolle über das, was sie tat, und war sich über die Konsequenzen im Klaren.

Es sollte aus eigener Entscheidung geschehen, wenn man Sex hatte – beim ersten Mal und auch alle folgenden Male.

Sie wünschte sich nur, sie hätte vorausgedacht und sich sexy Unterwäsche besorgt.

Josh lebte in einem Apartment in der Nähe des Campus, und sein Zimmergenosse verbrachte die Nacht mit einer Arbeitsgruppe außer Haus. Als er ihr das erzählt und sie dabei geküsst hatte, war sie diejenige gewesen, die ihn aufgefordert hatte, zu ihm zu fahren.

Sie hatte den ersten Schritt getan. Jetzt begann eine neue Phase ihres Lebens. Aber trotzdem zitterten ihre Hände ein wenig.

Sie parkte den Wagen ein paar Meter von seinem entfernt, stellte sorgfältig den Motor ab und nahm ihre Handtasche. Wieder rief sie sich ins Gedächtnis, dass sie genau wusste, was sie tat, und bewies es sich selbst, indem sie ihr Auto abschloss und die Schlüssel in die kleine Innentasche steckte, so wie sie es immer tat.

Lächelnd streckte sie ihm eine Hand entgegen. Sie überquerten den Parkplatz und betraten das Haus durch die Vordertür, als ein weiterer Wagen vorfuhr und einparkte.

»Die Wohnung ist nicht aufgeräumt«, gestand Josh, während sie die Treppe zum zweiten Stock hinaufstiegen.

»Bei uns besteht bereits die Gefahr, dass wir bald das Gesundheitsamt am Hals haben.«

Sie wartete, bis er aufgeschlossen hatte, und betrat dann die Wohnung. Er hatte nicht übertrieben, was die Unordnung betraf: Klamotten, Schuhe, ein leerer Pizzakarton, Bücher und Zeitschriften lagen herum. Das Sofa sah aus, als hätte es jemand vom Sperrmüll geholt und dann eine Fahne der Terps darüber geworfen.

»Gemütlich«, sagte sie.

»Ziemlich eklig. Ich hätte dich bitten sollen, zehn Minuten zu warten, bevor du nach oben kommst. Dann hätte ich das Zeug in die Schränke stopfen können.«

»Das stört mich nicht.« Sie wandte sich zu ihm um und

schmiegte sich in seine Arme. Er roch nach Rasierwasser und schmeckte nach Kirschbonbons. Er strich ihr über das Haar und ließ seine Hand über ihren Rücken wandern.

»Möchtest du Musik hören?«

Sie nickte. »Ja, Musik wäre schön.«

Er strich ihr über die Arme, bevor er zur Stereoanlage hinüberging. »Ich glaube, wir haben allerdings keine CD von Mariah Carey.«

»Gott sei Dank.« Sie lachte auf und presste eine Hand auf ihr wild pochendes Herz. »Ich bin nervös – ich habe das noch nie getan.«

Er öffnete den Mund, schloss ihn wieder und sah sie mit großen Augen an. »Noch nie ...«

»Du bist mein Erster.«

»Meine Güte.« Seine blauen Augen nahmen einen ernsten Ausdruck an. »Jetzt bin ich auch nervös. Bist du sicher, dass du ...«

»Ja, ganz sicher.« Sie ging zu ihm hinüber und warf einen Blick auf den Stapel CDs. »Wie wäre es damit?«, schlug sie vor und reichte ihm eine CD von Nine Inch Nails.

»Sin? Die Sünde?« Er schenkte ihr wieder dieses süße Lächeln. »Kommt da die Katholikin durch?«

»Vielleicht ein wenig. Auf alle Fälle gefällt mir ihre Coverversion des Songs *Get Down Make Love* von Queen. Und irgendwie scheint es zu passen.«

Er legte die CD ein und wandte sich ihr wieder zu. »Seit Beginn des letzten Semesters bin ich verrückt nach dir.«

Reena spürte, wie sich Wärme in ihrem Bauch ausbreitete. »Du hast mich aber erst nach den Ferien im Frühling gefragt, ob ich mit dir ausgehe.«

»Ich hatte es mir vorher schon ein Dutzend Mal vorgenommen, es aber einfach nicht geschafft. Und ich dachte, du wärst mit diesem Psychologiestudenten zusammen.«

»Mit Kent?« In diesem Augenblick konnte sie sich nicht

einmal Kents Gesicht vorstellen. »Wir sind ein paar Mal miteinander ausgegangen, aber meistens lernen wir nur gemeinsam. Ich war nie mit ihm zusammen.«

»Aber jetzt bist du mit mir zusammen.«

»Ja, das bin ich.«

»Wenn du es dir vielleicht doch noch anders überlegen solltest ...«

»Nein, das werde ich nicht.« Sie nahm sein Gesicht in die Hände und drückte ihre Lippen auf seine. »Ich möchte es. Ich will dich.«

Er strich ihr übers Haar und fuhr mit den Fingern durch ihre dichten Locken, während er ihr einen langen, zärtlichen Kuss gab.

Als sie sich berührten, fühlte sich Reena wie elektrisiert.

»Wir könnten ins Schlafzimmer gehen.«

Das ist es, dachte sie, hielt kurz die Luft an und atmete dann tief aus. »Okay.«

Er nahm ihre Hand. Daran wollte sie sich für immer erinnern, an jedes winzige Detail. An die Art, wie er nach Rasierwasser roch und nach Kirschbonbons schmeckte, und daran, wie ihm das Haar über die Schläfen fiel, wenn er den Kopf senkte.

An den Raum, sein Schlafzimmer, in dem ein ungemachtes Doppelbett stand, an die blau gestreifte Bettwäsche und die jeansfarbene Überdecke, an das einzelne Kissen, das flach wie ein Pfannkuchen war. Er hatte einen wuchtigen alten Schreibtisch aus Metall, auf dem sich ein riesiger Computer, ein Stapel Bücher, etliche Disketten und ein Wust von Papieren befanden. Darüber hing eine Pinnwand aus Kork, an der weitere Notizzettel, Fotos und Blätter hingen. Die Kommode war so klein, dass sie vermutete, er hatte sie schon als Kind besessen. Die unterste Schublade war verzogen und stand offen. Obenauf lag Staub, und neben einem weiteren Stapel Bücher stand ein großes Glas mit Kleingeld.

Er schaltete die Nachttischlampe an.

»Oder möchtest du lieber, dass ich sie wieder ausknipse?«

»Nein.« Wie sollte sie denn im Dunkeln etwas sehen? »Äh, ich verhüte nicht.«

»Das habe ich abgedeckt. Ich meine …« Er wurde tatsächlich rot und lachte. »Ich meine das nicht wörtlich – ich habe Kondome.«

Es war einfacher, als sie gedacht hatte. Die Art, wie sie sich einander zuwandten, sich berührten. Die Lippen, die Hände, die Erregung, die ihre Nerven erzittern ließ.

Die Küsse wurden heißer, und sie atmeten beide heftig, als sie sich auf das Bett setzten. Und dann zurücklegten. Einen Augenblick lang wünschte sie, sie hätte ihre Schuhe ausgezogen – war das nicht peinlich? –, doch dann überwältigte sie die Hitze, die seine Bewegungen hervorriefen.

Sein Mund auf ihrem Hals, seine Hände auf ihrer Brust. Zuerst über ihrem T-Shirt, dann darunter. Das war ihr nicht fremd, doch sie wusste, dass es erst der Anfang war.

Seine Haut fühlte sich so warm und glatt an, sein Körper so leicht, dass sie ein Gefühl der Zärtlichkeit überrollte. So hatte sie es sich vorgestellt – die ansteigende Erregung, das Gefühl von Haut an Haut, die Laute, die ihr das Verlangen entlockte. Das Keuchen und Stöhnen und die Seufzer des Vergnügens.

Seine Augen waren so lebendig und strahlend blau, sein Haar seidenweich. Sie liebte es, wie er sie küsste, und wünschte sich, er würde für immer weitermachen.

Als er mit der Hand zwischen ihre Beine fuhr, verkrampfte sie sich. Bisher hatte sie an diesem Punkt immer aufgehört. Noch nie hatte sie einem Jungen erlaubt, in diesen sehr intimen Bereich vorzustoßen. Dann zog er die Hand zurück, dieser süße Junge, dessen Herz fühlbar hämmerte, und presste seine Lippen an ihre Kehle.

»Schon okay, wir können auch einfach nur …«

Sie nahm seine Hand, führte sie zurück und drückte sie zwischen ihre Schenkel.

»Ja.« Sie sagte ja und schloss ihre Augen.

Ein Schauer überlief sie. Oh, das war etwas Neues! So hatte sie noch nie erlebt, gefühlt oder begriffen. Der menschliche Körper war ein Wunder, und ihrer lief im Moment heiß und schmerzte. Sie klammerte sich an Josh und versuchte, ihr Gleichgewicht wiederzufinden. Sie ließ sich wieder fallen.

Er sprach ihren Namen aus, und sie spürte, dass auch er erschauerte. Sie fühlte seinen Mund auf ihrer Brust, feucht und heiß, und dann ein Ziehen im Bauch. Sie streckte die Hand nach ihm aus – er war so hart. Fasziniert begann sie, ihn zu erkunden. Als er tief Luft holte und sich aufrichtete, zuckte sie zurück, als hätte sie sich verbrannt.

»Es tut mir leid. Habe ich etwas falsch gemacht?«

»Nein, nein.« Er atmete wieder tief ein. »Ich, äh, ich muss etwas für die Verhütung tun.«

»Oh, ja klar.« Ihr ganzer Körper bebte, also war sie wohl bereit.

Er holte ein Kondom aus der Nachttischschublade. Zuerst wollte sie wegschauen, doch dann schüttelte sie diesen Instinkt ab. Er würde gleich in ihr sein – zumindest ein Teil von ihm, und es war besser, zuzusehen, es kennenzulernen und zu verstehen.

Sie versteifte sich unwillkürlich, doch als er das Kondom übergestreift hatte, beugte er sich wieder über sie, um sie zu küssen. Er liebkoste sie, bis sich ihre Anspannung löste.

»Es wird ein bisschen wehtun. Vielleicht eine Minute lang. Tut mir leid.«

»Das ist schon in Ordnung.« Es sollte ruhig ein wenig wehtun, dachte sie. Ein solch einschneidendes Erlebnis sollte nicht ganz ohne Schmerz ablaufen, sonst würde es nichts bedeuten.

Sie fühlte, wie er ihr nahe kam und in sie eindrang, und versuchte, nicht dagegen anzukämpfen.

Er küsste sie immer noch, war weich auf ihren Lippen und hart zwischen ihren Schenkeln.

Dann verspürte sie einen Schmerz, der sie für einen Augenblick aus ihrem verträumten Zustand riss, sich aber rasch in ein Ziehen verwandelte. Und als er begann, sich in ihr zu bewegen, wurde daraus eine verwirrende Mischung aus Erregung und leichtem Unbehagen.

Dann vergrub er das Gesicht in ihrem Haar und sein schlanker Körper mit der weichen Haut verschmolz mit ihrem. Und es war einfach nur noch schön.

Kapitel 5

Es war ein wenig seltsam, für den Sommer nach Hause zu fahren, ihre Sachen im Wohnheim zu packen und zu wissen, dass sie keinen Unterricht mehr hatte und nicht jeden Morgen Ginas Stöhnen beim Klingeln des Weckers hören würde.

Doch als sie sich in ihrem alten Zimmer befand, war alles mit einem Mal wieder ganz normal.

Trotzdem war es nicht dasselbe. Sie war verändert – sie hatte sich bewusst mit schnellen Schritten von ihrer Kindheit entfernt. Vielleicht gab es das Mädchen, das im vergangenen Sommer seine Sachen eingepackt hatte, noch in ihrem Inneren, aber diejenige, die zurückgekommen war, hatte in der Zwischenzeit einiges erlebt. Und sie war bereit für das, was noch kommen würde.

Selbst das Haus hatte sich während ihrer Abwesenheit verändert. In den nächsten Wochen würde sie ihr Zimmer mit Fran teilen. Bella brauchte Platz für die Utensilien ihrer Hochzeit, und Fran hatte ihr in ihrer unkomplizierten Art bereitwillig ihr eigenes Schlafzimmer zur Verfügung gestellt.

»Das macht es einfacher«, antwortete Fran Reena, als diese sich erkundigt hatte. »So haben wir Frieden im Haus, und es dauert ja nur noch ein paar Wochen. Bald zieht sie in das Haus um, das Vinces' Eltern für die beiden gekauft haben.«

»Ich kann es kaum fassen, dass sie ihnen tatsächlich ein Haus gekauft haben«, meinte Reena, während sie ihre Oberteile – nach Farben sortiert, wie sie es am liebsten tat – in die mittlere Schublade legte.

Das Einzige, was sie am Leben im Studentenheim nicht vermissen würde, war die permanente Unordnung dort.

»Na ja, sie haben Geld. Das ist ein tolles Kleid«, fügte

Fran hinzu, während sie einige von Reenas Kleidungs-
stücken in den Schrank hängte. »Wo hast du es gekauft?«

»Nach den Abschlussprüfungen bin ich sofort ins Einkaufszentrum gegangen. Shopping hilft dir, Stress abzu-
bauen.« Sie hatte etwas Neues gebraucht – für ihr neues
Selbst. »Irgendwie ist es komisch, dass Bella als Erste von
uns auszieht. Ich dachte, es wäre eher eine von uns beiden. Sie war immer diejenige, die am meisten Zuwendung
brauchte.«

»Vince gibt ihr alles, was sie braucht.« Als Fran sich umwandte, war Reena verblüfft. Obwohl sie das Gesicht ihrer
Schwester so genau kannte wie ihr eigenes, wirkte es in
den Strahlen der Nachmittagssonne wie ein Gemälde –
wunderschön und wie vergoldet.

»Ich kenne ihn noch nicht besonders gut, aber er
scheint nett zu sein – verlässlich. Und er ist wirklich sehr
attraktiv.«

»Er ist verrückt nach ihr und behandelt sie wie eine
Prinzessin. Und genau das hat sie sich immer gewünscht.
Und dass er reich ist, schadet auch nicht«, fügte Fran mit
einem süffisanten Grinsen hinzu. »Sobald er sein Jurastu-
dium beendet hat und als Anwalt zugelassen ist, wird er in
die Firma seines Vaters einsteigen. Und das zu recht, wie
ich gehört habe. Er ist sehr klug. Mama und Dad können
ihn gut leiden.«

»Und du?«

»Ich mag ihn auch. Er hat Stil, was Bella natürlich gefällt. Aber er fügt sich gut in die Familie ein, sowohl im
Haus als auch im Laden.« Während sie weiter dabei half,
Reenas Sachen auszupacken, glitt ein Ausdruck der Sehnsucht über ihr Gesicht. »Er sieht Bella an, als sei sie ein
Kunstwerk. Ich meine das nicht negativ«, erklärte sie. »Er
scheint von seinem Glück überwältigt zu sein. Und vor
allem kommt er mit ihren Launen klar, die sie ja nicht gerade selten hat.«

»Dann hat er meine Genehmigung.« Reena ging zum Kleiderschrank hinüber und holte das mintgrüne Brautjungfernkleid heraus. »Könnte noch schlimmer aussehen.«

»Stimmt.« Fran betrachtete es genau, lehnte sich an den Türpfosten und verschränkte die Arme vor der Brust. »Braunrot wollte sie anscheinend nicht haben. Wir werden alle ein wenig farblos und dumm neben ihrer glänzenden Eleganz aussehen. Und genauso ist es wohl geplant.«

Grinsend legte Reena das Kleid zur Seite. »Es ist immer noch besser als das kürbisfarbene Kleid mit den unzähligen Volants und den Puffärmeln, das uns Cousine Angela im letzten Jahr verpasst hat.«

»Erinnere mich nur nicht daran. So gemein verhält sich nicht einmal Bella.«

»Lass uns einen Pakt schließen. Wenn wir an der Reihe sind, dann suchen wir uns gegenseitig keine Kleider aus, in denen wir aussehen wie Hausmütterchen.«

Fran umarmte Reena, drückte sie an sich und schwenkte sie herum. »Es ist so schön, dass du wieder zu Hause bist.«

Um die Mittagszeit ging sie ins Sirico und war sofort von den vertrauten Düften und Geräuschen umgeben.

Sie hatten nach dem Feuer nicht nur aufgeräumt und Reparaturen vorgenommen. Der Küchenbereich war traditionsgemäß offen geblieben, immer noch dienten Chiantiflaschen als Kerzenhalter, und in der großen Glasvitrine standen die Nachspeisen zur Auswahl, die sie jeden Tag aus der italienischen Bäckerei holten.

Sie hatten auch Veränderungen vorgenommen, als wollten sie damit zeigen, dass sie sich durch dieses Unglück nicht nur nicht unterkriegen ließen, sondern daraus sogar noch einen Gewinn gezogen hatten.

Die Wände waren nun in einem warmen Gelb gestrichen, und ihre Mutter hatte Dutzende neuer Zeichnungen angefertigt. Nicht nur von der Familie, sondern auch von der Nachbarschaft, vom Sirico, wie es gewesen war und wie es nun aussah. Die Sitzgruppen waren leuchtend rot und die Tische mit den traditionellen rot-weiß karierten Decken versehen.

Mit der neuen Beleuchtung wirkte das Lokal selbst an düsteren Tagen freundlich. Für private Veranstaltungen, die in den letzten beiden Jahren immer öfter gebucht wurden, konnte man das Licht auch dimmen, um ein wenig mehr Atmosphäre zu schaffen.

Ihr Vater stand an dem langen Tresen und verteilte Soße auf dem Teig. Mittlerweile hatte er graue Strähnen im Haar, die ersten davon waren in den Wochen nach dem Feuer erstmals zu sehen gewesen. Er brauchte auch eine Lesebrille, was ihn furchtbar ärgerte. Vor allem, da ihm alle sagten, sie verleihe ihm ein distinguiertes Aussehen.

Ihre Mutter arbeitete am Herd und kümmerte sich um die Soßen und die Nudeln. Fran hatte bereits ihre hellrote Schürze umgebunden und servierte Lasagne, die heutige Tagesspezialität.

Auf dem Weg zur Küche blieb Reena an den Tischen stehen, begrüßte Nachbarn und Stammkunden und lachte herzlich, wenn man ihr sagte, dass sie mehr essen müsse, damit sie endlich Fleisch auf die Knochen bekäme.

Gib holte eine Pizza aus dem Ofen und schob die nächste hinein, als sie bei ihm ankam.

»Da ist ja mein Mädchen.« Er stellte die Pizza zur Seite und umarmte sie kräftig. Er roch nach Mehl und Schweiß. »Fran hat schon erzählt, dass du zu Hause bist, aber wir hatten hier so viel zu tun, dass wir dich nicht begrüßen konnten.«

»Ich bin gekommen, um einzuspringen. Ist Bella hinten?«

»Bella hast du verpasst. Ein Notfall im Zusammenhang mit der Hochzeit.« Er nahm den Pizzaschneider in die Hand und teilte mit geübten Bewegungen den Teig. »Irgendetwas wegen Rosenblättern. Oder vielleicht ging es auch um Blumenvasen.«

»Dann kannst du Hilfe brauchen. Für wen ist die Pizza mit Salami und Peperoni?«

»Tisch sechs. Vielen Dank, Baby.«

Sie brachte die Pizza an den Tisch und nahm noch zwei Bestellungen entgegen. Es war beinahe so, als sei sie nie fort gewesen.

Allerdings hatte sie sich verändert. In dem einen Jahr auf dem College hatte sie sich sehr viel Wissen angeeignet. Die Gesichter und Gerüche waren vertraut, und die Routinearbeiten geschahen automatisch. Aber sie hatte ihrem Leben etwas hinzugefügt, seit sie das letzte Mal hier gearbeitet hatte.

Sie hatte einen Freund. Sie und Josh waren nun offiziell ein Paar – ein Paar, das miteinander schlief.

Sie war erleichtert, dass Sex ihr Spaß machte. Das erste Mal war aufregend gewesen, aber alles war so neu für sie gewesen, dass ihr Verstand mit ihrem Körper keine Einheit gefunden hatte. Einen Orgasmus hatte sie nicht gehabt.

Beim zweiten Mal hatte sie dann diese neue und wundervolle Sache entdeckt, und sie konnte es kaum erwarten, wieder mit ihm zusammen zu sein und noch etwas Neues zu erfahren.

Aber Sex war nicht alles, was zwischen ihnen vorging, überlegte sie, während sie am Telefon eine Bestellung für eine Pizza entgegennahm. Manchmal unterhielten sie sich stundenlang miteinander. Sie hörte ihm gern zu, wenn er über seine Pläne sprach, Schriftsteller zu werden; darüber, dass er Geschichten über Kleinstädte schreiben wollte, die so waren wie die in Ohio, in der er aufgewachsen war.

Geschichten über Menschen und darüber, was sie miteinander und füreinander taten.

Und er war ein guter Zuhörer. Er schien sich dafür zu interessieren, dass sie alles über Feuer und ihre Entstehung wissen wollte.

Sie würde nicht mit irgendeiner Begleitung auf Bellas Hochzeit erscheinen – sie würde ihren festen Freund mitbringen.

Der Gedanke daran brachte sie zum Lächeln, als sie zum ersten Mal in die Küche ging. Ihre Mutter holte gerade Gemüse aus einem der großen Edelstahl-Kühlschränke. Pete – mittlerweile Vater von drei Kindern – stand an der Arbeitsplatte und nahm Teigklumpen aus Schalen, um sie für die Pizzaböden abzuwiegen.

»Hey, Collegemädchen! Lass dich drücken.«

Reena legte ihm die Arme um den Nacken und gab ihm einen geräuschvollen Kuss auf die Lippen.

»Wann bist du zurückgekommen?«

»Vor fünfzehn Minuten. Sobald ich zur Tür hereinkam, musste ich arbeiten.«

»Sklaventreiber.«

»Wenn du nicht rasch den Teig abwiegst, bekommst du Ärger mit mir. Und lass mein Mädchen los, sonst sage ich es deiner Frau.« Bianca streckte ihre Arme aus, und Reena umarmte sie.

»Wie schaffst du es nur, so schön zu bleiben?«, fragte sie.

»Das ist der Dampf in der Küche – er hält die Poren frei. Oh, mein Baby, lass dich anschauen.«

»Du hast mich doch erst vor zwei Wochen bei Bellas Brautparty des Jahrhunderts gesehen.«

»Zwei Wochen, zwei Tage.« Bianca trat einen Schritt zurück. Ihr Lächeln verschwand für einen Moment, und ein seltsamer Ausdruck trat in ihre Augen.

»Was? Was ist los?«

»Nichts.« Bianca presste ihr einen Kuss auf die Stirn, der

sich fast wie eine Segnung ausnahm. »Jetzt sind alle meine Kinder zu Hause. Pete, tausche mit Catarina. Sie wird die Arbeit für dich übernehmen. Wir Frauen wollen unter uns sein.«

»Noch mehr Gequatsche über die Hochzeit. Davon bekomme ich allmählich Kopfschmerzen.« Pete hob die Arme über den Kopf und verließ rasch den Raum.

»Bin ich in Schwierigkeiten?«, fragte Reena halb im Scherz, während sie sich eine Flasche Wasser aus dem Kühlschrank holte. »Ist Bella meine Bemerkung zu Ohren gekommen, dass ich in dem Brautjungfernkleid aussehen werde wie eine farblose Zwiebel?«

»Nein, und du wirst sehr hübsch aussehen, auch wenn das Kleid ... unvorteilhaft ist.«

»Sehr diplomatisch.«

»Ohne Diplomatie könnte ich diese Hochzeitsvorbereitungen nicht überleben. Sonst hätte ich Bella schon den Hals umgedreht.« Sie hob eine Hand und schüttelte den Kopf. »Sie kann nicht anders – sie ist aufgeregt, verängstigt, schrecklich verliebt und wünscht sich so sehr, dass Vince stolz auf sie ist. Außerdem will sie seine Eltern beeindrucken, wie ein Filmstar aussehen und ein großes neues Haus einrichten.«

»Das klingt, als sei sie ganz in ihrem Element.«

»Stimmt. Dein Dad braucht Teig für zwei große Pizzen und eine mittelgroße«, fügte sie hinzu und beobachtete, wie Reena geschickt den Teig abwog. »Du hast noch nicht vergessen, wie es geht.«

»Das ist mir in die Wiege gelegt worden.«

Nachdem sie abgewogen hatte, was ihr Vater brauchte, stellte sie den restlichen Teig zurück in die Kühlung und half dann ihrer Mutter, Salate vorzubereiten.

»Zweimal Hauspizza für Tisch sechs. Ich bereite die griechische für Tisch drei vor. Mit dieser Hochzeit erfüllt sich der Traum ihres Lebens«, fuhr Bianca fort, während sie Gemüse schnitten. »Ich will, dass alles so wird, wie sie es haben möchte. Alle meine Kinder sollen genau das bekommen, was sie haben möchten.«

Sie belud ein Tablett und stellte es in die Durchreiche. »Bestellung fertig!«, rief sie laut und ging zurück, um den nächsten Teller fertig zu machen.

»Du warst mit einem Jungen zusammen.«

Reena hatte das Gefühl, einen kleinen harten Ball in der Kehle zu haben, als sie mühsam schluckte. »Was?«

»Glaubst du denn, dass ich das nicht bemerke, wenn ich dich ansehe?« Bianca senkte die Stimme, da sie wusste, dass ihr Mann in der Nähe war und so die Geräuschkulisse ihre Worte verschlucken würde. »Dass ich das nicht bei allen meinen Kindern bemerkt habe? Du warst die Letzte.«

»Xander war mit einem Jungen zusammen?«

Zu Reenas Erleichterung lachte Bianca. »Bisher scheint er Mädchen zu bevorzugen. Kenne ich den Jungen?«

»Nein, wir … wir verabreden uns erst seit Kurzem, und dann ist es einfach passiert. Letzte Woche. Und ich wollte, dass es passiert, Mama. Es tut mir leid, wenn ich dich enttäuscht habe, aber …«

»Habe ich das gesagt? Habe ich dich nach deinem Gewissen oder deiner Wahl gefragt? Hast du aufgepasst?«

»Ja, Mama.« Reena legte das Messer beiseite und legte ihrer Mutter die Arme um die Taille. »Wir waren vorsichtig. Ich mag ihn so sehr, und du wirst ihn auch mögen.«

»Wie soll ich das beurteilen können, wenn du ihn nicht herbringst und der Familie vorstellst? Und wenn du mir nichts über ihn erzählst?«

»Er studiert Literatur und möchte Schriftsteller werden. Er wohnt in einem schlampigen Apartment und hat das netteste Lachen der Welt. Sein Name ist Josh Bolton, und er wuchs in Ohio auf.«

»Und seine Familie?«

»Er spricht nicht viel über sie. Seine Eltern sind geschieden, und er ist ein Einzelkind.«

»Dann ist er wohl nicht katholisch?«

»Ich glaube nicht, aber ich habe ihn nicht danach gefragt. Er ist ein liebenswürdiger und kluger Mensch, und er hört mir zu, wenn ich mit ihm spreche.«

»Das sind wichtige Eigenschaften.« Bianca wandte sich Reena zu und nahm ihr Gesicht in die Hände. »Bring ihn mit, damit die Familie ihn kennenlernen kann.«

»Er wird zu Bellas Hochzeit kommen.«

»Sehr mutig.« Bianca zog die Augenbrauen hoch. »Na, wenn er das überlebt, ist er es vielleicht wert, ihn eine Weile zu behalten.«

Als die Mittagsgäste nach und nach den Laden verließen, bestand Reenas Vater darauf, dass sie sich setzte, und tischte ihr eine Riesenportion Spagetti auf. Während Pete für ihn einsprang, machte er seine Runde. Das kannte sie bereits ihr Leben lang, und sie wusste, dass auch ihr Großvater es so gehalten hatte.

Mit einem Glas Wein oder Wasser oder einer Tasse Kaffee – je nach Tageszeit – ging er von einem Tisch zum anderen, um ein wenig zu plaudern. Bei einem Stammkunden setzte er sich auch manchmal für ein paar Minuten dazu. Die Gespräche drehten sich um Sport, Essen, Politik, die Neuigkeiten in der Nachbarschaft, Geburten und Todesfälle. Wie sie wusste, war das Thema eigentlich nicht wichtig.

Es ging um die Vertrautheit.

Heute hatte er Wasser dabei, und als er sich ihr gegenüber niederließ, nahm er einen kräftigen Schluck. »Schmeckt es dir?« Er deutete mit dem Kopf auf den Teller.

»Wunderbar.« – »Dann iss weiter.«

»Wie steht es mit Mr Alegrios Schleimbeutelentzündung?«

»Wird immer schlimmer. Er sagt, es wird bald regnen. Sein Enkel hat promoviert, und seine Rosen sehen in diesem Jahr sehr gut aus.« Gib grinste. »Was hat er wohl gegessen?«

»Die Spezialität des Hauses mit Minestrone und einem Salat, dazu ein Glas Peroni, eine Flasche Mineralwasser, Pizzabrot und danach Cannoli.«

»Du erinnerst dich an alles. Es ist unser Pech, dass du diese Kurse in Strafrecht und Chemie belegst und dich nicht für das Management eines Restaurants entschieden hast.«

»Ich werde mir immer die Zeit nehmen, hier auszuhelfen, Dad. Immer.«

»Ich bin stolz auf dich. Stolz, dass du weißt, was du willst, und dafür arbeitest.«

»So bin ich erzogen worden. Wie geht es dem Vater der Braut?«

»Daran mag ich gar nicht denken.« Er schüttelte den Kopf und trank wieder einen Schluck Wasser. »Ich versuche den Augenblick zu verdrängen, wenn sie in ihrem Brautkleid auf mich zukommen wird. Wenn ich sie dann zum Altar führe und Vince übergebe. Ich werde heulen wie ein Baby. Solange die verrückten Vorbereitungen für den großen Moment andauern, kann ich das noch beiseite schieben.«

Er sah auf und lächelte. »Da hat wohl jemand erfahren, dass du wieder zu Hause bist. Hallo, John.«

»Gib.« – Mit einem Freudenschrei sprang Reena auf und warf die Arme um John Minger. »Ich habe dich vermisst! Wir haben uns schon seit Weihnachten nicht mehr gesehen. Setz dich, ich bin gleich wieder da.«

Sie stürzte davon und holte ein weiteres Gedeck. Dann ließ sie sich wieder auf ihren Stuhl fallen und häufte die Hälfte ihrer Portion Spagetti auf den zweiten Teller. »Iss etwas davon. Dad glaubt, ich würde im College verhungern.«

»Was möchtest du trinken, John?«

»Irgendetwas ohne Alkohol. Danke.«

»Ich werde dir gleich etwas bringen lassen. Ich muss wieder zurück an die Arbeit.«

»Erzähl mir alles«, forderte Reena John auf. »Wie geht es dir, deinen Kindern, deinen Enkeln, im Allgemeinen?«

»Mir geht es gut. Ich habe viel zu tun.«

Reena fand, er sah gut aus. Auch wenn er mittlerweile kleine Tränensäcke unter den Augen hatte und sein Haar fast ganz ergraut war. Es stand ihm gut. Das Feuer hatte ihn zu einem Freund der Familie gemacht. Nein, nicht nur das Feuer, verbesserte sie sich. Auch das, was er seitdem getan hatte. Er hatte mitgearbeitet und ihre endlosen Fragen beantwortet.

»Gibt es irgendwelche interessanten Fälle?«

»Sie sind alle interessant. Willst du mich immer noch begleiten?«

»Ruf mich an, und ich bin sofort zur Stelle.«

Er lächelte, und seine Gesichtszüge entspannten sich. »Im Schlafzimmer eines Kindes war ein Feuer ausgebrochen. Der Junge ist acht Jahre alt und war allein zu Hause, als es passierte. Keine Brandbeschleuniger, keine Zündhölzer, kein Feuerzeug. Kein Anzeichen eines gewaltsamen Eindringens oder von Brandstiftung.«

»Die Elektrik?«

»Auch nicht.«

Sie aß weiter, während sie nachdachte. »Ein Chemiebaukasten? Kinder in diesem Alter spielen gern damit herum.«

»Dieser Junge nicht. Er erzählte mir, er wolle Detektiv werden.«

»Zu welcher Tageszeit ist das Feuer ausgebrochen?«

»Gegen zwei Uhr am Nachmittag. Die Kinder sind da üblicherweise in der Schule, die Eltern bei der Arbeit. Es war vorher nichts Besonderes vorgefallen.« Er schob sich eine Gabel Spagetti in den Mund und schloss genießerisch die Augen. »Es ist nicht fair, dich dazu zu befragen, wenn du weder den Ort des Geschehens noch Bilder davon sehen kannst.«

»Warte einen Moment – so schnell gebe ich nicht auf.« Sie war schon immer der Überzeugung gewesen, dass Rätsel dazu da waren, gelöst zu werden. »Der Ursprungsort?«

»Der Schreibtisch des Jungen. So ein windiges Ding aus Sperrholz.«

»Ich wette, da lag eine Menge Zeug drauf, das sich leicht entzündet. Bastelpapier, Klebstoff, die Tischplatte selbst, Schulhefte und Ordner vielleicht, Spielzeug. Stand der Tisch neben dem Fenster?«

»Direkt darunter.«

»Dann gab es dort sicher Vorhänge, die rasch Feuer fingen. Um zwei Uhr nachmittags.« Sie schloss die Augen und versuchte, sich die Situation vorzustellen, wobei sie an Xanders Schreibtisch dachte, als der in dem Alter war. Eine Anhäufung von Spielzeug, Comics, Schulheften. »An welcher Wand ist das Fenster?«

»Du bist ein cleveres Mädchen, Reena. Der Südwand.«

»Wenn die Vorhänge nicht zugezogen waren, dürfte die Sonne stark in das Zimmer gebrannt haben. Und ein Junge zieht die Vorhänge nicht zu. Wie war das Wetter an diesem Tag?«

»Klarer Himmel, sonnig, warm.«

»Der Junge will Detektiv werden, also besitzt er sicher eine Lupe.«

»Treffer! Du bist wirklich schlau. Das Vergrößerungsglas liegt auf dem Schreibtisch, schräg auf einem Buch über einem Papierstapel. Die Sonnenstrahlen erwärmen das Glas, und das Papier fängt Feuer. Dann geht es auf den Holztisch und die Vorhänge über.«

»Der arme Junge.«

»Es hätte schlimmer ausgehen können. Ein Paketbote

sah den Rauch und rief sofort die Feuerwehr. Sie konnten das Feuer noch im Schlafzimmer löschen.«

»Das Fachsimpeln hat mir gefehlt. Ich weiß, ich weiß – ich bin noch Studentin, und die meisten Kurse, auf die ich mich schon freue, kann ich erst belegen, wenn ich nächstes Jahr zum Shady Grove Campus darf. Trotzdem führe ich gern ein solches Fachgespräch.«

»Da gibt es noch etwas, worüber ich mit dir sprechen muss.« Er legte seine Gabel beiseite und sah ihr in die Augen. »Pastorelli ist wieder auf freiem Fuß.«

»Er …« Sie sah sich um, ob jemand von der Familie sie hören konnte. »Seit wann?«

»Seit letzter Woche. Ich habe es gerade erst erfahren.«

»Das musste ja irgendwann passieren«, sagte Reena betroffen. »Wenn er keinen Wärter angegriffen hätte, wäre er schon früher entlassen worden.«

»Ich glaube nicht, dass er euch Schwierigkeiten machen wird. Er wird wahrscheinlich nicht einmal hierher zurückkommen. Schließlich hat er in der Nachbarschaft keine Verbindungen mehr. Seine Frau ist immer noch bei ihrer Tante in New York – das habe ich nachgeprüft. Der Junge hat sich dort schon eine Strafe wegen Körperverletzung eingehandelt.«

»Ich kann mich noch gut daran erinnern, wie sie ihn abgeholt haben.« Reena sah aus dem Fenster auf die andere Straßenseite. Auf den Stufen des Hauses, in dem früher die Pastorellis gewohnt hatten, standen nun einige Blumentöpfe mit Geranien, und die Vorhänge waren geöffnet.

»Wen?«

»Beide. Ich erinnere mich daran, wie sie Mr Pastorelli in Handschellen herausbrachten und wie seine Frau ihr Gesicht in einem gelben Geschirrtuch vergrub. An einem ihrer Schuhe war der Schnürsenkel gelöst. Ich sehe auch noch vor mir, wie Joey schreiend hinter dem Wagen herlief. Mein Vater stand neben mir. Das gemeinsam zu beobachten hat das Band zwischen uns verstärkt. Vielleicht hat er mich auch deshalb mit ihm gehen lassen, als sie Joey abgeholt haben. Nachdem dieser den armen Hund getötet hatte.«

»Er schloss für dich ein Kapitel ab, das begann, als der kleine Mistkerl dich angriff. Daran hat sich auch nichts geändert, aber deine Familie sollte trotzdem wissen, dass er wieder auf freiem Fuß ist.«

»Ich werde es ihnen sagen. Später, John, wenn wir alle zu Hause sind.«

»In Ordnung.«

Sie sah wieder aus dem Fenster und ihre Gesichtszüge entspannten sich. »Da ist Xander. Ich bin gleich wieder da.« Sie sprang auf und eilte zur Tür. Dann lief sie quer über die Straße und warf sich ihrem Bruder in die Arme.

Zu Hause zu sein war in vieler Hinsicht so, als wäre sie wieder ein Kind. Die Gerüche und Geräusche im Haus waren wie früher. Die Möbelpolitur, die ihre Mutter verwendete, die Düfte, wenn sie kochte, der alte Hackblock in der Küche. Die Musik, die aus Xanders Zimmer drang, ob er im Haus war oder nicht. Das plätschernde Wasser in der Toilette, das nur aufhörte zu laufen, wenn man an der Spülung rüttelte.

Es verging kaum eine Stunde, in der das Telefon nicht klingelte, und durch die bei dem schönen Wetter weit geöffneten Fenster drangen Straßenlärm und die Stimmen der Vorübergehenden, die auf ein Schwätzchen stehen blieben, herein.

Als sie mit gekreuzten Beinen auf dem Bett ihrer Schwester saß, fühlte sie sich beinahe wieder wie zehn, während sie Bella zusah, wie diese sich zum Ausgehen an ihrem kleinen Toilettentisch hübsch machte.

»Es gibt noch so viel zu tun.« Bella trug mit dem Geschick einer Künstlerin verschiedene Töne von Lidschatten auf. »Ich habe keine Ahnung, wie ich das bis zur Hochzeit schaffen soll. Vince meint, ich würde mir zu viel Sorgen machen, aber ich möchte, dass alles perfekt wird.«

»Das wird es sicher. Dein Kleid ist wunderschön.«

»Ich wusste genau, was ich wollte.« Sie schüttelte ihre dichten blonden Locken nach hinten. »Immerhin habe ich das schon mein Leben lang geplant. Weißt du noch, wie wir Hochzeit gespielt haben? Mit den alten Spitzenvorhängen?«

»Und du warst dabei immer die Braut«, erwiderte Reena lächelnd.

»Und jetzt wird es wahr. Ich weiß, dass Dad entsetzt war, als er erfuhr, wie viel das Brautkleid kostet, aber am Hochzeitstag richten sich schließlich alle Augen auf die Braut. Und da kann ich doch nicht in einem billigen Fummel auftreten. Ich möchte, dass Vince hin und weg ist, wenn er mich darin sieht. Oh, warte nur, bis du siehst, was er mir geschenkt hat, weil man ja nach der Tradition auch etwas Altes zur Hochzeit tragen muss.«

»Ich dachte, du würdest Omas Perlen tragen.«

»Nein. Sie sind hübsch, aber altmodisch. Außerdem sind sie nicht echt.« Sie zog die Schublade des Toilettentisches auf und nahm eine kleine Schachtel heraus. Dann setzte sie sich damit auf die Bettkante. »Er hat sie mir bei einem Juwelier für Antikschmuck gekauft.«

In der Schachtel befanden sich Ohrringe mit glitzernden, tropfenförmigen Diamanten, eingefasst von einer Filigranarbeit, die so zart war wie von Zauberspinnen gewebt.

»Meine Güte, Bella, sind das echte Diamanten?«

»Natürlich.« Der viereckige Solitär an ihrem Finger blitzte auf, als sie mit der Hand gestikulierte. »Vince würde mir keine künstlichen Edelsteine kaufen. Er hat Klasse. Seine ganze Familie hat Klasse.«

»Und unsere nicht?«

»So habe ich das nicht gemeint«, erklärte Bella abwesend, während sie einen der Ohrringe hochhielt, sodass er das Licht einfing. »Vince' Mutter fliegt nach New York und Mailand zum Einkaufen. Sie haben zwölf Hausangestellte. Du solltest das Haus seiner Eltern sehen, Reena. Es ist hochherrschaftlich. Sie haben fest angestellte Gärtner. Seine Mutter ist so lieb zu mir. Ich nenne sie jetzt Joanne. Am Morgen der Hochzeit wird sie mich in ihren Friseursalon begleiten, sodass ich mir dort meine Haare machen lassen kann.«

»Ich dachte, du, Mama, Fran und ich würden zu Maria gehen.«

»Catarina.« Bella lächelte milde und tätschelte Reena die Hand, bevor sie die Ohrringe in der Schublade verstaute. »Maria wird mir nicht mehr die Haare schneiden. Ich werde bald die Frau eines wichtigen Mannes sein und dann einen ganz anderen Lebensstil und andere Verpflichtungen haben. Um dem gerecht zu werden, brauche ich den richtigen Haarschnitt und die richtige Garderobe. Alles muss stimmen.«

»Und wer bestimmt, was richtig ist?«

»Das weiß man einfach.« Sie schüttelte wieder ihr Haar nach hinten. »Vince hat einen Cousin, der sehr nett ist. Ich habe mir überlegt, dass er dich vielleicht zum Empfang begleiten könnte. Du wirst dich sicher gut mit ihm verstehen. Er studiert in Princeton.«

»Danke, aber ich habe einen Freund, der zur Hochzeit mitkommen wird. Ich habe das schon mit Mama besprochen.«

»Einen Freund.« Bella unterbrach für einen Moment ihre Verschönerungsaktion und ließ sich auf das Bett fallen. »Seit wann, wo, wie? Wie heißt er? Wie sieht er aus? Erzähl mir alles über ihn.«

Die unterschwellige Missstimmung zwischen ihnen war verflogen, und sie waren wieder Schwestern, die ihre Köpfe zusammensteckten und über das wichtigste Thema sprachen: Jungs!

»Sein Name ist Josh. Er ist so süß – ein richtig heißer Typ. Er will Schriftsteller werden. Ich habe ihn im College kennengelernt, und seit einigen Monaten gehen wir miteinander.«

»Seit einigen Monaten? Und du hast mir nichts davon erzählt?«

»Du warst sehr beschäftigt.«

»Das bin ich immer noch.« Bella warf schmollend die Lippen auf. »Ist er aus dieser Gegend?«

»Nein. Er wuchs in Ohio auf, lebt aber jetzt hier. Für den Sommer hat er einen Job in einer Buchhandlung angenommen. Ich mag ihn wirklich sehr, Bella. Und ich habe mit ihm geschlafen. Fünf Mal.«

»Meine Güte!« Bellas Augen weiteten sich und sie hopste auf dem Bett hin und her. »Reena, das ist fantastisch! Ist er gut?« Sie sprang auf und schloss die Tür. »Vince ist unglaublich im Bett. Er hält stundenlang durch.«

»Ich denke schon, dass er gut ist.« Stundenlang? Reena wunderte sich. War das möglich? »Er ist der Einzige, mit dem ich geschlafen habe.«

»Pass immer gut auf. Ich habe damit aufgehört.«

»Womit?«

»Mit der Verhütung«, flüsterte Bella. »Vince sagte, er wolle so schnell wie möglich eine Familie gründen, also haben wir meine Pillen weggeworfen. Wir stehen kurz vor der Hochzeit, deshalb wäre es kein Problem, wenn ich jetzt schwanger würde. Letztes Wochenende haben wir sie in den Müll geworfen; es könnte sein, dass ich bereits schwanger bin.«

»Meine Güte, Bella.« Der Gedanke, dass ihre Schwester so schnell von einer Braut zur Mutter werden könnte, versetzte Reena einen kräftigen Schock. »Willst du dir nicht ein wenig Zeit lassen, dich zuerst an das Eheleben zu gewöhnen?«

»Dafür brauche ich keine Zeit.« Sie lächelte, und dabei

glitt ein verträumter Ausdruck über ihr Gesicht, der nicht nur ihre Augen, sondern auch ihre Lippen erfasste. »Ich weiß genau, wie alles sein wird. Einfach perfekt. Jetzt muss ich mich zurechtmachen. Vince wird jede Minute eintreffen, und er mag es nicht, wenn ich zu spät komme.«

»Mach dir einen schönen Abend.«

»Das tun wir immer.« Bella setzte sich wieder an den Toilettentisch, während Reena zur Tür ging. »Vince führt mich heute Abend in ein tolles Restaurant. Er meint, dass ich mich entspannen müsse und einmal nicht an die Hochzeitsvorbereitungen denken solle.«

»Da hat er mit Sicherheit recht.« Sie ging aus dem Zimmer und schloss die Tür hinter sich, als ihr Bruder die Treppe heraufkam.

Er richtete den Blick auf die Tür und wandte sich dann grinsend Reena zu. »Wie oft hat sie gesagt: ›Vince meint …‹?«

»Ständig. Er ist offensichtlich verrückt nach ihr.«

»Glücklicherweise, sonst hätte sie ihn mittlerweile schon in den Wahnsinn getrieben. Ich für meinen Teil bin heilfroh, wenn die Sache vorbei ist.«

Sie ging zu ihm hinüber. Da er sie inzwischen überragte, musste sie sich auf die Zehenspitzen stellen, um ihn auf die Wange zu küssen. »Wenn sie nicht mehr im Zimmer neben deinem wohnt, wirst du sie vermissen.«

»Wahrscheinlich.«

»Hast du heute Abend schon etwas vor?«

»An deinem ersten Abend zu Hause? Für was für einen Bruder hältst du mich denn?«

»Für den besten, den es gibt.«

Sie wartete, bis Bella zu ihrer Abendeinladung aufgebrochen war und sich der Rest der Familie am Esstisch versammelt hatte. Zu ihren Ehren und um ihrer Heimkehr zu feiern, gab es Steak Florentiner Art.

»Ich habe eine Neuigkeit«, begann sie. »John hat sie mir heute erzählt und mich gebeten, sie an euch weiterzugeben. Pastorelli ist wieder auf freiem Fuß. Er wurde vor einer Woche entlassen.«

»Mistkerl.«

»Nicht bei Tisch, Xander«, mahnte Bianca automatisch. »Weiß man, wo er sich aufhält? Wohin er gegangen ist?«

»Er hat seine Zeit abgesessen, Mama.« Reena hatte vorher darüber nachgedacht, wie sie diese Nachricht vorsichtig und ruhig vorbringen konnte. »John glaubt nicht, dass wir uns deshalb Sorgen machen müssen, und ich bin mit ihm einer Meinung. Er hat keine Kontakte in der Nachbarschaft, also auch keinen Grund, hierher zurückzukommen. Was damals passiert ist, liegt eine lange Zeit zurück.«

»Gestern«, erwiderte Gib. »Es scheint, als sei es gestern gewesen. Aber ich denke, wir müssen uns damit abfinden. Was sonst sollten wir auch tun? Er wurde für das bestraft, was er getan hat. Es ist vorbei, und er ist aus unserem Leben verschwunden.«

»Ja, aber es kann nicht schaden, trotzdem wachsam zu sein, zumindest für eine Weile«, warf Bianca ein und holte tief Luft. »Und es ist sicher besser, es Bella erst nach der Hochzeit zu sagen. Sie würde sonst einen hysterischen Anfall bekommen.«

»Das tut sie schon, wenn ihr ein Fingernagel abbricht«, meinte Xander.

»Genau meine Meinung. Jetzt wissen wir Bescheid und werden vorsichtig sein. Aber ebenso wie John es tut, wollen wir annehmen, dass wir keinen Grund zur Sorge haben. Also …« Bianca hob die Hände. »Esst, bevor alles kalt wird.«

Kapitel 6

Bo war nicht begeistert von den Plänen für diesen Tag, aber wie immer bereit, sich anzuschließen. Sein Freund Brad war nun offiziell die bessere Hälfte von Cammie, und da sich bei dieser Vorstellung der Vorhang eben erst zum ersten Akt gehoben hatte, waren alle glücklich und zufrieden. Um auch andere an ihrer Freude teilhaben zu lassen, hatte das neue Paar ein Treffen zu viert arrangiert. Das war in Ordnung, nur dass es den ganzen Tag und auch den Abend dauern sollte, beunruhigte ihn ein wenig.

In Bos Augen war das eine zu große Verpflichtung.

Wenn er und Cammies Freundin sich nun nicht sympathisch waren? Angeblich war sie sehr hübsch, aber das war eben Cammies Meinung. Und auf die Einschätzung einer Freundin konnte man sich nicht verlassen.

Selbst wenn sie aussah wie Claudia Schiffer, redete oder kicherte sie vielleicht pausenlos. Das konnte er nicht ausstehen. Oder möglicherweise besaß sie keinen Sinn für Humor. Lieber würde er sich mit einer Kichererbse abfinden als mit diesem übermäßig ernsthaften Ich-muss-die-Welt-vor-sich-selbst-retten-und-du-musst-das-auch-tun-Typ.

Außerdem musste er immer noch an dieses Mädchen denken, dessen Gesicht er nur zehn Sekunden lang gesehen hatte und dessen Namen er nicht wusste.

Idiotisch, aber was konnte man dagegen tun?

Er wusste, dass das eine von Brads Methoden war, ihn wieder in die Realität zurückzubringen. Ein hübsches Mädchen, wie es hieß, ein Tag in netter Gesellschaft am Hafen von Baltimore. Ein Besuch im Aquarium, herumhängen, ein wenig Musik hören, Meeresfrüchte essen. Spaß haben. Er befahl sich selbst, sich in die richtige Stimmung dafür zu bringen, während er Cammies Anweisungen folgte.

Brad und sie saßen auf dem Rücksitz – wahrscheinlich, damit sie während der Fahrt fummeln konnten.

Er bog in den Parkplatz ein und wartete, bis seine Passagiere ihren letzten Kuss beendet hatten.

»Wir gehen zusammen hinein.« Cammie riss sich von Brad los und nahm ihre Handtasche. »Wir werden eine Menge Spaß haben! Es ist ein fantastischer Tag.«

Da musste Bo ihr recht geben. Blauer Himmel, weiße Wölkchen, strahlender Sonnenschein. Es war besser, auszugehen und etwas zu unternehmen, als zu Hause zu sitzen und über ein Mädchen zu fantasieren oder in der Werkstatt seines Meisters zu arbeiten.

Sein Ziel war es, eine eigene Werkstatt zu haben. Wenn er einmal genug Geld hatte, um ein Haus zu mieten oder – noch unwahrscheinlicher – eines zu kaufen, würde er seinen eigenen Laden eröffnen, eine hübsche kleine Werkstatt mit Arbeitstischen und elektrischen Werkzeugen einrichten. Vielleicht könnte er auch ein paar lukrative Nebengeschäfte abwickeln.

Er betrat das Mietshaus, das in seinen Augen wie alle anderen Wohnblöcke um den Campus herum aussah. Genau ein solcher Ort, von dem er sich eigentlich gleich wieder verabschieden wollte. Lieber hätte er sich mit Brad darüber unterhalten, ob er sich finanziell an einem Unternehmen für Renovierungsarbeiten beteiligen sollte.

»Sie wohnt im ersten Stock.« Cammie ging zu einer Tür und klopfte. »Mandy wird dir gefallen, Bo. Sie ist wirklich ein nettes Mädchen.«

Cammies breites Lächeln erinnerte Bo daran, warum er es nicht leiden konnte, verkuppelt zu werden. Wenn er ihre Freundin nicht mochte, dann würde er trotzdem so tun müssen, als ob er sie toll fände. Sonst würde Cammie Brad Vorwürfe machen, bis Brad dann ihn anpflaumte.

Doch als dann eine kleine Rothaarige, ihre hübschen Kurven in eine Jeans und ein eng anliegendes graues

T-Shirt verpackt, die Tür öffnete, schwanden seine Bedenken.

Sie war so hübsch angezogen, dass er sogar das Piercing an der Augenbraue tolerierte. Vielleicht war das sogar sexy.

»Hi, Mandy. Brad kennst du ja schon.«

»Klar. Hallo, Brad.«

Sie lispelte ein wenig, aber das klang erotisch.

»Und das ist Bo. Bowen Goodnight.«

»Hi, Bo. Ich hole nur rasch meine Tasche, dann können wir los. Hier sieht es furchtbar aus, also kommt besser nicht rein.« Lachend scheuchte sie sie weg. »Meine Mitbewohnerin ist gestern zu einem heißen Wochenende in Orange County aufgebrochen und hat vorher auf der Suche nach ihren Sandalen die Wohnung total verwüstet. Ich habe die Schuhe gefunden, nachdem sie abgefahren war. Aber aufräumen werde ich nicht – das ist ihre Sache.«

Sie redete ohne Punkt und Komma, aber auf eine witzige, nette Art, während sie sich ihre Handtasche und eine schwarze Baseballkappe mit der Aufschrift Orioles holte.

Baseball, dachte Bo. Dann gab es Hoffnung.

Sie sauste aus der Wohnung, schlug die Tür hinter sich zu und schenkte Bo ein kurzes Lächeln. »Ich habe meine Kamera dabei«, erklärte sie und klopfte auf ihre ausgebeulte Tasche. »Ich falle damit manchmal den Leuten ziemlich auf die Nerven. Dies nur zur Warnung.«

»Mandy ist eine fantastische Fotografin«, warf Cammie ein. »Sie macht gerade ein Praktikum bei der Baltimore Sun.«

»Schreckliche Arbeitszeiten und keine Bezahlung. Ich liebe es. Hey, seht euch das an.«

Bevor Bo etwas sagen konnte, drehte sie sich zu einem Jungen um, der die Treppe herunterkam. Er trug einen Anzug, eine Krawatte und wirkte ein wenig nervös.

»Mann, du siehst ja heiß aus.« Sie lachte vergnügt in sich hinein.

»Ich gehe zu einer Hochzeit.« Er zupfte an dem Knoten seiner gestreiften Krawatte. »Sitzt das Ding richtig?«

»Cammie, Brad, Bo, das ist Josh. Mein Nachbar, der über mir wohnt, mit mir studiert und keine Krawatten binden kann. Lass mich dir helfen. Wer heiratet?«

»Die Schwester meiner Freundin. Ich werde ihre gesamte Familie kennenlernen. Im Augenblick ist mir ein bisschen übel.«

»Also ein Spießrutenlauf.« Sie zog seine Krawatte gerade und klopfte ihm leicht auf das Revers seines Jacketts. »So, alles perfekt. Mach dir keine Sorgen. Auf Hochzeiten weinen die Leute, oder sie betrinken sich.«

»Es sind Italiener.«

»Dann werden sie beides tun. Auf italienischen Hochzeiten hat man eine Menge Spaß. Heb einfach dein Glas und sag … wie heißt es? Salute!«

»Salute. Das merke ich mir. Schön, euch getroffen zu haben. Bis später.«

»Er ist ein ganz lieber Kerl«, meinte Mandy, als er gegangen war. »Er hat sich in dieses Mädchen verliebt, mit dem er den Literaturkurs besucht. Es scheint, als hätte sich da endlich etwas ergeben. So.« Sie rückte ihre Kappe zurecht. »Jetzt lasst uns gehen und ein paar fette Fische anschauen.«

Bella hatte alles perfekt organisiert und, wie Reena fand, ihre Wünsche erfüllt bekommen. Das Wetter war wunderschön, der Frühsommer zeigte sich in Blau und Gold, die Blumen waren frisch erblüht und die Luftfeuchtigkeit angenehm gering. Alle sagten, dass Bella aussähe wie eine Prinzessin in ihrem duftigen weißen Kleid und dem goldglänzenden Haar unter dem glitzernden Schleier. In der Hand trug sie einen riesigen Strauß pinkfarbener Rosen mit einigen kleinen weißen Lilien.

Die Kirche war, so wie sie es gewünscht hatte, mit Blumen in weißen Körbchen geschmückt. Statt der üblichen Orgelmusik erklangen Harfen, Flöten, Celli; und Violinen. Reena musste sich eingestehen, dass es sich wunderschön anhörte.

Und stilvoll.

Keine Spitzenvorhänge und Berge von Papiertaschentüchern mehr, dachte Reena für sich, während ihre Augen brannten und sich ein Kloß in ihrer Kehle bildete. Isabella Hale schwebte am Arm ihres Vaters das Mittelschiff von St. Leo hinunter und sah aus wie eine Königin. Der lange Schleier hinter ihr glich einem schimmernden weißen Fluss. Ihr Gesicht glühte, und die Diamanten an ihren Ohren funkelten.

Sie hatte wirklich all ihre Wünsche wahr werden lassen, dachte Reena, während sie Vince beobachtete, der in seinem Cutaway elegant und attraktiv aussah und offensichtlich von seiner Braut hingerissen war.

Er konnte den Blick nicht mehr von ihrem Gesicht abwenden. Die Augen ihres Vaters wurden feucht, als er vorsichtig Bellas Schleier hob und sie sanft auf die Wange küsste. Auf die Frage des Priesters, wer diesem Mann diese Frau geben würde, antwortete er leise: »Ihre Mutter und ich.«

Ausnahmsweise weinte Bella nicht. Ihre Augen waren während der Messe und der Zeremonie klar und strahlend, und ihre Stimme klang glockenhell.

Weil sie weiß, dass das genau das ist, was sie sich gewünscht hat, dachte Reena. Was sie immer gewollt hat. Und ihr ist auch bewusst, dass sie im Rampenlicht steht und alle Augen auf sie gerichtet sind.

Es zählte nicht mehr, dass das Brautjungfernkleid nicht vorteilhaft war. Hier gab es eine andere Art von Feuer. Es war gewaltig, hell und heiß – es war die Freude ihrer Schwester, die die Luft entflammte.

Beim Ehegelübde und dem Tausch der Ringe musste

Reena weinen, weil sie begriff, dass das das Ende eines Teils ihres Lebens war. Und der Beginn eines neuen Lebensabschnitts für Bella.

Der Empfang fand in dem Country Club statt, in dem Vince' Vater eine Art Vorstandsmitglied war. Auch dort war alles üppig mit Blumen geschmückt, und es gab Essen, Wein und Musik im Überfluss.

Jeder Tisch war mit einem Tuch im Farbton von Bellas Rosen bedeckt und mit weißen Rosenblüten bestreut. Und in der Mitte standen riesige Blumenvasen und glänzende Leuchter mit weißen Kerzen.

Reena war ein Platz an der langen Tafel zugewiesen worden, an der die Brautgesellschaft saß. Sie war dankbar, dass ihre Mutter so viel Voraussicht bewiesen und Josh mit Gina an einen Tisch gesetzt hatte – damit war für seine Unterhaltung gesorgt. Und sie war auch froh, dass Fran als Brautjungfer und Vince' Bruder als Trauzeuge des Bräutigams die traditionellen Toasts ausbringen würden.

Sie genoss das zarte Steak und unterhielt sich und lachte mit den anderen Gästen. Allerdings machte sie sich auch ein wenig Sorgen um Josh. Und beim Blick in den großen Ballsaal fragte sie sich, in welcher Welt ihre Schwester von jetzt an leben würde.

Die beiden Familien mischten sich nun, wie es bei solchen Anlässen der Fall war. Aber selbst wenn sie sie nicht gekannt hätte, wäre es ihr möglich gewesen, sie in Gruppen aufzuteilen. Die Arbeiter und die Oberschicht. Die Leute aus der Nachbarschaft in der Stadt und die Wohlhabenden aus den Vororten.

Die Braut war nicht die Einzige, die Diamanten trug oder in ein Kleid gehüllt war, das mehr kostete als der Umsatz einer ganzen Woche im Sirico. Aber sie war die Einzige aus der Familie, die es geschafft hatte.

Wahrscheinlich die Einzige aus der Familie, die sich so

geben konnte, als hätte sie bei ihrer Geburt bereits Kleidung von Prada getragen, dachte Reena.

Als hätte er ihre Gedanken gelesen, beugte sich Xander vor und flüsterte ihr ins Ohr: »Wir sind jetzt die armen Verwandten.«

Kichernd hob sie ihr Champagnerglas. »Was soll's. Salute.«

Als sie sich von den Anstandspflichten befreien konnte und zu Josh hinüberging, fühlte sie sich besser. »Geht es dir gut? Jetzt habe ich, zumindest eine Weile, Zeit für dich.«

»Fein. Das war eine spektakuläre Hochzeit.«

»Das kann man sagen«, stimmte sie ihm zu. »Ich wusste nicht, dass es so lange dauern würde, die Bilder zu schießen. Ich habe das Gefühl, dich im Stich gelassen zu haben. Und ich wollte dich noch warnen, dass …«

»Catarina!« Ihre Tante Carmela kam auf sie zugestürmt und hüllte sie mit ihrer Umarmung in eine Parfümwolke ein. »Wie hübsch du bist! Du siehst selbst wie eine Braut aus. Aber du bist zu dünn. Wir werden dich aufpäppeln, während du zu Hause bist. Und wer ist dieser attraktive junge Mann?«

»Tante Carmela, das ist Josh Bolton. Josh, meine Tante, Carmela Sirico.«

»Freut mich, Sie kennenzulernen, Mrs Sirico.«

»Und höflich ist er auch. Das ist eine Hochzeit. Nenn mich Carmela.« Sie legte Reena einen ihrer kräftigen Arme um die Schulter. »Meine Nichte sieht sehr hübsch aus, nicht wahr?«

»Ja, Madam, sie …«

»Francesca ist die Schönheit, und Isabella hat Stil und Leidenschaft. Und unsere Catarina ist die Kluge. Nicht wahr, cara?«

»Stimmt. Ich habe den Verstand.«

»Du siehst heute einfach wunderschön aus! Vielleicht wird dein junger Freund auf ein paar Gedanken kommen, wenn du den Brautstrauß fängst.« Sie blinzelte den beiden zu.

»Kenne ich deine Familie?«, fragte sie Josh.

»Nein«, warf Reena rasch ein. »Ich kenne Josh von der Schule und möchte ihn jetzt den anderen vorstellen.«

»Ja, natürlich. Einen Tanz musst du für mich reservieren«, rief sie Josh nach, als Reena ihn mit sich zog.

»Genau davor wollte ich dich warnen«, begann Reena. »So etwas wird dir noch öfter blühen, und man wird dich ins Kreuzverhör nehmen. Aus welcher Familie du kommst, was deine Angehörigen tun, was du machst, welche Kirche du besuchst. Alle meine Angehörigen glauben, sie müssten das alles wissen. Nimm es nicht persönlich.«

»Das geht schon klar. Gina hat mich bereits vorgewarnt. Es ist ein wenig furchteinflößend, aber in Ordnung. Und du siehst wirklich bezaubernd aus. Ich war noch nie bei einer großen katholischen Hochzeit. Das ist schon etwas Besonderes.«

»Und vor allem dauert sie lange«, erwiderte sie lachend. »Okay, ich werde dich jetzt meinen Onkeln und den anderen Tanten vorstellen müssen. Bleib stark.«

Und sie stellte im weiteren Verlauf der Party fest, dass alles gut lief. Josh wurde zwar mit Fragen bombardiert, aber er musste nur die Hälfte davon beantworten, weil überall durcheinandergesprochen wurde.

Auch die Musik trug zur Stimmung bei. Von Dean Martin bis zu Madonna war für jeden etwas dabei. Als Reena mit dem Bräutigam tanzte, fing sie an, sich zu entspannen.

»Ich habe meine Schwester noch nie glücklicher gesehen. Die Feier war wunderschön, Vince. Alles ist so wunderschön.«

»Sie hat sich täglich Sorgen gemacht. Aber das ist eben unsere Bella.«

Er tanzte so geschmeidig, während er den Blick nicht von ihrem Gesicht wandte, dass Reena sich sicher war, er hatte Stunden genommen – sowohl im Tanzen als auch im Versprühen von Charme.

»Jetzt können wir uns ein gemeinsames Leben aufbauen, uns ein Heim schaffen und eine Familie gründen. Wenn wir von den Flitterwochen zurück sind und uns eingerichtet haben, laden wir dich zum Abendessen ein.«

»Ich komme gern.«

»Ich kann mich glücklich schätzen, eine so wunderschöne, bezaubernde Frau zu haben. Und sie kocht hervorragend.« Er lachte und küsste Reena auf die Wange. »Und nun habe ich auch noch eine Schwester dazubekommen.«

»Und ich einen Bruder. Una famiglia.«

»Una famiglia.« Er grinste und wirbelte sie über die Tanzfläche.

Als sie sich später im Bett an Josh schmiegte, dachte Reena über den Tag nach, nach dem sich ihre Schwester so lange gesehnt hatte. Die herrliche Zeremonie, die feierlichen Worte und der elegante Blumenschmuck. Der Empfang, der zu Beginn sehr förmlich gewesen war und sich dann glücklicherweise zu einem rauschenden Fest entwickelt hatte.

»Sag mal, hat meine Tante Rosa tatsächlich den Electric Slide getanzt?«

»Ich kann mich nicht mehr genau daran erinnern, wer Tante Rosa ist, aber ich glaube schon. Oder vielleicht war es auch der Hokey Pokey.«

»Nein, das waren Lena und Maria-Theresa, meine Cousinen zweiten Grades. Du meine Güte!«

»Die Tänze haben mir gefallen. Vor allem die Tarenbella.«

»Tarantella«, verbesserte sie ihn kichernd. »Du hast dich tapfer geschlagen, Josh, und das war sicher nicht einfach. Kompliment.«

»Ich hatte großen Spaß. Deine Familie ist wirklich toll.«

»Ja, und groß und laut. Ich glaube, Vince' Familienmitglieder waren ein wenig pikiert, vor allem als mein Onkel Larry sich das Mikrofon schnappte und *That's Amore* hineinbrüllte.«

»Das klang gut. Deine Familie gefällt mir besser. Seine Leute sind ein wenig versnobt. Er ist in Ordnung«, fügte Josh rasch hinzu. »Und er ist über alle Maßen in deine Schwester verliebt. Sie sahen aus wie ein Paar aus einem Film.«

»Ja, das stimmt.«

»Und deine Mom. Darf ich das sagen, dass sie eine Schönheit ist? Sie sieht nicht aus wie eine Mutter. In meiner Familie gab es nie so große Feste. Mir hat es gefallen.«

Sie beugte sich lächelnd über ihn. »Dann kommst du morgen zum Abendessen? Meine Mutter bat mich, dich einzuladen. So kannst du uns erleben, wenn wir nicht aufgedonnert sind.«

»Na klar. Kannst du heute hierbleiben? Mein Zimmergenosse kommt erst morgen Abend wieder zurück. Wir können ausgehen, wenn du möchtest, oder einfach den Abend hier verbringen.«

»Ich wünschte, das wäre möglich.« Sie drückte ihm einen Kuss auf die Brust, die so warm und glatt war. »Das wäre wirklich schön, aber ich glaube, das wäre für meinen Dad zu viel. Er wird sicher traurig sein. Und noch dazu haben ihm einige Leute klargemacht, dass es auch bei Fran bald so weit sein wird.«

»Du hast ihr einen Schubs in die richtige Richtung versetzt, als Bella den Brautstrauß warf.«

»Reflex.« Reena lachte wieder, setzte sich auf und schüttelte das Haar zurück. »Ich möchte Dad ablenken, sonst denkt er über Bellas Hochzeitsnacht nach, und das ist ein heikles Thema für ihn.« Sie strich ihm über die Wange. »Es freut mich, dass du heute Spaß hattest.«

Er setzte sich auf und umarmte sie auf eine Art, die ihr Herz erwärmte. »Das habe ich immer, wenn du bei mir bist.«

Reena zog sich an und frischte ihr Make-up auf. Schließlich sollte ihr niemand ansehen, dass sie gerade aus dem Bett eines Mannes kam. An der Tür zog Josh sie noch einmal an sich und küsste sie leidenschaftlich.

»Vielleicht können wir an unserem nächsten freien Tag etwas unternehmen«, schlug er vor. »Zum Beispiel an den Strand fahren.«

»Das wäre schön. Bis morgen.« Sie ging hinaus, drehte sich dann aber noch einmal um und küsste ihn wieder. »Das muss bis dahin genügen.«

Es glich beinahe einem Tanz, als sie beschwingt die Stufen hinunterlief, hinaus in die warme Nacht.

Als sie den Schlüssel in das Zündschloss steckte, fuhr Bo auf den Parkplatz.

Er brachte Brad und Cammie zu Cammies Wohnung zurück. Es war ein schöner Tag gewesen, ein Tag, der Hoffnung auf mehr machte. Er mochte Mandy – es war unmöglich, sie nicht zu mögen. Sie nervte mit ihrer Kamera, aber auf eine Art und Weise, die ihn zum Lachen brachte oder ihn beeindruckte.

»Ich möchte ein paar von den sechs Millionen Bildern sehen, die du heute gemacht hast«, erklärte er, als sie aus dem Wagen stiegen.

»Da bleibt dir gar nichts anderes übrig. Mit meinen Abzügen bin ich ebenso lästig wie mit der Linse. Es hat Spaß gemacht. Ich bin froh, dass Cam mich dazu überredet hat. Und wenn ich das sage, beweist das, dass ich manchmal vergesse, mein Gehirn einzuschalten, bevor ich losrede.«

»Das ist schon in Ordnung. Mich haben sie auch breitgeschlagen. Und wäre es zu einem Albtraum geworden, dann könnte ich das Brad jahrelang vorwerfen. Aber da werde ich mir wohl etwas anderes suchen müssen. Ist es dir recht, wenn ich dich anrufe?«

»Natürlich.« Sie zog ein Stück Papier aus ihrer Tasche. »Ich habe dir meine Nummer schon aufgeschrieben. Hättest du mich nicht danach gefragt, hätte ich sie dir zugesteckt, während ich das tue.«

Sie stellte sich auf die Zehenspitzen und zupfte an seinem T-Shirt. Ihr Kuss war heiß und vielversprechend.

»Schön.« Sie rieb ihre Lippen aneinander. »Wenn zwischen uns etwas läuft, werden sie uns wahrscheinlich Vorwürfe machen.«

»Das Leben steckt voller Risiken.« Er beschloss, dass der Ring in ihrer Augenbraue sexy wirkte. »Kann ich mit hineinkommen?«

»Sehr verlockend, aber ich finde, damit sollten wir noch warten.« Sie schloss die Tür auf und betrat die Wohnung. »Ruf mich an.«

Er steckte den Zettel mit ihrer Telefonnummer ein und ging lächelnd zu seinem Wagen zurück.

Da er einen freien Abend hatte und sein Mitbewohner ihn nicht mit seiner plärrenden Musik quälte, beschloss Josh, eine Kurzgeschichte über die Hochzeit zu schreiben.

Er wollte sich dazu einige Notizen machen, bevor die vielen Eindrücke sich vermischten oder verblassten.

Sosehr er sich auch gewünscht hätte, Reena über Nacht bei sich zu haben, war er auf gewisse Weise froh, dass sie nach Hause gegangen war. Jetzt, da er allein war, konnte er in Ruhe nachdenken. Und arbeiten.

Sein Rohentwurf war beinahe fertig, als ihn ein Klopfen an der Tür unterbrach. In Gedanken immer noch bei seiner Geschichte, ging er zur Tür und öffnete sie.

»Kann ich dir helfen?«, fragte er mit einem höflichen Kopfnicken.

114

»Ja, ich wohne oben. Hast du das gehört? Da ist es schon wieder.«

Instinktiv sah Josh über die Schulter in die Richtung, in die der Besucher zeigte. Dann explodierte Schmerz in seinem Kopf, und ein roter Schleier zog sich vor seine Augen.

Noch bevor Josh zu Boden ging, fiel die Tür hinter dem ungebetenen Besucher ins Schloss.

Schmächtiger Typ. Kein Problem, diesen Dummkopf in das Schlafzimmer zu schleifen. Der Strumpf mit Vierteldollarstücken würde eine Spur hinterlassen, die sie vielleicht später fänden. Besser, ihn auf dem Boden liegen zu lassen, damit es so aussieht, als wäre er aus dem Bett gefallen und hätte sich dabei am Kopf verletzt.

Alles ganz einfach und schnell. Die Zigarette anzünden, den Filter abwischen und sie dem Blödmann zwischen die Lippen stecken. Nur für alle Fälle. Noch seine Fingerabdrücke auf die Packung und auf die Streichhölzer. Nur für alle Fälle. Und jetzt die brennende Zigarette aufs Bett legen, direkt auf die Laken. Da schmort sie gut. Und dann kommen noch ein paar Papiere drauf. Collegebübchens Unterlagen. Schachtel und Streichhölzer liegen lassen.

Und nun ein Bier aus der Küche. Warum sollte ich mir keinen Drink gönnen, während es losgeht?

Nichts war mit einem Feuer vergleichbar. Nichts auf der ganzen Welt. Macht ist eine erstklassige Droge.

Das schwelende Feuer. Heimtückisch, schlau und verschlagen. Es baut sich auf, langsam und heimlich, bis die erste Flamme hochschlägt.

Handschuhe übergestreift und die Batterie aus dem Rauchmelder geschraubt. Die Leute sind ja so unvorsichtig. Sie vergessen einfach, die Batterien rechtzeitig auszuwechseln. So ein Pech.

Der Junge könnte wieder zu sich kommen. Komm

schon, dann kann ich dir noch einmal eine verpassen. Komm wieder zu dir, du Klappergestell, damit ich dir noch mal eine reinhauen kann.

Es noch ein wenig zurückhalten. Den Rauch beobachten – sexy, still und tödlich. Der Rauch macht sie alle fertig. Betäubt sie. Jetzt fängt das Papier an zu brennen. Und da ist die erste Flamme.

Erste Flamme, erste Macht. Wie das Feuer spricht, flüstert. Und wie es sich bewegt und tanzt.

So, und nun die Bettlaken. Guter Start, das hat geklappt. Nun werfe ich das Laken über den Kerl. Wunderbar! Diese Farben! Gold und Rot, Orange und Gelb.

Und so wird es nachher aussehen: Er hat im Bett geraucht und ist dabei eingeschlafen. Als es anfing zu qualmen, ist er aus dem Bett gefallen und hat sich dabei den Kopf angeschlagen. Er verliert das Bewusstsein und verbrennt.

Das Bett geht in Flammen auf. Ist das nicht herrlich? Ein bisschen mehr Papier könnte nicht schaden. Das setzt sein T-Shirt in Flammen. So soll es sein!

Mach schon, das dauert verdammt lang. Jetzt noch ein Bier und ganz cool bleiben. Wer hätte gedacht, dass ein so dürrer Bastard so langsam Feuer fängt? Nun brennt auch der Teppich – das kommt davon, wenn man sich billiges Zeug anschafft.

Toast, das ist er. Eine verdammte Scheibe Toast. Er riecht wie ein Spanferkel über dem Rost.

Aber nun sollte ich besser gehen. Schade, die Show zu verpassen. Es ist interessant zu beobachten, wie es prasselt, wenn Leute brennen.

Aber es wird Zeit, sich von dem blöden Collegebübchen zu verabschieden. Langsam, vorsichtig. Erst im Gang umschauen. Zu dumm, dass ich nicht bleiben und den Rest anschauen kann, aber ich muss los. Langsam gehen, keine Eile. Nicht umsehen. Alles kein Problem.

Wegfahren und an die Geschwindigkeitsbeschränkung halten, wie es alle gesetzestreuen Arschlöcher tun.

Bevor sie ihn finden, wird er geröstet sein.

Das nenne ich Unterhaltung.

Kapitel 7

Bo hatte das Gefühl, in seinem Kopf läuteten Kirchenglocken, als er mit einem gewaltigen Kater aufwachte. Er lag mit dem Gesicht nach unten auf seinem Bett, das eher nach verschwitzten Socken als nach frischen Laken roch, und er fühlte sich so miserabel, dass er es vorzog, einfach liegen zu bleiben und für den Rest seines Lebens diesen Gestank einzuatmen.

Es war nicht seine Schuld, dass die Party bei seinen Nachbarn in vollem Gang war, als er heimkam, nachdem er Mandy heimgebracht hatte. Dass er kurz dort vorbeischauen wollte, war für ihn ein Zeichen der Höflichkeit und eine angenehme Art, den Samstagabend ausklingen zu lassen.

Und da er anschließend nur noch ein paar Stufen zu seinem Apartment hinaufsteigen musste, hatte er es nicht schlimm gefunden, ein paar Bierchen zu trinken.

Aber natürlich war es seine Schuld, dass er sich dort bis um zwei Uhr morgens aufgehalten und ein Sixpack getrunken hatte. Das konnte er allerdings erst zugeben, wenn der schreckliche Schmerz in seinem Kopf aufhörte.

Möglicherweise trug er nicht ganz allein die Schuld. Schließlich war das Bier da gewesen, und dazu Nachos. Und wenn man Nachos aß, musste man sie auch mit Bier hinunterspülen, oder?

Mit einer großen Menge Bier.

Er hatte Aspirin im Haus. Hoffentlich. Irgendwo. Oh, gäbe es nur einen gnädigen Gott, der ihm mitteilen würde, wo zum Teufel er die Tabletten aufbewahrte. Er würde auf allen vieren dort hinkriechen, wenn er nur wüsste, in welche Richtung er seinen armen, geschundenen Körper bewegen musste.

Und warum hatte er die Jalousien nicht heruntergelassen? Warum konnte dieser gnädige Gott das Sonnenlicht nicht dämpfen, das in seinen Augen schmerzte wie blendende Glut?

Weil er dem Gott des schäumenden Biers gedient hatte, deshalb. Er hatte ein Gebot missachtet und dem falschen Gott gehuldigt. Deshalb wurde er nun bestraft.

Er glaubte, dass sich das Aspirin, seine letzte Rettung, in der Küche befand. Mit einer Hand hielt er sich die Augen zu und betete, dass er recht hatte, während er sich aus dem Bett quälte. Sein von Herzen kommendes Stöhnen steigerte sich zu einem Schrei, als er über seine Schuhe stolperte und auf das Gesicht fiel.

Er hatte kaum mehr die Kraft zu wimmern, geschweige denn zu fluchen.

Auf allen vieren schwankte er, bis er wieder atmen konnte. Niemals wieder. Das schwor er sich. Hätte er ein Messer zur Hand gehabt, hätte er sein eigenes Blut dazu benützt, diesen Schwur auf den Boden zu schreiben. Er schaffte es, auf die Beine zu kommen, während sich alles in seinem pochenden Kopf drehte. Sein Magen brannte, und seine letzte Hoffnung war, dass er sich nicht auf seine eigenen Füße übergeben würde. Lieber den Schmerz ertragen, als sich erbrechen zu müssen.

Glücklicherweise hatte sein Apartment nur die Größe eines kleinen Lieferwagens, und die Küche lag ein paar Schritte von seiner Ausziehcouch entfernt. Irgendetwas in der Küche roch wie eine tote Ratte. Passte das nicht perfekt zu dieser Situation? Er ignorierte das Spülbecken, in dem sich das Geschirr stapelte, die Arbeitsplatte, auf der sich Pappschachteln türmten, in denen er sich Fertigmenüs geholt und die er noch nicht weggeworfen hatte, und wühlte in den Schränken.

Schlechtes Holz, dachte er wie so oft. Fast so schlimm wie Plastik. In den Schränken befanden sich offene Kartons mit verschiedenen Sorten von Cornflakes wie Life, Frosted Mini Wheats, Fruit Loops und Cheerios, eine Tüte

Kartoffelchips mit Sauerrahm- und Zwiebel-Geschmack, vier Packungen Makkaroni mit Käse, Kekse, ein paar Dosensuppen und eine Packung mit einem Käsekuchen mit Himbeeren.

Und dazwischen entdeckte er das Aspirin. Dem Himmel sei Dank!

Da er nach seinem letzten Kater die Verschlusskappe bereits abgeschraubt hatte, musste er sich nur noch drei kleine Pillen in die feuchte Hand schütteln. Er schob sie sich in den Mund und drehte den Wasserhahn auf. Da zwischen dem Geschirr kein Platz für seinen Kopf war, schöpfte er mit der Hand Wasser und schlürfte es, um die Tabletten hinunterzuspülen.

Als ihm eine davon im Hals stecken blieb, verschluckte er sich, wankte zum Kühlschrank und holte sich eine Flasche mit einem Mineralgetränk heraus. Während er trank, lehnte er sich erschöpft gegen die Arbeitsplatte.

Dann bahnte er sich seinen Weg ins Badezimmer durch den Haufen Kleidungsstücke, die Schuhe, die dummen Schlüssel und was sonst noch alles auf dem Boden herumlag.

Er stützte sich auf dem Waschbecken ab und nahm all seinen Mut zusammen. Dann hob er den Kopf, um sich im Spiegel anzuschauen.

Sein Haar sah so aus, als hätte die tote Ratte aus der Küche in der Nacht darin gewühlt. Sein Gesicht war bleich und seine Augen so blutunterlaufen, dass er sich fragte, ob sich im Rest seines Körpers überhaupt noch Blut befand.

»Okay, du blöder Mistkerl, das war's. Jetzt fängst du endlich ein anständiges Leben an.«

Er drehte die Dusche an und stellte sich unter das spärliche Rinnsal. Während er den Blick zur Decke richtete, zog er sich seine Boxershorts und die eine Socke aus, die er noch trug. Dann beugte er sich vor, damit das Wasser, das aus dem Duschkopf tröpfelte, über sein Haar lief.

Sobald es ging, würde er aus dieser Bude ausziehen. Und in der Zwischenzeit erst einmal aufräumen. Es war in Ordnung, wenn man in einem Loch wie diesem hauste, um Geld zu sparen, aber deshalb musste man sich trotzdem kümmern und durfte es nicht zu einem verdammten Saustall verkommen lassen.

Das war keine Art, sein Leben zu verbringen, und er war es leid, sich so gehen zu lassen. Die ganze Woche über schuftete er sich ab, dann ließ er seinen Frust heraus, indem er viel zu viel Bier trank und danach jeden Sonntagmorgen litt.

Es war an der Zeit, etwas zu verändern.

Er brauchte eine Stunde, bis er geduscht und sich den Geschmack von der Party aus dem Mund gespült hatte. Dann zwang er sich dazu, etwas zu essen, und hoffte, dass sein Magen es behalten würde. Er zog sich eine alte Trainingshose an und machte sich daran, sein Wohnzimmer aufzuräumen.

Der Wäscheberg war riesig. Wer hätte gedacht, dass er so viele Kleidungsstücke besaß. Er zog die Bettwäsche ab und dachte einen Moment daran, sie zu verbrennen, aber da er ein sparsamer Mensch war, benützte er sie als Sack für den Rest seiner Kleidung und die Handtücher. So wie es aussah, würde er wohl den größten Teil des Sonntags im Waschsalon verbringen.

Zuerst nahm er jedoch eines seiner schäbigsten Handtücher, zerriss es und wischte damit den Staub von dem Holztisch. Er hatte ihn selbst geschreinert. Es war ein gutes Stück Arbeit, und wie war er damit umgegangen?

Er holte seine Ersatzbettwäsche heraus und erkannte sofort am Geruch, dass auch sie gewaschen werden musste.

In der Küche stellte er fest, dass er tatsächlich Spülmittel und eine noch verschlossene Flasche mit Scheuerpulver besaß. Er füllte den Müll in Tüten und entdeckte, dass es keine tote Ratte war, die den scheußlichen Geruch verbreitete, sondern ein uralter Rest von Schweinefleisch süß-sauer. Er gab einen Spritzer Spülmittel ins Becken und dann gleich noch einen dazu – das Geschirr sah wirklich schmutzig aus.

Mit breit gespreizten Beinen wie ein Revolverheld stellte er sich hin und wusch das Geschirr ab.

Nachdem er zuletzt auch noch die Arbeitsplatte abgewischt hatte, um Platz für das gespülte Geschirr zu schaffen, war endlich alles sauber, und er fühlte sich fast wieder normal.

Da er schon bei der Sache war, leerte er seinen Kühlschrank und wischte ihn aus. Er öffnete den Herd und fand eine Schachtel mit Resten, die wohl in dunkler Vergangenheit einmal eine Pizza Hawaii enthalten hatte.

»Meine Güte, du bist ein Schwein.«

Er fragte sich, ob er sich einen Schutzanzug besorgen sollte, bevor er sich im Bad an die Arbeit machte.

Fast vier Stunden, nachdem er aus dem Bett gekrochen war, hatte er zwei Bündel Wäsche in den Plastikkorb gesteckt, den er zum Transport benützte, zwei Tüten bis obenhin mit Müll vollgestopft, der jeder Beschreibung spottete, und besaß ein sauberes Apartment.

Als rechtschaffener Mann konnte er nun den Abfall hinunter zum Müllcontainer bringen.

Wieder oben angelangt, zog er seine Trainingshose aus, legte sie zur Schmutzwäsche und zog dann seine saubersten Jeans und ein einigermaßen ansehnliches T-Shirt an.

Er sammelte das Kleingeld ein, das er im und unter dem Bett, auf seinem einzigen Stuhl und in verschiedenen Taschen gefunden hatte. Dann setzte er die Sonnenbrille auf, von der gedacht hatte, er hätte sie vor Wochen verloren, und nahm seine Schlüssel.

Gerade als er den Korb mit der Wäsche hochheben wollte, klopfte es an der Tür.

Als er öffnete, kam Brad hereinmarschiert.

»Hi. Ich habe versucht, dich anzurufen ...« Er brach ab und sah sich um. »Was zum Teufel ...? Bin ich in einem anderen Universum gelandet?«

»Ich habe ein bisschen Hausarbeit gemacht.«

»Ein bisschen? Junge, hier könnte jetzt tatsächlich ein Mensch leben. Du hast ja sogar einen Stuhl.«

»Den hatte ich schon immer. Er war nur begraben. Ich bin auf dem Weg zum Waschsalon. Willst du mich begleiten? Manchmal waschen dort heiße Mädchen ihre Wäsche.«

»Vielleicht. Hör mal, ich habe dich vor Stunden versucht anzurufen. Die Leitung war immer besetzt.«

»Wahrscheinlich habe ich gestern Abend versehentlich den Hörer von der Gabel gestoßen. Was ist denn los?«

»Eine verdammt schlimme Sache.« Brad ging in die Küche, blieb verblüfft einen Moment lang stehen und holte sich dann eine Cola aus dem Kühlschrank. »Letzte Nacht hat es bei Mandy im Haus gebrannt.«

»Gebrannt? Wie das? Meine Güte, geht es ihr gut?«

»Ja, es geht ihr gut, aber sie ist total erschüttert. Sie ist bei Cammie. Von da komme ich gerade. Ich dachte, sie braucht ein wenig Zeit, um sich zu erholen. Es kam in den Nachrichten.«

»Ich habe den Fernseher heute noch nicht angestellt, weil ich wie ein Wilder geputzt habe. Das hat mich beschäftigt gehalten. Wie schlimm war das Feuer?«

»Sehr schlimm.« Brad ließ sich auf den Stuhl fallen. »Es brach in einem Apartment im oberen Stockwerk aus. Sie sagen, wahrscheinlich ist die Ursache Rauchen im Bett.« Er fuhr sich mit der Hand über das Gesicht, schob dann die Finger unter den Rand seiner Brille und presste sie gegen seine Augen.

»Meine Güte, Bo, ein Junge ist dabei ums Leben gekommen. Er ist verbrannt, genau wie sein Apartment. Der zweite Stock und ein Teil des dritten sind auch betroffen. Mandy konnte fliehen. Vorhin durfte sie kurz hinein, um ein paar von ihren Sachen zu holen. Sie ist ein Wrack. Es war der Junge mit der Krawatte. Josh. Erinnerst du dich an ihn?«

»Mein Gott, er ist tot?« Bo ließ sich auf das Sofa fallen.

»Ja, schrecklich. Mandy konnte kaum darüber sprechen. Der Junge starb, und ein paar Leute liegen mit Verbrennungen oder Rauchvergiftung im Krankenhaus. Sie meinte, es muss ausgebrochen sein, direkt nachdem du sie abgesetzt hast. Weil sie sich etwas im Fernsehen anschaute, war sie noch wach. Dann hörte sie Menschen schreien und Rauchmelder schrillen.«

»Er ging zu einer Hochzeit«, murmelte Bo. »Und er konnte seine Krawatte nicht richtig binden.«

»Und jetzt ist er tot.« Brad nahm einen großen Schluck aus der Coladose. »Da wird man nachdenklich. Das Leben kann verdammt kurz sein.«

»Ja.« Bo sah den toten Jungen vor sich, in seinem Anzug und mit einem verlegenen Lächeln. »Ja, da wird man nachdenklich.«

Sonntags war es am Nachmittag meist sehr ruhig im Lokal. Es gab einige, die immer nach dem Gottesdienst zum Essen kamen, aber die meisten gingen nach Hause, um dort das Abendessen vorzubereiten. Reena und Xander hatten die Schicht nach der Messe übernommen. Petes junge Cousine Mia bediente an den Tischen, während Nick Casto beim Servieren und Abräumen des Geschirrs half.

Das kleine Stereoradio spielte Tony Bennett, weil die Stammgäste vom Sonntag ihn gern hörten, aber Xander, der an dem großen Arbeitstisch Pizza und Calzone machte, ließ leise über Kopfhörer Pearl Jam laufen.

Reena liebte es, die Küche zu übernehmen, wenn nicht viel los war, und von Zeit zu Zeit durch das Lokal zu gehen und sich zu den Gästen zu gesellen, so wie ihr Vater das tat. Fran würde den Laden übernehmen, das stand bereits fest. Aber auch Reena würde immer wieder einen Teil ihrer Zeit hier verbringen. Hätten sie heute Abend keinen Besuch, dann würde sie sich mit Xander nach ihrer Schicht vielleicht ein Bocciaturnier ansehen oder sich mit ein paar Freunden zu einem Ballspiel treffen.

Aber es sollte Besuch kommen, und da es sich bei diesem um ihren Freund handelte, würde sie nach Hause gehen und ihrer Mutter bei der Zubereitung des Abendessens helfen.

In wenigen Stunden würde sie den Tisch mit dem guten Geschirr decken. Ihre Mutter kochte ihr ganz spezielles Hühnchen mit Rosmarin und Schinken und zur Nachspeise gibt es Tiramisu.

Von Bellas Hochzeit waren immer noch Blumen übrig.

Er wird schüchtern sein, dachte sie, während sie Risotto auf einem Teller anrichtete. Aber ihre Familie würde ihn schon auftauen. Sie wollte Fran bitten, Josh nach seiner Schreiberei zu fragen.

Fran verstand sich sehr gut darauf, Menschen aus der Reserve zu locken.

Reena summte zu Tonys Musik und trug einige Teller hinaus, um sie selbst zu servieren.

»So, deine Schwester ist jetzt also eine verheiratete Frau.«

»Das stimmt, Mrs Giambrisco.«

Die Frau nickte und warf ihrem Mann, der sich bereits über sein Risotto hermachte, einen Blick zu. »Wie ich höre, hat sie sich einen reichen Mann geangelt. In einen reichen Mann kann man sich ebenso leicht verlieben wie in einen armen.«

»Wahrscheinlich.« Reena fragte sich, wie es wohl war, sich in einen Mann zu verlieben. Vielleicht verliebte sie sich gerade in Josh und hatte es nur noch nicht bemerkt.

»Merk dir eines.« Mrs Giambrisco fuhr mit ihrer Gabel durch die Luft. »Die Jungs mögen ja um deine Schwestern herumschwänzeln, aber deine Zeit wird kommen. Hat der Ehemann deiner Schwester einen Bruder?«

»Ja. Er ist verheiratet, hat bereits ein Kind und wird bald wieder Vater.«

»Dann vielleicht ein Cousin.«

»Machen Sie sich keine Sorgen, Mrs Giambrisco«, rief Xander vom Tresen herüber. »Catarina hat einen Freund.« Er küsste seine Fingerspitzen. »Er kommt heute Abend zum Essen zu uns, damit Dad ihn in die Mangel nehmen kann.«

»So gehört sich das. Ist er Italiener?«

»Nein. Und er kommt zu uns, um Hühnchen zu essen, und nicht, um sich in die Mangel nehmen zu lassen«, rief Reena Xander zu. »Lassen Sie es sich schmecken.«

Auf dem Weg zurück in die Küche warf sie Xander einen finsteren Blick zu, aber insgeheim freute sie sich darüber, dass man sie nun wegen eines Freundes aufziehen konnte.

Sie sah auf die Uhr, bereitete Penne zu und servierte Spaghetti puttanesca, als Gina hereingestürmt kam.

»Reena.«

»Brauchen Sie noch etwas?« Reena nahm einen Krug Wasser und füllte die Gläser nach. »Wir bieten heute Mamas Zabaione an, also lassen Sie Platz dafür übrig.«

»Catarina.« Gina packte Reenas Arm und zog sie vom Tisch weg.

»Was ist denn los? Ich habe nur noch eine halbe Stunde Dienst.«

»Hast du es noch nicht gehört?«

»Was denn?« Jetzt spürte sie den ungewöhnlich festen Griff und bemerkte, dass Gina Tränen in den Augen hatte. »Was ist passiert? Was ist los? Geht es um deine Großmutter?«

»Nein. O Gott. Es geht um Josh. O Reena, es ist Josh.«

126

»Was ist passiert?« Sie umklammerte den Griff der Wasserkaraffe so fest, dass ihre Finger taub wurden. »Ist etwas geschehen?«

»In seinem Apartment ist ein Feuer ausgebrochen. Reena ... Lass uns nach hinten gehen.«

»Sag es mir.« Sie riss sich von Gina los, und Wasser schwappte über den Rand der Karaffe und spritzte kalt über ihre Hand. »Ist er verletzt? Ist er im Krankenhaus?«

»Er ... Heilige Maria. Reena, sie waren nicht rechtzeitig dort. Sie haben es nicht geschafft. Er ist tot.«

»Nein, das ist er nicht.« Der Raum begann sich vor ihren Augen zu drehen. Die gelben Wände, die farbenfrohen Zeichnungen und die rot-weiß karierten Tischdecken verschwammen in einem langsamen, quälenden Kreis. Dean Martin sang in seinem weichen Bariton *Volare.*

»Nein, das ist er nicht. Warum sagst du so etwas?«

»Es war ein Unfall. Ein schrecklicher Unfall.« Gina liefen dicke Tränen über die Wangen. »Reena, o Reena.«

»Du täuschst dich. Das ist ein Irrtum. Ich werde ihn gleich anrufen, dann wirst du schon sehen. Ich rufe ihn sofort an.«

Aber als sie sich umdrehte, stand Xander da und roch nach Mehl wie ihr Vater. Er nahm sie fest in die Arme. »Komm. Komm mit mir nach hinten. Mia, ruf Pete. Sag ihm, wir brauchen ihn hier.«

»Nein, lass mich los. Ich muss telefonieren.«

»Du kommst jetzt mit und setzt dich.« Er nahm ihr die Karaffe aus der Hand, bevor Reena sie fallen ließ, und schob sie Mia zu.

»Er kommt zum Abendessen. Vielleicht hat er sich bereits auf den Weg gemacht. Der Verkehr ...« Sie begann zu zittern, als Xander sie nach hinten in den Vorraum der Küche führte.

»Setz dich. Tu, was ich dir sage. Gina, bist du sicher? Das ist kein Irrtum?«

»Ich habe es von Jen gehört. Eine ihrer Freundinnen wohnt in demselben Haus. Am anderen Ende des Gangs. Sie haben sie ins Krankenhaus gebracht.« Gina wischte sich mit dem Handrücken die Tränen ab. »Sie wird wieder gesund, aber sie musste ins Krankenhaus. Josh ... das Feuer brach in seinem Apartment aus. Das sagen sie zumindest. Sie konnten ihn nicht mehr herausholen, bevor ... Es war auch in den Nachrichten. Meine Mutter hat es gehört.«

Sie setzte sich zu Reenas Füßen und legte den Kopf in deren Schoß. »Es tut mir so leid. So furchtbar leid.«

»Wann?« Reena starrte vor sich hin, ohne etwas zu sehen. Alles war grau, wie Rauch. »Wann ist es passiert?«

»Das weiß ich nicht genau. Gestern Abend.«

»Ich muss nach Hause.«

»Ich bringe dich in einer Minute heim. Hier.« Xander reichte ihr ein Glas Wasser. »Trink das.«

Sie nahm das Glas entgegen und starrte es an. »Wie? Haben sie gesagt, wie es ausgebrochen ist?«

»Sie nehmen an, dass er im Bett geraucht hat und dabei eingeschlafen ist.«

»Das kann nicht sein. Er hat nicht geraucht. Das stimmt nicht.«

»Darüber machen wir uns später Gedanken. Gina, ruf meine Mutter an. Und kannst du hier warten, bis Pete herunterkommt? Wir fahren nach Hause, Reena. Wir gehen hinten hinaus.«

»Er hat nicht geraucht. Vielleicht war er es nicht. Sie haben sich geirrt.«

»Das werden wir herausfinden. Wir werden John anrufen, sobald wir zu Hause sind«, sagte Xander und zog sie auf die Füße. »Jetzt gehen wir heim.«

Das Sonnenlicht und die Junihitze überwältigten sie. Irgendwie bewegte sie sich voran, setzte einen Fuß vor den anderen, aber sie konnte ihre Beine nicht spüren.

Als sie um die Ecke bogen, hörte sie Kinder spielen und sich gegenseitig etwas zurufen, wie Kinder es eben taten. Aus vorbeifahrenden Autos drang laute Radiomusik. Und neben ihr erklang die beruhigende Stimme ihres Bruders.

Sie würde nie vergessen, wie Xander sie nach Hause brachte. Beide trugen noch ihre Schürzen. Xander roch nach Mehl. Die Sonne schien so hell, dass ihre Augen schmerzten, und Xanders Arm war fest um ihre Taille geschlungen. Auf dem Gehsteig spielten ein paar kleine Mädchen Karten, und ein weiteres saß auf den Marmorstufen und führte eine intensive Unterhaltung mit ihrer Barbiepuppe.

Aus einem offenen Fenster ertönten die Klänge der Oper Aida und hörten sich an wie Tränen. Sie weinte nicht. Gina waren sofort dicke Tränen über die Wangen gelaufen, aber ihre Augen fühlten sich schmerzhaft trocken an.

Dann war Mama da. Sie kam aus dem Haus gelaufen und ließ dabei die Tür hinter sich weit offen stehen. Sie rannte so schnell auf sie zu wie damals, als Reena vom Rad gefallen war und sich das Handgelenk verstaucht hatte.

Und als ihre Mutter die Arme ganz fest um sie schlang, wurde mit einem Mal alles real. Reena stand auf dem Gehsteig, umarmt von ihrer Mutter und ihrem Bruder und brach in Tränen aus.

Ihre Mutter brachte sie zu Bett und blieb bei ihr, bis der nächste Tränenausbruch vorüber war. Und sie war auch da, als Reena mit Kopfschmerzen aus einem unruhigen Schlaf erwachte.

»Hat John angerufen? Ist er gekommen?«

»Noch nicht.« Bianca strich Reena übers Haar. »Er sagte, es würde eine Weile dauern.«

»Ich möchte es sehen. Ich möchte es mir selbst anschauen.«

»Und was sagte er dazu?«, fragte Bianca sanft.

»Dass ich das nicht tun solle.« Ihre Stimme klang dünn in ihren eigenen Ohren, so als sei sie lange krank gewesen. »Dass sie mich nicht hineinlassen würden. Aber ...«

»Habe Geduld, cara. Ich weiß, es ist schwer. Versuch noch ein wenig zu schlafen. Ich werde bei dir bleiben.«

»Ich will nicht schlafen. Es könnte doch ein Irrtum sein.«

»Wir müssen warten. Mehr können wir nicht tun. Fran war in die Kirche gegangen, um eine Kerze anzuzünden und zu beten, damit ich bei dir bleiben konnte.«

»Ich kann nicht beten. Mir fallen keine Worte ein.«

»Um die Worte geht es nicht – das weißt du.«

Reena legte den Kopf schief und sah auf den Rosenkranz, den ihre Mutter in der Hand hielt. »Du findest immer die richtigen Worte.«

»Wenn dir die Worte fehlen, kannst du mit mir gemeinsam einen Rosenkranz beten.« Sie legte Reena die Kette mit dem baumelnden Kruzifix in die Hand. Reena bekreuzigte sich und fasste die erste kleine Perle an.

»Ich glaube an Gott, den Vater, den Allmächtigen, Schöpfer des Himmels und der Erde.«

Sie beteten gemeinsam den Rosenkranz, wobei die ruhige Stimme ihrer Mutter mit ihrer eigenen verschmolz. Aber Reena konnte nicht für Joshs Seelenheil beten oder für die Gnade, Gottes Willen zu akzeptieren. Sie betete, dass es sich um einen Irrtum handelte. Darum, dass sie aufwachen und feststellen würde, dass alles nur ein schrecklicher Traum gewesen war.

Als Gib an die Schlafzimmertür trat, sah er seine Tochter mit dem Kopf auf dem Schoß ihrer Mutter liegen. Bianca hielt immer noch den Rosenkranz in der Hand, aber jetzt sang sie leise – eines der Schlaflieder, die sie allen ihren Kindern vorgesungen hatte, wenn sie abends unruhig waren.

Ihre Blicke trafen sich, und er wusste, dass sie es ihm ansah, denn ein Ausdruck der Trauer glitt über ihr Gesicht.

»John ist hier.« Er wartete und empfand großen Schmerz, als Reena den Kopf drehte und ihn mit verzweifelter Hoffnung ansah. »Soll er heraufkommen, Schätzchen?«

Reenas Lippen zitterten. »Ist es wahr?«

Ohne ihr zu antworten, ging er zu ihr hinüber und drückte ihr einen Kuss auf den Kopf.

»Ich werde hinunterkommen. Gleich.«

Er wartete mit Xander und Fran im Wohnzimmer. Im Gesicht ihres Vaters hatte sie Trauer gesehen, und bei John entdeckte sie grimmiges Mitgefühl. Sie würde es durchstehen. Irgendwie würde sie es schaffen, weil ihr nichts anderes übrig blieb.

»Wie?«, fragte sie krächzend und schüttelte den Kopf, bevor er antworten konnte. »Danke. Danke, dass du das tust. Dass du hierherkommst, um mit mir zu sprechen.«

»Psst.« Er trat einen Schritt vor und nahm ihre Hände. »Setzen wir uns.«

»Ich habe Kaffee gemacht.« Fran schenkte ein. »Reena, für dich habe ich eine Cola geholt. Ich weiß, du trinkst keinen Kaffee, also ...« Sie hob hilflos die Hände. »Ich wusste nicht, was ich sonst tun sollte.«

»Das hast du sehr gut gemacht.« Bianca führte Reena zu einem Stuhl. »Bitte setz dich, John. Reena muss alles erfahren, was du ihr berichten kannst.«

Er fuhr sich mit Daumen und Zeigefinger über den Nasenrücken und nahm Platz. »Ich habe mit dem Hausverwalter, dem zuständigen Ermittlungsbeamten, einigen der Feuerwehrmänner und der Polizei gesprochen. Man nimmt an, dass es sich um einen Unfall handelt und das Feuer von einer Zigarette verursacht wurde.«

»Aber er hat nicht geraucht. Hast du ihnen gesagt, dass ich dir das erzählt habe?«

»Ich habe es mit ihnen besprochen, Reena. Auch Leute, die nicht rauchen, zünden sich von Zeit zu Zeit eine Zigarette an. Vielleicht hat jemand ein Päckchen bei ihm liegen lassen.«

»Aber er hat nie geraucht. Ich ... ich habe ihn nie rauchen sehen.«

»Er war allein in dem Apartment, und es gibt keine Anzeichen für ein gewaltsames Eindringen. Er war ... Anscheinend saß oder lag er auf dem Bett und hat wahrscheinlich etwas gelesen oder geschrieben. Dann fiel eine Zigarette auf die Matratze. Der Entstehungsort und die Entwicklung des Feuers sind ziemlich eindeutig und unkompliziert. Es begann mit einem Schwelbrand auf der Matratze und breitete sich auf die Bettlaken aus. Er ist wohl aufgewacht, war aber benommen und verwirrt von dem Rauch. Und dann ist er gestürzt. Er fiel oder rollte aus seinem Bett und zog die Laken mit sich. Sie waren die Feuerbrücke. Der – äh – Gerichtsmediziner und der Brandinspektor werden aus Kollegialität alles noch einmal überprüfen, aber im Augenblick gibt es keinen Grund anzunehmen, dass es sich nicht um einen tragischen Unfall handelt.«

»Sie werden einen Drogen- und Alkoholtest machen. Er nahm keine Drogen, und er trank nicht viel. Und er rauchte nicht. Um welche Uhrzeit ist das Feuer ausgebrochen?«

»Gegen elf Uhr dreißig gestern Abend.«

»Ich war bei ihm. In seinem Apartment. Ungefähr bis zehn Uhr. Ich bin nach der Hochzeit mit ihm dorthin gegangen. Wir ... wir haben miteinander geschlafen. Es tut mir leid, Dad. Er bat mich, die Nacht bei ihm zu bleiben. Sein Zimmergenosse war verreist. Aber ich hatte das Gefühl, ich sollte nach Hause gehen. Wäre ich dort geblieben ...«

»Du weißt nicht, ob etwas anders abgelaufen wäre,

wenn du geblieben wärst«, unterbrach John sie. »Du rauchst nicht.«

»Nein.«

»Das hat er sicher gewusst und wollte möglicherweise in deiner Gegenwart nicht rauchen.«

»Hast du den Brandort untersucht? Hast du …« Reena stockte.

»Reena, das fällt nicht in meinen Zuständigkeitsbereich. Das Haus gehört zum Prince Georges County, und die dafür verantwortlichen Leute sind kompetent. Ich habe mir die Fotos, die Aufzeichnungen und die Berichte angesehen. Wie schon gesagt, sie haben mir damit als Kollegen eine Gefälligkeit erwiesen. Du hast dich bisher in erster Linie mit Brandstiftung beschäftigt und weißt einiges über böswilliges Legen von Feuer. Aber du studierst diese Art von Untersuchungen und weißt auch, dass eine solche Tragödie manchmal einfach nur ein Unfall ist.«

»Pastorelli?«

»Hält sich in New York auf. Nur um sicherzugehen, habe ich mich bei der örtlichen Polizei erkundigt. Er war letzte Nacht in Queens. Dort hat er nachweislich einen Job als Nachtportier. Er konnte nicht in Maryland sein und dann um kurz nach zwölf seinen Dienst antreten – was er getan hat.«

»Dann ist es … einfach passiert? Warum macht es das noch schlimmer?«

»Du suchst nach Antworten, und es gibt keine.«

»Nein.« Sie starrte auf ihre Hände und spürte, wie ein kleiner Teil ihres Herzens abbröckelte und zu Staub zerfiel. »Manchmal bekommt man Antworten, nach denen man nicht gesucht hat.«

Kapitel 8

Baltimore, 1996

Wie schwierig würde es wohl sein? Reena ging um die harmlos wirkende Feuerbrücke vor dem »Labyrinth« herum. Im Branddezernat hatte das Gebäude einen beinahe mythischen Ruf, aber das machte ihr keine Angst. Natürlich hatte sie etliche Geschichten gehört, Witze und Warnungen, was einen Rekruten dort drin erwartete. Aber war es nicht nur eine Sache der Konzentration?

An der Akademie hatte sie bereits ihr Training in brennenden Gebäuden absolviert. Sie war mit physischer Belastung zurechtgekommen, hatte mit kompletter Ausrüstung Leitern erklommen und sich von Wänden abgeseilt. Sie hatte Einsätze gehabt – zugegebenermaßen meist nur als Begleitperson –, aber bei zwei Feuern in der Gegend hatte sie als Strahlrohrführer mitgearbeitet.

Und am Schlauch zu arbeiten war nichts für Schwächlinge oder Feiglinge.

Immerhin war sie jetzt Polizistin, nicht wahr? Und stolz darauf, Uniform zu tragen. Aber wenn sie Brandinspektorin werden wollte, dann musste sie das Feuer in- und auswendig kennen. Solange sie die Arbeit eines Feuerwehrmanns nicht tun konnte, bis sie sie nicht getan hatte, konnte sie ihr persönliches Ziel nicht erreichen.

Nicht nur im Labor und bei Simulationen. Erst wenn sie selbst mit angepackt hatte, würde sie zufrieden sein.

Sie war in guter Form, rief sie sich selbst ins Gedächtnis. Es war harte Arbeit gewesen, an ihrem zarten Körper Muskeln aufzubauen. Muskeln, die sie brauchte, um in voller Montur fünf Stockwerke ohne Pause hinauf- und hinunterzulaufen.

Sie hatte sich das Recht auf diesen Weg verdient, ebenso wie den Respekt, den sie von den Männern und Frauen erhalten würde, die an vorderster Front gegen das Feuer kämpften.

»Du musst das nicht tun, das weißt du.«

Sie drehte sich zu John Minger um. »Ja. Ich tue es für mich. Und es geht darum, dass ich es tun kann.«

»Eine tolle Art, einen herrlichen Sonntagmorgen zu verbringen.«

Da hatte er recht. Aber es war ihre Mission und auf eine gewisse Art, die sie nicht erklären konnte, auch eine Belohnung für sie.

»Die Sonne wird immer noch scheinen, wenn ich wieder herauskomme. Die Vögel werden immer noch zwitschern.« Aber sie würde sich verändert haben. Zumindest hoffte sie das. »Wird schon alles gut gehen, John.«

»Wenn nicht, wird mir deine Mutter den Kopf abreißen.« Er verlagerte sein Gewicht von einem Fuß auf den anderen und starrte auf das Labyrinth. Mittlerweile ging er auf die sechzig zu, und die Falten um seine Augen hatten sich tief eingegraben.

Er vertraute dem Mädchen und empfand einen väterlichen Stolz auf ihre Leistungen und darauf, dass sie so beharrlich ihre Ziele verfolgte. Aber mit dem Stolz kam auch die Besorgnis.

»Ich habe noch nie jemanden so hart trainieren sehen wie dich.«

Ein Ausdruck der Überraschung glitt über ihr Gesicht, dann lächelte sie. »Das ist schön zu hören.«

»In den letzten Jahren hast du sehr viel auf einmal gemacht, Reena. Das Training, das Studium, die Arbeit.« Und er fragte sich, ob das, was seit den Ereignissen vor elf Jahren in ihr steckte, an dem Tag aktiviert worden war, als ihr Freund im Feuer umkam. »Du kommst schnell vorwärts.«

»Gibt es einen Grund, das nicht zu tun?«

Es war schwer, einem zweiundzwanzigjährigen Mädchen zu erklären, dass man das Leben nicht nur leben, sondern auch genießen sollte. »Du bist noch sehr jung, meine Liebe.«

»Ich schaffe das Labyrinth, John.«

»Ich spreche nicht nur vom Labyrinth.«

»Das weiß ich.« Sie küsste ihn auf die Wange. »Das war eine Metapher für den Lebensweg, den ich beschreite. Das ist es, was ich will. Was ich schon immer gewollt habe.«

»Nun, du hast sehr viele Opfer gebracht, um das zu erreichen.«

So sah sie das nicht. Die Arbeit im Sommer, das Studium und das Training waren Investitionen in die Zukunft. Und dazu kamen die Erregung und der Adrenalinstoß, wenn sie ihre Uniform anzog oder sie mit Officer Hale angesprochen wurde. Der Nervenkitzel, der den Puls beschleunigte und den Magen zusammenkrampfte, wenn sie im Kampf gegen ein Feuer von Flammen umgeben war.

Oder die völlige Erschöpfung, die sich nach diesem Krieg einstellte.

Sie würde niemals damit zufrieden sein, ein Restaurant zu führen wie Fran oder Einladungen und Geschäftsessen zu organisieren wie Bella.

»Ich brauche das, John.«

»Ja, das weiß ich.« Mit den Händen in den Hosentaschen deutete er mit dem Kopf auf das Labyrinth. »Okay, dort drin weht ein rauer Wind, Bella. Du solltest nicht zu großspurig da reingehen.«

»Das werde ich nicht. Aber wenn ich herauskomme, werde ich stolz sein. Da kommen ein paar Feuerwehrmänner.« Sie hob eine Hand zum Gruß und bedauerte, dass sie kein Make-up aufgelegt hatte.

Steve Rossi, ein dunkelhaariger, drahtiger Mann mit Augen wie ein Cockerspaniel, war derzeit Ginas Angebeteter. Das anfängliche Köcheln hatte sich rasch in brodelnde Leidenschaft verwandelt, seit Reena vor sechs Wochen die beiden miteinander bekannt gemacht hatte. Und sein Begleiter, ein muskulöser, braun gebrannter Adonis in Jeans und einem T-Shirt der Feuerwehr von Baltimore sah ebenfalls sehr vielversprechend aus.

Sie hatte mit Hugh Fitzgerald und einer Handvoll anderer Feuerwehrleute in der Küche der Feuerwehrwache gegessen. Sie hatten Poker gespielt und ein paar Bierchen getrunken. Nachdem sie mächtig miteinander geflirtet hatten, waren sie miteinander ausgegangen, hatten Pizza gegessen und sich einen Kinofilm angesehen. Und dann ein paar heiße Küsse ausgetauscht.

Trotzdem hatte sie oft das Gefühl, dass er sie wie einen der Jungs betrachtete.

Und wenn sie in ihrer Montur und den Stiefeln steckte, fühlte sie sich selbst wie einer der Jungs.

»Hey«, sagte sie zu Steve. »Was hast du mit meiner Mitbewohnerin gemacht?«

»Sie schläft wie ein Baby. Ich konnte sie nicht davon überzeugen, hierher mitzukommen. Geht es jetzt los?«

»Ich bin bereit.« Reena sah Hugh an. »Bist du gekommen, um zuzuschauen?«

»Ich habe soeben meine Schicht beendet, also dachte ich mir, ich schaue mal vorbei, falls du eine Mund-zu-Mund-Beatmung brauchst.«

Reena lachte und begann, ihren Schutzanzug überzustreifen. Sie schlüpfte in die Hose und befestigte die Hosenträger. »Ihr zwei seid da durchgekommen, also schaffe ich es auch.«

»Ohne Zweifel«, bestätigte Hugh. »Du bist hart im Nehmen.«

Das war nicht unbedingt das, was man von einem potenziellen Liebhaber über sich hören wollte, dachte Reena. Aber wenn man in einem Männerberuf arbeitete, wurde man eben sehr oft wie ein Mann behandelt. Sie band ihr langes, lockiges Haar zu einem Pferdeschwanz zusammen und setzte den Helm auf.

Nein, sie würde niemals die angeborene Weiblichkeit ihrer Schwestern besitzen, aber, bei Gott, sie würde noch vor dem Ende des Sommers ihre Prüfung als Feuerwehrmann abgelegt haben.

»Vielleicht können wir essen gehen, wenn du fertig bist«, schlug Hugh vor.

Sie zog den Gürtel um ihre Jacke fest, die in der Augusthitze enorm schwer war, und hob den Blick. Seine Augen waren wie das Wasser eines Sees, dachte sie. Eine faszinierende Mischung aus Blau und Grau. »Klar. Lädst du mich ein?«

»Wenn du es durch das Labyrinth schaffst, geht das Essen auf mich.« Nachdem er ihr mit der Sauerstoffflasche geholfen hatte, klopfte er ihr freundlich auf die Schulter. »Steigst du aus, zahlst du.«

»Abgemacht.« Sie schenkte ihm ein Lächeln, das so strahlend war wie dieser Tag, und setzte ihre Maske auf.

»Überprüfung des Funkgeräts«, befahl John.

Sie tat wie ihr geheißen, überprüfte nochmals ihre Kleidung und hob dann bestätigend den Daumen.

»Ich werde dich durchlotsen«, erinnerte John sie. »Denke an deine Atmung. Panik bringt dich in Schwierigkeiten.«

Sie würde nicht in Panik ausbrechen. Es war ein Test, nur eine weitere Simulation. Sie atmete ruhig und normal und wartete, bis John auf seine Stoppuhr drückte.

»Los.«

Es war dunkel wie ein Grab und heiß wie die Hölle. Fantastisch. Dicker schwarzer Qualm hing in der Luft. Sie konnte ihren eigenen Atem hören, ein leises Pfeifen, während sie Sauerstoff aus ihrer Flasche sog. Sie orientierte sich und tastete sich dann voran, mit Händen, Füßen und ihrem Instinkt, und fand eine Tür.

Sie schlüpfte hindurch. Bereits jetzt war ihr Gesicht schweißüberströmt. Da war eine Art Blockade. Sie versuchte, sie mit ihren behandschuhten Händen zu ertasten, entdeckte eine niedrige, enge Lücke und schob sich hinein.

Dort drin könnten Menschen gefangen sein. Sinn dieser Übung war es, das »Gebäude« zu durchsuchen, Überlebende oder Opfer zu finden und sie nach draußen zu bringen. Mach deine Arbeit. Rette Leben. Bleib selbst am Leben.

Sie hörte Johns Stimme, seltsam und fremd in diesem schwarzen Loch. Er fragte nach ihrem Zustand.

»Gut. Prima. Alles in Ordnung.«

Sie tastete sich an einer Wand entlang und war gezwungen, sich durch einen engen Spalt zu zwängen. Dann verlor sie die Orientierung und blieb stehen, um sich wieder zurechtzufinden.

Langsam, ruhig, befahl sie sich. Geh hinein, geh durch und geh wieder hinaus.

Aber um sie herum waren nur Dunkelheit und Rauch und unbeschreibliche Hitze.

Sie kam nicht mehr weiter und spürte, wie sich ihre Kehle in einem ersten Anflug von Panik zusammenschnürte. Ihr Atem kam in raschen, keuchenden Stößen.

Johns Stimme befahl ihr, ruhig zu bleiben, sich zu konzentrieren und auf ihren Atem zu achten.

Da brach der Boden unter ihr ein.

Sie stöhnte beim Aufschlag, konnte nicht mehr atmen und spürte, wie sie die Kontrolle über sich ein weiteres Stück verlor.

Sie war blind und einen schrecklichen Moment lang auch taub, weil das Blut in ihren Ohren rauschte. Der Schweiß lief in Strömen über ihr Gesicht und unter dem erstickenden Schutzanzug über ihren Körper. Ihre Ausrüstung schien tausend Pfund zu wiegen, und die Maske erstickte sie.

Lebendig begraben, dachte sie. Sie war im Qualm lebendig begraben. Überlebende? Niemand konnte diese erstickende schwarze Hölle überleben.

Einen Augenblick lang kämpfte sie gegen den verzweifelten Wunsch, sich den Anzug vom Leib zu reißen, sich zu befreien.

»Reena, achte auf deine Atmung. Ich möchte, dass du deinen Atem verlangsamst und mir dann sagst, wie es dir geht.«

Ich kann nicht. Beinahe hätte sie die Worte ausgesprochen. Sie schaffte es nicht. Wie konnte das überhaupt jemand schaffen? Wie sollte sie denken, wenn sie nicht sehen und nicht atmen konnte und jeder Muskel in ihrem Körper vor Anstrengung schmerzte? Sie wollte auf allen vieren hinauskriechen, durch den Boden, die Wände. Nur hinaus ans Tageslicht, an die Luft.

Ihre Kehle brannte wie Feuer.

War es Josh so ergangen? Jetzt brannten Tränen in ihren Augen, weil sie ihn vor sich sah, sein sympathisches Gesicht, das schüchterne Lächeln, das Haar, das ihm wie ein Vorhang über die Augen fiel, wenn er seinen Kopf vorbeugte. War er lange genug bei Bewusstsein gewesen, um vom Rauch zu erblinden und zu ersticken, bevor ihn die Flammen erfassten? Hatte ihn Panik überfallen, so wie sie jetzt? Hatte er gekämpft und nach Luft gerungen, um Hilfe herbeizurufen?

O Gott, hatte er gewusst, was auf ihn zukam?

Das war einer der Gründe, warum sie hier war. Hier, in diesem abscheulichen Loch, in der Hitze und der Qual. Um zu verstehen, wie es war. Es zu wissen. Und es zu überleben.

Zitternd kroch sie auf alle vieren und sagte sich selbst, dass sie nicht sterben würde. Auch wenn es ihr vorkam, als läge sie in ihrem eigenen Sarg.

»Mir geht's gut. Ich bin eingebrochen, aber es ist alles in Ordnung. Ich gehe jetzt weiter.«

Sie rappelte sich auf und schob sich voran. Sie hatte keinerlei Orientierungssinn mehr. Eine weitere Tür, eine weitere Sackgasse.

Wie konnte dieses Loch nur so verdammt groß sein?

Sie kletterte durch eine Fensteröffnung. Jeder Muskel zitterte, und der Schweiß strömte wie Wasser aus ihren Poren. Zeit und Raum verschwammen. Sie bemühte sich verzweifelt, irgendetwas zu sehen, zu erkennen. Licht, Umrisse, Schatten.

Qualm und Orientierungslosigkeit, Panik und Angst. Sie töteten auf ebenso heimtückische Weise wie der Brand selbst. Ein Feuer bestand nicht nur aus Flammen – hatte sie das nicht gelernt? Es bedeutete auch Qualm und Rauchschwaden, lockere Böden, einstürzende Decken. Es bedeutete erstickende, blinde Panik. Und Erschöpfung.

Wieder trat sie in ein Loch im Boden – dasselbe? – und war zu müde, um zu fluchen.

Sie ertastete eine andere Wand. Welcher Sadist hatte dieses Ding entworfen? Wieder zwängte sie sich durch eine Öffnung in der Mauer und fand eine weitere Tür.

Und als sie sie geöffnet hatte, taumelte sie ins Licht.

Reena riss ihre Maske herunter, atmete tief durch und stützte sich mit den Händen auf den Knien ab, weil ihr schwindlig wurde.

»Gute Arbeit«, erklärte John, und es gelang ihr, den Kopf weit genug zu heben, um ihm ins Gesicht zu sehen.

»Ein paar Mal wäre ich dort drin beinahe ausgestiegen.«

»Beinahe zählt nicht.«

»Und ich habe etwas gelernt.«

»Was?«

Sie nahm die Wasserflasche entgegen, die er ihr reichte, und trank in durstigen Zügen wie ein Kamel. »Alle meine Zweifel darüber, ob ich Brandinspektorin werden oder zur Feuerwehr gehen soll, sind endgültig beseitigt. So möchte ich mein Leben nicht verbringen.«

Er half ihr, die Sauerstoffflasche abzunehmen, und klopfte ihr auf den Rücken.

»Das hast du gut gemacht.«

Sie trank noch einen Schluck, stellte dann die Flasche auf die Erde und stützte wieder ihre Hände auf die Knie. Ein Schatten fiel auf sie, und als sie den Kopf hob, stand Hugh neben ihr. Er ahmte ihre Haltung nach und grinste sie an.

Sie erwiderte sein Lächeln, und obwohl sie ein empörtes Schnauben von sich gab, musste sie lachen. Vor Erleichterung und vor Triumph.

Er stimmte mit ein und nahm ihr den Helm ab, als sie ihn abgesetzt hatte.

»Das ist die Hölle, nicht wahr?«

»Allerdings.«

»Sieht so aus, als müsste ich ein Spezialfrühstück bei Denny's ausgeben.«

Reena lachte wieder und ließ den Kopf zwischen den Knien baumeln.

»Dann gehe ich in den Duschraum und sehe mich im Spiegel.« Reena schüttelte sich und rückte den Riemen ihrer Einkaufstasche zurecht. Als persönliche Belohnung hatte sie sich mit Gina am Nachmittag einen Bummel im Einkaufszentrum White Marsh Mall gegönnt.

»Mein Haar ist strähnig und riecht nach Schweiß. Mein Gesicht ist schwarz vom Rauch. Und ich stinke. Ich stinke erbärmlich.«

»Er hat dich trotzdem um eine Verabredung gebeten«, erinnerte Gina sie.

»Mehr oder weniger.« Sie hielt inne und betrachtete ein Paar sexy rote Schuhe in einem Schaufenster. »Frühstück bei Denny's. Wir haben viel miteinander gelacht. Und morgen werden wir ein paar Bälle schlagen. Dagegen habe ich ja nichts, Gina, aber hin und wieder würde ich gern zu einem schicken Abendessen gehen. Das würde den Kauf dieser Schuhe rechtfertigen.«

»Oh, sie sind fantastisch. Du musst sie dir kaufen.«

Als beste Freundin sah Gina es als ihre Pflicht an, Reena in den Laden zu zerren.

»Sie kosten siebenundachtzig Dollar«, stellte Reena mit einem Blick auf das Preisschild an der Schuhsohle fest.

»Das sind Schuhe. Sexy rote Schuhe. Die sind unbezahlbar.«

»Besonders für jemanden, der gerade erst angefangen hat, als Polizistin zu arbeiten. Aber ich möchte sie haben.« Reena drückte den Schuh an ihre Brust. »Sie sollen niemand anderem gehören. Aber wahrscheinlich werden sie nur in meinem Schrank stehen.«

»Na und?«

»Du hast recht.« Reena ging zu einem der Verkäufer, gab ihm den Schuh und sagte ihm ihre Größe. Dann ließen Gina und sie sich mit ihren Einkaufstaschen nieder. »Sie sollen meine Belohnung dafür sein, dass ich das Labyrinth überlebt habe. Und sag nur nicht, dass die Klamotten, die ich mir gerade gekauft habe, eigentlich schon meine Belohnung sind.«

»Warum sollte ich?« Die echte Verwunderung in Ginas Stimme entlockte Reena ein Grinsen. »Die waren vor zwanzig Minuten deine Belohnung. Und das ist jetzt deine Belohnung.«

»Ich liebe dich.«

Sie legte den Kopf zur Seite und betrachtete ihre Freundin. Gina hatte sich das Haar wachsen lassen und trug nun eine Mähne von schwarzen Locken.

»Du strahlst heute richtig.«

»So fühle ich mich auch.« Gina zog die Schultern hoch und umarmte sich selbst. »Steve ist so … Er ist bestimmt und stark und auch liebevoll und klug. Reena, er ist es.«

»Er ist was?«

»Der Richtige. Ich werde ihn heiraten.«

»Du wirst ... Gina! Wann? Wir waren über eine Stunde beim Einkaufsbummel, und du sagst das mir erst jetzt?«

»Er hat mich noch nicht gefragt. Aber dazu bringe ich ihn schon«, erklärte sie mit einer sorglosen Handbewegung. »Ich denke, wir sollten im Mai heiraten. Oder vielleicht bis September warten. Im September könnten wir die herrlichen Herbstfarben verwenden. In Goldbraun würdest du fantastisch aussehen. Oder in Rotbraun.«

Der Themenwechsel von einem tollen Jungen zur Auswahl der Farben für die Hochzeit war in Reenas Augen ein sehr großer Schritt, aber sie sah, dass Gina locker damit umging. »Du willst also wirklich heiraten.«

»Ja, wirklich. Ich weiß, dass es wahrscheinlich nicht einfach sein wird, die Frau eines Feuerwehrmanns zu sein.« Sie holte ein Päckchen Tictac aus ihrer Tasche, schüttelte einige heraus und bot sie Reena an. »Die lange Arbeitszeit und die große Gefahr. Aber er macht mich so glücklich. Oh, da sind die roten Schuhe. Zieh sie an!«

Gehorsam schlüpfte Reena in die Schuhe, die ihr der Verkäufer gebracht hatte. Sie stellte sich hin, probierte sie aus und bewunderte sich in dem niedrigen Spiegel.

Sie probierte rote Schuhe an, die sie sich nicht leisten konnte und die sie wahrscheinlich niemals tragen würde. Gina plante ihre Zukunft. Auch wenn ihr die Schuhe lieber waren, verspürte sie doch einen kleinen Anflug von Neid.

»Denkt Steve ans Heiraten?«

»Nein, noch nicht. Auch mir kam der Gedanke erst heute Morgen, als er hereinkam und mich zum Abschied küsste. Ich dachte, meine Güte, ich bin verliebt, und ich kann mir vorstellen, jeden Morgen neben diesem Mann aufzuwachen. Das ging mir bisher noch nie so. Du kaufst jetzt diese Schuhe, Reena. Ich lasse dir keine Wahl.«

»Nun, wenn das so ist.« Sie setzte sich und zog sie aus. Und schluckte, als sie ihre ziemlich strapazierte Kreditkarte hervorzog, um zu bezahlen. »Ich verhalte mich un-vernünftig.«

»Nein, du verhältst dich wie eine Frau. Das ist in Ord-nung.«

»Ich mache das nur, um zu kompensieren«, sagte sie seufzend. »Das weiß ich. Meine beste Freundin ist verliebt, und mir gelingt es nicht einmal, mich ernsthaft zu ver-abreden.«

»O doch. Sieh dich an! Du bist braun gebrannt, durch-trainiert und wunderschön. Morgens brauchst du nur fünf Minuten vorm Spiegel, während ich mich, mit viel Glück, in einer Stunde zurechtmachen kann.«

»Ich ziehe eine Uniform an«, erinnerte Reena sie. »Über meine Garderobe muss ich also nicht lange nachdenken.« Sie schüttelte den Kopf. »Und jetzt Schluss damit. Ich mag Steve – das hätte ich sagen sollen. Und wenn er nicht ge-nug Verstand besitzt, um dich so schnell wie möglich zu schnappen, verdient er einen Tritt in den Hintern.«

»Danke.«

»Vielleicht lade ich Hugh zu einem eleganten Dinner ein. O Gott, aber ich habe soeben siebenundachtzig Dollar für Schuhe ausgegeben.«

»Wir gehen alle gemeinsam aus. Ich bitte Steve, das zu arrangieren.«

»So kenne ich meine beste Freundin auf der ganzen Welt.«

»Dann musst du mir aber deine neuen Schuhe leihen.«

»Sie sind dir eine Nummer zu groß.«

»Als ob das stören würde. Du könntest Hugh zu Frans Hochzeit einladen.«

»Sie findet erst im Oktober statt.« Reena sammelte ihre Tüten ein und befahl sich, keinen einzigen Cent mehr auszugeben. »Vielleicht habe ich bis dahin die Nase voll von ihm.«

»Flittchen.«

»Wenn ich das nur wäre. Ich gebe offen zu, dass ich im Augenblick nicht auf der Suche nach ›dem Richtigen‹ bin. Ich bin mir nicht einmal sicher, ob ich ihn überhaupt haben wollte. Aber dieser Junge hat einen so tollen Körper. Und wir fühlen uns definitiv zueinander hingezogen.«

Sie schlenderten aus dem Laden hinein in die Menschenmenge, die am Samstag zum Einkaufen unterwegs war. »Ich strahle nicht«, meinte Reena.

»Du siehst frisch und zum Anbeißen aus.«

»Das schon, aber nicht so, wie man aussieht, wenn man verliebt ist.« Sie blieb an einem anderen Schaufenster stehen. »Nicht so, wie du heute aussiehst oder Fran jeden Tag aussieht, seit sie Jack kennengelernt hat.«

»Er ist ein wirklich netter Kerl.«

»Das stimmt, und er ist der perfekte Mann für sie. Sie werden über alle Maßen glücklich sein. Ich glaube nicht, dass ich den perfekten Mann schon jetzt kennenlernen möchte. Was würde ich mit ihm anfangen?«

»Unglaublich glücklich sein?«

Reena schüttelte den Kopf. »Ich weiß nicht. Da gibt es so viele Dinge, die ich zuerst noch machen möchte. Der perfekte Mann und die Liebe zu ihm wären dabei nur im Weg.«

Es half nicht viel, dass Bo nur widerwillig die Füße bewegte, aber er tat es trotzdem.

»Ich will keinen Einkaufsbummel machen. Ich will nicht.«

»Oh, hör auf zu jammern.« Mandy umklammerte mit der Hand seinen Arm wie mit einer Fessel und zog ihn mit sich. »Bist du oder bist du nicht mein bester Kumpel und hin und wieder mein Lover?«

»Warum werde ich bestraft? Warum zerrst du deinen besten Kumpel, der hin und wieder dein Lover ist, an einem Samstag in die Hölle eines Einkaufszentrums?«

»Weil ich dieses Geburtstagsgeschenk heute brauche. Wie konnte ich wissen, dass ich in den letzten beiden Wochen so viel Arbeit haben würde, dass ich die Überraschungsparty heute Abend vergesse? Oh, sieh dir mal dieses Kostüm an.«

»Nein! Keine Kleidung. Du hast es versprochen.«

»Ich habe gelogen. Dieses Grün ist wie gemacht für mich. Und sieh nur, wie die Jacke geschnitten ist. Schließlich arbeite ich jetzt bei *The Sun* und muss für diesen Beruf angemessen gekleidet sein. Ich werde es rasch anprobieren. Zwei Sekunden.«

Er tat so, als hielte er sich eine Waffe an den Kopf und lege sich ein Seil um den Hals, als sie zur Umkleidekabine eilte.

Er dachte darüber nach, ob er einfach weglaufen sollte. Kein Mann auf der ganzen Welt würde ihm das übel nehmen.

Aber er brauchte natürlich auch ein Geschenk für diese dumme Überraschungsparty von ihrem gemeinsamen Freund. Mandy hatte seinen Vorschlag, einfach auf dem Weg zur Feier eine Flasche Wein zu besorgen, kategorisch abgelehnt.

Aber sie hätte doch das Geschenk besorgen können, und die Kosten dafür hätten sie sich dann geteilt. Was war daran falsch?

Wo, zum Teufel, war sie? Was dauerte da so lange?

»Es ist perfekt«, zwitscherte Mandy, als sie schließlich mit einer Einkaufstasche zu Bo zurückkam. »Ich werde es heute Abend tragen. Jetzt muss ich nur noch die passenden Schuhe finden.«

»Ich werde dich auf der Stelle umbringen.«

»Hör schon auf.« Sie tätschelte seine Hand. An der ihren glitzerten vier Ringe. Das Piercing in der Augenbraue gehörte der Vergangenheit an. Bo vermisste es ein wenig.

»Du kannst dich in den Restaurantbereich setzen, bis ich Schuhe gefunden habe. Aber zuerst das Geschenk, bevor meine Kreditkarte anfängt zu qualmen.«

Sie zog ihn aus dem Laden hinein in den Bauch des Biests. Alles hallte wider, alles bewegte sich. Bo dachte wenig begeistert an das Horrorhaus, das er für fünf Dollar im Alter von zwölf Jahren überstanden hatte.

»An was denkst du? Etwas Witziges oder etwas Praktisches?«

»Das ist mir egal. Kauf einfach irgendetwas und bring mich so schnell wie möglich raus.«

Mandy spazierte weiter wie eine Frau, die sich nicht nur gut auskannte, sondern am liebsten Stunden hier verbringen würde. Wahrscheinlich Tage.

»Vielleicht Kerzen. Ein paar große, schöne Kerzen. Das ist hübsch und praktisch zugleich.«

Vielleicht sollte er es mit einem Gebet versuchen, den Blick nach oben gerichtet.

Plötzlich war der Lärm verschwunden. Die Stimmen, die Hintergrundmusik, das Quengeln der Kinder, das Kichern der Mädchen.

Wie schon einmal sah er sie wie durch ein Teleskop. In perfekter Klarheit.

Sie stand, beladen mit Einkaufstaschen, auf der zweiten Ebene. Die dichten dunkelblonden Locken fielen ihr über die Schultern. Sein Herz machte einen langen, langsamen Sprung in seiner Brust.

Vielleicht wurden manche Gebete erfüllt, bevor man sie gesprochen hatte.

Er lief los und versuchte, sie im Auge zu behalten.

»Bo! Bowen!«, rief Mandy und sprintete hinter ihm her. Sie holte ihn ein, nachdem er beinahe eine Gruppe von Teenagern umgerannt hätte.

»Was ist los mit dir?«

»Das ist sie.« Er bekam kaum Luft und spürte seine Füße

148

fast nicht mehr. »Sie ist hier. Dort oben. Ich habe sie gesehen. Wo ist die verdammte Treppe?«

»Wer?«

»Sie.« Er drehte sich im Kreis, entdeckte eine Treppe und rannte, mit Mandy dicht an seinen Fersen, darauf zu. »Traumfrau.«

»Hier?« Ihre Stimme klang verblüfft und interessiert zugleich. »Tatsächlich? Wo? Wo?«

»Soeben war sie noch...« Keuchend wie ein Jagdhund blieb er am oberen Absatz der Treppe stehen. »Sie war dort drüben.«

»Blond, oder?« Sie hatte die Geschichte oft genug gehört und reckte den Hals, um die Menge abzusuchen. »Lockiges Haar. Groß, schlank?«

»Ja, ja. Sie trägt eine blaue Bluse. Ärmellos, mit einem Kragen. Verdammt, wo ist sie hingegangen? Das darf nicht noch einmal passieren.«

»Wir trennen uns. Du gehst da lang und ich dort. Langes oder kurzes Haar?«

»Lang, offen, bis über die Schultern. Sie hatte eine Menge Einkaufstaschen bei sich.«

»Sie ist mir jetzt schon sympathisch.«

Zwanzig Minuten später trafen sie sich am selben Ort wieder.

»Es tut mir leid, Bo. Wirklich.«

Enttäuschung und Frustration führten einen so teuflischen Kampf in ihm, dass ihm davon beinahe übel wurde. »Ich kann es nicht glauben, dass ich sie noch einmal gesehen habe und sie nicht erreichen konnte.«

»Bis du sicher, dass es dasselbe Mädchen war? Es ist – wie lange? – schon vier Jahre her.«

»Ja, ich bin sicher.«

»Nun, dann sieh es mal so. Du weißt jetzt, dass sie in der Nähe ist. Du wirst sie wiedersehen.« Mandy drückte ihn kurz an sich. »Ich weiß es einfach.«

Kapitel 9

Abgesehen von aufregenden roten Pumps gab es für Reena an einem Sonntagnachmittag nichts Schöneres als eine Runde im Schlagkäfig. Sonne, Baseball – und einen tollen Typen dabei. Was konnte eine Frau sich mehr wünschen?

Reena rückte den Schutzhelm zurecht, nahm ihre Position ein und holte kräftig nach dem Ball aus, der auf sie zugeflogen kam. Der Ball beschrieb einen weiten Bogen.

»Ich muss schon sagen, Hale. Du bist aber gut in Form.«

Grinsend stieß Reena den Fuß auf die Erde und setzte zum nächsten Schlag an. Dabei hoffte sie, dass er nicht nur ihre Fähigkeiten beim Abschlag, sondern auch ihre weiblichen Rundungen zu schätzen wusste. Allerdings war sie viel zu ehrgeizig, um weniger engagiert zuzuschlagen, nur um eine gute Figur zu machen.

»Verdammt richtig«, erwiderte sie und holte wieder aus. »Der wäre im rechten Feld gelandet.«

»Kommt auf den Verteidiger an.« Nun war Hugh am Schlag. Krachend prallte der Ball gegen den Schläger. »Das wäre ein Doppelter gewesen.«

»Kommt auf den Läufer an.«

»Mist.« Auflachend schlug Hugh den nächsten Ball.

»Apropos gut in Form: Bei dir gibt's aber auch nichts auszusetzen. Hast du früher in einer Mannschaft gespielt?«

»In der High School.« Er fing den nächsten Ball ab. »Bei uns auf der Feuerwache gibt es eine Softballmannschaft. Ich spiele auf der zweiten Position.«

»Wenn ich Gelegenheit zum Spielen habe, bin ich normalerweise links außen.«

»Du hast die Beine dazu.«

»In der High School war ich Leichtathletin.« Reena hatte

einen Rat ernst genommen und gelernt, so schnell wie möglich zu laufen.

Wieder holte sie aus, schlug zu früh zu und traf daneben. »Eigentlich wollte ich auf dem College damit weitermachen, aber ich hatte einfach zu viel mit dem Studium zu tun. Also habe ich mich eben auf meine Bücher konzentriert. Man muss immer den Ball im Auge behalten«, meinte sie, mehr zu sich selbst, und holte wieder aus.

»Der ist aus. Wir sollten uns mal zusammen in Camden Yards ein Spiel anschauen.«

Lächelnd sah Reena ihn an. »Mit dem größten Vergnügen.«

Als Hugh meinte, er habe Lust auf ein Bier und einen kleinen Happen zu essen, hätte sie beinahe vorgeschlagen, doch ins Sirico zu gehen. Noch nicht, sagte sie sich dann. Es war noch zu früh, um ihn der Familie und der gesamten Nachbarschaft zu präsentieren.

Also machten sie sich auf den Weg ins Ruby Tuesday, wo sie sich eine Portion Nachos teilten und dazu Bier tranken.

»Wo hast du gelernt, so den Baseballschläger zu schwingen?«

»Hmmm.« Reena leckte sich den Käse von den Fingern. »Hauptsächlich von meinem Vater. Er liebt Baseball, und wir sind ein paarmal im Jahr zu Spielen gegangen, als meine Geschwister und ich noch Kinder waren.«

»Du hast eine ziemlich große Familie, stimmt's?«

»Zwei ältere Schwestern, einen kleinen Bruder, einen Schwager, eine Nichte und einen Neffen, was ich meiner mittleren Schwester zu verdanken habe. Dazu noch einen zukünftigen Schwager, denn meine älteste Schwester heiratet im Herbst. Und außerdem so viele Tanten und Onkel, dass ich es gar nicht schaffen würde, sie dir alle aufzuzählen. Das ist nur die Verwandtschaft ersten Grades. Und du?«

»Drei große Schwestern.«

»Wirklich?« Ein Pluspunkt auf der Gemeinsamkeiten-skala, sagte sie sich. Eine große Familie konnte ihn also nicht schrecken. »Und du bist wohl der Hahn im Korb.«

»Da kannst du Gift drauf nehmen.« Grinsend prostete Hugh ihr zu. »Sie sind verheiratet und haben insgesamt fünf Kinder.«

»Was machen deine Schwestern denn?«

Kurz malte sich Verständnislosigkeit in seinem Gesicht. »Was meinst du damit?«

»Beruflich.«

»Sie arbeiten nicht, sondern sind Hausfrauen.«

Reena zog die Augenbraue hoch und trank einen Schluck Bier. »Soweit ich weiß, ist Hausarbeit auch Arbeit.«

»Vermutlich schon, denn ich würde mich für alles Geld der Welt nicht damit abmühen. Deine Familie hat doch dieses Restaurant, Sirico. Klasse Pizza.«

»Die beste in Baltimore. Schon in der dritten Genera-tion. Meine Schwester Fran ist inzwischen stellvertretende Geschäftsführerin, und ihr Jack, ihr Zukünftiger, ist für die Pizza zuständig. Du bist doch auch schon in zweiter Generation dabei.«

»In der dritten. Mein Dad ist noch im Dienst. Er redet zwar ständig davon, sich irgendwann zur Ruhe zu setzen, aber bis jetzt hat er damit nicht ernst gemacht. Kommt einfach nicht los von dem Job.«

Reena dachte an das Labyrinth und daran, dass sie die Übung noch einmal wiederholen wollte, und zwar in we-niger Zeit und mit einem besseren Ergebnis. »Kann ich nachvollziehen.«

»Allerdings ist er schon fünfundfünfzig. Die meisten Leute – Zivilisten eben – haben keine Ahnung, wie körper-lich anstrengend dieser Beruf ist.«

»Ganz zu schweigen von der emotionalen und psychi-schen Belastung.«

»Ja, das auch.« Hugh lehnte sich zurück und musterte Reena forschend. »Du hast dich, was deine Kondition angeht, wacker geschlagen. Das Labyrinth ist nichts für Memmen. Außerdem hast du ein paar harte Einsätze in brennenden Gebäuden gut durchgehalten. Du hast den richtigen Körperbau dazu, wie ein Windhund – oder wie man diese Tiere sonst nennt.«

Auch wenn bei Reena in letzter Zeit mit Männern nicht viel los gewesen war, hatte sie das Flirten nicht verlernt. »Habe mich schon gefragt, wann dir das endlich auffallen würde.«

Sie mochte sein leichtes und keckes Grinsen, denn es wies darauf hin, dass er ein Mann war, der sich selbst gut kannte und genau wusste, was er wollte.

Nun lächelte er wieder. »Es ist mir nicht entgangen. Vor allem dann nicht, wenn du auf dem Sportplatz in der Akademie in diesen engen Shorts herumläufst. Jedenfalls scheitern die meisten Frauen an den körperlichen Voraussetzungen.«

»Das geht vielen Männern genauso.«

»Ohne Frage. Das war nicht sexistisch gemeint.« Er hob die Hand. »Ich wollte nur sagen, dass ich außer dir nur wenige Frauen kennengelernt habe, die den Anforderungen gewachsen sind. Du hast das nötige Durchhaltevermögen, die Instinkte und den Verstand. Und außerdem jede Menge Mut. Deshalb würde mich interessieren, warum du nicht gleich zur Feuerwehr gegangen bist.«

Reena angelte sich noch ein Nacho. Sie wusste, dass Hugh kein Mensch war, der leichtfertig mit Komplimenten um sich warf, und deshalb nahm sie sein Lob sehr ernst. Sie überlegte, was sie ihm antworten sollte. »Ich habe viel über diese Frage nachgedacht, und sie beschäftigt mich immer wieder. In der Ausbildung oder auch während einer Schicht. Doch die Bekämpfung von Bränden übt keine Faszination auf mich aus, und das ist eigentlich die

153

Grundbedingung. Mich macht es eher neugierig, was abläuft, wenn ein Feuer ausbricht, und warum das geschieht. Aus welchem Grund ein Brand entsteht und wer ihn gelegt hat. Um in ein brennendes Gebäude zu stürmen, braucht man eine ganz besondere Art von Mut und Antrieb.«

»Aber ich habe dir dabei zugesehen«, widersprach er.

»Ja, ich musste es einmal erleben und diese Erfahrung selbst machen. Doch es ist nicht meine Lebensaufgabe. Ich gehe lieber anschließend in das Gebäude, um die Spuren zu untersuchen und den Ursachen auf den Grund zu kommen.«

»Bei uns gibt es auch Brandinspektoren. Minger ist einer der besten.«

»Ja, daran habe ich auch schon gedacht. John ist, tja, einer meiner großen Helden. Aber ... da gibt es noch etwas, das viele Menschen, Zivilisten, nicht verstehen. Und zwar was Brandstiftung anrichtet, nicht nur in Form von Sachschäden. Welche Folgen hat ein Feuer für die Menschen, das Wohnviertel, die Wirtschaft, die Infrastruktur und die ganze Stadt an sich?«

Reena griff nach einem Nacho, von dem der Käse tropfte, und zuckte die Achseln, um dem Thema den Ernst zu nehmen. »Das sehe ich als meine Lebensaufgabe. Du bekämpfst die Brände, Fitzgerald, und ich räume anschließend auf.«

Ihr fiel auf, dass das Händchenhalten offenbar nicht seine Sache war. Aber immerhin begleitete er sie zur Tür und schob sie dagegen, um sie wieder so leidenschaftlich zu küssen, dass es ihr den Atem verschlug.

»Es ist noch zu früh«, sagte er und hob den Kopf.

»Stimmt.« Allerdings bedauerte sie, dass ihre persönlichen Regeln sie daran hinderten, schon nach ein paar lockeren Verabredungen aufs Ganze zu gehen. »Aber ...«

Er zuckte zusammen. Seine Augen, deren Farbe an einen dunstverhangenen See erinnerte, funkelten belustigt. »Das habe ich mir fast gedacht. Hast du Lust, dir diese Woche ein Spiel anzuschauen?«

»Ja, das wäre schön.«

»Ich rufe dich an, dann verabreden wir uns.« Er wollte schon gehen, drehte sich aber noch einmal um und küsste sie wieder. »Du hast tolle Lippen.«

»Deine sind auch nicht ohne.«

»Hast du eigentlich noch Urlaubstage übrig?«

»Wahrscheinlich könnte ich zusätzlich zu meinem Freizeitausgleich noch einen Tag dranhängen. Warum?«

»Meine Familie hat eine alte Strandhütte im Süden an den Outer Banks. Es ist recht nett da. Wenn du Zeit hast und ich freikriege, könnten wir doch ein paar Tage dort verbringen. Wir könnten Steve und Gina mitnehmen.«

»Ein paar Tage am Strand? Wann fahren wir?«

Wieder grinste er sie an. »Wir schauen, wie es mit den Dienstplänen läuft.«

»Ich fange schon mal an zu packen.«

Reena ging hinein und gestattete sich einen kurzen Freudentanz in ihrem kleinen Wohnzimmer.

Strand, ein toller Typ, gute Freunde. Das Leben war derzeit einfach wunderschön.

Eigentlich zu schön, um an einem Sommerabend wie diesem in einer leeren Wohnung herumzusitzen.

Also griff Reena nach ihrem Schlüsselbund und ging wieder hinaus.

Sie sah, wie Hughs Wagen vorne an der Ecke links abbog, und bemerkte geistesabwesend ein Auto, das ihm folgte. Nachdem sie ihm eine Kusshand nachgeworfen hatte, machte sie kehrt, um ins Sirico zu gehen.

Es war wundervoll, wieder im alten Viertel zu sein. Sie hatte die Zeit in der Wohngemeinschaft zwar genossen und sich auch in der Besenkammer wohlgefühlt, die sie während ihrer Ausbildung auf dem Shady Grove Campus westlich von Baltimore hatte ergattern können, doch in dieser Gegend war sie nun einmal zu Hause.

Die Reihenhäuser waren mit weißen Vordertreppen oder kleinen Veranden versehen. Blumenkübel standen auf den Stufen, und auf vielen Dächern wehte die italienische Flagge.

Immer traf man jemanden, der einem einen Gruß zurief.

Reena schlenderte weiter und bewunderte die bemalten Fensterläden. Ob sie ihre Mutter bitten sollte, für Gina und sie auch so ein Gemälde anzufertigen? Vermutlich war dazu die Erlaubnis des Hausbesitzers nötig, doch da dieser ein entfernter Cousin von Gina war, würde es sicher keine Probleme geben.

Sie machte einen kleinen Umweg, um einigen alten Männern in bunten Hemden beim Bocciaspielen zuzuschauen.

Warum hatte sie Hugh nicht gefragt, ob er Lust auf einen Spaziergang durch das malerische Viertel hatte?

Sie nahm sich vor, ihm ganz beiläufig vorzuschlagen, doch am Freitagabend ins Freilichtkino zu gehen. Dabei handelte es sich um eine Tradition in der Nachbarschaft, und anschließend wurde stets Musik gespielt und manchmal sogar getanzt. Dann würde sie endlich eine Gelegenheit haben, die roten Schuhe einzuweihen.

Am besten war es wahrscheinlich, wenn Gina und Steve ebenfalls mitkamen. Reena beschloss, sich heute noch einen schönen Abend zu machen.

Ihr fiel ein, dass es am Sonntagabend im Sirico stets hoch herging. Wenn sie ein paar Minuten mit ihrer Familie plaudern wollte, musste sie sich also beeilen.

Als sie ins Restaurant kam, war dieses bereits gut besucht, und Stimmengewirr, Besteckgeklapper und das Läuten des Telefons schlugen ihr entgegen.

Pete stand an der Pizzatheke, ihre Mutter machte sich am Herd zu schaffen. Fran und einige Bedienungen, die ihr Vater immer noch als seine Kinder bezeichnete, kümmerten sich um die Gäste.

Reena schwante, dass ihre unmittelbare Zukunft wohl im Zeichen von Servierschürze und Bestellblock stehen würde. Sie wollte Fran bereits etwas zurufen, als sie Bella sah, die an einem Tisch saß und sich an einem Antipastiteller gütlich tat.

»Hallo, Fremde.« Reena ließ sich auf einen Stuhl fallen. »Was machst du denn hier?«

»Vince spielt heute Golf. Ich dachte, ich komme mal mit den Kindern vorbei.«

»Und wo sind sie?«

»Dad und Jack machen mit ihnen einen Spaziergang zum Hafen. Mama hat dich angerufen, um dir zu sagen, dass ich da bin, aber du warst nicht zu Hause.«

»Ich war nur kurz in der Wohnung und habe gar nicht nach dem Anrufbeantworter gesehen.« Reena stibitzte eine Olive von Bellas Teller. »Das Bocciaturnier ist bald zu Ende. In einer halben Stunde wird hier die Hölle los sein.«

»Das Geschäft läuft bestens.« Bella zuckte die Achseln.

Reena fand, dass ihre Schwester fantastisch aussah. Inzwischen führte sie genau das Leben, nach dem sie sich immer gesehnt hatte, und es tat ihr offenbar gut. Sie war elegant gekleidet, und das blonde, fachmännisch gesträhnte Haar schwang ihr seidig ums Gesicht. Ihre Haut war makellos glatt, und an ihren Ohren und Fingern sowie um ihren Hals funkelte es golden. Der dezente, teure Schmuck passte zu ihrer hellrosafarbenen Leinenbluse.

»Und geht es dir auch so gut, wie du aussiehst?«, fragte Reena.

Ein Lächeln spielte um Bellas Lippen. »Wie gut sehe ich denn aus?«

»Wie der Titelseite einer Modezeitschrift entstiegen.«

»Danke. Ich arbeite schließlich auch hart daran. Es dauert nämlich seine Zeit, bis man den Schwangerschaftsspeck loswird und wieder in Form ist. Aber ich habe ja einen persönlichen Fitnesstrainer, der Attila den Hunnenkönig wie einen Waschlappen aussehen ließe. Es ist die Mühe wert.«

Sie streckte die Hand aus, um das mit Saphiren und Diamanten besetzte Tennisarmband vorzuzeigen. »Meine Belohnung von Vince, weil ich jetzt wieder auf demselben Gewicht bin wie vor Vinnys Geburt.«

»Das glitzert aber hübsch.«

Bella lachte auf, zuckte die Achseln und spielte an einer Scheibe Schinken herum. »Außerdem bin ich gekommen, um Fran wegen ihrer Hochzeit ins Gewissen zu reden.«

»In welcher Hinsicht?«

»Es will mir einfach nicht in den Kopf, warum sie darauf besteht, den Empfang in irgendeinem schäbigen Saal zu geben, wenn sie doch auch unseren Club nehmen könnte. Ich habe sogar eine Liste mit Menüvorschlägen, Floristen und Musikern. Sie braucht also gar nichts zu tun und muss sich nur von mir helfen lassen.«

»Das ist aber lieb von dir.« Reena meinte das ernst. »Aber ich glaube, dass Fran und Jack nur eine schlichte Feier im Viertel haben wollen. Sie finden Eleganz nicht so wichtig, Bella. Das soll keine Kritik sein«, fügte sie hinzu und griff nach der Hand ihrer Schwester, als sie sah, dass deren Augen zornig aufblitzten. »Ehrlich. Deine Hochzeit war ein Traum und wunderschön und passte absolut zu deinem Stil. Aber Frans Hochzeit muss auch zu ihr passen.«

»Ich wollte nur etwas von meinem Wohlstand mit ihr teilen. Was ist denn so schlimm daran?«

»Gar nichts. Und weißt du was? Ich denke, du könntest ihr mit den Blumen helfen.«

Bella blinzelte erstaunt. »Wirklich?«

»Du kannst das viel besser als Fran und Mama, und ich finde, sie sollten es dir überlassen – vor allem, wenn du einen Teil der Kosten übernimmst.«

»Sehr gerne. Aber sie würden niemals …«

»Ich überrede sie schon.«

Bella lehnte sich zurück. »Das kann ich mir denken. Du wickelst sie immer um den Finger.«

»Doch nur unter einer Bedingung. Wenn Fran sich schlichte Blumen wünscht, schleppst du nicht Lastwagenladungen von Orchideen an.«

»Wenn sie eine schlichte Dekoration will, ist ihr Wunsch mir Befehl. Ich werde mit wenig Aufwand eine große Wirkung erzielen und diesen schäbigen Saal in einen Garten verwandeln. Einen Bauerngarten«, fügte sie hinzu, als Reena sie argwöhnisch ansah. »Reizend, altmodisch und romantisch.«

»Ausgezeichnet. Wenn es bei mir so weit ist, werde ich mir deine Dienste sichern.«

»Hast du etwa schon einen Anwärter?«

»Nicht für den Posten des zukünftigen Ehemanns. Aber einen interessanten Typen hätte ich zu bieten. Feuerwehrmann.«

»Oh. Was für eine Überraschung.«

»Superfigur«, fügte Reena hinzu und steckte noch eine Olive in den Mund. »Interessante Aussichten im Bett.«

Bella lachte auf und hätte sich beinahe verschluckt. »Du fehlst mir, Reena.«

»Ach, Liebling, du mir auch.«

»Das hätte ich nicht gedacht.«

Nun war es Reena, die auflachte.

»Offen gestanden hätte ich nie geglaubt, dass ich dich oder das hier so vermissen würde.« Sie wies mit einer Geste auf das Restaurant. »Aber manchmal ist es trotzdem so.«

»Tja, du weißt, wo du uns findest.«

Reena blieb länger, als sie geplant hatte. Inzwischen war Bella mit den Kindern in ihre Prachtvilla in einem Vorort zurückgekehrt. Als der Ansturm der Gäste ein wenig nachließ, schob Reena ihre Mutter und Fran an einen Tisch.

»Weiberrat.«

»Mir ist jeder Vorwand recht, um mich mal setzen zu können.« Bianca tat es und schenkte allen Mineralwasser ein.

»Es geht um die Hochzeit und Bella.«

»Ach, jetzt fang du nicht auch noch an.« Fran hielt sich die Ohren zu und schüttelte so heftig den Kopf, dass ihre Lockenmähne wippte. »Ich habe keine Lust auf eine Hochzeit in einem Country Club mit Kellnern im Frack, Champagner und einem Schwan aus Eis.«

»Das kann ich dir nicht verdenken. Aber Blumen möchtest du doch, oder?«

»Natürlich möchte ich Blumen.«

»Dann überlass das Bella ...«

»Ich will nicht ...«

»Moment. Du weißt zwar, was für Blumen und welche Farben du dir vorstellst, doch Bella kennt sich besser damit aus. Wenn sie etwas hat, dann ist es Stil.«

»Ich würde in rosafarbenen Rosen ertrinken.«

»Nein, würdest du nicht.« Sonst, fügte Reena in Gedanken hinzu, werde ich Bella direkt im Anschluss an die Trauung höchstpersönlich darin ersäufen. »Du wünschst dir eine schlichte, altmodische und romantische Hochzeit. Das versteht sie. Sie begreift zwar nicht, wie du so etwas wollen kannst, aber sie akzeptiert, dass du das letzte Wort hast. Schließlich ist es deine Hochzeit. Sie will dir helfen und sich nützlich machen.«

»Aber sie macht sich doch schon nützlich.« Fran zupfte sich an den Haaren, während Bianca schweigend dabeisaß. »Immerhin ist sie Trauzeugin.«

»Sie will dir etwas schenken. Sie hat dich lieb.«

»O Reena, bitte nicht.« Fran schlug leicht mit der Stirn gegen die Tischplatte. »Jetzt rede mir nicht auch noch ein schlechtes Gewissen ein.«

»Sie langweilt sich ein wenig und fühlt sich ausgeschlossen.«

»Mama, rette mich!«

»Ich will erst die ganze Geschichte hören und wissen, warum Reena für Bella Partei ergreift.«

»Erstens, weil ich glaube, nein, weil ich weiß, dass sie ein Händchen dafür hat. Außerdem wird sie die Kosten übernehmen.« Als Fran protestierend hochfuhr und dann die Hände vors Gesicht schlug, zeigte sie mit dem Finger auf sie. »Ein Geschenk von deiner Schwester ist keine Beleidigung, also spar dir jede Bemerkung. Sie möchte dir deine Hochzeitsblumen schenken, und zwar welche, die dir auch gefallen. Also wird sie keinen Fehler machen. Also, los, zähl mir fünf Blumensorten auf, die keine Rosen sind.«

»Äh … Lilien, Geranien … verdammt … Tausendschönchen, Gänseblümchen … so auf die Schnelle kann ich das nicht.«

»Erinnerst du dich noch, wie sie beim Anlegen der Gärten und beim Pflanzen der Büsche den Landschaftsgärtnern zugesetzt hat? Sie kennt sich in diesem Bereich viel besser aus als wir alle und weiß genau, was zusammenpasst. Sie meinte, sie werde einen Bauerngarten als Thema wählen. Ich weiß zwar nicht genau, was das ist, aber es klingt hübsch.«

Fran biss sich auf die Lippe. »Ich kann mir auch nicht so richtig vorstellen, was das sein soll. Hört sich aber nicht schlecht an.«

»Außerdem würde es ihr viel bedeuten. Und wenn sie fertig ist, würdest du dich sicher darüber freuen.«

»Ich könnte mal mit ihr reden. Vielleicht gehen wir zusammen zu einem Floristen. Oder ich schaue mir ihre Gärten noch einmal an, damit sie mir zeigen kann, was sie genau meint.«

»Gut.« Reena, die wusste, wann der richtige Zeitpunkt war, um aufzuhören, erhob sich. »Ich muss nach Hause.« Sie bückte sich, um Fran zu küssen. Als sie auch ihrer Mutter einen Abschiedskuss geben wollte, stand diese auf.

»Ich begleite dich hinaus und schnappe ein bisschen frische Luft.«

Draußen legte Bianca Reena den Arm um die Taille. »Damit hätte ich nicht gerechnet. Normalerweise ergreifst du doch nie Partei für Bella.«

»Weil ich normalerweise nicht ihrer Ansicht bin. Doch in diesem Fall sagt mir mein Bauch, dass ihr ganz bestimmt kein Fehler unterlaufen wird. Das ist sie sowohl Fran als auch sich selbst schuldig. Es kann gar nicht schiefgehen.«

»Sehr schlau von dir. Du warst schon immer die Kluge in der Familie. Warum schauen wir uns die Blumen nicht gemeinsam an? Wir, die Frauen vom Sirico.«

»Gute Idee.«

»Und ruf mich an, wenn du zu Hause bist.«

»Mama!«

»Ruf mich an, damit ich weiß, dass du gut nach Hause gekommen bist.«

Viereinhalb Häuserblocks, dachte Reena, als sie davonschlenderte. In meinem eigenen Viertel. Als ausgebildete Polizistin.

Doch sie rief trotzdem an, sobald sich die Wohnungstür hinter ihr geschlossen hatte.

Als Neue war Reenas Platz auf der untersten Sprosse der Hierarchieleiter des Reviers. Dass sie zu den besten fünf Prozent ihres Jahrgangs gehörte, interessierte niemanden, wenn sie in Uniform Streife fuhr.

162

Doch das störte sie nicht, denn schließlich hatte sie von klein auf gelernt, dass man sich seine Sporen erst verdienen muss.

Außerdem war sie gern auf Streife. Es machte ihr Freude, mit den Menschen zu sprechen, ihnen bei der Lösung ihrer Probleme zu helfen oder Streit zu schlichten.

Sie und ihr Partner Samuel Smith, der schon seit zehn Jahren im Polizeidienst war, wurden zu einem Fall von Ruhestörung in der West Pratt Avenue gerufen. Sie lag im Südwesten der Stadt in einem Viertel, das die Einheimischen Sowebo nannten.

»Und ich dachte, wir genehmigen uns erst ein paar Donuts«, beklagte sich Smithy, während er den Wagen startete.

»Wie schaffst du es nur, ständig Donuts in dich reinzustopfen, ohne zuzunehmen?«

»Polizistengene.« Er zwinkerte ihr zu. Samuel Smith war einen Meter neunzig groß und brachte muskelbepackte hundert Kilogramm auf die Waage. Seine Haut war walnussbraun, und er hatte durchdringende schwarze Augen. Schon in Zivil gab er ein beeindruckendes Bild ab, in Uniform wirkte er richtiggehend gefährlich.

Für eine Polizistin im ersten Dienstjahr bedeutete ein Partner mit dem Körperbau eines Bulldozers eine große Erleichterung. Außerdem war Smithy in Baltimore geboren und kannte die Stadt genauso gut wie sie – oder vielleicht sogar noch besser.

Als sie um die Ecke bogen, konnte Reena die Menschenmenge auf dem Gehweg erkennen. Eigentlich waren Straßenschlägereien in diesem von Kunstgalerien und historischen Altbauten geprägten Viertel nicht unbedingt an der Tagesordnung. Es schien aber gerade eine solche in vollem Gange zu sein.

Die beiden Männer, die sich auf dem Boden wälzten, waren ebenso wie die sie umringenden Schaulustigen elegant gekleidet – viele gewagte Farben und das Schwarz der Kunstszene.

Reena und Smithy stiegen aus und drängten sich durch die Zuschauer.

»Sofort auseinander!«, befahl Smithy mit dröhnender Stimme. Die Leute wichen zwar zurück, doch die beiden Männer droschen weiter aufeinander ein. Wie Reena auffiel, stellten sie sich dabei reichlich ungeschickt an.

Die Designerschuhe trugen zwar einige Schrammen davon, und die italienischen Sakkos waren inzwischen ein Fall für die Altkleidersammlung, aber es floss kaum Blut.

Reena folgte Smithys Beispiel und trennte die beiden Streithähne. »Polizei. Sofort aufhören.«

Sie packte den kleineren der beiden am Arm. Doch er drehte sich um und holte mit der anderen Faust aus. Reena sah den Schlag kommen. Mist, dachte sie kurz und blockte ihn mit dem Unterarm ab.

Dann warf sie den Mann zu Boden und zerrte ihm die Arme auf den Rücken. »Sie wollten mich schlagen? Wollten Sie mir wirklich eine verpassen?« Während sie ihm Handschellen anlegte, schaukelte er hin und her wie eine auf den Rücken gefallene Schildkröte. »Das gibt eine Anzeige wegen Angriffs auf einen Polizeibeamten.«

»Er hat angefangen.«

»Wie alt sind Sie? Zwölf?«

Sie zog ihn hoch. Er hatte ein paar Schrammen im Gesicht. Reena schätzte ihn auf Mitte zwanzig. Sein Gegner, in einer ähnlichen Verfassung und offenbar ein Altersgenosse, saß auf dem Boden und wurde von Smithy in Schach gehalten.

»Haben Sie nach meiner Partnerin geschlagen?« Smithy zeigte auf den zweiten Mann. »Sitzen bleiben«, befahl er und machte einen drohenden Schritt auf den ersten Mann zu. Es sah aus, als rage ein Mammutbaum über einem

Schössling auf. »Haben Sie Blödmann nach meiner Partnerin geschlagen?«

»Ich wusste nicht, dass sie Polizistin ist. Ich habe ja nicht mal gesehen, dass ich es mit einer Frau zu tun habe. Außerdem hat er angefangen. Da können Sie die anderen fragen. Er hat mich drinnen angerempelt.«

»Ich habe keine Entschuldigung gehört.« Smithy tippte sich ans Ohr. »Officer Hale, haben Sie eine Entschuldigung von diesem Blödmann gehört?«

»Nein.«

»Tut mir leid.« Seine Miene strafte seine Worte Lügen. Allerdings schien ihm die Situation schrecklich peinlich zu sein, und er war den Tränen nah. »Ich wollte Sie nicht schlagen.«

»Sie haben mich nicht geschlagen, sondern nur rumgefuchtelt wie ein kleines Mädchen. Und Sie gehen am besten weiter«, wandte Reena sich an die Schaulustigen. »Jetzt erzählen Sie mir Ihre Version der Geschichte, während Ihr Freund meinem Partner seine erklärt. Und wehe, wenn Sie noch einmal erwähnen, dass er angefangen hat.«

»Eine Frau«, seufzte Smithy, als sie wieder abfuhren. »Immer geht es um eine Frau.«

»Hey, du kannst mein Geschlecht nicht für die Dummheit der Männer verantwortlich machen.«

Er sah sie aus weit aufgerissenen Augen an. »Du bist eine Frau, Hale?«

»Warum gerate ich nur immer wieder an Witzbolde?«

»Du hast das prima gemacht und dich wacker geschlagen. Außerdem hast du gute Reflexe und bist nicht in die Luft gegangen, als er dir eine verpassen wollte.«

»Wenn er getroffen hätte, wäre ich vielleicht nicht so ruhig geblieben.« Zufrieden mit sich und dem erledigten Auftrag, lehnte sich Reena zurück. »Du zahlst die Donuts.«

Als Reena vom Dienst nach Hause kam, war niemand da. Am Kühlschrank hing eine Nachricht in Ginas großer, geschwungener Handschrift neben einem Foto ihrer ziemlich beleibten Tante Opal, deren Anblick bei Fressattacken abschreckend wirken sollte:

Bin mit Steve im Club Dread, falls du nachkommen willst. Hugh schaut vielleicht auch vorbei.
Küsschen, G.

Reena stand in der Küche und überlegte, ob sie hingehen und was sie anziehen sollte. Doch dann schüttelte sie den Kopf. Sie hatte keine Lust auf ein lautes Lokal.

Sie wollte nur noch die Uniform ausziehen, sich aufs Sofa legen und ein wenig büffeln. John hatte ihr alte Fallakten gegeben, die sie durcharbeiten sollte, um festzustellen, ob es sich um einen Unglücksfall oder Brandstiftung handelte; anschließend sollte sie die Vorgehensweise und die Motive ergründen.

Wenn sie ins Branddezernat versetzt wurde, würde sich diese Mühe bezahlt machen.

Als sie ins Schlafzimmer ging, blieb ihr Blick an ihrem Spiegelbild hängen, und sie blieb stehen, um sich anzusehen.

Obwohl sie in Uniform vermutlich nicht sehr weiblich wirkte, gefiel ihr die Ausstrahlung, die sie darin vermittelte: Autorität und Selbstvertrauen. Allerdings hatte der Zwischenfall auf der Straße ihr einen Schreck eingejagt, denn ihr war klar geworden, wie leicht man im Dienst verletzt werden konnte, und sei es nur durch einen Fausthieb im Gesicht.

Aber sie hatte die Situation gemeistert, und Smithys Lob bedeutete ihr sehr viel.

Reena fühlte sich zwar mit ihren Büchern und Akten an einem Schreibtisch wohler, doch sie kam auch auf der Straße zurecht. Zumindest lernte sie es allmählich.

Reena nahm die Mütze ab und legte sie auf die Kommode. Die Waffe deponierte sie daneben, öffnete dann ihr Uniformhemd und musterte missbilligend den praktischen weißen Baumwoll-BH.

Spontan beschloss sie, wieder einmal einkaufen zu gehen. Und zwar aufregende Unterwäsche. Schließlich waren BH und Höschen eines weiblichen Polizeibeamten keinen Vorschriften unterworfen. Allein das Wissen, dass sie unter der Uniform etwas Hübsches und Weibliches trug, würde eine aufmunternde Wirkung haben.

Nachdem der Entschluss gefasst war, ließ Reena sich ein Schaumbad ein, zündete ein paar Kerzen an und füllte ein Glas mit Wein.

Dann aalte sie sich mit einem Fachbuch über Brandentstehung in der Badewanne.

Als das Telefon läutete, wartete sie darauf, dass der Anrufbeantworter ansprang.

Mit halbem Ohr hörte sie zu, wie Ginas temperamentvolle Stimme den Anrufer aufforderte, eine Nachricht zu hinterlassen. Als eine Männerstimme zu hören war, fuhr sie jedoch hoch, dass das Wasser in alle Richtungen spritzte.

»Hallo, du Schlampe. Ganz allein? Vielleicht komme ich dich ja besuchen. Ist schon eine Weile her. Ich wette, dass du mich vermisst hast.«

Die Kerzen verloschen in einem Wasserschwall, als Reena aufsprang. Nackt und tropfnass eilte sie zu ihrer Waffe hinüber, riss sie aus dem Halfter, schlüpfte rasch in einen Morgenmantel und lief zur Tür, um die Schlösser zu überprüfen.

»Sicher ein schlechter Scherz«, sagte sie laut, um sich durch den Klang ihrer eigenen Stimme zu beruhigen. »Bestimmt nur irgendein Vollidiot.«

Dennoch spähte sie aus dem Fenster hinaus auf die Straße.

Danach spielte sie die Nachricht noch zweimal ab. Sie erkannte die Stimme nicht. Das Telefon blieb den Rest des Abends stumm.

Reena und Hugh schafften es weder zum Baseball noch am Freitag ins Freilichtkino, da ihre Dienstpläne beim besten Willen nicht miteinander zu vereinbaren waren. Ein schneller Hamburger in einem Lokal unweit der Feuerwache musste also genügen.

»Gina hat schon dreimal gepackt und wieder ausgepackt«, berichtete Reena. »Man glaubt, sie fährt auf eine Safari, anstatt ein paar Tage am Strand zu verbringen.«

»Ich habe noch nie eine Frau kennengelernt, die nicht doppelt so viel einpackt, wie sie wirklich braucht.«

»Jetzt kennst du eine.«

Grinsend biss Hugh in seinen Hamburger. »Tja, das werden wir ja sehen, wenn du da bist. Hast du die Wegbeschreibung auch wirklich verstanden? Ich kann auch bis morgen Abend warten, wenn du Angst hast, dich zu verfahren.«

»Ich denke, das schaffen wir schon. Schade, dass ich nicht früher wegkomme, aber Gina muss bis morgen Nachmittag arbeiten. Dann machen wir drei uns auf den Weg. Um Mitternacht sollten wir da sein.«

»Ich lasse das Licht an. So klappt das schon. Dann habe ich wenigstens noch Zeit, alles vorzubereiten. Das Haus ist in diesem Jahr nämlich kaum benutzt worden. Außerdem kaufe ich etwas Essbares ein. Ich habe gehört, dass du kochen kannst.«

»Ich wurde mit der Bratpfanne in einer Hand und einer Knolle Knoblauch in der anderen geboren.« Außerdem kochte Reena gern und hatte Spaß daran, sich in der Küche zu schaffen zu machen und neue Rezepte auszuprobieren. »Wenn du ein paar Krustentiere besorgst, mache ich uns gegrillte Scampi.«

»Klingt prima. Die Fahrt dürfte mitten in der Woche und so spät am Abend nicht zu lange dauern. Wenn du erst mal in North Carolina bist, ist der Berufsverkehr sicher vorbei.« Er sah auf die Uhr. »Ich denke, ich bin gegen zwei Uhr morgens in Hatteras – wenn ich es überhaupt schaffe mich loszueisen.«

Hugh zog das Portemonnaie aus der Gesäßtasche und legte einige Geldscheine auf den Tisch. »In der Hütte gibt es kein Telefon, aber du kannst den Supermarkt in Frisco anrufen. Die richten es mir aus.«

»Das hast du mir bereits erklärt, Daddy. Mach dir keine Sorgen um uns.«

»Okay.« Hugh stand auf und bückte sich, um sie zu küssen. »Fahr vorsichtig.«

»Du auch. Dann also bis morgen Nacht.«

Ein Kinderspiel. Einfach lachhaft. In dieser Dreckseinöde ist kein Mensch auf der Straße.

Take me home, country roads …

Tolle Nacht, viele Sterne, aber kein Mond. Gerade dunkel und einsam genug. Vor sieben Kilometern habe ich ihn überholt, also wird er gleich auftauchen. Jetzt nur noch ein Plätzchen aussuchen und loslegen.

Erst am Straßenrand anhalten, dann die Motorhaube auf. Ich könnte auch ein Warndreieck aufstellen, um auf Nummer sicher zu gehen. Aber da hält vielleicht irgendein anderer Idiot.

Heute Nacht ist nur Zeit für einen.

Den Typen, auf den es ankommt.

Bestimmt hält er an. Das ist so sicher wie das Amen in der Kirche. Gutmenschen und Samariter tun das immer. Er wäre nicht der Erste, den ich auf diese Weise umlege. Und bestimmt nicht der Letzte.

Das Auto ist eine alte Rostlaube. Der Kuhbauer, dem ich es geklaut habe, heult jetzt vermutlich in sein Bier. Die Taschenlampe ist auch parat. Und die .38er.

An die Motorhaube lehnen und ein Liedchen pfeifen. Und dazu eine Zigarette, um die Zeit totzuschlagen. Gleich kommt er.

Da sind Scheinwerfer. Hilflos aussehen, einen Schritt nach vorne treten und die Hand heben. Wenn er es nicht ist, winke ich den Wagen einfach weiter. Nein danke, schon erledigt, sagst du. Habe die Kiste gerade wieder in Gang gekriegt. Danke fürs Anhalten.

Aber er ist es. Wunderbar. Ein großer Mann in seinem großen blauen Bronco. Und – so vorhersehbar wie der Sonnenaufgang – er hält tatsächlich, um einem bedauernswerten Zeitgenossen zu helfen.

Marschiere direkt zur Tür. Besser, wenn er nicht aussteigt.

»Hallo!« Ein breites, erleichtertes Lächeln. Blende ihn mit der Taschenlampe. »Mann, bin ich froh, Sie zu sehen.«

Hugh hielt gegen den grellen Schein der Taschenlampe schützend die Hand vor Augen. »Haben Sie Probleme?«

»Jetzt nicht mehr.« Und die Kanone hoch und zweimal ins Gesicht geschossen.

Sein Körper zuckt wie eine Marionette. Nicht einmal seine Mutter würde dieses Gesicht wiedererkennen. Zeit für die Handschuhe, damit ich den Mistkerl losschnallen und rüberschubsen kann. Jetzt muss ich dieses Auto mit dem praktischen Allradantrieb nur noch ein Stück in den Wald fahren. Aber nicht zu weit. Schließlich soll er bald gefunden werden.

Dann in einen Reifen stechen, damit es aussieht, als hätte er eine Panne gehabt und wäre zufällig an den Falschen geraten.

Anschließend zurück, um den Benzinkanister zu holen.

So, nun brauchen wir nur noch die Brieftasche und die Armbanduhr.

O nein! Der arme Teufel wurde auf dem Weg zu seinem Strandurlaub beraubt und ermordet! Was für eine schreckliche Tragödie!

Zum Totlachen. Es soll wie Pfusch aussehen. Das Benzin überall verteilen, die Polster durchweichen! Motorhaube auf, Motor übergießen, und auch ordentlich auf die Reifen. Und jetzt einen Schritt zurück. Vorsicht ist die Mutter der Porzellankiste!

Und dann den Schweinekerl anzünden.

Schau nur, wie er brennt und wie die Flammen ihn verschlingen. Eine menschliche Fackel, die taghell leuchtet. Die ersten Minuten sind immer die besten. Das Zischen und das Aufblitzen. Nur Amateure bleiben danach noch stehen, um zuzusehen. Besonders die ersten Minuten sind so richtig aufregend.

Und dann einfach weggehen und in der Schrottkiste zurück nach Maryland fahren. Ob ich mir Eier mit Speck zum Frühstück gönnen sollte?

Steve überbrachte Reena die schlechte Nachricht. Als er ins Revier kam, saß sie gerade am Schreibtisch und tippte einen Bericht. Seine Augen hoben sich dunkel von dem leichenblassen Gesicht ab.

»Hey, was ist passiert?« Nach einem Blick auf ihn hörte sie auf zu schreiben. »Oh, sag jetzt nur nicht, du müsstest eine Doppelschicht schieben und könntest nicht mitkommen. Ich wollte gerade Schluss machen und nach Hause fahren, um zu packen.«

»Ich ... kann ich dich kurz sprechen? Unter vier Augen.«

»Klar.« Reena stand auf und sah ihn an. Plötzlich wurde ihr flau im Magen. »Etwas stimmt doch nicht. Gina ...«

»Nein, es ist nichts mit Gina.«

»Also, was … Hugh? Hatte er einen Unfall? Wie schlimm hat es ihn erwischt?«

»Nein, kein Unfall. Und es ist sehr schlimm.«

Reena nahm Steve am Arm und zerrte ihn hinaus auf den Flur. »Was ist los? Raus mit der Sprache.«

»Er ist tot. Mein Gott, Reena, er ist tot. Seine Mutter hat gerade angerufen.«

»Seine Mutter? Aber …«

»Er wurde ermordet. Erschossen …«

»Ermordet?« Reenas Griff um Steves Arm erschlaffte.

»Anfangs hat sie nur wirres Zeug gestammelt.« Steve presste die Lippen zusammen und starrte über Reenas Kopf hinweg ins Leere. »Aber ich habe so viel wie möglich aus ihr herausgeholt. Jemand hat auf ihn geschossen. Er war auf dem Weg zur Insel und nur noch ein paar Stunden entfernt. Offenbar hat der Täter ihn dazu gebracht anzuhalten oder ihn von der Straße gedrängt. Vielleicht hatte er auch eine Reifenpanne. Ich bin nicht sicher. Sie wusste es nicht genau.«

Er holte tief Luft. »Jedenfalls wurde er erschossen, Reena. Mein Gott, und anschließend hat der Täter den Wagen in Brand gesteckt, um seine Spuren zu verwischen. Seine Brieftasche und seine Armbanduhr wurden gestohlen. Ob sonst noch etwas fehlt, kann ich nicht sagen.«

Übelkeit stieg in Reena auf, und es kostete sie Mühe, sich zu beherrschen. »Wurde er zweifelsfrei identifiziert?«

»In seinem Wagen wurden Gegenstände gefunden, die nicht verbrannt sind und auf denen sein Name stand. Die Zulassung im Handschuhfach. Seine Eltern haben aus North Carolina angerufen. Er ist es, Reena. Hugh ist tot.«

»Ich werde sehen, was ich herausfinden kann. Ich setze mich mit den örtlichen Kollegen in Verbindung.«

»Sie haben ihn ins Gesicht geschossen.« Steves Stimme erstarb. »Seine Mutter hat es mir erzählt. Sie haben ihn einfach ins Gesicht geschossen. Wegen einer dämlichen

Uhr und dem bisschen Geld, das er in der Brieftasche hatte.«

»Setz dich.« Sie schob ihn auf eine Bank, ließ sich neben ihm nieder und nahm seine Hand.

Ganz gleich, was auch dahinterstecken mochte, dachte sie, ein guter Mensch, ein Mann, von dem sie sich erst vor knapp vierundzwanzig Stunden mit einem Kuss verabschiedet hatte, war nun tot.

Und wieder hatte das Feuer eine Tragödie in ihrem Leben angerichtet.

Kettenreaktion:
Eine Reihe von Ereignissen, die eng miteinander in Zusammenhang stehen, sodass jedes von ihnen wiederum das nächste auslöst.

Trägt man denn Feuer in seinem Gewand,

ohne dass die Kleider in Brand geraten?

Die Bibel – Sprüche 6,27

Kapitel 10

Baltimore 1999

Das Feuer war in einer kalten Januarnacht in einem unbewohnten Gebäude im Süden Baltimores ausgebrochen. Während drinnen die Feuerwehrleute, eingehüllt von sengender Hitze und dichtem Qualm, gegen ein flammendes Inferno ankämpften, mussten sie sich draußen mit Temperaturen weit unter dem Gefrierpunkt herumschlagen, die das Löschwasser zu Eis gefrieren ließen. Gleichzeitig fachte ein schneidender Wind die Flammen weiter an.

Es war Reenas erster Tag als Mitarbeiterin des Branddezernats.

Sie wusste, dass sie diesen Posten unter dem Kommando von Captain Brant zum Teil auch deswegen hatte ergattern können, weil John sich für sie verwendet hatte. Allerdings war das nicht der einzige Grund. Schließlich hatte sie sich krumm geschuftet, um sich die Beförderung zu verdienen, Tag und Nacht gebüffelt, Lehrgänge absolviert, zahlreiche unbezahlte Überstunden geleistet und immer ihr Ziel im Auge behalten.

Auch ohne Johns Fürsprache wäre es ihr gelungen, sich die glänzende neue Dienstmarke ehrlich zu verdienen.

Wenn Reenas Zeit es zuließ, arbeitete sie weiterhin ehrenamtlich in der Feuerwache, denn schließlich war sie eine erfahrene Brandbekämpferin.

Allerdings war es die Frage nach Ursache und Wirkung, die sie am meisten faszinierte. Durch wen oder was war das Feuer entstanden? Wessen Leben wurde dadurch verändert? Wer hatte darunter zu leiden – oder profitierte davon?

Als Reena und ihr Partner im Morgengrauen am Brandort eintrafen, hatte sich das Gebäude in einen geschwärzten Schutthaufen verwandelt, dem die zu Eis erstarrten Wasserfontänen etwas Unwirkliches verliehen.

Ihr Partner war der fünfzehn Jahre dienstältere Mick O'Donnell, ein Polizist der alten Schule, wie Reena sehr wohl wusste. Doch sie fand, dass er den richtigen Riecher hatte.

Er konnte förmlich wittern, ob ein Brandstifter am Werk gewesen war.

O'Donnell trug einen Parka und Stiefel mit Stahlkappen. Über seine Wollmütze hatte er einen Schutzhelm gestülpt. Reena war ähnlich gekleidet. Nun standen die zwei in der Morgendämmerung neben ihrem Auto und betrachteten das Gebäude.

»Ein Jammer, dass man solche Häuser verfallen lässt.« O'Donnell wickelte zwei Kaugummistreifen aus und steckte sie in den Mund. »Dieser schöne Teil von Baltimore ist leider noch nicht von den Yuppies auf Vordermann gebracht worden.«

Bei ihm klang »Baltimore« eher wie »Balmer«.

»Letzte Renovierung etwa 1950. Asbest, Gipskartonplatten, Styropor an der Decke, billige Furniervertäfelungen. Dazu der von Obdachlosen und Junkies hinterlassene Müll – und schon hast du jede Menge brennbares Material.«

Reena holte ihren Tatortkoffer aus dem Wagen und steckte eine Digitalkamera, Ersatzhandschuhe und eine zweite Taschenlampe ein. Im nächsten Moment bemerkte sie einen Streifenwagen der Polizei und den Leichenwagen.

»Offenbar haben sie die Leiche noch nicht abtransportiert.«

O'Donnell bearbeitete nachdenklich seinen Kaugummi. »Macht es dir etwa was aus, einen Verkohlten anzuschauen?«

»Nein.« Sie hatte schon öfter Menschen gesehen, die bei

einem Brand umgekommen waren. »Hoffentlich haben sie die Leiche noch nicht bewegt. Ich würde gern selbst ein paar Fotos machen.«

»Hast du vor, ein Album anzulegen, Hale?«

Reena grinste ihn an, als sie auf das Gebäude zugingen. Nachdem die diensthabenden Polizisten ihnen zugenickt hatten, duckten sie sich unter dem Absperrband durch.

Das Feuer und die Löscharbeiten hatten das Erdgeschoss in eine Trümmerwüste aus verkohltem und aufgequollenem Holz, angesengter Deckenverkleidung, verbogenem Metall und Glasscherben verwandelt. Man hatte Reena mitgeteilt, dass dieses Gebäude ein beliebter Unterschlupf für Drogensüchtige gewesen war. Da sie wusste, dass sich unter dem Schutt sicher Spritzen befinden würden, streifte sie Lederhandschuhe über, um sich nicht zu stechen.

»Soll ich den Raum unten in Quadrate aufteilen?«

»Das übernehme ich.« O'Donnell sah sich um, zog einen Notizblock heraus und fertigte ein paar grobe Skizzen an. »Weil du die jüngere von uns beiden bist, überlasse ich dir die Kletterpartie.«

Reena betrachtete die Leiter, die inzwischen die eingestürzte Treppe ersetzte. Dann schulterte sie ihre Tasche und begann mit dem Aufstieg.

Gipskarton, dachte sie, während sie das Brandmuster betrachtete und immer wieder innehielt, um die Wände zu fotografieren.

Zu guter Letzt machte sie für die Akten eine Aufnahme des ersten Stocks aus der Vogelperspektive.

Das Brandmuster verriet ihr, dass das Feuer – wie es meistens geschah – nach oben gewandert war und die Decke entflammt hatte. Genug Brennmaterial war ja vorhanden, dachte Reena, und außerdem ausreichend Sauerstoff, um das Feuer weiter anzufachen.

Der Großteil des ersten Stocks war eingestürzt und ver-

größerte nun den Schutthaufen, den O'Donnell untersuchen musste. Auch hier hatte sich der Brand, wie Reena
auffiel, entlang der Decke ausgebreitet. Das Feuer hatte
sich durch Deckenverkleidung, Pressspan und Gipskarton
gefressen und dank des von den inoffiziellen Bewohnern
hinterlassenen Mülls zusätzliche Nahrung gefunden.

Sie erkannte die Überreste eines alten Polstersessels
und eines Metalltisches. Dank der glatten Oberfläche der
Decke hatte sich das Feuer gleichmäßig ausgebreitet, sodass Rauch und Gase sich in alle Richtungen hatten verteilen können.

Außerdem hatten die Flammen den noch nicht identifi-
zierten Mann das Leben gekostet, dessen Leiche nun zu-
sammengekrümmt auf dem Boden lag, und zwar in einem
begehbaren Wandschrank. Ein Mann kauerte neben der
Leiche. Da er ziemlich lange Beine hatte, bereitete ihm
das in der engen Kammer einige Schwierigkeiten.

Der Mann trug Handschuhe, Arbeitsstiefel, eine Wollmütze mit Ohrenklappen und einen rot karierten Schal,
den er einige Male um Hals und Kinn geschlungen hatte.

»Hale, Branddezernat.« Der Atem stand Reena wie eine
Dampfwolke vor dem Mund, als sie ebenfalls in die Hocke
ging.

»Peterson, Gerichtsmedizin.«

»Was können Sie mir über ihn sagen?«

»Verbrannt.« Er lächelte verkniffen, was man allerdings
nur an seinen Augen erkennen konnte. Reena schätzte
den hochgewachsenen Schwarzen auf Anfang vierzig.
Unter den Schichten warmer Winterkleidung verbarg sich
offenbar eine durchtrainierte Figur. »Anscheinend dachte
der arme Teufel, er könnte vor dem Feuer flüchten, indem er sich im Schrank versteckt. Vermutlich hat der
Rauch ihn zuerst erwischt, dann kamen die Flammen.
Mehr erfahren Sie, wenn ich ihn mir gründlicher angeschaut habe.«

Vorsichtig ging Reena weiter und überprüfte vor jedem Schritt den Boden auf seine Belastbarkeit.

Sie wusste, dass das schnelle Ersticken im Qualm eine Gnade war. Die Leiche war durch und durch verbrannt und lag, wie die meisten Brandleichen, mit nach oben gereckten Fäusten da. In der Hitze zogen sich die Muskeln zusammen, sodass die Toten aussahen, als hätten sie bis zuletzt versucht, das Feuer mit bloßen Händen abzuwehren.

Reena hob die Kamera und machte, nachdem Peterson ihr auffordernd zugenickt hatte, ein paar Fotos.

»Wie kommt es, dass er allein hier drin war?«, fragte sie. »Letzte Nacht war es bitterkalt draußen. Normalerweise suchen Obdachlose doch Schutz in Gebäuden wie diesem, und außerdem war das Haus bei Drogensüchtigen beliebt. In den vorläufigen Berichten stand, im zweiten Stock seien Decken, einige alte Stühle und sogar ein kleiner Kochherd gefunden worden.«

Peterson kauerte schweigend neben der Leiche.

»Keine sichtbaren Verletzungen?«

»Bis jetzt nicht. Vielleicht entdecke ich bei der Autopsie ja etwas. Meinen Sie, jemand hätte das Feuer gelegt, um einen Mord zu vertuschen?«

»Wäre nicht das erste Mal. Aber zuerst muss man einen Unfall ausschließen. Warum war er allein?«, wiederholte Reena. »Wie lange wird eine Identifizierung dauern?«

»Möglicherweise kann ich Fingerabdrücke sicherstellen. Dazu das Zahnschema. Ein paar Tage.«

Wie zuvor O'Donnell holte Reena ihren Notizblock heraus und fertigte als Ergänzung der Fotos einige Skizzen an. »Was glauben Sie? Männlich, etwa eins fünfundsiebzig?

Bis jetzt konnte niemand den Hausbesitzer erreichen. Das könnte ein interessanter Hinweis sein.«

Reena begann, den Raum in Quadrate einzuteilen, wie

Archäologen es bei einer Ausgrabungsstätte tun. Anschließend würde sie die einzelnen Schichten sieben, die Fundstücke dokumentieren und sie zu guter Letzt in kleinen Plastikbeuteln verstauen.

Das Brandmuster an der hinteren Wand wies eindeutig auf einen Brandbeschleuniger hin, eine Einschätzung, die auch der Ermittler von der Feuerwehr teilte. Reena nahm Proben, füllte sie in Behälter und beschriftete diese.

Die Glühbirne an der Decke war zum Teil geschmolzen. Reena machte noch ein Foto von der Decke und der vom Feuer hinterlassenen Spur.

Dann watete sie durch klatschnassen Schutt und Asche, um der Spur zu folgen. Vier Wohnungen, dachte sie, als sie versuchte, sich den Schnitt des Hauses vor dem Brand vorzustellen. Unbewohnt, heruntergekommen, wegen Baufälligkeit gesperrt.

Sie ließ die behandschuhten Finger über das verkohlte Holz und eine Wand entlanggleiten und nahm weitere Proben. Danach schloss sie die Augen und schnupperte.

»O'Donnell! Offenbar haben wir es mit mehreren Ursprungsorten zu tun. Es gibt Hinweise auf Brandbeschleuniger. In diesem alten Fußboden befinden sich genügend Ritzen und Spalten, in denen sich die Flüssigkeit sammeln konnte.«

Reena ließ sich auf alle viere nieder und spähte durch ein Loch, wo der Fußboden eingestürzt und eine Etage tiefer gefallen war. Inzwischen hatte O'Donnell den Raum eingeteilt und untersuchte die verschiedenen Abschnitte.

»Ich würde gern den Hausbesitzer unter die Lupe nehmen und jemanden finden, der uns etwas über dieses Haus erzählen kann.«

»Nur zu.«

»Möchtest du dir das Muster hier oben anschauen?«

»Du willst mich nur dazu überreden, meinen alten Hintern die Leiter hochzuwuchten.«

Reena grinste zu ihm hinunter. »Interessierst du dich für meine vorläufige Theorie?«

»Beweise, Hale. Zuerst Beweise, dann kommen die Theorien.« O'Donnell hielt inne. »Los, erzähl schon.«

»Er hat das Feuer am falschen Ende angezündet. Eigentlich hätte er hinten anfangen müssen, also so weit wie möglich entfernt von der Treppe, um sich auf seinem Fluchtweg weiter vorzuarbeiten. Aber er war so dumm, zuerst in der Nähe der Treppe zu zündeln und dann nach hinten zu gehen. Vielleicht war er ja betrunken oder einfach nur dämlich. Jedenfalls hat er sich selbst eine Falle gestellt, und das Ende vom Lied war, dass er im Wandschrank verbrannt ist.«

»Hast du einen Behälter mit Brandbeschleuniger gefunden?«

»Vielleicht liegt er ja unter den Schuttschichten. Oder da unten.« Sie deutete mit dem Finger. »In seiner Panik lässt er ihn fallen und flieht vor den Flammen. Das Feuer ergreift den Behälter mit dem Brandbeschleuniger. Kawumm, und schon hast du dein Loch im Boden. Das Erdgeschoss geht in Flammen auf, und der Schutt fällt von oben herunter.«

»Wenn du schon so schlau bist, kannst du auch runterkommen und suchen helfen.«

»Wird gemacht.« Doch zuerst wich Reena von dem Loch zurück und nahm ihr Mobiltelefon aus der Tasche.

Sie liebte diese Arbeit, ganz gleich wie anstrengend und schmutzig sie auch sein mochte. Außerdem wusste sie genau, warum O'Donnell sie nach oben geschickt hatte. Er wollte wissen, ob sie dem Dreck, dem Gestank, der Eintönigkeit und den körperlichen Anforderungen gewachsen war.

Und ihn interessierte, ob sie unabhängig denken konnte.

Als Reena den Vierzigliterkanister unter einem Schutthaufen entdeckte, war ihr alles klar.

»O'Donnell.«

Er blickte von seinem Sieb auf und schürzte die Lippen. »Ein Punkt für die Neue.«

»Er hat Löcher in den Kanisterboden gebohrt, um das Zeug besser verteilen zu können, ist immer ein Stückchen weiter gegangen und hat die Spur parallel dazu angezündet. Das Brandmuster oben weist auf Feuerbrücken hin. Also kann der Tote weder ein zufälliger Zeuge noch Opfer sein, denn normalerweise breitet sich Feuer nicht auf diese Weise aus. Da die Fenster im Erdgeschoss und im zweiten Stock vergittert sind, konnte niemand auf diesem Weg das Haus verlassen. Ich wette, dass unser Toter der Hausbesitzer ist.«

»Warum nicht ein Pyromane, ein Drogenabhängiger oder jemand, der dem Eigentümer eins auswischen wollte?«

»Die Feuerwehrleute haben gemeldet, dass bei ihrem Eintreffen sämtliche Türen verschlossen waren. Riegel. Sie mussten einbrechen. Und dann noch die Gitter oben! Wer vergittert denn ein Fenster im ersten Stock? Außerdem sehen die Gitter ziemlich neu aus. Sie müssen vom Hausbesitzer sein. Der Eigentümer verrammelt das Haus, um das Gesindel abzuhalten. Und nur er hat die Schlüssel.«

»Wenn du fertig bist, schreib einen Bericht. Du könntest recht haben, Hale.«

»Natürlich habe ich recht. Auf so eine Chance warte ich schon, seit ich elf bin.«

Immer noch aufgedreht, saß Reena an diesem Abend mit Fran im Sirico am Tisch und verschlang Vermicelli mit Meeresfrüchten.

»Und der Hausbesitzer, der drei verschiedene Kredite auf das Haus aufgenommen und das Gebäude außerdem übertrieben hoch versichert hatte, ist wie vom Erdboden verschwunden. Die Leute, mit denen wir gesprochen haben, erzählten uns, er habe ständig darüber geklagt, dass die Obdachlosen und die Drogensüchtigen den Wert seiner Immobilie mindern, weil er das Gebäude ihretwegen einfach nicht verkaufen konnte. Vermutlich wird die Obduktion beweisen, dass es sich bei unserer Brandleiche um den Hausbesitzer handelt, der ein Feuerchen legen wollte und sich dabei ein bisschen verkalkuliert hat. Aber am Brandort gibt es noch eine Menge zu tun. Es ist wie ein Puzzlespiel aus dem Lehrbuch.«

»Wenn man dich so reden hört!« Lachend trank Fran einen Schluck Mineralwasser. »Meine kleine Schwester, die Polizistin. Warte, bis Mama und Dad erfahren, dass du deinen ersten Fall aufgeklärt hast.«

»So weit sind wir noch nicht. Zuerst müssen wir einiges rekonstruieren, Zeugen befragen und Ermittlungen anstellen. Allerdings habe ich gehofft, dass sie anrufen, während ich hier bin.«

»Reena, in Florenz ist es ein Uhr morgens.«

»Richtig.« Reena schüttelte den Kopf. »Stimmt.«

»Sie haben sich heute Nachmittag gemeldet. Es geht ihnen prima. Dad hat Mom überredet, einen dieser kleinen Motorroller zu mieten. Kannst du dir vorstellen, dass die zwei wie die Teenager in Florenz herumflitzen?«

»Das kann ich.« Reena prostete ihrer Schwester mit dem Weinglas zu und trank einen Schluck. »Ohne dich hätten sie diese Reise nie machen können.«

»Stimmt nicht.«

»Doch. Du hältst den Laden am Laufen, übernimmst die Verantwortung und erledigst die Arbeit, damit sie ein bisschen Urlaub kriegen. Bella, tja, die hat hier drin noch kein Glas angefasst, außer um daraus zu trinken, wenn sie sich alle Jubeljahre einmal blicken lässt. Und ich bin auch nicht viel besser.«

»Du hast letzten Sonntag beim Bedienen geholfen, und auch am Donnerstag warst du nach deinem langen Arbeitstag über eine Stunde lang hier.«

»Schließlich wohne ich in der Wohnung oben, also ist es weiter keine Mühe.« Trotzdem malte sich ein spitzbübisches Grinsen auf Reenas Gesicht. »Mir ist aufgefallen, dass du über Bella kein Wort verlierst.«

»Bella ist eben Bella. Außerdem muss sie sich um drei Kinder kümmern.«

»Unterstützt von einem Kindermädchen, einer Haushälterin und einem Gärtner. Oh, fast hätte ich es vergessen, einen Mann eigens für die Rasenpflege hat sie ja auch noch.« Reena tat Frans Stirnrunzeln mit einer Handbewegung ab. »Schau mich bloß nicht so an, ich bin ja schon wieder friedlich. Eigentlich bin ich nicht sauer auf sie, sondern habe nur ein schlechtes Gewissen, weil der Großteil der Arbeit an dir hängen bleibt. Und an Xander, obwohl er mit dem Medizinstudium doch genug um die Ohren hat.«

»Das mit dem schlechten Gewissen kannst du streichen. Wir tun eben das, was uns wichtig ist.« Fran drehte sich um und lächelte dem Mann zu, der hinter der Arbeitstheke Teig knetete.

Er hatte große Hände und ein freundliches Gesicht, das beinahe unscheinbar wirkte. Das leuchtend rote Haar fiel ihm wie kleine Flammenzungen in die Stirn. Und wenn er – so wie jetzt – seine Frau ansah, fingen seine Augen vor Freude an zu strahlen.

»Tja, wer konnte auch wissen, dass du dich in einen Iren verliebst, der am liebsten italienisch kocht.« Schmunzelnd widmete Reena sich wieder ihrem Nudelgericht. »Du und Jack, ihr seid immer noch wie frisch Verliebte, obwohl ihr bereits drei Jahre verheiratet seid.«

»Im letzten Herbst waren es zwei. Doch das Strahlen könnte auch an etwas anderem liegen.« Fran fasste Reena an beiden Händen. »Ich halte es nicht mehr aus. Eigentlich wollte ich ja warten, bis du fertig gegessen hast, und es dir dann gemeinsam mit Jack sagen. Aber ich kann einfach nicht länger warten.«

»Ach du meine Güte. Du bist schwanger!«, rief Reena.

»In der vierten Woche.« Frans Wangen röteten sich. »Weil es noch so früh ist, dürfte ich es eigentlich nicht herumerzählen, aber das schaffe ich nicht und …«

Sie hielt inne, als Reena aufsprang und ihr um den Hals fiel. »O Mannomann! Moment!« Sie rannte um die Arbeitstheke herum und schlug Jack auf den Rücken. »Hallo, Daddy!«

Sein Gesicht wurde genauso rot wie sein Haar, als sie ihm einen Kuss auf die Wange drückte. »Champagner für alle! Auf meine Rechnung.«

»Wir wollten doch, dass es in der Familie bleibt.« Jack grinste verlegen. Reena ließ ihn wieder los.

Sie sah zu, wie die Anwesenden applaudierten und auf Fran zustürmten, um sie zu beglückwünschen. »Zu spät. Ich hole den Wein.«

Frans frohe Nachricht und ihr erster Ermittlungserfolg sorgten dafür, dass Reena mehr trank, als eigentlich gut für sie war. Doch sie fühlte sich angenehm beschwipst, als sie um das Gebäude herum zur Hintertreppe ging, die zu ihrer Wohnung führte.

Gina und Steve waren inzwischen seit fast einem Jahr verheiratet, und es hatte eigentlich keinen Grund gegeben, die Dreizimmerwohnung zu behalten.

Sie wusste, dass ihre Eltern es überflüssig fanden, dass Reena eine eigene Wohnung hatte, während ihr Zimmer zu Hause leer stand. Ständig lagen sie ihr in den Ohren, sie könnte sich die Miete doch sparen. Allerdings widersprach Reena dann stets, sie hätten sie schließlich zur Eigenverantwortung erzogen, weshalb sie selbst für ihren Lebensunterhalt aufkommen wolle.

Eine eigene Wohnung war in ihren Augen der erste Schritt in diese Richtung. Sie spielte zwar mit dem Gedanken, sich irgendwann ein Haus zu kaufen, doch dieser

Traum lag noch in weiter Ferne. Außerdem hatte es etwas Heimeliges und Gemütliches an sich, direkt über dem Laden und nur einen Katzensprung entfernt von ihren Eltern zu wohnen. Auch Fran und Jack lebten gleich um die Ecke.

Plötzlich sah Reena, dass in ihrem Wohnzimmer Licht brannte. Ohne nachzudenken, öffnete sie ihre Jacke, um schnell zur Waffe greifen zu können. Während ihrer Jahre im Polizeidienst hatte sie die Pistole erst zweimal im Einsatz ziehen müssen, und deshalb fühlte die Waffe sich in ihrer Hand stets etwas merkwürdig an.

Während Reena die Treppe hinaufstieg, ging sie im Geist ihren Tagesablauf durch. Vielleicht hatte sie am Morgen vergessen, die Lampe auszumachen. Allerdings war das Stromsparen eine Leidenschaft ihrer Mutter, und sie hatte Reena von klein auf eingebläut, nie das Licht anzulassen.

Mit einer Hand an der Waffe drehte sie den Türknauf, um festzustellen, ob abgeschlossen war. Die Tür ließ sich öffnen. Als sie aufschwang, hatte Reena die Pistole bereits halb gezogen. Doch im nächsten Moment schob sie sie mit einem erleichterten Aufatmen wieder zurück ins Halfter.

»Luke! Wie lange bist du schon hier?«

»Seit ein paar Stunden. Ich habe dir doch gesagt, dass ich heute Abend vielleicht noch vorbeikomme.«

Stimmt, dachte Reena, während sich ihr Herzschlag wieder normalisierte. Das hatte sie ganz vergessen. Froh, ihn zu sehen, trat sie in den warmen Raum und hielt ihm die Lippen hin.

Sein Kuss war kurz und beiläufig, und Reena zog fragend die Augenbrauen hoch. Sonst konnte er nicht genug von ihr kriegen, und ihr ging es ebenso. Luke Chambers hatte eine erotische Eleganz an sich, eine stilvolle Sinnlichkeit, die Reena erregend fand. Auch dass er ihr von

Anfang an so beharrlich und romantisch den Hof gemacht hatte, gefiel ihr ausgesprochen.

Sie genoss es, verwöhnt und mit Blumen, Anrufen, romantischen Abendessen und langen Spaziergängen am Fluss umworben zu werden.

Außerdem war es eine willkommene Abwechslung, wenn ein Mann sie wie ein zartes kleines Frauchen behandelte, denn schließlich wurde sie sonst stets als tüchtig und belastbar angesehen.

Deshalb hatte er vermutlich auch nicht lange gebraucht, um sie ins Bett zu kriegen. Doch ihren Wohnungsschlüssel hatte sie ihm erst nach drei Monaten gegeben.

»Ich habe unten etwas gegessen und mich mit Fran verquatscht.« Sie nahm Schal und Mütze ab und drehte sich um die eigene Achse. »Ich hatte einen ganz tollen Tag, Luke, und außerdem wundervolle Nachrichten. Ich ...«

»Freut mich, dass wenigstens einer von uns Spaß hatte.« Er wich zurück, schaltete den Fernseher ab und ließ sich in einen Sessel fallen.

Also gut, sagte sich Reena. Luke war zwar sexy, interessant und oft sehr romantisch, konnte aber auch ziemlich anstrengend sein. Doch das störte sie nicht weiter.

Da sie beruflich den ganzen Tag in einer Männerwelt verbrachte, hatte sie nichts dagegen, in ihrer Liebesbeziehung Weichheit und Nachgiebigkeit an den Tag zu legen.

»Hattest du einen schlechten Tag?« Sie zog Mantel und Handschuhe aus und räumte die Sachen in den schmalen Schrank.

»Meine Sekretärin hat gekündigt.«

»Oh?« Reena fuhr sich mit den Fingern durch die Locken und überlegte kurz, ob sie sich eine neue Frisur zulegen sollte. Aber dann bekam sie ein schlechtes Gewissen, weil sie Luke nur mit halbem Ohr zuhörte. »Das tut mir aber leid.« Sie bückte sich, um aus den Stiefeln zu schlüpfen. »Warum hört sie denn auf?«

»Sie hat aus heiterem Himmel beschlossen, wieder nach Oregon zu ziehen. Jetzt muss ich Vorstellungsgespräche führen und jemanden einstellen, den sie einarbeiten kann, bevor sie geht. Außerdem hatte ich heute drei Außentermine, und ich habe mörderische Kopfschmerzen.«

»Ich hole dir ein Aspirin.« Reena beugte sich vor, um ihn auf den Scheitel zu küssen. Er hatte hübsche seidenweiche Haare, die so nerzbraun waren wie seine Augen.

Als sie sich aufrichtete, nahm er ihre Hand und schenkte ihr ein müdes Lächeln. »Danke. Die letzte Sitzung hat eine Ewigkeit gedauert. Ich wollte dich einfach nur sehen und ein bisschen ausspannen.«

»Du hättest im Laden vorbeikommen sollen. Entspannung wird im Sirico großgeschrieben.«

»Und Krach«, erwiderte er, während sie ins Bad ging. »Eigentlich hatte ich Lust auf einen ruhigen Abend.«

»Jetzt ist es ja ruhig.« Sie brachte das Döschen in die kleine Küche, die mit einem altgedienten Herd und fröhlich gelben Arbeitsflächen eingerichtet war. »Ich genehmige mir auch ein Aspirin. Ich habe unten etwas viel Champagner erwischt. Es gab einen Grund zum Feiern.«

»Ja, es sah aus, als hättest du dich prima amüsiert. Ich habe nämlich im Vorbeigehen zum Fenster reingeschaut.«

»Tja, dann hättest du auch hereinkommen können.« Sie reichte ihm Aspirin und Wasser.

»Ich hatte Kopfschmerzen, Cat. Außerdem hatte ich keine Lust, in einem lauten Restaurant herumzusitzen und zu warten, bis du fertig gefeiert hast.«

Warum hast du nicht gleich ein Aspirin genommen, wenn du solche Kopfschmerzen hattest?, dachte sie sich. Männer konnten manchmal schreckliche Memmen sein. »Wenn ich gewusst hätte, dass du hier bist, wäre ich früher gekommen. Fran ist schwanger.«

»Hmmm?«

»Meine Schwester Francesca. Sie und Jack haben erfahren, dass sie ein Baby kriegen. Sie hat gestrahlt wie die Straßenbeleuchtung von ganz Baltimore, als sie es mir erzählte.«

»Haben sie nicht eben erst geheiratet?«

»Es ist schon zwei Jahre her, und seitdem versuchen sie es. In meiner Familie geht der Trend zum Kinderzimmer. Bella hat bereits drei und spielt mit dem Gedanken, noch ein viertes zu bekommen.«

»Vier Kinder in der heutigen Zeit. Das ist doch unverantwortlich.« Reena ließ sich auf der Armlehne seines Sessels nieder und streichelte ihm die Schulter. »So ist das nun mal bei großen katholischen italienischen Familien. Außerdem können sie und Vince es sich leisten.«

»Du planst doch nicht etwa auch, alle zwei Jahre Nachwuchs zu produzieren?«

»Ich?« Sie lachte auf und trank dann einen Schluck Wasser. »Mit Kindern lasse ich mir noch ein bisschen Zeit. Schließlich stehe ich erst am Anfang meiner Karriere. Apropos: Ich hatte heute meinen ersten großen Fall. Hast du von dem leer stehenden Mietshaus am Broadway gehört, das heute abgebrannt ist? Ein Mann kam dabei ums Leben.«

»Ich hatte heute keine Zeit für die Nachrichten. Ich habe zwölf Stunden lang gearbeitet, und den Großteil davon habe ich mich für einen potenziellen Großkunden abgestrampelt.«

»Spitze, dass du diesen wichtigen Anleger für euch gewonnen hast.«

»Noch habe ich es nicht, aber ich gebe mir Mühe.« Seine schlanke Hand mit den langen Fingern glitt zärtlich über ihren Oberschenkel. »Ich habe ihn und seine Frau Donnerstagabend zum Essen eingeladen. Zieh etwas Schickes an.«

»Donnerstag? Luke, meine Eltern kommen am Donnerstag aus Italien zurück. Wir essen bei ihnen zu Abend. Das habe ich dir doch gesagt.«

»Dann triffst du dich eben am Freitag mit ihnen. Oder am Wochenende. Mein Gott, schließlich wohnt ihr in derselben Straße. Der Kunde ist sehr wichtig, Cat.«

»Schon verstanden. Es tut mir leid, dass du nicht zum Begrüßungsessen für meine Eltern kommen kannst.«

»Du hast mir wohl nicht richtig zugehört.« Die Hand auf ihrem Oberschenkel ballte sich zur Faust. »Ich will, dass du mich begleitest. Es handelt sich bei diesem Abendessen um eine berufliche Verpflichtung. Es wird von mir erwartet, wenn ich diesen Auftrag an Land ziehen will. Außerdem ist es bereits beschlossene Sache.«

»Tut mir leid, aber ich habe den Abend schon anderweitig verplant, und zwar bevor du für Donnerstag einen Tisch bestellt hast. Wenn du also umdisponieren möchtest, komme ich ...«

»Warum sollte ich umdisponieren?« Luke stand auf und breitete die Arme aus. »Es ist geschäftlich. Eine große Chance für mich. Vielleicht ist das Ergebnis ja die Beförderung, auf die ich schon so lange hinarbeite. Du wohnst doch sowieso mehr oder weniger mit deiner Familie zusammen. Was ist denn so verdammt wichtig daran, ein paar blöde Spagetti zu essen, was du auch jederzeit nachholen könntest?«

»Genau genommen gibt es Manicotti.« Um Beherrschung bemüht, stand Reena auf. »Meine Eltern waren fast drei Wochen lang verreist. Ich habe versprochen, dass ich da sein werde, wenn ich nicht gerade einen Einsatz habe. Außerdem werden sie an diesem Abend erfahren, dass ihre älteste Tochter ihr erstes Kind erwartet. Für mich ist das ein wichtiges Ereignis, Luke.«

»Und meine Bedürfnisse spielen wohl keine Rolle, was?«

»Natürlich tun sie das. Und wenn du mich gefragt

hättest, bevor du alles verabredet hast, hätte ich dich daran erinnert, dass ich keine Zeit habe. Dann hättest du einen anderen Tag vorschlagen können.«

»Wenn der Kunde Donnerstag will, kriegt er Donnerstag«, zischte Luke mit zornroten Wangen. »So funktioniert das in meiner Welt. Hast du überhaupt auch nur die leiseste Vorstellung davon, welcher Konkurrenzdruck in der Finanzbranche herrscht und wie viel Zeit und Mühe es kostet, einen mehrere Millionen Dollar schweren Anleger an Land zu ziehen?«

»Eigentlich nicht.« Und wahrscheinlich war es ihr Fehler, dass sie das auch nicht im Geringsten interessierte. »Aber ich weiß, dass du hart arbeitest und dass es dir eine Menge bedeutet.«

»Ja, das merkt man.«

Als er sich abwandte, verdrehte sie hinter seinem Rücken die Augen. Trotzdem trat sie näher, um den ersten Schritt zur Versöhnung zu machen. »Pass auf, es tut mir wirklich leid. Wenn es eine Möglichkeit gibt, den Termin zu verlegen, werde ich …«

»Wie oft soll ich mich noch wiederholen?« Wieder breitete er die Arme aus und wirbelte herum, sodass sein Handrücken schmerzhaft gegen ihre Wange prallte.

Reena wich zurück und hielt sich mit schreckgeweiteten Augen das Gesicht.

»O mein Gott, Cat. Entschuldige. Ich wollte nicht … habe ich dir wehgetan? Ach herrje.« Er nahm sie in die Arme, und seine Miene war ebenso entsetzt wie ihre. »Es war ein Versehen. Ich schwöre.«

»Schon gut.«

»Du bist einfach in mich hineingelaufen. Ich dachte nicht … Wie konnte ich nur so verdammt ungeschickt sein. Mein Gott, lass mich mal sehen. Hast du einen Bluterguss?«

»Nein, es war ja nur ein kleiner Stupser.« Das stimmte

auch, sagte sie sich. Der Schreck war schlimmer gewesen als der Schlag an sich.

»Die Stelle ist ganz rot«, murmelte Luke und berührte zärtlich ihre Wange. »Ich fühle mich schrecklich und wie ein Ungeheuer. Dein wunderschönes Gesicht.«

»Es ist weiter nichts.« Sie ertappte sich dabei, dass sie ihn tröstete. »Schließlich war es keine Absicht, und ich bin nicht aus Zucker.«

»Aber für mich bist du die Allersüßeste.« Er nahm sie in die Arme. »Es tut mir leid. Ich hätte dich nicht mit meiner schlechten Laune belästigen dürfen. Aber ich wollte dich einfach sehen. Du hast dich unten amüsiert, obwohl ich lieber mit dir allein sein wollte.«

Er ließ die Lippen über ihre Wange gleiten. »Ich brauche dich so sehr.«

»Jetzt bin ich ja da.« Sie streichelte sein Haar. »Und ich bedauere wirklich, dass ich am Donnerstag nicht mitkommen kann.«

Lächelnd trat er zurück. »Vielleicht gibt es einen Weg, das wiedergutzumachen.«

Es war schön im Bett. Wie immer mit Luke. Und nach der Auseinandersetzung und dem Klaps war er ganz besonders zärtlich. An ihn geschmiegt, regte sich ihre Leidenschaft, ihre nach dem anstrengenden Tag angespannten Muskeln lockerten sich, und als sie den Höhepunkt erreichte, waren alle belastenden Gedanken wie weggeblasen.

Zufrieden und schläfrig kuschelte sie sich an ihn.

»Möchtest du dir nicht mal ein breiteres Bett anschaffen?«, fragte er.

Sie lächelte in die Dunkelheit hinein. »Irgendwann.«

»Warum verbringst du das Wochenende nicht bei mir? Wir könnten am Samstagabend in ein paar Clubs gehen und am Sonntagmorgen zu einem späten Frühstück.«

»Hmmm. Vielleicht. Könnte sein, dass ich am Samstagmittag unten aushelfen muss. Aber möglicherweise danach.«

Als er eine Weile schwieg, glaubte sie schon, er wäre eingeschlafen. »Du könntest doch deine Eltern am Donnerstagnachmittag besuchen, dich vor dem Abendessen drücken und mich um sieben im Restaurant treffen.«

»Luke, das geht einfach nicht.« Empört setzte sich Reena auf.

»Schon gut.« Sein Tonfall war schmollend, als er sich abwandte und aufstand. »Du hast wieder einmal deinen Kopf durchgesetzt. So wie immer.«

»Du weißt genau, dass das unfair ist.«

»Unfair ist«, zischte er, während er begann, sich anzuziehen, »deine mangelnde Bereitschaft, Kompromisse zu schließen, und dass du alles wichtiger nimmst als mich.« Die wohlige Schläfrigkeit nach dem Sex war mit einem Mal wie weggeblasen. »Ich frage mich, warum du überhaupt noch mit mir zusammen bist, wenn du das so siehst.«

»Im Moment weiß ich das auch nicht. Du nimmst mehr, als du gibst, Cat.« Mit kurzen, abgehackten Bewegungen knöpfte er sein Hemd zu. »Allmählich fühle ich mich ausgesaugt.«

»Ich gebe dir das Beste, was ich habe.«

Er zog die Schuhe an. »Dann kannst du einem nur leid tun.«

Als er hinausmarschierte, legte Reena sich wieder hin.

War sie tatsächlich so egoistisch?, fragte sie sich. So kalt und so gefühllos? Luke bedeutete ihr wirklich etwas, aber interessierte sie sich auch ausreichend für seinen Beruf? Eigentlich nicht, musste sie sich eingestehen. Denn schließlich war sie voll und ganz mit ihrer eigenen Karriere beschäftigt.

Vielleicht war ihr Bestes ja nicht genug.

Reena machte das Licht aus und lag noch lange Zeit wach.

Als Reena nach einer Schicht, in der sie hauptsächlich an Türen geklopft, Zeugen befragt und mit der Exfrau des Hausbesitzers, seinen früheren Geschäftspartnern und seiner derzeitigen Freundin gesprochen hatte, mit O'Donnell ins Revier kam, war ihr Schreibtisch mit drei Dutzend langstieliger weißer Rosen zugestellt. Obwohl ihr die Blumen viele lästerliche Kommentare von ihren Kollegen einbrachten, musste sie schmunzeln, als sie die Karte sah:

Cat,
es tut mir leid.
Der Idiot

Dennoch wagte sie erst, an den Rosen zu schnuppern, als sie sie in den Pausenraum brachte, da sie ihren Schreibtisch zum Arbeiten brauchte.

Sie musste eine ganze Reihe von Berichten schreiben. Die Identität der Leiche war zwar noch nicht geklärt, doch der Hausbesitzer galt weiterhin als vermisst.

Anschließend erstatteten O'Donnell und sie dem Captain Bericht.

»Wir warten noch auf die Laborberichte«, begann O'Donnell. »Der Hausbesitzer, James R. Harrison, wurde zuletzt gesehen, wie er sich in einem Lokal namens Fan Dance ein paar Drinks genehmigt hat. Das ist ein Stripteaseschuppen ein paar Häuserblocks vom Brandort entfernt. Laut Kreditkartenbeleg hat er um zwölf Uhr vierzig gezahlt. Ein Pick-up Marke Ford, der auf ihn zugelassen ist, parkt hinter dem Gebäude.«

Er warf Reena einen Blick zu, ihr Zeichen, dass sie fortfahren sollte.

»Unter dem Schutt im Erdgeschoss haben wir einen Werkzeugkasten mit einem Schraubenzieher gefunden. Damit wurden vermutlich die Löcher in den Boden des Benzinkanisters gestoßen, der ebenfalls am Brandort sichergestellt worden ist. Da Harrison vor fünf Jahren eine Strafe wegen Betrugs abgesessen hat, haben wir seine Fingerabdrücke in den Akten. Sie stimmen mit denen überein, die an Werkzeugkasten, Schraubenzieher und Benzinkanister entdeckt wurden. Da der Gerichtsmediziner der Leiche keine Fingerabdrücke abnehmen konnte, müssen wir auf die zahnärztlichen Unterlagen warten.«

»Die sollten morgen vorliegen«, ergänzte O'Donnell. »Ich habe mit einigen Leuten geredet, die geschäftlich mit Harrison zu tun hatten. Er hatte schwere finanzielle Probleme. Außerdem stand er auf Pferdewetten – nur die Pferde leider nicht auf ihn.«

Captain Brant nickte und lehnte sich zurück. Sein Haar war schlohweiß, und seine Augen funkelten kalt und blau. Auf einem Schreibtisch, der stets so ordentlich aufgeräumt war wie das Wohnzimmer von Reenas Tante Carmela, standen Fotos seiner Enkelkinder.

»Sieht also ganz so aus, als hätte er selbst das Gebäude angezündet, um die Versicherungssumme zu kassieren, und wäre dabei in den Flammen umgekommen.«

»Es macht den Eindruck, Captain. Bei der Obduktion wurden weder Hinweise auf Fremdverschulden noch Wunden oder andere Verletzungen festgestellt. Auf die Ergebnisse der toxikologischen Untersuchung warten wir noch«, fügte Reena hinzu. »Allerdings gibt es niemanden, der von seinem Tod profitieren würde. Seine Lebensversicherung beläuft sich nur auf eine kleine Summe, fünftausend Dollar, und die kriegt seine Exfrau, weil er sie nie als Begünstigte gestrichen hat. Sie ist inzwischen wieder verheiratet und ebenso wie ihr Mann ganztags berufstätig. Sie kommt als Täterin praktisch nicht infrage.«

»Dann schließen Sie den Fall ab. Schnelle Arbeit«, meinte Captain Brant.

»Ich schreibe den Bericht«, erbot sich Reena, als sie mit O'Donnell ins Großraumbüro zurückkehrte.

»Nur zu. Ich muss noch einigen anderen Papierkram erledigen.«

Er setzte sich an seinen Schreibtisch, der ihrem gegenüberstand. »Hast du heute etwa Geburtstag oder so?«

»Nein. Warum? Ach, die Blumen.« Reena ließ sich mit ihren Notizen vor der Tastatur nieder. »Der Typ, mit dem ich zusammen bin, hat sich gestern Abend ein bisschen danebenbenommen. Und jetzt kriecht er zu Kreuze.«

»Sehr stilvoll.«

»Ja, das spricht für ihn.«

»Ist es was Ernstes zwischen euch?«

»Ich bin noch nicht sicher. Warum, willst du mich etwa angraben?«

O'Donnell grinste, und die Spitzen seiner Ohren röteten sich. »Meine Schwester kennt da einen jungen Typen, der öfter bei ihr etwas am Haus repariert. Er ist Tischler und offenbar sehr tüchtig. Soll auch sehr nett sein. Sie versucht, ihn zu verkuppeln.«

»Soll ich etwa mit dem Tischler deiner Schwester ausgehen?«

»Ich habe ihr versprochen, einmal zu fragen.« Er breitete die Hände aus. »Sie sagt, er sieht sehr gut aus.«

»Dann hat er sicher auch keine Probleme, selbst eine Freundin zu finden«, erwiderte Reena und widmete sich ihrem Bericht.

Kapitel 11

Bo saß an der Frühstückstheke, die er selbst gebaut hatte, verschlang den letzten Keks mit Erdnussbutter, spülte mit kalter Milch nach und stieß dann einen übertrieben wohligen Seufzer aus.

»Wenn Sie nur Ihrem Mann den Laufpass geben würden, Mrs M.! Ich baue Ihnen Ihr Traumhaus. Als Gegenleistung würde ich nicht mehr von Ihnen verlangen als Ihre Erdnussbutterkekse.«

Grinsend schlug sie mit dem Geschirrtuch nach ihm. »Beim letzten Mal war es noch der Apfelkuchen. Was Sie brauchen, ist ein nettes junges Mädchen, das sich um Sie kümmert.«

»Das habe ich doch schon: Sie.«

Sie lachte auf. Bo mochte ihr Lachen und wie sie dabei den Kopf in den Nacken legte, sodass sich das Geräusch an der Zimmerdecke brach. Sie hatte eine gemütliche rundliche Figur – wie er sie sicher auch bald haben würde, wenn er sich weiter von ihr durchfüttern ließ. Ihr Haar war so rot wie das Licht einer Ampel und kringelte sich in kleinen Löckchen. Außerdem war sie alt genug, um seine Mutter zu sein, allerdings um einiges unterhaltsamer als die, die ihm das Schicksal zugedacht hatte.

»Sie sollten sich ein Mädchen in Ihrem Alter suchen.« Mrs M. zeigte mit dem Finger auf ihn. »Ein gut aussehender junger Mann wie Sie.«

»Das Problem ist nur, dass mir die Entscheidung so schwerfällt. Und keine außer Ihnen hat es bis jetzt geschafft, mein Herz zu erobern, Mrs M.«

»Ach, lassen Sie das. Sie können einer Frau ja noch mehr Honig um den Mund schmieren als mein Großvater selig, und der war ein Ire, wie er leibt und lebt.«

»Es gab einmal ein Mädchen, aber ich habe sie verloren. Zweimal.« – »Wie das?«

»Sie war nur eine Vision am anderen Ende eines Raums voller Menschen.« Er hob die Hände und schnippte mit den Fingern. »Und schwups war sie wieder weg. Glauben Sie an Liebe auf den ersten Blick?«

»Natürlich.«

»Vielleicht war das ja so ein Fall, und ich muss einfach so lange ziellos umherirren, bis ich sie wiederfinde. Einmal dachte ich schon, es wäre so weit, aber sie hat mich abgehängt. Jetzt muss ich aber los.«

Bo erhob sich von dem Barhocker und richtete seinen muskulösen Körper zur vollen Höhe von einem Meter fünfundachtzig auf. Durch die jahrelange körperliche Arbeit hatte er eine kräftige und sportliche Figur bekommen.

Bridgett Mallory mochte doppelt so alt sein wie er, aber sie war dennoch eine Frau und wusste diesen Anblick sehr wohl zu schätzen.

Sie musste sich eingestehen, dass sie eine Schwäche für diesen hübschen Jungen hatte. Allerdings war sie auch praktisch veranlagt und hätte ihm in den vergangenen sechs Monaten nicht immer wieder Aufträge vermittelt, wenn er nicht außerdem ehrlich und ein geschickter Handwerker gewesen wäre.

»Ich werde Sie schon noch verkuppeln. Denken Sie an meine Worte.«

»Fragen Sie die Zukünftige aber vorher, ob sie backen kann.« Bo bückte sich, um Mrs M. einen Kuss auf die Wange zu hauchen. »Richten Sie Mr M. Grüße von mir aus«, fügte er hinzu, während er seine Jacke anzog. »Und falls Sie etwas brauchen, rufen Sie mich einfach an.«

Sie reichte ihm eine Tüte mit Keksen. »Ich habe ja Ihre Nummer, Bowen. Sie können sich auf mich verlassen.«

Er machte sich auf den Weg zu seinem Pick-up. Konnte es denn noch kälter werden?, fragte er sich, während er dem Pfad folgte, den er zwischen Vordertreppe und Auffahrt freigeschaufelt hatte. Der Boden war mit vereistem

Schnee bedeckt, der angetaut und dann wieder festgefroren war, und ein schwerer grauer Himmel verhieß noch mehr von der weißen Pracht.

Bo beschloss, auf dem Heimweg einen Abstecher in den Supermarkt zu machen. Schließlich konnte sich der Mensch nicht nur von Erdnussbutterkeksen ernähren. Es hätte ihn zwar nicht gestört, wenn seine Zukünftige auch kochen konnte, aber er war inzwischen selbst ziemlich geschickt darin.

Nun war er selbstständiger Unternehmer. Bo klopfte aufs Lenkrad, als er in seinen Wagen stieg. »Tischlerei Goodnight«. Außerdem hatten er und Brad bereits einige kleine Häuser gekauft und saniert und sie anschließend mit Gewinn weiterveräußert.

Bo erinnerte sich noch gut daran, wie er Brad zu der ersten Investition überredet und ihm das verfallene Gebäude als ungeschliffenen Rohdiamanten angepriesen hatte. Dabei musste er seinem alten Freund zugutehalten, dass er offenbar eine Menge Fantasie – oder Gottvertrauen – besaß.

Auch seiner Großmutter war er dankbar, denn sie hatte an ihn geglaubt und ihm einen Teil der Kaufsumme vorgeschossen. Bo nahm sich vor, sie gleich anzurufen und sie zu fragen, ob es bei ihr im Haus etwas für ihn zu tun gab.

Brad und er hatten beim Umbau des ersten Hauses geschuftet wie die Wilden und ein gutes Geschäft dabei gemacht. Nachdem er seiner Großmutter das Darlehen plus Zinsen zurückgezahlt hatte, war noch genug übrig geblieben, um es wieder zu investieren.

Wenn Bo sich die Zeit nahm, wirklich gründlich darüber nachzudenken, wusste er, dass er seinen Erfolg eigentlich dem Tod eines Jungen verdankte, auch wenn er nicht genau sagen konnte, warum die Tragödie eines mehr oder weniger fremden Menschen sein Leben so verändert hatte. Jedenfalls hatte sie ihm den Anstoß gegeben, sich nicht mehr treiben zu lassen, sondern etwas aus seinem Leben zu machen.

Josh, überlegte Bo nun weiter, während das Haus der Mallorys in Owen's Mill hinter ihm zurückblieb. Mandy war damals schwer von dem Unglück erschüttert gewesen. Aber seltsamerweise hatten unter anderem das Feuer und der Tod des jungen Mannes ihre Freundschaft noch mehr gefestigt.

Brad und ... wie zum Teufel hatte sie noch einmal geheißen? Die kleine Blonde, auf die sein Freund damals so gestanden hatte? Carrie? Cathie? Mist, aber es spielte ja keine Rolle. Schließlich war nichts daraus geworden.

Momentan hatte Brad ein Auge auf eine scharfe Brünette geworfen, die gerne Salsa tanzte.

Bo hingegen musste immer wieder an eine andere Blondine denken, die er während einer Party vor einer halben Ewigkeit ganz kurz gesehen hatte. Er sah ihr Gesicht vor sich, als ob es gestern gewesen wäre, ihre Lockenmähne und das kleine Muttermal neben ihrem Mund.

Doch das war längst vorbei, hielt er sich vor Augen. Ihren Namen hatte er nie erfahren, nie den Klang ihrer Stimme gehört oder gar ihren Duft wahrgenommen. Vermutlich wurden die Erinnerung und dieses Gefühl dadurch nur umso verlockender.

Als Bo sich in den fließenden Verkehr einfädelte, kam er zu dem Ergebnis, dass offenbar ganz Baltimore Feierabend und einen leeren Kühlschrank hatte. Ein paar Schneeflocken reichten offenbar aus, damit alle Welt die Supermärkte stürmte. Bo fragte sich, ob er das Einkaufen lieber ausfallen lassen und sich mit dem begnügen sollte, was er im Haus hatte.

Er konnte sich ja auch eine Pizza bestellen.

Schließlich musste er noch die Zeichnungen für sein

nächstes Projekt durchsehen und eine Materialliste für das Haus erstellen, das er und Brad gerade gekauft hatten.

Er konnte seine Zeit auch sinnvoller nutzen. Als der Verkehr in seiner Spur zum Stillstand kam, blickte Bo gelangweilt nach links.

Zuerst sah er nur eine sehr hübsche Frau am Steuer eines dunkelblauen Chevrolet Blazer. Dichtes Haar und karamellfarbene Locken, die unter einer schwarzen Schirmmütze hervorquollen. Offenbar im Rhythmus mit einer Melodie, die gerade im Radio lief, klopfte sie mit den Fingern aufs Steuer. Aus seinem eigenen Lautsprecher dudelte »Growing Up« von Springsteen, und er schloss aus dem Takt ihrer Finger, dass sie dasselbe Lied hörte.

Ein komischer Zufall.

Belustigt von diesem Gedanken, warf er noch einen Blick auf ihr Gesicht.

Sie war es! Das Mädchen aus seinen Träumen. Die Wangenknochen. Die geschwungenen Lippen. Das kleine Muttermal.

Ihm blieb der Mund offen stehen, und er zuckte so heftig zusammen, dass er den Motor absterben ließ. Kurz drehte sie sich zu ihm um, und einen atemlosen Sekundenbruchteil lang traf ihn ein Blick aus braunen Augen.

Und wieder verstummte die Musik.

Du meine Güte, dachte er. Doch schon im nächsten Moment verzog sie unwillig das Gesicht, wandte sich ab und fuhr weg.

»Aber, aber, aber …« Sein eigenes Gestammel holte ihn in die Wirklichkeit zurück, und er hätte sich ohrfeigen können, als er den Motor wieder anließ. Doch während sich der Verkehr auf ihrer Fahrspur weiterbewegte, steckte er auf seiner Seite im Stau fest. Ärgerliches Gehupe ertönte, als er den Sicherheitsgurt öffnete und die Tür aufstieß.

Beinahe wäre er wie ein Wilder ihrem Wagen hinter-hergerannt und einfach die Straße hinuntergestürmt, als hätte er den Verstand verloren. Aber sie hatte schon zu viel Vorsprung. Wie er zu seiner Enttäuschung feststellte, war der Abstand inzwischen sogar zu groß, um das Nummernschild abzulesen.

»Schon wieder«, murmelte er. Und während er reglos dastand und rings um ihn herum wütend gehupt wurde, fielen die ersten Schneeflocken.

»Jedenfalls war es komisch.« Reena lehnte sich an die Anrichte in der Küche des Sirico, wo ihre Mutter wieder einmal am Herd stand. »Das heißt, eigentlich war er wirklich attraktiv, wenn man mal davon absieht, dass sein Mund weit genug offen stand, um einen ganzen Fliegenschwarm reinzulassen, und ihm die Augen hervorquollen, als hätte ihm jemand einen Stock in den Hintern gerammt. Ich habe regelrecht gespürt, wie er mich anstarrte. Und als ich mich umdrehte, hat er so ausgesehen.«

Reena ahmte den Gesichtsausdruck nach.

»Vielleicht hatte er gerade einen Herzinfarkt.«

»Mama!« Lachend küsste Reena ihre Mutter auf die Wange. »Er war einfach nur ein Idiot.«

»Verriegelst du auch immer die Autotüren?«

»Mama, ich bin Polizistin. Apropos: Ich habe heute einen neuen Fall bekommen. Ein paar Jugendliche sind in ihre Schule eingebrochen und haben in einigen Klassenzimmern Feuer gelegt. Zum Glück haben sie sich dabei ziemlich ungeschickt angestellt.«

»Was haben die bloß für Eltern?«

»Nicht alle Eltern sind so wie du. Solche Brandstiftungsdelikte sind inzwischen bei Jugendlichen an der Tagesordnung. Gott sei Dank wurde niemand verletzt, und der Sachschaden war auch nur gering. O'Donnell und ich

202

haben die Übeltäter festgenommen, aber bei einem von ihnen habe ich ein merkwürdiges Gefühl. Wahrscheinlich wird das Ergebnis der psychologischen Untersuchung mich bestätigen. Erst zehn Jahre alt und hat schon den gewissen Blick. Erinnerst du dich an Joey Pastorelli? Derselbe Augenausdruck.«

»Dann ist es gut, dass du ihn erwischt hast.«

»Zumindest dieses eine Mal. Tja, ich muss jetzt los und mich für meine Verabredung hübsch machen.«

»Wohin geht ihr heute Abend?«

»Ich weiß nicht. Luke hat sehr geheimnisvoll getan. Ich habe Anweisung, etwas ganz Tolles anzuziehen. Deshalb war ich auch im Einkaufszentrum, um mir ein neues Kleid zu kaufen, und auf dem Heimweg habe ich dann diesen Spinner gesehen.«

»Ist Luke der Richtige?«

»Er ist der Richtige für jetzt.« Sie streichelte ihrer Mutter über den Rücken. Luke war kein Mann fürs Leben, das war Reena bereits klar. »Aber schließlich sind Bella und Fran ja schon unter der Haube und versorgen dich mit Enkelkindern.«

»Ich verlange nicht, dass du gleich heiratest und Kinder kriegst. Du sollst nur glücklich werden.«

»Das bin ich doch auch.«

Luke hatte ein ziemlich teures französisches Restaurant ausgesucht, und Reena war froh, dass sie sich das dunkelblaue Samtkleid gegönnt hatte. Als sie sah, wie seine Augen bei ihrem Anblick aufleuchteten, wusste sie, dass sich die Investition gelohnt hatte.

Doch als er eine Flasche Dom Pérignon und Kaviar bestellte, starrte sie ihn entgeistert an.

»Was ist denn los? Gibt es etwas zu feiern?«

»Ich esse mit einer wunderschönen Frau zu Abend. Meiner Schönsten«, fügte er hinzu, nahm ihre Hand und küsste jeden einzelnen ihrer Finger, so dass ihr die Knie weich wurden. »Du siehst bezaubernd aus, Cat.«

»Danke.« Immerhin hatte sie sich große Mühe gegeben.

»Aber da ist doch etwas im Busch. Ich merke es dir an.«

»Du durchschaust mich jedes Mal. Lass uns auf den Champagner warten. Falls sie es jemals schaffen, ihn zu servieren.«

»Wir sind nicht in Eile. In der Zwischenzeit kannst du mir ja weiter Komplimente machen.«

»Die hast du verdient. Ich finde es ganz toll, wenn du dein Haar so glatt trägst.«

Es in diese Form zu bringen hatte auch einige Zeit in Anspruch genommen, und von dem Kampf mit Rundbürste und Föhn gegen ihre Locken taten Reena jetzt noch die Arme weh. Aber da es Luke so besser gefiel, machte sie ihm gern hin und wieder diese Freude. Er nickte dem Kellner zu, der die Flasche an den Tisch brachte und das Etikett vorzeigte. Dann tippte er an sein Glas, um mitzuteilen, dass er das Verkosten übernehmen würde.

Nachdem der Champagner für gut befunden und eingeschenkt war, hob Luke sein Glas. »Auf meine wunderschöne, reizende Cat.«

»Nur weiter so, solange du mich dabei mit diesem Zeug versorgst.« Sie griff nach ihrem Glas und nippte daran. »Mmmm. Wirklich ein himmelweiter Unterschied zu dem Haussekt im Sirico.«

»Der dortige Weinkeller ist nicht unbedingt eine Reise wert. Ganz im Gegenteil zu diesem Lokal. Aber ein ausgezeichneter französischer Jahrgang passt schließlich auch nicht zu Pizza Peperoni.«

»Davon verstehe ich nichts.« Sie beschloss, seine Bemerkung witzig zu finden. »Ich denke, sie würden sich auf interessante Weise ergänzen. So, jetzt haben wir etwas zu trinken, und der Trinkspruch wäre auch abgehakt. Was ist also los?«

»Du bist aber ganz schön neugierig.« Er tippte sich mit dem Finger an die Nase. »Ich bin befördert worden, und zwar auf einen ganz tollen Posten.«

»Luke! Das ist ja großartig! Spitzenklasse. Herzlichen Glückwunsch. Prima! Ich gratuliere.« Wieder hob sie ihr Glas und trank einen Schluck.

»Danke.« Er strahlte sie an. »Allerdings habe ich mich dafür auch ziemlich krummgelegt. Das Laurder-Depot war mein letzter Trumpf. Als ich das unter Dach und Fach gebracht hatte, hatte ich auch die Beförderung in der Tasche. Wäre zwar einfacher gewesen, wenn du mir geholfen hättest, den Kunden zu bezirzen, aber …«

»Du hast es ja auch ohne mich geschafft. Ich bin wirklich stolz auf dich.« Sie berührte seine Hand. »Kriegst du jetzt einen neuen Titel und ein neues Büro? Du musst mir alles genau erzählen.«

»Eine dicke Gehaltserhöhung.«

»Das versteht sich doch wohl von selbst.« Als sie das Glas absetzte, erschien wie aus dem Nichts der Kellner, um es nachzufüllen.

»Möchtest du jetzt bestellen?«

Reena drückte so fest Lukes Hand, dass dieser zusammenzuckte. »Warum nicht? Ich sterbe nämlich vor Hunger. Beim Essen kannst du mir dann alles haarklein erzählen.«

»Gern, wenn du willst.«

Sie wartete, bis das Essen bestellt war – vielleicht war es ein wenig angeberisch von Luke, dies auf Französisch zu tun, doch andererseits klang es so niedlich, und außerdem hatte er es sich verdient, heute Abend ein wenig über die Stränge zu schlagen.

»Wann ist es denn passiert?«, erkundigte sie sich.

»Vorgestern. Ich wollte sichergehen, dass es mit der heutigen Reservierung klappt, bevor ich es dir sage. Es ist ziemlich schwierig, hier einen Tisch zu ergattern.«

»Und wie nennst du dich jetzt? Obermufti der Finanz-
planung?«

Ein zufriedenes Grinsen breitete sich auf seinem Gesicht
aus. »Das kommt erst noch. Für den Moment muss ich
mich mit der Bezeichnung Vizedirektor zufriedengeben.«

»Vizedirektor. Super. Wir sollten eine Party geben.«

»Oh, ich habe schon einige Pläne. Weißt du, Cat, du
könntest noch mal mit deiner Schwester sprechen. Da ich
jetzt diesen Posten bekleide, kann sie ihren Mann vielleicht überzeugen, mir sein Konto anzuvertrauen.«

»Vince scheint mit seinem jetzigen Berater recht zufrieden zu sein«, begann Reena und stellte fest, dass sich
Lukes Miene verdüsterte. »Aber ich werde ein paar Andeutungen fallen lassen. Am Sonntag sehe ich alle bei
Sophias Geburtstagsfeier. Du hast mir noch gar nicht gesagt, ob du mitkommst.«

»Cat, du weißt doch, was ich von großen Familienfeiern
halte. Und außerdem ist es ein Kindergeburtstag.« Er verdrehte die Augen zur Decke. »Verschone mich.«

»Ich weiß, das kann ziemlich anstrengend werden.
Macht nichts. Du solltest nur wissen, dass du auch eingeladen bist.«

»Wenn du glaubst, dass sich dein Schwager so leichter
überzeugen ließe …«

Nun war es an ihr zusammenzuzucken, und es kostete
sie Mühe, sich nichts anmerken zu lassen. »Ich bin dafür,
Familie und Geschäft zu trennen, einverstanden? Ich
schaue zu, ob ich Vince dazu bringen kann, sich mit dir zu
treffen. Aber, tja, ich fände es geschmacklos, wenn du dir
auf dem Geburtstag seiner Tochter sein Konto unter den
Nagel reißen würdest.«

»Geschmacklos? Du findest es also geschmacklos, wenn
ich deinen Bruder finanziell beraten möchte?«

Sie ließ ihn schmollen, während der erste Gang serviert wurde. »Nein, aber ich weiß, dass Vince nicht erfreut

206

wäre, wenn du auf einer Familienfeier geschäftliche Themen ansprichst.«

»Ich war schon bei einigen deiner Familienfeiern«, erinnerte er sie. »Und da wird ständig übers Geschäft gesprochen. Übers Pizzageschäft.«

»Das Sirico ist unsere Familie. Ich sehe, was ich tun
kann.«

»Entschuldige.« Er machte eine hilflose Geste und legte
dann die Hand auf ihre. »Du weißt, dass ich mich leicht
aufrege, wenn es um meinen Beruf geht. Schließlich sind
wir zum Feiern hier und nicht zum Streiten. Bestimmt
wirst du dir viel Mühe geben, deinen Schwager zu überzeugen.«

Hatte sie ihm das wirklich versprochen?, fragte sich
Reena. Eigentlich konnte sie sich nicht daran erinnern,
aber sie hielt es für klüger, das Thema abzuschließen. Ansonsten würde sich das Gespräch nur im Kreis bewegen
und ihr den Appetit verderben.

»Also verraten Sie mir noch etwas, Mr Vizedirektor:
Werden Sie eine eigene Abteilung leiten?«

Während er erzählte und Reena ihm zuhörte, beobachtete sie erfreut, wie sich Begeisterung auf seinen Zügen
zeigte. Sie wusste, was es bedeutete, auf ein Ziel hin-
zuarbeiten und es schließlich zu erreichen. Es war ein
Glücksgefühl. Im Laufe des Abendessens ließ die ange-
spannte Stimmung nach.

»Der Fisch ist köstlich. Möchtest du probieren?« Als sie
sah, wie sich seine Miene bei diesen Worten verdüsterte,
lachte sie auf. »Verzeihung, ich vergesse immer wieder,
dass du es nicht magst, von fremden Tellern zu essen.
Aber du verpasst eine ganze Menge, das steht fest. Ach,
habe ich es dir übrigens schon gesagt? Ich habe heute
einen neuen Fall bekommen. Da …«

»Ich war noch nicht fertig. Das Wichtigste kommt erst
noch.«

»Entschuldige. Geht es denn weiter?«

»Die große Neuigkeit. Du hast doch gefragt, ob ich ein neues Büro kriege, und die Antwort lautet, ja.«

»Groß und elegant?«

»Genau. Groß und elegant. Und in der Wall Street.«

»Wall Street?« Verdattert legte Reena die Gabel weg. »New York? Du wirst nach New York versetzt?«

»Ich habe mich dafür krummgeschuftet, und jetzt habe ich es endlich geschafft. Das Büro in Baltimore ist eine Bruchbude im Vergleich mit dem, das ich in New York bekomme.« Seine Miene war entschlossen, als er noch einen Schluck Champagner trank. »Ich habe es mir verdient.«

»Aber natürlich. Ich bin nur so überrascht. Ich wusste gar nicht, dass du gerne umziehen wolltest.«

»Es bringt nichts, über ungelegte Eier zu reden. Und es geht nicht nur um einen Umzug, Cat, sondern um einen gewaltigen Sprung nach oben.«

»Noch einmal herzliche Glückwünsche.« Lächelnd stieß Reena mit ihm an. »Ich werde dich vermissen. Wann geht es los?«

»In zwei Wochen.« Sein Blick wurde warm, und seine Lippen verzogen sich zu dem Lächeln, das ihr vor so vielen Monaten als Erstes aufgefallen war. »Morgen fahre ich mit der Bahn hin, um ein paar Wohnungen zu besichtigen.«

»Du verlierst keine Zeit.«

»Warum herumtrödeln? Und das bringt mich zum zweiten Teil meines Plans. Cat, ich möchte, dass du mich begleitest.«

»Oh, Luke, das wäre wirklich toll. Ich hätte ja große Lust auf einen kurzen Besuch in New York, aber morgen kann ich mir beim besten Willen nicht freinehmen. Wenn ich lange genug im Voraus …«

»Ich meinte nicht morgen. Schließlich habe ich einen Immobilienmakler beauftragt, und ich weiß, was ich von einer Wohnung erwarte. Damit wollte ich sagen, dass ich mich freuen würde, wenn du mit mir nach New York ziehst, Cat.« Als sie den Mund öffnete, um etwas zu erwidern, nahm er ihre Hand. »Du bist genau die Frau, die ich mir immer gewünscht habe, das Sahnehäubchen auf dem Kuchen. Komm mit mir nach New York.«

Ihr Herz machte einen Satz, als er ein kleines Schächtelchen aus der Tasche nahm und es öffnete. »Heirate mich.«

»Luke.« Es war ein prachtvoller Solitär. Reena verstand nichts von Diamanten, aber der blendend funkelnde Stein musste wohl sehr wertvoll sein. »Er ist wunderschön. Er ist ... tja, Wahnsinn!«

»Klassisch wie du. Wir beide werden ein fantastisches Leben führen, Cat. Aufregend. Reich.« Kurz wandte er den Blick ab und nickte fast unmerklich. Schon im nächsten Moment sah er sie wieder an und steckte ihr den Ring an den Finger.

»Moment ...«

Doch da erschien bereits der Kellner mit einer neuen Champagnerflasche.

»Wir gratulieren und wünschen Ihnen alles Gute.« Während er einschenkte, wurde an den umliegenden Tischen applaudiert. Luke stand auf und verhinderte mit einem langen, zärtlichen Kuss, dass Reena etwas erwiderte.

»Auf uns«, sagte er, nachdem er wieder Platz genommen hatte. »Auf den Beginn eines neuen Lebens.«

Sie schwieg, als er mit ihr anstieß.

Reena krampfte sich der Magen zusammen. In der Falle, sagte sie sich, denn genau das war es, was sie empfand. Sie fühlte sich überrumpelt, als sie auf dem Weg mit Luke nach draußen die Gratulationen und Glückwünsche der Restaurantangestellten und der übrigen Gäste über sich ergehen ließ. Im Schein der Straßenlaternen versprühte der Ring ein funkelndes Feuerwerk – und fühlte sich an ihrem Finger bleischwer an.

»Wir fahren zu mir.« Neben seinem Auto blieb er stehen, zog sie in seine Arme und beugte sich vor, um ihren Hals zu küssen. »Und dann feiern wir richtig.«

»Nein, ich muss wirklich nach Hause. Morgen habe ich Frühdienst, und … Luke, wir müssen miteinander reden.«

»Wie du möchtest.« Wieder küsste er sie. »Es ist deine Nacht.«

Weit gefehlt, war das Einzige, was ihr dazu einfiel. Allmählich wurde ihr flau im Magen, und ein Spannungskopfschmerz breitete sich vom Nacken heraus.

»Ich mache ein paar Digitalfotos von den Wohnungen, damit du eine Vorstellung bekommst.« Beim Fahren hatte er ein Lächeln auf dem Gesicht. »Außer du schmeißt gleich morgen deinen Job hin und kommst mit. Das würde mehr Spaß machen.« Er drehte sich um und zwinkerte ihr zu. »Dann machen wir einen Einkaufsbummel. Meine Sekretärin könnte uns eine Suite im Plaza buchen und uns Karten für eine Show besorgen.«

»Ich kann nicht. Es ist zu …«

»Schon gut, schon gut.« Er tat es mit einem Achselzucken ab. »Aber beschwer dich nicht, wenn ich den Mietvertrag für eine Wohnung unterschreibe, die du nie gesehen hast. Ich habe schon drei im südlichen Manhattan in die engere Wahl genommen. Die, die mir am besten gefällt, ist ein Loft mit vier Zimmern. Laut Makler eignet sich die Wohnung sehr gut für Partys. Sie ist erst seit Kurzem auf dem Markt, ich habe also genau den richtigen Zeitpunkt erwischt. Außerdem hätte ich es nicht weit ins Büro und könnte bei schönem Wetter zu Fuß gehen. Die Miete ist zwar ziemlich gesalzen, aber dank meiner neuen Stellung kann ich es mir leisten. Wir werden sicher häufig Gäste haben. Und Reisen unternehmen. Die Welt sehen, Cat.«

»Klingt, als hättest du alles schon geplant.«

»Das ist eben meine Stärke. Ach, und ich möchte vor unserem Umzug eine kleine Party veranstalten. Wir können ja eine kombinierte Abschieds- und Verlobungsfeier daraus machen. Wenn wir sie in meiner Wohnung geben wollen, haben wir nicht mehr viel Zeit, denn ich muss bald mit dem Packen anfangen.«

Wieder schwieg sie und ließ ihn einfach weiterreden, während sie zu ihrer Wohnung fuhren.

»Mit der großen Ankündigung warten wir besser noch.« Luke wies mit dem Kopf auf das Restaurant. »Heute Abend will ich dich ganz für mich allein haben. Den Ring kannst du ja morgen herumzeigen.«

Er stieg aus, um ihr die Wagentür aufzuhalten, eine typische Geste, die sie bis jetzt immer reizend altmodisch gefunden hatte.

Drinnen in der Wohnung half er ihr aus dem Mantel. Als er wieder ihren Hals küsste, wich sie zurück und holte Luft, ehe sie sich zu ihm umdrehte. »Setzen wir uns.«

»Hochzeitspläne.« Lachend breitete er die Arme aus. »Ich weiß, dass Frauen am liebsten früh damit anfangen, aber heute Nacht wollen wir uns erst einmal über unsere Verlobung freuen.« Er strich ihr mit dem Finger über die Wange. »Ich will mich nur mit dir beschäftigen.«

»Luke, jetzt hör mir endlich einmal zu. Du hast mir im Restaurant ja keine Gelegenheit gegeben, etwas zu sagen. Erst drückst du mir einen Ring in die Hand, und im nächsten Moment schenkt der Kellner schon Champagner ein, und alle applaudieren. Du hast mich in eine unmögliche Lage gebracht.«

»Wovon redest du? Gefällt dir der Ring etwa nicht?«

»Natürlich gefällt mir der Ring, aber ich habe ihn noch gar nicht angenommen. Du hast mir keine Chance gelassen, sondern meine Zustimmung einfach vorausgesetzt. Und es tut mir leid, wirklich leid, Luke, doch du warst zu voreilig.«

»Was hat das zu bedeuten?«

»Luke, vor dem heutigen Abend haben wir nie über das Thema Ehe gesprochen. Und plötzlich verlobst du dich mit mir und willst mich mit nach New York nehmen. Erstens will ich nicht nach New York ziehen, denn ich habe hier meine Familie und meinen Arbeitsplatz.«

»Ach du meine Güte, mit dem Zug sind es doch nur ein paar Stunden. Wenn du möchtest, kannst du deine Familie alle paar Wochen besuchen, auch wenn es meiner Ansicht nach langsam Zeit wird, dass du die Nabelschnur durchtrennst.«

»Deine Ansicht interessiert mich aber nicht«, erwiderte Reena leise. »Dich kümmert es ja auch nicht, dass ich ebenfalls vor Kurzem befördert worden bin, was wir, wenn ich mich recht entsinne, nie gefeiert haben.«

»Um Himmels willen, das kann man doch nicht miteinander vergleichen ...«

»Das habe ich auch nicht vor. Ich ziehe lediglich Bilanz.« Wie Reena sich eingestehen musste, hatte sie dieses Gespräch viel zu lange vor sich hergeschoben. Ihr Fehler. »Mein Beruf ist dir völlig gleichgültig, und du gehst einfach davon aus, dass ich kündige und unbekümmert mit dir nach New York ziehe.«

»Hast du vielleicht Lust, weiter in irgendwelchen Feuern herumzustochern? Soweit ich informiert bin, gibt es in New York auch Brände.«

»Mach meine Arbeit nicht herunter.«

»Was erwartest du denn von mir?« Inzwischen schrie er. »Dir bedeutet dein Beruf offenbar mehr als ich und unsere Beziehung. Verlangst du etwa, dass ich die Beförderung ablehne, damit du hier in Baltimore bleiben und sonntags Spaghetti kochen kannst? Wenn du nicht verstehen kannst, warum meine Karriere wichtiger ist als deine, habe ich dich offenbar falsch eingeschätzt.«

»Das kann ich nicht, also wird es wohl so sein. Außerdem ist das doch gar nicht das eigentliche Thema. Ich habe niemals gesagt, dass ich heiraten möchte, und das will ich auch weiterhin nicht. Jedenfalls nicht jetzt. Ich habe nie zugestimmt, deine Frau zu werden. Aber du hast dir ja nicht einmal die Mühe gegeben, mir die Chance zu einer Antwort zu lassen.«

»Mach dich doch nicht lächerlich.« Sein Gesicht rötete sich, wie immer, wenn er wütend wurde, sodass es inzwischen an eine Tomate erinnerte. »Du hast dagesessen und angenommen. Du trägst den Ring am Finger.«

»Weil ich kein Aufsehen erregen und dich nicht in der Öffentlichkeit blamieren wollte.«

»Mich blamieren?«

»Luke, der Kellner stand neben uns.« Reena rieb sich das Gesicht. »Und dann noch die Leute am Nebentisch. Ich wusste nicht, wie ich mich sonst verhalten sollte.«

»Also hast du mich einfach getäuscht.«

»Das war nie meine Absicht. Und auch jetzt will ich dir nicht wehtun. Aber du hast all diese Pläne geschmiedet, ohne sie zuvor mit mir abzusprechen. Eine Ehe ist … Ich bin noch nicht bereit dafür. Tut mir leid.« Sie zog den Ring vom Finger und hielt ihn ihm hin. »Ich kann nicht deine Frau werden.«

»Was zum Teufel soll das heißen?« Er packte sie an den Schultern und schüttelte sie. »Ist es denn ein solches Problem, aus Baltimore wegzuziehen? Um Himmels willen, werde endlich erwachsen.«

»Ich bin hier glücklich und habe das eigentlich bis jetzt nie als Problem betrachtet.« Sie riss sich los. »Hier habe ich mein Zuhause, meine Familie und meinen Arbeitsplatz. Aber, Luke, wenn ich bereit für eine Ehe wäre und heiraten wollte und wenn ich dazu von hier fortziehen müsste, würde ich es tun. Allerdings kommt das für mich momentan nicht infrage.«

»Und was ist mit meinen Bedürfnissen? Warum denkst

du zur Abwechslung nicht auch mal an mich? Warum, zum Teufel, habe ich mir in den letzten Monaten so viel Mühe mit dir gegeben?«

»Ich habe geglaubt, wir hätten Spaß miteinander. Falls es bei dir anders war, habe ich leider nichts davon bemerkt. Entschuldige.«

»Du entschuldigst dich. Erst demütigst du mich, und dann entschuldigst du dich. Und damit ist dann wohl alles wieder in Ordnung.«

»Ich habe getan, was ich konnte, um genau das zu vermeiden. Mach es doch nicht schwieriger, als es ist.«

»Schwieriger, als es ist.« Luke wirbelte herum. »Ist dir überhaupt klar, welche Mühe ich trotz meiner vielen Aufgaben darauf verwendet habe, den vollkommenen Abend für dich zu planen? Den perfekten Ring zu finden? Und du wirfst ihn mir einfach ins Gesicht.«

»Ich habe Nein gesagt, Luke. Unsere Vorstellungen klaffen zu weit auseinander. Also bleibt mir nichts anderes übrig, als abzulehnen und zu wiederholen, dass es mir leid tut.«

»Ach, es tut dir also leid.« Er drehte sich um, und in seinem Gesicht zeigte sich ein Ausdruck, der ihr die Hände feucht werden ließ. »Es tut dir leid, dass du deinen dämlichen Job wichtiger findest als mich. Deine aufdringliche Kleinbürgerfamilie. Dein bescheuertes Spießerleben. Und das, nachdem ich so viel in dich investiert habe.«

»Hoppla!« Allmählich verlor Reena die Geduld. »Investiert? Ich bin weder eine Aktie noch eine Kundin, Luke. Außerdem wäre ich mit den Bemerkungen über meine Familie an deiner Stelle ein bisschen vorsichtiger.«

»Ich habe die Nase voll von deiner beschissenen Familie.«

»Du solltest jetzt besser gehen.« Ihr Ärger war im Begriff, sich in Rage zu verwandeln. »Du bist wütend auf mich, und wir haben beide etwas getrunken.«

214

»Klar, du hattest ja kein Problem damit, Champagner für zweihundertfünfzig Dollar die Flasche in dich reinzuschütten, während du schon geplant hast, mir einen Tritt zu geben.«

»Schon gut.« Reena marschierte ins Schlafzimmer, riss die Schublade auf und holte ihr Scheckheft heraus. »Ich schreibe dir einen Scheck aus, und zwar für beide Flaschen, und damit sind wir geschiedene Leute. Wir haben eben einen Fehler gemacht und …«

Er zerrte sie am Arm, dass sie das Gleichgewicht verlor, und versetzte ihr einen Schlag ins Gesicht, noch ehe sie Gelegenheit zu einer Reaktion hatte. Das Scheckheft fiel Reena aus der Hand, und sie prallte im Sturz mit der Schulter gegen die Wand.

»Du Nutte. Mir einen Scheck ausschreiben. Du billiges, Männer hassendes Flittchen.«

Reena sah kleine rote Sternchen, die ihr vor den Augen tanzten. Sie stand so unter Schock, dass sie kaum Schmerzen spürte, als Luke sie auf die Füße zog.

»Nimm die Hände weg.« Sie hörte, dass ihre Stimme zitterte, und zwang sich zur Ruhe. Lerne wegzulaufen, hörte sie noch die Warnung ihres Großvaters. Doch hier gab es keine Möglichkeit zur Flucht. »Lass mich los, Luke, und zwar sofort.«

»Ich habe es satt, mich von dir herumkommandieren zu lassen. Du hast hier nichts mehr zu sagen. Es wird langsam Zeit, dass du kapierst, dass ich mir nicht alles gefallen lasse.«

Reena überlegte nicht lange. Sie dachte auch nicht darüber nach, dass er sie wieder schlagen könnte und dass sie etwas dagegen unternehmen musste. Stattdessen reagierte sie einfach nur so, wie sie es gelernt hatte.

Ihr Handballen fuhr nach oben und prallte heftig gegen sein Kinn. Gleichzeitig stieß sie ihm das Knie mit voller Kraft zwischen die Beine.

Sie hatte immer noch Sternchen vor den Augen, als er in sich zusammensackte, und ihr Atem ging stoßweise. Doch das Zittern in ihrer Stimme, das war endlich verschwunden.

»Jetzt hast du wenigstens einen Grund, mich ein Männer hassendes Flittchen zu nennen. Leider hast du vergessen, dass du dich mit einer Polizistin angelegt hast. Und jetzt sieh zu, dass du mit deinem traurigen Arsch aus meiner Wohnung verschwindest.« Sie griff nach einer Lampe und riss das Kabel aus der Steckdose. Dann schulterte sie die Lampe wie einen Baseballschläger. »Oder hast du Lust auf eine zweite Runde, du Mistkerl? Hau ab. Du kannst von Glück reden, dass du die Nacht nicht in einer Zelle oder im Krankenhaus verbringen musst.«

»Das werde ich mir merken.« Sein Gesicht war leichenblass, und es kostete ihn Mühe, sich aufzurappeln. Mit loderndem Blick starrte er sie an. »Wir sprechen uns noch.«

»Nur zu. Und jetzt verschwinde, und komm mir nie wieder zu nahe.«

Sie zitterte nicht, als sie ihm ins Wohnzimmer folgte und abwartete, bis er nach seiner Jacke gegriffen hatte und zur Tür gehinkt war. Scheinbar ganz ruhig, verriegelte sie die Tür und ging zum Spiegel, um ihr Gesicht zu untersuchen.

Dann holte sie ihre Digitalkamera, stellte den Selbstauslöser ein, machte einige Aufnahmen von ihrem Gesicht von vorne und im Profil und schickte die Bilder mit einer kurzen Erläuterung per E-Mail an ihren Partner.

Nur um auf Nummer sicher zu gehen, sagte sie sich. Anschließend nahm sie ein Päckchen Tiefkühlerbsen aus dem Kühlfach, setzte sich und hielt es an ihre geschwollene Wange.

Sie zitterte wie Espenlaub.

Kapitel 12

Im Auto sitzen und eine Camel rauchen. Die kleine Nutte hat es zu etwas gebracht in der Welt.

Kurvt mit einem Anzugtypen in einem schicken Mercedes herum. So eine Karre kostet sicher dreißig Riesen. Wäre doch was für mich. Sollte mich vielleicht mal um das Auto kümmern. Wäre doch ein Witz, oder? Der Anzugtyp kommt in seinem Kaschmirmantel wieder rausgerauscht, und, hoppla, sein Auto ist futsch.

Das wäre doch zum Schießen.

Aber zuerst ist Beobachten angesagt.

Das Fernglas. Die Schlampe lässt fast immer die Jalousie offen. Wahrscheinlich hat sie Spaß dran, wenn die Kerle ihr zuschauen und sich dabei einen runterholen.

Es gibt keine schlimmeren Huren als diese Sorte.

Die beiden stehen im Wohnzimmer. Sieht nach Ärger aus. Unsere Turteltäubchen haben Beziehungskrise. Hätte ein Bier mitbringen sollen. Mit einem kühlen Bierchen ist das Zuschauen noch viel schöner.

Tolles Gesicht. Sieht echt sexy aus. Kleines Muttermal. Geschwungene Lippen. Hab zwar kein Bier da, aber dafür einen Ständer.

Ins Schlafzimmer. Jetzt geht's zur Sache! Runter mit den Klamotten, Baby. Komm, zieh dich aus.

Hoppla! Voll ins Gesicht! Da hat offenbar jemand schlechte Laune. Hoffentlich schlägt er sie noch mal. Los, Anzugtyp, hau der Schlampe eine runter. Die Fans in der ersten Reihe wollen ein K.o. sehen.

Mein Gott, was für ein Waschlappen. Lässt sich von einem kleinen Mädchen umnieten!

Noch eine Kippe. Muss überlegen. Ihm ein paar verpassen, wenn er rauskommt? Oder das Arschloch sogar totprügeln? Mit einem Rohr? Einem Baseballschläger? Der schicke Anzug ganz voll Blut. Und alle würden mit dem

Finger auf die Kleine zeigen und glauben, sie ist es gewesen.

Mal sehen, wann die Bullen sie rausschmeißen, wenn sie erst mal unter Mordverdacht steht.

Könnte lustig werden. Und sie würde sich ihr Leben lang fragen, was wohl passiert ist.

Der Anzugtyp kommt raus. Hinkt, als hätte er Eier so groß wie Honigmelonen. Ein Witz. Wirklich zum Schießen.

Ich muss immer noch lachen, fahre dem blitzblanken blauen Mercedes hinterher. Tolles Auto. Und dann kommt mir ein dickes, fettes, fieses Grinsen aus Freude über die noch bessere Idee. Eine einfach grandiose Idee, die noch viel mehr Spaß bringt.

Dauert zwar ein bisschen, aber gut Ding will eben Weile haben. Muss einen Umweg fahren und etwas besorgen. Nichts verkomplizieren. Je einfacher, desto besser. Einfachheit ist mein Markenzeichen.

Während der Arbeit kann ich ein Bier trinken. Grundkurs Bombenbau. Sie weiß genug, um das zu erkennen. Ganz bestimmt. Schließlich sind das Branddezernat und das Bombenentschärfungskommando ein Herz und eine Seele. Hübsches kleines Ding. Ganz einfach. Jungs und Mädels, probiert diesen Trick bloß nicht zu Hause aus.

Jetzt ist es spät genug, wirklich spät genug. Die kleine Schlampe schläft inzwischen. Ganz allein. Kaum Verkehr. Um vier Uhr morgens ist die Stadt ruhig. Dieses Drecksnest. Gottverfluchte Stadt, in der man nichts als Ärger hat.

Jetzt ist der Anzugtyp in seiner Anzugtypenwohnung und legt sich mit seinen Honigmelonen ins Bett. Wäre nett, ihn kaltzumachen. Und ganz einfach. Ein Spaß. Aber das hier ist noch besser. Ein paar Minuten an seiner Dreißigriesenkiste gebastelt, und alles ist in Butter. Angebracht und scharfgemacht.

Jetzt einfach davonschlendern und ein Stückchen wegfahren. Schließlich will man ja nichts verpassen.

Noch eine Zigarette, dann warten auf das Feuerwerk.

Fünf, vier, drei, zwei, eins.

Und: Kawumm!

Schau, wie hoch die Karre fliegt. Tolle Arbeit. Jetzt gehen die Beschuldigungen los. Der Anzugtyp wird den Anfang machen. Er wird sich die verbeulten Eier halten und mit dem Finger direkt auf sie zeigen.

Gute Arbeit.

Nur jammerschade um das Auto.

Um sechs Uhr morgens, eine halbe Stunde bevor ihr Wecker geläutet hätte, wurde Reena durch lautes Trommeln an der Wohnungstür geweckt. Sie kroch aus dem Bett und berührte unwillkürlich ihre Wange, als diese zu pochen begann.

Die Schmerzen strahlten bis ins Ohr, stellte sie erbittert fest. Männer wie Luke wussten offenbar, wohin sie zielen mussten.

Als sie in ihren Morgenmantel schlüpfte, vermied sie absichtlich den Blick in den Spiegel über der Kommode. Dann verließ sie auf Zehenspitzen das Schlafzimmer.

Als sie durch den Spion schaute, verstand sie im ersten Moment die Welt nicht mehr. Sie strich sich das Haar aus dem Gesicht, schloss die Tür auf und öffnete. »O'Donnell? Captain? Gibt es ein Problem?«

»Können wir kurz reinkommen?« O'Donnells Augen blickten finster, was nur zu Reenas Verwirrung beitrug. Sie machte Platz. »Ich habe doch erst um acht Dienst.«

»Eine hübsche Beule hast du da.« O'Donnell wies mit einer Kopfbewegung auf Reenas Gesicht. »Das gibt sicher ein blaues Auge.«

»Ich bin mit etwas Ekligem zusammengestoßen. Geht es um die E-Mail, die ich dir gestern Nacht geschickt habe? Das muss man doch nicht an die große Glocke hängen!«

»Ich habe meine Mails noch gar nicht gelesen. Wir sind wegen Luke Chambers hier.«

»Mein Gott, hat der mich etwa angezeigt, weil ich ihn rausgeschmissen habe?« Reena nestelte an ihrem Haar herum, und die Röte, die ihr unter den Blutergüssen ins Gesicht stieg, rührte nicht nur von Wut, sondern auch von Verlegenheit her. »Eigentlich wollte ich es vertraulich behandelt wissen. Ich habe dir nur eine E-Mail mit einigen Fotos als Beweis geschickt, falls er beschließt, Ärger zu machen. Und offenbar hat er genau das getan.«

»Detective Hale, wir müssen Sie fragen, wo Sie heute Morgen zwischen halb vier und vier waren.«

»Hier.« Reena sah Captain Brant an. »Ich war die ganze Nacht zu Hause. Was ist denn passiert?«

»Jemand hat Chambers' Auto abgefackelt. Er beharrt darauf, dass Sie es waren.«

»Sein Auto abgefackelt? Wurde er verletzt? Ach du meine Güte.« Sie sank in einen Sessel. »Wie schwer hat es ihn denn erwischt?«

»Er befand sich nicht im Fahrzeug, als es in Flammen aufging.«

»Gut.« Sie schloss die Augen. »Aber ich verstehe immer noch nicht, was los ist.«

»Sie und Mr Chambers hatten gestern Abend eine Auseinandersetzung.«

Als Reena ihren Vorgesetzten ansah, spürte sie, wie wieder Nervosität in ihr aufstieg. »Ja. Und in deren Verlauf hat er mich ins Gesicht geschlagen. Anschließend hat er mich auf die Füße gezerrt und mir weitere körperliche Misshandlung angedroht. Ich habe ihm in Notwehr einen kräftigen Stoß mit dem Handballen unters Kinn versetzt und ihm dann ebenso heftig das Knie zwischen die Beine gerammt. Anschließend habe ich ihn aufgefordert, zu gehen.«

»Haben Sie Mr Chambers zu irgendeinem Zeitpunkt mit einer Waffe bedroht?«

»Mit einer Lampe.« Reena krampfte die Hände im Schoß ineinander. »Mit meiner Nachttischlampe. Ich habe sie gepackt und ihm mitgeteilt, ich sei bereit zu einer zweiten Runde, wenn er nicht verschwinden würde. Ich war stinksauer. Mein Gott, er hatte mich gerade niedergeschlagen. Außerdem wiegt er mindestens fünfundzwanzig Kilo mehr als ich.«

Als sie sich erinnerte, wie ihr zu ihrem Entsetzen klar geworden war, dass er sie tatsächlich geschlagen hatte, fing sie wieder an zu zittern. Sie musste vorsichtig schlucken, denn ihre Kehle begann bereits zu brennen. »Wenn er mich wieder angegriffen hätte, hätte ich mich mit allen mir zur Verfügung stehenden Mitteln selbst verteidigt. Doch das erwies sich als überflüssig, weil er ging. Ich schloss ab, machte die Digitalfotos und schickte meinem Partner eine E-Mail, nur für den Fall, dass Luke auf den Gedanken kommen sollte, die Tatsachen zu verdrehen und mich anzuzeigen.«

»Ein Mann hat Sie in Ihrer eigenen Wohnung angegriffen, und Sie haben nicht die Polizei verständigt?«

»Richtig. Ich habe das Problem selbst gelöst und gehofft, es wäre damit ausgestanden. Von seinem Wagen oder einem Feuer weiß ich nichts.«

Der Captain lehnte sich zurück. »Er hat eine Reihe von Anschuldigungen erhoben und behauptet, Sie hätten ihn zuerst angegriffen. Sie seien betrunken und außerdem wütend wegen des geplanten Umzugs nach New York gewesen. In dem Versuch, Sie sich vom Leibe zu halten und Sie zur Vernunft zu bringen, hätte er sie wohl unabsichtlich geschlagen.«

Reenas Nervosität wurde von Empörung abgelöst, und außerdem ärgerte sie sich über sich selbst. Sie wandte ihrem Vorgesetzten die verletzte Wange zu. »Schauen Sie sich das gut an. Sieht das für Sie nach einem Versehen aus? Es ist genau so gewesen, wie ich es geschildert habe.

Ja, wir hatten beide etwas getrunken. Aber ich war nicht betrunken. Er war es, der wütend war, weil ich mich geweigert habe, mit ihm umzuziehen. Ich habe mich von diesem Mistkerl getrennt. Aber sein Auto habe ich nicht angezündet. Ich habe diese Wohnung nicht verlassen, seit ich gestern Nacht so gegen zehn nach Hause gekommen bin.«

»Dafür gibt es doch sicher Beweise«, begann O'Donnell.

»Ich kann es beweisen.« Reenas Hände waren nicht länger auf dem Schoß verkrampft, sondern umklammerten die Armlehnen des Sessels – die einzige Methode, um zu verhindern, dass sie sich zu Fäusten ballten. »Gegen elf habe ich eine Freundin angerufen. Ich tat mir selbst schrecklich leid, und ich hatte Schmerzen im Gesicht. Außerdem war ich stinksauer. Einen Moment bitte.«

Sie stand auf und ging zum Schlafzimmer. »Gina, zieh bitte einen Morgenmantel an und komm raus. Nein, es ist wichtig.«

Reena schloss die Tür und kehrte zurück. »Gina Rivero-Rossi«, erklärte sie. »Steve Rossis Frau. Sie ist sofort zu mir gekommen. Ich habe ihr gesagt, das sei nicht nötig, schließlich ist sie noch in den Flitterwochen. Aber sie war kurz darauf da und hat eine Zweiliterpackung Eis mitgebracht. Wir haben bis kurz nach Mitternacht dagesessen, geredet, Eis gegessen und auf die Männer geschimpft. Sie hat darauf bestanden, zu bleiben, nur für den Fall, dass er zurückkommt und versucht, in die Wohnung einzudringen.«

Die Schlafzimmertür öffnete sich und eine zerzauste und schlaftrunkene Gina erschien. »Was ist denn los? Weißt du, wie viel Uhr es ist?« Im nächsten Moment bemerkte sie die Männer. »Was gibt es, Reena?«

»Gina, du kennst doch meinen Partner Detective O'Donnell und Captain Brant. Sie wollen dir nur ein paar Fragen stellen. Ich mache inzwischen Kaffee.«

Reena ging in die Küche, stützte die Hände auf die Anrichte und holte tief Luft. Sie musste nachdenken, und zwar wie eine Polizistin, denn schließlich stand ihre Zukunft auf dem Spiel. Außerdem begriff sie noch immer nicht ganz, warum jemand Lukes Auto angezündet hatte. Wie hatte der Täter das angestellt? Warum? Wodurch war Luke zur Zielscheibe geworden? Oder handelte es sich um einen Zufall?

Sie riss sich zusammen und zwang sich, sich auf das Kaffeekochen zu konzentrieren. Kaffeebohnen aus dem Kühlschrank und in die Mühle. Ein Extralöffel für die Kanne, eine Prise Salz.

Reena selbst trank zwar keinen Kaffee, hatte aber immer welchen für Luke im Haus. Als sie daran dachte, wurde sie wieder wütend. Sie hatte diesen Mistkerl richtig verwöhnt, und wie vergalt er ihr das jetzt? Mit einem blauen Auge und vermutlich einem Disziplinarverfahren.

Als sie auf die Glaskanne starrte, die sich langsam füllte, hörte sie, wie Gina im Nebenzimmer entrüstet die Stimme erhob.

»Das Schwein hat sein Auto vermutlich selbst angezündet, um ihr eins auszuwischen. Haben Sie sich ihr Gesicht angesehen?«

Reena nahm Tassen aus dem Schrank und gab Kaffeesahne in einen kleinen weißen Krug. Eine Krise berechtigte einen noch lange nicht, gegen die Regeln der Gastfreundschaft zu verstoßen, dachte sie. Das hatte ihre Mutter ihr von klein auf eingebläut.

O'Donnell erschien in der Tür. »Hale, könntest du bitte wieder reinkommen?«

Sie nickte und griff nach dem Tablett. Ginas Wangen waren noch immer ärgerlich gerötet, als Reena das Tablett auf den Couchtisch stellte. »Reine Routine«, meinte sie zu ihrer Freundin und tätschelte ihr die Hand, bevor sie den Kaffee einschenkte. »Vorschriften. Sie müssen dich das fragen.«

»Tja, und ich halte das alles für Schwachsinn. Er hat dich geschlagen, Reena. Und zwar nicht zum ersten Mal.«

»Hat dieser Mann Sie vor der letzten Nacht schon einmal angegriffen?«

Reena schluckte ihre Verlegenheit hinunter. »Eine Ohrfeige. Ein Mal. Ich dachte wirklich, es wäre ein Versehen gewesen, wie er behauptet hat. Doch inzwischen glaube ich das nicht mehr. Es geschah während eines Streits um eine Kleinigkeit. Eine kurze Handbewegung, und schon war es wieder vorbei. Gestern Nacht war es anders.«

»Mrs Rossi bestätigt Ihre Aussage. Doch wenn Chambers nicht lockerlässt, müssen wir vermutlich den Disziplinarausschuss verständigen.« Brant schüttelte den Kopf, bevor Reena etwas erwidern konnte. »Ich werde versuchen, ihm das auszureden.« Er griff nach einer Kaffeetasse und gab Sahne hinein. »Können Sie sich vorstellen, wer diesem Burschen sonst noch Ärger an den Hals wünscht?«

»Nein.« Ihre Stimme zitterte. Disziplinarausschuss. Gerade erst war sie zum Detective befördert worden und konnte sich den Aufgaben widmen, für die sie ausgebildet worden war. Mehr als ihr halbes Leben lang hatte sie davon geträumt, diesen Beruf auszuüben.

»Nein«, wiederholte sie, um Ruhe bemüht. »Er ist vor ein paar Tagen befördert worden. Wahrscheinlich musste er dazu einige Konkurrenten aus dem Rennen werfen. Doch ich kann mir nur schwer vorstellen, dass ein Börsenmakler weiß, wie man einen Mercedes anzündet.«

»Die Anleitung dazu kann man im Internet nachlesen«, hielt O'Donnell ihr vor Augen. »Was ist mit seinen Kunden? Hat er dir gegenüber je einen Kunden erwähnt, der sich über seine Geschäftsmethoden geärgert hätte?«

»Nein. Er hat sich zwar beklagt, er habe zu viel zu tun und seine Leistungen würden nicht ausreichend gewürdigt. Aber meistens hat er nur angegeben.«

»Eine andere Frau vielleicht?«

Reena seufzte und wünschte, sie wäre Kaffeetrinkerin gewesen, denn eine Tasse hätte ihr wenigstens etwas für ihre Hände zu tun gegeben. »Wir waren etwa vier Monate lang zusammen. Und soweit ich weiß, hatte er keine Affäre. Vor mir hatte er eine andere Freundin. Äh ... Jennifer. Ihren Nachnamen kenne ich nicht. Natürlich war sie laut seiner Aussage ein Miststück: egoistisch, fordernd und ständig nur zum Nörgeln aufgelegt. Vermutlich wird er jetzt dasselbe von mir behaupten. Ich glaube, sie hat bei einer Bank gearbeitet. Tut mir leid, mehr weiß ich auch nicht.«

Inzwischen hatte sie sich ein wenig gefasst und straffte die Schultern. »Ich denke, die Kollegen sollten sich umschauen und meine Wohnung und mein Auto durchsuchen. Je schneller die Sache aus der Welt geschafft ist, desto besser.«

»Sie haben das Recht auf Unterstützung durch die Abteilung.«

»Das brauche ich nicht. Zumindest noch nicht. Luke hat mich geschlagen. Ich habe mich gewehrt. Für mich ist das Thema damit erledigt.«

Reena nahm sich fest vor, einen Schlussstrich unter die Angelegenheit zu ziehen. Sie würde sich von diesem albernen Zwischenfall weder den guten Ruf ruinieren noch ihre Karriere verderben lassen. Das durfte einfach nicht geschehen. »Die Sache mit dem Auto hat nichts mit mir zu tun. Je früher wir das feststellen, desto schneller kann ich mich wieder an die Arbeit machen und desto eher können die Ermittler den wahren Täter finden.«

»Tut mir wirklich leid, Hale.«

Sie sah ihren Partner kopfschüttelnd an. »Das ist weder deine Schuld noch die der Dienststelle oder meine.«

Reena weigerte sich, es peinlich zu finden, dass ihre eigenen Kollegen ihre Wohnung und ihre Sachen durchsuchten. Je gründlicher diese inoffiziellen Ermittlungen verliefen, desto früher würden sie die Sache ad acta legen können.

Nachdem sie mit dem Schlafzimmer fertig waren, gingen Gina und Reena sich anziehen. »Es ist ein Skandal, Reena. Ich weiß nicht, warum du das duldest.«

»Ich möchte wieder eine weiße Weste haben. Da es nichts zu finden gibt, werden sie auch nichts entdecken. Und dann ist das Thema erledigt.« Da sie nun endlich mit Gina allein war, schloss sie die Augen und presste die Hand gegen den Bauch. »Mir ist ein wenig übel.«

»Ach, Schätzchen.« Gina nahm Reena fest in die Arme. »Es ist eine Unverschämtheit. Aber bald ist es vorbei. In fünf Minuten hast du es überstanden.«

»Das sage ich mir auch die ganze Zeit.« Doch selbst fünf Minuten unter Verdacht zu stehen war bereits zu lange. »Das Einzige, was Zweifel auf mich wirft, ist der Streit, den Luke und ich gestern Nacht hatten.« Sie machte sich los und zog einen Pullover an. »Bei einer solchen Straftat nimmt man immer zuerst die Ex unter die Lupe, besonders dann, wenn sie zufällig Polizistin im Branddezernat ist. Manchmal werden Feuer nämlich ausgerechnet von denen gelegt, die sie eigentlich löschen oder die Ursachen ermitteln sollten. Du kennst die Geschichten ja.«

Reenas Stimme zitterte ein wenig. »Man legt einen Brand, damit man anschließend den Helden spielen und ihn bekämpfen kann – oder um sich an jemandem zu rächen.«

»Das passt aber weder zu dir noch zu sonst jemandem, den ich kenne.«

»Aber es geschieht, Gina.« Sie schlug die Hände vor die Augen und zuckte zusammen, als ihre Wange wieder zu pochen begann. »Wenn ich diesen Fall bearbeiten müsste, würde ich mir die verärgerte Exfreundin, die genau weiß, wie man ein Auto anzündet, auch sehr genau ansehen.«

»Einverstanden. Und nachdem du sie gründlich unter die Lupe genommen hast, würdest du sie von jedem Verdacht freisprechen. Und zwar nicht nur deshalb, weil sie noch nie einem anderen Menschen Schaden zugefügt oder einen Brand gelegt hat, um einem üblen Arschloch eins auszuwischen. Sie hätte außerdem ein Alibi, denn die fragliche Nacht hat sie in ihrer Wohnung verbracht und mit ihrer besten Freundin Eis gegessen.«

»Allerdings müsste ich mich fragen, ob diese beste Freundin auch für sie lügen würde. Zum Glück allerdings kann sie auch einen altgedienten Feuerwehrmann als Zeugen vorweisen, der weiß, dass seine Frau auf einen Notruf ihrer Freundin reagiert hat und zu ihr gefahren ist. Also etwas, das für mich spricht. Und außerdem hat Luke, was das hier angeht, offensichtlich gelogen.« Vorsichtig tippte Reena sich an die Wange. »Das macht ihn unglaubwürdig, denn kein Mensch würde eine solche Verletzung für das Ergebnis eines Versehens halten. Ich habe alles fotografiert. Und zum Glück hast du nicht auf mich gehört, als ich dich angerufen habe, und bist trotzdem gekommen.«

»Steve fand es genauso notwendig wie ich. Eigentlich wollte er mich begleiten, aber ich dachte, du hättest keine Lust auf Herrenbesuch.«

»Nein, ich glaube, da hast du recht.« Reenas aufgewühlter Magen beruhigte sich ein wenig, als sie die Fakten durchging und sie beleuchtete wie bei einem gewöhnlichen Fall. »Ich habe eine weiße Weste, Gina, und das wird auch so bleiben.«

Sie wollte schon nach ihren Schminksachen greifen, um den Bluterguss zu tarnen, überlegte es sich dann aber anders.

»Ich muss runter und es meinen Eltern erzählen. Ich möchte, dass sie es von mir erfahren und nicht aus den Nachrichten.«

»Ich komme mit.«

»Du musst doch nach Hause und dich für die Arbeit umziehen.«

»Ich melde mich krank.«

»Nein, das wirst du nicht tun.« Sie küsste Gina auf die Wange. »Danke, Freundin.«

»Ich konnte diesen Fiesling sowieso nie leiden. Und ich weiß auch, wie es klingt, wenn ich das jetzt sage.« Gina reckte das Kinn. Sie hatte noch immer ein empörtes Funkeln in den Augen. »Aber so ist es nun mal, obwohl er gar nicht so schlecht aussah. Doch immer wenn er den Mund aufmachte, hat man nur ich, ich, ich gehört. Außerdem war er entsetzlich gönnerhaft.«

»Da kann ich dir nicht widersprechen. Wo du recht hast, hast du recht. Ich mochte ihn, weil er attraktiv und gut im Bett war. Ich habe mich eben verhalten wie eine oberflächliche Göre.« Sie zuckte die Achseln. »Aber er hatte schließlich auch keinen Tiefgang.«

»Du bist nicht oberflächlich. Hat er dir etwa Komplexe eingeredet?«

»Vielleicht. Doch ich komme schon darüber hinweg.« Reena holte tief Luft und betrachtete sich im Spiegel. Das blaue Auge zeichnete sich allmählich deutlich ab. »Jetzt muss ich mit meinen Eltern reden. Das wird bestimmt ein Riesenspaß.«

Mit der Verbissenheit eines Mittelgewichtschampions, der versucht, seinen Gegner in die Seile zu prügeln, rührte Bianca in einer Schüssel mit Eiern herum. »Warum muss er nicht ins Gefängnis?«, fragte sie. »Nein, falsch. Warum muss er nicht zuerst ins Krankenhaus und anschließend ins Gefängnis? Und du!« Ei spritzte in alle Richtungen, als sie mit der Gabel auf Reena zeigte. »Du bist nicht gekommen, um es deinem Vater zu sagen, damit er diesen elenden Dreckskerl krankenhausreif prügelt, bevor du ihn dann festnimmst.«

»Mama, ich habe ihn mir selbst vorgeknöpft.«

»Du hast ihn dir vorgeknöpft.« Bianca bearbeitete weiter die Eier, die eigentlich schon schaumig gerührt waren. »Du hast ihn dir vorgeknöpft. Tja, dann lass dir eines gesagt sein, Catarina, es gibt einige Dinge im Leben, die Aufgabe deines Vaters sind, ganz egal, wie alt du auch sein magst.«

»Dad wäre Luke wohl kaum nachgelaufen, um ihn windelweich zu schlagen. Er ...«

»Du irrst dich«, sagte Gib leise. Er hatte dem Raum den Rücken zugekehrt und starrte aus dem Fenster. »Du irrst dich gewaltig.«

»Dad?« Reena konnte sich nicht vorstellen, wie ihr zurückhaltender Vater Luke aufspürte und ihn in eine Schlägerei verwickelte. Dann jedoch erinnerte sie sich an seine Konfrontation mit Mr Pastorelli vor so vielen Jahren.

»Also gut.« Reena schob sich das Haar aus dem Gesicht. »Meinetwegen. Aber die Familienehre mal beiseite. Mir würde es gar nicht gefallen, wenn Dad wegen Körperverletzung verhaftet würde.«

»Warum hast du diesen Schweinekerl nicht wegen Körperverletzung festnehmen lassen?«, gab Bianca zurück. »Für eine Polizistin bist du ziemlich gutmütig.«

»Das hatte nichts mit Gutmütigkeit zu tun. Bitte, Mama.«

»Bianca.« Wieder fiel Gib den beiden Frauen ins Wort. Doch diesmal drehte er sich zu seiner Tochter um und musterte sie forschend. »Womit dann?«

»Ich habe eben den einfachsten Weg gesucht und wollte die Sache nicht an die große Glocke hängen. Außerdem war ich viel zu erschrocken. Seit Monaten war ich nun schon mit Luke zusammen und habe die Anzeichen dennoch übersehen. Rückblickend betrachtet wird mir jetzt so manches klar. Doch als er mich geschlagen hat, war ich so überrascht. Bestimmt freut euch zu hören, dass ich ihm größere Schmerzen zugefügt habe als er mir. Er wird noch tagelang hinken.«

»Ein schwacher Trost.« Bianca gab die Eier in eine gusseiserne Pfanne. »Und jetzt bringt er dich in Schwierigkeiten.«

»Tja, jemand hat sein Auto abgefackelt.«

»Demjenigen würde ich gerne einen Kuchen backen.«

»Mama!«, schimpfte Reena, aber sie musste sich ein Lachen verkneifen. »Die Sache ist ernst. Es hätte Verletzte geben können. Die Ermittlungen machen mir keine großen Sorgen. Zum Glück kann Gina bezeugen, dass ich die ganze Nacht zu Hause war. Außerdem gibt es bis auf meinen Streit mit Luke nicht den geringsten Verdachtsmoment gegen mich. Ich würde mich zwar besser fühlen, wenn man den Täter findet, aber eigentlich habe ich keine großen Bedenken. Ich bin nur wütend«, gab sie zu. »Und es ärgert mich, dass ihr beide euch jetzt den Kopf darüber zerbrechen müsst.«

»Schließlich sind wir deine Eltern«, gab Bianca zurück. »Und Eltern zerbrechen sich nun mal den Kopf über ihre Kinder.«

»Hat er dich etwa schon einmal geschlagen?«

Eigentlich wollte Reena die Frage ihres Vaters mit Nein beantworten, entschied sich dann jedoch, ihm die komplizierte Wahrheit zu sagen. »Einmal, aber ich hielt es für ein Versehen«, fügte sie rasch hinzu, als Bianca einen Fluch ausstieß. »Ehrlich, ich dachte, es wäre keine Absicht gewesen. Er hat mit den Händen gefuchtelt, und als ich einen Schritt vorwärts machte, hat er meine Wange erwischt. Er war sehr erschrocken. Aber rückblickend betrachtet weiß ich, dass das nur Theater war.« Sie stand auf und nahm die Hand ihres Vaters, die sich zur Faust geballt hatte. »Glaube mir. Schau mich an und glaube mir. Ich würde mich niemals misshandeln lassen. Du hast mich zu einer starken und klugen Frau erzogen, und du hast deine Sache gut gemacht.«

»Ich will nichts mehr mit diesem Menschen zu tun

haben«, fuhr sie fort und umarmte Gib. »Es ist aus und vorbei, und ich habe etwas Wichtiges daraus gelernt. Nie wieder werde ich versuchen, jemand zu sein, der ich nicht bin, auch nicht in kleinen Dingen, nur um jemandem einen Gefallen zu tun. Und außerdem weiß ich nun, dass ich mich behaupten und auf mich selbst aufpassen kann.«

Gib streichelte ihr den Rücken und hauchte ihr dann einen Kuss auf die verletzte Wange. »Du hast ihn umgehauen, richtig?«

»Mit zwei Schlägen.« Sie trat zurück, um es ihm vorzumachen. »Peng, peng, und dann lag er zusammengerollt wie ein gekochter Shrimp auf dem Boden. Ihr braucht euch meinetwegen keine Sorgen mehr zu machen.«

»Worüber wir uns Sorgen machen, entscheiden wir selbst.« Bianca stellte einen Berg Rührei auf den Tisch. »Und jetzt iss.«

Nach dem Frühstück fuhr Reena zur Arbeit. Alle Kollegen standen auf ihrer Seite, nickten ihr bestätigend zu oder versuchten, sie mit einer anzüglichen Bemerkung oder einem schlechten Witz aufzuheitern. Auch im Büro des Captains traf sie auf Unterstützung.

»Der Typ behauptet steif und fest, Sie hätten zuerst zugeschlagen. Als wir ihn auf seine Exfreundin angesprochen haben, ist er ein bisschen ins Stottern geraten und meinte, sie hätte nicht alle Tassen im Schrank und habe ihn vor der Trennung ebenfalls körperlich angegriffen.«

»Der arme Kerl scheint immer an die falschen Frauen zu geraten.«

»Wir werden mit ihr reden. Er hat uns einige Namen von Leuten genannt, die vielleicht einen Groll gegen ihn hegen, weil er doch so erfolgreich und attraktiv ist. Ein paar Kunden und Mitarbeiter. Seine frühere Sekretärin. Das macht den Verdacht gegen Sie weniger dringend, Hale. Außerdem haben Sie ein wasserdichtes Alibi und waren mit einer Hausdurchsuchung einverstanden, bei der keinerlei Beweise gegen Sie sichergestellt wurden. Solange Mr Chambers keine Anzeige erstattet, was er sich sicher zweimal überlegen wird, können Sie sich wieder zum Dienst melden.«

»Ich bin Ihnen wirklich dankbar.« Allmählich machte sich Erleichterung in ihr breit.

»Ich habe einen Anruf von John Minger erhalten. Er hat davon erfahren.«

»Ja.« Bestimmt steckten ihre Eltern dahinter. »Ich kann mir denken, woher. Tut mir leid, wenn es die Sache verkompliziert.«

»Ich wüsste nicht, wie.« Doch er lehnte sich zurück und musterte sie forschend. »John ist ein guter Mann und ein fähiger Ermittler. Wenn er sich auf eigene Faust umschauen will, habe ich nichts dagegen. Und Sie?«

»Überhaupt nicht. Wissen Sie schon mehr?«

»Younger und Trippley arbeiten daran. Von mir aus können sie Ihnen ihre Ergebnisse mitteilen.«

»Danke.«

Reena verließ das Büro des Captains und überlegte, wie sie die Kollegen am besten darauf ansprechen sollte. Doch noch ehe sie eine Entscheidung getroffen hatte, deutete Trippley auf ihren Schreibtisch.

»Da liegt die Akte«, sagte er.

Reena griff danach und schlug sie auf. Sie enthielt Aufnahmen des Innenraums und des Äußeren von Lukes Auto, vorläufige Berichte und Zeugenaussagen. Reena sah Trippley an. »Vielen Dank.«

Er zuckte die Achseln und hielt die Hand über die Sprechmuschel. »Der Kerl ist ein Arschloch. Wenn du wirklich so auf Arschlöcher stehst, solltest du mal mit Younger ausgehen.«

Younger, der gerade seine Computertastatur bearbeitete, hielt kurz inne, um seinem Kollegen den Stinkefinger zu zeigen, und bedachte Reena mit einem reizenden Lächeln.

Es fiel Reena schwer, sich vom Tatort fernzuhalten und die gesammelten Beweisstücke nicht selbst zu sichten. Doch die Gefahr war zu groß, dass man ihr später Manipulation der Spuren vorwerfen würde. Stattdessen behandelte sie den Fall wie eine Übungsaufgabe und studierte die Akten und die neuen Ergebnisse, die ihr die Kollegen zukommen ließen.

Eigentlich lag der Fall klar und war Reenas Ansicht nach fast zu leicht zu durchschauen. Der Täter hatte mit geringem zeitlichem und materiellem Aufwand großen Schaden angerichtet. Vermutlich war Luke nicht sein erstes Opfer gewesen.

Grübelnd saß Reena bei einem Glas Chianti und las in der Akte, ohne auf die Geräuschkulisse im Sirico zu achten.

Da ihr Tisch gegenüber der Tür stand, sah sie John sofort, als er hereinkam. Sie winkte ihn zu sich, klopfte auf den Tisch und stand dann auf, um ihm selbst ein Peroni zu holen.

»Danke, dass du gekommen bist«, begrüßte sie ihn, als sie mit dem Bier zum Tisch zurückkehrte.

»Kein Problem. Teilen wir uns eine Pizza?«

»Klar.« Sie rief Fran die Bestellung zu. Allerdings hatte sie im Moment weniger Lust auf etwas Essbares als auf Neuigkeiten. »Ich weiß, dass du dich in deiner Freizeit mit dieser unschönen Sache beschäftigst. Kannst du mir sagen, was du davon hältst?«

John trank einen Schluck von seinem Bier.

»Du zuerst.« Er wies mit dem Kopf auf die Akte.

»Einfach, aber wirkungsvoll. Der Täter kennt sich mit Autos aus. Knackt das Schloss und schaltet die Alarmanlage ab. Denn es hat sich niemand gemeldet, der angibt, einen Alarm gehört zu haben. Allerdings kümmert sich sowieso niemand um Autoalarmanlagen, vor allem wenn schon kurz darauf wieder Ruhe einkehrt. Benzin als Brandbeschleuniger wurde im Innenraum, auf die Motorhaube und im Motorraum ausgegossen. Das Kontaktspray im Kofferraum hatte sich ebenfalls entzündet.«

Sie hielt inne, um zu überlegen, während John schweigend lauschte. »Das müsste eigentlich reichen. Die Synthetikstoffe im Innenraum sind leicht entflammbar. Thermoplastik schmilzt bei der Verbrennung und setzt dabei andere Flächen in Brand, wie es vermutlich auch hier geschehen ist. Das Feuer hat sich rasch ausgebreitet. Das Benzin war nur als Rückversicherung gedacht. Eigentlich hat er es gar nicht gebraucht. Die Luftzufuhr war ebenfalls ausreichend, und er hätte eine ziemliche Feuersbrunst entfachen können, wenn er unter dem Sitz oder dem Armaturenbrett genug zusammengeknülltes Zeitungspapier angezündet hätte.

»Ist er gründlich oder schlampig vorgegangen?«

Reena schüttelte den Kopf. »Man könnte beinahe beides gleichzeitig sagen. Er hat die Stereoanlage ausgebaut – die meisten Brandstifter können der Versuchung nicht widerstehen, Wertgegenstände mitzunehmen, die sich weiterverkaufen oder noch benutzen lassen. Aber ich habe nicht den Eindruck, dass es sich um einen Autoeinbruch nach dem Zufallsprinzip handelt.«

»Weil?«

»Zu brutal. Zu gründlich. Außerdem hat er die teuren Reifen drangelassen. Und er kannte sich aus, John. Ruß und Verbrennungsrückstände an den Scherben der Fensterverglasung sind ein Hinweis auf ausreichende Sauerstoffzufuhr. Ohne Sauerstoff verlöschen die meisten Fahrzeugbrände nämlich von selbst wieder. Autos sind ziemlich luftdicht, wenn Türen und Fenster geschlossen sind. Der Täter wollte, dass sich das Feuer schnell ausbreitete, und hat deshalb zusätzlich zu dem Treibstoff, der sich bereits im Tank befand, einen Brandbeschleuniger mitgebracht. Wahrscheinlich stand die Kiste in knapp zwei Minuten lichterloh in Flammen.«

»Theorie?«

»Brandstiftung aus Rache. Der Täter wollte das Auto abfackeln. Als Feuerbrücke hat er einen in Benzin eingeweichten Lumpen in den Tank gesteckt. Offenbar hat er einen Plastikbecher mit einem Feuerwerkskörper darin schwimmen lassen. Einfach und wirkungsvoll. Und durchdacht. Verschiedene Entstehungsorte unter dem Fahrersitz und im Kofferraum. Außerdem hat das Labor herausgefunden, dass im Wageninneren Kartoffelchipstüten als Feuerbrücken verwendet wurden. Sie eignen sich prima dafür. Erzeugen eine Menge Hitze, verbrennen zu kaum identifizierbarem Kohlenstaub, und das Fett daran gibt dem Feuer immer neue Nahrung, bis die Polster in Brand geraten. Falls also mit der Zündvorrichtung im Tank etwas schiefgeht, brennt das Fahrzeug trotzdem aus. Der Brandstifter hat also in jedem Haushalt verfügbare Gegenstände benutzt und wusste genau, was er tat.«

»Teurer Wagen. Sonderausstattung. Glaubst du nicht, dass jemand es nur auf die wertvolle Stereoanlage und ein bisschen Spaß abgesehen hatte?«

»Nein, ich denke, es steckt etwas Persönliches dahinter. Die Stereoanlage war nur eine Zugabe. Der Täter ist zielgerichtet vorgegangen und hat nicht nur herumgespielt. Hauptsächlich kam es ihm auf die Brandstiftung an.«

Mit einem Nicken lehnte John sich zurück und griff nach seinem Bier. »Dem kann ich nicht viel hinzufügen. Deine Fingerabdrücke wurden gefunden. Außerdem die des Fahrzeughalters, des Parkwächters im Restaurant, wo ihr vor dem Zwischenfall gegessen habt, und des Mechanikers von Chambers' Autowerkstatt.« Er musterte sie und trank einen Schluck. »Wie geht es deinem Gesicht?«

Nach ein paar Tagen – und unzähligen Eispackungen – hatten die Schmerzen ein wenig nachgelassen. Allerdings wusste Reena, dass die Verletzung noch eine Weile in den wildesten Farben schillern würde, bis sie endlich abgeklungen war. »Sieht schlimmer aus, als es ist.«

John beugte sich vor und senkte die Stimme. »Verrat mir noch eines: Hast du außer Gina jemanden angerufen, nachdem er dich geschlagen hatte?«

»Nein. Ich habe erlaubt, dass meine Telefonrechnung überprüft wird.«

»Hat sie vielleicht jemanden angerufen oder es jemandem erzählt?«

»Nein. Tja, Steve natürlich. Aber er steht nicht unter Verdacht, John. Die Kollegen, die in dem Fall ermitteln, haben mit uns dreien gesprochen. Wir haben nichts zu verbergen. Ich habe Gina angerufen, weil ich sauer war und bemitleidet werden wollte. Und sie kam sofort vorbei, denn sie hatte auch eine Stinkwut und wollte mir Händchen halten.«

Reena blickte sich um, um sicherzugehen, dass weder ein Familienmitglied noch einer ihrer Nachbarn in Hörweite war. »Weißt du was, John? Wenn eine Frau von dem Typen vermöbelt wird, mit dem sie ins Bett geht, möchte sie eigentlich nicht, dass sich das herumspricht. Ich hatte gehofft, es mehr oder weniger geheim halten zu können. Außerdem kenne ich niemanden, der so etwas in meinem Auftrag tun würde.«

»Und neben diesem Kerl hast du dich mit keinem anderen Mann getroffen?«

»Nein, John. Ich weiß, dass wegen des Zeitpunkts vieles auf mich hinweist, nicht zuletzt wegen der Auseinandersetzung, die ich mit Luke hatte. Aber so sehr ich auch darüber nachgrüble und mir das Hirn zermartere, komme ich nur immer wieder zu dem Ergebnis, dass es ein zufälliges Zusammentreffen gewesen sein muss. Schau dir die Aussagen an.« Sie klopfte auf die Akte. »Luke ist bei seinen Kollegen und ehemaligen Freundinnen alles andere als beliebt. Allerdings kommt auch von denen eigentlich niemand als Täter infrage. Es macht ganz den Eindruck, als ob es sich bei dieser Brandstiftung um eine Auftragstat handelt. Wenn die Zeit dafür nicht zu knapp gewesen wäre, würde ich fast vermuten, dass dieser Dreckskerl jemanden angeheuert hat, um mir eins auszuwischen.«

»Viel zu knapp«, stimmte John zu. »Aber die Theorie, jemand könnte die Brandstiftung in Auftrag gegeben haben, um dir zu schaden, wäre eine Überlegung wert. Vielleicht solltest du dir überlegen, wem du in letzter Zeit auf den Schlips getreten bist.«

»Polizisten treten ständig anderen Leuten auf den Schlips«, murmelte Reena.

»Das ist ein wahres Wort.« Lächelnd lehnte John sich zurück, als Fran die Pizza servierte. »Wie geht es, Schätzchen?«

»Prima.« Fran streichelte Reena die Schulter. »Und jetzt sorge dafür, dass meine kleine Schwester den Papierkram weglegt und etwas isst.«

»Ich sehe zu, was ich machen kann. Weg damit«, befahl John, als Fran fort war. »Niemand kann dir in dieser Sache wirklich etwas am Zeug flicken. Im Grunde genommen verdächtigt dich niemand. Du hast eine makellose Personalakte, die du dir auch verdient hast, und an deinem Alibi ist nicht zu rütteln. Also denk nicht ständig daran, und lass die Mühlen des Systems mahlen.«

»Ja. Weißt du was, John. Oft frage ich mich, ob ich mich für diesen Beruf entschieden habe oder er sich für mich. Das Feuer scheint mich zu verfolgen. Sirico. Josh, der erste Junge, der mir je etwas bedeutet hat. Und nun das.«

John legte ein Stück Pizza auf seinen Teller. »Das Schicksal kann manchmal ziemlich grausam sein.«

Kapitel 13

Baltimore, 2005

Nun gab es kein Zurück mehr. Reena klopfte das Herz bis zum Hals. Ihre Kehle war ganz trocken, und sie spürte ein leichtes Kribbeln im Bauch, das genauso gut von der Aufregung wie von der Angst kommen konnte.

Sie hatte ein Haus gekauft.

Den Schlüssel in den feuchten Händen, stand sie auf der weißen Marmortreppe. Die Grundbucheintragung war erledigt, sämtliche Papiere waren unterschrieben. Sie hatte einen Kredit aufgenommen.

Und zwar einen mit einer so langen Tilgungszeit, dass sie kurz vor der Rente stehen würde, wenn er endlich abbezahlt war.

Aber du hast doch alles durchgerechnet, oder?, hielt sie sich dann vor Augen. Außerdem war es schließlich langsam Zeit für eigene vier Wände. Mein Gott, jetzt war sie wirklich Hausbesitzerin!

Reena hatte sich auf Anhieb in dieses Haus verliebt, weil es sie so an das ihrer Eltern erinnerte. Sie war nicht ganz sicher, welche Rückschlüsse das wohl auf sie zuließ. Jedenfalls war es Liebe auf den ersten Blick gewesen, denn es hatte einfach alles gepasst.

Die Lage, die vertraute Atmosphäre, ja, sogar das leicht abgewohnte Innere, das förmlich danach schrie, von ihr aufgemöbelt zu werden. Das Haus verfügte über einen Garten, auch wenn er nur Handtuchgröße hatte. Aber es war ein richtiger Garten mit einem Rasen und – sage und schreibe – einem echten Baum.

Und das bedeutete, dass Reena von nun an Gras mähen und Laub rechen musste – was wiederum die Anschaffung eines Rasenmähers bedeutete. Und eines Rechens. Für eine Frau, die die letzten zehn Jahre in Mietwohnungen verbracht hatte, ein ziemlich ehrgeiziges Projekt.

Nun stand sie also vor diesem zweistöckigen Reihenhaus, nur drei kleine Straßen von ihrem Elternhaus entfernt.

Im selben Viertel, dachte sie. Und dennoch so weit weg wie der Mond.

Aber das Haus war in Ordnung. Es gab nichts daran auszusetzen. Schließlich hatten ihre Onkel und ihr Vater das gesamte Gebäude vom Keller bis zum Dach inspiziert und jeden Winkel unter die Lupe genommen. Natürlich musste noch einiges getan werden. Außerdem brauchte Reena mehr Möbel, als sie momentan besaß.

Doch mit der Zeit würde sich das schon regeln.

Jetzt musste sie nur den Schlüssel ins Schloss stecken und eintreten, um in ihrem eigenen Haus zu stehen.

Stattdessen wandte Reena sich um, setzte sich auf die Treppe und atmete tief durch.

Der Kauf hatte ein gewaltiges Loch in ihre Ersparnisse gerissen. Außerdem hatten ihre Großeltern sie – so wie auch ihre anderen Enkel – mit einer großzügigen Summe unterstützt.

Reena konnte noch nicht fassen, dass sie jetzt tatsächlich Schulden hatte. Und verschlang ein Haus nicht auch ständig Geld in Form von Versicherungen, Steuern, Reparaturen und Unterhalt? Bis jetzt hatte sie es stets geschafft, sich vor derartigen Verpflichtungen zu drücken. Zuerst hatten sich ihre Eltern mit diesen banalen Alltagsproblemen befasst und später ihre Vermieter.

Sie ging das alles gar nichts an.

Reena hatte um derartige Dinge stets einen großen Bogen gemacht und es auch sonst vermieden, sich ernsthaft auf etwas einzulassen. Ihr genügten ihr Beruf, ihre Familie und die Freunde, die sie schon seit ihrer Kindheit kannte.

Allerdings war sie das einzige Mitglied der Familie Hale, das noch alleinstehend war, das einzige Kind von Gibson und Bianca, das keine Kinder hatte. Einfach keine Zeit, so lautete ihre Erklärung gegenüber ihrer Familie, wenn sie sie deswegen aufzog. Habe eben noch nicht den Richtigen gefunden.

Obwohl das im Großen und Ganzen stimmte, konnte Reena die Male nicht mehr zählen, die sie in den letzten Jahren einen Rückzieher gemacht hatte, wenn eine Beziehung drohte, zu ernst zu werden.

Es war nett, sich mit einem Mann zu verabreden, und sie hatte auch Spaß am Sex. Aber auf eine feste Bindung hatte sie keine Lust. Xander hatte einmal gemeint, sie denke da wie ein Mann. Vielleicht stimmte das auch.

Möglicherweise hatte sie das Haus ja auch als Ausgleich dafür gekauft, so wie Singles oder kinderlose Paare sich einen Hund zulegten.

Schaut, ich kann mich auch auf etwas einlassen, wenn ich wirklich will. Ich bin Hausbesitzerin.

Und nun, da alles unterschrieben und besiegelt war, musste sie sich eingestehen, dass sie es nicht über sich brachte, dieses Haus zu betreten.

Vielleicht konnte sie es ja wieder verkaufen. Dem Gebäude einfach einen neuen Anstrich verpassen, ein paar Reparaturarbeiten durchführen lassen und es anschließend abstoßen. Immerhin war sie ja nicht gesetzlich verpflichtet, es die nächsten dreißig Jahre zu behalten.

Dreißig Jahre. Sie presste sich die Hand auf den Leib. Was hatte sie bloß getan?

Allerdings war sie schon einunddreißig Jahre alt! Sie war Polizistin mit zehnjähriger Berufserfahrung. Was also hinderte sie daran, in dieses gottverdammte Haus hineinzugehen, ohne gleich eine Krise zu bekommen? Außerdem würde jeden Moment ihre Familie hier erscheinen, und Reena hatte nur wenig Lust, dabei erwischt zu werden, wie sie auf der Vordertreppe einen neurotischen Anfall kriegte.

Deshalb erhob sie sich, schloss die Tür auf und trat entschlossen ein.

Und schon im nächsten Moment waren Anspannung und Druck wie weggeblasen, so als hätte jemand einen Korken aus der Flasche gezogen.

Zum Teufel mit Hypotheken und Krediten und der folgenschweren Entscheidung, in welcher Farbe sie die Wände streichen sollte. Sie hatte sich dieses geräumige alte Haus mit den hohen Decken, den geschnitzten Geländern und den Parkettböden so sehr gewünscht.

Natürlich war es für eine Person viel zu groß, aber das spielte keine Rolle. Eines der Schlafzimmer würde sie als Abstellraum benutzen, schließlich besaß sie jede Menge Krimskrams. Eines wollte sie als Arbeitszimmer nutzen, eines in einen Fitnessraum verwandeln und im vierten ein Gästezimmer einrichten.

Ohne auf die hallende Leere zu achten, schlenderte sie ins Wohnzimmer. Vielleicht würde sie die angebotenen Gebrauchtmöbel aus der Verwandtschaft ja annehmen. Zumindest vorläufig. Dazu ein paar von Mamas Zeichnungen an den Wänden, damit alles heimelig und gemütlich wirkte.

Der etwas kleinere Salon sollte die Bibliothek werden. Für das Esszimmer brauchte sie noch einen großen Tisch und natürlich viele Stühle, wenn die Familie zu Besuch kam.

Die Küche war, wie Reena bei ihrer Begehung des Erdgeschosses wieder feststellte, ein Traum. Dieser Raum hatte sie in ihrem Entschluss bestärkt, das Haus zu kaufen. Die Vorbesitzer hatten sie mit schimmernden schwarzen Geräten, die noch viele Jahre funktionieren würden, vielen sandfarbenen Arbeitsflächen und honiggelben Schränken ausgestattet. Sie überlegte, ob sie ein paar der

Türen durch Glasscheiben ersetzen sollte. Buntglas vielleicht oder ein elegantes Milchglas.

Das Kochen würde in dieser Umgebung sicher großen Spaß machen. Bella war die einzige der Schwestern, die nicht viel für die Freuden der Nahrungszubereitung übrig zu haben schien. Die Fenster über die Spüle waren angenehm großzügig geschnitten und gingen auf den schmalen Garten hinaus.

Der Flieder blühte. Ihr Flieder blühte. Sie würde Onkel Sal bitten, ihr eine winzige Terrasse zu pflastern, und Bella um Rat für die Anlage des kleinen Gartens fragen.

Natürlich hatte sie seit Jahren nichts weiter gepflanzt als Geranien in die Blumenkästen am Fenster. Es war schon sehr lange her, dass sie und Gina während des Studiums im Garten ihrer Wohngemeinschaft Tomaten, Paprika und Schmuckkörbchen gepflanzt hatten.

Doch verklärt durch die Vergangenheit, glaubte Reena sich zu erinnern, dass ihr das Buddeln und Unkrautjäten Spaß gemacht hatten.

Wahrscheinlich würde sie sich diesmal auf Blumen beschränken, und zwar auf pflegeleichte Sorten. Ja, Bella war genau die Richtige für einen Rat.

Denn wenn es um Blumen, Mode und In-Lokale ging, war Bella die unübertroffene Spezialistin.

Reena überlegte, ob sie nach oben in den ersten Stock gehen sollte, um schon einmal die Aufstellung der Möbel zu planen. Doch dann beschloss sie, sich zuerst den Garten anzusehen.

Sie wollte mit den Füßen ihren eigenen Rasen berühren.

Der Garten wurde auf beiden Seiten von Maschendrahtzaun begrenzt. Der Nachbar rechts hatte entlang der Grundstücksgrenze niedrige Büsche gepflanzt. Hübsch, sagte sich Reena. Eigentlich eine gute Idee, denn es sah nicht nur gut aus, sondern vermittelte auch die Illusion von Abgeschiedenheit.

Und links ...

Aber, aber, dachte sie. Auch wenn der Garten nicht sehr bemerkenswert war, schien es sein Besitzer eindeutig wert zu sein, dass man sich näher mit ihm beschäftigte.

Und zum Glück gab es hier keine Büsche, die die Sicht auf ihn versperrten.

Der Mann hatte ihr den Rücken zugekehrt, und seine Hinteransicht war bereits sehr vielversprechend. Trotz der noch kühlen Temperaturen Mitte Mai hatte er das Hemd ausgezogen. Doch vielleicht war er ja beim Hantieren mit den Elektrowerkzeugen, mit denen er einige Holzstücke bearbeitete, ins Schwitzen gekommen.

Seine Jeans saßen tief auf der Hüfte, der Werkzeuggürtel hing noch ein Stück darunter. Dennoch war keine Gesäßfalte zu sehen, was ihm zusätzliche Punkte einbrachte. Allerdings trug er eine Baseballkappe mit dem Schirm nach hinten, was wiederum möglicherweise ein Grund für Punktabzug war.

Reena überlegte, ob sie ihn ansprechen und ihn bei der Arbeit stören sollte. Unter der Baseballkappe verbarg sich offenbar ein dichter schwarzer Lockenschopf. Aus dem Kofferradio, das neben den Sägeböcken stand, klang Musik in Zimmerlautstärke. Noch ein Pluspunkt. Sie konnte kaum hören, dass es Sugar Ray war.

Eins fünfundachtzig, schätzte Reena. Etwa achtzig Kilo und gut ausgebildete Muskelpakete. Um sein Alter zu erraten, musste sie zuerst sein Gesicht sehen. Doch es handelte sich eindeutig um ein ansehnliches Exemplar der Gattung Nachbar.

Der Immobilienmakler hatte erwähnt, dass nebenan ein Tischler wohnte, nur für den Fall, dass sie einen Handwerker brauchte. Allerdings hatte er ihr verschwiegen, was für einen knackigen Hintern dieser Tischler hatte.

Sein Rasen war gemäht, und sein geschicktes Hantieren mit dem großen Werkzeug wirkte sehr erotisch. Keine Ringe an seinen wohlgeformten, kräftigen Händen. Keine sichtbaren Tätowierungen oder Piercings.

Das wurde ja immer besser.

Sein Haus war ähnlich geschnitten wie das von Reena, nur dass er bereits über eine winzige Terrasse aus Stein verfügte. Keine Blumen, was ein Jammer war, denn er machte auf sie einen gewissenhaften und verantwortlichen Eindruck und war sicher in der Lage, Pflanzen zu versorgen. Dafür war seine Terrasse sehr sauber und außerdem mit einem männlich aussehenden Grill ausgestattet.

Wenn seine Vorderansicht hielt, was er von hinten versprach, würde sie sich eine Einladung zum Grillabend verschaffen.

Er unterbrach seine Arbeit und legte das Werkzeug weg, bei dem es sich offenbar um einen Tacker handelte. Der Lärm des Kompressors verstummte, sodass Reena Sugar Ray nun deutlicher hören konnte. Währenddessen griff der Tischler nach einer Wasserflasche und setzte sie an.

Als er von seinem Werkstück zurücktrat, hatte Reena Gelegenheit, sein Profil zu betrachten: gerade Nase, ausdrucksvoller Mund, intelligent genug, um eine Schutzbrille zu tragen, und dabei so aufregend, dass sie an ihm auch noch sexy aussah. Offenbar passte das Gesicht zum Rest.

Anfang dreißig, schätzte sie. War das nicht großartig?

Als er sich umwandte und einen Blick auf sie warf, hob sie die Hand, um ihm freundlich und nachbarschaftlich zuzuwinken. Langsam nahm er die Schutzbrille ab. Sie konnte zwar die Farbe seiner Augen nicht erkennen, spürte aber, dass er sie anstarrte.

Dann breitete sich ein Grinsen auf seinem Gesicht aus.

Er warf die Brille zu Boden, kam geradewegs auf den Zaun zu und sprang mit einem Satz darüber.

Seine Bewegungen waren anmutig und geschmeidig. Grün, stellte sie fest. Seine Augen waren graugrün – und im Moment stand ein übertrieben begeistertes Glitzern darin, sodass ihr ein wenig mulmig wurde.

»Endlich bist du da!«, stieß er hervor. »Das gibt's doch gar nicht. Endlich bist du da!«

»Ja, ich bin da.« Sie lächelte ihn argwöhnisch an. Er roch nach Sägemehl und Schweiß, was eigentlich ganz nett gewesen wäre, wenn er sie nicht angestiert hätte, als wollte er sie bei lebendigem Leibe verschlingen. »Catarina Hale.« Sie hielt ihm die Hand hin. »Ich habe gerade dieses Haus gekauft.«

»Catarina Hale.« Er nahm ihre Hand und hielt sie einfach fest. »Das Mädchen meiner Träume.«

»Hmmm.« Sein Punktestand fiel schlagartig ins Bodenlose. »Tja, nett, dich kennenzulernen. Ich muss jetzt wieder rein.«

»All die Jahre.« Er starrte sie weiter an. »All die Jahre. Du bist noch schöner, als ich dich in Erinnerung hatte. Wie findest du das?«

»Wie ich das finde?« Sie riss sich los und wich zurück.

»Ich fasse es nicht. Du bist hier. Einfach so. Oder ist es eine Halluzination?«

Als er wieder nach ihrer Hand griff, versetzte sie ihm einen Stoß vor die Brust. »Kann durchaus sein. Vielleicht hast du ja ein bisschen zu viel Sonne abgekriegt. Am besten gehst du wieder nach Hause, kleiner Tischler.«

»Halt, Moment. Du verstehst das ganz falsch. Du warst da, und dann warst du plötzlich verschwunden. Und später noch einmal und noch einmal. Jedes Mal bist du weg gewesen, bevor ich dich einholen konnte. Und nun stehst du tatsächlich vor mir und redest mit mir.«

»Das Gespräch ist jetzt zu Ende.« Niemand hatte erwähnt, dass der Tischler von nebenan eine Schraube locker hatte. Hatte man ihr etwas verheimlicht? »Geh nach Hause. Leg dich ins Bett. Such einen Arzt auf.«

Sie wandte sich zur Tür.

»Warte, warte.« Er lief ihr nach.

Reena wirbelte herum, packte ihn am Arm, riss ihn zur Seite und bog ihn ihm auf den Rücken. »Zwing mich nicht, dich festzunehmen, verdammt. Ich bin noch nicht einmal richtig eingezogen.«

»Die Polizistin«, lachte er auf und drehte sich mit einem Grinsen um. »Ich habe ganz vergessen, dass es hieß, eine Polizistin soll hier einziehen. Du bist also Polizistin. Das ist ja klasse.«

»Und du steckst gleich in ernsthaften Schwierigkeiten.«

»Du riechst einfach toll.«

»Jetzt reicht's.« Reena stieß ihn gegen die Mauer ihres Hauses. »Beine auseinander.«

»Okay, okay, beruhig dich wieder.« Lachend tippte er mit der Stirn an die Wand. »Wenn ich klinge, als hätte ich nicht alle Tassen im Schrank, liegt das nur am Schock. Äh … oh, Mist, bitte warte wenigstens mit den Handschellen, bis wir uns besser kennen. College Park, Mai 1992. Irgendeine Party. Ich weiß nicht mehr, bei wem. Eine Wohngemeinschaft außerhalb des Unigeländes. Jill, Jessie … nein, Jan. Ich glaube, eine gewisse Jan soundso wohnte da.«

Reena zögerte, die Handschellen immer noch parat. »Erzähl weiter.«

»Ich habe dich gesehen. Eigentlich kannte ich niemanden dort. Ein Freund hatte mich mitgeschleppt. Und da bist du mir am anderen Ende des Raums aufgefallen. Du hattest ein knappes rosafarbenes Oberteil an. Deine Haare waren länger und fielen ein Stück über die Schultern. Jetzt gefällt es mir besser. Es betont den Kiefer so toll.«

»Ich werde meiner Friseurin ausrichten, dass du damit

einverstanden bist. Ich habe dich also auf einer Party in College Park kennengelernt?«

»Nein, ich bin gar nicht zu dir durchgekommen. Die Musik hörte auf. Ich hatte nur eine kurze Chance. Darf ich mich umdrehen?«

Er klang eigentlich nicht wie ein Geisteskranker. Außerdem machte er Reena neugierig. Sie trat ein Stück zurück. »Aber behalt deine Hände bei dir.«

»Kein Problem.« Er streckte sie, die Handflächen nach außen, hoch, ließ sie dann sinken und hakte die Daumen in den Werkzeuggürtel. »Ich habe einen Blick auf dich geworfen, und, peng, war es um mich geschehen.« Er klopfte sich mit der Faust auf die Herzgegend. »Aber es waren so viele Leute im Raum. Als ich es zur anderen Seite geschafft hatte, warst du weg. Ich habe überall nachgeschaut: oben, draußen, im Garten.«

»Du hast mich vor über zehn Jahren bei einer Collegeparty gesehen und weißt noch, was ich anhatte?«

»Es war wie ... eine Minute lang nahm ich nichts wahr außer dir. Es hört sich zwar komisch an, aber so war es eben. Und erinnerst du dich an das zweite Mal? Ein Kumpel hat mich an einem Samstag in so ein dämliches Einkaufszentrum mitgezerrt. Da habe ich dich eine Etage über mir gesehen. Du hast einfach dagestanden. Ich bin sofort losgelaufen und habe die verdammte Treppe gesucht. Doch als ich oben ankam, hattest du dich schon wieder in Luft aufgelöst.«

Ein verlegenes Grinsen stand auf seinem Gesicht, als er sich die Kappe weiter aus der Stirn schob. »Und dann im Winter 1999? Ich komme gerade von einer Kundin und stecke im Stau. Im Radio läuft Springsteen, *Growing Up*. Ich schaue mich um und sehe dich im Auto neben mir. Du klopfst den Rhythmus auf dem Lenkrad mit und bist einfach da. Und ich ...«

»O mein Gott, der komische Typ.«

»Wie bitte?«

»Der komische Typ, der mich auf dem Rückweg vom Einkaufszentrum so angeglotzt hat.«

Wieder breitete sich ein Grinsen auf seinem Gesicht aus. »Vermutlich war ich das. Manchmal dachte ich schon, du seist nur eine Einbildung. Aber es war nicht so. Es gibt dich wirklich.«

»Das beweist noch lange nicht, dass du nicht trotzdem ein komischer Typ bist.«

»Nicht so, dass es vor Gericht anerkannt würde. Doch wir könnten das bei einem Gespräch klären. Du könntest mich zum Beispiel zum Kaffee einladen.«

»Ich habe aber keinen Kaffee da. Das Haus ist noch ganz leer.«

»Du könntest den Kaffee auch bei mir trinken. Das Problem ist nur, dass ich auch keinen dahabe. Schau, ich wohne gleich nebenan. Du könntest auch ein Bier oder eine Cola haben. Oder gleich einziehen.«

»Ich glaube, da muss ich passen.«

»Was hältst du davon, wenn ich dir ein Abendessen koche? Oder dich zum Abendessen ausführe? Oder mit dir nach Aruba fliege?«

Ein Lachen stieg in ihr auf, doch sie unterdrückte es. »Das mit Aruba muss ich mir noch überlegen. Und was das Abendessen betrifft, ist es erst ein Uhr mittags.«

»Dann eben Mittagessen.« Lachend nahm er die Baseballkappe ab, steckte sie in seine Gesäßtasche und fuhr sich mit den langen Fingern durch den schwarzen Haarschopf. »Ich fasse es nicht, was ich für einen Mist daherlabere. Ich habe eben einfach nicht damit gerechnet, dass das Mädchen meiner Träume nebenan einzieht. Darf ich noch mal von vorne anfangen? Ich heiße Bo. Bowen Goodnight.«

Als sie seine Hand nahm, gefiel ihr, wie kräftig sich seine raue, schwielige Handfläche anfühlte. »Bo.«

»Ich bin dreiunddreißig, alleinstehend, nicht vorbestraft und bei der letzten ärztlichen Untersuchung für mängelfrei befunden worden. Außerdem bin ich selbstständig, Tischlerei Goodnight, und handle zusammen mit einem Freund mit Immobilien. Dem Kumpel, mit dem ich damals auf der Party war. Ich kann Referenzen, ärztliche Atteste und Kontoauszüge vorlegen. Bitte verschwinde nicht wieder.«

»Woher weißt du, dass ich nicht verheiratet bin und drei Kinder habe?«

Entsetzen malte sich in seinem Gesicht, und er erbleichte tatsächlich. »Das darf nicht sein.«

Es machte ihr Spaß, ihn ein wenig zu necken, und sie legte den Kopf zur Seite. »Und wenn ich lesbisch wäre?«

»Ich habe nichts verbrochen, um zu verdienen, dass das Schicksal mich so hart bestraft. Catarina, ich habe dreizehn Jahre gewartet. Gib mir eine Chance.«

»Ich werd's mir überlegen. Außerdem heiße ich Reena«, fügte sie hinzu. »Meine Freunde nennen mich so. Aber jetzt muss ich los. Ich bekomme Besuch.«

»Verschwinde nicht.«

»Nicht, bevor ich meinen Kredit abbezahlt habe. Es war interessant, dich kennenzulernen, Bo.«

Sie schlüpfte zurück ins Haus und ließ ihn draußen stehen.

Natürlich brachten sie jede Menge Essbares mit. Dazu Wein. Und Blumen.

Und den Großteil ihrer Möbel.

Da ihre Verwandtschaft bereits mit dem Umzug begonnen hatte, beschloss Reena, sich von der Stimmung anstecken zu lassen. Sie fuhr zu ihrer Wohnung über dem Sirico, um die Kartons und die Koffer voller Kleider zu holen und sich zu verabschieden.

Sie hatte sich hier wohlgefühlt, dachte sie. Vielleicht zu

wohl, denn wenn man nicht aufpasste, wurde man leicht träge und bequem. Allerdings würde es ihr fehlen, rasch nach unten zu laufen, um etwas zu essen und ein bisschen zu plaudern. Und sie würde es vermissen, nur ein paar Meter Fußweg von ihren Eltern entfernt zu wohnen.

»Man könnte meinen, ich ziehe nach Montana und nicht nur ein paar Straßen weiter.« Als sie ihre Mutter ansah, bemerkte sie Tränen in ihren Augen. »Oh, Mama.«

»Ich weiß, ich benehme mich albern. Und dabei habe ich solches Glück, dass alle meine Kinder in der Nähe wohnen. Aber ich fand es schön, dich hier im Haus zu haben. Ich bin stolz darauf, dass du ein Haus gekauft hast. Es war eine kluge und richtige Entscheidung. Und trotzdem wirst du mir fehlen.«

»Ich bin doch nicht weit weg.« Reena griff nach dem letzten Karton. »Außerdem mache ich mir ein wenig Sorgen, ich könnte mich übernommen haben.«

»Mein Mädchen schafft alles.«

»Hoffentlich hast du recht. Erinnere mich daran, wenn ich das erste Mal einen Installateur rufen muss.«

»Am besten wendest du dich dann an deinen Cousin Frank. Und du solltest mit deinem Cousin Matthew wegen des Anstrichs reden.«

»Da bin ich ja bestens versorgt.« Reena ging zur Tür und wartete, bis ihre Mutter sie ihr aufhielt. »Außerdem habe ich einen Handwerker gleich nebenan.«

»Lass niemand in deinem Haus arbeiten, den du nicht kennst.«

»Wie sich herausgestellt hat, kenne ich ihn sogar – oder besser er mich.«

Beim Beladen des Autos und während der kurzen Fahrt zu ihrem neuen Haus erzählte sie Bianca die ganze Geschichte.

»Er hat dich ein einziges Mal auf einer Party während deiner Collegezeit gesehen und sich sofort in dich verliebt?«

»Ich weiß nicht, ob er sich verliebt hat. Jedenfalls hat er sich an mich erinnert. Und er ist wirklich niedlich.«

»Hmmm.«

»Und er hat es mit Humor genommen, als ich gedroht habe, ihm Handschellen anzulegen.«

»Vielleicht ist er ja daran gewöhnt, weil er schon häufiger gesessen hat. Oder er ist masochistisch veranlagt.«

»Mama! Kann sein, dass er nur ein hübscher, ein bisschen verrückter Typ mit einem Knackpopo und einer Menge Elektrowerkzeuge ist. Mama, ich bin erwachsen. Und außerdem trage ich eine Waffe.«

»Erinnere mich nicht daran«, antwortete Bianca mit einer wegwerfenden Handbewegung. »Woher kommt denn eigentlich der Name Goodnight?«

»Jedenfalls nicht aus Italien«, murmelte Reena. Als sie den Wagen stoppte, sah sie, wie sich die Tür des Nachbarhauses öffnete. »Tja, jetzt hast du Gelegenheit, dir selbst ein Bild zu machen.«

»Das ist er?«

»Hmmm.«

»Wirklich attraktiv«, bemerkte Bianca beim Aussteigen.

Reena stellte fest, dass Bo sich frisch gemacht hatte. Sein Haar war noch feucht, und er hatte ein sauberes Hemd angezogen und den Werkzeuggürtel abgelegt.

»Ich habe dich beim Schleppen gesehen und dachte, du könntest vielleicht Hilfe gebrauchen. Soll ich mit anpacken? Wow, die Schönheit liegt offenbar in der Familie«, meinte er dann, an Bianca gewandt. »Ich bin Bo von nebenan.«

»Ja, meine Tochter hat mir schon von Ihnen erzählt.«

»Sie hält mich für übergeschnappt, aber ich habe ihr auch allen Grund dafür gegeben. Normalerweise benehme ich mich nicht so seltsam.«

»Also sind Sie harmlos.«

»Mein Gott, ich hoffe doch nicht.«

Sie musste schmunzeln. »Bianca Hale. Catarinas Mutter.«

»Nett, Sie kennenzulernen.«

»Wohnen Sie schon lange hier?«

»Nein, erst seit fünf Monaten.«

»Fünf Monate. Ich kann mich nicht erinnern, Sie je im Sirico gesehen zu haben.«

»Sirico? Da gibt es die beste Pizza in Baltimore. Ich lasse mir oft etwas liefern. Die Spaghetti mit Fleischklößchen sind eine Wucht.«

»Meinen Eltern gehört das Sirico«, sagte Reena und öffnete den Kofferraum.

»Willst du mich auf den Arm nehmen?«

»Warum kommen Sie nicht mal zu uns zum Essen vorbei?«, schlug Bianca vor.

»Das tue ich ganz bestimmt. Allerdings habe ich in den letzten Monaten praktisch rund um die Uhr gearbeitet und ... warte, ich nehme das.« Er schob Reena beiseite und griff nach einigen Kartons, während er weiter mit ihrer Mutter sprach. »Außerdem bin ich seit einiger Zeit solo, und ich esse nicht gerne allein in einem Restaurant.«

»Was ist los mit Ihnen?«, fragte Bianca. »Ein gut aussehender junger Mann wie Sie und alleinstehend?«

»Äh ... das war nicht immer so ... das kommt schon wieder ... Ich hatte nur so viel zu tun, und in meiner Freizeit renoviere ich das Haus.«

»Waren Sie schon mal verheiratet?«

»Mama!«

»Wir unterhalten uns gerade.«

»Das ist keine Unterhaltung, sondern ein Verhör.«

»Schon gut. Nein, Ma'am, nicht verheiratet und nicht verlobt. Ich habe nur auf Reena gewartet.«

»Lass das!«, befahl Reena.

»Wir unterhalten uns gerade«, wiederholte er die Worte ihrer Mutter. »Glauben Sie an Liebe auf den ersten Blick, Mrs Hale?«

»Als Italienerin natürlich. Und nennen Sie mich doch

Bianca. Kommen Sie rein, ich stelle Sie der restlichen Familie vor.«

»Mit Vergnügen.«

»Schleimer«, zischte Reena ihm zu, als er Bianca Platz machte.

»Nur verzweifelt«, gab er zurück.

»Stell es einfach dorthin.«

»Ich kann es auch gleich in das Zimmer tragen, wo es hingehört.«

»Im Moment will ich es aber hier haben.« Sie zeigte auf den Fuß der Treppe und schloss die Tür.

»Gut. Ich mag deine Mutter.«

»Welchen Grund solltest du auch haben, sie nicht zu mögen?« Reena nahm die Sonnenbrille ab und klopfte sich damit auf die Handfläche, während sie Bo musterte. »Am besten kommst du jetzt mit. Und vergiss nicht, du hast es dir selbst eingebrockt.«

Sie ging in Richtung Küche, wobei sie einigen ihrer Neffen ausweichen musste, die ihnen entgegengestürmt kamen. In der Küche köchelte eine Sauce auf dem Herd, Wein wurde eingeschenkt, und alle redeten wild durcheinander.

»Das ist Bo«, verkündete Bianca, worauf es schlagartig still im Raum wurde. »Er wohnt nebenan und schwärmt für Reena.«

»Genau genommen bin ich sicher, dass sie die Liebe meines Lebens ist.«

»Hältst du jetzt endlich den Mund?« Lachend schüttelte Reena den Kopf. »Das ist mein Vater Gib, meine Schwester Fran, ihr Mann Jack, und eines der Kinder, die hier herumrennen, ist ihr Sohn Anthony. Das ist meine Schwester Bella, der zweite Junge, der auch bei der Meute war, ist ihr Sohn Dom. Ihre anderen Kinder, Vinny, Sophia und Louisa, treiben sich ebenfalls irgendwo herum. Hier siehst du meinen Bruder Xander und seine Frau An. Ihr Baby heißt Dillon.«

»Nett, Sie kennenzulernen.« Fran lächelte ihm zu. »Möchten Sie ein Glas Wein?«

»Vielen Dank.«

»Fran und Jack führen für meine Eltern das Restaurant. Bellas Mann hatte heute keine Zeit. Xander und An sind Ärzte und arbeiten in der Klinik im Viertel.«

»Ich freue mich, deine Familie zu treffen.«

Reena wusste, was er sah: Den hochgewachsenen, attraktiven Mann am Herd, der ihn forschend musterte. Die hübsche schwangere Fran, die den Wein einschenkte, während der rothaarige Jack seine ebenfalls rothaarige Tochter Huckepack herumtrug. Bella, mit ihren Designerschuhen und der damenhaften Frisur, die an der Anrichte lehnte. Xander, der neben seiner schönen Frau mit der goldbraunen Haut saß. An, die gerade das sechs Wochen alte Baby Bäuerchen machen ließ.

Und natürlich wurde Bo von allen Seiten mit Fragen überhäuft und war nie um eine Antwort verlegen. Außerdem schien ihn das italienisch-irisch-chinesische Völkergemisch in der Küche des sonst noch fast leeren Hauses nicht zu erstaunen.

Es fiel ihm so leicht, sich anzupassen, dass es Reena erstaunte, zu hören, dass er Einzelkind war.

»Meine Eltern haben sich getrennt, als ich noch klein war. Ich bin in Prince Georges County aufgewachsen. Inzwischen lebt meine Mutter in North Carolina. Mein Vater ist nach Arizona gezogen. Mein Geschäftspartner ist für mich so eine Art Bruderersatz. Wir kennen einander schon seit Ewigkeiten. Vielleicht erinnerst du dich an ihn«, sagte er zu Reena. »Er ist damals mit einem Mädchen gegangen, das Jan kannte und in Maryland studiert hat. Ich glaube, ihr Name war Cammie.«

»Nein, tut mir leid, auf dem College hatte ich nicht viele Freunde.«

»Die meiste Zeit hat sie über ihren Büchern gebrütet«,

ergänzte Bella mit einem spöttischen Grinsen. »Und dann hat ihr eine Tragödie das Herz gebrochen.«

»Bella«, brachte Bianca sie in scharfem Ton zum Schweigen.

»Ach du meine Güte, das ist doch schon Jahre her. Allmählich müsstest du es verkraftet haben.«

»Wenn jemand stirbt, ist er tot, ganz gleich, wie viele Jahre seitdem vergangen sind.«

»Das tut mir leid«, meinte Bo zu Reena.

»Du brauchst dich nicht zu entschuldigen«, entgegnete sie mit einem vielsagenden Blick auf ihre Schwester. »Hier, nimm etwas von den Antipasti.« Sie griff nach einem Teller. »Bis ich mir einen Esstisch gekauft habe, müssen wir im Stehen oder auf dem Fußboden essen.«

»Ich könnte dir einen bauen.«

»Einen Tisch?«

»Ja. Das gehört zu den Dingen, mit denen ich mir so den Tag vertreibe. Es ist sogar meine Lieblingsbeschäftigung. Wenn du mir beschreibst, wie dein Tisch aussehen soll, mache ich dir einen Tisch. Äh … als so eine Art Einstandsauftrag.«

»Du kannst mir doch nicht einfach einen Tisch machen?«

»Psst«, befahl Bianca. »Leisten Sie gute Arbeit?«

»Sogar ausgezeichnete. Ich habe ihr bereits Referenzen angeboten. Vielleicht kennen Sie Mr und Mrs Baccho in der Fawn Street.«

Bianca musterte ihn nachdenklich. »Ja, die kenne ich. Dave und Mary Teresa. Sind Sie der Junge, der den Geschirrschrank für sie gebaut hat?«

»Ja, die Einbauschränke aus Eichenholz und Glas. Die sind von mir.«

»Wirklich gute Arbeit.« Bianca sah ihren Mann an. »So etwas hätte ich auch gerne. Kommen Sie mit, und schauen Sie sich das Esszimmer an.«

»Mama!«

»Es kann ja nicht schaden, wenn er mal einen Blick darauf wirft«, rief Bianca ihrer Tochter zu und zog Bo ins Nebenzimmer.

An reichte Xander das Baby. Sie war zierlich, kaum einen Meter fünfzig groß und hatte einen glänzenden schwarzen Pagenkopf und tiefschwarze Augen. »Er ist wirklich scharf«, meinte sie zu Reena, während sie sich einen gefüllten Champignon von dem Teller nahm, den diese ihr hinhielt. »Ein Traum.«

»Ich bin noch nicht mal richtig eingezogen, und Mama verkuppelt mich schon mit dem Jungen von nebenan.«

»Wenn dabei ein kostenloser Tisch für dich herausspringt, könntest du es schlimmer treffen.« An grinste. »Außerdem sieht er aus, als könnte er ordentlich den Hammer schwingen.«

»Das ist anzüglich«, rief Xander.

»Ich muss die beiden trennen.« Reena reichte An den Teller und eilte ins Esszimmer.

Ihre Mutter erklärte gerade gestikulierend, wie viele Sitzplätze nötig waren.

Als Bo Reena bemerkte, schlug er die Hand vors Herz. »Sie muss nur hereinkommen, und mir wird ganz schwummerig.«

Reena zog die Augenbrauen hoch. »An deiner Stelle würde ich mich ein bisschen bremsen.«

»Es ist mein erster Tag. Also musst du Nachsicht mit mir haben. Wir überlegen, ob ein Ausziehtisch nicht praktisch wäre. So kannst du normalerweise den Tisch in der Grundgröße benutzen und hast trotzdem Platz für Essenseinladungen und Familienfeiern, ohne dich mit Einhängeplatten herumärgern zu müssen.«

»Ich weiß noch nicht, was ich will.« Was den Tisch und was dich angeht, fügte sie im Geiste hinzu. Nur bei meinem Job bin ich sicher. »Ich kann es einfach noch nicht sagen.«

»Ich zeichne dir ein paar Entwürfe, um mal einen Anfang zu machen. Mein Haus ist genauso geschnitten wie deins, also kann ich die Maße auch bei mir abnehmen. Da eröffnen sich die verschiedensten Möglichkeiten.« Er grinste ihr zu. »Unbegrenzte Möglichkeiten. Ich sollte besser gehen.«

»Bleiben Sie doch«, protestierte Bianca. »Essen Sie etwas.«

»Danke, ein andermal gerne. Wenn du etwas brauchst«, fügte er, an Reena gewandt, hinzu, »bin ich gleich nebenan. Ich habe dir meine Telefonnummer aufgeschrieben.« Er zog eine Visitenkarte aus der Tasche. »Die vom Mobiltelefon ist aufgedruckt, die Privatnummer steht hinten. Du musst also nur anrufen.«

»Gut. Ich begleite dich zur Tür.« Er reichte ihr sein Weinglas. »Nicht nötig, ich kenne den Weg. Bleib nur bei deiner Familie. Nächstens komme ich einmal zu Ihnen zum Essen, Bianca.«

»Das will ich hoffen.«

Bianca wartete, bis er außer Hörweite war. »Er hat gute Manieren und einen vertrauenswürdigen Blick. Du solltest ihm eine Chance geben.«

»Ich habe ja seine Telefonnummer.« Reena steckte die Karte in die Tasche. »Ich werd's mir überlegen.«

Kapitel 14

Das Feuer war auf dem Speicher eines reizenden Backsteinhauses in Bolton Hill ausgebrochen. Es war ein wohlhabendes Viertel mit vielen hübschen Grünanlagen; die Straßen wurden von dichten Bäumen gesäumt.

Die Besitzer des Hauses hatten die gesamte zweite Etage, den Großteil des Daches und Teile des ersten Stockwerks verloren. Da es morgens an einem Werktag gebrannt hatte, war niemand zu Hause gewesen.

Eine aufmerksame – oder neugierige – Nachbarin hatte den Rauch und die Flammen bemerkt und die Feuerwehr verständigt.

Auf dem Weg zum Brandort überflog Reena die Berichte.

»Keine Hinweise auf gewaltsames Eindringen. Die Besitzer haben eine Alarmanlage. Die Zugehfrau kommt einmal wöchentlich und kennt den Zugangscode. Laut Feuerwehr hat der Brand auf dem Speicher begonnen. Zeitungen und die Überreste eines Streichholzbriefchens wurden gefunden.«

»Schöne Gegend«, stellte O'Donnell fest.

»Ja, ich habe mich auf der Suche nach einem Haus auch ein bisschen hier umgeschaut. Aber ich bin dann doch in meinem alten Viertel gelandet.«

»Was ist denn so schlimm daran? Habe gehört, du hättest einen interessanten Nachbarn.«

Sie sah ihn argwöhnisch an. »Woher weißt du das schon wieder?«

»Vielleicht hat dein Vater es John gegenüber erwähnt, und der hat es dann vielleicht mir erzählt.«

»Vielleicht solltet ihr euch alle ein anderes Gesprächsthema suchen als meinen Nachbarn.«

»Hat keine Vorstrafen …«

»Hast du ihn etwa überprüft? Das ist doch nicht zu fassen!«

»Vorsicht ist die Mutter der Porzellankiste.« O'Donnell

zwinkerte Reena zu und hielt den Wagen am Randstein an. »Vor sechs Monaten ein Strafzettel wegen Geschwindigkeitsüberschreitung.«

»Ich will das gar nicht wissen.« Reena stieg aus und holte ihren Tatortkoffer aus dem Kofferraum.

»Alleinstehend, laut Eintragung nie verheiratet gewesen.«

»Halt den Mund, O'Donnell.«

Er griff nach seinem eigenen Koffer. »Hat seine Firma in Baltimore und in Prince Georges County eintragen lassen, und zwar mit Geschäftsadresse in Prince Georges County. Das ist das Haus seines Kumpels. Dein Freund zieht häufig um, so etwa alle sechs bis acht Monate.«

»Du verletzt seine Privatsphäre.«

»Ja.« Mit federnden Schritten steuerte O'Donnell auf das abgebrannte Haus zu. »Genau deshalb macht es ja solchen Spaß. Er und sein Partner kaufen Gebäude – hauptsächlich Einfamilienhäuser – auf, renovieren sie und verkaufen sie dann weiter. Dein Freund …«

»Er ist nicht mein Freund.«

»Dein Freund zieht ein, saniert das Haus, bringt es auf Vordermann, stößt es ab, kauft ein neues, zieht weiter. Das macht er offenbar schon seit zehn oder zwölf Jahren.«

»Schön für ihn. Können wir uns jetzt möglicherweise mit unserer Arbeit statt mit meinem Privatleben beschäftigen?«

Reena musterte das Gebäude, den verrußten braunen Backstein und das eingesackte Dach. Dann machte sie Fotos für die Akten. »Laut Bericht standen im Speicher Tür und Fenster offen.«

»Auf diese Weise erzeugt man einen hübschen Durchzug«, stellte O'Donnell fest. »Die Besitzer haben da oben Krimskrams aufbewahrt, so wie du auch. Sommerkleider im Winter und umgekehrt, Weihnachts- und Osterschmuck. Alles leicht entflammbar.«

»Da kommt die Nachbarin«, flüsterte Reena und ließ die Kamera sinken. »Ich kümmere mich um sie.«

»Ich fang schon mal an.« O'Donnell schulterte seinen Koffer und ging zur Tür.

»Maam.« Reena nahm ihre Dienstmarke vom Gürtel. »Ich bin Detective Hale von der Stadtpolizei Baltimore, Branddezernat.«

»Branddezernat. Gut, gut.« Die Frau war zierlich, dunkelhäutig und ausgesprochen gepflegt.

»Mein Partner und ich untersuchen den Vorfall. Sind Sie Mrs Nichols? Shari Nichols?«

»Ja, das stimmt.«

»Sie haben den Brand gemeldet?«

»Genau. Ich war gerade hinter dem Haus, wo ich einige Blumenkübel stehen habe. Zuerst habe ich es gerochen. Den Rauch, meine ich.«

»Und das war gegen elf Uhr vormittags?«

»Eher Viertel nach elf. Das weiß ich, weil ich mir noch dachte, dass meine Kleinste in etwa einer Stunde aus dem Kindergarten kommen würde und es dann mit meiner Ruhe vorbei ist.« Sie lächelte. »Das Mädchen ist schlimmer als ein Sack Flöhe.«

»Wie lange waren Sie schon draußen, als Sie den Rauch wahrnahmen?«

»Oh, so etwa eine Stunde, vielleicht auch weniger. Und ich war so um Viertel vor elf ein paar Minuten drinnen, weil ich vergessen hatte, das Telefon mit hinauszunehmen. Der Brandinspektor hat mich bereits gefragt, ob ich jemanden gesehen hätte. Aber da war niemand.«

Die Frau betrachtete das Nachbarhaus. »Ein Jammer. Aber zum Glück war niemand da, sonst hätte es vielleicht noch Verletzte gegeben. Ich habe einen schönen Schreck bekommen, das kann ich Ihnen sagen. Allein die Vorstellung, dass das Feuer auf mein Haus hätte übergreifen können.«

Sie fasste sich an die Kehle, als sie die von Brandblasen übersäte Holzverkleidung und den rußgeschwärzten Backstein musterte. »Die Feuerwehr war sofort da. Das ist wirklich beruhigend.«

»Ja, Ma'am. Haben Sie vielleicht etwas gehört, wenn Sie schon nichts gesehen haben?«

»Drinnen im Haus gingen die Rauchmelder los. Anfangs habe ich das gar nicht bemerkt, ich hatte Musik laufen. Doch als ich den Rauch roch, habe ich mich umgeschaut und festgestellt, dass er aus dem Speicherfenster kam. Und dann habe ich den Rauchmelder gehört. Bestimmt sieht es drinnen verheerend aus. Sie wird gar nicht erfreut sein.«

»Wie bitte?«

»Damit wollte ich sagen, dass Ella Parker, die Besitzerin des Hauses, ziemlich ordentlich ist. Wir haben dieselbe Zugehfrau. Allerdings kommt Annie nur einmal im Monat zu uns, da ich zurzeit nicht berufstätig bin. Ella ist recht anspruchsvoll. Das Durcheinander wird sicher ein ebensolcher Schock für sie sein wie das Feuer. Entschuldigen Sie, dass das so unfreundlich klingt«, fügte Shari nach einer Weile hinzu. »Ich wollte nicht gehässig sein.«

»Verstehen Sie sich gut mit Mrs Parker?«

»Es geht so.« Reena hörte die Zurückhaltung, sagte jedoch nichts dazu. »Wir sind Nachbarinnen, aber nicht befreundet«, ergänzte Mrs Nichols, nachdem eine Zeit lang Schweigen geherrscht hatte. »Mein mittlerer Sohn spielt hin und wieder mit ihrem Ältesten.«

Als Reena nur nickte, scharrte Mrs Nichols verlegen mit den Füßen. »Glauben Sie wirklich, dass es Brandstiftung war und nicht einfach nur ein Unglück?«

»Wir wissen noch nichts Genaues.«

»Ach, zum Teufel, ich gestehe Ihnen lieber gleich, dass Ella und ich vor ein paar Wochen eine kleine Auseinandersetzung hatten. Mein Gott.« Mrs Nichols griff sich an die Kehle. »Ich möchte nicht, dass die Polizei denkt, ich hätte etwas mit dem Brand zu tun.«

»Warum sollten wir das denken?« Das wurde ja allmählich richtig spannend!

»Tja, der Streit war doch recht heftig. Wir haben dieselbe Zugehfrau, und unsere Söhne spielen zusammen. Außerdem habe ich die Feuerwehr gerufen. Ich habe gestern Abend mit meinem Mann darüber geredet, und er meinte, ich würde mich nur in Schwierigkeiten bringen. Aber ich muss ständig daran denken.«

»Worum ging Ihre Auseinandersetzung?«

»Um die Jungen. Ihren Trevor und meinen Malcomb.« Sie seufzte auf. »Vor drei Wochen habe ich sie dabei erwischt, wie sie die Schule schwänzten. Sie haben sich ziemlich ungeschickt angestellt. Weil es ein schöner Tag war, habe ich beschlossen, meine Jüngste zu Fuß vom Kindergarten abzuholen und anschließend mit ihr in den Park zu gehen, damit sie sich ein wenig austoben kann. Und da sah ich die beiden, wie sie über die Straße in den Park rannten. Natürlich habe ich sie mir sofort vorgeknöpft, ihnen eine Gardinenpredigt gehalten und sie zurück in die Schule geschleppt.«

Reena gestattete sich ein verschwörerisches Lächeln unter Frauen. »Ich wette, die Jungen waren überrascht, als sie Ihnen in die Arme gelaufen sind.«

»Sie waren nicht schlau genug, sich zu verdrücken. Wenn man schon die Schule schwänzt, soll man es wenigstens richtig machen.« Sie schüttelte den Kopf. »Als Ella von der Arbeit kam, bin ich mit meinem Sohn gleich zu ihr, um ihr alles zu berichten. Ich wusste gar nicht, wie mir geschah, als sie plötzlich anfing zu schimpfen, mein Sohn hätte ihren nur angestiftet, und ich hätte kein Recht, ihren Jungen anzufassen.«

Mrs Nichols breitete die Hände aus. »Ich habe ihn doch nur an der Hand genommen und ihn zurück in die Schule gebracht, wo er hingehörte. Wenn jemand das mit meinem Sohn machen würde, würde ich mich bei demjenigen bedanken. Oder sind Sie etwa anderer Ansicht?«

»Ich stimme Ihnen voll und ganz zu. Aber Mrs Parker war aufgebracht?«

»Ich würde es eher als stinksauer bezeichnen. Doch ich habe mir nichts gefallen lassen und gesagt, wenn ich ihren Filius das nächste Mal während der Schulzeit auf der Straße treffe, würde ich einfach weitergehen. Danach gab ein Wort das andere. Sie können es sich ja sicher vorstellen.«

»Verständlich, dass Sie sich geärgert haben«, erwiderte Reena. »Sie haben doch nur versucht zu helfen.«

»Und musste mir dafür anhören, ich solle mich um meinen eigenen Kram kümmern. Wenn ich mich wirklich daran gehalten hätte, wäre ihr dämliches Haus jetzt abgebrannt. Die Jungen spielen seitdem nicht mehr miteinander, und das tut mir leid. Aber ich kann Malc nicht erlauben, unbeaufsichtigt in der Gegend herumzulaufen. Er hat mir erzählt, es sei nicht das erste Mal gewesen, dass Trevor den Unterricht schwänzt – und er hatte solche Angst, dass er mir bestimmt die Wahrheit gesagt hat.«

»Er meint, Trevor schwänzt häufig die Schule?«

»Ach, verdammt. Ich möchte nicht, dass der Junge noch mehr Schwierigkeiten kriegt.«

»Es wäre besser für ihn und für alle, wenn wir die Tatsachen kennen, Mrs Nichols. Je mehr Sie mir sagen, desto eher können wir den Fall zu den Akten legen.«

»Tja, also, ob es häufig ist, weiß ich nicht. Mein Sohn hat nur gesagt, er würde hin und wieder schwänzen und hätte ihn zum Mitmachen überredet. Das ist keine Entschuldigung für Malcs Verhalten, und er ist dafür ja auch bestraft worden. In den letzten drei Wochen habe ich ihn jeden Morgen in die Schule gebracht und nachmittags abgeholt. Eine schlimmere Demütigung für einen neunjährigen Jungen gibt es nicht, als wenn seine Mama vor dem Schultor auf ihn wartet.«

»Meine Mutter hat das einmal mit meinem Bruder gemacht. Damals war er zwölf, und ich glaube, er ist noch immer nicht darüber hinweg.«

»Wenn Sie mich fragen, sollten Eltern sich mehr um die Erziehung ihrer Kinder kümmern, anstatt zu versuchen, wie Kumpel für sie zu sein.«

»Ist das nebenan so?«

»Das ist jetzt bloß Klatsch«, entgegnete Shari. »Nicht dass ich etwas gegen Klatsch hätte. Ich kann nur sagen, dass es an Disziplin fehlt. Aber das ist meine persönliche Meinung, und mein Mann findet, dass ich sie viel zu oft ausspreche. Trevor ist ein wenig ungebärdig, aber ein netter Junge. Ich meinte damit nur, dass mein Verhältnis zu Ella im Moment nicht das Allerbeste ist. Doch so etwas wie diesen Brand würde ich niemandem wünschen. Bestimmt war es irgendein Unglück oder technisches Versagen.«

»Wir untersuchen das. Vielen Dank für Ihre Hilfe.«

Reena ging ins Haus, blieb in der Vorhalle stehen und versuchte, sich in die Atmosphäre einzufühlen. Obwohl das Feuer nicht im Erdgeschoss gewütet hatte, roch sie den Rauch. Die Löscharbeiten hatten kleinere Schäden angerichtet. Ruß und Schmutz bedeckten Fußboden und Treppe.

Allerdings bemerkte Reena sofort, was die Nachbarin gemeint hatte. Abgesehen von dem durch den Brand verursachten Durcheinander war alles peinlich sauber. Die Oberflächen unter der Ascheschicht funkelten, die Blumen in den Vasen waren perfekt arrangiert; Sofakissen und Vorhänge waren farblich aufeinander abgestimmt und bildeten eine Ergänzung zum Anstrich der Wände und den dort prangenden Bildern.

Oben sah es genauso aus. Das Elternschlafzimmer hatte es am schlimmsten erwischt: abplatzende Lackschichten, verschmorte Zimmerdecke und Beschädigungen durch Löschwasser und Qualm.

Die Daunendecke auf dem Ehebett hatte wie die farblich dazu passenden Vorhänge Feuer gefangen. Die Fensterläden aus unbehandeltem Holz waren verkohlt.

Reena erkannte, dass sich das Feuer die Speichertreppe hinunter und über den polierten Parkettboden zu dem antiken Teppich vorgearbeitet hatte.

Als sie weiter den Flur entlangging, stieß sie auf zwei Arbeitszimmer, beide mit Antiquitäten eingerichtet.

Das Zimmer des Jungen befand sich am Ende des Flurs. Es war groß und hell und mit Fußballmotiven dekoriert. Eingerahmte Poster in Schwarzweiß mit roten Akzenten und dazu wohlgeordnete Bücherregale. Keine herumliegenden Spielsachen oder Haufen schmutziger Kleider.

Reena schlug etwas in der Akte nach und griff dann zum Mobiltelefon.

Als sie sich vorsichtig die beschädigte Treppe hinauftastete, untersuchte O'Donnell gerade die Berge verkohlter Gegenstände.

»Schön, dass du kommst.«

»Ich musste etwas überprüfen.« Sie blickte auf und musterte den Himmel. »Zum Glück hat sich das Feuer hauptsächlich nach oben ausgebreitet. Im ersten Stock sind die Schäden nicht so schlimm. Und im Erdgeschoss gibt es nur Beschädigungen durch Qualm und Löschwasser.«

»Bis jetzt weist nichts auf einen Brandbeschleuniger hin. Ausgebrochen ist der Brand in der südöstlichen Ecke.« Er wies auf die Stelle, während sie weitere Fotos machte. »Hier hat das Feuer auf die Pressspanplatten übergegriffen, die Isolierung dahinter entflammt und sich dann zum Dach ausgebreitet.«

Reena ging in die Hocke, tastete mit behandschuhten Händen nach und förderte die verkohlten Überreste eines

Schnappschusses zutage. »Fotos. Berge von Fotos. Vermutlich hat das Feuer hier angefangen.«

»Ja, eine kleine Fotoverbrennung. Das Feuer breitet sich nach oben und nach außen hin aus. Kleidersäcke voller Klamotten und Umzugskarton mit Weihnachtsschmuck geben ihm weitere Nahrung, und es arbeitet sich über die Treppe nach unten vor. Sauerstoffzufuhr erhält es durch das offene Fenster und die offene Tür.«

»Hast du nach Fingerabdrücken an der Türklinke und am Fensterrahmen gesucht?«

»Damit habe ich auf dich gewartet.«

»Ich hatte ein interessantes Schwätzchen mit einer Nachbarin. Rate mal, wer gerne die Schule schwänzt?«

O'Donnell ging in die Hocke. »Ach, wirklich?«

»Der kleine Trevor Parker hat im vergangenen Vierteljahr schon sechs Mal unentschuldigt gefehlt. Am Tag des Feuers kam er zu spät, und zwar erst zwischen elf und halb zwölf. Er hatte eine Entschuldigung«, fügte er hinzu. »Angeblich war er beim Arzt gewesen.«

Sie begann, den angesengten Fensterrahmen auf Fingerabdrücke zu untersuchen. »Die Schule hat die medizinischen Daten der Schüler in den Akten und konnte überredet werden, mir den Namen von Trevors Kinderarzt zu nennen. Am fraglichen Tag hatte er keinen Termin.«

»Im Bericht steht auch nichts darüber«, merkte O'Donnell an. »Beide Eltern waren an ihren Arbeitsstätten, bis sie über den Brand informiert wurden.«

»Hier habe ich einen Daumenabdruck. Klein. Sieht aus wie der eines Kindes.«

»Ich denke, wir sollten mal mit den Parkers reden.«

Ella Parker war achtunddreißig und mit makelloser Eleganz gekleidet. Sie war stellvertretende Marketingleiterin bei einem ortsansässigen Unternehmen und erschien, einen Aktenkoffer von Gucci unter dem Arm, auf dem Revier. Ihr Ehemann, der einen ähnlichen Stil pflegte, leitete die Beschaffungsstelle eines Forschungsinstituts. Er trug eine Rolex und italienische Slipper.

Wie verlangt, hatten sie Trevor mitgebracht. Der Neunjährige war klein und schlank. Er hatte zweihundert Dollar teure Basketballstiefel an den Füßen und einen mürrischen Ausdruck im Gesicht.

»Danke, dass Sie gekommen sind«, begann O'Donnell.

»Wenn Sie Fortschritte gemacht haben, würden wir die gerne erfahren.« Ella stellte ihren Aktenkoffer vor sich auf den Konferenztisch. »Wir müssen uns mit der Versicherung und den Schadensregulierern auseinandersetzen und hätten gerne so bald wie möglich Zugang zum Haus, um mit den Renovierungsarbeiten anfangen zu können.«

»Ich verstehe. Wir haben die Brandursache zwar ermittelt, doch es gibt noch einige offene Fragen.«

»Vermutlich haben Sie mit unserer ehemaligen Zugehfrau gesprochen.«

»Ehemalig?«, hakte Reena nach.

»Ich habe sie gestern rausgeworfen. Zweifellos trifft sie die Schuld. Sonst kannte niemand unseren Zugangscode. Ich habe dir ja gesagt, dass das ein Fehler ist«, meinte sie, an ihren Mann gewandt.

»Sie hatte die besten Empfehlungen«, widersprach er. »Und sie ist bereits seit sechs Jahren bei uns. Welchen Grund könnte Annie gehabt haben, unser Haus anzuzünden?«

»Menschen brauchen keinen Grund, um etwas kaputtzumachen. Sie tun es einfach. Haben Sie schon mit ihr gesprochen?«, wollte Ella von Reena wissen.

»Das werden wir noch.«

»Ich begreife nicht, warum sie nicht ganz oben auf Ihrer Liste steht. Weshalb zitieren Sie uns ausgerechnet heute hierher? Können Sie sich überhaupt vorstellen, wie viel

Zeit, Nerven und Kraft es kostet, wenn einem das Haus abbrennt?«

»Das kann ich sogar sehr gut«, erwiderte Reena. »Und ich beneide Sie wirklich nicht darum.«

»Persönliche Gegenstände im Wert von einigen tausend Dollar wurden vernichtet, ganz zu schweigen von den Schäden am Gebäude selbst. Ich musste Termine absagen und meinen Zeitplan völlig umwerfen.«

»Ella.« William Parker klang erschöpft, und Reena hatte den Eindruck, dass das nicht erst seit Kurzem so war.

»Verschon mich mit deinem ›Ella‹!«, zischte sie. »Schließlich muss ich mich mit dem ganzen Kleinkram herumärgern. Du würdest ja niemals …« Sie verstummte und hob entschuldigend die Hand. »Tut mir leid. Ich bin einfach so nervös.«

»Das ist nur verständlich. Können Sie uns sagen, wie oft Sie auf den Speicher gehen?«

»Mindestens einmal im Monat. Und ich lasse – ließ – die Zugehfrau dort regelmäßig putzen.«

»Mr Parker?«

»Zwei- oder drei Mal im Jahr vielleicht. Wenn ich Krimskrams rauf- und runterschleppe. Weihnachtsschmuck und so weiter.«

»Trevor?«

»Trevor darf nicht auf den Speicher«, unterbrach Ella.

Reena bemerkte, dass der Junge seiner Mutter einen raschen Blick zuwarf, bevor er wieder auf die Tischplatte starrte.

»Ich habe als Kind oft auf dem Speicher gespielt«, meinte Reena im Plauderton. »Da oben lagen viele interessante Sachen herum.«

»Ich habe doch gesagt, dass ich es ihm verboten habe.«

»Wenn man einem Jungen etwas verbietet, heißt das noch lange nicht, dass er es nicht trotzdem tut. Unseren Informationen nach schwänzt Trevor gelegentlich die Schule.«

»Ein einziges Mal. Und mit dem Jungen, der ihn dazu angestiftet hat, darf er inzwischen nicht mehr spielen. Außerdem wüsste ich nicht, was Sie das angeht.«

»Trevor war am Morgen des Brandes nicht in der Schule. Wo warst du, Trevor?«

»Natürlich war er das«, protestierte Ella mit vor Gereiztheit und Ungeduld schriller Stimme. »Mein Mann hat ihn dort abgeholt, nachdem wir von dem Brand erfahren hatten.«

»Aber du bist erst kurz vor zwölf in der Schule erschienen, richtig, Trevor? Du bist zu spät gekommen. Und zwar mit einer Entschuldigung, in der stand, du hättest einen Arzttermin gehabt.«

»Das ist doch lächerlich.«

»Mrs Parker«, wandte O'Donnell in seiner ruhigen und gelassenen Art ein. »Gibt es irgendeinen Grund, warum der Junge nicht selbst antworten kann?«

»Ich bin seine Mutter, und ich werde nicht zulassen, dass er von der Polizei verhört oder eingeschüchtert wird. Wir sind das Opfer einer Straftat geworden, und nun wollen Sie offenbar andeuten, ein neunjähriger Junge könnte der Schuldige sein.« Mrs Parker sprang auf. »Jetzt reicht es mir. Komm, Trevor.«

»Ella, sei still. Halt endlich einmal fünf gottverdammte Minuten lang den Mund«, fiel William ihr da ins Wort und drehte sich zu Trevor um. »Trevor, warst du wieder nicht in der Schule?«

Der Junge zuckte die Achseln und starrte auf den Tisch. Aber Reena erkannte das Glitzern von Tränen in seinen Augen.

»Warst du an diesem Morgen auf dem Speicher, Trevor?«, erkundigte sie sich leise. »Vielleicht nur, um zu spielen und dir die Zeit zu vertreiben?«

»Ich will nicht, dass Sie ihn befragen«, protestierte Ella.

»Aber ich.« Ihr Mann erhob sich. »Wenn dir das zu viel

ist, geh bitte hinaus. Ich möchte gern hören, was Trevor uns zu sagen hat.«

»Als ob dich das interessieren würde. Wir sind dir doch beide gleichgültig. Du bist schließlich viel zu sehr damit beschäftigt, diese Blondine mit dem Monsterbusen zu befriedigen.«

»Der Grund ist doch eher, dass es meine ganze Kraft kostet, mit dir unter einem Dach zu leben. Deshalb habe ich mich zu wenig um Trevor gekümmert.«

»Du machst dir nicht einmal die Mühe, abzustreiten, dass du mich betrügst, du Schwein.«

»Hört auf! Hört auf!« Trevor hielt sich die Ohren zu. »Schreit euch nicht die ganze Zeit an! Ich wollte es nicht tun. Es war keine Absicht. Ich wollte nur sehen, was passiert.«

»O mein Gott. O mein Gott, Trevor. Was hast du getan? Sag jetzt kein Wort mehr. Ich erlaube ihm nicht mehr, auch nur ein Wort zu sagen«, wandte Ella sich an Reena. »Ich verständige meinen Anwalt.«

»Gib doch endlich Ruhe, Ella.« William legte seinem Sohn die Hand auf die Schulter. Dann senkte er den Kopf, bis sein Kinn Trevors Scheitel berührte. »Tut mir leid, mein Junge. Deine Mutter und ich haben Mist gebaut. Wir werden es wieder in Ordnung bringen. Aber du musst dich ebenfalls deinen Problemen stellen. Erzähl uns, was passiert ist.«

»Ich war sauer. Ich war sauer, weil ihr wieder gestritten habt, und ich wollte nicht in die Schule. Also bin ich nicht hingegangen.«

Reena reichte Trevor ein Papiertaschentuch. »Bist du stattdessen zurück nach Hause?«

»Eigentlich wollte ich nur in meinem Zimmer spielen und fernsehen, aber ...«

»Du warst sauer.«

»Sie wollen sich scheiden lassen.«

»Oh, Trev.« William setzte sich wieder. »Das liegt doch nicht an dir.«

»Du hast unser Zuhause kaputtgemacht. Das hat Mom gesagt. Und ich dachte, wenn ich ein Feuer anzünde, musst du bleiben und das Haus wieder reparieren. Aber ich wollte es nicht. Ich habe mir Streichhölzer geholt und die Fotos und Papiere angezündet. Und dann konnte ich es nicht mehr löschen. Ich habe Angst bekommen und bin weggelaufen. Die Entschuldigung hatte ich mir auf dem Computer geschrieben. Und dann bin ich in die Schule gegangen.«

»Das ist alles nur deine Schuld!«, stieß Ella hervor.

William griff nach Trevors Hand. »Klar, warum auch nicht? Schließlich habe ich schon genug verbrochen. Wir schaffen das Problem gemeinsam aus der Welt, mein Junge. Ich freue mich, dass du die Wahrheit gesagt hast. Und nun suchen wir eine Lösung.«

»Jetzt, wo das Haus abgebrannt ist, lasst ihr euch doch nicht scheiden.« Trevor schmiegte das Gesicht an die Brust seines Vaters. »Bitte geh nicht weg.«

Als Reena endlich nach Hause kam, war sie niedergeschlagen. Für Trevor Parker würde es keine einfache, geschweige denn eine perfekte Lösung geben. Eine Therapie würde ihm vielleicht helfen, seine Probleme zu bewältigen, doch seine Familie konnte das nicht retten. Die war in Reenas Augen endgültig zerbrochen.

Und soweit sie es beurteilen konnte, waren viel zu viele Ehen zum Scheitern verurteilt.

Es gab noch Paare wie Fran und Jack oder Gib und Bianca, aber es gab viel zu viele Menschen, deren Beziehung zerbrach, und die unglücklichen Familien überwogen bei Weitem.

Auch wenn das Haus nicht vom Feuer zerstört worden war, gab es für die Parkers selbst keine Rettung.

Reena parkte vor ihrem Haus, stieg aus dem Wagen und schloss ihn ab. Bo saß auf seiner Vordertreppe und trank Bier aus der Flasche.

Am liebsten wäre Reena grußlos an ihm vorbeigehastet, denn er machte ganz den Eindruck eines Menschen, in den man viel Zeit und Mühe investieren musste. Viel einfacher war es da doch, in ihr eigenes Haus zu gehen, die Tür hinter sich zuzumachen und die schrecklichen Ereignisse des Tages auszusperren. Dennoch setzte sie sich neben ihn auf die Treppe, nahm ihm die kalte Flasche aus der Hand und trank einen großen Schluck.

»Wenn du mir jetzt erzählst, du hättest hier draußen auf mich gewartet, kriege ich einen Anfall.«

»Dann verschweige ich es dir eben. Aber ich muss hinzufügen, dass ich an einem warmen Abend öfter mit einem kalten Bier auf der Treppe sitze. Anstrengender Tag?«

»Traurig.«

»Jemand gestorben?«

»Nein.« Sie gab ihm die Flasche zurück. »Allerdings zwingt mich diese Frage, den heutigen Tag in einem etwas anderen Licht zu sehen. Denn häufig gibt es wirklich einen Todesfall. Und Tote kehren nicht zurück.«

»Was, glaubst du etwa nicht an die Reinkarnation? Wo ist das Karma?«

Zu ihrer eigenen Überraschung musste sie schmunzeln. »Ich hatte heute nicht mit einem Menschen zu tun, der vielleicht als Beagle wiedergeboren wird. Nur mit einem kleinen Jungen, der fast das Haus seiner Familie niedergebrannt hätte, damit seine Eltern sich nicht scheiden lassen.«

»Ist er verletzt?«

»Körperlich nicht.«

»Wenigstens etwas.«

»Wenigstens. Du sagtest doch, deine Eltern hätten sich getrennt, als du noch klein warst.«

»Ja.« Er nahm einen Schluck aus der Bierflasche. »Es war ... scheußlich. Gut«, verbesserte er sich, als sie ihn fragend ansah. »Es war ein Albtraum. Du möchtest dich nach diesem Tag bestimmt nicht auch noch mit meiner schweren Kindheit belasten.«

»Meine Eltern sind seit siebenunddreißig Jahren verheiratet. Manchmal kommen sie mir vor wie ein Körper mit zwei Köpfen. Sie streiten zwar ab und zu, aber es geht nie unter die Gürtellinie, wenn du verstehst, was ich meine.«

»O ja, das tue ich.«

»Ich würde sagen, sie sind wie zusammengeklebt. Und weißt du was? Sie selbst sind der Klebstoff. Manchmal wirkt ihre Nähe einschüchternd, denn man möchte sich selbst nicht mit weniger zufriedengeben.«

»Wir könnten ja mit einem gemeinsamen Abendessen anfangen und schauen, was sich daraus entwickelt.«

»Könnten wir.« Sie griff wieder nach der Flasche und trank nachdenklich. Der Geruch seiner Seife stieg ihr in die Nase. Und da war noch etwas, das sie nicht einordnen konnte. Vielleicht Leinölfirnis oder eine andere Holzlasur.

»Wir könnten auch reingehen und uns leidenschaftlich lieben. Das ist es doch, was du willst.«

»Tja, jetzt stecke ich aber ganz schön in der Klemme.« Bo lachte verlegen auf und streckte seine Beine aus. »Wenn ich Nein sage, stehe ich wie ein Schlappschwanz da. Also ja, dich leidenschaftlich zu lieben wäre keine schlechte Idee. Ich habe ohnehin sieben Siebzehntel meines Lebens damit verbracht, mir vorzustellen, wie es ist, mit dir zu schlafen.«

Sie stieß ein nicht sehr damenhaftes Schnauben aus. »Sieben Siebzehntel?«

»Das ist ein wenig abgerundet, aber ich habe es mal nachgerechnet. Also wäre es wirklich ein großer Tag für mich, wenn es wirklich wahr werden würde. Andererseits würde es mich, nachdem ich mir sieben Siebzehntel meines Lebens vorgestellt habe, mit dir zu schlafen, auch nicht umbringen, noch ein bisschen damit zu warten.«

»Du bist ein komischer Typ, Bowen.«

»Ja, ich kann komisch sein. Aber auch ernst, aufmerksam oder lässig. Ich bin ein Mann mit vielen Seiten. Wir könnten essen gehen. Und dann zeige ich dir ein paar davon.«

»Mein Partner hat dich überprüft.«

»Was hat er?«

Reena lachte auf und streckte sich genüsslich. »Er hat deine Daten durch den Computer laufen lassen.«

»Wirklich?« Bo wirkte eher neugierig als beleidigt. »Wow. Und? Habe ich bestanden?«

»Offenbar.« Reena legte die Stirn in Falten und musterte ihn. »Warum ärgerst du dich nicht? Ich habe mich geärgert.«

»Keine Ahnung. Ich finde es eben irgendwie interessant. Ich glaube, ich bin noch nie überprüft worden.«

»Ich habe eine große, laute, nervtötende und häufig überbehütende Familie, die sich in alles einmischt. Sie ist der Mittelpunkt meines Lebens, selbst wenn ich das gar nicht will.«

»Und ich bin das einzige Kind geschiedener Eltern. Spürst du, wie ich leide?«

»Du leidest doch nicht!«

»Nein. Aber das heißt nicht, dass ich vor deiner Familie Angst hätte. Ich will dich einfach nur berühren.« Er ließ die Hand ihren Arm hinauf bis zur Schulter gleiten und drehte dann ihr Gesicht zu ihm um, sodass ihre Blicke sich trafen. »Vielleicht bist du ja gar nicht wie die Frau meiner Träume. Aber ich denke nun schon so lange an dich, dass ich es unbedingt herausfinden will.«

»Ich habe kein Talent für Dauerbeziehungen. Jedenfalls halten sie bei mir nie lange. Hast du je daran gedacht, wie

274

lästig es wäre, Tür an Tür zu wohnen und einander nicht mehr riechen zu können?«

»Dann würde einer von uns eben umziehen müssen. Aber bis dahin ...« Er griff hinter sich, öffnete die Tür und stellte die leere Bierflasche hinein. »Hast du Lust auf einen Spaziergang? Ich habe gehört, dass es ganz in der Nähe ein wirklich gutes italienisches Restaurant gibt. Wir könnten einen Happen essen.«

»Einverstanden.« Sie stützte die Hände auf die Knie und hoffte, dass sie keinen Fehler machte. »Gut. Also gehen wir.«

Kapitel 15

Das Baby auf dem Arm, schlenderte Reena durch das Wohnzimmer von Xanders und Ans winziger Wohnung. Sie hatten bereits mit dem Packen angefangen.

Nachdem Reena die Wohnung über dem Sirico aufgegeben hatte, würde nun ihr Bruder mit seiner kleinen Familie dort einziehen.

Da beide Fenster weit offen standen, konnte sie den Straßenverkehr und die Rufe spielender Kinder im nahe gelegenen Park hören.

Das Baby hatte bereits sein Bäuerchen gemacht, aber Reena wollte es noch nicht ins Bett legen. »Gut, wir haben im Sirico zu Abend gegessen. Zwei Mal. Wir haben ein paar Mal draußen auf seiner Vordertreppe gesessen. Er hat mir einen Entwurf für einen Esszimmertisch gemacht. Der Tisch wird nicht nur toll, sondern einfach ein Traum sein. Aber ich weiß einfach nicht, was ich von dem Typen halten soll.«

»Eines interessiert mich viel mehr«, meinte An, während sie weiter Babykleidung zusammenfaltete. »Warum hast du ihn noch nicht ins Bett geschleppt?«

»Dass ich mir so was von einer Mutter anhören muss!«

»Da in meinem Liebesleben wegen Geburt, Babypflege, Arbeit und Umzug momentan nicht viel geboten ist, muss ich mir den Nervenkitzel eben anderswo holen. Wie küsst er denn so?«

»Keine Ahnung.«

»Du hast ihn noch nicht geküsst?« An schleuderte ein Strampelhöschen von sich und schlug dramatisch die Hand vor die Brust. »Und dabei wohnst du schon seit drei Wochen Tür an Tür mit ihm. Du brichst mir das Herz.«

»Er arbeitet. Ich arbeite.« Reena zuckte die Achseln. »Obwohl wir Nachbarn sind, sehen wir einander nicht täglich. Vielleicht legen wir es sogar darauf an, dass wir uns nicht ständig über den Weg laufen. Jedenfalls hat er noch nicht den ersten Schritt unternommen. Und ich auch nicht. Irgendwie ...« Sie machte mit dem Finger eine kreisförmige Bewegung in der Luft. »... umkreisen wir einander. Ich erwarte von ihm, dass er den Anfang macht. Und vermutlich ahnt er das und lässt sich deshalb Zeit, was mich wiederum ein wenig aus dem Konzept bringt. Ich muss den Hut vor ihm ziehen.«

»Gut, du findest ihn toll. Und du hast dich mit ihm getroffen, was heißt, dass du seine Gesellschaft genießt. Da du eine lebendige Frau bist, findest du ihn attraktiv. Aber trotzdem tust du nichts.«

»Nein.« Reena hielt Dillon von sich ab, um sein Gesicht zu betrachten. »Was stimmt bloß nicht mit mir?«

»Es macht dir ein wenig Angst, richtig?«

»Ich fürchte mich grundsätzlich nicht vor Männern.« Nein, das würde sie niemals zulassen. »Nicht einmal vor diesem hier, der offenbar gerade so richtig in die Windeln gemacht hat. Geh zu deiner Mama, mein Schätzchen.«

An nahm das Baby, trug es in das derzeit noch gemeinsame Schlafzimmer der Familie und legte es auf den Wickeltisch. »Ich denke, er macht dich ein bisschen nervös«, fuhr sie fort. »Bei mir und Xander war es anfangs ganz ähnlich. Er war so niedlich und schlagfertig und dazu noch ein verdammt guter Arzt. Ich hätte ihn umbringen können vor Neid. Und dann, nachdem wir fest miteinander gingen, hatte ich eine Todesangst davor, deine Familie kennenzulernen. Ich hatte so ein bestimmtes Bild vor Augen. So wie in der Fernsehserie *Die Sopranos,* allerdings ohne Blut, Mord und Verbrechen.«

»Schön, das zu hören.«

»Jedenfalls ist es eine große Familie, eine italienische Familie. Und ich habe mich gefragt, ob ein chinesisches Mädchen wie ich da wohl hineinpasst.«

»So wie eine Lotusblüte, elegant in einen Weinstock geschlungen.«

»Ein hübscher Vergleich. Aber ich fand deine Familie schon toll, bevor ich mich in Xander verliebt habe. Ich habe mich nach ihm verzehrt und ihn angebetet, aber von deiner Sippe war ich ganz hin und weg. Und schau dir jetzt das Ergebnis an.«

Sie küsste Dillon aufs Bäuchlein und legte Reena den Arm um die Taille. »Ist er nicht das Schönste, was du je gesehen hast?«

»Würde jeden Preis gewinnen.«

»Als Xander mir das erste Mal einen Heiratsantrag machte, habe ich Nein gesagt.«

»Was?« Verdutzt betrachtete Reena den schimmernden Scheitel ihrer Schwägerin. »Du hast Xander einen Korb gegeben?«

»Ich habe Panik bekommen. Nein, nein, bist du verrückt geworden? Lass doch alles so, wie es ist. Wir brauchen doch nicht gleich zu heiraten. Alles ist in Ordnung so. Hör auf damit. Daraufhin hat er fast eine Stunde lang den Mund gehalten. Aber dann hat er sich mich vorgeknöpft und gemeint, ich soll aufhören, herumzuspinnen.«

»Wie romantisch!«

»Das war es eigentlich auch. Ich fand es so sexy, wie er sich aufgeregt hat. Ich liebe dich, du liebst mich, wir wollen unser Leben zusammen verbringen. Schließlich habe ich zugestimmt, und jetzt sind wir verheiratet.« Sie nahm das Baby in den Arm und schmiegte ihre Wange an seine. »Zum Glück. Ich erzähle dir das deshalb, um dir zu zeigen, dass es nicht schlimm ist, wenn einem ein bisschen mulmig wird. Aber es ist besser, etwas zu unternehmen.«

Vielleicht würde sie das wirklich tun, überlegte Reena auf der Heimfahrt. Was hinderte sie denn daran? An hatte wie immer recht: Es war besser, aktiv zu werden. Denn der Mensch, der den ersten Schritt machte, war, wie Reena sich vor Augen hielt, normalerweise im Vorteil.

Obwohl die Machtfrage in einer Beziehung eigentlich nicht weiter wichtig für sie war, hatte sie nichts dagegen einzuwenden. Und wenn sie es sich genauer überlegte, ergab es auch einen Sinn. Schließlich himmelte Bo sie schon jahrelang in seiner Fantasie an. Wie hatte er es ausgedrückt? Sieben Siebzehntel seines Lebens. Und das war doch wirklich niedlich. Allerdings hieß das nach den Gesetzen der Logik betrachtet, dass er sich vermutlich bereits ein festes Bild von ihr gemacht hatte, das zum Großteil sicher nicht mit der Wirklichkeit übereinstimmte.

Wenn sie die Sache hingegen in die Hand nahm, konnte sie über das Spielfeld bestimmen.

Und sie spielte gern.

Manchmal musste man eben auf seinen Bauch hören, sagte sich Reena, als sie ihren Wagen abstellte und nach ihrer Tasche griff. Es war zwecklos, eine Angelegenheit totzugrübeln.

Also marschierte sie geradewegs auf Bos Eingangstür zu und klopfte. Es dauerte so lange, bis er aufmachte, dass sie schon glaubte, dass er, wie so oft am Abend, hinten im Garten arbeitete. Doch als er schließlich die Tür öffnete, setzte sie sofort ein keckes Lächeln auf.

»Hallo, ich war gerade in der Gegend und dachte ...« Sie stellte fest, dass er aussah, als wäre er einem Gespenst begegnet: bleich und eingefallen. »Was ist los?«

»Ich ... ich muss weg. Tut mir leid ... ich muss ...« Er verstummte und sah sich verdattert um, als habe er vergessen, was er vorhatte.

»Bo, was ist denn passiert?«

»Was? Ich muss ... meine Großmutter.«

Reena nahm seinen Arm und bemühte sich um einen ruhigen Ton. Es war offensichtlich, dass er unter Schock stand. »Was ist mit deiner Großmutter?«

279

»Sie ist gestorben.«

»Oh, das ist ja entsetzlich. Es tut mir so leid. Wann?«

»Sie ... gerade kam der Anruf. Vor ein paar Minuten. Ich muss zu ihr. Sie ist bei sich zu Hause. Ich muss mich um alles kümmern. Alles erledigen.«

»Gut. Ich fahre dich hin.«

»Was? Moment, warte eine Sekunde.« Er presste die Finger an die Augen. »Ich bin total durch den Wind.«

»Das ist doch verständlich. Deshalb will ich dich ja hinfahren.«

»Nein, nein, schon in Ordnung.« Kopfschüttelnd ließ Bo die Hände sinken. »Das ist ziemlich weit draußen in Glendale.«

»Komm, wir nehmen mein Auto. Hast du den Hausschlüssel?«

»Den ...« Er zog den Schlüssel aus der Hosentasche. »Ja, da ist er. Pass auf, Reena. Das ist wirklich nicht nötig. Ich brauche nur ein paar Minuten, um mich wieder zu beruhigen.«

»In diesem Zustand solltest du nicht Auto fahren, glaube mir. Und allein sein solltest du auch nicht. Schließ die Tür ab«, wies sie ihn an und schob ihn dann zu ihrem Auto. »Wo in Glendale?«

Er rieb sich das Gesicht, als wäre er gerade aus einem tiefen Schlaf erwacht. Dann gab er ihr die Adresse und eine wirre Wegbeschreibung. Allerdings kannte Reena die Gegend aus ihren Collegetagen.

»War deine Großmutter krank?«

»Nein. Wenigstens nichts Ernstes. Zumindest nichts, von dem ich gewusst hätte. Vermutlich das eine oder andere Zipperlein, das man mit siebenundachtzig eben so kriegt. Oder mit achtundachtzig. Mist, das habe ich vergessen.«

»Frauen stört es nicht weiter, wenn man ihr Alter vergisst.« Beim Fahren tätschelte sie ihm kurz die Hand.

»Möchtest du mir erzählen, was geschehen ist? Oder willst du lieber nicht reden?«

»Keine Ahnung. Ich weiß nicht genau, was los war. Ihre Nachbarin hat sie gefunden. Sie machte sich Sorgen, weil sie nicht ans Telefon gegangen ist. Und sie hatte morgens ihre Post nicht reingeholt. Meine Großmutter ist nämlich ein Gewohnheitstier.«

»Ja …«

»Die Nachbarin hat den Schlüssel. Also ist sie rüber, um nach ihr zu sehen. Sie lag noch im Bett. Offenbar ist sie im Schlaf gestorben. Den ganzen Tag hatte sie so dagelegen. Mutterseelenallein.«

»Bowen, es ist immer schwer, wenn man einen geliebten Menschen verliert. Aber kannst du dir einen schöneren Tod vorstellen als zu Hause im eigenen Bett und im Schlaf, wenn der Tag gekommen ist?«

»Vermutlich nicht.« Er holte tief Luft. »Sicher. Ich habe erst gestern mit ihr geredet. Alle paar Tage habe ich sie angerufen, um sie zu fragen, wie es ihr geht. Sie meinte, in der Küche tropfe schon wieder der Wasserhahn. Eigentlich wollte ich heute oder morgen hinfahren, um ihn zu reparieren. Aber dann ist mir etwas dazwischengekommen, und ich habe es nicht geschafft. Mist.«

»Aber du hast dich um sie gekümmert.«

»Nein, ich habe nur hin und wieder etwas im Haus in Ordnung gebracht und sie etwa alle zwei Wochen besucht. Viel zu selten. Ich hätte öfter nach ihr sehen sollen. Warum fällt einem das immer erst ein, wenn es zu spät ist?«

»Weil wir Menschen uns eben gern mit Selbstvorwürfen zermürben. Hat sie noch andere Angehörige?«

»Nicht wirklich. Mein Vater lebt in Arizona. Verdammt, ich habe ihn noch gar nicht angerufen. Dann gibt es noch einen Onkel in Florida und einen Cousin in Pennsylvania.« Bo lehnte den Kopf zurück. »Ich muss die Nummern heraussuchen.«

Reena wurde klar, dass er mit der Situation ganz allein dastand. »Weißt du, wie sie beigesetzt werden wollte? Hat sie je mit dir über ihre Beerdigung gesprochen?«

»Eigentlich nicht. Eine Messe wäre sicher das Richtige. Bestimmt hätte sie sich eine Messe gewünscht.«

»Bist du katholisch?«

»Sie ist ... war es. Ich habe damit nicht viel am Hut. Die Sterbesakramente. Verdammt, dafür ist es jetzt auch zu spät. Ich komme mir so unfähig vor«, seufzte er. »Ich habe mich noch nie mit so etwas befassen müssen. Mein Großvater ist vor fast zwanzig Jahren gestorben. Autounfall. Die Eltern meiner Mutter wohnen in Las Vegas.«

»Deine Großeltern wohnen in Las Vegas?«

»Ja, ihnen gefällt es dort. Als ich meine Großmutter vor zwei Wochen zuletzt besucht habe, hat sie mir einen absolut widerlichen Eistee angeboten. Du kennst doch das Zeug aus der Dose, strotzend von Zucker und mit künstlichem Limonengeschmack.«

»Das sollte man eigentlich verbieten.«

»Richtig.« Er lachte auf. »Wir saßen auf der Terrasse, tranken den grässlichen Tee und aßen dazu gekaufte Kekse. Sie hatte kein Händchen fürs Backen. Viel lieber spielte sie Binokel und sah sich Katastrophensendungen im Fernsehen an. Sie stand auf diesen Reality-TV-Mist. Dazu hat sie drei Zigaretten am Tag geraucht. Drei Stück. Keine mehr und keine weniger.«

»Und du hast sie geliebt.«

»Das habe ich. Ich habe nie richtig darüber nachgedacht, aber sie hat mir sehr viel bedeutet. Danke. Danke, dass du mit mir darüber redest.«

»Keine Ursache.«

Nachdem er sich wieder ein wenig beruhigt hatte, beschrieb er ihr den Weg zu dem hübschen Backsteinhaus mit einem ausgesprochen gepflegten Vorgarten.

Die Fensterläden und die kleine Veranda waren weiß

lackiert. Reena nahm an, dass Bo sie gestrichen und die Veranda vermutlich auch selbst gebaut hatte.

Eine Frau Mitte vierzig trat aus dem Haus. Ihre Augen waren vom Weinen gerötet. Sie trug einen pastellblauen Trainingsanzug und hatte das hellbraune Haar zu einem kurzen Pferdeschwanz zusammengefasst.

»Bo, Bo, es tut mir ja so leid.« Sie nahm ihn in die Arme, und ihr ganzer Körper bebte, als sie ihn an sich drückte. »Ich bin so froh, dass du da bist.« Sie zog die Nase hoch und wich zurück. »Entschuldigen Sie«, meinte sie zu Reena. »Ich bin Judy Dauber von nebenan.«

»Das ist Reena. Catarina Hale. Danke, Judy, dass du … bei ihr gewartet hast.«

»Das ist doch selbstverständlich, mein Junge.«

»Ich sollte reingehen.«

»Tu das.« Reena nahm seine Hand und drückte sie. »Ich komme gleich nach.«

Reena blieb im Vorgarten stehen und blickte ihm nach, während er das Haus betrat.

»Ich dachte, sie schläft«, sagte Judy. »Wenigstens im ersten Moment. Ich sagte noch, um Himmels willen, Marge, was machst du um diese Uhrzeit denn im Bett? Sie war doch immer so aktiv. Und dann, im nächsten Moment, war mir alles klar. Erst gestern hatte ich noch mit ihr geredet. Sie sagte mir, Bo wolle in ein oder zwei Tagen vorbeikommen, um ihren Wasserhahn zu reparieren. Außerdem wollte sie noch eine Liste von Kleinigkeiten zusammenstellen, die er erledigen sollte, wenn er schon einmal hier sei. Sie war sehr stolz auf ihn. Bo bedeutete ihr alles, während sie an seinem Vater kein gutes Haar ließ.«

Sie kramte ein Papiertaschentuch hervor und wischte sich die Augen ab. »Bo war wirklich sehr wichtig für sie, denn er war der Einzige, der sich um sie kümmerte, wenn Sie verstehen, was ich meine. Nur er hat sich für sie interessiert.«

»Und Sie.«

Als Judy sie ansah, liefen ihr wieder die Tränen über die Wangen.

»Judy.« Reena legte der Nachbarin den Arm um die Schulter und ging mit ihr zum Haus. »Bo sagte, seine Großmutter sei katholisch gewesen. Wissen Sie, zu welcher Gemeinde sie gehörte und wie der Pfarrer heißt?«

»Ja, ja, natürlich. Daran hätte ich auch denken können.«

»Wir sollten dort anrufen. Vielleicht finden wir auch die Telefonnummern ihrer Söhne.«

So komplikationslos ein Mensch auch gestorben sein mochte, hatte der Tod doch stets ein umständliches Nachspiel. Reena half, so gut sie konnte, und setzte sich mit dem Priester in Verbindung, während Bo seinen Vater anrief. Die Papiere lagen wohlgeordnet in einer Schublade des kleinen Schreibtischs im Arbeitszimmer. Versicherungspolicen, eine Urkunde über die Grabstätte, eine Kopie des Testaments, die Grundbucheintragung des Hauses und der Fahrzeugbrief des altersschwachen Chevrolets, mit dem Margaret Goodnight zur Kirche und zum Supermarkt gefahren war.

Der Priester erschien so rasch und blickte so bedrückt, dass Marge vermutlich ein angesehenes Mitglied der Gemeinde gewesen sein musste.

Überall im Haus entdeckte Reena Spuren von Bo. Während die allgemeine Ordnung sicherlich Marges Werk war, war er eindeutig für die Wartung des Hauses zuständig gewesen. Von den provisorischen Basteleien und schlampigen Reparaturen, auf die sie so häufig in den Wohnungen von Senioren stieß, fehlte hier jede Spur.

Wie Judy gesagt hatte, hatte er sich um seine Großmutter gekümmert, und ihr Wohlergehen hatte ihm am Herzen gelegen.

Nun erledigte er alles, tätigte Anrufe, sprach mit dem

Priester und traf Entscheidungen. Als sie sah, dass ihm wieder Tränen in die Augen traten, nahm sie seine Hand.

»Kann ich etwas für dich tun?«

»Sie ... äh ... wollen wissen, was sie anhaben soll. Für die Beerdigung. Ich muss etwas aussuchen.«

»Soll ich das übernehmen? Männer haben doch keine Ahnung von Frauenkleidern.«

»Da wäre ich dir sehr dankbar. Ihre Sachen sind hier im Schrank. Du kannst das auch später erledigen. Sie haben ... ich meine, sie liegt noch da drin.«

»Schon gut. Ich mache das.«

Es war ein merkwürdiges Gefühl, das Schlafzimmer einer Frau zu betreten, die sie nie kennengelernt hatte, und den Schrank zu durchsuchen, während seine Besitzerin tot daneben im Bett lag. Aus Respekt trat Reena zuerst ans Bett und betrachtete die Tote.

Marge Goodnight hatte ihr graues Haar nicht gefärbt und es kurz und glatt getragen. Offenbar eher ein sachlicher Typ, wie Reena feststellte. Die linke Hand mit dem Ehering ruhte auf der Decke.

Reena stellte sich vor, wie Bo dagesessen und ihre Hand gehalten hatte, während er sich von ihr verabschiedete.

»Es ist zu viel für ihn«, sagte sie leise. »Ein Kleid für Sie auszusuchen überfordert ihn ein wenig. Hoffentlich stört es Sie nicht, dass ich das erledige.«

Sie öffnete den Schrank und schmunzelte beim Anblick der eingebauten Regale und Fächer. »Das hat er gemacht, richtig?« Sie warf einen Blick auf Marge. »Sie haben es gern schön ordentlich, und er hat Ihnen dabei geholfen. Gute Arbeit. Vielleicht muss ich ihn bitten, so etwas auch für mich zu bauen. Was halten Sie von diesem blauen Kostüm, Marge? Würdevoll, aber nicht spießig. Und dazu die Bluse mit dem kleinen Spitzensaum an der Knopfleiste. Hübsch und dennoch nicht zu verspielt. Ich glaube, ich hätte Sie gemocht.«

Sie nahm einen Kleidersack, hängte die Sachen hinein und wählte, obwohl sie wusste, dass es überflüssig war, noch ein Paar Schuhe und Unterwäsche aus der Kommode aus.

Bevor sie den Raum verließ, drehte sie sich ein letztes Mal zum Bett um. »Ich werde eine Kerze für Sie anzünden und meine Mutter bitten, einen Rosenkranz zu beten. Niemand betet den Rosenkranz so wie meine Mama. Gute Reise, Marge.«

Reena nahm zwei Stunden Sonderurlaub, um zur Beerdigung zu gehen. Bo hatte sie nicht gebeten zu kommen, und sie hatte den Eindruck, dass er dieser Frage sogar absichtlich ausgewichen war. Nun saß sie in der letzten Reihe und wunderte sich, wie gut besucht die Messe war. Ihr kurzes Gespräch mit dem Pfarrer hatte ihre Vermutung bestätigt, dass Margaret Goodnight eine Stütze der Gemeinde gewesen war.

Die Freunde und Nachbarn hatten wie üblich Blumen mitgebracht, sodass es in der Kirche nach Lilien, Weihrauch und Kerzenwachs roch. Reena erhob sich, kniete sich hin, setzte sich und sprach die Gebete mit, denn der Ablauf eines Gottesdienstes war ihr so vertraut wie ihr eigener Herzschlag. Die Trauerrede des Priesters fiel sehr persönlich aus und zeugte davon, wie sehr er die Verstorbene geschätzt hatte.

Sie hat anderen Menschen etwas bedeutet, dachte Reena. Sie hat Spuren hinterlassen. Und war das nicht der Sinn des Lebens?

Als Bo ans Rednerpult trat, um ein paar Worte zu sprechen, glaubte Reena, dass Marge sicher nichts dagegen einzuwenden gehabt hätte, wenn sie sein Aussehen in dem dunklen Anzug bewunderte.

»Meine Großmutter«, begann er, »war ein durchsetzungsfähiger Mensch und verabscheute Dummheit. Sie war der Ansicht, dass jeder die Pflicht hat, den Verstand zu benutzen, den Gott ihm geschenkt hat, da er sonst anderen Leuten nur den Platz wegnimmt. Sie hat sich immer nützlich gemacht. Mir erzählte sie, sie habe zur Zeit der großen Depression für einen Dollar am Tag in einem Billigladen gearbeitet. Bei gutem wie bei schlechtem Wetter musste sie dorthin drei Kilometer zu Fuß gehen. Doch sie hat sich nie beklagt, sondern einfach nur getan, was getan werden musste.

Sie hat mir auch anvertraut, sie habe mit dem Gedanken gespielt, Nonne zu werden, dann aber beschlossen, dass sie auf Sex nicht verzichten wolle. Hoffentlich ist es nicht schlimm, so etwas hier zu sagen«, fügte er hinzu, als die Anwesenden leise lachten. »Meinen Großvater heiratete sie 1939. Nach zwei Stunden Flitterwochen mussten sie beide wieder zurück an die Arbeit. Offenbar ist ihnen in diesem kurzen Zeitraum mein Onkel Tom geglückt. Eine Tochter starb im Alter von sechs Monaten, ein Sohn fiel in Vietnam, noch bevor er seinen zwanzigsten Geburtstag feiern konnte. Schließlich verlor sie auch ihren Mann, aber eines ist ihr immer erhalten geblieben: ihr Glaube. Und auch ihre Unabhängigkeit hat ihr sehr viel bedeutet. Von ihr habe ich gelernt, Fahrrad ohne Stützräder zu fahren und alles zu Ende zu bringen, was ich einmal angefangen habe.«

Bo räusperte sich. »Sie wird von ihren zwei Söhnen, meinem Cousin Jim und mir überlebt. Ich werde sie vermissen.«

Reena wartete vor der Kirche, während die Trauergäste ein paar Worte mit Bo wechselten und dann zu ihren Autos gingen. Es war ein schöner Vormittag. Die Sonne schien hell, und es roch nach frisch gemähtem Gras.

Ihr fielen zwei Personen auf, die immer in Bos Nähe blieben, ein etwa gleichaltriger Mann, schätzungsweise einsfünfundsiebzig groß, der eine modische Metallbrille, einen eleganten dunklen Anzug und teure Schuhe trug. Und eine Frau um die dreißig mit kurzem, leuchtend rotem Haar, Sonnenbrille und ärmellosem schwarzem Kleid.

Seinen Erzählungen zufolge konnten es keine Blutsverwandten sein. Doch Reena war sicher, dass Bo diese beiden Menschen als seine Familie empfand.

Er ließ seine Freunde stehen und kam auf Reena zu.

»Danke, dass du hier warst. Ich hatte kaum Zeit, mit dir zu reden. Vielen Dank für alles.«

»Keine Ursache. Tut mir leid, dass ich dich nicht zum Friedhof begleiten kann, aber ich muss wieder ins Büro. Die Messe war sehr schön, Bo. Du hast deine Sache sehr gut gemacht.«

»Ich hatte schreckliches Lampenfieber.« Er bedeckte seine müden Augen mit einer Sonnenbrille. »Vor so vielen Leuten musste ich seit dem grässlichen Rhetorikkurs in der High School nicht mehr sprechen.«

»Du hast dich aber wacker geschlagen.«

»Ich bin froh, dass ich es hinter mir habe.« Als er einen Blick auf die Wartenden warf, verzog er das Gesicht. »Ich muss mit meinem Vater hinfahren.« Er wies mit dem Kopf auf einen Mann im dunklen Anzug, dessen schwarzes Haar an den Schläfen einen Hauch von Silber aufwies, sodass es wie schimmernde Flügel wirkte. Sonnengebräunt und gut in Form, dachte Reena. Und ungeduldig.

»Wir haben einander nichts mehr zu sagen. Wie kann es so weit kommen?«

»Keine Ahnung, aber manchmal passiert es eben.« Sie küsste ihn auf die Wangen. »Pass auf dich auf.«

An einem regnerischen, schwülen Junimorgen stand Reena vor der entstellten Leiche einer dreiundzwanzigjährigen Frau. Ihre Überreste lagen auf dem schmuddeligen Teppich in dem heruntergekommenen Zimmer eines Hotels, für das die Bezeichnung »Absteige« noch schmeichelhaft gewesen wäre.

Nach dem Führerschein in der unter dem Bett gefundenen Kunstledertasche und der Aussage des Mannes an der Rezeption war der Name der Toten DeWanna Johnson.

Da von ihrem Gesicht und ihrem Oberkörper kaum noch etwas vorhanden war, würde die offizielle Identifizierung warten müssen. Sie war in eine Decke gewickelt, und als Feuerbrücke hatte jemand rund um sie herum Stücke von der Matratzenfüllung verteilt.

Reena fotografierte, während O'Donnell die Szene betrachtete.

»Also: DeWanna checkt vor drei Tagen mit einem Typen ein. Sie bezahlt zwei Nächte im Voraus in bar. Es ist zwar durchaus möglich, dass DeWanna aus freien Stücken beschlossen hat, auf dem Boden zu schlafen und ihr eigenes Gesicht anzuzünden, doch ich tippe eher auf eine Straftat.«

O'Donnell kaute nachdenklich auf seinem Kaugummi herum. »Könnte es vielleicht sein, das diese mit Blut und einer grauen Masse beschmierte Bratpfanne da drüben deinen Verdacht erregt hat?«

»Sie hat ihn zumindest nicht zerstreut. Mein Gott, DeWanna, bestimmt hat er es zuerst mit dir getrieben. Die Decke und die Matratzenfüllung sind leicht entflammbar, und das Körperfett wirkt wie der Talg einer Kerze. Aber der Täter hat einen Fehler gemacht. Er hätte ein Fenster öffnen und den Teppich mit einer brennbaren Flüssigkeit tränken sollen. Nicht genug Sauerstoff und zu wenig Flammen, um die Sache zu Ende zu bringen. Hoffentlich war sie tot, bevor er sie angezündet hat. Doch da müssen wir auf die Ergebnisse der Autopsie und der radiologischen Untersuchung warten.«

Reena nahm die klägliche Kochnische unter die Lupe. Auf dem Boden lag zerbrochenes Geschirr. Das schmutzige Linoleum war mit Hackfleisch, vermengt mit einer Fertigwürzmischung, bedeckt.

»Offenbar hat sie gerade Abendessen gekocht, als es zum Streit kam. An der Pfanne befinden sich nicht nur Gewebeteile von ihr, sondern auch Reste der Mahlzeit. Wahrscheinlich hat er die Pfanne vom Herd gerissen.«

Reena wandte sich ab, tat so, als umfasste sie einen Pfannengriff, und holte aus. »Sie wurde zurückgeschleudert. Darauf weisen die Blutspritzer hier drüben hin. Dann hat er ihr noch eine Rückhand verpasst, worauf sie wieder rückwärts getaumelt und schließlich gestürzt ist. Möglicherweise hat er noch weiter auf sie eingeschlagen, bis er plötzlich dachte: ›Mannomann, so ein Mist. Was habe ich da bloß angestellt?‹«

Sie machte einen Schritt über die Leiche. »Also beschließt er, sie anzuzünden, um den Mord zu vertuschen. Aber tierische Fette verbrennen nicht sauber. Die geringe Flammenentwicklung zerstört ihr Gesicht und einen Teil ihres Körpers, lässt die Raumtemperatur in diesem abgeschlossenen Zimmer jedoch nicht weit genug steigen, um die Matratzenfüllung oder die Decke, in die er sie gewickelt hat, in Brand zu setzen.«

»Also brauchen wir vermutlich nicht nach einem Chemiker zu fahnden.«

»Oder einem Täter, der ein geplantes Verbrechen begangen hat. Nach den Hinweisen am Tatort zu urteilen, geschah die Tat nicht vorsätzlich, sondern im Affekt.«

Reena marschierte ins Bad. Auf dem Spülkasten standen, dicht gedrängt, verschiedene Kosmetikartikel: Haarspray, Haargel, Wimperntusche, Lippenstifte, Rouge, Lidschatten.

Dann ging sie in die Knie, um mit behandschuhten Händen den Papierkorb zu durchsuchen, und kehrte kurz darauf mit einer Schachtel in der Hand zurück.

»Ich glaube, hier haben wir unser Motiv.« Sie hielt einen Schwangerschaftstest für zu Hause hoch.

Die vage Beschreibung, die der Hotelangestellte ihnen vom Begleiter des Opfers gab, wurde durch die von Reena an der Bratpfanne sichergestellten Fingerabdrücke ergänzt.

»Ich habe ihn«, meinte sie zu O'Donnell und drehte ihren Stuhl zu seinem Schreibtisch herum. »Jamal Earl Gregg, fünfundzwanzig. Vorbestraft. Körperverletzung, illegaler Drogenbesitz, Drogenhandel und versuchter Totschlag. Hat eine kurze Strafe in Red Onion in Virginia abgesessen. Vor drei Monaten entlassen. Hat eine Adresse in Richmond angegeben. Laut DeWanna Johnsons Führerschein ist sie auch aus Richmond.«

»Dann sollten wir mal einen kleinen Ausflug unternehmen.«

»Angeblich besaß sie eine gültige MasterCard. Aber die war weder in ihrer Tasche noch sonst irgendwo am Tatort.«

»Wenn er sie eingesteckt hat, wird er sie auch benutzen. Also lassen wir sie sperren. Vielleicht sparen wir uns auf diese Weise eine lange Autofahrt.«

Reena schrieb den Bericht und überprüfte, ob Freunde des Verdächtigen bekannt waren.

»Die einzige Verbindung zu Baltimore, die ich finden kann, ist ein Sträfling, der in Red Onion in seinem Zellenblock war. Er sitzt aber noch, hat fünf Jahre für Drogenhandel gekriegt.«

»Jamal wurde doch auch wegen Drogenbesitzes und versuchten Drogenhandels verhaftet. Vielleicht ist er hergekommen, um bei den Freunden seines Kumpels unterzukriechen.«

»DeWanna Johnson ist nicht vorbestraft. Sie hat sich nie etwas zuschulden kommen lassen, hat keine Jugendstrafen und war auch nie in Haft. Allerdings haben sie und Gregg dieselbe High School besucht.«

O'Donnell schob seine Lesebrille zurück, die er inzwischen brauchte. »Eine Schülerliebe?«

»Manchmal geschehen eben merkwürdige Dinge. Er kommt raus, holt sie ab, und dann fahren die beiden nach Baltimore – und zwar mit ihrem Geld und in ihrem Auto. Das muss wahre Liebe sein. Ich rufe mal bei der Adresse an, die in ihrem Führerschein steht. Vielleicht kriege ich ja was raus.«

»Ich informiere inzwischen den Captain«, meinte O'Donnell. »Mal sehen, ob er uns deshalb nach Richmond fahren lässt.«

Als O'Donnell zurückkehrte, bat Reena ihn mit einer Handbewegung, sich zu gedulden. »Damit wäre mir sehr geholfen, Mrs Johnson. Wenn Sie von Ihrer Tochter hören oder erfahren, wo Jamal Gregg sich aufhält, geben Sie mir bitte Bescheid. Meine Nummer haben Sie ja. Vielen Dank.«

Reena schob ihren Stuhl zurück. »Eine Schülerliebe, wirklich reizend. DeWanna hat eine fünfjährige Tochter, die sich zurzeit bei ihrer Mutter aufhält. Jamal und DeWanna sind vor drei Tagen trotz der Einwände der Mutter losgefahren. Angeblich ein Stellenangebot. Sie meint, ihre Tochter könne nicht mehr klar denken, sobald dieser Versager auf der Bildfläche erscheint. Sie hofft, dass wir das Schwein ein für alle Mal einsperren, damit ihre Tochter endlich die Chance hat, ihr Leben in den Griff zu bekommen. Ich habe ihr nicht verraten, dass sich diese Gelegenheit für DeWanna vermutlich nicht mehr bieten wird.«

»Er hat ein Kind von ihr. Er kommt aus dem Knast und will an das große Geld ran, und da gesteht sie ihm, das sie schon wieder eins erwartet. Er flippt aus, legt sie um, zündet sie an und krallt sich ihre Kreditkarte, ihr Bargeld und ihren Wagen.«

»Klingt plausibel.«

»Wir haben die Genehmigung, nach Richmond zu fahren. Moment.« Er griff nach dem läutenden Telefon. »Branddezernat, O'Donnell. Ja, ja.« Beim Zuhören schrieb er mit. »Halten Sie ihn hin. Wir sind gleich da.«

Reena war bereits aufgesprungen und griff nach ihrer Jacke. »Wo?«

»Getränkehandlung in der Central.«

Im Laufen schnappte Reena sich ein Funkgerät und forderte Verstärkung an.

Als sie eintrafen, war der Verdächtige bereits verschwunden. Verärgert stand Reena im Regen und versetzte dem Hinterrad des Wagens, den Jamal am Straßenrand stehen gelassen hatte, einen Tritt. Als ihr Mobiltelefon läutete, nahm sie das Gespräch an. »Hale. Okay, verstanden.« Sie schaltete das Telefon ab. »Das Opfer war in der sechsten Woche schwanger. Todesursache sind Schläge mit einem stumpfen Gegenstand.«

»So schnell sind die doch sonst nie bei der Gerichtsmedizin.«

»Ich habe den Pathologen bezirzt. Weit kann unser Verdächtiger noch nicht sein. Selbst dann nicht, wenn er das Auto freiwillig zurückgelassen hat.«

»Also suchen wir ihn, damit er nicht im Regen stehen muss.« Wieder setzte sich O'Donnell hinters Steuer. »Habe die Fahndungsmeldung schon herausgegeben. Er ist zu Fuß unterwegs und sicherlich sauer, weil er nichts zu trinken hat.«

»Kneipe. Wo ist hier die nächste Kneipe?«

Grinsend sah O'Donnell sie an. »Du bist ein Genie.« Er nickte und bog um die Ecke. »Nehmen wir den Laden mal unter die Lupe.«

Das Lokal hatte den Namen »Hideout«, und einige der Gäste schienen tatsächlich hier zu sein, um sich zu verstecken und sich an diesem verregneten Nachmittag mit einer Flasche zu verkriechen.

Jamal saß am Ende des Tresens und trank Bier und Whiskey.

Schnell wie der Blitz sprang er vom Barhocker und sprintete in Richtung Hintertür.

Ein guter Riecher für Polizisten, war Reenas einziger Gedanke, als sie ihm nachlief. Drei Schritte vor O'Donnell erreichte sie die Hintertür und wich der eisernen Mülltonne aus, die Jamal nach seinen Verfolgern warf. O'Donnell war nicht so reaktionsschnell wie sie.

»Bist du verletzt?«, rief sie.

»Schnapp ihn dir. Ich hole dich gleich ein.« Jamal war zwar ein guter Läufer, doch Reena ließ sich nicht so leicht abschütteln. Als er über den Zaun am Ende der Seitengasse kletterte, folgte sie ihm dicht auf den Fersen. »Polizei! Stehen bleiben!«

Er war zwar sportlich, kannte sich aber in Baltimore nicht aus, dachte Reena – ganz im Gegensatz zu ihr!

Die regennasse Straße, in die er geflohen war, entpuppte sich als Sackgasse. Mit wildem Blick wirbelte er herum und zückte ein Klappmesser.

»Komm schon, du Schlampe!«

Ohne den Blick von seinen Augen abzuwenden, zog Reena die Waffe. »Wie blöd bist du eigentlich? Messer weg, Jamal, sonst muss ich schießen.«

»Dazu bist du doch viel zu feige.«

Reena grinste, obwohl ihre Handflächen sich feucht anfühlten und ihr die Knie weich wurden. »Willst du es drauf ankommen lassen?«

Noch nie hatte sie sich so über ein Geräusch gefreut wie über O'Donnells Keuchen, als dieser fluchend angerannt kam. »Und ich bin auch noch da«, meinte er und stützte seine Waffe auf den Rand des Zauns.

»Ich bin unschuldig.« Jamal ließ das Messer fallen. »Ich habe nur einen getrunken.«

»Ja, das kannst du DeWanna erzählen. Und dem Baby, das sie erwartet hat.« Reenas Herz pochte schmerzhaft gegen ihre Rippen, als sie vortrat. »Auf den Boden, du Dreckskerl, und Hände hinter den Kopf.«

»Keine Ahnung, wovon Sie reden.« Jamal legte sich hin

294

und verschränkte die Hände hinter dem Kopf. »Sie haben den Falschen erwischt.«

»Den nächsten Knastaufenthalt werden Sie in einer Einzelzelle verbringen. Dann haben Sie genug Zeit, sich mit der Reaktionsweise von Feuern vertraut zu machen. Jedenfalls sind Sie, Jamal Earl Gregg, wegen Mordverdachts festgenommen.« Sie stieß das Messer mit dem Fuß weg und legte dem Verdächtigen Handschellen an.

Sie waren nass bis auf die Haut, als sie endlich die Sirenen hörten. O'Donnell bedachte Reena mit einem schiefen Grinsen. »Ganz schön schnell zu Fuß, Hale.«

»Stimmt.«

Und da es nun endlich vorbei war, setzte sie sich auf das nasse Pflaster, um wieder zu Atem zu kommen.

Kapitel 16

So, jetzt hatte er es hinter sich, dachte Bo, als er die Haustür ins Schloss fallen ließ. Zumindest hoffte er das verzweifelt. Aber der Großteil war eindeutig ausgestanden: Anwälte. Versicherungen. Steuerberater. Immobilienmakler. Von den vielen Besprechungen und Formularen schwirrte ihm jetzt noch der Kopf. Ganz zu schweigen von den Auseinandersetzungen mit seinem Vater.

Aus und vorbei, sagte er sich, und er wusste nicht, ob er erleichtert oder niedergeschlagen war.

Er stapelte einen Umzugskarton auf den, der bereits am Fuß der Treppe stand.

Im Auto wartete noch ein dritter. Aber den konnte er auch dort stehen lassen, um sich später damit zu beschäftigen.

Im nächsten Moment hätte er schwören können, dass er die Stimme seiner Großmutter hörte, die ihn anwies, Angefangenes auch zu Ende zu bringen.

»Also gut.« Er schob sich das klatschnasse Haar aus der Stirn und ging wieder nach draußen.

Bo sehnte sich nach einem Bier, einer langen heißen Dusche und vielleicht einem Fernsehabend. Ausspannen. Zur Ruhe kommen. Doch als er gerade die Plane entfernte und nach dem letzten Karton greifen wollte, fuhr Reena vor, und der Plan, den Abend in der Unterhose vor dem Fernseher zu verbringen, war schlagartig vergessen.

»Hallo!« Er fand, dass sie ein wenig blass und müde aussah, aber vielleicht lag das ja am Regen.

»Auch hallo.«

Da sie keine Mütze trug, hatte sich ihr Haar in ein Gewirr aus hellbraunen Korkenzieherlocken verwandelt. »Hast du einen Moment Zeit?«, fragte er. »Möchtest du reinkommen?«

Nach kurzem Zögern zuckte sie die Achseln. »Klar. Brauchst du Hilfe?«

»Nein, ist schon erledigt.«

»Ich habe dich diese Woche kaum gesehen«, meinte sie.

»Ich musste zwischen den vielen Besprechungen noch Zeit für die Arbeit finden. Wie sich herausstellte, hat meine Großmutter mich zum Testamentsvollstrecker bestimmt. Das klingt toller, als es ist, denn schließlich ist sie nicht im Geld erstickt. Hauptsächlich muss ich mich mit Anwälten und Papierkram herumschlagen. Danke«, fügte er hinzu, als sie ihm die Tür aufhielt. »Lust auf ein Glas Wein?«

»Damit würdest du mir das Leben retten.«

»Ich hole dir ein Handtuch.« Nachdem er den Karton zu den anderen gestellt hatte, ging er den Flur entlang, wo sich, wie sie wusste, das Gästebad befand.

Sein Haus war fast genauso geschnitten wie ihres, unterschied sich jedoch in der Ausstattung völlig, und zwar dank der vielen Arbeit, die er bereits hineingesteckt hatte. Wandvertäfelungen und Fußböden waren abgeschliffen und lasiert. Nun wiesen sie einen honigfarbenen Eichenton auf, der ausgezeichnet mit dem warmen Dunkelgrün der Wände harmonierte.

In den Flur hätte ein Läufer gut gepasst, dachte Reena. Und zwar ein alter, der ein wenig abgewetzt war und voller Geschichten steckte. Den Tisch an der Tür, auf dem Bo seinen Schlüssel abgelegt hatte, wollte er vermutlich auch restaurieren.

Er kam mit einigen marineblauen Handtüchern zurück. »Du hast hier ja ganze Arbeit geleistet.«

Er sah sich um. »Es ist zumindest mal ein Anfang.«

»Ein sehr guter Anfang«, erwiderte sie auf dem Weg ins Wohnzimmer. Mit seinen Möbeln musste dringend etwas geschehen. Sie brauchten zumindest Überwürfe, auch wenn es eigentlich besser gewesen wäre, gleich neue anzuschaffen. Eine Wand wurde von dem gewaltigsten Fernseher eingenommen, den Reena je gesehen hatte. Die

Wände waren hier in einem etwas dunkleren Grün gehalten, und die Holzböden schimmerten. Der kleine Kamin verfügte über eine Einfassung aus beigefarbenem Granit und honigfarbenem Eichenholz. Darüber befand sich ein breiter, massiver Sims.

»Du meine Güte, das ist ja wunderschön, Bo. Im Ernst.« Reena ließ den Finger über den Kaminsims gleiten und ertastete das seidenglatte Holz unter der Staubschicht. »Oh, und die Wand neben dem Fenster.«

Es wurde von Regalen umrahmt, die aus dem gleichen mit Ornamenten verzierten Holz bestanden wie der Kaminsims. »Solche Details sind wichtig in einem Raum wie diesem. So wird er gemütlich und heimelig, ohne beengend zu wirken.«

»Danke. Ich überlege, ob ich noch Glastüren anbringen soll. Milchglas vielleicht. Aber ich bin noch nicht sicher. Doch bei den Einbauschränken im Esszimmer ist es schon beschlossene Sache. Also lasse ich die Regale hier vielleicht offen.«

Er war sehr stolz auf seine Arbeit und freute sich, dass es Reena anscheinend gefiel. »Die Küche ist bereits fertig. Möchtest du sie dir ansehen?«

»Gerne.« Beim Verlassen des Raums warf sie noch einen Blick auf den Kamin. »Kannst du mir auch so etwas bauen?«

»Ich mache, was du willst.«

Sie gab ihm das Handtuch zurück. »Dann müssen wir nur noch über deine Preise sprechen.«

»Ich gebe dir einen Verliebtheitsbonus.«

»Dann wäre ich schön dumm, wenn ich Nein sagen würde.« Unterwegs spähte sie in die anderen Räume. »Ich bin nun mal neugierig. Was wird das hier? Eine Art Fernsehzimmer?«

»Das hatte ich eigentlich vor. Der Platz reicht für ein richtiges Heimkino. Ich überlege noch, wie ich es einrichten soll.«

»Mit dem Ungeheuer im Wohnzimmer als Vorgabe?« Er schmunzelte. »Wenn schon fernsehen, dann richtig.«

»Ich denke, ich möchte dieses Zimmer in meinem Haus als Bibliothek benutzen und vielleicht einen Gaskamin und kuschelige Sessel hineinstellen.«

»Für einen Kamin wäre diese Wand am besten geeignet.« Er wies mit dem Kinn darauf. »Und dort drüben könnte man eine Fensterbank einbauen.«

»Eine Fensterbank.« Sie musterte ihn prüfend. »Dazu müsste ich erst wissen, wie verliebt du bist.«

»Eigentlich wollte ich mir ein Bier vor dem Fernseher genehmigen und Football schauen. Aber dann habe ich dich gesehen.«

»Also ziemlich verliebt.« Sie warf einen Blick ins Gästebad. Neue Fliesen und Armaturen, wie sie feststellte. Und im Esszimmer wurde offenbar gerade ein größeres Projekt verwirklicht. »Hier gibt es noch viel zu tun.«

»Mir macht es Spaß, auch wenn es schwierig ist, zwischen den Aufträgen für meine Kunden die Zeit dafür zu finden. Weil die Geschäfte so gut laufen, brauche ich für dieses Haus viel länger als für das letzte. Aber ich fühle mich wohl hier, also macht das nichts. Außerdem bist du ja da.«

»Hmmm.« Sie ging nicht weiter darauf ein und schlenderte stattdessen in die Küche. »Wahnsinn, Bo! Das ist ja irre. Wie aus einer Wohnzeitschrift.«

»Die Küche ist das Wichtigste an einem Haus.« Er öffnete die Tür zum Wäscheraum und warf die Handtücher hinein. »Das A und O, wenn man eine Immobilie verkaufen will. Deshalb fange ich mit dem Renovieren normalerweise in der Küche an.«

Er hatte den Boden mit großen schiefergrauen Platten belegt, die die Farbe der Arbeitsflächen aufnahmen. Die Schranktüren waren weiß lackiert oder bestanden aus Bleiglas. Außerdem hatte er eine Frühstückstheke und ein

Blumenfenster eingebaut, durch das man Blick in den Garten hatte. Die breiten Fensterbretter bestanden aus Stein und schrien regelrecht nach hübschen Töpfen mit Zimmerpflanzen oder Küchenkräutern.

»Bei den Geräten hast du aber richtig zugeschlagen. Damit kenne ich mich nämlich aus. So einen Einbaugrill hätte ich auch gerne.«

»Ich kann dir preisgünstig einen besorgen. Großhandelsrabatt.«

»Die Beleuchtung finde ich ebenfalls prima. Dieser Landhausstil ist einfach wunderbar.«

Als er einen Schalter betätigte, bemerkte sie zu ihrer Begeisterung die unter den Hängeschränken angebrachten Strahler.

»Hübsches Detail. Da wird man ja richtig neidisch. Und der Vitrinenschrank ist eine Wucht. Warum steht da nichts drin?«

»Weil ich nichts hatte. Jetzt kann ich ein paar Sachen von meiner Großmutter nehmen.« Er holte eine Flasche Weißwein aus dem Kühlschrank. »Sie hat mir alles hinterlassen. Na, der Kirche hat sie auch etwas vererbt, aber der Rest, also das Haus und alles andere, gehört jetzt mir.«

»Das macht dich traurig«, stellte sie mit leiser Stimme fest.

»Ein bisschen schon. Aber auch dankbar.« Die Weinflasche in der Hand, blieb er stehen und lehnte sich an den Kühlschrank. »Das Haus ist abbezahlt, und wenn ich mein schlechtes Gewissen überwunden habe, werde ich es verkaufen.«

»Sie würde nicht wollen, dass du dich deshalb schuldig fühlst. Sicher hätte sie nicht von dir verlangt, dass du einziehst. Es ist ja nur ein Haus.«

Er holte Gläser und schenkte den Wein ein. »Irgendwann schaffe ich das schon. Es muss nicht viel daran getan werden, weil ich immer alles in Schuss gehalten habe. Mit dem Ausräumen habe ich bereits angefangen. Die Kartons im Nebenzimmer.« Er reichte ihr ein Glas. »Hauptsächlich enthalten sie Fotos, ihren Schmuck und ...«

»Sachen, die ihr wichtig waren.«

»Richtig. Sie hatte ein paar Bilder, die ich als Kind für sie gemalt habe. Du weißt schon, viereckige Häuser mit dreieckigen Dächern. Eine große gelbe Sonne. V-förmige Vögel, die herumfliegen.«

»Sie hat dich geliebt.«

»Ich weiß. Mein Vater hat beschlossen, die beleidigte Leberwurst zu spielen, weil sie ihm nichts vererbt hat. In den letzten fünf oder sechs Jahren hat er sie vielleicht zwei Mal besucht, und jetzt gebärdet er sich wie der trauernde Sohn.« Kopfschüttelnd hielt er inne. »Tut mir leid.«

»Familien sind etwas Kompliziertes. Ich sollte das am allerbesten wissen. Sie hat sich so entschieden, Bo, und sie hatte das Recht dazu.«

»Ich verstehe das.« Er rieb sich kräftig die Nasenwurzel. »Ich könnte ihm ja einen Anteil geben, wenn ich das Haus verkaufe. Aber sie wäre nicht einverstanden gewesen, also lasse ich es. Meinem Onkel und meinem Cousin hat sie ein paar Kleinigkeiten vermacht. Vermutlich wollte sie uns damit etwas mitteilen. Wie dem auch sei.« Bo schüttelte den Kopf. »Hast du Hunger? Ich könnte dir etwas kochen.«

»Du kannst kochen?«

»Eine Fähigkeit, die ich mir schon vor langer Zeit angeeignet habe. Und zum Glück habe ich die Erfahrung gemacht, dass es auf viele Frauen wie ein Vorspiel wirkt, wenn ein Mann kochen kann.«

»Da liegst du gar nicht so falsch. Was gibt es denn?«

Er schmunzelte. »Das muss ich mir noch überlegen. Währenddessen könntest du mir ja erzählen, warum du so müde aussiehst.«

»Sehe ich denn müde aus?« Reena trank einen Schluck

Wein. Bo öffnete den Gefrierschrank. »Tja, vermutlich ist das so. Oder war. Es war ein anstrengender Tag. Soll ich dich wirklich damit langweilen?«

»Natürlich.« Er nahm zwei Hühnerbrustfilets heraus und legte sie zum Auftauen in die Mikrowelle. Dann öffnete er eine Gemüseschublade.

»Mein Partner und ich hatten einen neuen Fall. Billige Absteige im Süden von Baltimore. Ein weibliches Opfer. Ihr Kopf und der Großteil ihres Oberkörpers waren … mir ist gerade klar geworden, dass man über so etwas besser nicht vor dem Essen spricht.«

»Schon gut. Ich bin nicht zimperlich.«

»Sagen wir mal, sie war übel verbrannt, und zwar mit der Absicht, zu vertuschen, dass sie totgeprügelt worden war. Aber der Täter hat sich dabei ziemlich dämlich angestellt, und es war kein Problem, ihm auf die Schliche zu kommen.«

Während Reena ihm den Fall schilderte, sah sie zu, wie er in einem Edelstahlschüsselchen eine Mixtur anrührte und diese über das Hühnchen goss.

»Dein Beruf und die Dinge, mit denen du dabei konfrontiert wirst, müssen ziemlich belastend für dich sein.«

»Es ist eine Gratwanderung zwischen Sachlichkeit und Mitgefühl. Manchmal ist das schwierig, und bei DeWanna habe ich fast meine Objektivität vergessen. All die Kosmetikartikel auf dem Spülkasten, das Essen, das sie gerade gekocht hatte. Sie hat diesen Mistkerl geliebt, aber er war einfach nur sauer, weil sie schon wieder schwanger war. So, als wäre das ganz allein ihre Schuld. Also schlägt er ihr das Gesicht mit einer Bratpfanne ein, prügelt sie dann damit zu Tode, kriegt anschließend Panik und zündet sie an. Er hat ihre Haare angezündet. Dazu muss man schon ziemlich verroht sein.«

Bo schenkte Wein nach. »Aber du hast ihn erwischt?«

»Das war nicht weiter schwierig. Der Typ ist dumm wie

Bohnenstroh und wollte ihre Kreditkarte benutzen. Jedenfalls hat er es versucht. Allerdings hat er uns sofort erkannt. Er hat Bullen gewittert, sobald wir in die kleine Spelunke kamen. Als er durch die Hintertür floh, hat er meinem Partner noch eine mit einer Mülltonne verpasst. Ich bin ihm nach und bei strömendem Regen über einen Zaun geklettert. Dabei habe ich gar nicht nachgedacht, sondern einfach nur gehandelt. Weil er sich in der Stadt nicht auskannte, ist er in eine Sackgasse geraten und saß fest. Und da hat er sich umgedreht und ein Messer gezogen.«

»Mein Gott, Reena.«

Sie schüttelte den Kopf. »Ich war bewaffnet. Mit einer Pistole! Was zum Teufel hat dieser Kerl sich bloß gedacht? Dass ich loskreische und davonlaufe?« Dabei hätte sie, wenn sie ehrlich war, große Lust dazu gehabt. »Ich habe bereits einige Male die Waffe ziehen müssen, also habe ich es ganz automatisch getan. Meine … meine Hände haben gezittert, und mir war so kalt. Innerlich, nicht wegen des Regens. Weil ich wusste, dass ich sie vielleicht würde einsetzen müssen. Ich habe noch nie auf jemanden geschossen. Und nun fror ich, weil ich Angst hatte, abzudrücken. Und weil mir klar war, dass ich es konnte. Vielleicht sogar wollte, weil … ich hatte immer noch das Bild vor Augen, was er mit ihrem Gesicht gemacht hatte. Und ich hatte Angst. Zum ersten Mal hatte ich richtig Angst in meinem Job, und das hat mich völlig unvorbereitet erwischt. Also …«

Reena holte Luft und trank einen Schluck. »Deine Einladung auf ein Glas Wein und zum Abendessen kam genau im richtigen Moment. Ich wäre jetzt nämlich nicht gerne allein und brauche Gesellschaft. Außerdem kann ich mit meiner Familie nicht über solche Themen reden. Sie machen sich dann nur Sorgen um mich.«

Bo machte sich ebenfalls Sorgen, aber er verkniff sich

diese Bemerkung und sprach stattdessen das aus, was ihm ebenfalls im Kopf herumging. »Ein Normalbürger kann niemals verstehen, womit du dich auseinandersetzen musst. Es ist nicht nur der unbeschreibliche Stress oder die Gefahr für Leib und Leben, sondern vor allem die emotionale Belastung. Die Dinge, mit denen du konfrontiert wirst, die tagtäglich auf dich einstürmen und die alle irgendwie hängen bleiben.«

»Es gibt Gründe, warum ich mich für diesen Beruf entschieden habe. Und das, was DeWanna Johnson zugestoßen ist, ist einer davon. Außerdem fühle ich mich schon viel besser. Vielen Dank, dass ich mit dir darüber reden konnte. Einen Bericht zu schreiben hat längst nicht dieselbe befreiende Wirkung. Soll ich dir beim Kochen helfen?«

»Nein, ich habe alles im Griff. Außerdem lässt die verführerische Wirkung nach, wenn ich dich zum Kartoffelschälen verdonnere.«

»Willst du mich etwa verführen, Bo?«

»Ich arbeite daran.«

»Wie lange dauern Vorarbeiten bei dir normalerweise?«

»Für gewöhnlich geht es schneller. Insbesondere wenn man die letzten dreizehn Jahre mitzählt.«

»Dann finde ich, dass es jetzt lange genug war.« Reena stellte ihr Glas weg und stand auf. »Bestimmt ist es besser, wenn die Marinade eine Weile einzieht«, fügte sie hinzu und kam näher.

»Eigentlich sollte ich jetzt etwas Schlagfertiges antworten, aber mein Gehirn ist wie leer gefegt.« Er legte ihr die Hände auf die Hüften, ließ sie langsam über ihren Körper gleiten und zog sie an sich.

Dann senkte er den Kopf. Als seine Lippen nur noch einen Hauch von ihren entfernt waren, hielt er inne und spürte ihr stoßweises Atmen. Er sah Reena in die Augen, neigte leicht den Kopf und fuhr mit den Zähnen über ihre Unterlippe.

Und im nächsten Moment senkten sich seine Lippen langsam auf ihre.

Sie roch nach Regen und schmeckte nach Wein. Ihre Hände umfassten seine Schultern, wanderten dann hinauf in sein Haar und packten es, während sie ihren kräftigen durchtrainierten Körper an ihn drückte. Ohne nachzudenken, vollführte er eine halbe Drehung, sodass sie mit dem Rücken an der Anrichte lehnte, und küsste sie lange und leidenschaftlich.

Als ihre Zähne zart seine Zunge berührten, geriet sein Blut noch mehr in Wallung. Sie stieß ein Geräusch aus, das gleichzeitig ein Lachen und ein Aufstöhnen war.

Sein Blick verschwamm.

Mit leicht zitternden Händen zog sie ihm das Hemd aus der Hose. »Du bist aber ziemlich gut«, keuchte sie.

»Danke, gleichfalls, Reena.« Seine Lippen glitten ihre Kehle entlang und dann wieder hinauf zu ihrem Mund. »Ich will ... lass uns nach oben gehen.«

Alles in ihr war offen und bereit. Sie schob die Hände unter sein Hemd und grub die Finger in die harten Muskeln. Sie sehnte sich danach, seinen kräftigen Körper auf sich zu spüren. »Dein Fußboden gefällt mir sehr gut. Schauen wir mal, wie stabil er ist.«

Er glaubte, das laute beharrliche Pochen seines eigenen Herzens hören zu können. Als er ein Stück zurückwich, um ihr die Jacke abzustreifen, hörte er plötzlich ein Klopfen an der Eingangstür. »Ach, verdammt noch mal!« Sie zwickte ihn mit den Zähnen ins Kinn. »Erwartest du Besuch?«

»Nein. Vielleicht haut derjenige ja ...« Doch das Klopfen wurde beharrlicher. »Mist. Rühr dich nicht von der Stelle. Atme nur, wenn es sein muss, aber nicht bewegen.« Er packte Reena an den Schultern. »O mein Gott, wenn ich dich anschaue, könnte ich ... Warte hier, bleib so stehen, dann können wir an der gleichen Stelle weitermachen, nachdem ich den Menschen, der da an der Tür ist, umgelegt habe. Ich brauche nur eine Minute, um ihn zu ermorden.«

»Ich habe eine Pistole dabei«, meinte sie.

Ein wenig gequält lachte er auf. »Danke, aber das schaffe ich auch mit bloßen Händen. Verschwinde nicht, überleg es dir nicht anders. Tu am besten gar nichts.«

Sie grinste ihn an und legte die Hand aufs Herz. Er war wirklich gut, dachte sie. Genau genommen sogar außergewöhnlich. Ein Mann, der so küssen konnte ... Reena war überzeugt, dass er mit den Händen ähnlich geschickt und ein wunderbarer Liebhaber war. Doch wenn sie sich ein wenig beruhigte und es sich genauer überlegte, war es vielleicht doch eine gute Idee, das Ganze nach oben zu verlegen.

Sie warf ihr Haar zurück und ging los, um nachzusehen, ob er den Störenfried bereits verscheucht hatte.

Bo stand in der Tür und hielt einen hübschen zierlichen Rotschopf in den Armen. Es war die Frau, die Reena bereits bei der Beerdigung gesehen hatte. Nun ruhte ihr Kopf an Bos Schulter, und ihr ganzer Körper wurde von Schluchzern erschüttert.

»Ich fühle mich so elend, Bo. Ich hätte nicht gedacht, dass ich noch so darunter leiden würde. Ich weiß nicht mehr, was ich tun soll.«

»Schon gut. Komm rein, damit ich die Tür zumachen kann.«

»Es ist albern, und ich führe mich lächerlich auf, aber ich bin einfach ratlos.«

»Es ist nicht albern. Komm schon, Mandy ...« Seine Stimme erstarb, als er Reena bemerkte. Sie stellte fest, dass sich nacheinander eine Reihe von Gefühlen in seinem Gesicht malte: Erstaunen, Verlegenheit, schlechtes Gewissen, Leugnen. »Äh ... äh ... tja ...«

Mandy strömten weiter die Tränen übers Gesicht. Sie

starrte Reena an, machte sich dann von Bo los und errötete so heftig, dass sich ihre Gesichtsfarbe der ihres Haars anglich. »Tut mir leid, tut mir wirklich leid. Ich wusste nicht, dass du Besuch hast. Wie konnte ich nur so dumm sein. Entschuldigt. Ich verschwinde.«

»Schon gut. Ich wollte gerade gehen.« Nichts wie raus hier, das war ja mehr als peinlich!

»Nein, ich gehe.« Mandy wischte sich mit beiden Händen die tränennassen Wangen ab. »Tut einfach so, als wäre ich nie hier gewesen. Normalerweise benehme ich mich nämlich nicht so.«

»Zerbrich dir nicht den Kopf darüber. Wirklich nicht. Ich habe mir nur das Haus angesehen. Ich wohne nebenan. Reena Hale.«

»Mandy ... Reena?«, wiederholte sie. »Ich kenne dich.« Sie zog die Nase hoch und wischte noch ein paar Tränen weg. »Das heißt, eigentlich nicht wirklich. Ich habe zur gleichen Zeit wie du in Maryland studiert und eine Etage unter Josh Bolton gewohnt. Wir sind uns einmal kurz begegnet, bevor er ...« Ihre Stimme erstarb, und sie verzog das Gesicht. »O Gott, ich bin total durch den Wind.«

»Du kanntest Josh?«

»Ja.« Sie schlug die Hand vor den Mund und wiegte sich hin und her. »Die Welt ist klein und ziemlich grausam, findest du nicht?«

»Manchmal. Ich muss jetzt aber wirklich los.«

»Könntest du einen Moment warten, Mandy?«, begann Bo, aber Reena schüttelte bereits den Kopf und ging zur Tür.

»Nein, schon in Ordnung. Wir unterhalten uns später.« Sie hastete durch den immer noch andauernden Nieselregen.

»Es tut mir so leid. Ich hätte vorher anrufen oder mich sinnlos betrinken sollen. Lauf ihr nach.«

Aber er wusste, dass die Stimmung verdorben war.

Außerdem hatte er Reenas Gesicht gesehen, als Josh Boltons Name fiel. Es hatte sich nicht nur Erstaunen darin abgezeichnet, sondern auch Trauer. »Schon gut. Komm, wir setzen uns.«

Vielleicht war heute einfach nicht ihr Tag. Es konnte auch am Wein oder am Regen liegen. Doch nachdem Reena sich ein Bad eingelassen hatte, schenkte sie sich noch ein Glas Wein ein und setzte sich in die Wanne. Und weinte. Ihr Herz, ihr Kopf und ihr Bauch schmerzten vor Trauer, und als sie alle Tränen vergossen hatte, fühlte sie sich wie betäubt und schwindelig.

Sie trocknete sich ab und zog eine dünne Flanellhose und ein T-Shirt an, bevor sie nach unten ging, um sich ein einsames Abendessen zuzubereiten.

Ihre Küche wirkte düster und leblos auf sie. Einsam, dachte sie, so einsam, dass es schon beklemmend war.

Vom Wein, vom Regen und vermutlich auch von den vielen Tränen hatte sie leichte Kopfschmerzen. Anstatt sich etwas zu kochen, holte sie eines der Lebensmittelpakete ihrer Mutter aus dem Kühlschrank und wärmte sich eine Minestrone auf.

Als der Topf auf dem Herd stand, goss sie sich noch ein Glas Wein ein.

Seltsam, wie ein Schmerz nach all den Jahren noch immer nachwirkte. Eigentlich dachte sie nur noch selten an Josh, und wenn sie es tat, dann eher mit einem Anflug von Wehmut, nicht mehr so, dass es ihr einen Stich versetzte. Es war die Trauer um einen Jungen, der nie zum Mann hatte werden dürfen, und eine Art von bittersüßem Bedauern.

Sie hatte sich vorhin gehen lassen, sagte sie sich, während sie in den Suppentopf starrte. Ein anstrengender Tag, und nun spürte sie ihre Einsamkeit so deutlich, als hätte ihr jemand ein Messer im Herz herumgedreht.

Als es an die Hintertür klopfte, blickte sie mit einem Seufzer auf. Schon ehe sie aufmachte, wusste sie, dass es Bo war.

Sein Haar war wieder nass.

»Darf ich kurz reinkommen? Ich wollte dir nur alles erklären ...«

Sie wandte sich ab und ließ die Tür offen. »Du bist mir keine Erklärung schuldig.«

»Tja, aber es hat doch so ausgesehen ... Und das war es nicht. Wirklich nicht. Mandy und ich sind Freunde und keine ... tja, früher einmal, aber das ist schon lange her, Reena ... könntest du mich bitte ansehen?«

Sie ahnte, dass ihr Gesicht vom Weinen verschwollen war. Eigentlich schämte sie sich ihrer Tränen normalerweise nicht, doch im Moment ärgerte sie sich darüber. Ebenso wie über sich selbst. Und über Bo.

»Ich habe einen scheußlichen Tag hinter mir.« Aber sie drehte sich zu ihm um. »Eins kam zum anderen. Doch ich schaffe das schon. Offenbar ist deine Freundin um einiges schlechter dran.«

»Ist sie. Wir sind wirklich nur befreundet.«

Reena sah, dass er die Hände in die Taschen steckte, wie ein Mann, der sich unwohl in seiner Haut fühlte und nicht wusste, wo er mit ihnen hinsollte.

»Sie ... Mandy ... ist völlig aufgelöst, weil sie gerade erfahren hat, dass ihr Exmann wieder heiraten will. Verdammtes Arschloch – entschuldige. Sie hat sehr unter der Trennung gelitten, und die Scheidung wurde erst vor zwei Wochen ausgesprochen. Es war ein schwerer Schlag für sie.«

Reena lehnte sich an die Anrichte und trank ihren Wein, während sie Bos hastig hervorgesprudelter Erklärung lauschte. Der Arme, dachte sie, zwei emotional aufgewühlte Frauen an einem regnerischen Abend. »Ich bin schon ein bisschen betrunken. Möchtest du auch einen Schluck?«

»Nein, aber trotzdem danke.«

»Erstens bin ich eine gute Menschenkennerin und habe eure Umarmung an der Tür nicht so gedeutet, dass ihr eine Liebesbeziehung habt. Außerdem habe ich euch beide bei der Beerdigung deiner Großmutter beobachtet, und mir war klar, was sie für dich bedeutet.«

»Wir sind nur …«

»Familie«, fiel sie ihm ins Wort. »Sie ist deine Familie, Bo.« Seine Miene entspannte sich sichtlich. »Ja, das ist sie.«

»Und heute Abend habe ich eine Frau gesehen, der es sehr, sehr schlecht ging und die ganz sicher nicht in Gegenwart einer Fremden ihr Herz ausschütten wollte. Zumindest hätte ich an ihrer Stelle so empfunden. Zweitens bedeutet es einen Pluspunkt für dich, dass du nicht so egoistisch bist, eine Freundin in Not abzuwimmeln, damit du mit mir ins Bett gehen kannst. Wo ist sie jetzt?«

»Sie schläft. Nachdem sie sich ausgeweint hatte, habe ich sie ins Bett gesteckt. Als ich gesehen habe, dass du in der Küche Licht gemacht hast, wollte ich … ich wollte dir alles erklären.«

»Und das hast du. Ich bin dir nicht böse.« Reena stellte fest, dass auch ihr Gefühl der Einsamkeit verflogen war. »Eigentlich neige ich nicht zur Eifersucht, und außerdem haben wir noch keine Regeln festgesetzt oder entschieden, ob wir überhaupt welche brauchen. Wir wollten miteinander schlafen, und es ist etwas dazwischengekommen.« Sie hob ihr Glas. »Vielleicht ein andermal.«

»Du bist mir nicht böse«, stellte er mit einem Nicken fest. »Aber traurig.«

»Es liegt nicht an dir.«

Um etwas zu tun zu haben, nahm sie einen Löffel und rührte in der Suppe herum.

»Nicht nur an dir«, verbesserte sie sich. »Sondern an der Vergangenheit. Er war ein lieber Junge, und ich habe ihn verloren.«

»Warst du mit Josh zusammen?«

»Er war mein erster Mann in dieser Welt, die so klein und so grausam ist.« Sie hatte keine Tränen mehr, um sie für ihn zu vergießen. »Interessanterweise war ich mit ihm auf der Party, auf der du mich damals gesehen hast. Ich bin mit ihm hingefahren und mit ihm wieder gegangen. Es war mein erstes Mal.«

»Ich habe ihn kennengelernt.«

Der Löffel fiel klappernd in den Topf, als sie herumfuhr. »Du kanntest Josh?«

»Nicht wirklich, ich habe ihn nur einmal getroffen, und zwar an dem Tag, an dem er starb. Es war auch der Tag, an dem ich Mandy kennengelernt habe. Ein Blind Date, eine Verabredung zu viert mit Brad und dem Mädchen, mit dem er damals ging. Als wir Mandy abholten, kam Josh gerade die Treppe hinunter. Er wollte zu einer Hochzeit.«

»Mein Gott, Bellas Hochzeit.« Offenbar waren doch noch ein paar Tränen übrig, die ihr nun in den Augen brannten. »Die Hochzeit meiner Schwester.«

»Ja. Er konnte seine Krawatte nicht richtig binden. Mandy hat ihm geholfen.«

Eine Träne kullerte ihr über die Wange und landete in der Suppe. »Er war ein lieber Junge.«

»Er hat mein Leben verändert.«

Reena wischte sich die Tränen weg und sah Bo wieder an. Seine grünen Augen blickten nun nicht mehr träumerisch. »Was meinst du damit?«

»Ich habe es damals ziemlich wild getrieben. Tja, wer hat das nicht getan? Aber ich hatte keine Ziele, schob alles auf die lange Bank und kriegte mein Leben einfach nicht in den Griff. Als ich an diesem Morgen nach der Verabredung mit Mandy aufgewacht bin – ich hatte sie abgesetzt und war anschließend noch auf einer Party gewesen –, hatte ich einen Kater, der sich gewaschen hat. Ich schlug die Augen auf, sah den Saustall, in dem ich wohnte, und beschloss, sauber zu machen, Das tat ich etwa alle sechs Monate, wenn ich mich selbst nicht mehr ertragen konnte. Dann nahm ich mir auch jedes Mal fest vor, mich endlich um meine Zukunft zu kümmern – aber das wiederholte sich ebenfalls alle sechs Monate. Dann erschien Brad und erzählte mir, was dem Jungen zugestoßen war, der im selben Haus wohnte wie Mandy.«

»Doch du kanntest ihn nicht.«

»Nein, nicht persönlich. Aber ...« Seine Stimme erstarb, und er schüttelte, offenbar in dem Versuch, sich für Reena verständlich auszudrücken, den Kopf. »Er war so alt wie ich und schon tot. Erst vor ein paar Stunden hatte ich gesehen, wie Mandy ihm die Krawatte gebunden hatte, und nun lebte er nicht mehr. Er würde nie mehr die Chance bekommen, sein Leben in den Griff zu kriegen, falls er das überhaupt nötig hatte. Er zieht seinen besten Anzug an, geht auf eine Hochzeit, und plötzlich, einfach so ...«

»Gibt es ihn nicht mehr«, flüsterte Reena.

»Sein Leben war vorbei. Aus heiterem Himmel. Und was machte ich aus meinem? Ich warf es ebenso weg, wie mein Vater es mit seinem getan hatte.«

Bo hielt inne und holte Luft. »Für mich war es wie eine Art Erleuchtung. Anstatt alles weiter vor mir herzuschieben, habe ich eine Firma gegründet und Brad dazu überredet, zusammen mit mir das erste Haus zu kaufen. Es war eine Bruchbude, und meine Großmutter hat uns ein wenig Geld geliehen. Noch nie im Leben habe ich so hart gearbeitet wie bei der Renovierung dieses Hauses. Als ich ... verdammt, ich rede die ganze Zeit nur von mir.«

»Das macht nichts. Erzähl weiter.«

»Tja, und immer wenn ich an einen Punkt kam, an dem mich alles nur noch angekotzt hat, und ich mich fragte, warum ich mich bloß zehn bis zwölf Stunden pro Tag abschuftete, habe ich an Josh gedacht und daran, dass er nie eine Chance hatte. Und ich habe die Erfahrung gemacht, was ich alles schaffen kann, wenn ich bei der Sache bleibe. Vielleicht hätte ich es so oder so hingekriegt, keine Ahnung. Jedenfalls habe ich ihn nie vergessen und auch nicht, dass sein Tod mein Leben verändert hat.«

Reena stellte das Weinglas weg und rührte in der Suppe. »Das Schicksal kann einem manchmal ganz schön in den Hintern treten.«

»Und ich möchte mir meine Chancen bei dir nicht verderben, Reena.«

»Da besteht keine Gefahr.« Nachdem sie die Herdplatte abgeschaltet hatte, drehte sie sich zu ihm um. »Allerdings muss ich dich warnen, dass du es hier nicht mit einer Traumfrau zu tun hast. Ich habe, angefangen bei Josh bis hin zu dir, eine lange Reihe gescheiterter Kurzbeziehungen hinter mir. Schlechtes Urteilsvermögen, der falsche Zeitpunkt oder einfach nur Pech.«

»Ich werde es riskieren.« Er kam näher und senkte den Kopf, um sie zu küssen. »Ich kann Mandy heute Nacht nicht allein lassen.«

»Nein, das geht nicht. Genau das ist ja einer der Gründe, warum ich dir noch eine Chance gebe. Hier, nimm etwas von der Suppe mit. Wenn sie aufwacht, gibt es nichts Besseres als die Minestrone meiner Mutter, um die Sorgen zu vertreiben.«

»Danke. Ich meine es ernst.« Nachdenklich strich er mit dem Daumen über das kleine Muttermal an ihrem Mund. »Soll ich morgen Abend etwas für dich kochen?«

Während Reena einen Behälter für die Suppe suchte, lächelte sie ihm zu. »Ich wüsste nicht, was dagegen spräche.«

Als sie schlafen ging, brannte in seinem Wohnzimmer noch Licht. Saß er vor seinem riesigen Fernseher?, fragte sie sich. Hatte er seiner Freundin in der Stunde der Not sein Bett überlassen?

Hoffentlich hatten Minestrone und Fürsorge sie wieder ein wenig aufgemuntert.

Ihr wurde klar, dass sie noch nie einen gleichaltrigen männlichen Freund gehabt hatte, der so viel für sie getan hätte. Die Männer in ihrem Leben waren stets Verwandte, Lehrer wie John, Kollegen und Bekannte gewesen. Oder Liebhaber.

Es war eine ganz neue und interessante Erfahrung, sich mit einem Mann anzufreunden, bevor man mit ihm ins Bett ging oder sich von ihm abschleppen ließ.

Reena löschte das Licht, schloss die Augen und freute sich auf den Schlaf, um sich von diesem anstrengenden Tag zu erholen.

Es war kurz vor drei Uhr morgens, als ihr Telefon läutete. Reena fuhr hoch und knipste das Licht an, bevor sie nach dem Hörer griff. Obwohl sie es in ihrem Beruf eigentlich gewöhnt war, bekam sie bei Anrufen mitten in der Nacht immer noch Herzklopfen, da sie sofort befürchtete, einem Familienmitglied oder einem anderen geliebten Menschen könnte etwas Tragisches zugestoßen sein.

»Ja, hallo.«

»Ich habe eine Überraschung für dich.«

Reena stellte fest, dass ihr die von der Rufnummernerkennung angezeigte Nummer fremd war, und konzentrierte sich auf die Stimme. Sie war leise, ein wenig rau und eindeutig die eines Mannes. »Was? Haben Sie sich vielleicht verwählt?«

»Eine große Überraschung. Gleich kommt sie. Ich hole mir gerade einen runter und denke an dich.«

»Ach du meine Güte. Wenn Sie schon jemanden mit einem dämlichen obszönen Anruf wecken müssen, dann suchen Sie das nächste Mal keine Polizistin aus!«

Sie legte auf und notierte sich die Nummer und den Zeitpunkt des Anrufs.

Dann machte sie das Licht aus, schlief wieder ein und vergaß die Sache.

Kapitel 17

Reena hatte schon lange keinen Blick mehr in Joshua Boltons Fallakte geworfen, und sie wusste auch nicht, warum sie es ausgerechnet heute tat. Schließlich gab es keine neuen Erkenntnisse, und außerdem war die Akte schon seit Jahren geschlossen, denn Polizei und Gerichtsmedizin waren von einem Unfalltod ausgegangen.

Damals war man auf keinerlei Verdachtsmomente gestoßen. Es gab keine Einbruchsspuren, und die Kopfverletzungen konnten genauso gut von einem Sturz herrühren. Nichts war gestohlen oder beschädigt worden. Offenbar hatte der junge Mann im Bett geraucht und war dabei eingeschlafen.

Nur dass Josh, soweit Reena wusste, Nichtraucher gewesen war.

Dennoch hatte die Spurensicherung ein Zigarettenpäckchen und ein Streichholzbriefchen, beides mit seinen Fingerabdrücken, entdeckt, und dieser Fund hatte schwerer gewogen als die Aussage seiner Freundin, die beteuert hatte, das Opfer habe nie eine Zigarette angerührt.

Vermutlich hätte sie selbst genauso reagiert, sagte sich Reena, als sie die Berichte noch einmal las. Sie hätte sicherlich dieselben Schlüsse gezogen, wäre zu einem gleichlautenden Ergebnis gekommen und hätte die Akte geschlossen.

Allerdings hatte sie sich nie endgültig damit abgefunden, und sie konnte es bis heute nicht.

Reena studierte immer noch den Bericht und hatte die Tatortfotos auf dem Schreibtisch ausgebreitet, als das Telefon läutete.

»Branddezernat, Detective Hale.«

»Reena? Hier spricht Amanda Greenburg. Mandy. Wir sind uns ... in einer ziemlich peinlichen Situation begegnet. Gestern Abend bei Bo.«

»Ja, ich erinnere mich.« Reena starrte auf das Foto, das zeigte, was das Feuer aus ihrem Freund gemacht hatte.

»Wie hättest du das auch vergessen können? Pass auf, ich wollte mich nur entschuldigen.«

»Das ist wirklich nicht nötig.« Sie berührte das Foto von Josh.

»Ich habe mich gefragt, ob du vielleicht Zeit hättest, dich mit mir zu treffen. Ich würde gerne mit dir reden, wenn das geht.«

»Klar. Wann?«

»Was hältst du von jetzt gleich?«

Da das Wetter schön war, sicherte sich Reena einen Tisch auf der Terrasse eines kleinen Cafés, nur fünf Minuten vom Revier entfernt. Kaum hatte sie Platz genommen, als sie Mandy schon auf sich zueilen sah. Eine große quadratische Umhängetasche schlug gegen ihre Hüfte.

Ihr Haar war grellrot gefärbt, und ihr Gesicht erinnerte an einen Foxterrier. Sie trug eine Sonnenbrille im Stil von Jackie Onassis, die ihr aus unerklärlichen Gründen stand.

»Hallo.« Mandy ließ sich auf einen Stuhl fallen.

»Danke, dass du Zeit für mich hattest.«

»Kein Problem.«

»Kaffee«, sagte Mandy, als der Kellner erschien. »Wenn die Tasse leer ist, können Sie gleich neuen bringen.«

»Für mich Cola light«, bestellte Reena.

»Also, ich wollte es mir nur von der Seele reden. Gestern Abend war ich wirklich nicht gut drauf. Bo ist nicht nur mein bester Freund, sondern kann für einen Mann auch ausgezeichnet mit hysterischen Frauen umgehen. Wir schlafen nicht miteinander.«

»Nicht mehr«, ergänzte Reena.

»Nicht mehr. Das haben wir schon seit Jahren hinter uns. Bei uns ist es eher wie bei Jerry und Elaine in der

Sitcom *Seinfeld.* Nur dass Bo überhaupt kein Zyniker ist. Mein Ex ...«

Mandy wartete, bis die Getränke serviert waren. »Mark und ich haben mehr als ein Jahr lang zusammengelebt. Wir haben Hals über Kopf in Las Vegas geheiratet, doch die ersten Krisen kamen, kaum dass wir wieder zu Hause waren. Keine Ahnung, warum. Wenn man die Gründe kennt, ist es nicht ganz so schwer, findest du nicht?«

»Ja, es ist immer besser, im Bilde zu sein.«

»Aber ich wusste von nichts. Eines Abends hat er einfach verkündet, es täte ihm leid, aber er wolle so nicht mehr weitermachen und habe eine andere kennengelernt. Er glaube, er sei verliebt. Er hat sich einfach mit kläglicher Miene vor mich – seine Frau – hingestellt und mir erklärt, er bedaure zwar sehr, aber er liebe eine andere Frau. Da er mich nicht betrügen wolle, schlage er vor, sich scheiden zu lassen.«

»Das muss aber ein schwerer Schlag für dich gewesen sein.«

»Richtig.« Als Mandy nach ihrer Kaffeetasse griff, funkelte der breite Silberring an ihrem linken Daumen im Sonnenlicht. »Natürlich war ich stinksauer. Es kam zu einer großen Szene und einem schrecklichen Streit, und das Ende vom Lied war, dass ich Bo die Ohren vollgeheult habe. Aber was sollte ich tun? Der Mistkerl wollte mich loswerden. Und dann, gestern, erfahre ich, dass er diese Schnepfe heiraten will, und alles kam wieder hoch.«

»Tut mir leid.«

»Ach, vergiss es. Zum Teufel mit den beiden. Die Sache ist nur, dass ich Bo nichts verderben will, nur weil ich mal eine Schulter zum Ausweinen brauchte. Ich bin eine alte Freundin, aber du bist die Frau seiner Träume.«

Reena zuckte zusammen. »Kannst du dir vorstellen, wie schwer es ist, diesem Anspruch zu genügen?«

Mandy grinste. »Ich war noch nie Traumfrau, aber ich

kann es mir denken. Doch für dich gibt es kein Entrinnen. Brad und ich haben ihn oft deswegen aufgezogen.«

»Wozu hat man sonst Freunde?«

»Du hast es erfasst. Allerdings ist es trotzdem ein Wahnsinnszufall, dass du ausgerechnet nebenan eingezogen bist. Jetzt läuft Bo mit kleinen Herzchen in den Augen herum … und ich mache alles noch schlimmer.«

»Nur ein bisschen.«

»Dann wechsle ich am besten so schnell wie möglich das Thema.« Mandy winkte den Kellner heran, um ihre Tasse nachfüllen zu lassen. »DeWanna Johnson.«

»Was weißt du darüber?«

»Ich arbeite bei der *Sun*.«

»Du bist Reporterin?«

»Fotografin. Du hast dich gestern zu dem Fall geäußert, und es wird sicher ein Folgeartikel kommen. Ich dachte, wenn ich ein Foto …«

»Jamal Earl Gregg wurde wegen Mordes im Affekt zum Nachteil von DeWanna Johnson angeklagt. Wenn du mehr erfahren willst, musst du dich an die Staatsanwaltschaft wenden.«

»Aber du bist von hier und kennst viele Leute. Außerdem bist du ein Mädchen, und ob es uns nun gefällt oder nicht, macht diese Tatsache die Story interessanter.«

»Mein Partner ist kein Mädchen, und wir haben den Verdächtigen gemeinsam festgenommen. Du solltest wirklich die Pressestelle kontaktieren, Mandy. Wenn ich von dort das Okay habe, kannst du gerne dein Foto machen. Und eigentlich habe ich mich mit dir verabredet, weil ich mit dir über ein anderes Feuer sprechen wollte. Josh.«

»Gut.« Mandy starrte in ihren Kaffee, den sie, wie Reena bemerkte, schwarz trank und hinunterkippte wie Wasser. »Es hat mich ziemlich schwer getroffen. Wir alle waren erschüttert. Damals war ich Volontärin bei der *Sun*, und die Reporter haben sich auf mich gestürzt. Nach dem Studium bin ich dann für sechs Monate nach New York, wo ich erkannte, was für eine Provinztante ich bin. Also kam ich nach Baltimore zurück. Als seine Mutter seine Sachen geholt hat, habe ich kurz mit ihr geredet. Es war dunkel.«

»Haben die Ermittler sich an dich gewandt? Der Brandinspektor oder die Polizei?«

»Klar. Sie haben, soweit ich weiß, alle im Haus befragt. Außerdem seine Mitstudenten und Freunde. Bestimmt haben sie mit dir auch geredet.«

»Ja, haben sie. Wahrscheinlich war ich die Letzte, die ihn lebend gesehen hat. Ich hatte nämlich den Abend mit ihm verbracht.«

»Oh.« Mitleid malte sich auf Mandys Gesicht, und sie schob die Sonnenbrille auf die Stirn. »Mein Gott, das ist ja entsetzlich. Das wusste ich gar nicht. Ich war unterwegs. Ein Blind Date mit Bo, unsere erste Verabredung. Zusammen mit Brad und einer Freundin von mir, auf die er damals stand.«

»Du bist zwischen halb elf und elf nach Hause gekommen.«

Mandy zog eine Augenbraue hoch und trank einen Schluck Kaffee. »Wirklich?«

»Das hast du wenigstens damals ausgesagt.«

»Soweit ich mich erinnere, stimmt das auch. Bo hat mich an der Tür abgesetzt. Ich habe überlegt, ob ich ihn hereinbitten soll, wollte ganz lässig tun und schauen, was so passiert. Da meine Mitbewohnerin übers Wochenende verreist war, hatte ich die Wohnung für mich. Ich habe Musik aufgelegt und einen Joint geraucht, was ich in meiner Aussage natürlich nicht erwähnte. Während des Studiums habe ich mir ab und zu einen genehmigt. Ich schaute etwa bis Mitternacht fern und bin dann ins Bett. Als ich aufwachte, läutete der Feueralarm und auf dem Flur herrschte Gerenne und Geschrei.«

»Kanntest du die meisten anderen Studenten im Haus?«

320

»Klar, zumindest vom Sehen, wenn auch nicht dem Namen nach.«

»Hatte Josh mit einem von ihnen Ärger?«

»Nein. Du weißt doch, was für ein netter Typ er war, Reena.«

»Ja, aber sogar die nettesten Leute geraten manchmal mit ihren Mitmenschen aneinander. Vielleicht hatte er Streit mit einem Mädchen.« Ein Brand im Schlafzimmer war ein emotionales Verbrechen, das eigentlich eher auf eine Frau schließen ließ. So etwa nach dem Motto: Ich erwische dich im Schlaf, du Schwein.

Mandy zwirbelte an einer ihrer vielen Silberketten herum und hing weiter ihren Erinnerungen nach. »Er hatte Freundinnen, traf sich mit Leuten. Diese Studentenunterkünfte außerhalb des Unigeländes waren wahre Brutstätten für Drama, Sex und wilde Gelage. Und natürlich hatten alle eine Riesenangst vor den Abschlussprüfungen. Das Semester war im Mai zu Ende, und viele Studenten fuhren über die Sommerferien nach Hause oder machten ihren Abschluss. Neue zogen ein. Das Haus war Anfang Juni noch nicht voll. Und Josh hat sich hauptsächlich mit dir befasst, seit ihr angefangen hattet, miteinander zu gehen. Ich kann mich wirklich nicht entsinnen, dass es bei ihm eine dramatische Trennung oder einen ernsthaften Streit gegeben hätte. Weder im Haus noch an der Uni. Josh war beliebt, und alle mochten ihn.«

»Ja, das stimmt. Hast du ihn je mit einer Zigarette gesehen?«

»Er muss wohl geraucht haben. Damals konnte ich mich allerdings nicht daran erinnern. Damals rauchten viele von uns in Gesellschaft oder genehmigten sich hin und wieder einen Joint. Natürlich gab es auch ein paar fanatische Nichtraucher, das weiß ich noch genau. Aber er gehörte nicht dazu. Er war ein umgänglicher Mensch.«

»Und dir ist in der Nacht des Feuers wirklich nichts aufgefallen?«

»Nichts. Werden die Ermittlungen in diesem Fall wieder aufgenommen?«

»Nein, nein«, erwiderte Reena und schüttelte den Kopf. »Es ist persönlich. Da ist nämlich eine Sache, die mir einfach nicht aus dem Kopf will.«

»Ich weiß.« Geistesabwesend rückte Mandy die Sonnenbrille zurecht. »Mir geht es ganz ähnlich. Es ist nicht leicht, wenn man so jung ist wie wir damals und ein Altersgenosse stirbt. Mit zwanzig darf man noch nicht sterben. Zumindest glaubt man das in diesem Alter und hält sich für unsterblich. Die Zeit, die man hat, erscheint einem endlos.«

»DeWanna Johnson war dreiundzwanzig. Man hat immer viel weniger Zeit, als man denkt.«

Wie schon so oft legte Reena die Akte beiseite, um sich wieder mit der Gegenwart zu befassen.

Sie stand auf, als DeWannas Mutter das Büro betrat. »Ich übernehme das«, murmelte sie O'Donnell zu und ging der Frau entgegen.

»Mrs Johnson? Ich bin Detective Hale. Wir haben miteinander telefoniert.«

»Man sagte mir, ich sollte zu Ihnen nach oben kommen. Außerdem dürfe ich DeWanna noch nicht mitnehmen.«

»Wollen wir nicht nach hinten gehen?« Reena berührte die Frau am Arm und führte sie in den Pausenraum. Auf einer kleinen Anrichte drängten sich eine Kaffeemaschine, eine altersschwache Mikrowelle und einige Styroporbecher.

Reena forderte Mrs Johnson auf, am Tisch Platz zu nehmen. »Setzen Sie sich doch. Möchten Sie vielleicht Kaffee oder Tee?«

»Nein, danke.« Sie folgte der Aufforderung. Ihre dunklen Augen wirkten müde.

Reena schätzte Mrs Johnson auf Anfang vierzig. Und nun würde sie ihre Tochter begraben müssen.

»Mein Beileid, Mrs Johnson.«

»In dem Moment, als er aus dem Gefängnis kam, hatte ich sie verloren. Sie hätten ihn dort behalten und weiter einsperren sollen. Jetzt hat er mein Kind umgebracht, und ihr Baby ist eine Waise.«

»Es tut mir leid, was DeWanna zugestoßen ist.« Reena ließ sich Mrs Johnson gegenüber nieder. »Jamal wird dafür bezahlen.«

Trauer, Wut und Erschöpfung spiegelten sich in den dunklen Augen. »Wie soll ich dem kleinen Mädchen bloß erklären, dass sein Daddy seine Mama getötet hat? Wie soll ich das tun?«

»Ich weiß es nicht.«

»Hat sie … das Feuer gespürt?«

»Nein.« Reena griff nach Mrs Johnsons Hand. »Sie hat nichts mehr gespürt und auch nicht gelitten.«

»Ich habe sie ganz allein großgezogen und mein Bestes getan.« Mrs Johnson holte tief Luft. »Sie war ein liebes Mädchen, aber völlig vernagelt, wenn es um dieses miese Schwein ging. Wann kann ich sie mitnehmen?«

»Ich erkundige mich.«

»Haben Sie Kinder, Detective Hale?«

»Nein, Ma'am.«

»Manchmal glaube ich, dass wir sie nur bekommen, damit sie uns das Herz brechen.«

Da Reena dieser letzte Satz einfach nicht aus dem Kopf wollte, stattete sie auf dem Heimweg dem Sirico einen Besuch ab. Ihre Mutter stand an dem großen Herd, ihr Vater an der Anrichte.

Zu ihrer Überraschung saßen Onkel Larry und Tante Carmela in einer Nische und verspeisten gefüllte Champignons.

»Setz dich«, forderte Larry sie auf, nachdem sie ihn zur Begrüßung geküsst hatte. »Erzähl uns, was du gerade so treibst.«

»Das würde mindestens zwei Minuten dauern, und die habe ich nicht. Ich bin schon viel zu spät dran.«

»Eine aufregende Verabredung?«

»Genau.«

»Wie heißt er? Was ist er von Beruf? Wann heiratest du, damit deine Mutter hübsche Enkelkinder bekommt?«

»Er heißt Bowen und ist Tischler. Und dank Fran, Bella und Xander hat Mama schon so viele Enkelkinder, dass sie ohnehin nicht mehr weiß, wo ihr der Kopf steht.«

»Man kann nie zu viele Enkelkinder haben. Ist das dein Nachbar? Wie lautet denn sein Nachname?«

»Er ist kein Italiener«, erwiderte Reena mit einem Lachen und gab ihrer Tante einen Kuss. »Buon appetito.«

Sie kehrte zurück in die Küche und holte sich eine Limonade aus dem Getränkekühlschrank. Da ihr Vater die Hände im Teig hatte, stellte sie sich auf die Zehenspitzen und küsste ihn aufs Kinn. »Hallo, schöner Mann.«

»Wer ist das?« Er drehte sich zu seiner Frau um. »Wer ist dieses fremde Mädchen, das hier Küsse verteilt? Irgendwie kommt sie mir bekannt vor.«

»Ich war doch erst vor einer knappen Woche hier«, seufzte Reena. »Und ich habe vorgestern angerufen.«

»Ach, jetzt erkenne ich dich.« Er zwickte sie mit teigverklebten Fingern in die Wange. »Es ist unsere verlorene Tochter. Wie heißt du noch mal?«

»Ständig werde ich nur gehänselt.« Sie gab ihrer Mutter einen Kuss auf die Wange. »Irgendwas riecht hier wundervoll. Ein neues Parfüm und Bolognese.«

»Setz dich. Ich mache dir einen Teller zurecht.«

»Ich kann nicht. Ein gut aussehender Mann wollte mir ein Abendessen kochen.«

»Der Tischler kann auch kochen?«

»Habe ich gesagt, dass es der Tischler ist? Aber, ja, er ist es, und er kann es offenbar. Mama, haben deine Kinder dir je das Herz gebrochen?«

»Unzählige Male. Hier, nimm etwas von den Pilzen. Nur für den Fall, dass er das Essen anbrennen lässt.«

»Nur einen. Warum hast du uns vier dann gekriegt, wenn wir dir das Herz brechen?«

»Weil dein Vater mich einfach nie schlafen lassen wollte.« Bei diesen Worten drehte er sich kichernd um.

»Jetzt mal im Ernst.«

»Das war mein Ernst. Er konnte einfach die Hände nicht wegnehmen.« Bianca klopfte den Löffel am Rand des Topfes ab und legte ihn weg. »Ich habe vier Kinder bekommen, weil ihr mir das Herz nicht nur gebrochen, sondern es auch voll gemacht habt. Ihr seid das Wichtigste in meinem Leben und gleichzeitig die schlimmsten Landplagen der Welt.« Sie zog Reena ins Nebenzimmer. »Du bist doch nicht etwa schwanger?«

»Nein, Mama.«

»Ich war nur neugierig.«

»In den letzten Tagen sind mir viele merkwürdige Dinge im Kopf herumgegangen. Die Pilze schmecken übrigens köstlich«, fügte sie hinzu. »Aber jetzt muss ich los.«

»Komm am Sonntag zum Abendessen«, rief Bianca ihr nach. »Und bring deinen Tischler mit. Dann zeige ich ihm, was Kochen bedeutet.«

»Ich schaue mal, wie es heute Abend läuft. Vielleicht lade ich ihn dann ein.«

Bo hatte beschlossen, bei Hühnchen zu bleiben, denn er hatte ein Händchen für Geflügel. Unterwegs hatte er frisches Gemüse gekauft, und eigentlich war noch ein Abstecher in die Bäckerei geplant. Allerdings hatte er am Nachmittag ein Rankgerüst für Mrs Mallory gebaut, und als sie von seinen Plänen für den Abend erfuhr, hatte sie ihm eine frisch gebackene Zitronenbaisertorte überreicht.

Er überlegte immer noch, ob er die Torte als sein eigenes Werk ausgeben sollte, als Reena an seine Tür klopfte.

Er hatte Musik aufgelegt – Jazz von Norah Jones – und Versuche unternommen, den Staub zu bekämpfen. Alle weiteren Hausputzpläne waren von Mrs M's Auftrag durchkreuzt worden – und von seiner Schwäche für ihre Kekse.

Doch er fand, dass das Haus passabel aussah. Außerdem hatte er – nur für alle Fälle – die Bettwäsche gewechselt.

Als er die Tür öffnete und sie ansah, hoffte er sehr, dass sie die frische Wäsche zu Gesicht bekommen würde.

»Hallo, Frau Nachbarin.« Er beschloss, keine Zeit zu verlieren, zog sie an sich und küsste sie auf den Mund.

Für einen Moment schmiegte sie sich verführerisch an ihn und wich dann wieder zurück. »Als Vorspeise war das gar nicht schlecht. Was gibt es als Hauptgang?« Sie überreichte ihm eine in eine hübsche silberfarbene Tüte verpackte Flasche. »Hoffentlich passt es zu Pinot Grigio.«

»Da wir beim Hühnchen bleiben, ist das eine prima Idee.« Er nahm sie an der Hand und ging mit ihr in die Küche.

»Blumen.« Sie blieb am Tisch stehen, um die Tausendschönchen in einer blauen Flasche zu bewundern. »Und Kerzen. Du hast ja richtig Stil.«

»Hin und wieder klappt es. Die Sachen sind von meiner Großmutter. Letzte Nacht habe ich noch einige Zeit damit verbracht, die Kartons durchzusehen.«

Sie folgte seinem Blick in Richtung Vitrinenschrank. Nun standen weitere antike, außergewöhnlich geformte Flaschen, einige dunkelblaue Teller und ein paar Weingläser mit eingeätzten Mustern darin.

»Das ist aber hübsch. Sicher hätte es sie gefreut, dass du ihre Sachen aufstellst.«

»Ich habe mir nie solchen Krimskrams angeschafft. Da

hat man nur mehr zum Zusammenpacken, wenn man umzieht.«

»Was du offenbar recht häufig tust.«

Bo entkorkte den Wein und holte zwei der verzierten Gläser aus der Vitrine. »Ein Haus, in dem man wohnt, kann man nicht verkaufen.«

»Hast du die Häuser denn nie ins Herz geschlossen?«

»Hin und wieder schon. Doch dann sehe ich ein neues Haus und denke mir, Wahnsinn, was da alles drinsteckt. Potenzial und Profit gegen Bequemlichkeit und Vertrautheit.«

»Du bist ja wie besessen davon.«

»Stimmt.« Beim Lachen leuchteten seine Augen auf, als er mit ihr anstieß. »Setz dich. Ich kümmere mich um den Rest.«

Sie ließ sich auf einem Barhocker nieder. »Hast du nie daran gedacht, ganz von vorne anzufangen, ein Grundstück zu kaufen und ein neues Haus zu bauen?«

»Daran gedacht schon. Eines Tages baue ich vielleicht mein Traumhaus. Aber eigentlich macht es mir mehr Spaß, zu sehen, was da ist, und es zu verbessern oder von den Toten aufzuerwecken.«

Als er einen Blick in den Backofen warf, stieg ihr Rosmarinduft in die Nase. Sie nahm sich vor, einige Kräutertöpfe für sein Fensterbrett zu besorgen, falls sich die Sache zwischen ihnen weiterentwickeln sollte.

»Du hast gesagt, du könntest mit meinem Haus alles machen, was ich will. War das nur im Liebestaumel dahingesagt oder hast du es ernst gemeint?«

»Der Liebestaumel hat natürlich auch etwas damit zu tun. Allerdings nur in vernünftigem Rahmen. Fast alles, was du dir wünschst, ist möglich.« Er gab Öl in eine Bratpfanne.

»Kann man in mein Schlafzimmer einen Kamin einbauen?«

»Für Holz geeignet?«

»Das muss nicht sein. Gas oder elektrisch wäre auch in Ordnung. Vermutlich sogar besser. Ich glaube nämlich nicht, dass ich Lust hätte, ständig Holz die Treppe raufzu-schleppen.«

»Das würde gehen.«

»Wirklich? Das wünsche ich mir nämlich schon lange. Wie im Film. Ein Kamin im Schlafzimmer. Und einen in der Bibliothek. Eigentlich würde ich das Schlafzimmer am liebsten zu einer Art Suite ausbauen, das Bad integrieren und es vielleicht ein wenig vergrößern. Und ich hätte gern ein Dachfenster über der Wanne.«

Bo sah sie forschend an. »Ein Dachfenster über der Wanne also.«

»Ich denke, das wäre gerade noch finanzierbar. Natürlich geht das nur nach und nach. Ich muss aufs Geld achten.«

Er gab gehackten Knoblauch ins Öl. »Ich schaue mir alles an, zeichne ein paar Entwürfe und mache dir dann ein Angebot. Was hältst du davon?«

Lächelnd stützte sie den Ellenbogen auf den Tisch und trank einen Schluck Wein. »Klasse. Ich glaube, du bist zu gut, um wahr zu sein.«

»Das Kompliment kann ich nur zurückgeben.«

»Ich weiß nicht so recht, was ich will, Bo. Was uns beide angeht, meine Zukunft. Verdammt, ich kann nicht einmal sagen, wie mein Leben morgen aussehen wird, geschwei-ge denn in einem Jahr.«

»Ich auch nicht.«

»Aber ich habe den Eindruck, dass du wenigstens eine grobe Vorstellung davon hast. Wenn du deine Arbeit machst, baust und Pläne schmiedest, hast du das nächste Jahr im Blick.«

»Ich weiß nur, dass ich heute die Nacht mit dir verbrin-gen will. Ich weiß, dass ich mich nach dir – oder dem Bild, das ich mir von dir gemacht habe – schon seit Jahren sehne. Allerdings habe ich keine Ahnung, was morgen oder im nächsten Jahr aus uns werden wird.«

Bo legte die Hühnchenstücke in die Pfanne. »Sicher hat es einen tieferen Sinn, dass du nebenan eingezogen bist. Und bestimmt gibt es auch einen Grund, warum ich dich vor all den Jahren zwar gesehen, dich aber jetzt erst richtig kennengelernt habe. Damals war ich wahrscheinlich noch nicht bereit dafür.«

Er betrachtete sie, wie sie am Küchentresen saß, ihn mit ihren Löwinnenaugen musterte und den Finger am Rand des verzierten Glases seiner Großmutter entlanggleiten ließ. »Vielleicht bedeutet das, dass nun alles gut wird. Kann auch sein, dass etwas anderes dahintersteckt. Aber das brauche ich momentan noch nicht zu wissen.«

»Du hast gerade von Potenzial gesprochen. Davon, dass du dich vom Anblick eines neuen Hauses inspiriert fühlst. Du hast das Potenzial, dafür zu sorgen, dass ich mich in dich verliebe. Und das macht mir Angst.«

Er spürte, wie sich ein Brennen in ihm ausbreitete, das ihm bis ins Herz drang. »Befürchtest du, ich könnte dir wehtun?«

»Mag sein. Oder ich dir. Das Ganze könnte sich zu einem komplizierten Riesendurcheinander entwickeln.«

»Oder zu etwas ganz Besonderem.«

Sie schüttelte den Kopf. »Wenn ich meine früheren Beziehungen betrachte, ist das Glas immer halb leer. Und der Rest, der sich noch darin befindet, ist vielleicht nicht mehr trinkbar.«

Bo griff nach der Flasche und füllte Reenas Glas bis zum Rand. »Könnte es sein, dass du noch nicht den Richtigen zum Einschenken gefunden hast?«

»Könnte sein.« Sie warf einen Blick auf den Herd. »Lass das Hühnchen nicht anbrennen.«

Das Hühnchen gelang großartig. Wie Reena zugeben musste, war sie beeindruckt davon, dass Bo ohne Zwischenfall eine Mahlzeit auf den Tisch zaubern konnte. Das zweite Glas Wein vor sich, kostete sie das Huhn. »Also«, sagte sie. »Es schmeckt prima. Wirklich ausgezeichnet. Und das ist ein großes Kompliment von einem Menschen wie mir, der in einem Umfeld aufwuchs, wo Essen nicht nur für Ernährung oder Lebensart steht, sondern der Mittelpunkt des Lebens ist.«

»Mit dem Rosmarinhuhn habe ich bis jetzt noch jede Frau rumgekriegt.«

Lachend aß Reena weiter. »Erzähl mir von deiner ersten Liebe.«

»Das bist du. Ja, schon gut«, fügte er hinzu, als sie ihn argwöhnisch ansah. »Tina Woolrich. Achte Klasse. Sie hatte blaue Augen und kleine Apfelbrüste, die ich großzügigerweise einmal anfassen durfte, und zwar an einem wunderschönen Sommernachmittag in einem dunklen Kinosaal. Und was ist mit dir?«

»Michael Grimaldi. Ich war vierzehn und unsterblich verliebt in Michael Grimaldi, der aber leider auf meine Schwester Bella stand. Ich habe gehofft, die Schuppen würden ihm irgendwann von den Augen fallen, und er würde begreifen, dass nur ich für ihn bestimmt war. Aber meine Liebe blieb unerwidert.«

»Dieser Michael muss ein Idiot gewesen sein.«

»Und wer hat dir das erste Mal das Herz gebrochen?«

»Wieder du. Ansonsten … keine.«

»Mir auch nicht. Ich weiß nicht, ob wir deshalb Glückspilze oder traurige Gestalten sind. Bella hingegen konnte ohne Liebesdramen nicht leben. Bei Fran war es genauso. Ich weiß noch, wie sie sich in ihrem Zimmer die Augen ausgeheult hat, weil irgendein Blödmann mit einem anderen Mädchen zum Abschlussball gegangen war. Mir waren solche Dinge eigentlich immer ziemlich egal. Wahrscheinlich ist das doch eher traurig.«

»Schon mal mit dem Gedanken an das große H gespielt?«

»Hochzeit?« Ein Funke blitzte in ihren Augen auf.

»Kommt ganz auf die Betrachtungsweise an. Ich erzähle es dir ein andermal. Übrigens habe ich heute mit Mandy gesprochen.«

Er nahm an, dass das Thema Beziehung für sie hiermit abgeschlossen war. »Und?«

»Sie rief mich an, um sich – noch einmal – zu entschuldigen und mich um ein Treffen zu bitten. Da ich hin und wieder Joshs Akte aus dem Schrank hole, wollte ich mit ihr darüber reden. Natürlich habe ich nichts Neues erfahren. Aber die Begegnung mit ihr erschien mir irgendwie schicksalhaft, und ich wollte wissen, was dahintersteckt. Jedenfalls gefällt sie mir. Sie sprudelt über vor Energie. Kann natürlich auch daran liegen, dass sie innerhalb von zwanzig Minuten vier Liter Kaffee getrunken hat.«

»Sie ernährt sich von dem Zeug«, stimmte Bo zu. »Nie würde sie begreifen, wie ich ohne Kaffee leben kann.«

»Du trinkst keinen Kaffee?«

»Bin nie auf den Geschmack gekommen.«

»Ich auch nicht. Komisch.«

»Wieder ein Punkt, der darauf hinweist, dass wir füreinander bestimmt sind. Möchtest du noch Hühnchen?«

»Nein, danke. Bowen?«

»Catarina.«

Sie lachte auf und trank einen Schluck Wein. »Hast du mit Mandy geschlafen, während sie verheiratet war?«

»Nein.«

»Gut. Das ist nämlich eine meiner Grenzen. Ich habe nicht viele, aber das gehört dazu. Ich übernehme das Geschirr«, sagte sie und stand auf.

»Das verschieben wir auf später«, begann er. Doch als er ihre Miene bemerkte, seufzte er auf. »Ach, du bist eine von dieser Sorte. Gut, dann spülen wir eben das Geschirr. Möchtest du zuerst den Nachtisch?«

»Ich habe noch gar nicht entschieden, ob ich mit dir schlafen will.«

»Ha, ha, ha. Nun bin ich aber am Boden zerstört. Allerdings habe ich eher an die Sorte Nachtisch gedacht, die man auf einen Teller tut und aufisst. Es gibt natürlich einen Kuchen.«

Reena stellte ihren Teller auf die Anrichte und drehte sich um. »Was für einen?«

Bo machte den Kühlschrank auf, um einen Teller herauszuholen.

»Das ist ja Zitronenbaiser.« Sie trat näher und musterte ihn forschend. »Und zwar keines aus dem Laden.«

»Nein.«

»Du hast einen Kuchen gebacken?«

Er setzte eine leicht gekränkte Unschuldsmiene auf. »Was ist daran denn so erstaunlich?«

Sie lehnte sich an die Anrichte und betrachtete ihn. »Wenn du mir fünf Zutaten – abgesehen von Zitronen – nennen kannst, die in diesen Kuchen gehören, gehe ich sofort mit dir ins Bett.«

»Mehl, Zucker ... ach, zum Teufel. Du hast mich erwischt. Eine Kundin hat ihn gebacken.«

»Sie bezahlt dich mit Kuchen?«

»Das ist mein Bonus. Ich habe auch noch eine Tüte mit Schokoladenkeksen da. Aber die teile ich nur, wenn du mit mir schläfst. Wir können sie ja zum Frühstück essen.«

»Weißt du, wie viele Jahre auf die Bestechung eines Polizeibeamten stehen?«

»Was, bist du etwa verkabelt?«

Reena lachte auf. Ach, zum Teufel mit dem Geschirr, dachte sie, stützte die Ellenbogen hinter sich auf die Theke und hob den Kopf. »Warum stellst du den Kuchen nicht weg, Goodnight, und siehst selbst nach?«

Kapitel 18

Als er sie ansah, stand ein herausforderndes und amüsiertes Funkeln in ihren Augen, das er sehr erregend fand. Sobald er sie an sich zog, wuchs seine Erregung fast ins Unermessliche. Doch das wäre wohl jedem Mann so gegangen.

Selbst als er sie auf den Mund küsste, stützte sie sich weiter auf die Anrichte. Aber er hörte, dass sie leise nach Luft schnappte.

»Hast du deine Pistole dabei?«, fragte er, ohne die Lippen von ihren zu lösen.

Sie zuckte zusammen. »In meiner Handtasche. Warum?«

»Weil wir sie benützen werden, falls es jetzt wieder an der Tür klingelt.«

Nachdem sie erleichtert aufgelacht hatte, nahm er sie in die Arme. »Und das Geschirr spülen wir später.«

»Hmmm. Ein richtiger Macho.«

»Du weißt noch nicht, was dich erwartet.« Doch seine Knie wurden weich, als sie anfing, an seinem Hals zu knabbern. Konzentrier dich, sagte er sich, als er sie aus dem Raum trug. Du darfst es nicht vermasseln. »Und wir machen es nicht auf dem Küchenfußboden. Nicht dass ich grundsätzlich etwas dagegen hätte.« Er sah ihr ins Gesicht. »Aber diesmal nicht.«

Sie strich ihm über das Haar, und ihr Lächeln wurde weich. »Diesmal nicht. Hast du vor, mich den ganzen Weg bis nach oben zu tragen?«

»Heute Nacht, Scarlet, wirst du nicht an Ashley denken.«

Auf dem Weg die Treppe hinauf schlang sie die Arme um seinen Hals und bedeckte sein Gesicht mit Küssen.

Er hatte vergessen, ein Licht anzulassen – so viel zum Thema Voraussicht –, aber er kannte den Weg. Außerdem genügte die Dämmerung, um sich zu orientieren.

Ihre Arme lagen weiter um seinen Hals, als er sie aufs

Bett legte und sich neben sie auf die Matratze sinken ließ, ohne die Lippen von ihren zu lösen. Das Klopfen seines Herzens dröhnte ihm in den Ohren wie eine Buschtrommel.

»Warte, es ist zu dunkel.« Er küsste ihren Hals und die weiche Stelle unter ihrem Kiefer. Seine Hände lagen glühend auf ihrer Haut. »Ich will dich ansehen.«

Er machte sich los und kramte in der Nachttischschublade nach einem Streichholzbriefchen, um die Kerze anzuzünden, die er eigens für diesen Abend gekauft hatte.

Als er sich umdrehte, hatte sie sich auf die Ellenbogen gestützt. Ihr Haar umgab ihr Gesicht wie ein bernsteinfarbener Heiligenschein. »Du bist ja richtig romantisch.«

»Nur bei dir.«

Der Heiligenschein leuchtete auf, als sie den Kopf bewegte. »Eigentlich misstraue ich Männern, die immer im richtigen Moment das Richtige sagen. Aber ich muss zugeben, dass es zu dir passt. Glaubst du, du weißt noch, wo du gerade gelegen hast?«

Als er sich wieder neben sie sinken ließ, seufzte sie auf. »Ja, genau hier.«

Die Träume von ihr hatten ihn sein gesamtes Erwachsenenleben lang begleitet. In seiner Fantasie war sie so, wie er es sich gewünscht hatte. Doch sie nun wirklich vor sich zu haben übertraf alles. Haut und Lippen, Düfte und Gerüche. All das überkam ihn mit seiner solchen Macht, dass es ihm vor Begierde den Atem verschlug und er nicht mehr klar denken konnte.

Es war sein Traum, der sich da unter ihm bewegte und seinen Kuss in wilder Leidenschaft erwiderte. Reena war keine Traumgestalt, sondern eine Frau aus Fleisch und Blut und jetzt hier bei ihm.

Er erregte sie, bis ihr Puls sich ins Unerträgliche beschleunigte und Farben und Berührungen vor ihren Augen verschwammen. Das sanfte Knabbern der Zähne, das

Gleiten der Zunge, Atemzüge, die sich mit Seufzern mischten. Sein Mund glühte wie im Fieber und war dennoch geduldig. Es war, als sei ihm das Küssen genug, um ihre Begierde zu stillen.

Doch als sie schon glaubte, es nicht länger aushalten zu können, und sie sich ihm auffordernd entgegenbäumte, nahm er die Hände zu Hilfe.

Kräftige, schwielige Hände, die sie streichelten, lockten und schließlich besitzergreifend zupackten. Brüste, Schenkel und Hüften glühten, dass sie schon befürchtete, ihre Haut könnte in Flammen aufgehen.

Er zog ihr das Hemd über den Kopf, liebkoste mit den Lippen ihre Brüste unter dem Spitzen-BH und fuhr mit der Zunge unter den dünnen Stoff, wie um sie noch mehr zu reizen.

Mit einem Aufstöhnen wälzte sie sich auf ihn, zerrte an seinem Hemd und kämpfte mit den Knöpfen. Rittlings auf ihm sitzend, schleuderte sie ihr Haar zurück, öffnete das Hemd und strich ihm mit beiden Händen über die Brust.

»Tolle Figur, Goodnight.« Ihr Atem ging schwer und stoßweise. »Wirklich toll. Ein paar Narben hast du auch.« Als sie die Finger über die Narbe gleiten ließ, die entlang seines Brustkorbs verlief, spürte sie, wie er erschauderte. Dann senkte sie den Kopf und liebkoste seine Haut mit Lippen, Zunge und Zähnen.

Er richtete sich auf und schob sie zurecht, dass ihre Beine um seine Taille lagen. Als seine schwieligen Hände über ihren Rücken fuhren, wurde sie von wollüstigen Schauern überlaufen. Mit einer raschen Handbewegung öffnete er ihren Büstenhalter. Sie sank stöhnend zurück, als sein Mund sie berührte.

Mit den Lippen konnte er ihren Herzschlag ertasten. Ihr schlanker Körper war so glatt und beweglich. Zierlicher Oberkörper, schmale Hüften und endlos lange Beine. Am liebsten hätte er ihn tage- oder sogar jahrlang erkundet.

Doch nach all den Jahren des Wartens wurde der Drang, sie ganz zu besitzen, übermächtig.

Er schob sie zurück, streifte ihr die Hose ab und liebkoste sie mit Händen und Lippen. Ihr Körper wand sich und bäumte sich auf, als er sie mit der Zunge berührte.

Ihre Hände umfassten seinen Kopf und zogen ihn an sich, und dann kam sie, erschaudernd und mit einem Aufschrei. Das Blut pochte ihm in den Ohren, als er ihr das Spitzenhöschen abstreifte und sie wieder berührte.

Sie zog ihn nach oben und stammelte unverständliche Worte, während sie sich auf dem Bett hin und her wälzten. Mit geschickten Fingern zog sie ihm die Kleider aus, sodass er nackt und schutzlos vor ihr lag. Ihre Lippen waren heiß und voller Begierde, und sie bebte am ganzen Körper.

Ihre Beine blieben um ihn geschlungen, während er die Verpackung eines Kondoms aufriss. Und als sie es ihm aus der Hand nahm, um es ihm überzustreifen, konnte er fast nicht mehr an sich halten.

Wieder setzte sie sich rittlings auf ihn. Er blickte sie an, und ihr Haar und ihre Augen strahlten im Kerzenschein.

Und dann nahm sie ihn in sich auf.

Wieder bäumte sich ihr Körper zurück, als Wellen der Lust sie durchliefen. Vor Erregung schien sie von innen heraus zu strahlen. Sie ritt ihn und ließ ihn immer tiefer in sich hineingleiten und spürte, wie er in Leidenschaft ihre Hüften umfasste.

Blitze zuckten vor ihren Augen, als sie den Höhepunkt erreichte. Dann sank sie auf ihn.

Alles drehte sich um sie, und sie wusste nicht ganz, wie ihr geschah, als er sich herumdrehte, sodass sie nun unter ihm lag. Er war tief in ihr, und sie hörte, wie sich sein stoßweiser Atem mit ihrem mischte.

Sie stützte die Hände auf seine Schultern und sah, dass seine Augen nun so grün strahlten wie Kristalle. Die Leidenschaft hatte den Schleier vertrieben.

Als er in sie eindrang, raubte es ihr den Atem. Ihre Finger umkrallten seine Schultern, und sie konnte den Ansturm der Gefühle kaum noch ertragen.

Sie wusste nicht, ob sie geschrien hatte, denn sie hörte nur ein hilfloses Wimmern, als das Blut ihren Körper wie eine wilde Woge durchströmte. Obwohl die Leidenschaft sich ins Unaussprechliche gesteigert hatte, verlangte ihr Körper nach mehr.

Sie spürte, wie seine Muskeln sich verhärteten, und wusste, dass er gleichzeitig mit ihr gekommen war.

Der Funke ist übergesprungen, dachte sie benommen, als ihre Hände von seinen Schultern glitten.

Wie eine Tote lag sie unter ihm. So musste man sich nach einer Schlacht fühlen, durchgeschwitzt und völlig erschöpft. Da er sich seit einigen Minuten nicht gerührt hatte, vermutete sie, dass zwischen ihnen Gleichstand herrschte.

»Hat das Telefon geläutet?«, murmelte sie.

Er blieb bäuchlings auf ihr liegen und vergrub das Gesicht in ihrem dichten Haarschopf. »Nein. Warum?«

»Moment mal.« Sie atmete tief durch, um sich wieder zu fassen. »O Gott, meine Ohren klingeln.«

»Ich höre auf, dir die Luft abzuschnüren, sobald ich mich wieder bewegen kann.«

»Du brauchst dich nicht zu beeilen. Weißt du was, du hattest recht. Vor dreizehn Jahren waren wir noch nicht bereit. Wir hätten einander umgebracht.«

»Bist du sicher, dass wir jetzt noch leben? Schon gut. Wir können uns ja so begraben lassen. Vielleicht singt ja jemand was Schönes bei unserer Beerdigung.«

Hatte sie je einen Mann kennengelernt, dem es so leichtfiel, sie zum Lachen zu bringen?, fragte sie sich.

»Ich habe zwar Gesang gehört, aber ich bin nicht sicher, ob es die Engel waren.«

»Nein, ich war es.« Er senkte den Kopf und küsste sie zärtlich.

Nachdem sie den Kuchen im Bett verspeist hatten, liebten sie sich noch einmal – mit Zitronengeschmack auf der Zunge und Krümeln auf den Laken.

Nach einem langen, liebevollen Kuss stand sie auf, um ihre Kleider zusammenzusuchen.

»Willst du etwa weg?«

»Es ist fast zwei, und wir müssen morgen beide arbeiten.«

»Du kannst auch hier übernachten. Schließlich hast du es ja nicht weit. Und vergiss nicht: Es gibt Kekse zum Frühstück.«

»Verlockend.« Reena zog Hose und Hemd an und steckte die Unterwäsche in die Hosentasche. Sie war wohlig müde. Es war die Art von Müdigkeit, wie man sie nur nach einer angenehmen und wunderschönen Liebesnacht empfand. »Wie viel Schlaf würden wir deiner Ansicht nach abkriegen? Dafür sind wir viel zu scharf aufeinander.«

»Ich würde gar keine weitere Runde schaffen«, erwiderte er. »Ich bin total erledigt.«

Reena neigte den Kopf zur Seite und musterte sein Gesicht im Kerzenschein. »Lügner.«

Er grinste sie an. »Beweis mir das Gegenteil.«

Kopfschüttelnd lachte sie auf. »Danke für das Abendessen, den Nachtisch und alles andere.«

»War mir ein Vergnügen. Ein großes sogar. Was hältst du von morgen Abend?«

»Warum nicht? Du brauchst nicht aufzustehen«, begann sie, als er die Beine über die Bettkante schwang und nach seiner Hose griff. »Ich kenne den Weg.«

»Ich begleite dich. Essen wir morgen zusammen zu Abend? Bei mir, bei dir, irgendwo?«

»Ich könnte morgen Karten zu einem Spiel der Orioles

kriegen. Hinter dem Schlagmal, an der dritten Base. Hättest du Interesse, wenn das mit den Karten klappt?«

»Ob ich Interesse hätte? Stehst du etwa auf Baseball?« Beim Sprechen zeigte er mit dem Finger auf sie.

»Nein.« Sie kämmte ihr Haar mit den Fingern einigermaßen zurecht. »Ich liebe Baseball.«

»Im Ernst? Wer hat im Jahr ... 2002 die World Series gewonnen?«

Reena schürzte die Lippen und überlegte. »In diesem Jahr hat Kalifornien groß abgesahnt. Die Angels besiegten die Giants in sieben Innings. Lackey hat die Entscheidung herbeigeführt.«

»Du meine Güte.« Bo starrte sie entgeistert an und schlug sich dann mit der Faust auf die Brust. »Du bist wirklich die Frau meiner Träume. Heirate mich, schenk mir Kinder. Aber lass uns damit bis morgen nach dem Spiel warten.«

»Dann habe ich ja noch Zeit, mir ein weißes Kleid zu kaufen. Ich gebe dir Bescheid, ob ich die Karten kriege.«

»Wenn nicht, versuche ich, welche für das nächste Heimspiel zu ergattern.« Hand in Hand gingen sie nach unten.

Sie nahm ihre Tasche. »Du brauchst mich nicht nach Hause zu bringen, Bo.«

»Doch. Vielleicht treiben sich da draußen ja Räuber herum. Oder Aliens. Man kann nie wissen.«

Er griff nach seinem Schlüssel, steckte ihn in die Tasche und folgte ihr zur Tür.

»Du bist ja wirklich ein Romantiker. Und altmodisch.«

»Und dennoch ein Mann mit den Reflexen eines Panthers.«

»Was recht nützlich sein kann, wenn die Aliens kommen.«

Sie stiegen seine Vortreppe hinunter und ihre wieder hinauf, wo sie sich küssten, bis Reena erschöpft in Bos Armen hing.

»Geh nach Hause«, murmelte sie.

»Vielleicht solltest du mich zurückbegleiten. Schließlich bist du Polizistin.«

»Los, verschwinde.« Sie gab ihm einen kleinen Schubs und schloss dann ihre Haustür auf. »Gute Nacht, Goodnight«, sagte sie und zog die Tür hinter sich zu.

Sie beobachten. Geduld haben. Planen können. Hätte nie gedacht, dass es so lange dauert. Aber es kann ja nicht alles klappen. Außerdem wird es durchs Warten nur noch schöner. Die Nutte bumst jetzt den Typen von nebenan. Wie praktisch.

Könnte ihn jetzt umlegen. Geh hin, klopfe an seine Tür, er macht auf, weil er denkt, dass es die Schlampe ist. Dann ein Messer, direkt in seinen Bauch. Überraschung!

Aber es macht mehr Spaß, zu warten. Zu warten und zu beobachten. Später ist er dran.

Wenn die Stadt brennt.

Das Licht ist an. Schlafzimmer. Ihr Schlafzimmer. Wette, sie ist nackt und fasst sich an, wo er sie vorher angegrapscht hat.

Hure.

Schlampe.

Werd mich auch noch bedienen. Na klar. Und zwar heftig, bevor ich sie verbrenne.

Das Fenster wird dunkel. Jetzt ist sie im Bett.

Lass sie einschlafen. Es ist viel lustiger, wenn sie schon schläft. Ich lass mir Zeit. Davon hab ich ja mehr als genug.

Erst mal eine rauchen. Immer ganz locker.

Dann das Telefon. Kann mir gut vorstellen, wie sie aussieht. Nackt im Bett.

Los, du Schlampe, aufwachen!

Das Läuten des Telefons riss Reena aus dem Schlaf. Als sie auf die Uhr sah, stellte sie fest, dass sie nur knapp zehn

Minuten geschlafen hatte. Beim Anblick der Rufnummern-erkennung verzog sie das Gesicht. Unbekannter Anrufer, Ortsgespräch. »Hallo?«

»Es ist fast Zeit für meine Überraschung.« Die Stimme wieder, immer diese Stimme.

»Ach, verdammt noch mal!«

»Heiß und hell. Du weißt, dass sie nur für dich bestimmt ist. Bist du nackt, Catarina? Bist du feucht?«

Es war wie ein Schlag in die Magengrube, als er ihren Namen aussprach. »Wer ...«

Doch sie hörte nur ein Klicken. Fluchend schrieb sie wieder Nummer und Uhrzeit auf. Gleich morgen früh würde jemand einen Weckruf bekommen, der sich gewaschen hatte. Reena stand auf, holte ihre Waffe und sah nach, ob sie geladen war. Die Pistole in der Hand, überprüfte sie Türen und Fenster. Dann legte sie sich, die Waffe neben sich auf dem Tisch, aufs Wohnzimmersofa und versuchte, ein wenig zu schlafen.

»Beides Mobiltelefone.« Unterstützt von O'Donnell, meldete Reena die beiden Anrufe ihrem Vorgesetzten. »Jedes auf einen anderen Namen registriert, und zwar in Baltimore.«

»Er hat Sie mit Namen angesprochen?«

»Beim zweiten Anruf.«

»Und Sie haben die Stimme nicht erkannt?«

»Nein, Sir. Vielleicht verstellt er sie ja. Er spricht ganz leise und ein wenig heiser. Aber sie kam mir nicht vertraut vor. Beim ersten Mal vermutete ich, dass irgendein Spinner wahllos eine Nummer eingibt, um sich am Telefon einen runterzuholen. Aber offenbar bin ich persönlich gemeint.«

»Überprüfen Sie das.«

»Ich komme mir schrecklich dämlich vor, weil ich dich da mit reinziehe«, meinte Reena auf dem Weg zum Auto zu ihrem Partner. »So etwas müsste ich doch eigentlich privat regeln.«

»Der Kerl hat am Telefon Drohungen ausgestoßen.«

»Er hat mich nicht direkt bedroht.« Sie wehrte sich immer noch, die Sache ernst zu nehmen.

»Dann eben verhüllte Drohungen«, gab O'Donnell zurück und schmollte ein wenig, als Reena ihm beim Einsteigen zuvorkam und auf dem Fahrersitz Platz nahm. »Er hat zumindest Andeutungen gemacht, und zwar gegenüber einer Polizistin. Er hat den Namen dieser Polizistin benutzt. Also ist es jetzt offiziell.«

»Viele Leute kennen meinen Namen. Und anscheinend ist einer von ihnen ein Perverser, der auf anonyme Anrufe steht.« Reena fuhr rückwärts aus der Parklücke. »Die Person, auf die das zweite Mobiltelefon zugelassen ist, arbeitet ganz hier in der Nähe.«

Abigail Parsons unterrichtete gerade die fünfte Klasse. Sie war eine beleibte Frau über sechzig, die feste Schuhe und ein leuchtend blaues Kleid trug.

Nach Reenas Eindruck fand sie es ziemlich aufregend, von der Polizei aus dem Klassenzimmer geholt zu werden.

»Mein Mobiltelefon?«

»Ja, Ma'am. Haben Sie es hier?«

»Aber natürlich.« Abigail Parsons öffnete eine Tasche, so groß wie Rhode Island, in der peinliche Ordnung herrschte, und nahm ein kleines Nokia heraus. »Es ist abgeschaltet. Während des Unterrichts stelle ich es nie an, aber ich habe es immer bei mir. Gibt es damit ein Problem? Ich verstehe nicht ganz.«

»Wer hat sonst noch Zugriff auf dieses Telefon?«

»Niemand. Es ist meins.«

»Leben Sie allein, Mrs Parsons?«, fragte O'Donnell.

»Ja, seit mein Mann vor zwei Jahren gestorben ist.«

»Wissen Sie noch, wann Sie das Telefon zuletzt benutzt haben?«

»Gestern. Nach der Schule habe ich meine Tochter angerufen. Ich war bei ihr zum Abendessen eingeladen und wollte mich erkundigen, ob ich von unterwegs noch etwas mitbringen soll. Worum geht es denn?«

Die zweite Nummer führte Reena und O'Donnell zu einem Fitnessstudio, dessen Besitzerin gerade eine Aerobicstunde gab. In der Pause holte sie ihr Mobiltelefon aus der Tasche, die sich in einem abschließbaren Spind befand. Die quirlige Zweiundzwanzigjährige erklärte, sie sei vorgestern Nacht zu Hause gewesen, nachdem sie mit einigen Freundinnen ausgegangen war. Sie lebte allein. In keinem der Telefone war ein Anruf bei Reena gespeichert.

»Geklont«, meinte O'Donnell, als sie wieder draußen waren.

»Ja, und das ist das Komische daran. Wer in meinem Bekanntenkreis würde die Mühe und die Zeit investieren, um Mobiltelefone zu klonen, damit er mich mitten in der Nacht aufwecken kann?«

»Wir sollten uns besser damit beschäftigen, wer diese Person ist, die dich kennt. Zum Beispiel, indem wir alte Akten durchgehen und schauen, ob wir auf jemand Verdächtiges stoßen.«

»Eine Überraschung für mich«, murmelte sie. »Hell und strahlend. Sexuelle Anspielungen.«

»Alter Freund? Neuer Freund?«

»Keine Ahnung.« Sie öffnete die Wagentür. »Aber ich werde mich drum kümmern.«

Obwohl Reena versuchte, nicht daran zu denken, ließ das mulmige Gefühl sie den ganzen Tag lang nicht los. Wer würde zwei Telefone klonen, nur um ihr Angst einzujagen? Allerdings war das mit der richtigen Ausrüstung und dem nötigen Wissen nicht weiter schwierig. Und an dieses Wissen war leicht her anzukommen.

Jedoch setzte es langfristige Planung voraus. Und Zielstrebigkeit.

Reena wusste nun, dass die Anrufe ihr persönlich galten. Aber was genau führte dieser Mensch im Schilde? Reena lehnte sich im Bürostuhl zurück und schloss die Augen. Eine große, helle Überraschung.

Eine private oder eine berufliche?

Den Großteil des Nachmittags verbrachte sie bei Gericht, wo sie zunächst warten musste, um dann zu einem aus Rache gelegten Feuer auszusagen, bei dem ein Mensch ums Leben gekommen war. Anschließend holte sie die Baseballkarten bei einem Freund von der Staatsanwaltschaft ab. Auf dem Fußweg zurück zum Revier spürte sie ein Kribbeln zwischen den Schulterblättern.

Kannte der Mann ihren Namen, weil er sie verfolgte? Sie fühlte sich beobachtet, nackt und angreifbar, während sie die vertraute Straße entlangging.

Falls er wieder anrief – wenn er wieder anrief –, würde sie versuchen, das Gespräch in die Länge zu ziehen. Das Aufnahmegerät hatte sie bereits installiert. Sie würde mit dem Mann sprechen und ihn aushorchen. Irgendetwas würde sie ihm schon entlocken, das ihr verriet, woher er sie kannte.

Und dann würde der Dreckskerl sein blaues Wunder erleben!

Sie zückte ihr Mobiltelefon, um Bo anzurufen. Da sie nun eine feste Beziehung miteinander hatten, war seine Telefonnummer eingespeichert.

»Hallo, Blondie.«

»*Take me out to the ball game. Take me out with the crowd*«, sang Reena, während sie weiterschlenderte.

»Dann kaufe ich die Erdnüsse und Bonbons«, erwiderte er. »Wann möchtest du losgehen?«

»Wenn nichts dazwischenkommt – lass uns auf Holz klopfen –, so um halb sieben.«

»Ich bin rechtzeitig fertig. Was machst du gerade?«

»Ich laufe auf der Straße herum. Schönes Wetter heute. Vorhin habe ich bei Gericht ausgesagt und wahrscheinlich meinen Teil dazu beigetragen, dass ein Mistkerl von einem Mörder die nächsten fünfundzwanzig Jahre hinter schwedischen Gardinen verbringt.«

»Ich habe nur Vertäfelungen angebracht. Das ist längst nicht so aufregend.«

»Warst du je vor Gericht?«

»Ich wurde freigesprochen.«

Sie lachte auf. »Es ist ziemlich ermüdend. Ich freue mich schon auf die Bonbons.«

»Ich sorge dafür, dass auch ein Überraschungsei dabei ist. Reena?«, fügte er hinzu, als sie nicht antwortete.

»Ja, ich bin noch dran. Entschuldige.« Sie lockerte die Schultern. »Bis später also.«

Sie klappte das Telefon zu, blieb vor dem Revier stehen und musterte die vorbeifahrenden Autos und die Fußgänger.

Als das Telefon in ihrer Hand läutete, zuckte sie zusammen und stieß einen Fluch aus. Doch dann erkannte sie die Nummer auf dem Display und atmete erleichtert auf. »Hallo, Mama. Nein, ich habe ihn noch nicht wegen Sonntag gefragt. Wird erledigt.«

Die Stimme ihrer Mutter im Ohr, drehte sie sich um und betrat das Revier.

Die Parksituation in Camden Yards war eine Katastrophe. Immer wenn Reena den Kampf um die Parkplätze beobachtete, überkam sie eine gewisse Schadenfreude, weil sie zu Fuß zum Stadion gehen konnte.

Sie liebte die Menschenmenge, den Lärm, den Verkehrsstau und die freudige Erwartung der Zuschauer, die auf das große, wunderschöne Stadion zuströmten, ebenso wie das Spiel selbst.

Reena trug ein schlichtes weißes T-Shirt, das sie in den Bund ihrer Lieblingsjeans gesteckt hatte, und dazu eine schwarze Baseballkappe mit dem bunten Vogel, der das Wahrzeichen der Orioles war.

Sie sah zu, wie kleine Kinder in Kinderwagen vorbeigeschoben wurden oder an der Hand ihrer Eltern dahin hüpften. Szenen wie diese erinnerten sie an ihre eigene Kindheit, nur dass es damals noch das alte Memorial Stadion gewesen war.

Der Geruch von Hot Dogs und Bier stieg ihr in die Nase.

Nachdem sie die Einlasssperre passiert hatten, legte Bo ihr den Arm um die Schulter. Er war ganz ähnlich gekleidet wie sie, nur dass sein T-Shirt verwaschen blau war.

»Was hältst du von Boog's Grill?«

»Als Koch ist er genauso toll wie damals als Spieler.«

»Prima. Möchtest du erst unsere Plätze suchen?«

»Soll das ein Witz sein? Zuerst muss die Nahrungsversorgung sichergestellt sein. Bei Baseballspielen futtere ich immer wie ein Scheunendrescher.«

Mit Imbisstüten beladen, bahnten sie sich einen Weg durch die Zuschauer. Reena musste sich zwingen, sich nicht ständig umzuschauen und jedes Gesicht in der Menge argwöhnisch zu mustern. In einem Baseballstadion war es nicht schwierig, zwischen den Menschenmassen unterzutauchen und jemanden zu verfolgen. Alles, was man dazu brauchte, war ein Ticket für einen Stehplatz.

Da die Furcht davor, beobachtet zu werden, dieses Gefühl nur verstärkte, gab sie sich Mühe, nicht daran zu denken. Sie wollte sich nicht von einem Unbekannten den Abend verderben lassen.

Als sie die Rampe hinauf und zu ihrer Sitzreihe gingen, hielt Reena den Atem an. »Ich liebe diesen Moment, wenn das Spielfeld in Sicht kommt. Der grüne Rasen, die braunen Linien, die weißen Markierungen. Und dazu die Geräusche und Gerüche.«

»Ich muss gleich vor Rührung weinen, Reena.«

Sie lächelte ihm zu und blieb noch einen Moment stehen, um die Aussicht zu genießen. Als sie den Lärm – Gespräche, die Rufe von Verkäufern und die Musik – über sich hinwegbranden ließ, waren sämtliche Sorgen wie lästige Anrufe oder die astronomische Kreditkartenrechnung, die heute in der Post gewesen war, mit einem Mal verschwunden wie Nebel im Sonnenschein.

»Im Baseball liegen sämtliche Antworten auf die Fragen des Universums.«

»Ein wahres Wort.«

Sie setzten sich auf ihre Plätze und balancierten das Essen auf dem Schoß. »Bei dem ersten Spiel, an das ich mich erinnere«, begann sie und biss hungrig in ihr Grillfleischsandwich, »war ich, glaube ich, sechs Jahre alt. Das Spiel selbst, das heißt das Ergebnis, habe ich natürlich nicht mehr im Kopf.« Sie schluckte und betrachtete das Spielfeld. »Aber ich weiß noch, wie aufgeregt ich war. Die Spielzüge. Die typischen Geräusche. Es war der Anfang einer großen Liebe.«

»Ich habe mein erstes großes Spiel erst in der High School gesehen und konnte gar nicht fassen, wie spannend es war. Bis dahin kannte ich Baseball nur aus dem Fernsehen. Und da sieht alles viel kleiner und weniger weltbewegend aus.«

»Tja, dann hast du ja schon mal ein gemeinsames Gesprächsthema mit meinem Vater. Meine Eltern möchten nämlich, dass du am Sonntag zum Essen kommst, falls du Zeit hast.«

»Wirklich?« Erstaunen zeigte sich auf seinem Gesicht. »Ist das als eine Art Aufnahmeprüfung gedacht? Werde ich verhört?«

»Kann durchaus sein.« Sie sah ihn an. »Wirst du das schaffen?«

»Ich war schon immer gut in Prüfungen.«

Sie aßen und beobachteten, wie sich die Plätze füllten und der Frühlingsabend langsam dämmerte. Als die Orioles das Spielfeld betraten, stimmten sie in den Jubel ein und erhoben sich dann zur Nationalhymne.

Während der ersten drei Durchgänge trank jeder von ihnen ein Bier.

Bo gefiel es, dass Reena schrie, jubelte, »buh« rief und schimpfte. Mit damenhaftem Applaus war bei ihr nicht zu rechnen. Sie raufte sich die Haare, klopfte ihm auf die Schulter und führte mit ihrem Nebenmann auf der anderen Seite ein kurzes Gespräch über die möglichen sexuellen Neigungen des Schiedsrichters an der dritten Base, als dieser ein »Aus« verkündete.

Alle waren sich einig, dass dieser Mensch nicht nur ein Idiot war, sondern außerdem eine Brille brauchte.

Während des siebten Durchgangs verschlang sie einen Schokoriegel – Bo wusste nicht, wie sie den noch hinunterbrachte – und hätte ihn fast mit Schokolade beschmiert, als sie aufsprang, um einem besonders weit geschlagenen Ball nachzublicken.

»So gefällt mir das!«, rief sie und führte einen kleinen Freudentanz auf. Dann ließ sie sich wieder auf ihren Platz fallen. »Magst du ein Stück?«

»Hätte fast schon was abgekriegt.«

Grinsend sah sie ihn an. »Ich liebe Baseball.«

»Offenbar.«

Als ihre Mannschaft um Haaresbreite verlor, gab Reena dem kurzsichtigen Schiedsrichter die Schuld.

Bo befürchtete, dass er sich bei ihr nicht sonderlich beliebt machen würde, wenn er ihr gestand, dass er eine Niederlage – oder überhaupt ein Spiel – noch nie so genossen hatte wie heute. Ohne zu zögern, hätte er sogar eine gescheiterte Saison seiner geliebten Mannschaft hingenommen, wenn er dafür nur die Gelegenheit erhielt, Reena während eines Spiels zu erleben.

Draußen vor dem Tor schob sie ihn an einen Baum und presste die Lippen auf seine. »Weißt du, was ich sonst noch an Baseball mag?«

»Ich hoffe doch sehr, dass du es mir verrätst.«

»Es macht mich an.« Sie leckte an seinem Ohr und hauchte hinein. »Vielleicht sollte ich dich mit zu mir nehmen?«

Hand in Hand schlängelten sie sich durch die Menschenmassen auf dem Gehweg, um so schnell wie möglich nach Hause zu kommen.

Kapitel 19

Als sie ihre Eingangstür aufschloss, war er so erregt, dass er sie einfach hinter sich zuknallte, indem er Reena herumwirbelte und sie dagegenstieß.

Sie ließ die Umhängetasche fallen, zerrte ihm das Hemd aus der Hose und schlug die Zähne in seine Schulter.

»Gleich hier. Gleich hier.« Sie öffnete bereits die Knöpfe seiner Jeans.

Er konnte nicht mehr klar denken, geschweige denn aufhören. Das Geräusch, wie ihre Hüften gegen die Tür prallten, steigerte seine Leidenschaft noch.

Ihre Begegnung war heftig, schnell und unbeschreiblich. Danach sanken sie beide erschöpft zu Boden.

»O mein Gott.« Keuchend wie eine Dampfmaschine blickte er zur Decke. »Was machst du eigentlich, wenn sie gewinnen?«

Reena hielt sich vor Lachen den Bauch und schaffte es irgendwie, sich auf ihn zu wälzen. »Verdammt, Bo, du bist wahrscheinlich wirklich der Richtige.«

Als das Telefon läutete, zog sie die Jeans wieder hoch. Sie hatte noch immer ein Rauschen im Kopf, während sie nach dem Hörer griff.

»Überraschung.«

Sie hätte sich ohrfeigen können, weil sie so nachlässig gewesen war, weder die Nummer zu überprüfen noch das Aufnahmegerät einzuschalten. Rasch holte sie beides nach. »Hallo, ich habe schon auf deinen Anruf gewartet.« Mit einer Handbewegung bat sie Bo um Ruhe.

»Brendan Avenue. Du wirst es sehen.«

»Bist du dort. Ist das deine Adresse?« Sie sah auf die Uhr. Früh für ihn. Noch nicht mal Mitternacht.

»Du wirst es sehen. Am besten beeilst du dich.«

»Mist!«, stieß sie leise hervor, als er auflegte. »Ich muss los.«

»Wer war das?«

»Wenn ich das wüsste.« Sie lief zum Flurschrank, um ihre Pistole vom obersten Fach zu nehmen. »Ein Schwachkopf, der mich immer wieder anruft und mit geheimnisvollen sexuellen Andeutungen um sich wirft«, erklärte sie, während sie sich das Halfter umschnallte. »Wahrscheinlich ein geklontes Mobiltelefon.«

»Stopp. Moment mal. Wo willst du hin?«

»Er sagte, er hätte in der Brendan Avenue etwas für mich vorbereitet. Und das werde ich mir jetzt anschauen.«

»Ich komme mit.«

»Auf gar keinen Fall.« Reena griff nach einer Jacke, um die Pistole zu verdecken. Doch Bo versperrte ihr in aller Seelenruhe den Weg zur Tür.

»Du wirst nicht allein losziehen, um dich mit einem Verrückten zu treffen. Wenn du mich nicht dabeihaben willst, meinetwegen. Aber ruf wenigstens deinen Partner an.«

»Wegen so einer Kleinigkeit will ich O'Donnell nicht wecken.«

»Gut.« Sein Tonfall war freundlich, aber unbeirrbar. »Soll ich fahren?«

»Bo, du gehst mir jetzt sofort aus dem Weg. Ich habe keine Zeit für solche Mätzchen.«

»Ruf O'Donnell an. Alarmiere einen Streifenwagen oder wie die Dinger sonst heißen. Oder ich komme mit. Andernfalls kannst du es dir gemütlich machen, denn ich lasse dich hier nicht raus.«

Wut stieg in ihr hoch, und sie biss die Zähne zusammen. »Das hier ist mein Beruf. Nur weil ich mit dir im Bett war ...«

»Sprich nicht weiter.« Sein angespannter Tonfall und sein plötzlich kalter Blick vermittelten ihr auf einmal ein völlig neues Bild von ihm. »Ich weiß, was du von Beruf bist, Catarina. Aber das bedeutet nicht, dass du alleine hinter einem Spinner herrennen musst, der dich terrorisiert. Also, wie entscheidest du dich?«

Sie öffnete ihre Jacke. »Siehst du das?« Er warf einen Blick auf die Pistole. »Schwer zu übersehen. Also, wie entscheidest du dich?«, wiederholte er.

»Verdammt, Bo. Geh mir aus dem Weg. Ich will dir nicht wehtun müssen.«

»Ich dir auch nicht. Und vielleicht würdest du es sogar schaffen, mich schachmatt zu setzen. Hoffentlich müssen wir es nicht darauf ankommen lassen. Aber wenn du das tust, werde ich meinen verletzten Stolz hinunterschlucken, mich in mein Auto setzen und dir einfach folgen. Du fährst allein nirgendwohin. Mit der Frage, ob du dir etwas beweisen musst, kannst du dich auch noch später beschäftigen. Momentan verschwendest du nur Zeit.«

Reena fluchte nur selten auf Italienisch. Das sparte sie sich für ihre größten Wutanfälle auf. Nun jedoch stieß sie einen Schwall an Verwünschungen aus, während Bo nur ruhig dastand und sie betrachtete.

»Ich fahre«, zischte sie und riss wütend die Tür auf. »Du kapierst es einfach nicht. Doch das ist ja bei euch allen so.«

»Mit euch alle meinst du vermutlich Männer an sich«, stellte er fest, als sie an ihm vorbeirauschte.

»Wenn ich meinen männlichen Partner wegen einer solchen Kleinigkeit anrufe, tue ich das nur deshalb, weil ich ein Mädchen bin.«

»Da bin ich anderer Ansicht.« Bo nahm auf dem Beifahrersitz Platz und wartete, bis sie um den Wagen herumgelaufen war. »Natürlich bist du ein Mädchen, daran besteht kein Zweifel. Aber für mich ist es eher eine Frage des gesunden Menschenverstandes, nicht allein loszurennen.«

»Ich kann auf mich selbst aufpassen.«

»Das glaube ich dir gern. Allerdings beweist du das nicht, indem du überflüssige Risiken eingehst.«

Sie warf ihm einen Blick zu, der töten konnte, bevor sie mit quietschenden Reifen losfuhr. »Ich mag es nicht, wenn man mir Vorschriften macht.«

»Wer mag das schon? Wie oft hat dieser Kerl dich angerufen, und was hat er gesagt?«

Mühsam beherrscht, klopfte Reena mit den Fingern aufs Steuer. »Das war heute das dritte Mal. Angeblich hat er eine Überraschung für mich. Beim ersten Mal habe ich es für einen normalen obszönen Anruf gehalten. Beim zweiten hat er mich mit Namen angesprochen, und deshalb bin ich der Sache nachgegangen. Er benützt Mobiltelefone, die allem Anschein nach geklont sind.«

»Wenn er deinen Namen kennt, hat er etwas gegen dich persönlich.«

»Scheint so.«

»Ich würde jede Wette darauf eingehen.« Inzwischen war Bo ganz und gar nicht mehr so ruhig. »Du weißt, dass es persönlich ist, und deshalb bist du auch so sauer.«

»Du hast mir im Weg gestanden.«

»Richtig.«

»In unserer Familie schreien wir rum, wenn wir uns streiten«, meinte sie nach einer Weile.

»Ich bevorzuge die hartnäckige Methode, bei der man sich einfach nicht von der Stelle rührt.« Er musterte sie forschend. »Und schau, wer gewonnen hat.«

»Diesmal«, gab sie zurück.

Als die Brendan Avenue in Sicht kam, ging Reena vom Gas und blickte sich in alle Richtungen um. Du wirst es erkennen, wenn du es siehst, hatte der Mann am Telefon gesagt.

»So ein Mist!« Sie griff nach ihrem Telefon und wählte die Notrufnummer 911. »Hier spricht Detective Catarina Hale, Dienstnummer 45391. Ich melde ein Feuer, Brendan Avenue 2800. In der Grundschule. Soweit ich sehen kann, brennt alles lichterloh. Verständigen Sie Feuerwehr und Polizei. Verdacht auf Brandstiftung.«

Sie stoppte am Straßenrand. »Bleib im Wagen«, befahl sie Bo und packte eine Taschenlampe. Während sie aus dem Auto sprang, wählte sie O'Donnells Nummer. »Wir haben ein Feuer«, sagte sie ohne Einleitung. Nachdem sie ihm die Adresse genannt hatte, hastete sie auf das Gebäude zu. »Er hat mich angerufen und es mir mitgeteilt. Ich bin am Brandort. Ich habe dir doch gesagt, du sollst im Auto bleiben«, zischte sie Bo zu.

»Und offensichtlich bin ich nicht damit einverstanden. Sind da Menschen im Gebäude?«

»Eigentlich dürfte niemand drin sein, aber das hat nicht unbedingt etwas zu bedeuten.« Nachdem sie das Telefon eingesteckt hatte, näherte sie sich mit gezogener Waffe der breiten Flügeltür.

Seine Botschaft war in blutrot glänzenden Buchstaben darauf gesprüht.

ÜBERRASCHUNG!

»So ein Schwein! Halt dich immer hinter mir, Bo. Das meine ich ernst. Vergiss nicht, wer die Waffe hat.« Sie rüttelte an der Tür. »Abgeschlossen.«

Reena überlegte, ob sie Bo schutzlos zurücklassen oder ihn mitnehmen sollte, während sie die Umgebung des Gebäudes absuchte. »Bleib in meiner Nähe«, befahl sie. Als sie um die Ecke bog, hörte sie die ersten Sirenen. Im nächsten Moment hatte sie das eingeschlagene Fenster entdeckt und sah ein Klassenzimmer, in dem sich das Feuer rasch ausbreitete, die Schreibtische verschlang und sich die Wände entlang auf den Flur voranfraß.

»Du gehst da nicht rein.«

Reena schüttelte den Kopf. Nein, nicht ohne Ausrüstung. Allerdings erkannte sie auf Anhieb, dass das Feuer in diesem Raum ausgebrochen sein musste. Als Feuerbrücken waren offenbar Wachspapierknäuel in einer Reihe verteilt worden, die hinaus auf den Flur und zu den anderen Klassenzimmern führte. Außerdem roch sie Benzin und bemerkte Pfützen davon auf dem Boden.

Beobachtete er sie?

Reena trat zurück, um einen Blick auf die umliegenden Gebäude zu werfen. Da knirschte etwas unter ihrem Fuß. Sie leuchtete mit der Taschenlampe darauf und bückte sich dann.

Obwohl es ihr den Fingern juckte, hob sie den Gegenstand – offenbar ein Streichholzbriefchen – nicht sofort auf, und das Herz klopfte ihr bis zum Hals, als sie das vertraute Logo von Sirico erkannte. »In meinem Kofferraum liegt ein Koffer mit kleinen Plastiktütchen für Beweismittel. Ich brauche eines davon.«

»Du gehst da nicht rein«, wiederholte er.

»Nein, ich gehe nicht rein.«

Sie blieb stehen, musterte die Streichhölzer und sah sich dann wieder in alle Richtungen um. Also gut, er kannte sie und wollte ihr das offenbar auch unter die Nase reiben.

Verschaffte es ihm vielleicht Befriedigung, in der Nähe zu bleiben, um das Feuer zu beobachten?

Inzwischen strömten Schaulustige herbei, und immer mehr Autos blieben stehen. Aufgeregtes Stimmengewirr hallte durch die Luft, und in der Ferne war das Heulen einer Sirene zu hören.

Als Bo ihr die Tüte brachte, verstaute sie die Streichhölzer darin, befestigte ihre Dienstmarke am Hosenbund und machte sich dann daran, die stetig anwachsende Menschenmenge in Schach zu halten.

»Was kann ich tun?«, fragte Bo.

»Mir nicht im Weg stehen«, begann sie und legte die Tüte mit den Streichhölzern ins Auto. »Ich muss den Einsatzleiter informieren, wenn er kommt. Du hast eine gute Beobachtungsgabe. Behalte die Schaulustigen im Auge. Wenn dir jemand zu neugierig erscheint, würde ich das gerne wissen. Wir suchen nach einem erwachsenen Mann ohne Begleitung, der sich vermutlich ebenso für mich interessiert wie für das Feuer. Kannst du das übernehmen?«

»Ja.«

Bis jetzt kannte Bo Polizeieinsätze nur aus Filmen. Alles lief unglaublich schnell ab und war laut und bunt und bewegt. Bo fühlte sich an eine Art Sportveranstaltung erinnert, als die Löschzüge vorfuhren und die Feuerwehrleute sich an die Arbeit machten.

Die konzentrierte und gut eingespielte Teamarbeit war mit dem Baseballspiel des heutigen Abends vergleichbar. Nur dass hier anstelle von Baseballschlägern und Bällen Schläuche, Äxte, Sauerstoffflaschen und Schutzmasken zum Einsatz kamen.

Das waren die Leute, die sich den Flammen entgegenwarfen, während der Rest der Welt die Flucht ergriff. Ausgerüstet mit Helmen, die im Licht der Scheinwerfer funkelten, wagten sie sich mitten in Qualm und Hitze hinein.

Während Bo zuschaute, brachen Feuerwehrleute in voller Montur die Tür auf und betraten das Gebäude. Unterdessen spritzten ihre Kollegen gewaltige Wasserfontänen aus ihren Schläuchen auf das Haus.

Die Polizei errichtete rasch Absperrungen, um die Schaulustigen vom Brandort fernzuhalten. Wie Reena ihn gebeten hatte, musterte Bo die Gesichter, um den Mann zu finden, den sie suchte. Er sah, wie sich die Flammen in entsetzt aufgerissenen Augen spiegelten und wie die Haut der Menschen im Feuerschein rötlich schimmerte. Vermutlich gab er ein ganz ähnliches Bild ab. Es waren Paare, Einzelpersonen, Familien mit Kindern im Arm und barfüßige Anwohner im Nachthemd dabei. Aus den Autos, die überall in der Straße angehalten hatten, stiegen weitere, allerdings formell gekleidete Menschen.

Eintritt frei, dachte Bo mit einem Blick auf das Gebäude. Und es war wirklich etwas geboten.

Aus dem Dach schossen – golden leuchtend und gefolgt von Qualmwolken – Flammensäulen, die rasch größer wurden. Gischtende Wasserfontänen schlugen mit solcher Wucht gegen das Gebäude, dass Bo sich wunderte, warum es nicht einstürzte.

Als er Glas splittern hörte, blickte er auf und sah, wie sich die Scherben eines zerplatzten Fensters auf die Straße ergossen. In der Menschenmenge stieß jemand einen Schrei aus.

Obwohl er in sicherer Entfernung stand, konnte er die unbeschreibliche Hitze spüren. Wie hielten die Feuerwehrleute das nur aus?, fragte er sich. Die Gewalt der Flammen, den Feuersturm, den Geruch nach Rauch?

Leitern wurden ausgefahren. Die Männer darauf wirkten winzig, als sie ihre Schläuche zückten, sodass weitere Wassermassen auf das Gebäude niederregneten.

Ein Mann drängte sich durch die Menge. Bo wollte schon auf ihn zutreten, als er eine Dienstmarke aufblitzen sah und bemerkte, dass die übrigen Polizisten und die Feuerwehrleute den Neuankömmling mit einem Nicken begrüßten. Kräftig gebaut, wie Bo feststellte. Breite Schultern, ziemlich viel Bauch, ein finsteres irisches Gesicht. Der Mann steuerte geradewegs auf Reena zu.

O'Donnell, sagte sich Bo und beruhigte sich ein wenig.

Doch schon im nächsten Moment war es aus und vorbei mit seiner Gelassenheit, denn er sah, dass der Mann Reena beim Anlegen einer Ausrüstung half. Er bahnte sich einen Weg durch die Zuschauer und rüttelte an der Barrikade, wurde aber von uniformierten Polizisten zurückgehalten.

»Verdammt, Reena!«

Sie blickte in seine Richtung, während sie die Sauerstoffflaschen umschnallte. Bo stellte fest, dass kurz ein ärgerlicher Ausdruck über ihr Gesicht huschte. Doch dann wechselte sie ein paar Worte mit ihrem Partner, der daraufhin auf Bo zukam. »Er gehört zu uns«, meinte er zu dem Uniformierten. »Goodnight? Ich bin O'Donnell.«

»Ja, gut. Was zum Teufel treibt sie da? Was hast du vor?«, wollte er von Reena wissen und musste wegen des Rauchs die Augen zusammenkneifen.

»Ich gehe rein. Ich bin dafür ausgebildet.« Sie rückte ihren Helm zurecht.

»Für eine Polizistin kommt sie mit dem Qualm ganz gut klar«, bestätigte ein Feuerwehrmann, was ihm ein Lächeln von Reena einbrachte.

»Schmeichler. Bo, ich erkläre dir alles später. Jetzt habe ich keine Zeit.«

Bevor Bo Gelegenheit hatte, etwas zu erwidern, legte O'Donnell ihm eine schwere Hand auf die Schulter. »Sie weiß, was sie tut«, sagte er und wies mit dem Kinn auf Reena, die mit zwei Kollegen auf das Gebäude zusteuerte. »Es gehört zu ihrem Beruf.«

»Aber es ist doch schon mindestens ein Dutzend Leute im Haus. Warum muss sie also auch noch rein?«

»Weil wir es offenbar mit Brandstiftung zu tun haben.« Als eine Rauchwolke über sie hinwegzog, musste O'Donnell husten. Er hatte die Hand immer noch auf Bos Schulter liegen und zog ihn ein Stück von dem Qualm weg. »Durch die Löscharbeiten könnten Indizien vernichtet werden. Wenn sie gleich hineingeht, sieht sie mehr als nach Beendigung der Löscharbeiten. Jemand hat dieses Feuer ihretwegen gelegt, und sie ist nicht der Mensch, der sich vor Konfrontationen drückt. Außerdem hat sie schon oft mit diesen Feuerwehrleuten zusammengearbeitet. Glauben Sie mir, die würden sie niemals reinlassen, wenn sie nicht wüssten, dass sie da drin zurechtkommt.«

»Polizistin zu sein reicht ihr offenbar nicht«, murmelte Bo, worauf O'Donnell grinsend die Zähne bleckte.

»Selbstverständlich reicht das, aber sie ist außerdem Brandexpertin. Sie kennt sich besser mit Feuer aus als jeder, mit dem ich bis jetzt zusammengearbeitet habe«, erklärte er weiter, als Bo zweifelnd das Gesicht verzog. »Sie weiß genau, was sie tut. Was ist denn eigentlich passiert?«

»Keine Ahnung. Wir waren bei einem Baseballspiel und sind anschließend zu ihr gegangen. Dann kam ein Anruf.« Inzwischen beobachtete Bo das Gebäude – sein Auftrag, die Zuschauer im Auge zu behalten, war vergessen – und wartete mit klopfendem Herzen darauf, dass Reena wieder herauskam. »Anschließend hat sie mir erzählt, was los ist. Offenbar ist sie schon dreimal von einem Kerl angerufen worden, der dabei ihren Namen genannt hat. Geklontes Mobiltelefon. Diesmal meinte der Typ, er hätte hier etwas für sie. Als wir ankamen, brannte es schon.«

»Wie haben Sie es geschafft, von ihr mitgenommen zu werden?«

Bo sah O'Donnell an. »Die Alternative wäre gewesen, mich zu erschießen, und das hat ihr wahrscheinlich zu lange gedauert.«

Diesmal lachte O'Donnell auf, und sein Schulterklopfen war schon viel freundlicher.

»Hat sie Ihnen gesagt, dass der Täter ÜBERRASCHUNG an die Tür geschrieben hat?«

»Ja, sie hat mich über alles informiert.« Lässig nahm O'Donnell ein Kaugummipäckchen aus der Tasche und bot Bo einen Streifen an. »Ihr passiert schon nichts«, versicherte er ihm und steckte zwei Streifen Kaugummi in den Mund. »Warum verraten Sie mir nicht, wie lange Sie schon mit meiner Partnerin zum Baseball gehen?«

Drinnen arbeitete Reena sich durch dichte Qualmwolken vorwärts. Sie hörte ihren eigenen Atem, das Zischen des Sauerstoffventils und das Knistern der noch nicht gelöschten Flammen.

Die Suche nach Opfern dauerte noch an, doch bis jetzt war zum Glück noch niemand gefunden worden.

Ein Kinderspiel für den Täter, dachte sie, als sie sich

durch den Qualm weiter vorankämpfte. Er hatte genug Zeit, um ungestört alles zu planen und den Brand zu legen. Allerdings wirkte die Brandstiftung selbst ziemlich amateurhaft, sodass sie ohne die Vorwarnung beinahe auf Jugendliche oder einen schlechten Scherz getippt hätte.

Doch dieser Mann wusste genau, was er tat, da war Reena sich trotz der einfachen Zutaten wie Benzin und Wachspapier ganz sicher.

Sie würde schon noch Hinweise darauf finden.

Das Feuer hatte, weitergeleitet durch Benzinpfützen und Feuerbrücken, auf die Treppe übergegriffen. Ohne den Anruf, der sie hierhergelockt hatte, hätte inzwischen vermutlich das gesamte Gebäude gebrannt wie Zunder.

Also war es dem Täter gar nicht darauf angekommen, die Schule zu zerstören.

Die erste Etage hatte es übel erwischt. Temperatur und Qualm nahmen zu, und Reena war sicher, dass sie hier einen zweiten Brandherd finden würde. Sie sah ein paar heldenhafte Feuerwehrleute, die wie geisterhafte Schatten durch den Rauch huschten.

Auch hier waren die Überreste von Feuerbrücken zu sehen, und Reena entdeckte die verkohlten Fetzen eines Streichholzbriefchens, die sie in einem Tütchen verstaute. Anschließend markierte sie die Fundstelle.

»Alles in Butter, Champion?«

Sie gab Steve ein Zeichen mit hochgerecktem Daumen. »Siehst du das Brandmuster an der östlichen Mauer? Ein zweiter Ursprungsort, denke ich.« Ihre Stimmen klangen blechern und angestrengt. »Hier haben die Flammen auf die Decke übergegriffen.« Sie wies nach oben. »Und sind wieder nach unten geschossen. Inzwischen war der Kerl längst weg.«

Zusammen setzten sie ihren Weg fort, sammelten Indizien und näherten sich immer mehr dem immer noch aktiven Zentrum des Feuers.

Die Flammen züngelten die Wände hinauf und wurden von den Männern zurückgedrängt. Als das Feuer zur verschmorten Decke hinaufschlug, ertönte ein dumpfes Dröhnen, das Reena wie immer Schauder den Rücken hinunterjagte.

Es war ein erschreckendes und dennoch majestätisches Schauspiel, und Licht, Hitze und das Zucken der Flammen wirkten beinahe verführerisch. Reena drängte ihre Angst und auch die Faszination, die sie wie jedes Mal ergriff, beiseite und konzentrierte sich auf verwendete Brennstoffe, Methode und Vorgehensweise.

Der Benzingeruch war stärker, und neben dem scharfen Gestank nach Qualm war ein Hauch von muffiger Feuchte wahrzunehmen. Die Gesichter der Männer, die die lodernden Feuersäulen bekämpften, waren rußgeschwärzt, und ihre ganze Aufmerksamkeit galt ihrer Aufgabe. Von draußen schoss Löschwasser durch die zerborstenen Fensterscheiben herein.

Mit einem Krachen stürzte ein weiterer Teil des Daches ein und gab dem Feuer neue Nahrung, sodass die Flammen noch höher emporschlugen.

Als Reena loslief, um den Feuerwehrleuten beim Ziehen eines Schlauchs zu helfen, musste sie an Löwenbändiger denken, die gefährliche Raubkatzen mit Peitsche und Hocker in Schach hielten. Sie spürte die Anstrengung in jedem Muskel bis hinunter zu den Zehen.

Reena sah, dass ein Teil der Wand bis auf die Sparren aufgeschlagen worden war, und bemerkte das Muster im verbrannten Material durch einen Schleier von Wasser und Rauch.

Das ist sein Werk, dachte sie. Hier hat das Feuer angefangen.

Und während sie mit zitternden Armen zusah, wie die Flammen allmählich verloschen, wusste sie, dass es nicht seine erste Tat gewesen war.

Vor Erleichterung hätte Bo Luftsprünge machen können, als er Reena aus dem Gebäude kommen sah. Trotz der Ausrüstung und ihrer Größe erkannte er sie auf Anhieb, sobald sie aus dem dichten Qualm zum Vorschein kam.

O'Donnell mochte sich zwar vorhin sorglos gegeben haben, doch nun hörte Bo auch ihn aufatmen, als Reena durch den feuchten Schutt auf sie zugestapft kam.

Ihr Gesicht war rußgeschwärzt, und während sie die Sauerstoffflaschen abnahm, rieselte Asche von ihrem Schutzanzug.

»Da ist ja unsere Kleine«, meinte O'Donnell lässig. »Am besten warten Sie hier, Kumpel. Sie kriegen sie gleich zurück.«

Reena nahm den Helm ab, und eine Kaskade altgoldfarbener Locken entfaltete sich, als sie sich vorbeugte, die Hände auf die Knie stützte und auf den Boden spuckte.

Eine Weile verharrte sie in dieser Haltung und hob nur kurz den Kopf, um O'Donnell anzusehen. Dann richtete sie sich auf und verscheuchte einen Sanitäter. Nachdem sie ihre Jacke geöffnet hatte, kehrte sie zu Bo zurück.

»Ich muss bleiben und später noch einmal rein. Ich lasse dich nach Hause fahren.«

»Ist mit dir alles in Ordnung?«

»Ja. Es hätte schlimmer kommen können. Der Kerl hätte die Möglichkeit gehabt, noch viel mehr Schaden anzurichten. Doch es gab keine Todesopfer. Das Gebäude war wegen der Sommerferien leer. Er wollte uns damit nur etwas beweisen.«

»Er hat für dich ein Streichholzbriefchen vom Lokal deiner Familie liegen lassen. Also war die Show für dich bestimmt.«

»Da kann ich dir nicht widersprechen.« Sie warf einen Blick auf ein Grüppchen klatschnasser und rußverschmierter Feuerwehrleute, die sich gerade eine Zigarette gönnten. »Ist dir irgendein merkwürdiger Typ aufgefallen?«

»Nicht wirklich. Allerdings muss ich zugeben, dass ich nicht mehr richtig aufgepasst habe, nachdem du hineingegangen warst. Ich war hauptsächlich mit Beten beschäftigt.«

Sie schmunzelte und zog dann eine Augenbraue hoch, als er versuchte, ihr mit dem Daumen den Ruß von der Wange zu wischen. »Bestimmt sehe ich zum Fürchten aus.«

»Am besten beschreibe ich es dir nicht näher. Du hast mir einen ordentlichen Schrecken eingejagt. Die Diskussion verschieben wir besser auf später, wenn du mehr Zeit hast.« Er steckte die Hände in die Taschen. »Ich glaube, wir beide haben einiges zu bereden, und ich würde das lieber ohne Publikum tun.«

Sie blickte sich um. Inzwischen wurde das Feuer von allen Seiten mit Wasserschläuchen beschossen. Das Schlimmste war ausgestanden. »Ich besorge dir eine Fahrgelegenheit. Es tut mir leid, was passiert ist.«

»Mir auch.«

Sie ging los, um ihm einen Wagen zu beschaffen. Dabei dachte sie, dass das Feuer offenbar nicht nur ein altes Gebäude beschädigt hatte. Wenn sie Bos Verhalten richtig deutete, also als Rückzug, hatte es eine aufkeimende Beziehung in Schutt und Asche gelegt.

Sie ging zum Wagen, um ihren Tatortkoffer und eine Wasserflasche aus dem Kofferraum zu holen. Plötzlich stand Steve neben ihr. »Ist das der Typ, mit dem du gehst, von dem Gina mir erzählt hat?«

»Der Typ, mit dem ich gegangen bin. Offenbar hat er soeben beschlossen, dass ihm das Thema Polizei, Brandstiftung und mitternächtliche Einsätze zu kompliziert ist.«

»Pech für ihn, Schätzchen.«

»Kann sein. Vielleicht hat er auch nur gerade noch rechtzeitig die Biege gemacht. Was Männer betrifft, bin ich einfach eine Niete, Steve.«

Reena knallte den Kofferraumdeckel zu. Ihr Auto war mit Asche bedeckt, und ganz sicher stank sie selbst nach Qualm. An den Wagen gelehnt, öffnete sie die Flasche und nahm einen großen Schluck Wasser, um wieder einen freien Hals zu bekommen.

Während sie Steve die Flasche reichte, kam O'Donnell auf sie zu.

»In ein paar Minuten dürfen wir wieder rein. Was hast du gefunden?«

Reena nahm einen kleinen Kassettenrekorder aus ihrem Koffer, damit sie ihre Erklärung später nicht würde wiederholen müssen. »Anruf von unbekanntem Mann unter meiner Privatnummer um dreiundzwanzig Uhr fünfundvierzig«, begann sie und schilderte dann Schritt für Schritt die Ereignisse, ihre Beobachtungen und die bereits gesammelten Indizien.

Anschließend schaltete sie den Rekorder ab und steckte ihn weg. »Meine persönliche Meinung?«, fuhr sie fort. »Er hat es absichtlich ganz simpel und wie Pfusch aussehen lassen. Allerdings hat er sich die Zeit genommen, die Wand in der oberen Etage aufzuhacken und das Feuer so zu legen, dass es sich nicht nur im Raum selbst, sondern auch innerhalb der Wände ausbreiten würde. Bei meiner Ankunft haben wir oben auch ein zerbrochenes Fenster vorgefunden. Vielleicht hat er es eingeschlagen, aber es könnte auch bereits kaputt gewesen sein. Durch die Luftzufuhr wurde das Feuer weiter angefacht. Er hat leicht zu beschaffende Zutaten verwendet. Benzin, Feuerbrücken aus Papier sowie Streichholzbriefchen. Doch solche simple Materialien können unter gewissen Umständen ausgezeichnet funktionieren. Auf den ersten Blick sieht es nicht aus wie Profiarbeit, aber auf den zweiten ganz sicher.«

»Jemand, den wir kennen?« Die übliche Frage, das alte, routinierte Spiel.

»Keine Ahnung, O'Donnell.« Müde strich Reena sich das

Haar aus dem Gesicht. »Ich habe – genau wie du – schon über die alten Fälle nachgedacht. Aber mir ist nichts Besonderes aufgefallen. Vielleicht haben wir es mit einem Spinner zu tun, den ich irgendwo getroffen und abgewimmelt habe. Und jetzt macht er mir auf seine Weise den Hof. Schließlich ist das die Stadtviertelschule, auf die ich auch einmal gegangen bin.«

Reena holte das Streichholzbriefchen in seiner Tüte aus dem Wagen, um es O'Donnell zu zeigen. »Aus dem Sirico. Also kennt er mich und ist irgendwo ganz in der Nähe. Er hat die Streichhölzer so deponiert, dass ich sie sicher finde. Nicht etwa drinnen, wo sie vielleicht sogar verbrannt wären, sondern draußen, damit ich bestimmt darüberstolpere, und zwar, um mich glauben zu machen, dass er durch diese Tür das Gebäude betreten hat. Er hat es auf mich persönlich abgesehen.«

Sie verstaute die Tüte im Wagen. »Und zugegebenermaßen finde ich das ziemlich unheimlich. Es macht mich nervös.«

»Wir untersuchen den Tatort und leiten Ermittlungen ein«, erwiderte O'Donnell. »Und wenn er dich wieder anruft«, fügte er hinzu, »wage es bloß nicht, der Sache auf den Grund zu gehen, ohne mich zu verständigen.«

Reena ließ die Schultern hängen. »Er hat mich wohl verpetzt.« Sie atmete tief ein. »Und er hatte recht. Ich dachte, ich hätte es nur mit einem Spinner zu tun, der mich aus der Reserve locken will. Mit dem wäre ich schon fertig geworden. Aber hier steckt mehr dahinter.« Sie betrachtete das Gebäude, das noch immer halb hinter einer Rauchwolke verschwand. »Eindeutig. Also, nein. Du brauchst dir keine Sorgen zu machen, dass ich wieder einen Alleingang unternehmen könnte.«

»Gut. Dann also an die Arbeit.«

Kapitel 20

Es war schon nach sechs Uhr morgens, als Reena den Tatort verließ. Nachdem sie sich von O'Donnell verabschiedet hatte, fuhr sie mit Steve zur Feuerwache. Während O'Donnell die sichergestellten Beweise katalogisierte und einen vorläufigen Bericht schrieb, wollte Reena die Feuerwehrleute befragen, die bei den Löscharbeiten dabei gewesen waren – sofern sie nicht schon schliefen.

Außerdem würde sie auf der Wache auch endlich Gelegenheit haben, zu duschen. Im Kofferraum hatte sie immer frische Sachen dabei. Die Feuerwehrleute würden ihr anschließend sicher einen Happen zu essen abtreten, denn nach nächtlichen Einsätzen wie heute bekam Reena immer einen mächtigen Appetit.

»Und was ist jetzt mit diesem Goodnight?« Als Reena ihn ausdruckslos ansah, zuckte Steve die Achseln. »Gina wird mich bestimmt ins Verhör nehmen, und wenn ich nicht mit Einzelheiten aufwarten kann, muss ich mich auf was gefasst machen.«

»Mich wird sie sicher auch ausfragen wollen. Richte ihr einfach aus, sie soll es sich aus erster Hand anhören.«

»Danke.«

»Sie kommt mit deinem Beruf zurecht. Oder habt ihr euch je deswegen gestritten?«

»Natürlich macht sie sich manchmal Sorgen. Aber, nein, Probleme gibt es deswegen nicht. Als Biggs letztes Jahr dran glauben musste, war es ein ziemlicher Schock, für mich ebenso wie für sie. Wir haben darüber geredet.«

Steve zupfte sich am Ohr. »Darüber, dass dieses Risiko eben zu meinem Job gehört. Man muss das ganze Paket nehmen, und das klappt nicht immer. Aber Gina hat Mumm. Das weißt du doch. Schließlich haben wir die Kinder, das nächste ist schon unterwegs. Da kann sie sich keine Schwächen erlauben.«

»Sie liebt dich. Liebe lässt sich nicht so leicht beirren.«

Reena stoppte vor der Feuerwache. »Kannst du sie bitten, meine Eltern zu informieren, wenn du sie heute Vormittag anrufst? Sie soll ihnen nur sagen, dass ich mit dem Fall befasst bin und dass alles in Ordnung ist. Aber bitte sprich noch nicht über Einzelheiten.«

»Wird gemacht.«

Während Steve zu ein paar Männern hinüberschlenderten, die gerade den Spritzenwagen wuschen, winkte Reena ihnen nur zu und ging dann mit ihren sauberen Sachen hinein.

Sie schrubbte sich den Qualm aus den Haaren, bis ihr die Arme wehtaten, schloss dann die Augen und ließ sich das Wasser auf Kopf, Nacken und Rücken prasseln.

Ihre Augen brannten und fühlten sich müde an, doch das würde schon vergehen. Der schlechte Geschmack im Mund hingegen würde ihr noch einige Zeit erhalten bleiben, ganz gleich, wie viel Wasser sie auch trank. Der Geruch des Feuers war hartnäckig, und selbst wenn er verflog, vergaß man ihn niemals ganz.

Reena ließ sich Zeit, massierte duftende Körperlotion in ihre Haut ein und verwendete Feuchtigkeitscreme. Auch wenn sie jederzeit bereit war, ein brennendes Gebäude zu stürmen, bedeutete das noch lange nicht, dass sie sich dabei die Haut ruinieren musste. Und sie hatte auch jedes Recht der Welt, eitel zu sein, dachte sie, während sie sich sorgfältig schminkte.

Nachdem sie sich angezogen hatte, schulterte sie ihre Tasche und machte sich auf den Weg in die Küche, um etwas Essbares zu schnorren.

Ihrer Erfahrung nach stand dort immer etwas auf dem Herd. Große Kessel mit Eintopf oder Chili, gewaltige Hackfleischberge oder eine riesige Bratpfanne voll Rührei. Obwohl die langen Theken und der Herd nach jedem Kochen geschrubbt wurden, duftete es hier stets nach Kaffee und einer warmen Mahlzeit.

In dieser Feuerwache hatte Reena einen Teil ihrer Ausbildung durchlaufen und in ihrer Freizeit oft ehrenamtlich hier gearbeitet. Sie hatte in den Stockbetten geschlafen, am Herd gekocht, am Tisch Karten gespielt oder vor dem Fernseher im Aufenthaltsraum ausgespannt.

Deshalb war niemand über ihr Eintreffen erstaunt, und alle nickten ihr schläfrig zu und begrüßten sie freundlich. Ein großer Teller mit Eiern und Speck wartete schon auf sie.

Sie setzte sich neben Gribley, der schon seit zwölf Jahren im Dienst war und ein ordentlich gestutztes Kinnbärtchen trug. Er hatte Brandnarben am Schlüsselbein. Kriegsverletzungen.

»Gerüchten zufolge soll dich der Brandstifter von gestern Nacht vorgewarnt haben.«

»Die Gerüchte stimmen.« Reena schob eine Gabel voll Ei in den Mund und spülte das Ganze mit der Cola hinunter, die sie sich aus dem Kühlschrank genommen hatte. »Offenbar hat er ein Problem mit mir. Als ich ankam, brannte das Gebäude lichterloh. Das war etwa zehn Minuten nach dem Anruf.«

»Hast dir aber mächtig Zeit gelassen«, stellte Gribley fest.

»Schließlich hat er mir ja nicht verraten, dass er bereits etwas angezündet hatte. Sonst hätte ich mich natürlich mehr beeilt. Beim nächsten Mal bin ich schneller, Ehrenwort.«

Ein anderer Mann, der Reena gegenübersaß, hob den Kopf. »Du rechnest also mit einem nächsten Mal? Rechnest du in diesem Stadium schon mit einem Serientäter?«

»Jedenfalls kann ich es nicht ausschließen. Ihr müsst euch auch darauf gefasst machen. Diesmal ist er ganz simpel vorgegangen. Ich denke, das war nur ein Testballon. So, als ob man einer Frau wie zufällig den Arm um die Schulter legt, um zu sehen, wie sie reagiert. Er will wissen, was ich als Nächstes tue. Hat das Feuer an der östlichen Wand im ersten Stock angefangen?«

»Ja.« Gribley nickte. »In diesem Bereich hatte der Funkensprung bereits stattgefunden, als wir hochkamen. Ein Teil der Wand war aufgehackt worden, in der Decke befanden sich Belüftungslöcher.«

»Im Erdgeschoss sah es genauso aus«, fuhr Reena fort. »Er hat sich also Zeit gelassen. Wir haben vier Streichholzbriefchen sichergestellt. Eines davon hat nicht gebrannt.«

»Im ersten Stock waren bis hinunter zum Erdgeschoss Feuerbrücken gelegt.« Sands, der Mann, der Reena gegenübersaß, griff nach seiner Kaffeetasse. »Hatte noch nicht richtig Feuer gefangen, als wir kamen. Schlampige Arbeit, wenn du mich fragst.«

»Ja.« Aber war es wirklich Nachlässigkeit gewesen – oder ein Trick?

»Es sah fast nach einem Jungenstreich aus.« Reena setzte sich und kippte ihren Stuhl zurück. O'Donnell nahm dieselbe Sitzhaltung ein. »Benzin, Papier und Streichhölzer, Dinge, mit denen die lieben Kleinen eben so spielen. Wenn man die eigens geschlagenen Luftlöcher außer Acht lässt, könnte man es für Amateurarbeit halten. Streichholzbriefchen, die nicht Feuer fangen, sodass wir sie finden. Hat er wirklich geglaubt, dass wir die Luftlöcher nicht entdecken, oder wollte er sogar, dass wir sie sehen?«

»Wenn du ihn schon unbedingt analysieren willst, würde ich sagen, dass du diejenige bist, die darauf stoßen sollte. Wir anderen sind nur Statisten.«

»Danke für deine beruhigenden Worte.« Reena setzte sich mit einem Seufzer auf. »Wo? Warum? Wo haben sich unsere Wege gekreuzt? Oder spielt sich das alles nur in seinem Kopf ab?«

»Also gehen wir die alten Fälle noch einmal durch und reden mit den Beteiligten. Vielleicht ist es ja ein Typ, den wir in den Knast gebracht haben. Oder einer, der uns entwischt ist. Möglicherweise auch ein Kerl, mit dem du mal was hattest und der sich mit der Trennung nicht abfinden will.«

Reena schüttelte den Kopf. »Ich hatte schon lange keine feste Beziehung mehr. Nicht seit …« Ihre Stimme erstarb, und sie rieb sich den Nacken, während O'Donnell sie weiter forschend musterte. »Du kennst dich doch in meinem Privatleben aus, O'Donnell, und weißt, dass ich seit der Sache mit Luke keine Lust mehr auf traute Zweisamkeit hatte.«

»Eine ganz schön lange Zeit.«

»Mag sein, aber mir gefällt es so. Und Luke kannst du als Verdächtigen streichen. Der würde sich niemals um ein altes Schulgebäude herumdrücken und sich den Designeranzug schmutzig machen.«

»Vielleicht hatte er ja Freizeitsachen an. Ist er eigentlich noch in New York?«

»Soweit ich weiß, schon. Okay.« Sie hob die Hände. »Ich überprüfe das. Doch ich finde es zum Kotzen, dass es überhaupt nötig ist.«

»Hast du schon vergessen, wie übel dieser Kerl dir damals mitgespielt hat?«

»Herrje, er hat mir ein paar blaue Flecke verpasst. Beim Football ist mir schon Schlimmeres passiert.«

»Ich rede nicht von deinem Gesicht, Hale, sondern von der seelischen Misshandlung. Es hat ihm Spaß gemacht, deinen guten Ruf zu schädigen. Ich hole mir einen Kaffee.« O'Donnell stand auf und ging hinaus, um Reena Zeit zum Nachdenken zu geben.

Doch sie fluchte nur vor sich hin und schaltete dann den

Computer ein, um Luke Chambers' aktuelle Daten aufzurufen.

Als O'Donnell mit einer Kaffeetasse zurückkehrte, war Reenas Tonfall kühl. »Luke Chambers wohnt in New York und arbeitet noch für dieselbe Maklerfirma, die ihn an die Wall Street geholt hat. Im Dezember 2000 hat er eine gewisse Janine Grady geheiratet. Keine Kinder. Er ist Witwer, seit seine Frau bei dem Anschlag am elften September getötet wurde. Sie war im fünfundsechzigsten Stock von Turm eins beschäftigt.«

»Durch so eine Tragödie kann ein Mann den Verstand verlieren. Möglicherweise denkt er sich jetzt, dass das alles niemals geschehen wäre, wenn du damals mitgemacht hättest.«

»Mein Gott, bist du aber hartnäckig. Gut, ich setze mich mit der New Yorker Polizei in Verbindung und bitte um eine Bestätigung, dass Luke gestern Nacht tatsächlich in New York war.«

O'Donnell zog eine Dose Cola light aus der Hosentasche und stellte sie vor Reena auf den Schreibtisch. »Im umgekehrten Fall würdest du mich genauso drängen. Und wenn ich mich weigern würde, würdest du es übernehmen.«

»Ich bin müde, ich bin nervös, und die Tatsache, dass du recht hast, löst in mir das Bedürfnis aus, dir eine runterzuhauen.«

Mit einem zufriedenen Grinsen setzte sich O'Donnell wieder an den Schreibtisch.

Es war eine Wohltat, endlich zu Hause zu sein, und Reena sehnte sich nur noch danach, sich richtig auszuschlafen. Drinnen im Haus hängte sie ihre Tasche ans Treppengeländer. Doch da ihr sofort der missbilligende Blick ihrer Mutter vor Augen stand, nahm sie sie wieder ab und verstaute sie im Schrank.

»So, jetzt zufrieden?«

Ohne auf das Blinken des Anrufbeantworters zu achten, ging sie schnurstracks in die Küche, warf die eingetroffene Post auf den Küchentisch und legte die Kopie der Akte, die sie aus dem Büro mitgebracht hatte, daneben. Erst eine Mütze voll Schlaf, sagte sie sich. Doch dann konnte sie der Versuchung einfach nicht widerstehen und drückte den Wiedergabeknopf des Anrufbeantworters.

Als die Computerstimme vom Band verkündete, dass der Anruf um zehn nach zwei Uhr morgens eingegangen war, fing ihr Herz an zu klopfen.

»Hat dir die Überraschung gefallen? Ich wette, schon, denn schließlich bist du noch dort. All das Feuer. Rot und golden und heiß und blau. Bestimmt bist du ganz feucht geworden und hättest dich am liebsten gleich von dem Jungen von nebenan rannehmen lassen, während es gebrannt hat. Aber ich kann es noch viel besser. Warte nur ab. Warte nur ab.«

Ihr Atem ging zu laut und zu schnell. Reena hielt das Band an und schloss die Augen, bis sie sich wieder beruhigt hatte.

Der Mann hatte sie beobachtet und gewusst, dass Bo bei ihr gewesen war. Er hatte sie am Fenster des Gebäudes gesehen.

Obwohl er nah genug gestanden hatte, um jeden ihrer Schritte im Auge zu behalten, hatte sie ihn nicht bemerkt. Hatte er sich unter die Leute gemischt, die aus den angrenzenden Gebäuden herbeigeströmt waren? Am Steuer eines vorbeifahrenden Autos gesessen? Zwischen den Gesichtern in der Menge versteckt?

Er hatte sie beobachtet. Sie und die Flammen.

Reena erschauderte. Offenbar wollte er sie verrückt machen, und sie hatte keine Möglichkeit, seinem Treiben Einhalt zu gebieten. Doch auf ihre eigenen Reaktionen, auf die hatte sie Einfluss.

Sie hörte die restlichen Nachrichten ab.

Sein zweiter Anruf kam um halb acht.

»Noch immer nicht zu Hause?« Er lachte auf und zog keuchend Luft ein. »Du bist wohl schwer beschäftigt.«

»Jetzt wirst du übermütig, du Dreckskerl«, murmelte sie. »Und das hat meistens verhängnisvolle Folgen.«

Um acht war der dritte Anruf eingegangen.

»Reena.«

Sie zuckte zusammen und atmete auf, als sie Bos Stimme erkannte. Ja, sie musste zugeben, dass der Mann es geschafft hatte, sie nervös zu machen.

»Dein Auto steht nicht da. Offenbar arbeitest du noch. Ich muss heute ein Angebot schreiben und Material einkaufen. Verglichen mit dem Abenteuer von gestern Nacht, klingt das ziemlich harmlos. Ruf mich doch an, wenn du nach Hause kommst.«

Eine Stunde später hatte sich Gina gemeldet. Sie wollte sich mit Reena treffen, um alles über den neuen Freund zu erfahren.

»Da bist du leider zu spät dran.« Reena seufzte auf und schnippte mit den Fingern. »Husch, husch, und schon vorbei.«

Sie runzelte die Stirn, als die tränenerstickte Stimme ihrer Schwester Bella aus dem Lautsprecher dröhnte. »Warum bist du nie zu Hause, wenn ich dich brauche?«

Das war die letzte Nachricht. Reena griff nach dem Telefon, hielt aber mitten in der Bewegung inne. Manchmal musste sie wie eine Polizistin denken, nicht wie eine Schwester.

Nachdem sie sämtliche Botschaften bis auf die ersten beiden gelöscht hatte, nahm sie die Kassette aus dem Gerät, verstaute sie in einer Tüte und legte eine neue ein.

Anschließend rief sie O'Donnell an, um ihm alles zu berichten.

»Also war er doch am Tatort.«

»Aller Wahrscheinlichkeit nach ja. Es kann auch sein, dass er mein Haus beobachtet und gesehen hat, wie ich mit Bo losfuhr. Vielleicht ist er mir auch gefolgt. Allerdings habe ich, obwohl ich darauf geachtet habe, niemanden bemerkt.«

»Am Vormittag führen wir eine zweite Befragung in der Nachbarschaft durch«, erwiderte O'Donnell. »Ich werde dafür sorgen, dass ein Streifenwagen heute Nacht dein Haus überwacht.«

Eigentlich wollte sie schon widersprechen, verkniff sich aber die Bemerkung. »Gute Idee. Aber nimm lieber jemanden von unserer Abteilung. Beim Anblick eines Streifenwagens taucht er möglicherweise wieder unter. Ein Zivilfahrzeug wäre besser.«

»Ich kümmere mich darum. Schlaf ein bisschen.«

Reena dachte an Bellas Anruf. »Ja.« Sie rieb sich die müden Augen. »Wird gemacht.«

Reena betrachtete das Telefon. Sie musste ihre Schwester zurückrufen, daran führte kein Weg vorbei. Dass der Weinkrampf womöglich nur eine Kleinigkeit wie einen abgebrochenen Fingernagel zum Anlass gehabt hatte, tat nichts zur Sache. Reena musste zugeben, dass sie im Moment nicht ganz fair war. So leichtfertig war Bella nicht – jedenfalls nicht ganz.

Vielleicht gab es ja ein Problem mit den Kindern – obwohl in diesem Fall sicher bereits Dutzende von Anrufen aus der Verwandtschaft eingegangen wären. Außerdem hätten ihre Eltern sie bei einem Notfall am Mobiltelefon verständigt.

Und was verriet es über sie, dass sie versuchte, sich vor einem simplen Rückruf bei ihrer Schwester zu drücken?

Reena griff zum Telefon und betätigte die Schnellwahltaste.

Sie wusste nicht, ob sie erleichtert oder verärgert war, als die Haushälterin ihr mitteilte, Bella sei bei der Kosmetikerin. Das bedeutete allerdings nicht, dass es nicht doch zu einer Krise gekommen war, dachte Reena. Ihre Schwester suchte nämlich Rettung im Kosmetiksalon wie andere Leute in der Notaufnahme.

Sie wollte schon nach oben gehen, als es an der Tür klopfte. Mit Schmetterlingen im Bauch fragte sie sich, ob es wohl Bo war. Aber als sie öffnete, stand sie vor einer vergnügten und hochschwangeren Gina.

»Steve sagte, du müsstest jetzt zu Hause sein. Ich wollte nur nach dir sehen.« Sie fiel Reena um den Hals. »Was für eine Nacht, was? Du siehst müde aus. Du brauchst eine Mütze voll Schlaf.«

»Ein prima Vorschlag«, erwiderte Reena, als Gina hereinkam.

»Wollen wir uns nicht setzen? Meine Mutter hat für ein paar Stunden die Kinder genommen. Gott schenke ihr ewige Jugend und Schönheit.« Sie ließ sich aufs Sofa fallen, tätschelte sich den gewölbten Bauch und blickte sich grinsend im Zimmer um, das die Vorbesitzer in einem merkwürdigen Grünton gestrichen hatten.

»Hast du dich schon für eine Farbe entschieden? Du solltest es tun, solange das Wetter so schön ist. Dann kannst du Fenster offen lassen, und es stinkt nicht so nach Farbe. Steve hilft dir beim Streichen.«

»Das ist aber nett von ihm. Ich weiß noch nicht genau, was ich will. Jedenfalls etwas Dezenteres.«

»Egal, was du tust, es wäre immer eine Verbesserung. Ich kann dir auch helfen. Mir macht es Spaß, Farben auszusuchen. Es ist wie Spielsachen kaufen. Kann ich dich ein bisschen aufmuntern?«

»Sehe ich aus, als hätte ich das nötig?«

»Steve hat mir ein paar Dinge erzählt, Reena. Keine Angst, ich habe deiner Familie nichts verraten und auch sonst geschwiegen wie ein Grab. Und so bleibt es auch, wenn du das willst. Dann mache ich mir eben allein Sorgen.«

»Das brauchst du aber nicht.«

»Natürlich nicht. Nur weil ein durchgeknallter Brandstifter ein Auge auf meine beste Freundin geworfen und deshalb sogar unsere alte Grundschule angezündet hat, werde ich mir doch nicht den Kopf zerbrechen.«

Mit einem Seufzer stand Reena auf und ging in die Küche, um zwei große Gläser San Pellegrino einzuschenken.

»Hast du auch etwas Essbares da?«, fragte Gina, die hinter ihr stand. »Möglichst etwas, das viel Zucker enthält.«

Reena holte die Überreste eines Sandkuchens aus dem Schrank. »Der ist aber schon ein paar Tage alt«, warnte sie.

»Als ob mich das stören würde.« Lachend brach Gina sich ein großes Stück von dem Kuchen ab. »Ich würde sogar Baumrinde verschlingen, wenn nur genug Zucker drauf wäre.« Sie setzte sich an den alten Metzgerblock, den Reena als Küchentisch benutzte. »Gut, ich hatte viel zu tun, und du hattest viel zu tun. Und jetzt ist der Zeitpunkt gekommen, dass du mir alles über diesen Tischler erzählst. Meine Mutter hat von deiner Mutter gehört, dass du ihn schon auf dem College kanntest. Aber ich bin doch allen deinen Freunden begegnet und erinnere mich nicht an einen tollen Typen namens Goodnight.«

»Weil wir auf dem College nie wirklich etwas mit ihm zu tun hatten. Er kannte mich nur vom Sehen.«

»Meine Mutter verwechselt immer alles.« Gina brach noch ein Stück von dem Kuchen ab. »Also schieß los.«

Reena folgte der Aufforderung, und ihre Müdigkeit ließ nach, als Gina ihre Schilderung mit Aufstöhnen, erstaunten Ausrufen und Sich-auf-die-Brust-Klopfen unterbrach.

»Er hat dich am anderen Ende des Raums gesehen und konnte dich nicht vergessen. All die Jahre hat er dein Bild in seinem Herzen ...«

»Igitt!«

»Ach, sei still. Das ist doch so romantisch. Fast so wie bei Heathcliff und Catherine in *Sturmhöhen*.«

»Die beiden waren aber verrückt.«

»Ach, mein Gott. Dann eben so romantisch wie *Schlaflos in Seattle*. Du weißt doch, wie ich diesen Film liebe.«

»Klar. Nur mit dem Unterschied, dass wir nicht an unterschiedlichen Enden des Kontinents leben, dass ich nicht mit einem anderen verlobt bin und dass er kein Witwer mit Kind ist. Sonst wäre es genau dasselbe.«

Gina zeigte mit dem Finger auf sie. »Mach mir nicht alles kaputt. Ich bin jetzt seit sechs Jahren verheiratet und bekomme mein drittes Kind. Inzwischen wird Romantik bei mir nicht mehr großgeschrieben. Also, wie attraktiv ist er?«

»Ganz besonders. Tolle Figur. Zum Teil liegt das sicher an seinem Beruf und der körperlichen Arbeit.«

»Oh, oh!«, hauchte Gina und beugte sich neugierig vor. »Und jetzt zur wichtigsten Frage: Ist er gut im Bett?«

»Habe ich gesagt, dass ich je mit ihm im Bett war?«

»Wie lange kenne ich dich schon?«

»Ach, verdammt, erwischt. Er sprengt sämtliche Beurteilungskriterien.«

Gina lehnte sich zurück. »Das habe ich noch nie von dir gehört.«

»Was?«

»Sonst sagst du immer, es ist klasse oder aufregend. Manchmal auch ganz lustig oder mittelprächtig. Wenn wir eine Messlatte von eins bis zehn anlegen würden, wäre deine beste Note bis jetzt eine Acht gewesen.«

Reena runzelte die Stirn. »Zehner gab es bei mir auch schon. Außerdem interessierst du dich zu sehr für mein Liebesleben.«

»Wozu sind Freundinnen sonst da? Und warum war es der beste Sex, den du in deinem jungen abenteuerlichen Leben je hattest?«

»Das habe ich nie behauptet ... okay, es stimmt. Keine Ahnung. Es ist spitze und aufregend und lustig und romantisch. Selbst wenn es wild zugeht. Und seit gestern Abend ist es vorbei.«

»Warum? Was? Es hat doch gerade erst angefangen.«

Reena schenkte Mineralwasser nach, saß da und starrte auf die Bläschen. »Wenn man einen Typen mit zu einem Tatort schleppt, der einen nicht nur beruflich, sondern auch persönlich betrifft, und wenn er dann sieht, wie du im Schutzanzug herumläufst und Befehle brüllst, von denen einige auch ihm gelten, und während dieser ganzen Zeit weiß er, dass ein Verrückter es auf dich abgesehen hat – tja, das nimmt der Sache dann doch etwas den Reiz, Gina.«

»Wenn das so ist, muss er ein ziemlicher Schlappschwanz sein.«

Lachend schüttelte Reena den Kopf. »Das würde ich nicht gerade behaupten. Weder tatsächlich noch im übertragenen Sinne. Wir hatten den Tanz gerade erst begonnen, Gina, und wenn plötzlich die Melodie wechselt, kann es kompliziert werden.«

Mit einem Aufstöhnen lehnte Gina sich zurück. »Tja, wenn er so denkt, ist er offenbar doch nicht so nett, wie ich dachte.«

»Du würdest ihn sicher mögen. Er ist wirklich sympathisch, und ich würde ihm keinen Vorwurf machen, wenn er sich zurückzieht.«

»Heißt das, dass er noch gar nicht die Flucht ergriffen hat?«

»Aber ich habe gestern Nacht so etwas gespürt. Es ist nur noch nicht offiziell.«

»Weißt du, was dein Problem ist, Reena? Du bist einfach zu pessimistisch. Wenn es um Männer geht, fehlt dir die Zuversicht. Und deshalb ...« Stirnrunzelnd hielt Gina inne und trank einen Schluck Wasser.

»Hör jetzt nicht auf zu reden.«

»Gut, ich rede weiter, weil ich dich lieb habe. Deshalb

halten deine Beziehungen nicht und entwickeln sich nie zu etwas Festem. Seit dem College ist das schon so. Seit dem armen Josh. Und nach Luke ist es schlimmer geworden. Allerdings war der auch ein Arschloch erster Güte«, fügte Gina hinzu, als Reena empört zu stammeln begann. »Aber das, was damals passiert ist, hat dich verändert. Und wenn du mich fragst, hindert es dich daran, dich richtig auf jemanden einzulassen.«

»Das stimmt nicht.« Doch Reena hörte selbst, wie unglaubwürdig das klang.

Gina griff nach Reenas Hand. »Liebes, du sprichst über diesen Typen, wie du, seit wir Teenies waren, nicht mehr über einen Mann gesprochen hast, und ich habe den Eindruck, dass sich wirklich etwas Ernsthaftes daraus entwickeln könnte. Trotzdem bist du schon wieder dabei, Schluss zu machen, und redest das Ende regelrecht herbei. Warum wartest du nicht einfach ab, was er dazu sagt, bevor du ein großes X über seinen Namen malst?«

»Weil es mir wichtig ist«, erwiderte Reena, als Gina ihr die Hand drückte. »Wenn er mich ansieht, ist es mir wichtig. So habe ich noch nie empfunden, kein einziges Mal, bei niemandem. Es war in Ordnung, dass ich es offenbar nicht konnte. Oder nicht wollte. Es war wirklich in Ordnung. Ich führe ein erfülltes Leben und habe meine Familie und meinen Beruf. Wenn ich Lust auf einen Mann hatte, konnte ich mir einen aussuchen. Aber er ist mir wichtig. Doch alles geht so schnell, und es wird mir zu viel. Ich möchte nicht leiden, wenn er mich sitzen lässt.«

»Bist du in ihn verliebt?«

»Ich bin so unentschieden und habe Angst.«

Ein strahlendes Lächeln auf den Lippen, stand Gina mühsam auf, schlang Reena die Arme um den Hals und küsste sie auf den Scheitel. »Herzlichen Glückwunsch.«

»Ich glaube, dass ich es gestern Nacht vermasselt habe, Gina.«

»Aufhören. Abwarten. Geduld haben. Weißt du noch, wie ich durch den Wind war, als es mit Steve etwas Ernstes wurde?«

Reena schmunzelte. »Du warst so niedlich.«

»Aber ich bin fast gestorben vor Angst.« Sie richtete sich auf und tätschelte Reena geistesabwesend die Schulter. »Eigentlich wollte ich doch für ein Jahr nach Rom gehen und eine Affäre mit irgendeinem brotlosen Künstler anfangen. Und wie zum Teufel sollte ich das anstellen, während mir ein dämlicher Feuerwehrmann den Kopf verdrehte? Und das tut er immer noch, und manchmal macht er mir auch Angst. Dann sehe ich ihn an und frage mich, was ich tun soll, falls ihm etwas zustößt, falls ich ihn verliere oder falls er sich in eine andere verliebt. Gib der Sache eine Chance.« Sie legte Reena die Hand auf die Wange. »Obwohl ich ihn noch gar nicht kennengelernt habe, rate ich dir, ihm eine Chance zu geben. Doch jetzt muss ich meine Kinder abholen und mich wieder in den Rummel stürzen, der mein Leben ausmacht. Ruf mich morgen an.«

»Versprochen. Und, Gina? Du hast mich wirklich aufgemuntert.«

»Genau das hatte ich auch vor.«

Nach drei Stunden wachte Reena auf. Ihr Herz klopfte, und der Albtraum, den sie gerade gehabt hatte, ging ihr noch immer im Kopf herum. Feuer und Qualm, Todesangst und Dunkelheit, Bruchstücke, die sich einfach nicht zu einem vollständigen Bild zusammensetzen ließen. Allerdings war das vermutlich besser so, dachte sie sich, als sie sich zusammenrollte, um abzuwarten, bis ihr Puls sich beruhigt hatte.

Sie litt gelegentlich an Albträumen, vor allem dann, wenn sie unter Stress stand oder übermüdet war. Doch das ging vielen Polizisten so. Schließlich wurden sie tag-

380

täglich mit Bildern, Ereignissen und Gerüchen konfrontiert, von denen Normalbürger nichts ahnten.

Aber irgendwann verblasste die Erinnerung, und Reena konnte damit leben, weil ihr Beruf ihr die Möglichkeit gab, das Grauen zu bekämpfen.

Sie setzte sich auf, machte Licht und beschloss, etwas zu essen und ein bisschen zu arbeiten, um die Schlaflosigkeit und die Sorgen zu vertreiben.

Noch ein wenig schlaftrunken, ging sie nach unten. Gina hatte recht, überlegte sie, während sie mit den Fingern eine Wand entlangfuhr. Sie musste sich endlich für eine Farbe entscheiden, einkaufen gehen und das Haus richtig in Besitz nehmen.

Reena fragte sich, ob es die Angst war, sich richtig auf etwas einzulassen, die sie daran hinderte. Obwohl sie sich schon seit Jahren ein eigenes Haus wünschte, hatte sie die endgültige Entscheidung ewig vor sich hergeschoben. Und nun flüchtete sie sich in Verzögerungstaktiken, statt ihr neues Heim endlich so zu gestalten, dass es ihren Geschmack und ihren Stil widerspiegelte.

Der erste Schritt war, das Problem beim Namen zu nennen. Jetzt musste sie nur noch die verdammte Farbe besorgen und endlich anfangen.

Doch zuerst würde sie diesen Fall aufklären und anschließend eine Woche Urlaub nehmen, um etwas für sich selbst zu tun. Farbe, Tapeten, ein paar Ausflüge in die Antiquitätenläden und Gebrauchtmöbelhandlungen. Außerdem wollte sie Blumen pflanzen.

Eigentlich hatte Reena keinen richtigen Appetit, als sie in der Küche herumkramte. Ihr war eher nach Grübeln zumute. Schließlich war es nicht ihre Schuld, dass sie als Polizistin manchmal auch unschöne Aufgaben erledigen musste oder dringende Einsätze hatte. Und wenn Bo sich davon überfordert fühlte, dann war das ganz sicher nicht ihre Schuld.

Angst davor, sich einzulassen, so ein Schwachsinn!, dachte sie weiter. Immerhin hatte sie kurz davorgestanden, sich ihm – zum ersten Mal – richtig zu öffnen, während er bei dem ersten heftigen Sturm beschlossen hatte, das Schiff zu verlassen.

Zum Teufel mit ihm.

Schließlich hatte er doch den ersten Schritt gemacht. Mit seinen träumerischen grünen Augen und seinem erotischen Mund. Mistkerl! Reena nahm Knoblauch und Eiertomaten aus dem Kühlschrank und begann, das Gemüse zu zerkleinern, während sie Bo im Geiste in seine Bestandteile zerlegte. Traumfrau? So ein Schwachsinn. Sie war keine Traumfrau und hatte auch keine Lust darauf, diesen Anspruch zu erfüllen. Wenn er sie nicht so nehmen wollte, wie sie war, konnte er bleiben, wo der Pfeffer wuchs.

Sie erhitzte Olivenöl in einer Bratpfanne und griff nach der Rotweinflasche.

Sie brauchte ihn nicht. Schließlich gab es auf der Welt genügend Männer, wenn sie Lust auf ein Abenteuer hatte. Also war auch kein charmanter, erotischer und amüsanter Tischler nötig, um die Lücken in ihrem Leben zu füllen.

In ihrem Leben gab es nämlich keine Lücken!

Als Reena gerade den Knoblauch anbriet, klopfte es an der Hintertür. Sie zuckte zusammen. Du bist nur übernervös, sagte sie sich, griff aber trotzdem nach der Pistole, die auf der Anrichte lag.

»Wer ist da?«

»Ich bin es, Bo.«

Nachdem sie die Waffe mit einem erleichterten Aufatmen in der Krimskramsschublade versteckt hatte, entriegelte sie die Tür.

Ihre Brust fühlte sich an wie zugeschnürt, ohne dass sie etwas dagegen hätte unternehmen können. Außerdem hatte sie eine trockene Kehle und ein Druckgefühl im

Bauch. Sie ärgerte sich, denn noch nie hatte ein Mann solche Reaktionen in ihr ausgelöst.

Dennoch öffnete sie die Tür und lächelte ihm lässig zu. »Möchtest du eine Tasse Zucker borgen?«

»Eigentlich nicht. Hast du meine Nachricht erhalten?«

»Ja. Tut mir leid. Ich war erst nach vier zu Hause, und dann hatte ich Besuch. Anschließend habe ich mich hingelegt. Ich bin eben erst aufgestanden.«

»Hab ich mir schon gedacht. Deine Schlafzimmervorhänge waren zugezogen, als ich nach Hause kam. Aber als ich Licht gesehen habe, habe ich beschlossen, es zu riskieren. Irgendwas riecht hier wunderbar. Abgesehen von dir natürlich.«

»Oh, Mist.« Sie hastete zum Herd, um den Knoblauch zu retten. »Ich mache mir gerade Spaghetti.« Sie gab die gewürfelten Tomaten und einen Schluck Wein dazu. Obwohl sie eigentlich nicht hungrig war, war sie froh, sich beschäftigen zu können. Nachdem sie das Ganze mit Basilikum und frisch gemahlenem Pfeffer gewürzt hatte, ließ sie es vor sich hinköcheln.

»Wahrscheinlich ist die Kochkunst bei dir angeboren. Aber du siehst müde aus.«

»Danke.« Sie stellte fest, dass ihre Stimme säuerlich klang. »So etwas hört man immer gern.«

»Ich habe mir Sorgen um dich gemacht.«

»Tut mir leid. Berufsrisiko.«

»Wahrscheinlich.«

»Ich trinke jetzt ein Glas Wein.«

»Danke.« Er fixierte sie weiter mit Blicken. »Ich hätte auch gern eins. Hast du Lust, mir etwas über gestern Nacht zu erzählen?«

»Einbruch, Brandstiftung mit mehreren Ursprungsorten, persönliche Nachrichten an die Ermittlerin, keine Toten.« Sie reichte ihm ein Glas Rotwein.

»Warum bist du so schlecht gelaunt? Liegt es an der

Müdigkeit, daran, dass dieser Mistkerl dein Leben durcheinanderbringt, oder bist du einfach nur sauer auf mich?«

Ihr Lächeln war so kalt wie ihr Tonfall. »Das kannst du dir aussuchen.«

»Gut, die ersten beiden Probleme verstehe ich. Erklär mir doch bitte das dritte.«

Sie lehnte sich an die Anrichte. »Ich habe das getan, wozu ich ausgebildet wurde, was meine Pflicht ist und wofür ich bezahlt werde.«

Er schwieg und blickte vor sich hin. Nach einer Weile nickte er. »Und weiter?«

»Was meinst du damit?«

»Genau das, was ich gesagt habe: Was weiter? Es widerspricht dir doch niemand.«

Reena war fest entschlossen, höflich zu bleiben und sich wie eine Erwachsene zu verhalten. Also nahm sie einen Topf aus dem Schrank und füllte ihn am Spülbecken mit Wasser. »Falls du Hunger hast, es ist genug da.«

»Gut. Reena, lässt du mich abblitzen, weil ich mich dir gestern Abend in den Weg gestellt habe?«

»Das hättest du nicht tun dürfen.«

»Wenn ein Mensch, der mir etwas bedeutet, im Begriff ist, sich leichtsinnig zu verhalten, kann ich nicht untätig danebenstehen.«

»Ich bin nicht leichtsinnig.«

»Normalerweise nicht, würde ich sage. Aber der Typ hat dich aus dem Konzept gebracht.«

»Du kennst mein Konzept doch gar nicht.« Reena stellte den Topf auf den Herd und schaltete die Platte ein. »Eigentlich kennst du mich sowieso kaum.« Sie erstarrte, als er ihre Hand nahm und sie zu sich herumdrehte.

»Ich weiß, dass du klug bist und dass du deinen Beruf liebst. Ich weiß, dass du an deiner Familie hängst und dass du übers ganze Gesicht strahlst, wenn du lächelst. Dass du Baseball magst und wo du gerne angefasst werden willst.

Dass du auf Zitronenbaisertorte stehst und keinen Kaffee trinkst. Und dass du keine Angst hast, in ein Feuer hineinzugehen.«

»Warum bist du hier, Bo?«

»Um dich zu sehen, um mit dir zu reden und um dabei noch einen Teller Spaghetti abzustauben.«

Sie trat einen Schritt zurück und griff nach ihrem Glas. »Ich bin davon ausgegangen, dass du dich nach der gestrigen Nacht nicht mehr wohlfühlen würdest.«

»Womit?«

»Sei doch nicht so schwer von Begriff.« Er breitete die Hände aus. »Gut, ich gebe mir Mühe. Nicht mehr wohlfühlen … mit dir.«

Sie zuckte die Achseln und trank einen kleinen Schluck.

»Und weshalb sollte ich mich mit dir nicht mehr wohlfühlen … Okay, machen wir keine Quizveranstaltung daraus«, fügte er hinzu, als sie nichts erwiderte. »Wegen unseres Streits, weil du alleine losziehen wolltest? Nein, daran liegt es nicht, denn ich habe ja gewonnen. Weil ich mich im Hintergrund halten musste? Das kann es auch nicht sein, denn schließlich bin ich weder bei der Polizei noch bei der Feuerwehr. Ich blicke da wirklich nicht mehr durch.«

»Es hat dir nicht gefallen, dass ich hineingegangen bin.«

»In ein brennendes Gebäude?« Bo lachte spöttisch auf. »Da hast du verdammt recht. Soll ich es etwa schön finden, wenn du zwischen den Flammen herumspringst? In diesem Fall haben wir wirklich ein Problem, denn das wird mir niemals gefallen. Aber wenn man bedenkt, dass es für mich das erste Mal war, habe ich mich doch mustergültig benommen. Oder bin ich dir etwa nachgelaufen, um dich festzuhalten und wegzuschleppen? Auch wenn ich ganz kurz mit diesem Gedanken gespielt habe. Gehört es denn zu meinem Anforderungsprofil, dass ich die Risiken, die du in deinem Beruf eingehst, auch mögen muss?«

Sie starrte ihn entgeistert an. »Mein Gott, ich bin wirklich eine Pessimistin.«

»Wovon redest du? Könntest du deine seltsame Frauensprache bitte übersetzen, damit ich etwas verstehe?«

»Möchtest du mit mir zusammen sein, Bo?«

Das Sinnbild eines verzweifelten Mannes, rang er die Hände. »Ich stehe doch genau vor dir.«

Lachend schüttelte sie den Kopf. »Ja, das stimmt. Eindeutig. Ich muss mich bei dir entschuldigen.«

»Sehr gut. Und warum?«

»Weil ich dich für einen Idioten gehalten habe. Weil ich davon ausgegangen bin, dass du Schluss machen willst und keine Lust hast, dich mit mir und meinem Beruf auseinanderzusetzen. Weil ich versucht habe, mir einzureden, dass mir das ganz egal wäre. Das habe ich zwar nicht geschafft, aber ich habe mir redlich Mühe gegeben. Weil ich sauer auf dich war, obwohl der Fehler bei mir lag. Allmählich wird mir klar, dass in punkto Beziehung bei mir einiges im Argen liegt.«

Sie trat auf ihn zu, nahm sein Gesicht in die Hände und presste die Lippen fest auf seine. »Und dafür entschuldige ich mich.«

»Haben wir unseren ersten Streit jetzt hinter uns?«

»Offenbar.«

»Gut.« Er berührte ihr Gesicht und erwiderte ihren Kuss. »Das ist nämlich immer der Schwierigste. Lass uns beim Essen über etwas anderes reden. Hoffentlich ist es bald fertig, denn ich habe heute Abend nur ein Brot mit Erdnussbutter abgekriegt.«

Sie drehte sich zum Spaghettitopf um. »Das hier wird viel besser.«

»Ist es schon.«

Überschlag:
das Endstadium bei der Entwicklung
eines Brandes

Tagaus, tagein im Ringelreih'n
so tanzt des Todesfeuers Schein.
Samuel Taylor Coleridge

Kapitel 21

Ich möchte mehr über Ihre neue Freundin wissen.« Bo, der gerade dabei war, das neue Gartenhäuschen zu bauen, das Mrs Mallory unbedingt zu brauchen glaubte, blickte auf und zwinkerte ihr zu. »Mrs M., Sie dürfen nicht eifersüchtig sein. Schließlich sind Sie auch weiterhin die Liebe meines Lebens.«

Mrs Mallory schnaubte und stellte den Krug mit selbst gemachter Limonade auf einen Sägebock. Ihr Haar war immer noch flammend rot, und sie trug eine moderne Sonnenbrille mit bernsteinfarbenen Gläsern – und dazu eine geblümte Küchenschürze.

»Ihr Blick sagt mir, dass Sie eine andere haben. Und ich bin neugierig, wie sie so ist.«

»Sie ist wunderschön.«

»Darauf wäre ich nie gekommen.«

Bo legte den Tacker weg und griff nach dem Limonadenglas. »Sie ist intelligent und humorvoll und engagiert und sehr nett. Ihre Augen sehen aus wie die einer Löwin, und sie hat ein kleines Muttermal genau hier.« Er tippte sich auf die Oberlippe. »Sie kommt aus einer großen Familie, die ein italienisches Restaurant in meinem Viertel betreibt. Dort ist sie auch aufgewachsen. Hey, vielleicht kennt Ihr Bruder sie ja. Der ist doch bei der Polizei.«

»Stimmt, und zwar schon seit dreiundzwanzig Jahren. Hat er sie etwa schon mal festgenommen?«

Bo lachte auf. »Das bezweifle ich. Sie ist nämlich auch Polizistin. Bei der Stadt Baltimore. Branddezernat.«

»Mein Bruder ebenfalls.«

»Das gibt es doch nicht. Ich dachte, er wäre ... Keine Ahnung, was ich gedacht habe. Dann kennen sie sich bestimmt. Wie hieß er noch mal? Ich werde sie fragen.«

»O'Donnell. Michael O'Donnell.«

Verdutzt stellte Bo die Limonade weg und nahm die

Schutzbrille ab. »Gut, jetzt kommt die Erkennungsmelodie von *Twilight Zone – Unbekannte Dimensionen.* Er ist ihr Partner. Sie heißt Catarina Hale.«

»Catarina Hale.« Mrs Mallory verschränkte die Arme vor der Brust. »Catarina Hale. Mit der habe ich Sie doch jahrelang zu verkuppeln versucht.«

»Wirklich?«

»Als mein Bruder mir erzählt hat, er habe eine hübsche neue Partnerin, habe ich ihn gleich gefragt, ob sie noch ledig ist. Er bejahte, und ich meinte, ich würde da einen netten Jungen kennen, der schon einiges an meinem Haus in Ordnung gebracht hat. Er sollte sich erkundigen, ob sie Lust hätte, mit einem netten Jungen auszugehen. Aber sie war damals mit einem anderen zusammen, der sich als gar nicht so nett entpuppt hat. Deshalb wollte Mick sie nicht damit belästigen. Also.«

»Mit mir und Reena ist es wirklich eine komische Sache. Wir umkreisen einander schon seit Jahren und haben es nie geschafft, uns richtig zu begegnen. Kennen Sie sie?«

»Ich habe sie einmal bei einer Party bei Mick gesehen. Sehr hübsch und gut erzogen.«

»Morgen bin ich bei ihren Eltern zum Essen eingeladen. Mit der ganzen Familie.«

»Da müssen Sie Blumen mitbringen.«

»Blumen?«

»Schenken Sie ihrer Mutter einen hübschen Strauß. Aber nicht in einem Karton.« Sie gestikulierte, während sie Bo weitere Anweisungen gab. »Das wäre zu steif. Einfach einen hübschen bunten Strauß, den Sie ihr überreichen können, wenn Sie ankommen.«

»Gut.«

»Sie sind ein netter Junge«, meinte sie und überließ ihn dann seiner Arbeit. Sie ging ins Haus, um ihren Bruder anzurufen und mehr über diese Catarina Hale zu erfahren.

Blumen? Das sollte hinzukriegen sein, dachte Bo. Schließlich gab es die auch im Supermarkt, und er musste ohnehin noch etwas besorgen. Also steuerte er den Supermarkt unweit von Mrs Mallorys Haus an und schnappte sich einen Einkaufswagen. Milch. Ständig ging ihm die Milch aus. Und Frühstücksflocken. Warum standen die eigentlich nicht gleich neben der Milch? Das wäre doch logisch gewesen.

Vielleicht sollte er ja ein paar Steaks kaufen und Reena zum Grillen im Garten einladen. Mit diesem Vorsatz warf er noch ein paar Dinge in seinen Einkaufswagen und machte sich dann auf den Weg in die Blumenabteilung, wo er das Angebot im Kühlraum betrachtete.

Fröhlich und bunt, hatte Mrs M. gesagt. Die großen Gelben – er tippte auf Lilien –, die sahen doch fröhlich aus. Andererseits waren Lilien Begräbnisblumen. Also Fehlanzeige.

»Schwieriger, als ich dachte«, murmelte er vor sich hin und sah sich dann leicht verlegen um, als sich ein Mann näherte.

»Auch in der Hundehütte?«

»Wie bitte?«

Der Mann bedachte Bo mit einem nachsichtigen Lächeln und musterte dann mit zweifelnder Miene das Blumenangebot. »Ich dachte, Sie wären vielleicht auch in die Hundehütte verbannt worden. Dort habe ich nämlich die letzte Nacht verbracht. Ich muss meiner Frau ein paar Blumen schenken, um mich wieder freizukaufen.«

»Nein, ich bin morgen bei den Eltern meiner Freundin zum Essen eingeladen. Beim Thema Hundehütte würde ich zu roten Rosen raten.«

»Mist. Da haben Sie vermutlich recht.« Der Mann wandte sich an die Verkäuferin hinter der Theke. »Ich glaube, ich brauche ein Dutzend von diesen Rosen. Rote, denke ich. Frauen«, meinte er dann zu Bo und kratzte sich unter der Schirmmütze am Kopf.

»Das können Sie laut sagen. Ich denke, ich nehme die da«, sagte Bo zu der Verkäuferin. »Die bunten mit den großen Köpfen.«

»Das sind Gerbera«, erwiderte diese.

»Gerbera sind doch fröhliche Blumen, oder?«

Lächelnd wickelte die Verkäuferin die Rosen für Bos Nebenmann ein.

»Prima. Dann also einen großen Strauß Gerbera, wenn Sie fertig sind. Einfach bunt gemischt.«

»Ich wette, Ehefrauen sind teurer als Schwiegermütter«, merkte der Mann bedrückt an.

Bo betrachtete die Gerbera. War er etwa geizig? Er wollte doch einen hübschen und bunten Strauß, keinen billigen. Warum musste das alles nur so kompliziert sein? Er wartete, bis die Rosen eingewickelt waren.

»Wir sehen uns.«

»Ja.« Bo nickte dem Mann geistesabwesend zu. »Viel Glück«, fügte er hinzu und drehte sich dann hilfesuchend zu der Verkäuferin um. »Wissen Sie, ich bin bei der Familie meiner Freundin zum Essen eingeladen. Sind diese Gerbera geeignet? Reicht ein Dutzend? Helfen Sie mir.«

Lachend trat die Verkäuferin wieder in die Kühlkammer. »Sie sind optimal, kommen nicht zu steif rüber und machen einen fröhlichen Eindruck.«

»Gut. Vielen Dank. Ich bin schon ganz erledigt.«

Ein Kinderspiel, alles im Auge zu behalten. Kleine Änderung im Plan, um den Jungen von nebenan zu verfolgen und ihn mal unter die Lupe zu nehmen. Der Volltrottel arbeitet sogar samstags.

Hätte ihn auf dem Parkplatz kaltmachen können. Hätte warten können, bis er mit seinem Blumensträußchen antanzt, um ihn gleich an Ort und Stelle umzulegen.

Hallo, Kumpel, können Sie mir mal kurz helfen? Typen wie er kommen dann meistens angelaufen wie ein Hündchen. Der Kerl würde mich noch freundlich angrinsen, wenn er schon das Messer im Bauch hat.

Die Rosen auf den Rücksitz. Hundehütte! Da lachen ja die Hühner. Als ob ich mir je von einer Frau auf der Nase rumtanzen lassen würde. Alles nur Nutten und Schlampen. Denen muss man zeigen, wer der Boss ist. Das ist es doch, was den größten Spaß macht.

Trotzdem beobachten und warten. Bis er rauskommt und mit ein paar Tüten zu seinem Pick-up geht. Die dämlichen Gerbera schauen oben aus der Tüte. Vermutlich ein verkappter Schwuler, der sich vorstellt, wie er's mit einer anderen Schwuchtel treibt, während er sie bumst.

Tu der Welt einen Gefallen und ramm ihm ein Messer in den Bauch. Eine Schwuchtel weniger. Wie würde sie sich fühlen, wenn der warme Bruder, mit dem sie rumhurt, auf einem Supermarktparkplatz umgenietet wird?

Ahh, schöne Zeiten in Sicht.

Fahre hinter ihm her vom Parkplatz. Hübsches Auto. Das wäre doch auch eine Idee. Ich könnte diesen schönen Pick-up abfackeln. Wäre noch lustiger, wenn der Typ drinsitzt.

Bo kam zu dem Schluss, dass Mrs Mallory den Nagel auf den Kopf getroffen hatte. Bianca lächelte nicht nur, als er ihr am Sonntag an der Tür die Blumen überreichte, sondern küsste ihn sogar auf beide Wangen.

Einige Familienmitglieder waren bereits eingetroffen. Reenas Bruder Xander saß, das Baby in der Armbeuge, in einem Wohnzimmersessel. Sein Schwager Jack lag mit einem der Kinder auf dem Boden und spielte mit Autos.

Fran, die älteste Schwester, kam gerade aus der Küche und rieb sich, wie schwangere Frauen es oft tun, mit kreisförmigen Bewegungen den Bauch.

Hinter ihren Beinen spähte ein weiteres Kind hervor, das Bo mit weit aufgerissenen Augen musterte.

Reena fiel ihrer Verwandtschaft sofort um den Hals, und alle umarmten und küssten sich, als hätten sie sich mindestens ein halbes Jahr lang nicht gesehen. Dann schnappte sie sich das neugierige Kind, dessen verwunderte Miene einem breiten Grinsen wich.

Xander wandte sich von dem Footballspiel im Fernsehen ab und lächelte Bo freundlich zu. »Wenn du meine Schwester heiratest, könntet ihr ja die Wand zwischen den beiden Häusern einreißen. Dann hättet ihr Platz für fünf oder sechs Kinder.«

Bo spürte, wie ihm der Mund offen stehen blieb, und er gab ein Geräusch von sich, das eher wie ein Gurgeln klang. Bis auf den Kommentar im Fernsehen war es totenstill im Raum.

Xander brach in brüllendes Gelächter aus und stieß seinen Vater mit dem Fuß an. »Ich sagte doch, dass es ein Heidenspaß wird. Er sieht aus, als hätte er eine Knoblauchknolle im Ganzen verschluckt.«

Gib blickte weiter in den Fernseher. »Haben Sie etwa was gegen Kinder?«

»Was? Nein?« Verzweifelt sah Bo sich um. »Ich doch nicht.«

»Gut, dann nimm mal meins.« Xander erhob sich und legte Bo zu seinem Entsetzen das Baby auf den Schoß. »Bin gleich zurück.«

»Ja, aber …« Bo betrachtete das Baby, das ihn aus großen dunklen Augen ansah. Er wagte nicht, sich zu rühren, und warf Gib einen Blick zu, in dem sich, wie er wusste, Panik abzeichnete. Doch er war machtlos dagegen.

»Hatten Sie noch nie ein Baby im Arm?«

»Kein so kleines.«

Der Junge, der auf dem Boden saß, krabbelte auf Bo zu. »Meine Mama kriegt auch wieder ein Baby. Und wehe, wenn es kein Bruder wird.« Er sah seinen Vater drohend an.

»Ich habe mein Bestes getan, Kumpel«, erwiderte Jack.

»Ich habe eine kleine Schwester«, erzählte der Junge Bo. »Die mag Babypuppen.«

Bo reagierte auf sein Stichwort und schüttelte bedauernd den Kopf. »Das ist ja entsetzlich.«

Froh, eine verwandte Seele gefunden zu haben, kletterte der Junge auf die Armlehne des Sessels. »Ich heiße Anthony und bin fünfeinhalb. Mein Frosch heißt Nemo, aber Oma hat mir verboten, ihn zum Essen mitzubringen.«

»Mädchen sind da manchmal ein bisschen komisch.«

Das Baby auf Bos Schoß zappelte und stieß einen Schrei aus. Gebrüll hätte es besser getroffen. Bo wippte mit den Beinen, obwohl er sich nicht viel davon versprach.

»Du kannst ihn auch auf den Arm nehmen«, erklärte Anthony. »Dazu musst du die Hand unter seinen Kopf tun, weil sein Hals noch ganz wackelig ist. Und dann legst du ihn auf deine Schulter und klopfst ihm auf den Rücken. Babys mögen das.«

Das Baby schrie weiter, und da niemand kam, um ihn zu retten – Sadisten! –, schob Bo vorsichtig eine Hand unter den Kopf des Babys.

»Ja, genau so«, lautete der Kommentar des Babyfachmanns. »Und mit der anderen musst du unter seinen Hintern fassen wie mit einer Schaufel. Aber pass auf, er zappelt.«

Der Angstschweiß lief Bo den Rücken hinunter. Warum mussten Babys denn nur so klein sein? Und so laut. Es gab doch sicher eine bessere Methode, den Fortbestand der menschlichen Art zu sichern.

Mit angehaltenem Atem vollführte er die nötigen Handgriffe und wagte erst wieder, Luft zu holen, als das Gebrüll sich in ein leises Wimmern verwandelt hatte.

In der Küche schlug Fran Eier in einer Schale. Reena zerkleinerte Gemüse, während Bianca das Huhn einpinselte. Reena liebte diese Momente der weiblichen Vertrautheit.

Durch die Hintertür wehte eine warme Brise herein, und im Raum roch es nach Essen und Parfüm. Bos Blumen waren hübsch in einer hohen Glasvase angeordnet worden. Reenas Nichte hämmerte mit einem Löffel auf eine Plastikschale.

Ihr Beruf und die damit zusammenhängenden Sorgen gehörten in eine andere Welt, denn in diesem Haus konnte ein Teil von ihr weiter Kind sein und würde es wohl immer bleiben, was sie als tröstend empfand. Und die Frau in ihr war stolz darauf.

»An kommt gleich nach ihrem Dienst in der Klinik.« Bianca richtete sich auf und schloss die Ofenklappe. »Bella ist wie immer zu spät dran.« Die Hände in die Hüften gestemmt, musterte sie ihre jüngste Tochter. »Du siehst glücklich aus.«

»Warum sollte ich das nicht sein?«

»Und du strahlst so verliebt.« Fran stellte die Schüssel weg und beugte sich über den Küchenblock, so weit ihr Bauch es gestattete. »Wie ernst ist es denn zwischen euch?«

»Wir wollen nichts überstürzen.«

»Ein scharfer Typ.« Achselzuckend lehnte Fran sich zurück. »Wirklich scharf. Außerdem hat er diesen niedlichen Welpenblick und ist wirklich süß. Süß und scharf, genau so, wie ein Mann sein sollte.«

»Fran!« Entsetzt lachte Reena auf und starrte ihre Schwester an. »Du solltest dich mal reden hören.«

»Das bin nicht ich, es sind die Hormone.«

»Auf Schritt und Tritt stolpere ich über Schwangere. Erst vor ein paar Tagen habe ich mich mit Gina getroffen. Sie hat ein Viertel eines drei Tage alten Sandkuchens verschlungen.«

»Bei mir sind es Oliven. Ich könnte eine Wanne voller Oliven essen. Einfach nur das Glas nehmen und ...« Fran tat, als schütte sie sich ein Glas voll Oliven in den Mund.

»Bei meinen Schwangerschaften waren es Kartoffelchips.« Bianca spähte in einen Topf auf dem Herd. »Und
zwar die gewellten, Abend für Abend. Viermal neun Monate lang. Heilige Maria, wie viele Tonnen von Kartoffeln
mögen das wohl gewesen sein?« Sie umrundete die Anrichte, fasste Reena am Kinn und bewegte ihren Kopf sanft
hin und her. »Ich freue mich, dass du so glücklich aussiehst. Bo gefällt mir, ich glaube, er ist der Richtige.«

»Mama!«

»Ich glaube, er ist der Richtige«, wiederholte Bianca un-
beirrt. »Nicht nur, weil er dich zum Strahlen bringt und
dich ständig anstarrt, als wärst du die faszinierendste Frau
auf der Welt, sondern weil dein Vater in seiner Gegenwart
immer so strafend schaut und seinen Radar einschaltet:
›Wenn dieser Bursche glaubt, er könnte meine Tochter
entführen, hat er die Rechnung ohne mich gemacht.‹«

»Wohin sollte er mich denn entführen? Auf den Pluto?
Er wohnt doch gleich um die Ecke.«

»Er ist wie dein Vater.« Sie lächelte, als Reena zweifelnd
das Gesicht verzog. »Stark und zuverlässig, scharf und
süß«, fügte sie mit einem Zwinkern zu Fran hinzu. »Und
das, mein Kind, ist genau das, worauf du gewartet hast.«

Bevor Reena etwas erwidern konnte, kam An, Dillon auf
der Schulter, herein. »Entschuldigt die Verspätung. Worüber lästern wir?«

»Reenas Bo.«

»Ein echter Schatz. Dillon hat ihm ein bisschen zugesetzt, aber er hat es genommen wie ein Mann.« Sie setzte
sich an den Tisch, öffnete ihre Bluse und legte den su-
chenden Mund des Babys an ihre Brust. »Unser Dad
horcht ihn gerade über seine Firma aus«, fügte sie hinzu
und hielt Reena zurück. »Nein, lass ihn nur. Er schlägt sich
wacker. Mama-Schatz? Ich glaube, du kriegst die Terrasse
hinter dem Laden, auf die du schon so lange aus bist.«

»Ach, wirklich?« Bianca klopfte mit dem Löffel an einen

Topf. »Ich mag es, wenn meine Kinder nützliche Menschen zum Essen einladen.«

Xander steckte den Kopf zur Tür herein. »Hallo. Wir gehen mal kurz in den Laden.«

»In einer Stunde gibt es Essen. Wenn ihr dann nicht am Tisch sitzt, schlage ich euch mit dem Pfannenwender windelweich.«

»Zu Befehl, Ma'am.«

»Nimm die Kleine mit.«

Fran hob ihre Tochter auf.

»Klar.« Xander setzte sich seine Nichte auf die Hüfte, wo sie plappernd auf und ab wippte. »Reena? Der Typ ist in Ordnung.«

»Ach, danke«, murmelte sie, während ihr Bruder zur Tür hinausging. »Wir sind doch erst seit ein paar Wochen zusammen.«

»Wenn etwas passt, dann passt es.« Bianca suchte Paprikaschoten zusammen und brachte sie zum Spülbecken, um sie zu waschen.

Eine Ecke weiter stand Bo mit Gib, Xander, Jack und einigen Kindern am Sirico und vermaß die Fläche hinter dem Lokal.

Er sah auf den ersten Blick, dass die jetzt noch winzige Terrasse für die sommerliche Bewirtung im Freien bei Weitem nicht genügte, und überlegte, was wohl der günstigste Weg zwischen Tischen und Tür war.

»Bianca hätte gern eine größere Terrasse«, erklärte Gib. »Im italienischen Stil, vielleicht mit Terrakottafliesen. Obwohl hochdruckbehandeltes Holz meiner Ansicht nach einfacher und schneller zu verarbeiten und deshalb billiger wäre, hat sie sich auf Stein versteift.«

»Ja, eine Holzplattform ließe sich ziemlich leicht bauen, wenn man da hinten anfängt und den Winkel fortsetzt. Dazu könnte man ein Wandgemälde mit italienischen Motiven anbringen lassen oder das Holz selbst streichen, dass es wie Fliesen oder Stein aussieht, und das Ganze dann versiegeln.«

»Ein Wandgemälde.« Gib überlegte. »Das könnte ihr gefallen.«

»Aber.«

»Hoppla.« Xander schmunzelte. »Bei diesem aber höre ich Dollarzeichen.«

»Aber«, sagte Bo noch einmal, während er vom Rand der geplanten Terrasse trat und die Entfernung mit Schritten abmaß, »wenn Sie sich schon die Arbeit machen, würde ich gleich alles fliesen und eine Art Sommerküche bauen. Da Sie drinnen ja auch eine offene Küche haben, könnten Sie dieses Motiv draußen wiederholen.«

»Was meinen Sie mit Sommerküche?«

Bo merkte Gib an, dass er neugierig geworden war, auch wenn sich sein Argwohn noch nicht ganz gelegt hatte. »Ein zweiter Herd und eine Arbeitsfläche mit Heizplatten. Auf zwei Seiten könnten Sie das mit einem Rankgitter abgrenzen und vielleicht eine Kletterpflanze dazusetzen. Dazu eine Pergola, die von der Pflanze überrankt werden kann. Das durchlässige Dach bringt Ihnen genügend Licht, aber Sie bekommen auch ein wenig Schatten.«

»So etwas Kompliziertes hatte ich eigentlich nicht vor.«

»Gut. Sie können natürlich auch die bestehende Terrasse vergrößern, einen anderen Bodenbelag oder …«

»Erzählen Sie trotzdem weiter. Was ist mit der Pergola?«

Xander versetzte Jack einen Rippenstoß. »Er hat ihn schon um den Finger gewickelt.«

»Tja, sehen Sie …« Bo klopfte seine Taschen ab, und seine Stimme erstarb. »Hat jemand einen Stift und Papier?«

Auf einer Papierserviette und mit Jacks Rücken als Zeichenbrett fertigte er eine grobe Skizze an.

»Du meine Güte, Mama wird begeistert sein. Dad, ich denke, da hast du keine Chance mehr.«

Den Arm auf Xanders Schulter gestützt, beugte Gib sich über die Zeichnung. »Wie viel würde mich so etwas kosten?«

»Die Holzarbeiten? Für einen Kostenvoranschlag müsste ich erst alles genau ausmessen.«

»Seid ihr fertig da hinten? Ich möchte auch einmal sehen.« Jack drehte sich um, musterte die Zeichnung und sah dann seinen Schwiegervater an. »Es gibt kein Entrinnen mehr. Der einzige Ausweg wäre, ihn zu zwingen, die Serviette zu essen, ihn anschließend vorsorglich umzulegen und dann die Leiche verschwinden zu lassen.«

»Daran habe ich auch schon gedacht, aber in diesem Fall kämen wir zu spät zum Abendessen.« Gib seufzte auf. »Am besten zeigen Sie ihr die Zeichnung selbst.« Grinsend klopfte er Bo auf die Schulter. »Schauen wir mal, wie lange er seinen Kostenvoranschlag überlebt.«

»Das ist doch nur ein Scherz, oder?«, fragte Bo Xander, als sie Gib zurück zum Haus folgten.

»Hast du dir schon einmal die *Sopranos* angeschaut?«

»Dabei ist er nicht einmal Italiener.« Und sah eigentlich wie ein netter älterer Herr aus, der seine Enkeltochter den Gehweg entlang nach Hause trug.

»Sag ihm das bloß nicht. Ich glaube nämlich, er hat es vergessen. Natürlich war das nur ein Scherz. Aber dieses Lokal?« Er blieb vor dem Gebäude stehen. »Auf der emotionalen Prioritätenliste meines Vaters kommt zuerst meine Mutter, dann die Kinder, seine Verwandtschaft und zu guter Letzt dieses Restaurant. Für ihn ist es mehr als nur ein Geschäft. Er mag dich.«

»Woran merkst du das?«

»Wenn er einen Typen nicht mochte, den Reena sonntags zum Essen eingeladen hat, war er viel netter.«

»Und warum das?«

»Wenn er dich nicht leiden könnte, würde er sich auch keine Gedanken über dich machen, weil er sicher wäre, dass Reena dir sowieso bald den Laufpass geben wird. Du wärst nicht weiter wichtig. Reena ist nämlich Dads großer Liebling. Die beiden verbindet einfach etwas ... Ach, Bellas Bande ist auch schon da.« Er wies mit dem Kopf auf den funkelnagelneuen Mercedes-Geländewagen, der auf der Straße parkte.

Ein schlankes Mädchen, nach Bos Schätzung zwölf oder dreizehn Jahre alt, stieg zuerst aus, schleuderte ihre schimmernde blonde Mähne zurück und schlenderte auf die Hales zu.

»Prinzessin Sophia«, meinte Xander zu Bo. »Bellas Älteste. Sie macht gerade die Ich-bin-die-Schönste-und-ihr-langweilt-mich-Phase durch. Und das sind Vinny, Magdalene und Marc. Vince ist Justiziar bei einem Konzern und hat Geld wie Heu.«

»Du magst ihn nicht.«

»Er ist in Ordnung, erfüllt Bellas Wünsche und finanziert den Lebensstil, auf den sie schon immer ein Recht zu haben glaubte. Außerdem ist er ein guter Vater und vergöttert seine Kinder. Er ist nur einfach nicht die Sorte von Mann, mit dem man ein Bier trinken und über Gott und die Welt reden würde. Und dann – Vorhang auf – hätten wir da noch unsere Bella.«

Bo sah zu, wie Bella aus dem Wagen stieg, nachdem ihr Mann ihr die Tür aufgehalten hatte. »Ihr habt aber eine Menge schöner Frauen in der Familie.«

»Stimmt. Das verhindert, dass wir Kerle übermütig werden. Hallo, Bella!«

Er winkte, stürmte über die Straße, nahm seine Schwester in die Arme und wirbelte sie herum.

Es herrschte lautes Stimmengewirr, und Bo fühlte sich wie auf einer Party, die bereits seit einigen Jahren im Gange war, ohne dass sich Ermüdungserscheinungen gezeigt hätten. Auf dem Boden krochen Kinder unterschiedlichen

Alters herum, während die Erwachsenen über sie hinwegstiegen.

Plötzlich stand Reena neben ihm und streichelte seinen Arm. »Schaffst du es noch?«

»Bis jetzt schon. Es wurde zwar in Erwägung gezogen, mich umzulegen, doch dann entschied man sich dagegen, weil es gleich Essen gibt.«

»Wir setzen eben unsere Prioritäten«, erwiderte sie. »Was hast du …?«

Sie verstummte, als Bianca hereinkam. »Das Essen ist fertig!«, verkündete sie.

Der Esstisch wurde zwar nicht gerade gestürmt, doch alle begaben sich eilig an ihre Plätze. Wenn Bianca Hale etwas sagte, duldete sie offenbar keinen Widerspruch. Bo wurde ein Stuhl zwischen Reena und An angewiesen, die Schüsseln wurden herumgereicht, und bald hatte er einen Vorrat auf dem Teller, der eigentlich für eine Woche genügt hätte.

Der Wein floss in Strömen, es wurde angeregt geplaudert, und niemand schien es zu stören, wenn er unterbrochen, überschrien oder sogar ignoriert wurde. Alle hatten etwas zu sagen und bestanden auch darauf, dies zu tun, wann immer es ihnen in den Sinn kam.

Die in der amerikanischen Gesellschaft gültigen Höflichkeitsregeln schienen außer Kraft gesetzt, und kein Mensch hatte Hemmungen, bei Tisch über Tabuthemen wie Politik und Religion zu sprechen. Natürlich wurde auch über Essen und Geschäftliches geredet, und alle horchten Bo gnadenlos über seine Gefühle für Reena aus.

»Also …« Bella schwenkte ihr Glas. »Wie stehst du zu Catarina, Bo?«

»Äh, ich bin etwa zehn Zentimeter größer.«

Sie grinste ihn listig an. »Der letzte Typ, den sie angeschleppt hat …«

»Bella«, fiel Reena ihr ins Wort.

»Der Letzte, den sie angeschleppt hat, war Schauspieler. Wir sind zu dem Schluss gekommen, dass er sich seinen Text deshalb so gut merken konnte, weil in seinem Hohlkopf noch jede Menge Platz war.«

»Ich bin mal mit einem Mädchen gegangen, das ganz ähnlich war«, entgegnete Bo lässig. »Sie wusste zwar ziemlich genau, was jeder Star bei der letzten Oscarverleihung anhatte, doch bei der Frage nach dem derzeitigen Präsidenten der Vereinigten Staaten ist sie ins Grübeln gekommen.«

»Bella kriegt beides unter einen Hut«, meinte Xander. »Sie ist ein Multitalent. Vince, wie geht es deiner Mutter mit ihrem Arm?«

»Schon viel besser. Nächste Woche wird der Gips abgenommen. Meine Mutter hat sich den Arm gebrochen«, erklärte er Bo. »Sie ist vom Pferd gefallen.«

»Das tut mir leid.«

»Doch sie hat sich davon nicht beirren lassen. Eine erstaunliche Frau.«

»Unser großes Vorbild«, ergänzte Bella mit einem zuckersüßen Lächeln. »Wie ist denn deine Mutter, Bo? Wird Reena sich auch mit ihr vergleichen lassen und in ihrem Schatten leben müssen?«

Bo spürte die Gereiztheit in ihrem Tonfall. »Offen gestanden sehe ich meine Mutter nicht oft«, erwiderte er nur.

»Da hat Reena aber Glück. Entschuldigt mich.« Bella legte die Serviette weg und stürmte hinaus.

Sofort sprang Reena auf, um ihr zu folgen.

»Schau dir mal an, welche Idee Bo für den Laden hatte.« Gib zog die Serviette aus der Tasche und strich sie glatt. »Aber vergiss bloß nicht, dass ich der Vater deiner Kinder bin und dass du mir deshalb nicht mit diesem Typen durchbrennen darfst, nur weil er mit einem Hammer umgehen kann. Gib das bitte weiter«, forderte er Fran auf.

Währenddessen hatte Bella ihre Handtasche gepackt und rannte, Reena auf den Fersen, zur Hintertür hinaus.

»Was zum Teufel ist denn los mit dir?«

»Nichts ist los. Ich brauche jetzt eine Zigarette, verdammt.« Sie zog ein mit Edelsteinen verziertes Etui aus der Tasche, nahm eine Zigarette heraus und zündete sie mit einem passenden Feuerzeug an. »Im Haus herrscht Rauchverbot. Schon vergessen?«

»Du hast gegen Bo gestichelt.«

»Nicht schlimmer als die anderen.« Sie zog Rauch ein und pustete eine gewaltige Wolke aus.

»Doch, war es schon, und das weißt du ganz genau. Der Unterton, Bella.«

»Zum Teufel mit meinem Unterton. Das kann dir doch egal sein. Nachdem du ein paar Wochen lang mit ihm geschlafen hast, suchst du dir sowieso einen Neuen. So wie immer.«

Reena versetzte ihrer Schwester einen wütenden Stoß, sodass diese zwei Schritte rückwärts taumelte. »Selbst wenn das stimmen würde, geht es dich gar nichts an.«

»Dann kümmere du dich auch um deine Angelegenheiten. Das kannst du schließlich am besten. Du bist doch nur mit herausgekommen, weil du sauer auf mich bist. Sonst ist dir nämlich alles zu viel.«

»So ein Schwachsinn. Ich habe dich zweimal zurückgerufen und dir etwas ausrichten lassen.«

Bella nahm noch einen tiefen Zug von der Zigarette. Ihre Hände zitterten. »Ich wollte nicht mit dir reden.«

»Warum hast du dann überhaupt angerufen?«

»Weil ich dich in diesem Moment gebraucht hätte.« Ihre Stimme erstarb, und sie wandte sich abrupt ab. »Ich musste mit jemandem sprechen, und du warst nicht da.«

»Ich kann nicht Tag und Nacht zu Hause sitzen und darauf warten, dass du wieder eine Krise hast, Isabella. Das kann man nicht einmal von einer Schwester verlangen.«

»Sei nicht so gemein zu mir.« Als Bella sich wieder umdrehte, standen Tränen in ihren Augen. »Bitte, sei nicht so gemein.«

Bella weinte zwar häufig, doch wer sie gut kannte, konnte unterscheiden, ob es sich um Tränen der Wut, um Theater oder um ehrliche Trauer handelte. Und diesmal musste wirklich etwas Ernstes vorgefallen sein. »Schätzchen, was ist denn?« Reena legte Bella den Arm um die Taille und führte sie zu einer Bank am Rand der Terrasse.

»Ich weiß nicht, was ich tun soll, Reena. Vince hat eine Affäre.«

»Oh, Bella.« Reena zog Bella fest an sich. »Das tut mir ja so leid. Bist du sicher?«

»Er hat schon seit Jahren Verhältnisse.«

»Wovon redest du?«

»Von anderen Frauen. Eigentlich war er von Anfang an untreu. Er hat nur … Ich war ihm so wichtig, dass er sich die Mühe gemacht hat, es mir zu verheimlichen. Diskret zu sein. Zumindest so zu tun, als liebte er mich. Inzwischen ist ihm das allerdings zu lästig. Er treibt sich zwei bis drei Nächte pro Woche herum. Und wenn ich ihn zur Rede stelle, sagt er nur, ich solle doch einkaufen gehen und ihn in Ruhe lassen.«

»Das musst du dir nicht gefallen lassen, Bella.«

»Welche Alternativen habe ich denn?«, entgegnete sie erbittert.

»Wenn er mit anderen Frauen schläft und keine richtige Ehe mehr mit dir führt, solltest du dich von ihm trennen.«

»Und die Erste sein, die sich in dieser Familie scheiden lässt?«

»Er betrügt dich doch.«

»Er hat mich betrogen. Wenn man jemanden betrügt, tut man es nämlich heimlich. Mittlerweile macht er keinen Hehl mehr daraus und spricht ganz offen darüber. Ich habe versucht, mit seiner Mutter darüber zu reden. Er hört nämlich auf sie. Und weißt du, wie sie reagiert hat? Sie hat es mit einem Achselzucken abgetan. Sein Vater hätte ebenfalls Affären gehabt. Warum es also an die große Glocke hängen? Ich sei die Ehefrau und genösse alle Vorteile. Das Haus, die Kinder, die Kreditkarten, die gesellschaftliche Stellung. Der Rest sei doch nur Sex.«

»Das ist ja albern. Hast du es Mama erzählt?«

»Das bringe ich nicht über mich. Und du darfst ihr auch nichts sagen.« Sie drückte Reenas Hand und drängte die Tränen zurück. »Sie … Mein Gott, Reena, ich komme mir so dumm vor. Wie eine Versagerin. Alle sind glücklich, nur ich nicht … Fran und Jack, Xander und An, und jetzt auch du. Dreizehn Jahre habe ich in diese Ehe investiert und vier Kinder geboren. Und ich liebe ihn nicht einmal.«

»O Gott, Bella.«

»Das habe ich nie getan. Ich habe mir nur etwas vorgemacht, Reena. Ich war zwanzig, und er sah so gut aus, war gebildet und … reich. Ich wollte auch so ein Leben führen. Da ist doch nichts Falsches daran. Ich war immer treu.«

»Was hältst du davon, dich beraten zu lassen?«

Seufzend blickte Bella über die Terrasse und wandte sich von dem Haus ab, in dem sie aufgewachsen war. »Ich gehe schon seit drei Jahren zur Therapeutin. Aber das habe ich lieber für mich behalten. Sie sagt, wir machen Fortschritte. Nur komisch, dass ich selbst nichts davon merke.«

»Bella!« Reena küsste ihre Schwester aufs Haar. »Bella, du hast eine Familie. Du musst das nicht alleine durchstehen.«

»Bei manchen Dingen ist man aber allein. Fran ist die Niedliche, du bist die Kluge. Und obwohl Fran hübscher ist als ich, war ich immer die Schöne. Weil ich härter daran gearbeitet habe. Das war mein Startkapital, und schau, was ich dafür bekommen habe.«

»Du hast etwas Besseres verdient.«

»Das mag sein. Aber ich weiß nicht, ob ich es schaffe, mich von ihm zu trennen, Reena. Er ist ein guter Vater. Die Kinder lieben ihn abgöttisch. Und er kann uns gut ernähren.«

»Du solltest dich mal reden hören. Er ist ein betrügerischer, mieser Ehebrecher.«

Mit einem tränenerstickten Lachen trat Bella ihre Zigarette aus und schlang die Arme um Reena. »Deshalb habe ich dich ja angerufen. Sonst hätte ich mit niemandem reden können. Einfach, weil ich wusste, dass du so etwas sagen würdest, Reena. Vielleicht trage ich auch einen Teil der Schuld, doch ich muss es mir nicht bieten lassen, dass mein Mann zwischen meinem Bett und dem einer anderen Frau pendelt.«

»Das musst du wirklich nicht.«

»Gut.« Bella zog ein Papiertaschentuch aus der Tasche und tupfte sich das Gesicht ab. »Ich werde noch einmal mit ihm sprechen.« Sie griff zur Puderdose, um ihr Make-up aufzufrischen. »Dann rede ich mit meiner Therapeutin. Und vielleicht wende ich mich auch an einen Anwalt, nur um meine Möglichkeiten auszuloten.«

»Du kannst auf mich zählen. Auch wenn ich nicht immer zu Hause bin, wenn du anrufst, melde ich mich, sobald es geht. Ehrenwort.«

»Ich weiß. Mein Gott, schau, wie ich jetzt aussehe.« Bella trug Lippenstift auf. »Wegen vorhin muss ich mich entschuldigen. Ich werde es wiedergutmachen. Er scheint wirklich sehr nett zu sein. Vielleicht hat mich das ja geärgert.«

»Schon gut.« Reena küsste sie auf die Wange. »Wir kriegen das hin.«

Kapitel 22

Eins musst du mir verraten«, meinte Bo auf dem Nachhauseweg. »Habe ich die Prüfung bestanden?«

Reena verzog das Gesicht. »Das mit den Fragen, den Kunststücken und dem angeforderten Bluttest tut mir leid.«

»Ich lasse gleich morgen einen machen.«

Sie tätschelte seinen Arm. »Du bist wirklich kein Spielverderber, Goodnight.«

»Ich weiß, aber habe ich bestanden?«

Als sie ihm einen Blick zuwarf, stellte sie fest, dass er es ernst meinte. »Ich würde sagen, dass du sie alle im Sturm erobert hast. Aber für Bellas Verhalten beim Abendessen muss ich mich trotzdem entschuldigen.«

»So schlimm war es nun auch wieder nicht.«

»Es war unhöflich und absolut unangebracht. Doch sie hat es nicht persönlich gemeint. Sie hatte sich über etwas geärgert, das gar nichts mit dir zu tun hatte, und macht zurzeit eine schwierige Phase durch. Bis heute Abend wusste ich gar nichts davon.«

»Es war kein Weltuntergang.«

»Jetzt wird meine Mutter keine Ruhe geben, bis sie ihre Pergola hat.«

»Wird dein Vater mich einen Kopf kürzer machen, wenn er mein Angebot kriegt?«

»Hängt von dem Angebot ab.« Sie hakte ihn unter. »Weißt du, dass ich als Jugendliche immer davon geträumt habe, an einem lauen Sommerabend Arm in Arm mit einem Typen nach Hause zu gehen, der angeblich total auf mich steht?«

»Da ich sicher nicht der Erste bin, der diesen Traum wahr werden lässt, muss ich zumindest dafür sorgen, dass du den Abend in ewiger Erinnerung behältst.«

»Du bist der Erste.«

»Ich glaube dir kein Wort.«

»Nein, damals als …« Sie hielt inne. »Wie viele meiner dunklen Geheimnisse soll ich dir denn noch offenbaren?«

»Alle. Wann war damals?«

»Als ich elf war. Ich war absolut überzeugt davon, dass sich alles von selbst regeln würde, wenn ich erst einmal ein Teenager wäre. Mein Körper, mein Umgang mit anderen Menschen und Jungs, Jungs, Jungs. Doch irgendwann war es dann so weit, und nichts ergab sich von allein. Zum Teil liegt das wahrscheinlich an der Nacht, in der es im Sirico brannte.«

»Davon habe ich gehört. Im Viertel wird immer noch darüber geredet. Irgendein Kerl hatte eine Wut auf deinen Vater und wollte euch deshalb das Haus über dem Kopf anzünden.«

»Das ist die gekürzte Version. In diesem Sommer hat sich für mich vieles verändert. Ich habe gebüffelt. Ich bin John – John Minger war der für unseren Fall zuständige Brandinspektor – auf die Nerven gegangen, und ich habe mich an der Feuerwache herumgedrückt. Als ich in die Oberstufe kam, war ich eine richtige Streberin.«

»Das kann ich mir gar nicht vorstellen.«

»Aber es war so. Ich war fleißig, sportlich, brav und schüchtern, wenn es um Jungs ging. Sie mochten mich als Laborpartnerin, in der Lerngruppe und als Seelentrösterin, aber zum Jahresabschlussball gingen sie mit einer anderen. Während der High School gehörte ich immer zu den Klassenbesten und habe als Dritte meines Jahrgangs meinen Abschluss gemacht. Doch die Verabredungen, die ich in dieser Zeit hatte, konnte ich an einer Hand abzählen. Ich war ja so einsam.«

Mit einem theatralischen Seufzer schlug sie die Hand vors Herz. »Ich schwärmte für die Jungen, die sich von mir Chemienachhilfe geben ließen oder mir von den Problemen mit ihren Freundinnen erzählten. Wie gerne wäre ich eines der Mädchen gewesen, die wussten, wie man sich bewegt, redet, flirtet und vier Jungs gleichzeitig um den Finger wickelt. Ich habe sie mir genau angesehen, denn ich war eine gute Beobachterin und hatte ein ausgezeichnetes Gedächtnis. Ich habe ihr Verhalten studiert, mir alles genau gemerkt und dann allein in meinem Zimmer geübt. Aber ich hatte nie den Mut, es in der Öffentlichkeit auszuprobieren. Bis zu diesem Abend mit Josh, an dem du mich zum ersten Mal gesehen hast. Damals habe ich es endlich einmal geschafft.«

»Offenbar ist ihm aufgefallen, was die anderen nicht bemerkt hatten.«

»Das ist aber ein nettes Kompliment.«

»Das weiß ich deshalb, weil es mir genauso ging.«

Ganz automatisch steuerten sie auf sein Haus zu. »Nach Joshs Tod hat etwas in mir zugemacht, wenigstens für eine Weile.« Nachdem Bo die Tür aufgeschlossen hatte, trat sie ein. »Ich wollte keine Beziehung mehr. Das Feuer hätte meiner Familie beinahe den Besitz und ihre Tradition geraubt. Und nun hatte es dem ersten Jungen, der mich je berührt hatte, das Leben genommen. Danach war für mich Schluss. Monatelang habe ich nur noch gebüffelt und gearbeitet. Wenn ich Lust dazu hatte, habe ich einen Typen aufgerissen, mich ein bisschen amüsiert, Spaß mit ihm gehabt, und ihn dann fallen lassen.«

Auf dem Weg ins Wohnzimmer fragte sie sich, wie ihr gerade noch so lockeres Gepländel eine so ernsthafte Wendung hatte nehmen können. »Es waren nicht viele, und es hat mir auch nichts bedeutet. Ich wollte nicht, dass mir jemand wichtig wird. Mich interessierten nur meine Arbeit und das dazu nötige Wissen. Studium, Ausbildung. Praktika, Forschung im Labor. Denn das Feuer brannte auch in mir und ließ nicht zu, dass mir jemand zu nahe kam.«

Sie seufzte auf. »Doch irgendwann kam da doch ein Typ,

für den ich etwas empfinden konnte. Wir waren noch nicht sicher, was daraus werden könnte. Und dann wurde er getötet.«

»Das muss ein schwerer Schlag gewesen sein. Du hattest wirklich eine Menge Pech.«

»Stimmt. Und wenn ich darüber nachdenke, bin ich vermutlich deshalb so verbittert geworden. Sobald jemand anfing, mir etwas zu bedeuten, habe ich ihn verloren.«

Er setzte sich zu ihr, nahm ihre Hand und liebkoste ihre Finger. Ein Spiel mit dem Feuer, dachte er. »Und was hat sich geändert?«

»Ich fürchte, es liegt an dir.«

»Du fürchtest?«

»Ja, ein bisschen schon. Ich möchte ehrlich zu dir sein. Zwischen uns entwickelt sich etwas, und das bedeutet für mich eine klare Entscheidung. Ich könnte nicht damit umgehen, wenn du dich mit anderen Frauen triffst.«

Er blickte von ihrer Hand auf und sah ihr in die Augen. »Du bist die einzige Frau, für die ich mich interessiere.«

»Ich erwarte, dass du den Mund aufmachst, falls das eines Tages nicht mehr so sein sollte.«

»Einverstanden, aber ...«

»Einverstanden genügt mir.« Sie setzte sich rittlings auf seinen Schoß. »Belassen wir es für den Moment dabei.«

Alles wies auf einen typischen Küchenbrand hin: ein schreckliches Durcheinander, Qualm, Schäden, leichte Verletzungen.

»Die Ehefrau macht gerade Abendessen, brät Hühnchen auf dem Herd, geht einen Moment raus, das Fett entzündet sich und greift auf die Vorhänge über.« Steve wies mit dem Kopf auf die verkohlte Anrichte, die geschwärzten Wände und verbrannten Vorhangfetzen am Fenster.

»Ihrer Aussage nach hat sie geglaubt, die Herdplatte heruntergeschaltet zu haben, aber offenbar hat sie genau das Gegenteil getan. Sie ist auf die Toilette gegangen, anschließend hat das Telefon geklingelt, und sie hat das Essen ganz vergessen, bis der Feuermelder Alarm gab. Als sie versuchte, den Brand selbst zu löschen, hat sie sich die Hände verbrannt. Sie hat Panik gekriegt, ist hinausgerannt und hat von den Nachbarn aus die Feuerwehr angerufen.«

»Hmmm.« Reena überquerte den verrußten Fußboden, um das Brandmuster an den Kacheln und den Unterschränken zu studieren. »Und der Notruf ging um halb fünf ein?«

»Um sechzehn Uhr sechsunddreißig.«

»Ein bisschen früh zum Essenkochen.« Sie betrachtete die Anrichte und die hässliche Spur, die das brennende Fett auf der Arbeitsfläche hinterlassen hatte. »Was genau ist hier passiert? Sie sagt also, sie hätte nach der Pfanne gegriffen, dabei das Fett auf der Anrichte verschüttet und das Ganze schließlich fallen lassen.« Sie beugte sich über die Pfanne, die nach fettigem Hühnchen roch.

»So ähnlich. Sie ist noch ziemlich durcheinander. Die Sanitäter versorgen gerade ihre Hände. Verbrennungen zweiten Grades.«

»Wahrscheinlich hat sie in ihrer Panik den hier vergessen.« O'Donnell klopfte auf den Haushaltsfeuerlöscher, der in der Besenkammer an der Wand hing.

»Die Flammen müssen ziemlich hoch geschlagen haben, um diese Vorhänge zu erreichen«, stellte Reena fest. »Das Huhn brät hier.« Sie stellte sich an den Herd. »Das muss ja ein tolles Feuer sein, wenn es einen halben Meter weit aus der Pfanne bis zu den Vorhängen springen kann. Offenbar haben wir es mit einer besonders schlampigen Köchin zu tun.« Reena wies auf die Kochfläche des Herdes. »Das Fett läuft erst in diese Richtung, macht dann plötzlich kehrt und spritzt an die Wand. Als ob es Augen hätte. Und dann – ach du meine Güte, wie konnte denn das passieren? – nehme ich die Pfanne, schleppe sie noch einen hal-

411

ben Meter weiter in die entgegengesetzte Richtung und verteile noch ein bisschen Fett, bevor ich sie fallen lasse und davonlaufe.«

O'Donnell sah Reena schmunzelnd an. »Der Mensch verhält sich eben nicht immer vernünftig.«

»Ja, mag sein. Die Küchenschränke sind Schrott«, stellte Reena fest. »Die Arbeitsfläche ist abgenutzt und verkratzt. Billige, alte Geräte. Und der PVC-Boden hat schon vor dem Unglück bessere Tage gesehen.«

Sie blickte sich im Raum um. »Die Feststation des schnurlosen Telefons ist da an der Wand. Wo befindet sich denn die Toilette, auf der sie gewesen sein will?«

»Sie sagt, sie hätte die neben dem Wohnzimmer benutzt«, antwortete Steve.

Die Ermittler schlenderten durch die Wohnung. »Schöne Möbel«, merkte Reena an. »Und ziemlich neu. Alles passt farblich zusammen und ist sauber und ordentlich. Da drüben auf dem Tischchen steht noch ein schnurloses Telefon.«

Sie betrat die Gästetoilette. »Farblich abgestimmte Handtücher, schicke kleine Seifen. Alles riecht nach Zitrone und sieht aus wie aus einer Wohnzeitschrift. Ich wette, die Küche war ihr ein Dorn im Auge.«

»Und ein Steinchen im Schuh«, ergänzte O'Donnell.

Als Reena den Toilettendeckel öffnete, sah sie, dass in der Schüssel blaues Wasser stand. »Eine Frau, die so auf Ordnung, Sauberkeit und Stil im Haus achtet, lässt ihren Herd nicht so fettig werden. Verstehst du, worauf ich hinauswill, Steve?«

»O ja.«

»Ich glaube, wir sollten der Dame auf den Zahn fühlen.«

Sie saßen in dem hübschen Wohnzimmer. Sarah Greenes bandagierte Hände ruhten in ihrem Schoß, und ihr Gesicht war vom Weinen verschwollen. Mrs Greene war achtundzwanzig Jahre alt und trug das schimmernde braune Haar zu einem Pferdeschwanz gebunden. Sam, ihr Mann, hatte neben ihr Platz genommen.

»Ich verstehe nicht, warum wir überhaupt mit der Polizei sprechen müssen«, begann er. »Wir wurden doch schon von der Feuerwehr befragt. Sarah sitzt der Schreck noch in den Gliedern. Sie braucht jetzt vor allem Ruhe.«

»Nur noch ein paar Fragen, um einige Unklarheiten zu beseitigen. Wir arbeiten mit der Feuerwehr zusammen. Wie geht es Ihren Händen, Mrs Greene?«, erkundigte sich Reena.

»Angeblich ist es nicht so schlimm. Ich habe etwas gegen die Schmerzen bekommen.«

»Wenn ich mir vorstelle, was alles hätte passieren können ...« Sam streichelte ihr die Schulter.

»Es tut mir schrecklich leid.« Tränen standen ihr in den Augen. »Ich komme mir so dämlich vor.«

»Ein Feuer kann ziemlich beängstigend sein. Sie arbeiten bei der Buchhandelskette Barnes and Noble, Mrs Greene?«

»Ja.« Sie sah O'Donnell an und zwang sich zu einem Lächeln. »Ich bin Filialleiterin. Heute hatte ich meinen freien Tag und wollte Sam mit einem selbst gekochten Essen überraschen.« Ihr Lächeln wurde verkniffen. »Das ist mir ja wohl geglückt.«

»Schatz, quäl dich nicht so.«

»Sie haben aber früh angefangen«, stellte Reena fest.

»Es war eine Spontanidee.«

Nein, das ist nicht richtig, dachte Reena. Denn die Verpackung, die sie zusammen mit dem Kassenzettel aus dem Müll gekramt hatte, verriet, dass das Hühnchen bereits am Samstag gekauft worden war. Und das hieß, dass es einige Tage eingefroren gewesen sein musste und einige Zeit zum Auftauen gebraucht hatte.

»Sie haben ein sehr hübsches Haus.«

»Danke, wir haben es vor zwei Jahren gekauft und arbeiten noch daran.«

»Ich habe auch vor Kurzem ein Reihenhaus gekauft, das regelrecht nach einer Renovierung schreit. Ich werde noch viel Zeit und Mühe hineinstecken müssen, ganz zu schweigen von Geld.«

»Das können Sie laut sagen«, meinte Sam und verdrehte die Augen. »Wenn man an einem Ende anfängt, kommen gleich sechs weitere Probleme auf einen zu. Wie beim Domino.«

»Das kann ich verstehen. Ich selbst bin gerade dabei, mir verschiedene Farbmuster anzusehen. Und dabei ist mir klar geworden, dass ich auch die Vorhänge ersetzen und etwas mit den Fußböden unternehmen muss. Und vermutlich brauche ich dann auch neue Möbel. Außerdem werde ich wahrscheinlich wochenlang auf Schritt und Tritt über Handwerker stolpern.«

»Irgendwann hat man es satt«, erwiderte Sam.

»Aber wenn man schon ein Eigenheim hat, sollte es auch den eigenen Vorstellungen entsprechen.« Bei diesen Worten lächelte Reena Sarah zu.

»Tja, schließlich ist man hier zu Hause.« Sarah presste die Lippen zusammen und wich Reenas Blick aus.

»Bringen Sie sie bloß nicht auf dumme Gedanken.« Mit einem Auflachen küsste Sam seine Frau auf die Wange.

»Ich glaube, ich werde mir für die Arbeiten, die ich nicht selbst hinbekomme, ein paar Kostenvoranschläge machen lassen müssen«, fuhr Reena im Plauderton fort. »Die Wasserleitungen zum Beispiel. Und Teppichböden. Die Küche. Angeblich ist die Küche ja immer der größte Posten. Wie hoch war da bei Ihnen der Kostenvoranschlag?«

»Ich habe vor zwei Wochen einen erstellen lassen. Fünfundzwanzigtausend.« Sam schüttelte den Kopf. »Wenn man auf maßgefertigte Schränke und eine Arbeitsplatte aus Massivholz Wert legt, kann sich diese Summe locker verdoppeln. Einfach lächerlich.« Er machte eine wegwerfende Handbewegung. »Ich könnte mich immer noch darüber aufregen.«

»Sicher ist es ärgerlich für Sie, Mrs Greene, sich mit einer abgewohnten, veralteten Küche herumplagen zu müssen, während das restliche Haus schon nach Ihren Wünschen eingerichtet ist. Wirklich störend.«

»Aber jetzt wird sie ja modernisiert«, wandte Sam ein und legte den Arm um Sarah. »Wir hatten Glück im Unglück, denn die Versicherung wird das meiste übernehmen. Wenn man allerdings bedenkt, dass Sarah sich dabei verletzt hat ...« Als er vorsichtig ihre verbrannte Hand nahm und den Verband küsste, brach sie wieder in Tränen aus.

»Komm schon, Kleines. Es ist doch kein Weltuntergang. Du brauchst nicht zu weinen. Tut es noch weh?«

»Wenn Sie den Zwischenfall nicht bei der Versicherung melden, Sarah«, sagte Reena leise, »haben Sie es ausgestanden. Wir können die Sache fallen lassen. Allerdings nur, wenn Sie auf eine Meldung bei der Versicherung verzichten. Denn sonst wäre es Versicherungsbetrug und Brandstiftung. Und das ist eine Straftat.«

»Wovon reden Sie?«, fragte Sam entrüstet. »Was zum Teufel soll das? Betrug? Brandstiftung? Springen Sie immer so mit Verletzten und Unfallopfern um?«

»Wir versuchen nur, Ihrer Frau einiges zu ersparen«, entgegnete O'Donnell. »Beziehungsweise Ihnen beiden. Wir haben nämlich Grund zu der Vermutung, dass das Feuer nicht auf die von Ihnen geschilderte Weise ausgebrochen ist, Mrs Greene. Und wenn Sie den nächsten Schritt unternehmen und sich an Ihre Versicherungsgesellschaft wenden, können wir nichts mehr für Sie tun.«

»Ich möchte, dass Sie jetzt gehen. Meine Frau hat Schmerzen. Und Sie sitzen hier und behaupten, sie hätte es absichtlich getan. Sie müssen verrückt sein.«

»Es war keine Absicht.«

»Natürlich nicht, Schatz.« Er hatte es immer noch nicht begriffen, als Einziger.

»Ich wollte nur eine neue Küche.«

Reena zog ein Papiertaschentücher aus der Tasche und reichte sie ihr. »Also haben Sie das Feuer gelegt.«

»Hat sie nicht.«

»Ich war sauer«, fiel Mrs Greene ihrem Mann ins Wort, der sie verdattert anstarrte. »Ich war einfach so wütend auf dich, Sam. Es hat mich angekotzt, in dieser Küche kochen und Gäste bewirten zu müssen. Aber du hast immer nur gesagt, wir hätten jetzt das Geld nicht dafür und müssten sparen. Außerdem hättest du es satt, ständig die Handwerker im Haus zu haben.«

»O mein Gott, Sarah.«

»Ich hätte nicht gedacht, dass es so schlimm wird. Es tut mir so leid. Und nachdem es passiert war und immer heftiger brannte, habe ich entsetzliche Angst bekommen und bin in Panik geraten.« Sie drehte sich zu Reena um. »Eigentlich wollte ich nur die Vorhänge und einen Teil der Arbeitsfläche anzünden, aber es hat sich so schnell ausgebreitet. Ich war völlig konfus. Und als ich zum zweiten Mal die Pfanne nahm, die ich auf die Anrichte gestellt hatte, war sie so heiß, dass ich mir die Hände verbrannte. Ich befürchtete schon, das ganze Haus könnte abbrennen. Also habe ich die Flucht ergriffen und bin nach nebenan gelaufen. Ich hatte solche Angst. Es tut mir schrecklich leid.«

»Sarah, du hättest dich umbringen können. Du hättest … Und das alles nur wegen einer neuen Küche?« Er zog sie an sich, und sie lag schluchzend in seinen Armen. Über ihren Kopf hinweg sah Sam Reena an. »Wir werden es nicht bei der Versicherung melden. Sie müssen sie doch nicht anzeigen, oder?«

»Es ist Ihr Haus, Mr Greene.« O'Donnell stand auf. »Solange kein Betrugsversuch stattfindet, liegt auch keine Straftat vor.«

»Sarah, manchmal kommen Menschen auf dumme Gedanken.« Reena tätschelte ihr die Schulter. »Aber Feuer ist sehr gefährlich, und Sie sollten es nicht noch einmal darauf ankommen lassen.« Sie zog eine Visitenkarte aus der Tasche und legte sie auf den Couchtisch. »Wenn Sie Fragen haben oder noch einmal darüber reden wollen, können Sie mich anrufen. Äh, eigentlich geht es mich ja nichts an, aber ich wüsste jemanden, der Ihnen, was die Reparaturen angeht, ein günstigeres Angebot machen kann.«

»Menschen«, brummte O'Donnell auf dem Weg zum Auto. »Ich habe mich ein bisschen so gefühlt, als würde ich einen Welpen mit einem Stock anstupsen.«

Reena warf einen Blick zurück zum Haus. »Sie müssen es schaffen, die Angelegenheit mit Humor zu nehmen und die Tragödie mit der Zeit von ihrer witzigen Seite zu sehen: ›Ja, wir lieben diese Arbeitsfläche. Wir haben sie, seit Sarah die alte angezündet hat.‹ Wenn nicht, sind sie in zwei Jahren geschieden. Wie denkst du eigentlich über das Thema Scheidung, O'Donnell?«

»Habe ich mir noch nie überlegt. Meine Frau erlaubt es nicht.« Er ließ sich auf dem Beifahrersitz nieder.

Kichernd übernahm Reena das Steuer. »In dieser Hinsicht ist sie offenbar genauso streng wie meine Familie. Das hat etwas mit dem katholischen Glauben und Familienwerten zu tun. Einige Leute in meiner Verwandtschaft haben ziemliche Ehekrisen hinter sich, aber bis jetzt haben sie sich immer wieder versöhnt. Mir macht das ein wenig Angst vor der Entscheidung, mich auf eine Ehe einzulassen. Denn sie könnte im wahrsten Sinne des Wortes endgültig sein.«

»Du möchtest wohl endlich unter die Haube kommen? Der Tischler?«

»Nein, tja, ja, es ist der Tischler, aber von Hochzeit ist bei uns noch nicht die Rede. Das war nur ganz allgemein gesprochen.« Sie zögerte. Doch ein Partner war schließlich so etwas wie ein Familienmitglied. »Meine Schwester Bella hat mir erzählt, dass ihr Mann sie betrügt. Und zwar offenbar schon seit Jahren. Doch inzwischen reibt er es ihr auch noch unter die Nase.«

»Muss hart für sie sein.«

»Bist du jemals fremdgegangen?«

»Nein. Meine Frau erlaubt es nicht.«

»So ein Miststück.« Reena seufzte auf. »Ich weiß nicht, was ich Bella raten soll. Erstens finde ich es überraschend, dass sie es nicht überall herumerzählt, sondern es jahrelang für sich behalten hat.«

»Vermutlich ist es ihr peinlich.«

»Eigentlich liebt unsere Familie peinliche Themen. Und außerdem geht Bella zur Therapeutin – noch eine Überraschung. Mir hat das wieder vor Augen geführt, wie viel Sprengstoff in einer Ehe steckt. Und zwar so, dass es ans Eingemachte geht. Vom Ehebruch bis zum Küchenbrand. Langweilig wird es offenbar nie.«

O'Donnell drehte sich um und sah sie an. »Du meinst es offenbar ernst mit diesem Typen.«

Reena wollte schon eine ausweichende Antwort geben, zuckte dann aber die Achseln. »Scheint wohl so zu sein. Allerdings kriege ich feuchte Hände, wenn ich länger darüber nachdenke. Und deshalb werde ich mich jetzt mit einem anderen Thema befassen, zum Beispiel mit der Frage, warum mein Brandstifter sich seit dem Feuer in der Schule nicht mehr gemeldet hat.«

»Du denkst also, es ist noch nicht ausgestanden?«

»Auf gar keinen Fall. Ich überlege nur, wie lange er mich warten lassen wird. Stört es dich, wenn wir einen kleinen Umweg machen? Ich muss noch etwas erledigen.«

»Du bist die Fahrerin.«

Vince' Anwaltskanzlei lag in der Innenstadt, und er hatte von seinem Büro aus einen schönen Blick auf den Hafen. Obwohl Reena erst einmal dort gewesen war, konnte sie sich noch gut daran erinnern.

Sie fragte sich, ob seine Assistentin, eine ausgesprochen gut aussehende Brünette, wohl die Frau war, mit der er Bella betrog.

Der elegante Warteraum war in neutralen Farbtönen mit pflaumenblauen Akzenten gehalten und sehr modern eingerichtet. Allerdings musste Reena sich nicht lange gedulden, sondern wurde rasch in Vince' geräumiges Büro mit den großen Fenstern geführt, an dessen Wänden grellfarbene Gemälde prangten.

Zur Begrüßung küsste er sie auf beide Wangen. Auf dem Couchtisch in der Sitzecke standen bereits eisgekühlte Cola und eine Platte mit Käsewürfeln und Crackern bereit.

»Was für eine Überraschung. Was führt dich zu mir? Brauchst du etwa einen Anwalt?«

»Nein. Und ich möchte dich auch nicht lange aufhalten. Es lohnt sich nicht, dass ich mich setze, vielen Dank.«

Als er charmant lächelte, wirkte er sehr attraktiv und weltmännisch. »Gönn dir doch einen Moment, das kann sich die Stadt leisten. Wir haben so selten Gelegenheit zu einem Gespräch unter vier Augen.«

»Da hast du vermutlich recht. Bei Familienfeiern lässt du dich ja nicht allzu oft blicken.«

Er verzog reumütig das Gesicht. »Berufliche Verpflichtungen.«

»Und natürlich die Frauen, mit denen du dich triffst. Du betrügst Bella, Vince, und das ist ein Problem zwischen euch beiden.«

»Wie bitte?« Sein charmantes Lächeln verflog schlagartig.

»Doch seit du beschlossen hast, es ihr unter die Nase zu reiben, geht es auch mich etwas an. Wenn du Lust auf

einen Seitensprung hast, meinetwegen. Brich dein Eheversprechen, so oft du willst. Aber hör auf, meiner Schwester einzureden, dass sie eine Versagerin ist. Schließlich ist
sie die Mutter deiner Kinder und verdient Respekt.«

Er ließ sich nicht aus der Ruhe bringen. »Catarina. Ich
weiß nicht, was Bella dir erzählt hat, aber …«

»Vince, wage bloß nicht, meine Schwester als Lügnerin
hinzustellen.« Es kostete Reena alle Mühe, nicht die Beherrschung zu verlieren. »Vielleicht jammert sie ein bisschen viel, aber sie lügt nicht. Der Lügner und Betrüger
bist du.«

Sie sah, wie Wut in seinen Augen aufloderte. »Du hast
kein Recht, in meine Kanzlei zu kommen, so mit mir zu
sprechen und dich in Dinge einzumischen, die dich nichts
angehen.«

»Bella geht mich etwas an. Und du gehörst jetzt schon
lange genug zu unserer Familie, um zu wissen, wie solche
Dinge bei uns gehandhabt werden. Respektiere sie oder
lasse dich von ihr scheiden. Es liegt ganz bei dir. Aber ich
würde mich schnell entscheiden, sonst kannst du dich auf
was gefasst machen.«

Er lachte überrascht auf. »Willst du mir etwa drohen?«

»Ja, genau das will ich. Erweise der Mutter deiner Kinder den Respekt, den sie verdient, Vince, oder ich werde
dafür sorgen, dass auch andere davon erfahren, wie du
deine Abende verbringst, anstatt bei deiner Frau zu sein.
Meine Familie wird mir glauben«, fügte sie hinzu. »Doch
ich werde außerdem Beweise sammeln. Jedes Mal, wenn
du dich herumtreibst, wird dich jemand beobachten und
alles dokumentieren. Und wenn ich mit dir fertig bin,
wirst du im Haus meiner Eltern nicht mehr willkommen
sein. Deine Kinder werden sich nach dem Grund fragen.«

»Meine Kinder …«

»… können nichts dafür, dass sich ihr Vater so verhält.
Warum machst du dir nicht einmal darüber Gedanken?

Geh achtsamer mit deiner Ehe um oder beende sie. Es ist deine Entscheidung.«

Reena marschierte hinaus. Diesmal hatte sie es nicht mit einem hilflosen Gegenüber zu tun gehabt, dachte sie, als sie zum Aufzug stolzierte. Nein, sie war sehr mit sich zufrieden.

Bewaffnet mit dem Aktenkoffer, mit dem er sonst mögliche Auftraggeber – in diesem Fall die Eltern seiner Freundin – beeindruckte, erschien Bo im Sirico.

Er bemerkte, dass gerade der abendliche Hochbetrieb losging, und beschloss, lieber zu einem günstigeren Zeitpunkt wiederzukommen. Aber da er nun schon einmal hier war, könnte er sich eine Pizza mitnehmen.

Doch noch ehe er zur Theke gehen konnte, hatte Fran ihn schon entdeckt und küsste ihn auf beide Wangen. Bo wusste nicht recht, wie ihm geschah.

»Hallo, wie geht es dir? Ich besorge dir einen Tisch.«

»Schon gut, ich wollte nur ...«

»Setz dich, setz dich.« Sie nahm ihn am Arm und zog ihn in eine Ecke, wo bereits ein Paar vor Tellern mit Nudeln saß. »Bo, das sind meine Tante Grace und mein Onkel Sal. Das ist Bo, Reenas Freund. Bo, du kannst dich zur Familie setzen, bis ein Tisch frei ist.«

»Ich möchte nicht ...«

»So nehmen Sie schon Platz«, wurde ihm erneut befohlen, diesmal von Tante Grace, die ihn neugierig musterte. »Wir haben schon viel von Ihnen gehört. Hier, essen Sie ein Stück Brot und ein paar Nudeln. Fran! Bring Reenas Freund einen Teller und ein Glas.«

»Ich wollte doch nur ...«

»So.« Grace tätschelte ihm leicht den Arm. »Sie sind also Tischler.«

»Ja, Ma'am. Eigentlich bin ich nur gekommen, um etwas für Mr Hale abzugeben.«

»Mr Hale, Sie sind aber formell!« Wieder tätschelte sie seinen Arm. »Sie werden also Biancas Pergola bauen.«

Offenbar hatte es sich bereits herumgesprochen. »Ich habe ein paar Zeichnungen mitgebracht, um sie ihnen zu zeigen.«

»In Ihrem Koffer?« Sal, der zum ersten Mal das Wort ergriff, deutete mit seiner Gabel voller Nudeln auf Bos Aktenkoffer.

»Ja, ich wollte …«

»Lassen Sie mal sehen.« Sal schob Nudeln in den Mund und machte eine auffordernde Geste.

Fran erschien mit einem Salatteller, den sie vor Bo hinstellte. »Mama sagt, du sollst erst den Salat essen. Anschließend gibt es überbackene Spagetti mit scharfer Salami.« Mit einem freundlichen Lächeln reichte sie ihm ein Rotweinglas. »Das schmeckt dir sicher.«

»Ganz bestimmt. Danke.«

»Hol deinen Papa her«, wies Sal Fran an, während er Bos Glas mit Wein aus seiner Flasche füllte. »Wir schauen uns gerade die Pergola an.«

»Sobald er kurz Zeit hat. Brauchst du sonst noch etwas, Bo?«

»Ich denke, ich bin versorgt.«

Während Sal Platz auf dem Tisch machte, holte Bo die Zeichnungen heraus. »Das ist die Vorder- und das die Seitenansicht. Und hier sehen wir das Ganze aus der Vogelperspektive«, begann er.

»Sie sind ja ein richtiger Künstler!«, rief Grace aus und wies auf die Kohlezeichnung, die Venedig darstellte und neben ihr an der Wand hing. »Wie Bianca.«

»So gut bin ich längst nicht. Aber vielen Dank.«

»Und dann die Säulen an den Ecken.« Sal spähte über den Rand seiner Lesebrille hinweg. »Elegant.«

»Italienischer.«

»Und teurer.«

Mit einem Achselzucken widmete Bo sich seinem Salat. »Er kann auch gewöhnliche Holzpfeiler nehmen. Ich würde sie dann bemalen. In kräftigen Farben, damit es fröhlich wirkt.«

»Zeichnen ist eine Sache, bauen eine andere. Haben Sie auch Arbeitsproben?«

»Ich habe eine Mappe.«

»In Ihrem Aktenkoffer?«

Bo nickte und aß weiter, während Sal wieder eine auffordernde Geste machte.

»Gib ist beschäftigt, aber er kommt gleich.« Bianca nahm neben ihrem Bruder Platz. »Oh, die Zeichnungen. Das ist ja wunderschön, Bo. Sie haben wirklich Talent.«

»Ein Künstler«, sagte Grace mit einem bestätigenden Nicken. »Und Sal versucht gerade, ihn einzuschüchtern.«

»Wieder mal typisch«, erwiderte Bianca. Es gelang ihr, nach einer Zeichnung zu greifen und ihrem Bruder gleichzeitig einen Rippenstoß zu versetzen. »Es ist größer, als ich mir vorgestellt und geplant hatte.«

»Wir können es immer noch ändern ...«

»Nein, nein.« Sie unterbrach Bo mit einer Handbewegung. »So ist es viel besser. Siehst du, Sal? Du und Grace, ihr könntet an einem Abend wie diesem draußen sitzen. Hübsche kleine Lämpchen, Kletterpflanzen, warme Luft.«

»Brütend heiß im August.«

»Dann verkaufen wir mehr Mineralwasser.«

»Eine zweite Küche bedeutet zusätzliche Angestellte, zusätzliche Kosten und zusätzlichen Ärger.«

»Und mehr Umsatz.« Mit herausfordernder Miene sah Bianca ihren Bruder an. »Wer leitet dieses Lokal nun schon seit fünfunddreißig Jahren, du oder ich?«

Er zog gleichmütig die Augenbrauen hoch.

Während die Geschwister stritten – das nahm Bo wenigstens an, denn das Gespräch wurde zum Großteil auf Italienisch geführt und von dramatischen Gesten begleitet –, ging Bo auf Nummer sicher und widmete sich seinem Salat.

Doch schon wenige Minuten später wurde ihm der Teller weggezogen und durch einen neuen mit überbackenen Spagetti ersetzt. Gib holte einen Stuhl und setzte sich zu ihnen. »Wo ist meine Tochter?«, fragte er Bo.

»Äh … keine Ahnung. Ich war noch nicht zu Hause, aber sie meinte, sie müsse heute vermutlich länger arbeiten.«

»Schau, Gib, was Bo für uns bauen will.«

Gib nahm die Zeichnungen und zog eine Lesebrille aus der Hemdtasche. Dann musterte er die Entwürfe mit geschürzten Lippen. »Säulen?«

»Sie können auch Pfeiler nehmen.«

»Ich finde die Säulen besser«, verkündete Bianca entschlossen und drohte ihrem Bruder mit dem Finger, als dieser den Mund aufmachen wollte. »Basta!«

»Das ist aufwändiger, als ich gedacht hatte.«

»Und besser«, entgegnete Bianca mit einem drohenden Blick auf Gib. »Brauchst du eine neue Brille? Siehst du nicht, was du vor dir hast?«

»Was ich nicht sehe, ist ein Preis.«

Schweigend klappte Bo wieder den Aktenkoffer auf, förderte einen Kostenvoranschlag zutage und sah vergnügt zu, wie Gibs Augen sich entsetzt weiteten.

»Das ist ziemlich viel Geld«, meinte Gib und drückte Sal das Blatt Papier in die ausgestreckte Hand.

»Die Arbeitskosten sind ziemlich hoch.«

»Das bin ich auch wert«, erwiderte Bo leichthin. »Allerdings bin ich bereit zu handeln. Die Spagetti sind köstlich, Bianca.«

»Danke.«

»Worum handeln?«, hakte Gib nach.

»Warme Mahlzeiten. Wein.« Er grinste Bianca zu. »Ich arbeite auch für Cannoli. Und Mundpropaganda. Ich muss mich in dieser Gegend noch bekannt machen. Das Material kann ich Ihnen zum Einkaufspreis überlassen. Außerdem könnten Sie die Kosten senken, indem Sie mir zur Hand gehen und beim Transport und Lackieren helfen.«

Gib holte tief Luft durch die Nase. »Und wie viel würde ich dadurch sparen?«

Bo nahm einen zweiten Kostenvoranschlag aus dem Koffer und reichte ihn Gib.

Gib studierte die Aufstellung gründlich. »Offenbar haben Sie eine Schwäche für Cannoli.« Als er die Seite an Sal weitergeben wollte, kam Bianca ihm zuvor. »Dummkopf«, sagte sie auf Italienisch. »Er hat eine Schwäche für deine Tochter.«

Gib lehnte sich zurück und trommelte mit den Fingern auf den Tisch. »Wann kannst du anfangen?«, fragte er. Und hielt Bo die Hand hin.

Kapitel 23

Bo, ich möchte nicht, dass du dich verpflichtet fühlst, auf Gewinn zu verzichten und unter Preis zu arbeiten, nur weil es sich um meine Familie handelt.«

»Hmmm.« Seine Augen blieben geschlossen, als er mit der Hand ihr nacktes Bein entlangfuhr. »Hast du etwas gesagt? Ich liege nämlich im Cannolikoma, verschärft durch postkoitale Erschöpfung.«

Das war nur verständlich, dachte sie. Denn schließlich hatte er drei der köstlichen Cannoli ihrer Mutter verschlungen. Anschließend hatten sie – endlich – seinen Küchenfußboden eingeweiht.

»Du leistest gute Arbeit und hast ein Recht auf angemessene Bezahlung.«

»Ich werde ja bezahlt. Den Großteil des Vorschusses habe ich bereits verspeist. Ein gutes Geschäft«, fuhr er fort, um ihren Bedenken zuvorzukommen. »Das Sirico ist im Viertel bekannt. Alle werden sehen, wie ich arbeite, und die Leute werden darüber reden. Außerdem sind deine Eltern Weltmeister, wenn es darum geht, dafür zu sorgen, dass sich etwas herumspricht.«

»Willst du etwa behaupten, sie sind geschwätzig?«

»Jedenfalls redet ihr ununterbrochen. Seit dem Abendessen klingeln mir die Ohren. Nicht, dass mich das stören würde«, fügte er mit einem Gähnen hinzu. »Ich glaube, zu guter Letzt habe ich es sogar geschafft, deinen Onkel zu überzeugen.«

»Onkel Sal ist der älteste Sohn und ein berüchtigter Geizkragen. Aber wir lieben ihn trotzdem.«

»Also machen deine Eltern ein gutes Geschäft, ich habe einen Auftrag, der mir Spaß macht, und betreibe dazu noch gute Werbung für meine Firma. Und außerdem kann ich mich mit dem Essen deiner Mutter vollstopfen, bis ich platze.«

»Du vergisst die sexuellen Dienstleistungen.«

»Die sind privat.« Er ließ die Finger ihren Schenkel hinauf und hinunter gleiten. »Das zählt nicht. Aber da ich schon ein paar gute Ideen für dein Haus habe, könntest du mich ja mit nach oben nehmen und mich mit weiteren sexuellen Dienstleistungen gefügig machen.«

Als sie sich auf ihn wälzte, stöhnte er auf. Allerdings eher wegen des unmäßigen Kuchengenusses als vor Begierde. »Hast du Entwürfe für mich gemacht?«

»Ich habe nur ein bisschen herumgespielt. Zu wenig Zeit. Doch dein Esszimmertisch ist fast fertig.«

»Ich will ihn sehen. Ich will alles sehen.«

»Der Tisch dauert noch ein paar Tage. Und die Zeichnungen sind nur grobe Skizzen.«

»Ich bin aber trotzdem neugierig.« Sie rollte sich von ihm hinunter und zerrte an seiner Hand. »Und zwar jetzt gleich.«

Mit einem Stöhnen richtete er sich auf und griff nach seiner Hose. »Die Hälfte der Pläne existiert bis jetzt nur in meinem Kopf.«

»Dann zeig mir eben die andere Hälfte.« Sie schlüpfte in Hose und Hemd. Dann umfasste sie sein Kinn und küsste ihn auf die Lippen. »Schon mal vielen Dank im Voraus.«

»Heb dir das für später auf.« Als er gerade den Kühlschrank öffnete, um eine Flasche Wasser herauszuholen, läutete das Telefon. Bo verzog missmutig das Gesicht. »Wer zum Teufel ruft denn um ein Uhr morgens an. Wehe, wenn es Brad ist, der will, dass ich ihn aus dem Gefängnis auslöse. Aber ich darf nicht unfair sein. Es ist erst einmal passiert.«

»Geh noch nicht ran. Warte.« Das Hemd noch halb offen, lief Reena zum Telefon und warf einen Blick auf die Anzeige. »Erkennst du die Nummer?«

»Nicht auf Anhieb.« Im nächsten Moment wurde ihm

427

klar, was sie meinte, das sah sie ihm deutlich an. »So ein Mist. Glaubst du, er ist es?«

»Lass mich rangehen.« Sie griff nach dem Hörer. »Ja?« »Bereit für die nächste Überraschung? Ich wiederhole mich ja nur ungern, aber was sein muss, muss eben sein.«

Sie nickte Bo zu und bedeutete ihm, ihr Papier und Stift zu bringen. »Ich habe mich schon gefragt, wann du wieder anrufen würdest. Woher wusstest du, dass du mich hier erreichen kannst?«

»Ich weiß, dass du eine Hure bist.«

»Weil ich schon mal mit dir geschlafen habe?«, fragte sie und begann, das Gespräch mitzuschreiben.

»Erinnerst du dich denn noch an jeden, mit dem du im Bett warst, Reena?«

»Eigentlich habe ich in dieser Hinsicht ein recht gutes Gedächtnis. Warum nennst du mir nicht einen Namen oder einen Ort? Dann werden wir ja sehen, ob es wirklich so ein weltbewegendes Ereignis war.«

»Denk mal gut nach. Denk an all die Männer, mit denen du es getrieben hast. Angefangen beim ersten.«

Ihre Hand zitterte. »Eine Frau vergisst niemals ihren ersten Mann. Und das warst nicht du.«

»Wir beide werden noch eine Menge Spaß miteinander haben. Aber warum machst du nicht erst mal einen kleinen Spaziergang und schaust dir an, was ich für dich hinterlassen habe.«

Ein Klicken ertönte. »Schwein«, murmelte Reena und griff nach ihrem Mobiltelefon. »Er hat irgendwo in der Umgebung etwas angestellt, und zwar in der Nähe. Nicht auflegen«, fügte sie hinzu. Während sie mit dem Mobiltelefon eine Nummer wählte, schnallte sie ihr Pistolenhalfter um.

»Hier spricht Hale. Sie müssen diese Nummer nachverfolgen.« Sie las sie vor. »Wahrscheinlich handelt es sich um ein Mobiltelefon, und der Anrufer ist vermutlich unterwegs. Ich gebe Ihnen die Nummer, die er angerufen hat, und lasse die Leitung offen.« Sie durchquerte die Küche und diktierte dabei Bos Nummer. »Kann sein, dass er in der Umgebung meines Hauses ein Feuer gelegt hat. Ich brauche mehrere Streifenwagen. Ich gehe jetzt raus und sehe nach dem Rechten. Sie können mich ... Verdammter Mist!«

Sie hörte, wie Bo hinter ihr einen Fluch ausstieß und zurück in die Küche eilte. »Ich habe ein brennendes Fahrzeug. Diese Adresse. So ein Schwein. Verständigen Sie die Feuerwehr!«

Mit einem Feuerlöscher bewaffnet, stürmte Bo an ihr vorbei.

Die Motorhaube stand offen, und Flammen schlugen aus dem Motorblock. Von der Ladefläche stieß Qualm auf, und einige Benzinpfützen brannten lichterloh. Die Reifen verschmorten, und der beißende Gestank brennenden Gummis verpestete die Luft. Angefacht von der milden Sommerbrise, tanzten die Flammen auf der Motorhaube und dem Dach der Fahrerkabine.

Doch Reenas Wut verwandelt sich in Angst, als sie die Feuerbrücke aus Lumpen bemerkte, die zum offenen Benzintank führte. Aus dem Tank ragte eine zusammengerollte rote Leinenserviette mit dem Emblem des Sirico.

»Bleib zurück!« Sie machte einen Satz auf Bo zu und riss ihm den Feuerlöscher aus der Hand. Hoffentlich befand sich noch genug Löschschaum darin, dachte sie nur, als sie das Gerät auf den Tank richtete.

Schaum spritzte. Der Qualm raubte Reena die Sicht und löste Hustenreiz aus, als der Wind ihr die Schwaden ins Gesicht wehte. Sie hatte Brandgeschmack im Mund; die brennenden Benzinpfützen kamen immer näher.

»Vergiss das Auto.« Bo packte sie am Hemdzipfel und zerrte sie eilig auf die andere Straßenseite.

Die Explosion drückte das Heck des Pick-up nach oben und ließ es dann zurück auf die Straße knallen, während die Druckwelle Bo und Reena die Füße wegriss. Eine Kaskade aus glühend heißen Metallstücken ergoss sich auf den Asphalt und auf die übrigen geparkten Fahrzeuge. Bo und Reena suchten Deckung hinter einem Auto.

»Bist du verletzt? Hast du dich verbrannt?«

Er schüttelte den Kopf und betrachtete das Flammenmeer, das gerade noch sein Auto gewesen war. Seine Ohren dröhnten, seine Augen brannten, und sein Arm fühlte sich versengt an. Als er ihn berührte, war seine Hand blutverschmiert.

»Fast hätte ich es geschafft. Nur ein paar Sekunden.«

»Du hättest dich beinahe wegen eines dämlichen Pickups in die Luft jagen lassen.«

»Er hat ein Spielchen mit mir getrieben. Der Zeitpunkt war genau geplant.« Das Feuer spiegelte sich in ihren Augen, als sie mit der Faust auf den Asphalt schlug. »Der Motor, die Ladefläche, das war nur als Ablenkung gedacht. Wenn ich die Feuerbrücke früher entdeckt hätte ... Mein Gott, Bo, du blutest ja.«

»Ich habe mir den Arm aufgeschürft, als wir uns auf den Boden geworfen haben.«

»Lass mich mal sehen. Wo ist mein Telefon? Wo ist mein verdammtes Telefon?« Als sie unter dem Wagen hervorkroch, sah sie es zerschmettert auf der Straße liegen. »Da kommen sie.« Sirenen heulten, und aus den benachbarten Häusern strömten die Menschen herbei. »Setz dich dort drüben hin. Ich schaue mir deinen Arm an.«

»Schon gut. Am besten ruhen wir uns beide ein bisschen aus.«

Er wusste nicht, ob er selbst zitterte oder ob sie es war. Vielleicht ja auch sie beide. Also hörte er auf seine wackeligen Knie und ließ sich mit Reena auf der Bordsteinkante nieder.

»Du hast da eine Schnittwunde.« Als sie sein Blut sah, zwang sie sich zur Ruhe. »Die muss genäht werden.«

»Vielleicht.«

»Zieh das Hemd aus. Ich lege dir einen Druckverband an. Einen provisorischen Verband kriege ich hin, bis die Sanitäter sich um dich kümmern können.«

Doch er zog ein kleines Tuch aus der Gesäßtasche.

»Damit geht es auch. Es tut mir so leid, Bo.«

»Du kannst nichts dafür. Du brauchst dich nicht zu entschuldigen.« Er schaute auf seinen Wagen, während sie seinen Arm verband. Er spürte noch keine Schmerzen, vermutete aber, dass sie bald einsetzen würden. Wut ergriff ihn, als er sein zerstörtes Eigentum musterte. »Jetzt hat er es auch auf mich abgesehen.«

Die Feuerwehrleute sprangen aus ihrem Wagen und begannen mit den Löscharbeiten.

Nachdem Reena Bos Wunde versorgt hatte, stützte sie kurz den Kopf auf die hochgezogenen Knie und holte tief Luft. »Ich muss mit den Jungs reden und schicke dir einen Sanitäter. Wenn der nichts anderes empfiehlt, fahre ich dich anschließend in die Notaufnahme, damit die sich deinen Arm ansehen.«

»Zerbrich dir nicht den Kopf darüber.« Bo hatte nicht die geringste Lust auf ein Krankenhaus und hätte sich den Täter am liebsten an Ort und Stelle vorgeknöpft. Er stand auf und reichte Reena die Hand. »Komm, wir erzählen ihnen, was passiert ist.«

Kaum war Reena mit ihrer Schilderung fertig, als sich schon die Hälfte ihrer Familie und ihres Freundeskreises auf der Straße drängte: ihre Eltern, Jack, Xander, Gina und Steve, Ginas Eltern, ehemalige Klassenkameraden und deren Angehörige.

Sie hörte, wie ihr Vater Fran mit dem Mobiltelefon anrief, um ihr zu melden, dass es keine Schwerverletzten gegeben habe, und sie zu bitten, An die Nachricht zu übermitteln.

Wenigstens das wäre erledigt, dachte Reena erschöpft

und drehte sich um, als O'Donnells Wagen am Straßenrand hielt.

»Haben wir ermittelt, von wo der Anruf kam?«, fragte sie ihn.

»Wir arbeiten noch dran. Bist du verletzt?«

»Nein. Nur ein paar Schrammen, weil ich mich auf den Boden geworfen habe. Bo hat den Helden gespielt und mich mit seinem Körper geschützt.« Sie rieb sich die Augen. »Der Täter hat mich am Telefon festgehalten und hatte so genug Zeit, sich aus dem Staub zu machen, bevor die Party losging. Er hat die Motorhaube aufgestemmt, Benzin hineingekippt und einen Haufen Matratzenfüllung auf die Ladefläche geworfen, damit es richtig qualmt. Mithilfe von Benzinpfützen unter dem Wagen und rundherum hat er die die Reifen in Brand gesteckt. Der Rauch und der Gestank haben mich lange genug abgelenkt.«

Fast zu lange, dachte sie. Wenn Bo sie nicht weggezerrt hätte, wäre vielleicht mehr als nur sein Wagen schwer beschädigt worden.

»Als ich die Feuerbrücke entdeckte, hatten wir keine Zeit mehr. Übrigens hatte er eine Serviette von Sirico in den Tank gesteckt. Ich habe angefangen zu löschen, aber Bo hat mich gepackt, als wäre ich ein Football, den er unbedingt zur Ziellinie bringen müsste. Damit hat er seinen Pick-up und die teuren Werkzeuge in den Kisten auf der Ladefläche geopfert und mir das Leben gerettet.«

»Der Kerl hat dich also bei Goodnight angerufen. Hast du deinen Anrufbeantworter überprüft? Vielleicht hat er es zuerst dort versucht.«

»Nein, ich war noch nicht zu Hause.«

»Das sollten wir jetzt nachholen.«

»Ja. Einen Moment.«

Nachdem Reena ein paar Worte mit Xander gewechselt hatte, steuerte sie auf ihr Haus zu.

»Hallo, alter Junge.« Xander klopfte Bo auf die unversehrte Schulter. »Komm mit mir in die Klinik. Ich schaue mir die Sache mal an.«

»Ach, Doc, es ist doch nur ein Kratzer.« Aber die Gegenwehr war nur halbherzig.

»Lass mich das beurteilen.«

»Du gehst mit Xander, keine Widerrede«, ordnete Bianca an. »Ich hole dir währenddessen ein sauberes Hemd.«

Bo warf einen Blick auf sein Haus. »Die Tür steht offen.«

Bianca neigte den Kopf zur Seite und sah ihn mitleidig an. »Hast du deinen Schlüssel hier? Ich schließe ab.«

»Nein, ich bin ohne losgelaufen.«

»Ich erledige das schon.« Sie umfasste sein Kinn. »Wir kümmern uns um unsere Familie. Also sei ein braver Junge und geh mit Alexander. Und morgen stattest du meinem Cousin Sal einen Besuch ab.«

»Ich dachte, Sal wäre dein Bruder.«

»Ich habe einen Cousin, der auch so heißt, und er wird dir einen guten Preis für einen neuen Pick-up machen. Einen sehr guten Preis. Ich schreibe dir alles auf.«

»Jack, du hilfst bitte Bianca.« Gib, der sich zu Xander und Bo gesellt hatte, tätschelte seine Frau. »Ich komme mit euch, damit der Patient nicht die Flucht ergreift.«

»Er schaut nur gerne zu, wenn ich andere Menschen mit Nadeln steche«, meinte Xander und nahm Bos heilen Arm.

»Das ist aber beruhigend.« Als Bo sich verzweifelt umsah, fand er alle Fluchtwege versperrt. »Der Sanitäter sagte, dass die Wunde vielleicht gar nicht genäht werden muss. Das kann doch bis morgen warten.«

»Was du heute kannst besorgen …«, entgegnete Xander vergnügt. »Hey! Wann bist du eigentlich das letzte Mal gegen Tetanus geimpft worden? Das mache ich nämlich ganz besonders gern.«

»Letztes Jahr. Lass mich bloß in Ruhe.« Er warf Gib einen argwöhnischen Blick zu. »Ich brauche keine Ehrengarde.«

»Geh einfach weiter.« Gib wartete, bis sie außer Hörweite der Nachbarn waren. »Ich habe da ein paar Gerüchte aufgeschnappt. Offenbar tut sich da etwas, was ich wissen sollte. Reena ist unter deiner Nummer angerufen worden?«

»Ja, es war wieder derselbe Typ, der sie schon länger belästigt. Der, der auch die Schule angezündet hat. Hat sie euch nichts davon erzählt?«

»Das wirst du jetzt übernehmen.«

Bo kam zu dem Schluss, dass er es offenbar nicht nur mit einer Ehrengarde, sondern mit einem Team von Verhörspezialisten zu tun hatte. »Da fragst du sie besser selbst.«

»Ich könnte dich auch festhalten, während Xander eine Prostatauntersuchung an dir vornimmt.«

»Die sind ganz besonders amüsant«, bestätigte Xander.

»Schon verstanden. Sie hätte es euch selbst sagen sollen, und sie wird sauer auf mich sein, wenn ich den Mund nicht halte. Vielleicht ist es doch das Beste, das einzige Kind geschiedener Eltern zu sein. Ihr beide seid nämlich ganz schön anstrengend.«

Auf dem kurzen Weg in die Klinik erklärte Bo ihnen alles, was er wusste. Inzwischen war Xanders Schmunzeln verflogen und einer eisigen Miene gewichen. Er wies auf einen Untersuchungstisch.

»Seit wann geht das so?«, erkundigte sich Gib.

»Soweit ich weiß, fing es an, kurz nachdem sie eingezogen ist.«

»Und sie verschweigt es uns.« Gib wirbelte herum und begann, hin und her zu laufen.

»Steve ebenfalls«, ergänzte Xander, während er die Wunde reinigte.

Bo schnappte nach Luft, als er das Brennen spürte. »Könnt ihr sadistischen Ärzte euch nicht etwas ausdenken, das nicht so wehtut, als würde einem gleich der Arm abfallen?«

»Du hast da eine hübsche Risswunde. Das werden etwa sechs Stiche.«

»Sechs? Ach, verdammt.«

»Jetzt wirst du erst mal betäubt.« Als Bo die Spritze betrachtete, die Xander aus einer Schublade nahm, kam er zu dem Schluss, dass Gibs zornrotes Gesicht der angenehmere Anblick war. »Mehr kann ich euch auch nicht sagen. Ich habe keine Ahnung, was der Kerl im Schilde führt. Sie schlägt sich zwar ziemlich wacker, aber es macht sie mürbe.«

»Jemand, den sie ins Gefängnis gebracht hat«, murmelte Gib. »Jemand, der ihretwegen im Knast war und jetzt wieder draußen ist. Mein kleines Mädchen und ich werden ein Gespräch führen müssen.«

»Gespräch ist unser beschönigender Ausdruck für schreien, brüllen und mit zerbrechlichen Gegenständen werfen«, ergänzte Xander. »Jetzt piekst es gleich ein bisschen.«

»Autsch ... Gib, du bist ihr Vater und kennst sie schon viel länger und besser als ich, aber ich glaube, dass man mit Schreien, Brüllen und dem Werfen von Gegenständen bei ihr nichts erreicht.«

Gib bleckte die Zähne. »Ein Versuch kann nichts schaden.«

Die Eingangstür öffnete sich, und Jack kam mit einem Hemd und Schuhen herein. Beim Anblick von Bos Arm verzog er mitleidig das Gesicht. »Bianca meinte, du könntest das hier gebrauchen. Muss genäht werden, was?«

»Mit sechs Stichen, wie dieser Doktor des Schreckens hier behauptet.«

»Die Augen schließen und an England denken«, meinte Xander zu Bo.

Es hätte schlimmer kommen können, dachte Bo. Zum Beispiel hätte er kreischen können wie ein kleines Mädchen. Doch als er sich, einen Kirschlutscher, den Xander ihm nach der Quälerei verehrt hatte, im Mund, auf dem Rückweg machte, war seine Würde verhältnismäßig unversehrt.

Inzwischen hatten sich die meisten Schaulustigen zerstreut. Nur noch wenige drängten sich zu kleinen Grüppchen zusammen, um sich an dem Spektakel zu weiden, das man normalerweise nur im Fernsehen zu Gesicht bekam.

Reena, O'Donnell und Steve untersuchten mit einigen Männern – vermutlich Spurensicherungsexperten – das Autowrack.

Bo fragte sich, ob seine Versicherung wohl für die Schäden aufkommen würde, welche die herumfliegenden Wrackteile bei anderen Autos angerichtet hatten.

O Mann, sein Versicherungsbeitrag würde in ungeahnte Höhen steigen.

Reena kam auf ihn zu.

»Wie geht es deinem Arm?«

»Sieht aus, als müsste er nicht amputiert werden. Und ich habe einen Lutscher bekommen.«

»Damit er endlich zu weinen aufhört«, erklärte Xander. »Für den Pick-up gibt es wohl keine Rettung mehr.«

»Die Chancen stehen schlecht«, stimmte Reena zu. »Die in der Nähe geparkten Autos, einschließlich meinem, hat es auch erwischt. Wir sind hier mehr oder weniger fertig. Du brauchst nur noch zu unterschreiben, Bo, dann stellen wir den Wagen als Beweisstück sicher.«

»Was ist mit meinem Werkzeug? Ist davon noch etwas übrig?«

»Sobald wir alles untersucht haben, kriegst du zurück, was noch vorhanden ist. Mama ist drinnen.« Sie sah ihren Vater an. »Sie wollte auf euch warten, um zu erfahren, wie es Bo geht.«

»Gut, dann leiste ich ihr Gesellschaft.«

»Ich habe hier noch ein wenig zu tun. Es ist schon spät. Ihr solltet besser nach Hause gehen.«

»Wir warten.«

Stirnrunzelnd blickte sie Gib nach, als dieser auf das Haus zusteuerte. »Was wird hier gespielt?«

»Komm, Jack, ich begleite dich nach Hause.« Xander legte seinem Schwager den Arm um die Schulter und wandte sich an Bo. »Pass auf, dass der Verband nicht nass wird, und wende die Salbe an, wie ich es dir erklärt habe. Ich schaue morgen nach dir.« Er fasste Reena mit der Hand unters Kinn und küsste sie auf die Wange. »Du hast ein Problem, gute Nacht.«

Jack küsste sie auf die Stirn. »Gib gut auf dich Acht. Bis bald, Bo.«

Reena drehte sich zu Bo um. »Was ist passiert?«

»Du hast es ihnen verschwiegen.«

Sie seufzte auf. »Und du konntest offenbar den Mund nicht halten.«

»Du hättest ihnen reinen Wein einschenken müssen. Ich hatte keine andere Wahl.«

»Spitze!« Zornig blickte Reena zu ihrem Haus hinüber. »Einfach große Klasse. Warum konntest du nicht einfach still sein und die Angelegenheit mir überlassen?«

»Weißt du was?«, meinte Bo nach einer Weile. »Es war eine scheußliche Nacht, und ich habe keine Lust, mich zu streiten. Tu, was du willst. Ich gehe jetzt jedenfalls ins Bett.«

»Bo …« Er unterbrach sie mit einer Handbewegung und marschierte davon. Reena blieb allein zurück, mit einer Mordswut im Bauch und niemanden, an dem sie sie auslassen konnte.

Als sie sich in ihr Haus schleppte, war es bereits nach vier Uhr morgens. Sie sehnte sich nach einer langen kühlen Dusche und nach ihrem Bett.

Ihre Eltern kuschelten sich auf dem Sofa aneinander wie zwei schlafende Kinder. Erleichtert zog Reena sich zurück und wollte sich schon nach oben schleichen.

»Vergiss es.«

Die Stimme ihres Vaters ließ sie innehalten, und sie schloss verzweifelt die Augen. Kein einziges Mal hatten sie oder ihre Schwestern sich unbemerkt hereinpirschen können, wenn sie zu spät nach Hause gekommen waren. Ihr Vater hatte die Instinkte einer Schlange.

»Es ist bereits spät. Ich möchte noch ein paar Stunden schlafen.«

»Du bist alt genug, es wird dir schon nicht schaden.«

»Ich kann es nicht leiden, wenn du das sagst.«

»Vergreif dich nicht im Ton, Catarina«, meinte Bianca, ohne die Augen zu öffnen. »Immerhin sind wir deine Eltern, und das werden wir auch noch hundert Jahre nach deinem Tod sein.«

»Ich bin wirklich müde. Können wir das nicht auf morgen verschieben?«

»Jemand bedroht dich, und du verschweigst es uns?«

Gut, es gab also kein Entrinnen. Reena zog das Band aus ihren Haaren, während ihr Vater sich vom Sofa erhob.

»Es ist etwas Berufliches, Dad. Ich kann und will dir nicht alles erzählen, was sich bei mir in der Arbeit tut.«

»Nein, es ist persönlich. Dieser Mann ruft dich an. Er kennt deinen Namen. Er weiß, wo du wohnst. Und heute Nacht hat er versucht, dich umzubringen.«

»Und, bin ich etwa tot?«, gab sie zurück. »Bin ich verletzt?«

»Was wäre wohl passiert, wenn Bo nicht so schnell reagiert hätte?«

»Ach, Spitze!« Die Hände ringend, lief Reena im Zimmer auf und ab. »Also ist er der weiße Ritter, und ich bin das hilflose Weibchen. Seht ihr das hier?« Sie holte ihre Dienstmarke heraus und hielt sie ihrem Vater unter die Nase. »Die werden nicht an hilflose Weibchen verteilt.«

»Aber an starrsinnige Egoistinnen, die ihre Fehler nicht zugeben können.«

»Egoistinnen?«

Inzwischen schrien Vater und Tochter sich an, ihre Gesichter waren nur wenige Zentimeter voneinander entfernt. »Wie kommst du darauf? Mein Beruf ist meine Sache. Oder sage ich euch vielleicht, wie ihr euer Lokal führen sollt?«

»Du bist mein Kind. Also geht alles, was dich betrifft, auch mich etwas an. Jemand hat versucht, dir zu schaden, und jetzt kriegt er es mit mir zu tun.«

»Genau das wollte ich verhindern. Warum wohl habe ich euch nichts davon erzählt? Vergesst einfach, worüber wir gerade geredet haben. Ihr werdet euch nicht einmischen. Weder in meine Arbeit noch in mein Leben.«

»Von dir lasse ich mir keine Vorschriften machen.«

»Ich mir auch nicht von dir.«

»Basta! Basta! Es reicht!« Bianca sprang vom Sofa auf. »Schrei deinen Vater nicht an, Catarina. Und du deine Tochter auch nicht, Gibson. Sonst kriegt ihr Ärger mit mir. Stupidi! Dummköpfe! Ihr habt beide recht, aber das hindert mich nicht daran, eure Dickköpfe zusammenzuschlagen, bis es kracht. Du …« Sie bohrte ihrem Mann den Zeigefinger in die Brust, »… redest immer nur im Kreis herum und kommst nicht auf den Punkt. Unsere Tochter ist keine Egoistin, und du wirst dich bei ihr entschuldigen. Und du« – der Finger richtete sich auf Reena – »hast deinen Beruf, und wir sind stolz auf dich. Aber diese Sache hier ist anders, und das weißt du genau. Es geht nicht um irgendeinen Fall, sondern um dich persönlich. Haben wir dich je zurückgehalten, wenn du in ein Gebäude hineingehst, das jeden Moment über dir zusammenbrechen könnte? Haben wir dir verboten, Polizistin zu werden, obwohl wir uns Tag und Nacht deinetwegen Sorgen machen?«

»Mama!«

»Ich bin noch nicht fertig. Das wirst du schon noch merken. Wer war denn am allerstolzesten auf dich, als dein Traum in Erfüllung gegangen ist? Und jetzt stehst du da und willst uns weismachen, es ginge uns nichts an, wenn dir jemand nach dem Leben trachtet?«

»Ich habe nur … ich wollte niemandem Angst machen.«

»Ha! Aber wir sind doch deine Familie.« Das ewig schlagende Argument.

»Gut, ich hätte es euch sagen sollen. Und nach der heutigen Nacht hätte ich es auch getan, wenn Bo nicht …«

»Willst du jetzt ihm die Schuld geben?«, unterbrach Gib.

Reena ließ die Schultern hängen. »Sonst habe ich keinen Sündenbock, und da er nicht hier ist, kann er auch nicht widersprechen. Also eignet er sich doch großartig. Aber offenbar ist er neuerdings euer bester Freund.«

»Er wurde verletzt, als er dich schützen wollte.« Gib umfasste Reenas Gesicht mit beiden Händen. »Es hätte auch dich treffen können, sodass Xander dich heute Nacht hätte zusammenflicken müssen. Vielleicht wäre es sogar noch schlimmer gekommen.«

»Entschuldige dich«, erinnerte ihn Bianca, worauf Gib die Augen zur Decke verdrehte.

»Es tut mir leid, dass ich dich als Egoistin bezeichnet habe. Du bist keine. Ich war nur wütend.«

»Schon gut. Was dich angeht, kann ich manchmal ganz schön egoistisch sein. Ich liebe dich nämlich.« Reena schmiegte sich an ihren Vater und griff nach der Hand ihrer Mutter. »Ich weiß nicht, wer der Mensch ist, der es auf mich abgesehen hat, und ich kenne seine Motive nicht. Aber inzwischen habe ich Angst. Außerdem hat er an beiden Tatorten etwas aus dem Sirico zurückgelassen.«

»Aus dem Sirico?«, wiederholte Gib.

»In der Schule war es ein Streichholzbriefchen und heute Nacht eine Serviette. Damit will er mir offenbar mitteilen, dass er jederzeit ins Lokal spazieren könnte, um euch etwas anzutun. Er will ...« Ihre Stimme zitterte. »Ich habe Angst, dass euch etwas passieren könnte. Das würde ich nicht ertragen.«

»Dann weißt du ja, wie wir uns fühlen. Und nun schlaf ein wenig. Wir schließen ab, wenn wir gehen.«

»Aber ...«

Bianca drückte Gibs Hand, bevor er etwas sagen konnte. »Ruh dich aus«, fuhr sie fort. »Und grüble nicht mehr über heute Nacht nach.«

»Du willst sie doch nicht etwa allein lassen«, flüsterte Gib seiner Frau zu, als Reena hinausgegangen war.

»Doch. Wir müssen ihr vermitteln, dass wir ihr vertrauen, auch wenn es uns noch so schwerfällt.« Kurz presste sie die Lippen zusammen und beherrschte ihre Stimme. »Es wird nie leicht sein, unsere Babys ziehen zu lassen, aber es bleibt uns nichts anderes übrig. Komm, wir schließen ab, gehen nach Hause und machen uns weiter Sorgen um sie.«

Um Viertel vor sechs wurde Reena vom Telefon geweckt. Schlaftrunken tastete sie nach dem Lichtschalter und dann nach dem Kassettenrekorder. »Wer ist da?«, nuschelte sie in den Hörer.

»Du warst nicht schnell genug, was? Bist doch nicht so schlau, wie du denkst.«

»Aber du bist schlau, oder?« Reena zügelte ihre Wut. »Allerdings hast du einen ziemlichen Aufwand veranstaltet, um einen einzigen Pick-up in die Luft zu jagen. Die Dinger kann man nämlich im Laden kaufen.«

»Ich wette, er ist ganz schön sauer.« Der Mann lachte leise auf. »Schade, dass ich sein Gesicht nicht gesehen habe, als die Kiste hochgegangen ist.«

»Dann hättest du eben in der Nähe bleiben müssen. Wenn du ein Mann wärst, hättest du die Show nicht verpasst.«

»Ich bin ein Mann. Das wirst du schon noch merken, bevor ich mit dir fertig bin.«

»Wenn du so scharf darauf bist, dann sag mir, wann und wo.«

»Zeitpunkt und Ort bestimme ich. Du kapierst es einfach nicht. Nicht einmal nach der letzten Nacht. Und dabei bist du doch angeblich so klug. Aber in Wahrheit bist du nur eine blöde Nutte.«

Ihr Blick verfinsterte sich. »Wenn das stimmt, warum gibst du mir dann nicht ein paar Tipps? Das Spiel macht keinen Spaß, wenn ich immer hinterherhinke. Komm schon«, lockte sie, »lass uns spielen.«

»Mein Spiel, meine Regeln. Beim nächsten Mal.«

Als er auflegte, lehnte Reena sich zurück. Inzwischen war sie hellwach, und ihr Verstand arbeitete auf Hochtouren.

Du kapierst es einfach nicht. Nicht einmal nach der letzten Nacht.

Was hatte der Zwischenfall der letzten Nacht ihr sagen sollen?, fragte sie sich. Er benutzt unterschiedliche Methoden, wählt unterschiedliche Ziele und hält sich, anders als die meisten Serientäter, auch nicht an dieselbe Vorgehensweise.

Als eine Art Signatur lässt er am Tatort etwas aus dem Sirico zurück. Es war eine Botschaft an sie. Ob sie schon einmal mit ihm dort gewesen war? O'Donnell war noch damit beschäftigt, Luke zu überprüfen, doch der hatte für den Laden nie viel übrig gehabt. Außerdem war Luke in New York. Natürlich hätte er jederzeit nach Baltimore fahren können. Aber welches Motiv sollte er haben, das zu tun? Aus welchem Grund sollte er sie nach all den Jahren belästigen?

Außerdem stimmten Satzbau und Sprechweise nicht überein, auch wenn er sich selbstverständlich hätte verstellen können, um sie zu täuschen. Allerdings blieb die Frage nach dem Warum.

Hinzu kam, dass Luke sich nicht mit Feuer und Spreng-
stoffen auskannte. Abgesehen davon, dass sein Mercedes
angezündet worden war ...

Reena fuhr hoch. »O Gott!«

Die Vorgehensweise war nicht ganz dieselbe. Schließ-
lich war Bos Pick-up nicht aufgebrochen und von innen in
Brand gesetzt worden, und der Täter hatte auch die
Alarmanlage nicht entschärft. Aber ...

Benzin im Motorraum, auf den Reifen und unter der
Karosserie. Dazu der präparierte Tank.

Nach all den Jahren! Konnte es sich wirklich um ein
und denselben Täter handeln? Um einen Menschen, der
es damals gar nicht auf Luke abgesehen hatte? Der sich
überhaupt nicht für Luke interessierte?

Sondern für sie. All die Jahre lang.

Es war doch inzwischen so viel Zeit vergangen, dachte
Reena, als sie aufstand, um alles noch einmal Schritt für
Schritt durchzugehen. Sechs Jahre? War es währenddessen zu Zwischenfällen gekommen, die sie nicht richtig
eingeordnet hatte? Zu Brandfällen, in denen sie ermittelt
hatte und die in Wirklichkeit sein Werk waren?

Offenbar würde sie die offenen Akten und die ungelös-
ten Fälle noch einmal sichten müssen. Jeden Brand, der
von ihrer Abteilung bearbeitet und nie aufgeklärt worden
war.

Wann genau hatte es angefangen? Wie lange hatte er
gewartet, um Kontakt mit ihr aufzunehmen?

Eine eiskalte Hand legte sich um ihr Herz. Sie erstarrte,
und sie spürte, wie sie erbleichte, als sie sich umdrehte
und die Treppe hinunterstürmte.

Mit zitternden Händen griff sie nach den Notizen, die sie
während ihres Telefonats mit dem Brandstifter in Bos
Küche angefertigt hatte.

Denk gut nach, hatte sie in ihrer improvisierten Kurz-
schrift geschrieben, die sie in Verhören benutzte. Denk an

all die Männer, mit denen du es getrieben hast. Angefangen beim ersten.

»Der Erste«, murmelte sie und musste sich auf den Boden setzen. »Josh. O mein Gott, Josh.«

Kapitel 24

Um fünf vor acht klopfte Reena laut an Bos Tür und ließ nicht locker, bis er endlich aufmachte.

Seine Augen waren verquollen, und sein Haar klebte auf der einen Seite am Kopf, während es auf der anderen starr abstand. Bekleidet war er nur mit blauen Boxershorts, und auf seinem Gesicht stand eine schlaftrunkene und missmutige Miene.

»Ich muss mit dir reden.«

»Klar, klar, komm rein«, murmelte er, während sie an ihm vorbeirauschte. »Setz dich. Hast du Hunger? Bin stets zu Diensten.«

»Entschuldige, dass ich dich geweckt habe. Ich weiß, dass du nach dieser scheußlichen Nacht Ruhe brauchst, aber es ist wichtig.«

Er wollte die Achseln zucken und stieß einen Fluch aus, als sein verletzter Arm gegen diese Bewegung protestierte. Dann schlurfte er, Reena voran, in die Küche.

Nachdem er sich eine Dose Cola aus dem Kühlschrank geholt hatte, stürzte er den Inhalt im Stehen hinunter.

»Ich weiß, dass du sauer auf mich bist«, fuhr sie fort und stellte erschrocken fest, dass ihr Tonfall so spitz war wie der ihrer Lehrerin in der ersten Klasse. »Aber jetzt ist nicht der richtige Zeitpunkt, um kindisch zu sein.«

Trotz seiner Müdigkeit blickte er sie über die Dose hinweg argwöhnisch an und reckte den Mittelfinger hoch. »Das«, meinte er, »war kindisch.«

»Wenn du unbedingt Streit willst, gebe ich dir einen Termin für später. Das hier ist offiziell, und du musst jetzt gut aufpassen.«

Er ließ sich auf einen Stuhl fallen und bedeutete ihr mit einer lässigen Handbewegung fortzufahren. Reena erkannte an seinen Blick, dass er verärgert und erschöpft war. Außerdem hatte er Schmerzen. Doch jetzt war nicht der Zeitpunkt, um ihn zu bemitleiden.

»Ich habe Grund zu der Annahme, dass meine Verbindung zu dem Brandstifter viel weiter zurückreicht, als wir ursprünglich dachten.«

Er kippte noch einen Schluck Cola hinunter. »Na und?«

»Ich verfolge eine Theorie, auf die mich die Telefonate mit ihm gebracht haben. Einschließlich dem von heute Morgen.«

Bo umfasste die Dose so fest, dass sie kleine Dellen bekam. »Also hat er dich geweckt, und du hast beschlossen, mich an deinem Glück teilhaben zu lassen und mich ebenfalls aus dem Bett zu holen.«

»Bo.«

»Ach, zum Teufel.« Sein Tonfall war müde und ausdruckslos, als er mühsam aufstand und eine Packung Schmerztabletten aus dem Schrank holte. Er schüttete sich ein paar davon auf die Hand und warf sie in den Mund wie Bonbons.

»Du hast Schmerzen.«

Bo bedachte sie mit einem eisigen Blick und spülte dann die Tabletten mit Cola hinunter. »Nein, ich stehe nur auf die Kombination von Tabletten und Cola. Ein Frühstück für Sieger.«

Reena bekam ein flaues Gefühl im Magen. »Du bist offenbar wirklich sauer auf mich.«

»Ich bin sauer auf dich, auf Männer, Frauen, Kleinkinder und sämtliche pflanzlichen und tierischen Lebewesen auf dem Planeten Erde sowie im gesamten Universum, wo meines Wissens nach ebenfalls Leben existiert. Ich habe nämlich nur fünf Minuten geschlafen, und mir tut jeder Knochen im Leib weh.«

Reena stellte fest, dass er abgesehen von dem Verband am Arm auch noch verschiedene Schürfwunden, Blutergüsse und Kratzer aufwies. Sie selbst hatte zwar auch welche, aber ihn hatte es weitaus schlimmer erwischt, weil er sie mit seinem Körper geschützt hatte.

Eigentlich hatte sie ihm nur in möglichst knappen Worten die Lage schildern und nicht ins Detail gehen wollen. Doch als sie nun seinen mürrischen Blick, seine zerzausten Haare und seinen zerschrammten Körper bemerkte, überlegte sie es sich anders.

Selbst ihre strenge Lehrerin in der ersten Klasse hatte auf die Wunde gepustet, als sie sich auf dem Schulhof das Knie aufgeschlagen hatte.

»Warum setzt du dich nicht? Ich mache dir etwas zu essen und einen Eisbeutel. Dein Knie sieht ziemlich verbeult aus.«

»Ich habe keinen Hunger. Im Gefrierfach liegt ein Päckchen Erbsen.«

Da Reena schon öfter ein paar Beulen abgekriegt hatte, verstand sie sofort, wozu er die Erbsen brauchte. Sie holte sie aus dem Gefrierfach und legte sie ihm aufs Knie.

»Es tut mir leid, dass du verletzt bist und dass du dein Auto verloren hast. Und ich muss mich entschuldigen, weil ich dich so angefahren habe. Schließlich hast du meinem Vater nur etwas erzählt, das ich ihm schon längst selbst hätte sagen sollen.«

Reena stützte die Ellenbogen auf den Tisch und presste sich die Handballen gegen die Augen. »Bo, das alles tut mir so verdammt leid.«

»Tu es nicht. Wenn du jetzt weinst, verdirbst du dir einen erstklassigen Wutanfall.«

»Ich weine nicht.« Allerdings musste sie ihre gesamten Kräfte aufbieten, um diese Aussage nicht sofort Lügen zu strafen. »Es wird immer schlimmer, Bo. Und du bist nur meinetwegen in die Sache verwickelt.«

»Wie viel schlimmer ist es denn geworden?«

»Ich muss telefonieren.« Sie zog ihr Telefon aus der Tasche. »Es dauert ein wenig länger, als ich gedacht habe.

Darf ich mir auch eine nehmen?«, fragte sie mit einer Kopfbewegung in Richtung seiner Cola.

»Nur zu.«

»O'Donnell?« Sie stand auf, als ihr Partner sich meldete. »Ich brauche noch eine halbe Stunde. Bin ein bisschen zu spät dran.« Reena öffnete den Kühlschrank. Zwischen Bos Coca-Cola-Dosen standen welche mit Pepsi light, die er, wie sie wusste, eigens für sie gekauft hatte.

Als ihr wieder die Tränen in die Augen traten, kam sie sich ziemlich albern vor.

»Kein Problem. Dann also in dreißig Minuten.«

Nachdem sie das Gespräch beendet hatte, setzte sie sich wieder, öffnete die Dose und sah Bo an. »Vor ein paar Jahren hatte ich eine Beziehung. Wir sind einige Monate fest miteinander gegangen. Ich glaube, es waren insgesamt etwa vier. Eigentlich war er gar nicht mein Typ. Ein bisschen geleckt und ziemlich fordernd. Aber ich brauchte eine Abwechslung, und so bin ich an ihn geraten. Ihm kam es sehr auf Äußerlichkeiten an: Er fuhr einen Mercedes, trug italienische Anzüge, trank den richtigen Wein. Wir haben uns unzählige Filme mit Untertiteln angesehen, von denen er vermutlich auch nicht mehr verstanden hat als ich. Aber ich war gern mit ihm zusammen, weil ich in seiner Gegenwart ein Mädchen sein durfte.«

»Und was warst du sonst? Ein Pudel?«

»Ich meine: mädchenhaft«, verbesserte sie sich. »Ein Weibchen, dem ein Mann jeden Wunsch von den Augen abliest.« Sie zuckte die Achseln und kam sich immer noch ziemlich albern vor. »Für mich war es eine Abwechslung. Ich ließ ihn die Restaurants aussuchen und unsere Unternehmungen planen. Für mich war es eine kurze Pause. In meinem Beruf muss man ständig auf Zack sein und darf sich nicht mädchenhaft benehmen. Dauernd hält man die Augen offen und ist aktiv … tja, vielleicht brauchte ich ein Kontrastprogramm.«

»Darf ich dich kurz unterbrechen? Glaubst du, das ist der Typ, der dich dauernd anruft?«

»Nein. Es wäre zwar nicht unmöglich, aber eher unwahrscheinlich. Er ist Finanzexperte und ging damals zwei Mal im Monat zur Maniküre. Jedenfalls fing er an, mir auf die Nerven zu fallen, und ich wollte die Sache einschlafen lassen, weil ... Ich bin nicht ganz sicher, aber es spielt eigentlich auch weiter keine Rolle. Als ich meinen ersten Fall als Detective in unserer Abteilung bekam, hatten wir am Abend einen kleinen Streit. Er hat mich geschlagen.«

»Hoppla!« Bo stellte die Dose weg. »Was hat er?«

»Moment.« Jetzt musst du reinen Tisch machen, sagte sie sich, ganz gleich, wie demütigend du es auch finden magst. »Zunächst hielt ich es für ein Versehen. Jedenfalls hat er das behauptet. Alles war schrecklich dramatisch, und wir haben mit den Händen gefuchtelt. Ich habe mich ihm von hinten genähert, als er gerade mit der Hand ausholte. Also hätte es wirklich Zufall sein können, und ich habe es auch so gesehen. Bis zum nächsten Mal.«

Inzwischen war die Schlaftrunkenheit in Bos Blick wie weggeblasen, und seine Augen funkelten kalt und grün. »Er hat dich noch einmal geschlagen?«

»Diesmal war es anders. Er hatte einen Tisch in einem teuren Restaurant reserviert. Ich hatte keine Ahnung, was er im Schilde führte. Ein elegantes französisches Lokal, Champagner, Blumen und alles, was sonst noch dazugehört. Dann eröffnete er mir, er sei befördert worden. Und würde nach New York versetzt. Ich habe mich für ihn gefreut ... Es kam zwar ein wenig überraschend, aber was soll man tun? Außerdem ...«

Mit einem Aufseufzen hielt sie inne. »Außerdem habe ich mir insgeheim gedacht, dass es die Sache für mich erleichtert. Keine dramatische Trennungsszene.«

»Aber offenbar hattest du ein schlechtes Gewissen. Warum?«

»Wahrscheinlich weil es mir so gefühllos vorkam. Klasse, der Typ, den ich sowieso allmählich satt bekomme, zieht in eine andere Stadt. Ich Glückspilz! Doch während ich noch so tat, als wäre ich überhaupt nicht erleichtert, sagte er, dass ich ihn nach New York begleiten soll. Selbst da brauchte ich einige Minuten, um zu kapieren, dass er damit einen Umzug meinte. Das kam für mich überhaupt nicht infrage, und ich wollte ihm erklären, warum das einfach nicht ging.«

»Gut. Der Typ, mit dem du seit ein paar Monaten zusammen warst, hat von dir verlangt, dass du die Zelte abbrichst und dein Zuhause, deine Familie und deinen Beruf aufgibst, weil er versetzt worden ist.« Bo trank einen Schluck und wedelte Reena mit dem Zeigefinger der freien Hand vor der Nase herum. »Siehst du, ich habe dir doch gesagt, dass es außerhalb unseres blauen Erdballs noch Leben gibt. Dieser Typ kam offenbar vom Planeten Schwachsinnsidee.«

Das brachte sie ein wenig zum Schmunzeln. »Tja, es kommt noch besser. Plötzlich zückte er einen fetten Diamantring und verkündete, wir würden vor unserem Umzug nach New York heiraten.«

Reena schloss die Augen und fühlte sich wieder genauso wie in jenem Moment. »Mir blieb einfach die Luft weg. Ich fühlte mich völlig überrumpelt, und während ich schon dazu ansetzen wollte, dankend abzulehnen, servierte der Kellner bereits den Champagner, alle Gäste applaudierten, und der verdammte Ring steckte an meinem Finger.«

»Ein Hinterhalt.«

»Genau.« Erleichtert, weil er sie verstand, atmete Reena auf. »Ich wollte in einem vollen Restaurant keine Szene machen und habe deshalb gewartet, bis wir zu Hause bei mir waren. Er war, sagen wir mal, nicht sehr erfreut und hat mich schrecklich beschimpft. Ich hätte ihn blamiert, sei eine verlogene Schlampe und verblödet, bla, bla, bla. Irgendwann hörte er auf, mir leid zu tun, und ich habe zurückgeschrien. Und da hat er mir eine verpasst und meinte, er werde mich lehren, wer hier der Boss ist. Und als er nachlegen wollte, habe ich ihn umgehauen, ihm ein bisschen die Eier verbeult und ihn vor die Tür gesetzt.«

»Da kann ich dir nur gratulieren. Und wenn man sich diese Geschichte ansieht, könnte er doch durchaus unser Mann sein.«

Reena wurde klar, dass Bo ihr weder ein schlechtes Gewissen einreden noch sie als dumm oder schwach hinstellen würde. Es war eine interessante Erfahrung, einem Mann ein demütigendes Erlebnis schildern zu können, ohne sich anschließend beschmutzt und erniedrigt zu fühlen.

Offenbar musste sie wirklich umdenken.

»Ich glaube nicht, dass er es ist, aber es besteht anscheinend eine Verbindung. Früh am nächsten Morgen standen mein Captain und O'Donnell bei mir auf der Matte. Jemand hatte, wenige Stunden nachdem Luke bei mir abgezogen war, seinen Mercedes abgefackelt, und er behauptete, ich wäre es gewesen. Aber er ist mit seinen Anschuldigungen nicht durchgekommen. Erstens hatte Gina bei mir übernachtet und war immer noch da. Und zweitens haben die Kollegen mir geglaubt.«

Da sie ihm anmerkte, dass er bis jetzt folgen konnte, erklärte sie ihm die letzten Einzelheiten. »Allerdings war die Vorgehensweise nicht genau mit der von heute Nacht identisch, Bo, auch wenn es starke Übereinstimmungen gibt. Und als der Brandstifter mich heute Morgen anrief, hat er darauf angespielt.«

»Luke, dieser Dreckskerl, hätte doch sein Auto auch selbst anzünden können, um dir eins auszuwischen. Und jetzt will er sich weiter an dir rächen.«

»Möglich, nur dass ... Bei seinem Anruf letzte Nacht hat

der Typ noch etwas gesagt, das ich nicht sofort verstanden habe. Anschließend geschah alles so schnell, und ich habe erst heute Morgen wieder daran gedacht. Er meinte, ich sollte mich an alle Männer erinnern, mit denen ich zusammen gewesen sei, und zwar bis zurück zum ersten.«

»Und?«

»Der Erste war Josh. Josh kam in einem Feuer ums Leben, und zwar lange bevor ich Luke kennenlernte.«

»Er hat im Bett geraucht.«

»Das habe ich nie geglaubt.« Selbst jetzt begann ihre Stimme wieder zu zittern. »Ich musste mich zwar damit abfinden, aber geglaubt habe ich es nie. Inzwischen sind es drei Männer, mit denen ich etwas zu tun hatte und die meines Wissens in einen schweren Brand verwickelt waren. Einer ist tot. Und ich kann einfach nicht von einem Zufall ausgehen. Nicht mehr.«

Er stand auf und hinkte zum Kühlschrank, um sich noch eine Cola zu holen. »Weil du inzwischen denkst, dass Josh ermordet wurde.«

»Richtig. Und außerdem halte ich es für Absicht, dass immer Feuer im Spiel war. Schließlich wusste jeder, der mich kannte, dass ich schon immer Brandermittlerin werden wollte, und zwar seit …«

»Seit dem Feuer in eurem Restaurant«, beendete Bo den Satz.

»Mein Gott! Pastorelli.« Reena krampfte sich der Magen zusammen. »An diesem Tag hat alles angefangen.« Sie seufzte auf. »Also gut. Dann werde ich der Sache nachgehen. Könntest du dir übrigens die nächste Zeit freinehmen?«

»Warum?«

»Bo, Josh ist tot, Luke lebt in New York, und ich habe ohnehin nichts mehr mit ihm zu tun. Aber du wohnst gleich nebenan. Er könnte es als Nächstes auf dein Haus abgesehen haben. Oder auf dich.«

»Oder dich.«

»Mach ein paar Wochen Urlaub, bis wir den Fall aufgeklärt haben.«

»Gerne. Wo möchtest du denn hinfahren?« Ihre Hände auf dem Tisch ballten sich zu Fäusten. »Ich bin die Zielperson. Wenn ich wegfahre, hört er einfach auf und wartet ab, bis ich zurück bin.«

»Wie ich es sehe, will er uns beiden ans Leder. Sofern du nicht vorhast, dir einen neuen Typen zuzulegen, während ich irgendwo Wasserski laufe. Mir liegt viel daran, meine Haut zu retten, Reena. Wenigstens das, was davon noch übrig ist. Aber ich werde nicht davonlaufen und mich verstecken, bis du Entwarnung gibst. So etwas kommt für mich nicht infrage.«

»Jetzt ist nicht der richtige Zeitpunkt, um den starken Mann zu markieren.«

»Bis mir ein Busen wächst, bleibe ich aber einer.«

»Du wirst mich ablenken. Wenn ich mir Sorgen um dich machen muss, kann ich mich nicht konzentrieren. Falls dir etwas zustößt ...« Sie musste innehalten, denn es schnürte ihr die Kehle zu.

»Wenn ich so etwas zu dir sagen würde, würdest du mir antworten, du könntest auf dich selbst aufpassen und seist weder dumm noch leichtsinnig.« Als sie nichts erwiderte, zog er die Augenbrauen hoch. »Warum lassen wir den Teil, in dem wir uns nur ständig wiederholen, nicht einfach weg?«

Sein gutmütiger Blick verschwand, und seine Augen nahmen eine eisgrüne Färbung an. »Der Schweinehund wollte mir ans Leder, Reena. Er hat meinen Pick-up in die Luft gejagt. Glaubst du, das lasse ich mir einfach so bieten?«

»Bitte. Nur ein paar Tage. Drei Tage. Gib mir drei Tage, um ...« Ihre Stimme zitterte.

»Nein. Keine Tränen. Das geht unter die Gürtellinie und wirkt bei mir nicht.«

»Ich weine nicht, um meinen Willen durchzusetzen, du Blödmann.« Reena wischte die Tränen mit dem Handrücken weg. »Ich könnte dich in Schutzhaft nehmen.«

»Versuch es doch.«

»Kapierst du nicht, dass ich mich überfordert fühle?« Sie stand vom Tisch auf, marschierte zum Fenster über der Spüle und starrte hinaus.

»Ich merke, dass dich etwas belastet.«

»Was soll ich nur tun?« Sie presste die Faust auf die Brust, um ihr heftig schlagendes Herz zu beruhigen. »Ich weiß nicht, wie ich mich verhalten und dieses Problem lösen soll.«

»Wir überlegen uns etwas.«

»Nein, nein! Bist du blind und blöd?« Reena wirbelte zu Bo herum. »Ich werde den Fall klären. Man betrachtet einfach nur die Fakten. Es ist ein Puzzle, und alle Teile sind vorhanden. Man muss sie nur finden und an der richtigen Stelle einpassen. Aber das? Ich schaffe ... ich schaffe das nicht.« Sie schlug sich mit der Faust an die Brust. »Ich ... ich ...«

»Hast du Asthma?«, fragte er, als sie nach Atem ringend vor ihm stand.

Plötzlich nahm sie eine Tasse von der Anrichte und schleuderte sie gegen die Wand. »Du verdammter Blödmann. Ich liebe dich.«

Er hob die Hand, wie um ein weiteres Wurfgeschoss abzuwehren. »Einen Moment mal.«

»Ach, zum Teufel damit.« Sie wollte hinausstürmen, aber er hielt sie am Handgelenk fest.

»Ich habe gesagt, dass du warten sollst.«

»Meinetwegen kannst du tot umfallen.«

»Es gibt verschiedene Formen von Liebe«, murmelte er.

»Mach dich nicht über mich lustig. Schließlich hast du angefangen. Ich habe nichts weiter getan, als einfach aus der Hintertür meines Hauses zu treten.«

»Ich will mich nicht über dich lustig machen, sondern versuche nur, wieder zu Atem zu kommen.« Seine Hand hielt sie weiter umklammert, während er, die allmählich auftauenden Gefriererbsen auf dem Knie, auf seinem Stuhl sitzen blieb.

»Wie ernst meinst du das mit der Liebe? Wehe, wenn du mich schlägst«, fügte er hinzu, als er sah, wie sich ihre andere Hand zur Faust ballte.

»Ich habe nicht die Absicht, zu körperlicher Gewalt zu greifen.« Aber sie hatte knapp davorgestanden. Nun zwang sie sich, ihre Hand, den Arm und schließlich ihren gesamten Körper zu lockern. »Ich würde mich freuen, wenn du meine Hand loslässt.«

»Gut. Aber nur, wenn du mir versprichst, nicht davonzurennen. Denn sonst müsste ich aufstehen und dir nachhinken und würde dabei noch vor lauter Anstrengung tot umfallen.«

Es zuckte um ihre Lippen. »Siehst du? Verdammt, wahrscheinlich ist es mir deshalb passiert. Du lässt dich nicht einschüchtern. Obwohl du immer so sanft tust, weißt du dich zu wehren. Bis zu einer gewissen Grenze, die für dich feststeht, bist du kompromissbereit. Doch wenn du diese Grenze erst einmal gezogen hast, lässt sie sich nur noch mit Dynamit beseitigen. Meine Mutter hatte wie immer recht.«

Seufzend ging Reena zur Besenkammer, um Besen und Kehrblech zu holen.

»Du bist wie mein Vater.«

»Bin ich nicht.«

Grinsend fegte sie die Scherben der Tasse zusammen. »Vor dir habe ich mich nie ernsthaft auf jemanden eingelassen, weil keiner bestehen konnte. Niemand hielt dem Vergleich mit dem Mann stand, den ich am meisten bewunderte: meinen Vater.«

»Du hast doch recht. Wir sind eineiige Zwillinge und wurden gleich nach der Geburt getrennt.«

»Als mir das mit der Liebe noch nicht so ernst war, war es schon schlimm genug. Und dann, als du heute Morgen die Tür aufgemacht hast, war es endgültig um mich geschehen. Und schau dich nur an. Deine Haare sehen total zerwühlt aus.«

Er tastete mit der Hand nach und verzog das Gesicht. »Mist.«

»Und deine Unterhose fällt auseinander.«

Er zupfte an dem zerschlissenen Taillenbündchen. »Die kann man noch lange tragen.«

»Außerdem bist du ganz zerschunden und mieser Laune. Aber das macht nichts. Das mit der Tasse tut mir leid.«

»Dein Bruder hat erwähnt, dass ihr öfter mit Sachen werft. Ich liebe dich seit dem 9. Mai 1992 etwa halb elf Uhr abends.«

Ein träumerisches Lächeln spielte um ihre Lippen, als sie die Scherben in den Müll warf. »Nein, tust du nicht.«

»Du hast leicht reden. Damals war es natürlich noch nicht ernst«, fuhr er fort, während sie den Besen wegräumte. »Und außerdem sehr von Fantasie geprägt. Nachdem ich dich endlich kennengelernt habe, war es natürlich anders, aber ernst war es immer noch nicht.«

»Ich weiß. Ich komme zu spät«, sagte sie mit einem Blick auf die Uhr. »Ich werde einige Kollegen zu deiner Bewachung abstellen, bis …«

»Doch es hat sich entwickelt.«

Schweigend ließ sie die Hand sinken.

»Es hat sich entwickelt, Reena, und ich denke, wir beide müssen uns überlegen, wie wir weitermachen.«

Sie trat auf ihn zu, schmiegte die Wange an seinen Scheitel und spürte, wie ihr Herzschlag sich beruhigte. »So etwas Seltsames ist mir noch nie passiert«, sagte sie. »Aber ich kann nicht bleiben. Ich muss jetzt weg.«

»Schon gut. Es kann warten.«

Sie bückte sich, bis ihre Lippen seine berührten. »Ich

rufe dich später an.« Sie küsste ihn noch einmal. »Sei vorsichtig. Gib auf dich Acht.«

Mit diesen Worten eilte sie zur Tür hinaus, bevor er Gelegenheit hatte, aufzustehen.

Er blieb, eine warme Cola-Dose vor sich auf dem Tisch, sitzen, betrachtete das Morgenlicht, das durch die Fenster hereinfiel, und dachte daran, dass das Leben manchmal die eigenartigsten Kapriolen schlug.

Bo hatte die Cola kaum ausgetrunken, als es schon wieder an seiner Tür klopfte. »Was ist denn jetzt schon wieder?«

Beim Aufstehen bemerkte er, dass die Tabletten und die Gefriererbsen offenbar etwas genützt hatten. Wenn das mit dem An-die-Tür-Gerenne so weiterging, würde er Reena einen Schlüssel geben müssen. Und das war ja fast schon wie Zusammenwohnen, was wiederum ein enger Verwandter des großen »H« war. Doch darüber wollte er jetzt lieber noch nicht nachdenken.

Als er die Tür öffnete, lag ihm schon im nächsten Moment eine Frau in den Armen. Allerdings war es nicht Reena.

»Bo, o mein Gott, Bo!« Mandy drückte ihn so fest an sich, dass seine Blutergüsse aufjaulten. »Wir sind sofort gekommen, als wir davon erfuhren.«

»Was habt ihr erfahren? Wer ist wir?«

»Von der Bombe in deinem Auto.« Sie wich zurück und unterzog Bo einer raschen Musterung. »Oh, du Armer! Es war nur von leichten Verletzungen die Rede. Du bist ja total verbeult und hast einen Verband. Und was ist mit deinen Haaren passiert?«

»Ach, sei still.« Er rieb sich das Haar.

»Brad sucht einen Parkplatz. In dieser Gegend ist das Parken ja wie eine Safari. Und vor deinem Haus ist noch alles gesperrt.«

»Brad.«

»Ich habe es erst so spät gehört, weil ich versehentlich mein Mobiltelefon abgeschaltet hatte und die Zeitung mich deshalb nicht erreichen konnte. Also wissen wir es erst seit heute Morgen. Warum hast du nicht angerufen?«

»Brad?« Er hatte zwar kaum geschlafen, aber er war trotzdem nicht auf den Kopf gefallen. »Du und Brad? Zusammen? Mein Brad?«

»Tja. Oder hattest du etwa selbst vor, mit ihm ins Bett zu gehen? Außerdem war es überhaupt nicht geplant. Komm schon, du solltest dich besser setzen.«

Er wedelte mit den Händen wie ein Verkehrspolizist. »Moment mal. Ist jetzt die ganze Welt durchgedreht?«

»So abwegig ist es nun auch wieder nicht. Schließlich kennen wir einander schon seit Jahren. Eigentlich waren wir nur zum Essen verabredet und wollten anschließend vielleicht noch ins Kino. Und dann führte eben eins zum anderen.« Mandy grinste breit. »Es war spitze!«

»Sei still. Ich will es gar nicht hören.« Bo hielt sich die Ohren zu und stieß laute Geräusche aus, um sie zu übertönen. »Mein Gehirn kann die vielen Daten nicht mehr speichern. Gleich implodiert es.«

»Du gehörst doch hoffentlich nicht zu den Idioten, die ihrer Ex verbieten, etwas mit einem ihrer Freunde anzufangen?«

»Was? Nein.« Oder vielleicht doch?, fragte er sich. »Nein«, beschloss er im nächsten Moment. »Aber …«

»Wir passen nämlich wirklich gut zusammen. Komm, ich helfe dir …« Ihr Blick wurde träumerisch, und als Bo in dieselbe Richtung schaute, sah er, wie Brad – ebenso auf Wolken schwebend – die Straße entlangging.

Bo wandte sich ab und umklammerte mit beiden Händen seinen Schädel. »Mein Kopf, mein Kopf. Ihr beide, die besten Freunde, die ich auf der Welt habe, werdet nun das Werk vollenden, das dieser Mistkerl letzte Nacht begonnen hat.«

»Sei nicht albern. Und falls es dir noch nicht aufgefallen sein sollte: Du stehst in der Unterhose an der Tür. In einer vergammelten Unterhose. Er lebt noch«, rief sie Brad zu.

»Mann, vor lauter Angst um dich sind wir zehn Jahre gealtert.« Brad kam die Stufen hinaufgelaufen. »Bist du in Ordnung? Warst du beim Arzt? Sollen wir dich zum Röntgen bringen?«

»Ich war beim Arzt.« Bo stöhnte auf, als Brad den Arm um ihn schlang.

»Wir haben uns schreckliche Sorgen gemacht. Also sind wir sofort gekommen. Was ist mit deinem Auto?«

»Toast.«

»War ein verdammt guter Pick-up. Was können wir für dich tun? Soll ich dir mein Auto hierlassen? Wir können auch bleiben und dich herumfahren.«

»Keine Ahnung. Ich habe mir noch nichts überlegt.«

»Kein Problem«, erwiderte Mandy. »Möchtest du dich hinlegen? Ich könnte dir etwas zu essen machen.«

Obwohl die beiden sich verstohlen an den Händen fassten, wusste Bo, dass sie für ihn da waren. So wie immer. »Ich muss erst mal duschen, mich anziehen und wieder einen klaren Kopf bekommen.«

»Gut. Ich kümmere mich währenddessen ums Frühstück. Wir nehmen einen Tag frei. Einverstanden, Brad?«

»Klar.«

»Und wenn du fertig bist«, fügte Mandy hinzu, »wollen wir wissen, was passiert ist. In allen Einzelheiten.«

Reena rieb sich die schmerzenden Augen und starrte dann wieder auf den Computerbildschirm. »Pastorelli senior ist fast sein ganzes Leben lang immer wieder mit dem Gesetz in Konflikt geraten. Körperverletzung, betrunkenes Randalieren, versuchter Totschlag, Brandstiftung, minderschwerer Diebstahl. In seiner Akte findet sich vier Mal der Vermerk ›vernommen und auf freien Fuß gesetzt‹, und zwar in Zusammenhang mit verdächtigen Feuern. Zwei vor dem Brand im Sirico und zwei nach seiner Entlassung aus dem Gefängnis. Zuletzt war er in der Bronx gemeldet. Aber seine Frau wohnt in Maryland, gleich am Stadtrand von Washington.«

»Der Sohn scheint in die Fußstapfen seines Vaters getreten zu sein«, ergänzte O'Donnell. »Schon vor seinem sechzehnten Geburtstag ist er zwei Mal zu Jugendarrest verurteilt worden.«

»Das weiß ich. John hat es mir gesagt, als ich ihn fragte. Sie haben ihn abgeholt«, murmelte sie. »Wie seinen Vater. In der Nacht, als Joey seinen Hund getötet und ihn uns brennend auf die Vordertreppe gelegt hat.«

Sie setzte sich auf die Kante von O'Donnells Schreibtisch, um die Hintergrundgeräusche im Großraumbüro nicht überschreien zu müssen. »Er hat seinen eigenen Hund umgebracht, O'Donnell. Damals hieß es, es sei eine gewalttätige Reaktion auf die Verhaftung seines Vaters gewesen. Man bezeichnete ihn als verstörtes Problemkind aus kaputten Familienverhältnissen. Sein Vater hat nämlich regelmäßig seine Mutter verprügelt, und auch der Junge hat hin und wieder was abgekriegt.«

»Aber du bist anderer Ansicht.«

»Nein. Ich habe gesehen, wie er dem Wagen hinterherlief, als Pastorelli verhaftet wurde. Er betete seinen Vater an. Das tun viele Jungen, die unter solchen Bedingungen aufwachsen. Die Mutter war schwach und wehrlos, der Vater hatte das Sagen. Und sieh dir sein Strafregister an«, fügte sie hinzu und drehte sich zu O'Donnells Bildschirm um, damit sie den Text ablesen konnte. »Festnahmen wegen Körperverletzung, sexueller Nötigung, Vandalismus, Autodiebstahls und Verstoßes gegen die Bewährungsauflagen. Er ist nicht nur in die Fußstapfen seines Vaters getreten, sondern hat versucht, ihn zu übertreffen.«

»Allerdings steht da nichts von Brandstiftung.«

»Vielleicht ist er ja vorsichtiger oder hatte in dieser Hinsicht mehr Glück. Mag sein, dass sein Vater und er zusammenarbeiten. Möglicherweise sind die Brandstiftungen ja auch für mich reserviert. Jedenfalls steckt einer der beiden bestimmt dahinter. Oder alle beide.«

»Da kann ich nicht widersprechen.« Bis jetzt schien sie auf der richtigen Fährte zu sein.

»Und Josh Boltons Tod geht auch auf ihr Konto.«

»Von ihren bisherigen Straftaten zum Mord ist es ein großer Schritt, Hale.«

Sie schüttelte den Kopf. »Es könnte noch weitere Opfer geben, ohne dass sie je erwischt worden wären. Es hat mit mir zu tun und reicht zu dem Tag zurück, an dem Joey mich überfallen hat. Es war ein sexueller Übergriff, nur dass ich noch zu jung war, um es zu verstehen.«

Allerdings erinnerte sie sich noch allzu gut daran, wie er nach ihren Brüsten und zwischen ihre Beine gegriffen und dabei Beschimpfungen ausgestoßen hatte. Und an den wilden Ausdruck in seinem Gesicht.

»Er hat mir aufgelauert. Doch mein Bruder und ein paar seiner Freunde haben mich schreien gehört und ihn vertrieben. Als ich es meinem Vater erzählte, ist er schnurstracks zu Mr Pastorelli gegangen, um ihn zur Rede zu stellen. Noch nie habe ich meinen Vater so wütend gesehen. Wenn sich nicht einige Nachbarn und Gäste aus dem Sirico dazwischengeworfen hätten, hätte es wirklich ein schlimmes Ende nehmen können. Mein Vater hat gedroht, die Polizei zu verständigen, und als die Nachbarn erfuhren, was geschehen war, haben sie ihn alle unterstützt.«

»Und in jener Nacht hat Pastorelli das Sirico angezündet.«

»Genau. Leg dich mit mir an, und du wirst sehen, was du davon hast, du Dreckskerl. Es war schlampige Arbeit. Er muss betrunken gewesen sein. Und an die Familie, die oben wohnte, hat er keinen Gedanken verschwendet. Sie hätten in dem brennenden Haus umkommen können.«

»Aber du hast das Feuer rechtzeitig bemerkt.«

»Richtig. Also wieder eine Verbindung zu mir. Die Schäden waren zwar beträchtlich, aber niemand wurde verletzt. Die Versicherung hat gezahlt, und alle im Viertel sind uns zur Hand gegangen. In gewisser Weise hat meine Familie sogar von dem Brand profitiert, denn danach war sie fest in der Nachbarschaft etabliert, und meine Eltern hatten die Gelegenheit, das Lokal zu vergrößern und umzubauen.«

»Ein schwerer Schlag für jemanden, der sein Opfer eigentlich ruinieren will.«

»Und zu allem Überfluss auch noch dabei erwischt wird. Sein Hund hat gebellt, O'Donnell. Das gehörte zu den wenigen Dingen, die ich John sagen konnte. Im Garten bellte der Hund. Und in der Hundehütte wurde auch der Benzinkanister gefunden. Dazu ein paar Bierflaschen, die er gestohlen, und die Schuhe, die er getragen hatte.«

»Und daraufhin tötet der Junge den Hund.«

»Genau. Wahrscheinlich hat er es sich so hingedreht, dass der Hund eine Rolle in der Angelegenheit gespielt und dazu beigetragen hat, seinen Vater hinter Gitter zu bringen.«

»Also muss der Hund dran glauben.«

»Ja. Und außerdem muss er brennen! Der Junge wird abgeholt, psychologisch untersucht, bekommt Jugendarrest, gerät in die Mühlen der Justiz. Nach seiner Entlassung zieht seine Mutter mit ihm nach New York. Doch auch da kriegt er Schwierigkeiten, ist jedoch immer noch minderjährig. Für einen Jugendlichen ist es nicht leicht, von New York nach Baltimore zu fahren, um mir und meiner Familie Schaden zuzufügen. Und schau hin.«

Reena tippte auf den Bildschirm. »Schließlich kommt er ebenfalls kurz in den Knast. Aber als Josh starb, waren

Vater und Sohn draußen. Joey war kein kleiner Junge mehr. Der alte Joe musste putzen gehen. Ein ziemlicher Abstieg.«

Sie spürte tief in ihrem Innersten, dass das die Antwort sein musste. Allmählich passten die Teile des Puzzles zusammen.

»Währenddessen floriert das Sirico. Unserer Familie geht es gut. Und die kleine Nutte, die Schuld an allem ist, besucht das College und treibt's mit irgendeinem Blödmann. Als Joey sie angefasst hat, hat sie gleich Zeter und Mordio geschrien und Ärger gemacht. Doch diesen Typen lässt sie ran. Zeit, es ihr richtig heimzuzahlen. In der Nacht nach Bellas Hochzeit war ich mit Josh zusammen. Einer der beiden hat ihn getötet und angezündet. Weil ich mit ihm zusammen gewesen war.«

»Gut. Gehen wir mal davon aus, dass du recht hast. Aber warum hat er – oder sein Vater – sich dann nicht direkt an dich gehalten? Schließlich warst du da. Weshalb also nicht euch beide umbringen?«

»Weil das nicht gereicht hätte. Mit meinem Tod wäre alles vorbei gewesen. Da war es doch viel interessanter, mich leiden zu lassen, mir wehzutun, immer wieder Feuer gegen mich einzusetzen und Zweifel in mir zu säen. Pastorelli senior hatte für diese Nacht ein Alibi. John hat das überprüft. Allerdings hätte das auch gefälscht sein können. Joey war in dieser Nacht angeblich in New York, und es gibt Zeugen, die das bestätigen. Aber vielleicht irren sie sich. Außerdem ist er drei Monate nach Joshs Tod wegen Autodiebstahls verhaftet worden, und zwar in Virginia, nicht in New York.«

»Ich will nicht abstreiten, dass es Leute gibt, die sich jahrelang in ihre Wut gegen einen anderen Menschen verbeißen. Aber zwanzig Jahre sind doch eine ziemlich lange Zeit.«

»Möglicherweise hat es dazwischen ja auch schon Ereignisse gegeben, die mir nur nicht aufgefallen sind und die ich nicht damit in Verbindung gebracht habe. Kurz nachdem ich bei der Polizei anfing, ist nämlich auch etwas geschehen. Ein Feuerwehrmann, mit dem ich damals locker ging, wurde getötet. Er war unterwegs nach North Carolina, um ein verlängertes Wochenende dort zu verbringen. Ich hatte noch beruflich zu tun und konnte nicht mit, wollte aber mit Steve und Gina am nächsten Tag nachkommen. Sie haben ihn in seinem Wagen auf einem Waldweg gefunden. Jemand hatte ihn erschossen und das Auto angezündet. Damals machte es den Anschein, als hätte sich der Täter gewaltsam Zugang zum Auto verschafft, ihn beraubt und umgebracht und schließlich das Fahrzeug angezündet, um seine Spuren zu verwischen. Das war auf den Tag genau elf Jahre nach dem Brand im Sirico.«

O'Donnell lehnte sich zurück. »Hugh Fitzgerald. Ich kannte ihn oberflächlich und erinnere mich noch an den Mord. Aber ich wusste nicht, dass ihr etwas miteinander zu tun hattet.«

»Es war nichts Festes. Er war ein Kumpel von Steve, und ich bin ein paar Mal mit ihm ausgegangen. Steve und Gina waren damals schon ein Paar. Alle vermuteten eine Zufallstat, und auch die örtliche Polizei nahm das an.«

Und ich selbst auch, dachte sie und fuhr sich mit den Fingern durchs Haar. Sie hatte sich nie gründlicher damit befasst.

»Er hatte spätnachts auf einer dunklen Landstraße eine Reifenpanne, und man nahm an, dass er den Falschen um Hilfe gebeten hat. Vielleicht hatte auch jemand spontan die Idee, ihn zu berauben. Jedenfalls hat der Täter ihn getötet, das Auto in den Wald gefahren und es anschließend angezündet, in der Hoffnung, dass das Feuer seine Spuren verwischen würde. Und im Großen und Ganzen ist ihm das auch geglückt. Der Mord wurde nie aufgeklärt.«

Reena holte Luft. »Damals habe ich da keinen Zusammenhang gesehen. Verdammt, ich war schließlich neu und noch grün hinter den Ohren. Wie hätte ich mir da anmaßen können, die Ermittlungen erfahrener Kollegen infrage zu stellen, nur weil ich so ein komisches Gefühl im Bauch hatte? Hugh und ich waren ein paar Mal verabredet gewesen und wollten abwarten, was sich daraus entwickelt. Aber wir waren kein Paar. Außerdem kam er in North Carolina ums Leben. Es gab keinerlei Verbindung zu einem Täter, der vor mehr als zehn Jahren das Restaurant meines Vaters angezündet hatte. Ich hätte es sehen müssen.«

»Tja, jammerschade, dass deine Kristallkugel an diesem Tag in der Reinigung war.«

Obwohl Reena wusste, warum O'Donnell sie so aufzog, war sie verärgert. »Feuer, O'Donnell. Immer Feuer. Josh, Hugh, Lukes Auto und jetzt auch noch das von Bo. Immer Feuer. Möglicherweise waren da noch weitere Ereignisse, die mir nur nicht weiter aufgefallen sind. Die Akte ist noch offen.«

»Der einzige Unterschied ist inzwischen, dass er das Versteckspiel aufgegeben hat.«

Kapitel 25

Laura Pastorelli arbeitete an der Kasse der Filiale einer rund um die Uhr geöffneten Minisupermarktkette an der Staatsgrenze zwischen Maryland und Washington D.C. Sie war eine hagere Frau, der man jedes ihrer siebenundfünfzig Lebensjahre ansah. Tiefe Falten, eher von Sorge als vom Alter eingegraben, durchzogen ein Gesicht, das von einem grau melierten Topfhaarschnitt umrahmt wurde. Um den Hals trug sie ein Silberkreuz, das zusammen mit ihrem Ehering ihren einzigen Schmuck darstellte.

Als O'Donnell und Reena hereinkamen, blickte sie zwar auf, schien Reena jedoch nicht zu erkennen.

»Kann ich Ihnen helfen?«, fragte sie in gleichgültigem Ton, wie sie es wohl Dutzende Male am Tag tat.

»Laura Pastorelli?« O'Donnell zeigte ihr seine Dienstmarke. Reena bemerkte, dass Laura zusammenschreckte, bevor sie die Lippen zusammenpresste.

»Was wollen Sie von mir? Ich habe zu arbeiten. Ich habe nichts ausgefressen.«

»Wir müssen Ihnen einige Fragen über Ihren Mann und Ihren Sohn stellen.«

»Mein Mann lebt in New York. Ich habe ihn schon seit fünf Jahren nicht gesehen.« Lauras Finger glitten ihre magere Brust hinauf und betasteten das Silberkreuz.

»Und Joey?« Reena wartet ab, bis Laura sich zu ihr umdrehte. »Erkennen Sie mich wieder, Mrs Pastorelli? Ich bin Catarina Hale aus dem alten Viertel.«

Langsam trat ein wissender Blick in Lauras Augen, und sie wandte sich rasch ab. »Ich habe keine Ahnung, wer Sie sind. Ich war schon seit Jahren nicht mehr in Baltimore.«

»Sie erinnern sich sehr gut an mich«, wiederholte Reena leise. »Vielleicht gibt es hier einen Raum, wo wir uns ungestört unterhalten können.«

»Ich habe keine Zeit. Ihretwegen werde ich noch meine Arbeit verlieren, und dabei habe ich gar nichts getan. Warum können Sie mich nicht einfach in Ruhe lassen?«

O'Donnell ging zu einem Mann mit teigigem Gesicht hinüber, der schätzungsweise Anfang zwanzig war und mit unverhohlener Neugier lauschte. Auf seinem Namensschild stand »Dennis«.

»Dennis, könnten Sie kurz die Kasse übernehmen, während Mrs Pastorelli eine kleine Pause macht?«

»Ich bin mit der Inventur beschäftigt.«

»Sie werden doch stundenweise bezahlt. Also passen Sie auf die Kasse auf.« O'Donnell ließ ihn einfach stehen. »Wollen wir kurz rausgehen, Mrs Pastorelli? Das Wetter ist sehr schön.«

»Sie können mich nicht zwingen. Dazu haben Sie kein Recht.«

»Wenn wir wiederkommen müssen, wird es um einiges unangenehmer für Sie«, wandte Reena gelassen ein. »Wir würden nur sehr ungern mit Ihrem Filialleiter sprechen oder die Sache unnötig verkomplizieren.«

Schweigend kam Laura hinter der Theke hervor und ging mit gesenktem Kopf hinaus. »Er hat bezahlt. Joe hat für das, was passiert ist, seine Strafe abgesessen. Er hatte getrunken, und es war ein Unfall. Ihr Vater ist selbst schuld daran. Er hat Lügen über Joey verbreitet und Joe so lange provoziert, bis er sich betrunken hat. Mehr ist nicht dabei. Schließlich ist niemand verletzt worden, und die Versicherung hat alles bezahlt. Oder etwa nicht? Aber wir mussten wegziehen.«

Als sie den Kopf hob, glitzerten Tränen in ihren Augen. »Wir mussten alles aufgeben, und Joe kam ins Gefängnis. Ist das nicht Strafe genug?«

»Joey war ziemlich aufgebracht darüber, richtig?«, fragte Reena.

»Schließlich haben sie seinen Vater in Handschellen abgeführt. Vor den Augen der gesamten Nachbarschaft. Er war ein kleiner Junge und brauchte seinen Vater.«

»Es muss eine entsetzlich schwere Zeit für Ihre Familie gewesen sein.«

»Schwer? Sie ist daran zerbrochen. Ihr ... Ihr Vater hat schreckliche Dinge über meinen Joey gesagt, und alle haben es gehört. Was Joe getan hat, war nicht richtig. ›Mein ist die Rache, spricht der Herr.‹ Aber es war nicht seine Schuld. Er hatte getrunken.«

»Seine Strafe wurde verlängert, weil er sich im Gefängnis weitere Probleme eingehandelt hat«, wandte O'Donnell ein.

»Er musste sich doch selbst schützen, oder etwa nicht? Das Gefängnis hat seine Seele zerstört.«

»Ihre Familie hegt einen Groll gegen meine. Gegen mich.«

Laura sah sie finster an. »Sie waren damals noch ein Kind. Ein Kind kann man nicht verantwortlich machen.«

»Manche tun es aber trotzdem. Wissen Sie, ob Ihr Mann oder Ihr Sohn in letzter Zeit in Baltimore waren?«

»Ich sagte Ihnen doch, dass Joe in New York ist.«

»Das ist nicht weit. Vielleicht wollte er Sie ja besuchen.«

»Mit mir spricht er nicht mehr. Er ist vom Glauben abgefallen. Jede Nacht bete ich für ihn.«

»Aber mit Joey hat er doch sicher noch Kontakt.«

Sie zuckte die Achseln, eine winzige Geste, die sie dennoch unendliche Mühe zu kosten schien. »Joey kommt nicht oft. Er ist beruflich sehr eingespannt.«

»Wann haben Sie zuletzt von Joey gehört?«

»Vor ein paar Monaten. Er hat zu tun.« Ihre Stimme wurde trotzig und schrill, fast als müsse sie Tränen unterdrücken. Reena erinnerte sich, wie sie in das gelbe Geschirrtuch geweint hatte.

»Ständig wollen sie ihm irgendwas am Zeug flicken. Sein Vater wurde verhaftet, dann wurde er selbst abgeholt. Und danach ist er in Schwierigkeiten geraten und hat ein paar Fehler gemacht. Doch inzwischen hat er sich wieder gefangen und hat Arbeit.«

»Was macht er denn?« Die ganze Geschichte klang einfach zu glatt und einstudiert.

»Er ist Mechaniker. Das hat er im Gefängnis gelernt. Autos, Computer, solche Sachen eben. Er hat einen Abschluss und eine feste Arbeitsstelle in New York.«

»In einer Autowerkstatt?«, hakte O'Donnell nach. »Kennen Sie den Namen?«

»Auto Rite oder so ähnlich. In Brooklyn.«

»Zuerst hat sie mich nicht erkannt«, meinte Reena, als sie wieder im Auto saßen. »Doch als dann der Groschen gefallen war, hat es sie überhaupt nicht gewundert, dass ich Polizistin bin. Offenbar hält sie jemand über die neuesten Entwicklungen in unserem Viertel auf dem Laufenden.«

O'Donnell nickte zustimmend, während er eine Nummer wählte und sich etwas notierte. »Es gibt in Brooklyn eine Werkstatt namens Auto Rite.« Er reichte ihr einen aus seinem Notizbuch herausgerissenen Zettel. »Du übernimmst den Junior, ich den Senior.«

Zurück an ihrem Schreibtisch, rief Reena in der Werkstatt an und führte ein kurzes Gespräch mit dem Besitzer, wobei sie laute Musik der Black Crowes und ohrenbetäubendes Geschepper überschreien musste.

»Joey war wirklich in der Werkstatt beschäftigt«, meinte sie anschließend zu O'Donnell. »Etwa zwei Monate lang, und zwar vor einem Jahr. Während dieser zwei Monate wurde zwei Mal eingebrochen. Ersatzteile und Werkzeug wurden gestohlen. Beim letzten Einbruch hat der Täter einen Lexus mitgehen lassen. Einer der anderen Mechaniker behauptete, er habe Joey damit prahlen hören, wie simpel es gewesen sei. Daraufhin hat der Besitzer die Polizei verständigt, und Joey wurde vernommen. Man konnte ihm zwar nichts nachweisen, aber er wurde trotzdem gefeuert. Fünf Monate später kam es zu einem erneuten Einbruch, diesmal in Verbindung mit Vandalismus. Autos wurden zerbeult, die Wände mit Graffiti verschmiert, und ein Papierkorb brannte.«

»Und wo war unser Junge, als die Party stieg?«

»Angeblich in Atlantic City, was drei Zeugen bestätigen. Alle haben Beziehungen zur Mafia, O'Donnell. Sie gehören zur Carbionelli-Familie aus New Jersey.«

»Dein Erzfeind aus der Kindheit hat Verbindungen zur Mafia?«

»Dieser Sache müsste man auf den Grund gehen. Ich überprüfe die drei Männer, die seine Aussage bestätigt haben.«

»Was unseren Senior angeht, der ist inzwischen arbeitslos. Er hat als Reinigungskraft in einigen Kneipen gearbeitet, aber vor sechs Wochen ist er geflogen, weil er sich zu großzügig an der Bar bedient hat.«

»Einer oder alle beide«, sagte Reena, »muss in Baltimore sein.«

»Gut. Dann rufen wir unsere Freunde in New York an und bitten sie, das zu überprüfen.«

Reenas Magen krampfte sich zusammen, denn da gab es etwas, das sie nicht einmal ihrem Partner anvertrauen wollte. Um es hinauszuschieben, stürzte sie sich auf die Routinearbeit, die daraus bestand, die Fakten zu sammeln, sie logisch miteinander zu verknüpfen und einen Bericht zu schreiben, bis sie ihrem Partner und dem Captain ein Ergebnis vorlegen konnte.

Ein Fall. Sie durfte das Ganze nur als Fall betrachten, und zwar objektiv und mit der nötigen Distanz. Da sie offiziell nicht wegen des angezündeten Wagens ermitteln konnte, winkte sie Younger und Trippley zu sich, bevor sie mit O'Donnell zum Captain ging.

»Ihr beide solltet auch hören, was wir bis jetzt rausge-funden haben«, begann sie.

Captain Brant bat sie herein.

»Wir haben da so eine Theorie«, begann O'Donnell und gab Reena das Zeichen, fortzufahren.

Reena schilderte alles, angefangen bei dem Feuer im Sirico im Sommer ihres elften Lebensjahres bis zur Zer-störung von Bos Pick-up in der vorigen Nacht.

»Der jüngere Pastorelli ist offenbar mit drei Mitgliedern der Familie Carbionelli aus New Jersey befreundet. Außerdem war er in Rikers Zellengenosse eines gewissen Gino Borini, eines Cousins von Nick Carbionelli. Carbio-nelli, Borini und ein weiteres kleines Licht waren es auch, die ihm für die Nacht des Einbruchs in der Autowerkstatt ein Alibi gegeben haben.«

»Zunächst hat man auf Jugendliche getippt«, fuhr Reena fort. »Es geschah, fünf Monate nachdem Joey gefeuert worden war, und offenbar sollte alles so aussehen, als steckten ein paar Teenager oder Amateure dahinter. Mut-willige Beschädigung, ein bisschen Diebstahl und zu guter Letzt ein schlampig gelegtes Feuer, um die Spuren zu ver-wischen. Also war er nicht der Hauptverdächtige.«

»Wir haben die örtliche Polizei um Hilfe gebeten«, fügte O'Donnell hinzu. »Er steht zwar nicht ganz oben auf ihrer Liste, aber sie wollen zwei Detectives zu den Adressen schicken, wo er zuletzt gemeldet war.«

»Es bestehen einige Übereinstimmungen zwischen dem Brand von Luke Chambers' Auto vor einigen Jahren und dem Feuer von letzter Nacht.« Reena sah Trippley an. »Vielleicht wurde eine ähnliche Vorrichtung im Benzin-tank verwendet.«

»Wir sehen es uns an.«

»Captain, ich möchte gern die Ermittlungen im Fall Joshua Bolton wieder aufnehmen.«

»Das kann Younger erledigen. Ein neuer Blickwinkel«,

meinte er zu Reena. »Sie brüten ja schon seit Jahren über dieser Sache. Außerdem lassen wir Ihr Telefon abhören und das von Bo Goodnight ebenfalls. Und die gute Ehefrau sollten wir uns unbedingt auch noch mal vornehmen.«

Da Laura Pastorelli inzwischen Feierabend hatte, machten sich Reena und O'Donnell auf den Weg zu ihrer Wohnung. Das kleine ordentliche Häuschen stand in einer engen Straße. In der Auffahrt parkte ein alter Toyota Camry. Reena bemerkte die Plakette mit einer Abbildung des heiligen Christophorus und das Engelsfigürchen auf dem Armaturenbrett.

Als sie klopften, öffnete eine Frau die Tür, die etwa im selben Alter wie Laura, aber längst nicht so verlebt war. Ihr rundes Gesicht war sorgfältig geschminkt, das dunkelbraune Haar elegant frisiert. Die Frau trug eine marineblaue Hose und eine weiße, in den Taillenbund gesteckte Bluse.

Zu ihren Füßen saß ein flauschiger rötlicher Zwergspitz und bellte sich die Lunge aus dem Hals.

»Sei still, Missy, du altes Dummerchen. Sie zwickt die Leute gern in den Knöchel«, fügte die Frau hinzu. »Seien Sie also gewarnt.«

»Ja, Ma'am.« Reena hielt ihre Dienstmarke hoch. »Wir würden gern mit Laura Pastorelli sprechen.«

»Um diese Zeit ist sie immer in der Kirche. Sie geht jeden Nachmittag nach der Arbeit hin. Hat es Ärger im Laden gegeben?«

»Nein, Ma'am. Welche Kirche ist das denn?«

»Sankt Michael, drüben in der Pershing Street.« Ihr Blick wurde argwöhnisch. »Wenn es nicht um den Laden geht, dann sicher um diesen Nichtsnutz von einem Ehemann oder um ihren missratenen Sohn.«

»Wissen Sie, ob Sie in letzter Zeit Kontakt zu Pastorelli senior oder junior hatte?«

»Das würde sie mir bestimmt nicht auf die Nase binden. Ich bin ihre Schwägerin. Patricia Azi. Mrs Frank Azi, um genau zu sein. Am besten kommen Sie herein.«

O'Donnell warf einen zweifelnden Blick auf das immer noch kläffende Fellbündel, worauf Patricia verkniffen lächelte. »Einen Moment bitte. Verdammt, Missy, hörst du jetzt endlich auf!« Sie hob den Hund auf und trug ihn weg. Eine Tür fiel knallend ins Schloss, bevor Mrs Azi zurückkehrte.

»Mein Mann liebt diesen dämlichen Köter. Wir haben ihn schon seit elf Jahren, und er ist immer noch so durchgedreht wie eh und je. Kommen Sie rein. Sie wollen also mit Laura sprechen. In etwa einer halben Stunde ist sie zurück – in Sack und Asche wie immer.« Mit einem schweren Seufzer führte Mrs Azi die Besucher in ein kleines gemütliches Wohnzimmer. »Tut mir leid, dass ich so ungnädig klinge, aber es ist nicht leicht, mit einer Märtyrerin zusammenzuleben.«

Reena, die die Lage rasch erfasst hatte, lächelte verständnisvoll. »Meine Großmutter sagte immer, dass es problematisch ist, wenn zwei Frauen sich ein Haus teilen, ganz gleich, wie gern sie einander auch haben mögen. In ihrer Küche muss eine Frau allein das Sagen haben.«

»Eigentlich stört sie nicht sehr, und außerdem kann sie sich keine eigene Wohnung leisten, weil sie so wenig verdient. Wir haben genug Platz, seit die Kinder ausgezogen sind. Laura ist sehr fleißig und besteht darauf, Miete zu bezahlen. Wollen Sie mir nicht verraten, was los ist?«

»Ihr Mann und ihr Sohn könnten Informationen besitzen, die für einen unserer Fälle von Bedeutung sind«, begann Reena. »Als wir heute Vormittag mit Mrs Pastorelli sprachen, meinte sie, sie habe beide schon seit einiger Zeit nicht mehr gesehen. Wir haben nur noch ein paar zusätzliche Fragen an sie.«

»Wie ich bereits sagte, hätte sie es mir sicher nicht auf

die Nase gebunden, wenn sie sich mit einem von ihnen getroffen oder mit ihnen telefoniert hätte. Frank würde sie es bestimmt auch nicht verraten. Nicht seit er endlich mit der Faust auf den Tisch geschlagen hat.«

Bei der Polizeiarbeit war es häufig hilfreich, sich in den Befragten einzufühlen und ihn frei erzählen zu lassen. Also lächelte Reena nur und meinte: »Oh?«

»Kurz vor Weihnachten letztes Jahr tauchte Joey aus heiterem Himmel hier auf. Laura weinte sich fast die Augen aus und glaubte, ihre Gebete seien endlich erhört worden.« Patricia verdrehte die Augen zur Decke.

»Bestimmt war sie froh, ihren Sohn wiederzusehen.«

»Wenn man einen falschen Penny im Schuh hat, holt man ihn besser raus, bevor man sich noch den Fuß verkrüppelt.«

»Sie verstehen sich wohl nicht sehr gut mit Ihrem Neffen«, hakte O'Donnell nach.

»Offen gestanden macht er mir Angst. Er ist noch schlimmer als sein Vater. Hinterhältiger und vermutlich auch viel intelligenter.«

»Hat er Sie je bedroht, Mrs Azi?«

»Nicht direkt. Es ist nur sein Blick. Wahrscheinlich wissen Sie, dass er schon öfter im Gefängnis war. Laura findet ständig neue Ausflüchte, aber man muss der Tatsache ins Auge sehen, dass er ein fauler Apfel ist. Und plötzlich stand er hier auf der Schwelle meines Hauses. Eigentlich gefiel das Frank und mir gar nicht, aber man darf die Verwandtschaft schließlich nicht vor die Tür setzen. Wenigstens nicht, wenn es nicht unbedingt sein muss. Er stand also da … Entschuldigen Sie, ich habe Ihnen gar keinen Kaffee angeboten.«

»Nein, danke«, erwiderte Reena. »Wollte Joey seine Mutter über die Feiertage besuchen?«

»Mag sein. Jedenfalls hat er den großen Maxe markiert. Er fuhr einen protzigen Schlitten und trug teure Sachen.

Seiner Mutter hat er eine Uhr mit diamantenbesetztem Zifferblatt und Diamantohrringe geschenkt. Würde mich nicht wundern, wenn er die gestohlen hätte, aber ich habe den Mund gehalten. Angeblich hatte er ein großes Geschäft am Laufen, irgendein Nachtclub, zusammen mit einigen Geschäftspartnern.« Sie beschrieb Anführungszeichen in der Luft, als sie dieses Wort aussprach. »Das Lokal sollte in New York eröffnet werden und eine Menge Geld einbringen. Da hat mein Mann ihn gefragt, wie er denn ohne Lizenz zum Alkoholausschank einen Nachtclub eröffnen wollte, denn als Vorbestrafter würde er die doch wohl nicht kriegen. Ich merkte Joey an, dass er ein bisschen erschrocken war. Aber er grinste nur selbstzufrieden und antwortete, da gebe es schon Mittel und Wege. Aber das ist ja nicht weiter wichtig.«

Mrs Azi machte eine wegwerfende Handbewegung. »Er blieb zum Essen und sagte, er hätte sich eine Suite in einem Hotel gemietet. Etwa eine Stunde lang hat er ununterbrochen weitergeprahlt. Doch immer, wenn Frank ihm eine direkte Frage über seine neue Firma stellte, antwortete er ausweichend oder wurde aggressiv. Die Stimmung schaukelte sich immer mehr hoch. Und was tat Joey schließlich? Er wischte mit dem Arm über den Tisch, dass mein ganzes Porzellan zerbrach und das Essen gegen die Wände spritzte. Dabei hat er Frank angebrüllt und beschimpft. Frank ist nicht der Mann, der sich so etwas gefallen lässt oder duldet, dass sich jemand in seinem Haus derartig aufführt.«

Mrs Azi nickte nachdrücklich. »In seinem eigenen Haus hat er das Recht, Fragen zu stellen und seine Meinung zu sagen. Laura hat natürlich für Joey Partei ergriffen und ihn am Arm gepackt. Und was tut dieser Junge? Er schlägt sie! Er hat seine eigene Mutter ins Gesicht geschlagen!«

Patricia presste die Hand an die Brust. »Zugegeben, in unserer Familie geht es manchmal ein bisschen temperamentvoll zu. Aber so etwas habe ich noch nie erlebt. Ein Mann, der seine eigene Mutter schlägt! Und dann hat er sie noch als winselnde Schlampe beschimpft.«

Sie errötete. »Es waren sogar noch ein paar schlimmere Ausdrücke dabei. Ich wollte schon zum Telefon laufen, um die Polizei zu rufen, doch Laura hat mich angefleht, es nicht zu tun. Mit blutender Nase stand sie da und bat mich, ihrem Sohn nicht die Polizei auf den Hals zu hetzen. Also habe ich es gelassen. Der Feigling war sowieso schon auf dem Weg zur Tür. Mein Frank ist nämlich größer als er, und es ist ja viel leichter, eine magere Frau zu verprügeln, als sich mit einem Hundertkilomann anzulegen. Jedenfalls ist Frank ihm nach und hat ihm verboten, sich je wieder hier blicken zu lassen. Er drohte, er würde ihm ansonsten einen Tritt in seinen nichtsnutzigen Hintern geben, dass er bis nach New York fliegt.«

Mrs Azi holte tief Luft, als müsse sie nach dieser Schilderung erst wieder zu Atem kommen. »Ich war stolz auf meinen Frank, das kann ich Ihnen sagen. Sobald Laura sich beruhigt hatte, hat Frank sich mit ihr zusammengesetzt und ihr erklärt, solange sie unter seinem Dach wohne, dürfe sie Joey nicht mehr ins Haus lassen. Anderenfalls müsste sie sich eine andere Bleibe suchen.«

Patricia seufzte auf. »Ich habe selbst Kinder und auch Enkel, und ich weiß, es würde mir das Herz brechen, wenn ich sie nicht sehen dürfte. Aber Frank hat das Richtige getan. Ein Mann, der seine eigene Mutter schlägt, ist das Allerletzte!«

»Und an diesem Tag haben Sie ihn zum letzten Mal gesehen?«, fragte Reena.

»Richtig. Und soweit ich es feststellen kann, hat Laura sich auch nicht mehr mit ihm getroffen. Die Weihnachtsfeiertage waren uns jedenfalls verdorben, aber wir haben sie irgendwie überstanden. Mit der Zeit glätteten sich die Wogen wieder, wie das eben so ist. Die größte Aufregung, die wir seitdem hatten, war der Brand in dem Haus, das mein Sohn gerade in Frederick County baut.«

»Ein Feuer?« Reena sah O'Donnell an. »Wann war denn das?«

»Mitte März. Gerade war das Richtfest vorbei, als ein paar Jugendliche eingebrochen sind, um eine Party zu feiern. Sie hatten Kerosinöfen mitgebracht, weil es noch ziemlich kalt war, und einer davon muss wohl umgekippt sein. Jemand ließ ein Streichholz fallen, und schon ging der halbe Rohbau in Flammen auf, bevor die Feuerwehr eingreifen konnte.«

»Wurden die Jugendlichen erwischt?«, erkundigte sich O'Donnell.

»Nein, und es ist wirklich eine Schande. Die Arbeit von vielen Monaten war vernichtet.«

Als die Haustür aufging, sah Patricia Reena an und stand dann auf. »Laura ...«

»Was wollen die denn hier?« Lauras Augen waren rot und verschwollen, und Reena nahm an, dass sie in der Kirche ebenso viel geweint wie gebetet hatte. »Ich habe Ihnen doch gesagt, dass ich Joe und Joey nicht gesehen habe.«

»Wir konnten uns nicht mit Ihrem Sohn in Verbindung setzen, Mrs Pastorelli. Er ist nicht mehr in der Autowerkstatt beschäftigt.«

»Dann hat er eben eine bessere Stelle gefunden.«

»Mag sein. Mrs Pastorelli, besitzen Sie eine Armbanduhr und ein Paar Ohrringe, die Ihr Sohn Ihnen letztes Jahr im Dezember geschenkt hat?«

»Ich weiß nicht, wovon Sie reden.«

»Mrs Pastorelli«, fuhr Reena in freundlichem Ton fort und sah Laura eindringlich an. »Sie kommen gerade aus der Kirche und sollten Ihr Gewissen nicht mit einer Lüge belasten.«

»Es waren Geschenke.« Wieder traten Laura die Tränen in die Augen.

»Wir gehen nach oben und holen die Sachen.« Immer noch sanft, legte Reena Laura den Arm um die Schulter. »Ich werde Ihnen dafür eine Quittung ausstellen. Wir klären das alles auf.«

»Sie glauben wohl, er hat sie gestohlen. Warum nehmen alle von meinem Jungen immer nur das Schlimmste an?«

»Es ist besser, wenn wir alles aufklären«, wiederholte Reena und schob Laura zur Treppe.

»Der Schmuck ist geklaut«, knurrte Patricia. »Das weiß ich ganz genau.«

»Piaget«, stellte Reena fest, als sie die Uhr im Auto untersuchte. Vierzig kunstvoll geschliffene Diamanten rings ums Zifferblatt. Achtzehnkarätiges Gold. Beim Juwelier muss man für so eine Uhr zwischen sechs- und siebentausend Dollar hinblättern.«

»Woher kennst du dich mit solchem Zeug aus?«

»Weil ich eine Frau bin, die Schaufensterbummel liebt und sich besonders gern Dinge ansieht, die sie sich nie wird leisten können. Die Ohrringe haben vermutlich zwei Karat pro Stück, ein eleganter Viereckschliff in einer klassischen Fassung. Unser Junge hat sich die Weihnachtsgeschenke für Mama offenbar etwas kosten lassen.«

»Wir werden uns in New York nach Einbrüchen in Juweliergeschäften oder Privathäusern erkundigen, bei denen diese Schmuckstücke abhanden gekommen sein könnten.«

»Ja.« Reena musterte die Diamanten im Licht. »Ich wette, dass der Weihnachtsmann irgendeiner netten Frau nicht die gewünschten Klunker gebracht hat.« Lässig klappte sie den Spiegel am Sonnenschutz auf und hielt sich einen Ohrring ans Ohr. »Wirklich hübsch.«

»Mein Gott, du bist ja wirklich ein Mädchen!«

»Verdammt richtig. Joey war nur hier, um vor seiner Mutter anzugeben und vor seinem Onkel als toller Hecht dazustehen. Dicker Schlitten, schicke Klamotten, teure Geschenke. Ich glaube allerdings nicht, dass der Junge im Lotto gewonnen hat. Aber dann nimmt ihn sein Onkel ins Kreuzverhör, anstatt vor Ehrfurcht in Ohnmacht zu fallen, und Joey wird sauer. Große Szene. Rausschmiss. Und das lässt unser Junge nicht auf sich sitzen.«

»Aber er ist geduldig. Er ist ein sehr geduldiger Mensch.«

»Das ist es, was er seinem alten Herrn voraushat. Er wartet, plant, überlegt. Und er weiß, was Familie bedeutet. Wie rächt man sich wohl am besten an einem Vater? Indem man dem Sohn eins auswischt.«

»Wir werden uns aus Frederick die Unterlagen über den Brand kommen lassen.«

»Offenbar ist die Vorgehensweise ganz ähnlich wie bei dem Feuer in der Grundschule und der Autowerkstatt in New York. Es soll nach Jugendlichen oder einem Amateur aussehen. Also auf den ersten Blick ganz simpel. Der Mann ist ein Profi, O'Donnell. Er weiß genau, was er tut.«

Schlau, schlau. Gib der alten Dame einfach ein Telefon und eine Nummer und sage ihr, wann sie anrufen soll. Blöde Schlampe. Muss ihr immer wieder zeigen, wie das Ding funktioniert. Unser kleines Geheimnis, Ma, nur wir beide gegen die böse Welt.

Sie glaubt's sofort – wie immer.

Und es klappt. Die kleine Nutte aus der Nachbarschaft kapiert es endlich! Nun erinnert sie sich. Klasse! Jetzt macht es erst richtig Spaß.

Alles wird sich ändern. Die Pechsträhne ist endgültig vorbei. Ein neues Kapitel.

Alles wird brennen, auch die kleine Nutte, die schuld an der ganzen Sache ist.

Als Reena im Sirico eintraf, schwirrte ihr der Kopf von

den vielen Informationen, Theorien und Sorgen. Doch ein Besuch im Restaurant war stets genau das Richtige, um Abstand von einem anstrengenden Tag zu bekommen. Und heute Abend war sie außerdem noch mit Bo verabredet.

Als sie den Blick über die Tische schweifen ließ, sah sie ihn nicht sofort, erkannte jedoch die Rothaarige – Mandy, wie sie sich erinnerte –, die mit einem etwa dreißigjährigen Mann mit hellbraunem Haar gemütlich in einer Ecke saß. Er sah aus wie ein Collegeboy, sie eher wie ein übrig gebliebener Hippie.

Die beiden tranken roten Hauswein und schienen unzertrennlich.

Im nächsten Moment bemerkte sie John, der an einem Zweiertisch saß, und schlängelte sich – wie immer von Winken und Begrüßungen begleitet – zu ihm durch. »Du bist genau der Mann, den ich sprechen muss.«

»Die Muschelsauce ist heute wieder besonders gut.«

»Ich merke es mir.« Sie nahm ihm gegenüber Platz und winkte die Kellnerin weg, die sich ihnen nähern wollte. »Ich habe ein Problem.«

John widmete sich weiter seinen Linguini. »Das habe ich auch schon gehört.«

Reena lehnte sich zurück. »Dad hat dich angerufen?«

»Wundert dich das? Warum hast du dich nicht selbst gemeldet?«

»Das wollte ich noch. Ich brauche ein offenes Ohr und jemandem, der mich berät, aber nicht hier. Können wir uns morgen irgendwo zum Frühstücken treffen? Oder, noch besser, du kommst zu mir. Ich koche dir etwas.«

»Wann?«

»Ist dir sieben zu früh?«

»Das würde ich in meinem Terminkalender noch unterkriegen. Kannst du nicht schon mal ein paar Andeutungen machen?«

Reena wollte schon anfangen zu erzählen, als ihr klar wurde, dass dann ein umfassender Bericht fällig sein würde – und dass sie alles loswerden musste, was sie auf dem Herzen hatte. »Ich würde lieber heute Nacht noch darüber brüten und meine Gedanken ordnen.«

»Dann also um sieben.«

»Danke.«

»Reena.« Als sie aufstehen wollte, hielt er sie an der Hand fest. »Ich muss wohl nicht eigens betonen, dass du vorsichtig sein sollst.«

»Nein.« Sie erhob sich und beugte sich vor, um ihn auf die Wange zu küssen. »Nein, musst du nicht.«

Sie ging in die Küche und warf Jack, der gerade Sauce auf einen runden Teigfladen schöpfte, eine Kusshand zu. »Hast du Bo gesehen? Eigentlich war ich hier mit ihm verabredet.«

»Hinten in der Küche.«

Neugierig umrundete sie die Theke und blieb in der Küchentür stehen, um zuzuhören, wie ihr Vater Bo Nachhilfe als Pizzabäcker gab.

»Der Teig muss elastisch sein, sonst dehnt er sich nicht richtig. Schließlich will man nicht, dass er beim Ziehen Löcher kriegt.«

»Gut, also …« Bo hatte einen der Teigklumpen in der Hand, die in geölten Schüsseln im Kühlschrank aufbewahrt wurden, und fing an, ihn zu ziehen.

»Und jetzt nimmst du die Fäuste, wie ich es dir gezeigt habe, und beginnst mit dem Formen.«

Konzentriert schob Bo die Fäuste unter den Teig und drückte und knetete vorsichtig. Nicht schlecht für einen Anfänger, dachte Reena.

»Darf ich ihn werfen?«

»Wehe, wenn du ihn fallen lässt«, warnte Gib.

»Schon gut.« Wie er so mit gespreizten Beinen und aufmerksamem Blick dastand, fand Reena, dass er aussah, als wolle er gleich mit brennenden Fackeln jonglieren.

Bo warf den Teig in die Luft.

Nach Reenas Meinung war der hohe Bogen ein wenig riskant, doch es gelang ihm, den Teig aufzufangen, ihn zu drehen und erneut zu werfen.

Als sie das breite Grinsen auf seinem Gesicht bemerkte, musste sie ein Auflachen unterdrücken, denn sie wollte ihn nicht aus dem Konzept bringen. Aber er machte wirklich den Eindruck eines kleinen Jungen, der zum ersten Mal allein und ohne Stützräder Fahrrad fährt.

»Das ist Spitze. Aber was fange ich jetzt damit an?«

»Schau genau hin«, erwiderte Gib. »Ist er groß genug?«

»Sieht so aus. Ich glaube schon.«

»Auf das Brett.«

»Ach herrje, gut. Geschafft!«

Er ließ den Teig auf das Brett gleiten und wischte sich dann geistesabwesend die Hände an der Schürze ab. »Allerdings würde ich das Ding nicht gerade als rund bezeichnen.«

»Es ist nicht schlecht. Bring es ein bisschen in Form und gib mir die Ränder.«

»Wie viele hat er fallen gelassen, bis er so weit war?«, fragte Reena beim Hereinkommen.

Bo grinste ihr über die Schulter zu. »Den habe ich hingekriegt, und zwei habe ich verstümmelt. Aber es ist nichts auf dem Boden gelandet.«

»Er lernt ziemlich schnell«, meint Gib, während er Reena zur Begrüßung küsste.

»Wer hätte gedacht, dass es so schwierig ist, eine Pizza zu backen. Man braucht einen riesigen Mixer.« Er wies auf die Maschine aus Edelstahl, in der gewaltige Mengen Mehl, Hefe und Wasser vermischt wurden. »Und dann müssen ein paar muskelbepackte Männer her, die diese Schüssel auf die Theke wuchten.«

»Verzeihung, aber ich habe das schon tausend Mal gemacht, und dabei bin ich kein Mann.«

»Das kannst du laut sagen. Anschließend teilt man den Teig auf, wiegt ihn, stapelt die Schüsseln im Kühlschrank und schneidet den Teig, nachdem er gegangen ist. Und dann kann man erst mit der Pizza anfangen. Nie wieder werde ich eine Pizza als etwas Selbstverständliches betrachten.«

»Die kannst du vorne belegen.« Gib trug das Brett hinaus, wo Jack auf dem Arbeitstisch Platz machte.

»Äh, du darfst mich nicht dabei beobachten«, sagte Bo zu Reena. »Sonst werde ich noch ganz nervös und baue Mist. Geh doch und setz dich zu Mandy und Brad.« Er zeigte auf die beiden.

»Klar.« Sie nahm sich eine Cola-Dose und steuerte auf den Tisch zu.

»Hallo, da bist du ja! Reena, das ist Brad. Brad, das ist Reena. Ich habe sie in einem ziemlich peinlichen Moment kennengelernt.«

»Dann muss ich mich zum Ausgleich ja von meiner besten Seite zeigen. Nett, dir endlich persönlich gegenüberzustehen. Schließlich höre ich mir ja schon seit Jahren alles über die Traumfrau an.«

»Das Vergnügen ist ganz auf meiner Seite.« Reena trank einen Schluck und lächelte Mandy zu. »Mit fünfzehn habe ich mal mein Heft fallen lassen, als ich ins Klassenzimmer gerannt bin. Dabei ist es aufgeklappt, und ein Typ namens Chuck – groß, breitschultrig, blonde Strähnen und blaue Augen – hat es mir aufgehoben, bevor ich Gelegenheit hatte, das selbst zu tun. In dem Heft hatte ich seitenweise Herzchen gemalt und Reena und Chuck hineingeschrieben, immer wieder seinen Namen, wie man das eben so tut.«

»O Gott. Und er hat es gesehen?«

»Aber sicher!«

»Das muss peinlich gewesen sein!«

»Ich glaube, es hat einen Monat gedauert, bis mein Gesicht wieder seine normale Farbe hatte. Also sind wir jetzt quitt.«

Kapitel 26

Reena kam zu dem Schluss, dass sie recht gehabt hatte. Der Abend im Sirico war genau das Richtige gewesen, denn ihr Verstand und ihr Magen hatten sich inzwischen wieder beruhigt. Außerdem war es sehr interessant und aufschlussreich gewesen, eine Stunde mit Bos engsten Freunden zu verbringen.

Familie, dachte sie. Die beiden waren seine Familie, so wie ihre Brüder und Schwestern für sie.

»Ich mag deine Freunde«, sagte sie zu ihm, während sie ihre Eingangstür aufschloss.

»Sehr gut, denn anderenfalls wäre es zwischen uns aus und vorbei gewesen.« Beim Hineingehen gab er ihr einen Klaps auf den Po. »Nein, ernsthaft. Ich bin froh, dass ihr euch so gut verstanden habt. Die zwei sind mir sehr wichtig.«

»Sie einander offenbar auch.«

»Hast du das gemerkt, bevor oder nachdem sie angefangen haben, zu knutschen?«

»Vorher.« Sie streckte sich. »Schon beim Hereinkommen. Die Luft knisterte förmlich vor Erotik.«

»Mir fällt es schwer, mich daran zu gewöhnen.«

»Das liegt nur daran, dass du sie als Familie betrachtest – zumindest seit du und Mandy nicht mehr zusammen ins Bett geht. Aber dass sie nun aufeinander stehen, heißt nicht, dass sie weniger deine Freunde sind.«

»Ich glaube, das mit dem Bett muss ich in der nächsten Zeit noch ausblenden.« Er streichelte ihr mit beiden Händen über die Arme. »Müde?«

»Nicht so sehr wie vorhin. Ich habe wieder Kraft getankt.« Sie legte ihm die Hände auf die Hüften. »Hast du vielleicht einen Vorschlag, wo ich mit der überschüssigen Energie hinsoll?«

»Kann sein. Aber komm erst mit nach draußen. Ich will dir etwas zeigen.«

»Draußen?« Sie lachte, als er sie aus dem Haus zog. »Seit wann machst du es denn gern unter freiem Himmel?«

»Sex, Sex, Sex, das ist alles, was diese Frau im Kopf hat. Wunderbar.« Er schob sie zur Hintertür hinaus.

Der Halbmond verbreitete ein helles Licht. Die Blumen, die Reena im Vorbeigehen gekauft und eingepflanzt hatte, quollen aus den Blumenkübeln auf der Terrasse.

Die Luft war warm und ein wenig stickig, und es duftete nach Pflanzen und nach Sommer.

Und unter einem dicht belaubten Ahornbaum stand eine Hollywoodschaukel.

»Eine Hollywoodschaukel! Du hast mir eine Hollywoodschaukel für den Garten besorgt!«

»Besorgt? Das ist Ketzerei. Wahrscheinlich hätte ich meinen Werkzeuggürtel umlegen sollen.«

»Du hast sie selbst gebaut.« Tränen traten Reena in die Augen, als sie ihn an der Hand näher zu dem Möbelstück zog. »Du hast mir eine Hollywoodschaukel gebaut.

O mein Gott, wann hast du denn dafür noch Zeit gehabt? Sie ist wunderschön. Ach, fühl nur, wie glatt.« Sie ließ die Hand über das Holz gleiten. »Wie Seide.«

»Bin heute damit fertig geworden. War eine gute Ablenkung. Willst du sie nicht mal ausprobieren?«

»Soll das ein Witz sein?« Sie setzte sich, streckte die Arme über die Lehne und fing an zu schaukeln. »Sie ist toll, sie ist wundervoll. Jetzt sind mir gerade mindestens fünf Kilo Stress von den Schultern gefallen, Bo.« Sie streckte die Hand nach ihm aus. »Du bist ein Schatz.«

Er nahm neben ihr Platz. »Ich hatte gehofft, dass ich mich damit beliebt machen würde.«

»Große Klasse.« Sie lehnte den Kopf an seine Schulter. »Es ist traumhaft. Mein eigenes Haus, mein eigener Garten an einem warmen Juniabend. Und ein aufregender Typ sitzt mit mir auf einer Hollywoodschaukel, die er mit eigenen Händen gebaut hat. Der Zwischenfall von gestern Nacht kommt mir mittlerweile richtig unwirklich vor.«

»Vermutlich mussten wir beide ein paar Stunden Abstand gewinnen.«

»Und du hast deine Zeit damit verbracht.«

»Wenn man seine Arbeit liebt, empfindet man sie als Entspannung.«

Sie nickte. »Und als Befriedigung.«

»Richtig. Und es sieht ganz so aus, als würde ich morgen einen neuen Pick-up kriegen.« Seine Finger spielten mit ihren Locken. »Deine Mutter kommt mit. Ihr Cousin ist Autohändler.«

»Ich rate dir, auf sie zu hören.« Irgendeine Pflanze im Garten verströmte einen süßen, kräftigen Duft, der der warmen Luft einen Hauch von Vanille verlieh. »Sie wird Cousin Sal bis zum letzten Hemd herunterhandeln. Halte sie zurück, wenn du siehst, dass ihm die Tränen kommen. Aber nicht vorher.«

»Wird gemacht.«

»Du schlägst dich ziemlich wacker.«

»Was bleibt mir anderes übrig?«

»Du könntest genauso gut toben, schreien, mit der Faust gegen die Wand schlagen ...«

»Dann müsste ich sie neu verputzen.«

Sie lachte auf. »Du bist so ausgeglichen, Bowen. Ich weiß genau, wie sauer du bist, aber du lässt dir nichts anmerken. Du hast mich nicht einmal gefragt, ob ich mit meinen Ermittlungen schon weitergekommen bin.«

»Ich dachte, du würdest es mir schon irgendwann erzählen.«

»Das werde ich auch. Zuerst muss ich morgen noch mit jemandem reden, aber anschließend berichte ich dir alles haarklein. Du machst es mir so leicht.«

»Da ich dich liebe, sehe ich keinen Grund, es dir schwer zu machen.«

Kurz schmiegte sie ihr Gesicht an seine Schulter und ließ sich von seiner Gelassenheit anstecken. Manchmal wurde ihr immer noch mulmig, wenn sie daran dachte, wie sehr sie ihn liebte und wie schnell er sich einen Platz in ihrem Herzen erobert hatte, sodass sie sich manchmal, so wie jetzt, bis zu den Fingerspitzen von dieser Liebe erfüllt fühlte.

»Schicksal«, flüsterte sie und ließ die Lippen sein Kinn entlanggleiten. »Ich glaube fast, dass du mein Schicksal bist, Bo. Bestimmt ist das so.«

Sie setzte sich rittlings auf seinen Schoß und legte die Hände um seinen Nacken. »Ich habe ein kleines bisschen Angst«, sagte sie. »Gerade genug für ein aufregendes Kribbeln. Aber hauptsächlich ist es wunderschön und unkompliziert, und ich fühle mich wie ...« Sie legte den Kopf in den Nacken und blickte zum Halbmond und zu den Sternen hinauf. »Nicht, als ob ich ständig warten würde«, fuhr sie fort und sah ihm in die Augen. »Nicht so, als stünde ich mir an der Bushaltestelle die Beine in den Bauch, bis endlich ein Bus kommt und mich dorthin bringt, wo ich gerne wäre. Stattdessen fahre ich selbst, habe ein Ziel vor Augen und tue, was ich will. Und dann denke ich mir, hey, warum nehme ich nicht mal diese Straße? Die würde mich interessieren. Und plötzlich warst du da.«

Er beugte sich vor und presste die Lippen gegen ihr Schlüsselbein. »Habe ich den Daumen rausgehalten?«

»Ich denke, du bist einfach losgelaufen, mit einem festen Ziel vor Augen. Irgendwann haben wir beschlossen, uns beim Fahren abzuwechseln.« Sie umfasste sein Kinn. »Es würde nicht klappen zwischen uns, wenn du mich nur als das Mädchen in dem rosafarbenen Oberteil sehen würdest, das dir bei einer Party aufgefallen ist.«

»Ich kann mich noch deutlich an sie erinnern und stelle fest, was aus ihr geworden ist. Und ich bin verrückt nach ihr.«

Reenas Hände berührten noch immer sein Gesicht, als sich ihre Lippen in einem langen, feuchten Kuss trafen.

»Du hast sogar eine Pizza gebacken«, meinte sie träumerisch.

»Und sie war genießbar – trotz Brads dämlicher Witze über Verdauungsbeschwerden und eine mögliche Lebensmittelvergiftung.«

»Du hast eine Pizza gebacken«, wiederholte sie und glitt mit den Lippen seine Wangen, seine Schläfen, seinen Mund und seine Kehle entlang. »Und du hast mir eine Hollywoodschaukel gebaut.« Sie zupfte mit den Zähnen an seiner Unterlippe und küsste ihn dann wieder lange und leidenschaftlich, sodass die ganze Welt um sie herum versank. »Und ich möchte dir zeigen, wie ausgesprochen dankbar ich dir bin.«

»Dagegen hätte ich nichts.« Seine Stimme klang belegt, als er ihren Körper liebkoste. »Lass uns reingehen.«

»Hmmm. Ich würde gern ausprobieren, wie stabil diese Schaukel ist.« Sie streifte ihm das Hemd ab und warf es hinter sich.

»Reena, wir können doch nicht …«

Sie brachte ihn mit einem Kuss zum Schweigen und machte sich am Knopf seiner Jeans zu schaffen. »Du weißt ja gar nicht, was wir alles können.« Während sie ihn mit den Zähnen in die Schulter zwickte, zerrte sie an seinem Reißverschluss. Als sie spürte, wie er zusammenzuckte, hielt sie sich mit den Händen an der Lehne der Schaukel fest, um zu verhindern, dass er sie hochhob. Ihre Augen funkelten in der Dunkelheit.

»Beruhige dich. Wir sind allein.« Sie küsste seine Wange und schnupperte seinen Duft, während sie die Lippen über sein Gesicht gleiten ließ. »Wir sind die Welt. Lass uns schweben«, flüsterte sie und führte seine Hände auf ihre Brüste. »Fass mich an. Fass mich weiter an.«

Er konnte nicht mehr an sich halten. Seine Hände fuhren unter ihr Hemd, doch das genügte ihm nicht mehr. Er fummelte an den Knöpfen herum, um sie vollständig zu entblößen, während die Bank sanft hin und her schaukelte.

Es hatte etwas Magisches. Die warme Luft, die Bewegung, der Geruch nach Gras, Blumen und Frau, und ihr straffer, bereiter Körper unter seinen Händen.

In diesem Augenblick waren sie ganz allein auf der Welt und in der sternenklaren Sommernacht.

Ihre Haut, vom Mondlicht in einen silbrigen Schimmer getaucht und getüpfelt von den Schatten, die die Blätter warfen, schien zu schweben. Und er hatte Schmetterlinge im Bauch, als sie sich auf ihn setzte und ihn in sich aufnahm.

Sie stieß ein leises, lang gezogenes Stöhnen aus, und sie betrachteten einander unter halb geschlossenen Augenlidern. Ihre Lippen trafen sich, und ihre Seufzer verschmolzen miteinander. Begierde und Leidenschaft steigerten sich, sodass sie am ganzen Körper erbebten. Reena schaukelte sie beide hin und her, ganz langsam und behutsam, dass der Höhepunkt sich anfühlte wie ein träges Gleiten über Seide.

Voller Glück verschmolzen sie miteinander und ließen sich vom sanften Schwingen der Schaukel tragen.

»Wirklich gute Arbeit«, flüsterte sie.

»Du hast doch das meiste gemacht.«

Kichernd küsste sie seinen Hals. »Ich meinte die Schaukel.«

Um sieben Uhr morgens hatte Reena Speckstreifen zum Aufbraten in den Backofen geschoben, Kaffee gekocht, die Bagels aufgeschnitten und die Zutaten für ein Omelette bereitgestellt.

Obwohl sie ein schlechtes Gewissen hatte, weil sie Bo um halb sieben mit nichts weiter als einem hastig getoasteten Bagel weggeschickt hatte, wollte sie allein mit John sprechen.

Sie hatte sich bereits für den Dienst angezogen und trug sogar schon ihr Halfter, damit sie nach ihrem Treffen mit John sofort aufbrechen konnte.

Er war pünktlich, darauf konnte man bei ihm immer zählen, denn schließlich war er ein durch und durch zuverlässiger Mensch. »Danke, dass du gekommen bist.«

Sie küsste ihn zur Begrüßung auf die Wange.

»Ich weiß, dass es noch ziemlich früh ist, aber ich habe zurzeit Dienst von acht bis vier. O'Donnell vertritt mich, falls es ein bisschen später wird. Und jetzt brate ich dir für deine Mühe erst mal ein erstklassiges Omelette.«

»So viel Arbeit brauchst du dir nicht zu machen. Ein Kaffee genügt.«

»Kommt überhaupt nicht infrage.« Reena ging voran in die Küche. »Ich habe mir das Problem über Nacht durch den Kopf gehen lassen und würde gerne wissen, was du davon hältst.« Sie schenkte ihm Kaffee ein. »Einverstanden?«

»Schieß los.«

»Dazu muss ich ganz zum Anfang zurückgehen, John.«

Beim Reden bereitete sie das Omelette zu. John unterbrach sie nicht, sondern ließ sie einfach erzählen.

Er fand, dass sie sich bewegte wie ihre Mutter, geschmeidig und mit anmutigen Gesten, die ihre Worte untermalten. Aber ihr Denken war das einer Polizistin; allerdings waren ihm ihr logischer Verstand und die Beobachtungsgabe schon in ihrer Kindheit aufgefallen.

»Wir überprüfen den Schmuck.« Reena stellte den Teller vor ihn hin und ließ sich mit ihrem eigenen Frühstück – ein halber Bagel und ein einziger Speckstreifen – ihm gegenüber nieder. »Möglicherweise stammt er nicht aus New York, aber wir werden schon rauskriegen, wo Joey ihn geklaut hat. Es wäre hilfreich für uns, wenn wir wegen dieser

Sache einen Haftbefehl gegen ihn erwirken könnten. Er hat sich ziemlich leichtsinnig verhalten, was eigentlich zu ihm passt, obwohl er nicht dumm ist. Er ist nun mal ein geborener Angeber und Aufschneider. Und die Brandstiftungen gehören auch in dieses Schema«, fügte sie hinzu. »Das Allmachtsgefühl macht einen wichtigen Beweggrund für einen Brandstifter aus. Nur dass bei Joey noch eine zusätzlicher Aspekt hinzukommt: Mein Vater hat es getan, und ich kann es auch – nur größer und besser.«

»Es steckt aber noch mehr dahinter.«

»Ja. Bei sämtlichen Feuern handelt es sich, wenn ich nicht völlig danebenliege, um Racheakte, John. Und ich bin sicher, dass Joey der Täter ist. Vielleicht arbeitet er mit seinem Vater zusammen, möglicherweise auch allein. Er will sich an mir und meiner Familie rächen, weil er uns für das, was mit seinem Vater geschehen ist, verantwortlich macht.«

»Die Brände waren so fachmännisch gelegt, dass sicher noch weitere Anschläge auf sein Konto gehen«, merkte John an. »Alles war bis aufs Letzte durchgeplant und organisiert.«

»Ja, möglicherweise hat die Mafiafamilie aus New Jersey ihn als Brandstifter beschäftigt. Oder er arbeitet auf eigene Rechnung. Und es macht ihm nichts aus, zu warten. Obwohl er gezwungen war, zu pausieren, als er im Gefängnis saß, hat er sich geduldet, bis der richtige Moment kam. Nach dem Rausschmiss durch seinen Onkel hat er drei Monate damit gewartet, das Haus seines Cousins anzuzünden. Er muss es gewesen sein.«

»Da kann ich dir helfen. Ich kenne ein paar Leute in Frederick County.«

»Das hatte ich gehofft. Außerdem nehmen wir die Ermittlungen im Fall Josh Bolton wieder auf.« Reena trank einen Schluck von der Cola light, die sie sich eingeschenkt hatte. »Ganz bestimmt ist er der Täter, John. Und wenn ich ihm sonst nichts nachweisen kann, will ich ihn wenigstens dafür drankriegen.« Sie war machtlos gegen das Zittern in ihrer Stimme und ihr Herzklopfen. »Für Josh.«

»Wenn du zulässt, dass es persönlich wird, Reena, tust du genau, was er will.«

»Ich weiß, und ich gebe mir ja Mühe, das zu verhindern. Er will mir mitteilen, dass er dahintersteckt. Ganz gleich, wie er den Tatort arrangiert und seine Spuren verwischt, soll ich es bemerken. Aber warum erst jetzt? Aus welchem Grund hat er all die Jahre gewartet, um mich jetzt so direkt anzugreifen? Offenbar ist etwas geschehen, was der Auslöser gewesen ist.«

Mit einem Nicken schob John eine Gabel voll Ei in den Mund. »Während dieser ganzen Zeit hat er dich auf dem Radarschirm gehabt, allerdings so, dass es dir nicht aufgefallen ist, und hat immer wieder kleine Anschläge auf dich verübt. Vielleicht liegt es an etwas, das du an deinem Leben verändert hast. Es könnte etwas so Einfaches sein wie der Kauf dieses Hauses oder deine Beziehung mit dem Typen von nebenan.«

»Möglich.« Aber sie schüttelte den Kopf. »Es gab in meinem Leben doch schon so viele wichtige Ereignisse: ein Collegediplom – er hat seinen High-School-Abschluss im Gefängnis nachgeholt – und meinen Eintritt in den Polizeidienst. Nach den Unterlagen hat er sich mit wechselnden Aushilfstätigkeiten durchgeschlagen. Ich hatte feste Freunde, während er keine einzige Beziehung vorweisen kann. Da er keinen engen persönlichen Kontakt zu mir hat, kann er nicht wissen, was ich für diese Männer empfunden habe und ob es mir ernst war. Von außen betrachtet wirkte meine Beziehung mit Luke wie etwas Festes. Und, ja«, fuhr sie fort, ehe John etwas einwenden konnte, »er hat Lukes verdammtes Auto in die Luft gejagt, allerdings ohne sich mit mir in Verbindung zu setzen. Damals hat er noch nicht mit mir gesprochen.«

»Vielleicht liegt es ja auch am Zeitpunkt. Zwanzig Jahre. Jahrestage sind schließlich etwas Wichtiges. Doch es wird leichter für dich sein, ihm etwas nachzuweisen, wenn wir seine Motive kennen. Wir müssen ihm das Handwerk legen, bevor er das Spiel satt bekommt und einen Anschlag auf dich verübt. Und du weißt, dass er das irgendwann tun wird, Reena. Dir ist doch klar, wie gefährlich er ist.«

»Ja, natürlich. Ich bin mir dessen bewusst, dass ich es mit einem gewalttätigen und frauenfeindlichen Psychopathen zu tun habe, der für jede Kränkung – ob nun eingebildet oder nicht – Vergeltung fordert. Aber er wird sich noch etwas Zeit lassen, denn das Spiel ist wunderbar aufregend und gibt ihm ein Gefühl von Wichtigkeit. Allerdings könnte er dabei Menschen schädigen, die ich liebe. Das macht mir eine Heidenangst, John. Ich habe Sorge um meine Familie, um dich und um Bo.«

»Damit tust du wieder, was er will.«

»Auch das ist mir klar. Ich bin eine gute Polizistin. Bin ich eine gute Polizistin, John?«

»Ja, das bist du.«

»In meinem Beruf verbringe ich den Großteil meiner Zeit mit Ermittlungen in Fällen von Brandstiftung und versuche, sie aufzuklären. Ich beschäftige mich mit Beweisen, Details, Beobachtungen, Psychologie und physikalischen und chemischen Zusammenhängen. Ich bin keine Streifenpolizistin.« Reena holte Luft. »Die Male, die ich meine Waffe ziehen musste, kann ich an einer Hand abzählen, und ich war noch nie gezwungen, zu schießen. Ich habe zwar Verdächtige ruhig stellen müssen, aber ich hatte erst ein einziges Mal mit einem Bewaffneten zu tun. Letzten Monat. Und dabei haben mir die ganze Zeit die Hände gezittert. Ich hatte eine Neun-Millimeter-Pistole und er nur ein jämmerliches Messer. Und trotzdem, John, haben mir verdammt noch mal die Hände gezittert.«

»Konntest du den Verdächtigen überwältigen?«

»Ja.« Reena fuhr sich mit der Hand durchs Haar. »Ja, konnte ich.« Sie schloss die Augen. »Also gut.«

Den restlichen Tag befasste sie sich mit den vielen lästigen Kleinigkeiten, die ihr Beruf so mit sich brachte. Sie las Berichte, verfasste selbst welche, führte Telefonate und wartete auf Rückrufe.

Anschließend machte sie sich auf den Weg in ihr Wohnviertel, um einen von Joeys alten Freunden zu befragen.

Tony Borelli war ein magerer, mürrischer Junge und in der Schule eine Klasse über ihr gewesen. Seine Mutter hatte, wie Reena sich erinnerte, ständig nur herumgeschrien und zu der Sorte von Frauen gehört, die tagein, tagaus auf der Vordertreppe oder dem Gehweg standen und ihren Kindern, den Nachbarn, ihrem Mann und hin und wieder auch wildfremden Menschen lautstarke Szenen machten.

Mit achtundvierzig war sie an den Folgen eines Schlaganfalls gestorben.

Tony selbst war schon öfter mit dem Gesetz in Konflikt geraten: Ladendiebstahl, Autodiebstahl und Drogenbesitz. Außerdem hatte er mit Anfang zwanzig eine kurze Haftstrafe für seine Mitgliedschaft in einer Bande verbüßt, die im Süden von Baltimore mit gestohlenen Fahrzeugteilen handelte.

Er war immer noch mager, ein Klappergestell in schmierigen Jeans und einem ausgewaschenen roten T-Shirt. Auf dem Kopf trug er eine graue Schirmmütze mit der Aufschrift »Stensons Autowerkstatt«.

Er hatte gerade einen Kleinwagen auf der Hebebühne und wischte sich mit einem Halstuch, das früher einmal blau gewesen sein mochte, das Öl von den Händen.

»Joey Pastorelli? Mein Gott, den habe ich seit meiner Kindheit nicht mehr gesehen.«

»Ihr beide wart damals doch dicke Freunde, Tony.«

»Als Schüler.« Achselzuckend machte er sich daran, das Öl des Autos abzulassen. »Wir haben ein paar Jahre lang zusammen herumgehangen und hielten uns für ganz böse Buben.«

»Das wart ihr auch.« Tony warf Reena einen Blick zu und hätte beinahe gelächelt. »Stimmt wahrscheinlich. Aber das ist lange her, Reena.«

Er sah zu O'Donnell hinüber, der neben einer Werkbank stand und scheinbar fasziniert die dort liegenden Werkzeuge musterte. »Irgendwann wird jeder mal erwachsen.«

»Ich habe immer noch Kontakt mit vielen meiner damaligen Freundinnen. Sogar mit denen, die weggezogen sind. Wir bleiben in Verbindung.«

»Bei Mädchen ist das vielleicht anders. Joey ist nach New York abgehauen, als wir etwa zwölf waren. Das ist lange her.«

Reena stellte fest, dass Tony zwar weiterarbeitete, aber immer wieder nervös zu O'Donnell hinübersah.

»Du hast seitdem auch ein paar Mal Ärger gehabt, Tony.«

»Ja, richtig. Und gesessen habe ich auch. Wenn man mal im Knast war, trauen die meisten einem nicht mehr zu, dass man sein Leben wieder in den Griff kriegen könnte. Inzwischen bin ich verheiratet, habe ein Kind und hier einen festen Job. Ich bin ein guter Mechaniker.«

»Ein Talent, das dir auch beim Handel mit gestohlenen Autoteilen geholfen hat.«

»Damals war ich zwanzig, verdammt, und meine Schuld gegenüber der Gesellschaft habe ich abgetragen. Was willst du von mir?«

»Ich will wissen, wann du zuletzt Joey Pastorelli gesehen oder mit ihm gesprochen hast. Er war öfter in Baltimore, Tony. Und wenn jemand seinem alten Viertel einen Besuch abstattet, schaut er vermutlich auch bei seinen

Freunden von früher vorbei. Du verschweigst mir etwas, und wenn du nicht endlich mit der Sprache rausrückst, kann ich dir ordentlich Ärger machen. Ich täte das zwar nur ungern, aber mir bliebe dann nichts anderes übrig.«

»Das hat doch alles mit der Abreibung zu tun, die er dir als Kind verpasst hat.« Tony zeigte mit einem ölverschmierten Finger auf Reena. »Damit hatte ich nichts zu tun. Ehrenwort. Ich schlage keine Mädchen oder Frauen. Oder steht in meinem Vorstrafenregister vielleicht irgendwas über Gewalt gegen Frauen?«

»Nein, Gewalt war offenbar noch nie dein Thema. Allerdings habe ich gelesen, dass du nach deiner Verhaftung wegen der gestohlenen Autoteile den Mund gehalten hast. Du hast keine Namen genannt. Tust du das aus Freundschaft, Tony? Wir suchen Joey in Zusammenhang mit einem Mordfall. Hast du etwa Lust auf eine Anklage wegen Beihilfe?«

»Hoppla, Moment mal! Warte.« Den Schraubenschlüssel in der Hand, wich Tony zurück. »Mord? Ich weiß nicht, wovon du redest. Ich schwöre.«

»Erzähl mir alles über Joey.«

»Okay, kann sein, dass er ein paar Mal kurz hier war und dass wir ein Bierchen miteinander getrunken haben. Das ist doch nicht verboten.«

»Wann? Wo?«

»Mann.« Als Tony die Kappe abnahm, sah Reena, dass sein Haar schütter geworden war und dass er lange, spitz zulaufende Geheimratsecken bekommen hatte. »Nach dem Brand und dem ganzen Chaos habe ich erst wieder von ihm gehört, kurz bevor ich die Jungs mit den Autoteilen kennengelernt habe. Er tauchte auf und meinte, er habe etwas zu erledigen. Dann sagte er, falls ich mir ein bisschen was dazuverdienen will, würde er mich den richtigen Leute vorstellen. Er hat mich in die Werkstatt mitgenommen. So habe ich damit angefangen.«

»Du wurdest 1993 verhaftet.«

»Richtig. Davor hatte ich etwa ein Jahr lang gestohlene Autos ausgeschlachtet.«

Sie spürte, wie sich ihr der Magen zusammenkrampfte.

»Also hat Joey dich 1992 vermittelt?«

»Stimmt.«

»Wann genau? Wenigstens die Jahrszeit! War es Frühling, Sommer, Winter?«

»Ach herrje, wie soll ich das jetzt noch wissen?«

»Versuch, dich an das Wetter zu erinnern, Tony. Nach so vielen Jahren steht Joey plötzlich wieder auf der Matte, und ihr geht einen trinken. Zu Fuß? Hat es geschneit?«

»Nein, es war schönes Wetter. Ich habe einen Joint geraucht und mir ein Baseballspiel angehört. Es war noch früh in der Saison. April oder Mai.«

Obwohl es in der Garage heiß und stickig war, hatte der Schweiß auf Tonys Stirn seine Ursache sicher nicht in der schlechten Luft an seinem Arbeitsplatz. »Pass auf, falls er jemanden umgelegt hat, hat er es mir nicht erzählt. Das heißt nicht, dass mich das wundert oder dass ich es ihm nicht zutrauen würde. Doch er hat es jedenfalls mit keinem Wort erwähnt.« Tony fuhr sich mit der Zunge über die Lippen. »Aber über dich hat er geredet.«

»Ach, wirklich?«

»Nur so blödes Zeug. Hat mich gefragt, ob ich dich noch ab und zu sehe … und ob, du weißt schon, ich je was mit dir gehabt hätte.«

»Was sonst noch?«

»Ich war ziemlich bekifft, Reena. Wir haben eben den üblichen Mist gelabert, und dann hat er mir den Kontakt zu der Bande vermittelt. Dafür habe ich drei Jahre gesessen, und jetzt bin ich ehrlich. Seitdem arbeite ich in diesem Laden hier. Ein paar Jahre nach meiner Entlassung ist er wieder aufgekreuzt.«

»1999?«

»Ja. Ich bin mit ihm einen trinken gegangen. Um der alten Zeiten willen. Er hat mir erzählt, er hätte eine Reihe von Dingern laufen und könnte mir unter die Arme greifen. Aber ich wollte nichts mehr damit zu tun haben, und das habe ich ihm auch gesagt. Er war mächtig sauer, und wir haben uns ein bisschen gezofft. Dann ist er einfach abgehauen und hat mich mitten auf der Straße stehen lassen. Wir waren nämlich in seinem Auto gefahren. Ich habe mir fast den Tod geholt, bis ich endlich ein Taxi finden konnte.«

»War es kalt draußen?«

»Wie in einem Eiskeller. Ich bin ausgerutscht und auf den Hintern gefallen. Ein paar Wochen später habe ich Tracey kennengelernt. Das hat mir geholfen, ehrlich zu bleiben, denn die würde so etwas niemals mitmachen.«

»Gut für sie.«

»Gut für mich. Und das weiß ich auch, Reena. Als ich Joey das nächste Mal sah, habe ich ihm klipp und klar mitgeteilt, dass ich keine krummen Dinger mehr drehe.«

»Wann war das?«

Tony scharrte mit den Füßen.

»Vor ein paar Wochen. Vielleicht vor drei. Er kam bei mir vorbei. Keine Ahnung, woher er unsere Adresse hatte. Es war schon kurz vor Mitternacht. Tracey hat Angst gekriegt, und die Kleine ist aufgewacht. Joey hatte getrunken und wollte, dass ich mitkomme. Aber ich habe ihn nicht reingelassen und weggeschickt. Das hat ihm gar nicht gefallen.«

»War er zu Fuß unterwegs?«

»Nein. Äh … ich habe ihm nachgeschaut, um sicher zu sein, dass er auch verschwindet. Dabei habe ich gesehen, wie er in einen Cherokee stieg. Einen schwarzen Jeep Cherokee. Wahrscheinlich Baujahr 1993.«

»Konntest du die Kennzeichen lesen?«

»Nein, tut mir leid. Hab nicht drauf geachtet.« Tony

knetete die Kappe zwischen den Händen, aber Reena wusste, dass das nicht aus Schuldbewusstsein geschah. Er hatte Angst. »Er hat meine Frau und mein Kind erschreckt. Mein Leben hat sich verändert, denn ich habe jetzt eine Familie. Wenn Joey wirklich einen Mord begangen hat, will ich nicht, dass er sich in der Nähe meiner Familie herumdrückt.«

»Falls er sich wieder mit dir in Verbindung setzt, würde ich das gern erfahren. Außerdem solltest du ihm nichts von unserem Gespräch erzählen. Wenn möglich, finde raus, wo er wohnt, aber ganz unauffällig.«

»Du machst mir Angst, Reena.«

»Gut, denn der Mann ist wirklich gefährlich. Wenn er sauer auf jemanden ist, tut er ihm weh und rächt sich an seiner Familie. Das ist kein Witz, Tony, sondern die Wahrheit.«

Als Reena und O'Donnell sich zum Gehen anschickten, kam Tony ihnen rufend nachgelaufen.

»Äh, da wäre noch etwas. Es ist privat.«

»Klar. Ich komme gleich«, meinte sie zu O'Donnell und begleitete Tony um die Ecke des Gebäudes.

»Hat er wirklich jemanden umgelegt?«

»Das untersuchen wir gerade.«

»Und du glaubst, er könnte es auf Tracey und die Kleine abgesehen haben?«

»Rache ist sein Hobby, Tony. Im Moment hat er wahrscheinlich zu viel zu tun, um sich mit dir zu befassen. Aber wenn wir ihn nicht rechtzeitig erwischen, könnte er die Zeit finden. Ich empfehle dir deshalb, ihm aus dem Weg zu gehen und mich zu informieren, falls er sich bei dir meldet.«

»Ja, verstanden. Ich habe eine zweite Chance bekommen, als Tracey sich für mich entschieden hat. Und die werde ich für nichts und niemanden aufs Spiel setzen. Pass auf.« Wieder nahm er die Kappe ab und fuhr sich mit der Hand durchs spärliche Haar. »Äh ... als wir Kinder waren, bevor, tja, das ganze Chaos losgegangen ist, hat er dich öfter verfolgt.«

»Verfolgt?«

»Er hat dich in der Schule und im Viertel beobachtet. Manchmal hat er sich nachts rausgeschlichen und bei euch in die Fenster geschaut. Ab und zu ist er auch auf den Baum in eurem Garten geklettert, um in dein Schlafzimmerfenster zu gucken. Ich bin hin und wieder mitgekommen.«

»Habt ihr wenigstens was Interessantes gesehen, Tony?«

Er senkte den Kopf und musterte seine Stiefelspitzen. »Er wollte dich vergewaltigen. Nur, dass er das nicht so genannt hat. Das ist die Wahrheit, Reena. Ich habe es damals nicht so verstanden. Schließlich war ich erst zwölf. Er hat mir beschrieben, was er mit dir machen wollte, und verlangt, dass ich ihn begleite. Aber ich wollte nichts damit zu tun haben. Außerdem habe ich geglaubt, dass er nur angab, und fand es einfach bloß fies. Aber nachdem, tja, als wir hörten, dass er dich überfallen hat und ... Ich wusste, was da gelaufen war, und trotzdem habe ich kein Wort gesagt.«

»Du tust es jetzt.«

Tony sah sie an. »Ich habe eine kleine Tochter. Sie ist erst fünf. Wenn ich mir vorstelle ... Tut mir leid. Ich wollte mich nur bei dir entschuldigen, weil ich den Mund nicht aufgemacht habe, bevor er versucht hat, dir wehzutun. Ich gebe dir mein Wort, dass ich ihm nicht verraten werde, dass du ihn suchst, wenn er sich wieder bei mir meldet. Und ich rufe dich sofort an.«

»Gut, Tony.« Reena besiegelte die Abmachung mit einem Handschlag. »Ich freue mich, dass du jetzt eine Familie hast.«

»Es ist ein großer Unterschied.«

»Ja, stimmt.«

»Wir haben eine Bestätigung, dass Joey P. beide Male in der Nähe war: als Josh starb und als Lukes Wagen abbrannte. Außerdem wissen wir, dass er sich vor zwei bis drei Wochen in Baltimore aufgehalten hat.«

Reena instruierte die Kollegen des Branddezernats, Steve in seiner Funktion als Brandinspektor und die Leute von der Spurensicherung.

»Einer Zeugenaussage zufolge fuhr er einen schwarzen Jeep Cherokee, vermutlich Baujahr 1993, als er Tony Borelli einen Besuch abstattete. Allerdings ist auf Joseph Pastorelli – weder Vater noch Sohn – kein Fahrzeug zugelassen. Seine Mutter besitzt kein Auto. Vielleicht hat er sich den Wagen von einem Bekannten geliehen oder, was wahrscheinlicher ist, gestohlen. Wir sind gerade dabei, die Diebstahlanzeigen zu sichten, in denen ein Cherokee betroffen ist. Younger?«

Der Polizist rutschte auf seinem Stuhl herum. »Wir ermitteln noch, aber es sieht ganz danach aus, dass die Vorrichtung in Goodnights Benzintank die Gleiche war, die auch bei Chambers verwendet wurde. Ein Knallfrosch in einem schwimmenden Becher und mit Benzin getränkte Lumpen als Auslöser. Außerdem untersuchen wir ähnliche Straftaten, die sich in New York, New Jersey, Connecticut und Pennsylvania ereignet haben. Darüber hinaus nehmen wir den Mord und Fahrzeugbrand in North Carolina unter die Lupe, dem Hugh Fitzgerald zum Opfer gefallen ist. Und zu guter Letzt wurde die Akte des mutmaßlichen Unfalls mit Todesfolge zum Schaden von Joshua Bolton wieder geöffnet.«

Einer der anderen Detectives wies auf die Pinnwand, an der die Erkennungsdienstfotos der beiden Pastorellis und einige Aufnahmen der Tatorte prangten. »Wir gehen also davon aus, dass dieser Typ schon seit mindestens zehn Jahren zündelt und dabei zwei Menschen umgebracht hat, ohne dass man ihm je etwas nachweisen konnte?«

»Richtig«, erwiderte Reena. »Er ist vorsichtig und ein Profi. Möglicherweise genießt er auch den Schutz der Carbionellis und hat auch in ihrem Auftrag Brände gelegt. Wir nehmen weiterhin an, dass er bis jetzt kein Motiv hatte, Kontakt zu mir aufzunehmen. Was jetzt das Motiv sein könnte, wissen wir nicht. Doch er kommt immer wieder in diese Stadt. Irgendetwas zieht ihn nach Baltimore.«

»Das könntest unter anderem du sein«, merkte Steve an.

»Ich«, stimmte sie zu, »sein Vater und das, was im August 1985 passiert ist. Er hegt nicht nur einen Groll gegen mich, sondern ist dazu auch noch ziemlich nachtragend. Früher ist er, soweit wir wissen, aufgekreuzt, hat zugeschlagen und ist dann sofort wieder verschwunden. Diesmal bleibt er hier, um das Spiel zu Ende zu spielen. Er wird wieder anrufen. Und er wird wieder einen Brand legen.«

Sie warf einen Blick auf das Verbrecherfoto. »Diesmal will er es zu Ende bringen.«

Am Ende ihrer Schicht suchte Reena ihre Akten und Notizen zusammen und beschloss, zu Hause weiterzuarbeiten, wo es ruhiger war. Außerdem wollte sie da sein, falls Joey wieder anrief.

Als das Telefon läutete, griff sie mit der freien Hand nach dem Hörer. »Branddezernat, Hale. Ja. Danke, dass Sie mich zurückrufen. Die New Yorker Polizei«, flüsterte sie O'Donnell zu und legte die Akten wieder weg, um sich Notizen zu machen. »Ja, ja, ich verstehe. Könnten Sie mir die Namen der Brandinspektoren und der Detectives in dem Einbruchsfall besorgen? Da wäre ich Ihnen sehr dankbar. Ich melde mich.«

Sie legte auf und sah O'Donnell an. »Die Armbanduhr, die Ohrringe und eine Menge anderer Klunker wurden am 15. Dezember letzten Jahres aus einer Wohnung in der Upper East Side gestohlen. Das Gebäude war wegen eines

Brandes in der Nachbarwohnung evakuiert worden, deren Besitzer sich im Urlaub befanden. Nachdem die Feuerwehr den Brand gelöscht hatte und die Bewohner wieder ins Gebäude durften, wurde der Einbruch festgestellt. Es fehlten Bargeld, Schmuck und eine Münzsammlung.«

»Klein und leicht zu transportieren.«

»In dem Haus gibt es zwar einen Portier, doch einer der Nachbarn hatte an diesem Abend eine Party gegeben. Mit Partyservice. Also herrschte ein ständiges Kommen und Gehen: Gäste, Kellner und so weiter. Es wäre also nicht weiter schwierig gewesen, sich ins Haus zu schleichen, in eine leere Wohnung einzudringen und dort Feuer zu legen.«

»Wurde die Brandursache festgestellt?«

»Sie schicken uns Kopien der Akte mit dem Nachtkurier. Es ist von mehreren Brandnestern die Rede: eine Besenkammer voller Putzmittel, Sofa, Bett. Außerdem wurde die Wohnung ausgeraubt. Kleinere Kunstgegenstände und ein bisschen Schmuck, der nicht im Safe lag.«

»Da muss jemand gut informiert gewesen sein.«

»Aber bis jetzt gibt es keine Festnahmen, und von den gestohlenen Gegenständen konnte auch nichts sichergestellt werden. Also freut sich die New Yorker Polizei über jeden Hinweis.«

»Eine Hand wäscht die andere«, erwiderte O'Donnell.

Kapitel 27

Reena beschloss, auf dem Heimweg bei ihrer Mutter einen längst überfälligen Besuch abzustatten.

Als sie einen funkelnagelneuen blauen Laster vor dem Sirico entdeckte, zählte sie zwei und zwei zusammen. Sie parkte hinter dem Wagen, nahm das Fahrzeug rasch unter die Lupe und kam zu dem Schluss, dass Bo einen guten Kauf gemacht hatte.

Im Lokal war jetzt, zwischen Mittag- und Abendessen, nicht viel los. Pete hatte Dienst, assistiert von seiner Tochter Rosa, die Semesterferien hatte und die Gäste bediente.

»Sie sind alle hinten«, rief Pete Reena zu. »Die ganze Bande.«

»Brauchst du Hilfe?«

»Im Moment ist alles in Butter.« Er verteilte großzügig Sauce auf einem Baguettesandwich mit Fleischklößchen. »Aber du kannst meinem Jungen ausrichten, er soll seinen Hintern herbewegen, weil wir eine Lieferung haben. Die Sachen sind fast fertig.«

»Wird gemacht.« Sie durchquerte die Küche und ging durch den Personaleingang hinaus in den kleinen Garten, wo sich ihre Familie – einschließlich einiger Cousins, ihres Onkels Larry, Gina, deren Mutter und deren zwei Kindern – versammelt hatte.

Dass alle gleichzeitig redeten, überraschte Reena nicht weiter.

Im struppigen Gras waren mit orangefarbenem Sprühlack einige Kreuze markiert.

Während ihr Vater in die eine Richtung deutete, zeigte ihre Mutter in die andere. Bo schien nicht zu wissen, wem er zuerst zuhören sollte.

Reena näherte sich dem kleinen Tisch, wo Bella saß und Mineralwasser trank.

»Was ist denn hier los?«

»Oh.« Bella machte eine lässige Handbewegung. »Sie messen nach, markieren und streiten sich wegen der Sommerküche mit Gästeterrasse, auf die Mama sich versteift hat.«

»Was stört dich daran?«

»Haben sie nicht schon genug zu tun? Seit über dreißig Jahren sind sie inzwischen an diesen Laden gekettet.«

Reena setzte sich und sah Bella in die Augen. Da ist etwas im Busch, dachte sie. Irgendwas stimmte nicht. »Sie lieben diesen Laden.«

»Das weiß ich, Reena, aber sie werden auch nicht jünger.«

»Du meine Güte!«

»Aber es stimmt. Sie sollten ihren Lebensabend genießen und ein bisschen Spaß haben, anstatt sich noch mehr Arbeit aufzuhalsen.«

»Aber sie haben doch Spaß. Und zwar nicht nur, indem sie hier arbeiten und sehen, wie ihr Einsatz geschätzt wird. Sie reisen auch.«

»Was wäre gewesen, wenn es nie ein Sirico gegeben hätte?« Bella drehte sich um und senkte die Stimme, als beginge sie eine Gotteslästerung. »Ohne dieses Lokal hätten Mama und Dad sich nicht so jung kennengelernt und sich dem Laden verpflichtet gefühlt. Und dann hätte Mama vielleicht Kunst studiert. Sie wäre Malerin geworden, hätte neue Erfahrungen gemacht und die Welt gesehen, anstatt Hals über Kopf zu heiraten und Kinder zu kriegen.«

»Erstens wärst du dann nicht auf der Welt, und zweitens hätte sie doch trotzdem Kunst studieren und außerdem Dad heiraten können. Aber sie hat sich eben für dieses Lokal und dieses Leben entschieden.«

Reenas Blick wanderte zu ihrer schlanken und hübschen Mutter hinüber, die das Haar zu einem schimmernden Pferdeschwanz zusammengefasst trug und ihrem Mann gerade lachend den Zeigefinger in die Brust bohrte.

»Schau sie dir doch an, Bella. Auf mich macht sie nicht den Eindruck einer Frau, die ihre Entscheidungen bereut und mit dem Leben hadert.«

»Warum kann ich nicht so glücklich sein, Reena? Warum nicht?«

»Keine Ahnung. Und es tut mir leid, dass du es nicht bist.«

»Ich weiß, dass du mit Vince gesprochen hast. Oh, jetzt schau mich nicht an wie eine Polizistin«, fügte Bella gereizt hinzu. »Er war sauer, aber auch ein wenig erschüttert. Er hätte nie damit gerechnet, dass meine kleine Schwester ihn zur Rede stellt. Vielen Dank.«

»Gern geschehen. Es war ein spontaner Einfall, und ich konnte mich einfach nicht mehr bremsen. Allerdings habe ich befürchtet, du könntest es als Einmischung verstehen.«

»Nein. Selbst wenn es nichts bewirkt hätte, wäre ich dir nicht böse, weil du zu mir gehalten hast. Er hat mit seiner derzeitigen Geliebten Schluss gemacht. Zumindest, soweit ich es feststellen kann. Vielleicht bleibt es so, vielleicht auch nicht.« Bella zuckte die Achseln und betrachtete ihre Mutter. »Ich werde nie sein wie Mama, Teil eines Teams und mit einem Ehemann, der alles an mir vergöttert. Das werde ich nie bekommen.«

»Du hast wunderschöne Kinder, Bella.«

»Richtig«, stimmte sie mit einem wehmütigen Lächeln zu. »Ich habe wunderschöne Kinder. Und ich glaube, ich bin wieder schwanger.«

»Du glaubst ...«

Aber Bella unterbrach sie mit einem raschen Kopfschütteln, als eines der Kinder auf den Tisch zugerannt kam.

»Mama! Dürfen wir ein Eis essen? Nur eine Kugel. Oma sagt, wir sollen dich fragen. Bitte, dürfen wir?«

»Natürlich dürft ihr.« Sie strich ihrem Sohn über die

Wange. »Aber wirklich nur eine Kugel. Ich liebe sie so sehr«, meinte sie zu Reena, als der Junge losstürmte, um die gute Nachricht zu überbringen. »Jetzt kann ich nicht darüber reden. Verrate niemandem ein Wort.« Bella sprang auf. »Sophia! Komm und hilf mir mit den Eistüten.«

Gefolgt von einer Horde johlender kleiner Kinder, ging Bella ins Haus. Sophia schlurfte mürrisch hinterher.

Reena bemerkte, dass ihre älteste Nichte zwar schmollte, aber trotzdem gehorchte. Allerdings war sie noch jung genug, um eine Kugel Eis nicht zu verschmähen.

»Warum soll ich ihr helfen? Immer ich.«

»Hey, was hast du denn?«, wollte Reena wissen. »Wenn du an der Quelle sitzt, wird niemand sehen, wenn du dir eine zweite Kugel genehmigst.«

Sophias Lippen zuckten. »Magst du auch eine?«

»Wenn es Zitroneneis ist, lasse ich mir das nicht entgehen.« Reena kniff Sophia in die Wange. »Sei nett zu deiner Mutter. Und schau mich nicht so entnervt an. Tu es einfach. Nur vierundzwanzig Stunden lang. Sie kann es brauchen.«

Sie gab ihrer Nichte einen Kuss auf die Wange und schlenderte dann zu ihrer Mutter hinüber. Bianca legte Reena den Arm um die Taille. »Du kommst gerade rechtzeitig. Dein Vater hat gerade das Offensichtliche festgestellt. Nämlich, dass ich recht hatte.«

Zusammen mit ihrer Mutter sah Reena zu, wie Bo, Gib, Larry und ein paar andere zur Hausecke gingen. Bo fuchtelte mit der Sprühdose, erhielt von Gib ein Achselzucken zur Antwort und begann, eine leicht geschwungene Linie auf das Gras zu sprühen.

»Was macht er da?«, fragte Reena.

»Er plant den Gartenweg, der an der Ecke anfangen soll. So haben die Gäste direkten Zutritt vom Gehweg auf meine Terrasse und müssen nicht, so wie jetzt, durch das Restaurant kommen, wenn sie draußen sitzen wollen. Vielleicht machen sie ja gerade einen Spaziergang und hören die Musik.«

»Musik?«

»Ich werde Lautsprecher einbauen. Wenn die Pergola fertig ist, wird es auch Musik geben. Und Lampen am Weg entlang. Und große Blumenkübel.« Die Hände in die Hüften gestemmt, drehte sie sich einmal um die eigene Achse, die Geste einer Frau, die voll und ganz mit sich zufrieden war und sich durchgesetzt hatte. »Dazu dekorative Bäume. Am besten Zitronenbäumchen. Und da hinten in die Ecke kommt ein kleiner Spielplatz, damit die Kinder sich nicht langweilen, und …«

»Mama!« Lachend presste sich Reena die Hände an die Schläfen. »Mir schwirrt schon der Kopf.«

»Aber der Plan ist gut.«

»Ja, sehr gut. Und auch sehr aufwändig.«

»Man soll sich nicht mit Kleinigkeiten abgeben.« Bianca lächelte, als Bo begann, zu gestikulieren und einzelne Punkte an den Fingern aufzuzählen, während Gib die Stirn runzelte. »Ich mag deinen Bo. Wir hatten viel Spaß heute. Ich habe verhandelt, bis Cousin Sal Tränen in den Augen hatte. Das war lustig. Und Bo hat mir eine Hortensie geschenkt.«

»Er … er hat dir einen Busch geschenkt?«

»Und ihn auch schon eingepflanzt. Wenn du ihn nicht heiratest, muss ich ihn adoptieren, denn ich lasse ihn nicht mehr weg.«

Die Kinder kamen mit Eistüten aus dem Haus gelaufen, Gina und ihre Mutter schlenderten heran, und Bo, der Reenas Blick auffing, grinste ihr zu.

Es war wirklich nicht der richtige Zeitpunkt, um über Serienbrandstiftung und Mord zu sprechen.

Leider konnte Reena nicht bleiben, obwohl sie mit ihrer Begründung, warum sie nach Hause musste, auf Protest stieß.

»Ich möchte deinen Eltern so viel wie möglich erklären, damit sie heute Abend darüber sprechen und eine Entscheidung fällen können«, meinte Bo zu Reena. »Wenn du noch eine halbe Stunde wartest, komme ich mit.«

»Du hast doch selbst ein Auto, und zwar ein ziemlich großes. Ich muss noch einige Akten durcharbeiten und brauche dazu eine Stunde Ruhe.«

»Soll ich dir was zu essen mitbringen?«

»Das wäre prima. Egal, was. Überrasch mich einfach.«

Xander schloss sich ihr an, als sie neugierig den Pfad zwischen den beiden geschwungenen orangefarbenen Linien entlangging. »Ich begleite dich.« Wie früher zupfte er sie am Haar.

Sie versetzte ihm einen spielerischen Rippenstoß.

»Was hältst du davon, wenn ich mit dir nach Hause komme?«, begann er. »Und ein bisschen bleibe? Wir beide haben nie …«

»Nein, ich muss arbeiten. Außerdem brauche ich mich nicht von meinem kleinen Bruder beschützen zu lassen.«

»Ich bin größer als du.«

»Aber nur knapp.«

»Was heißt, dass ich zwar der jüngere Bruder bin, aber nicht der kleine. Was ist, wenn er bei dir aufkreuzt, Catarina?«

»Das wäre möglich, denn er weiß, wo ich wohne. Aber ich bin darauf vorbereitet, Xander. Schließlich kann ich mich nicht rund um die Uhr bewachen lassen. Ich möchte, dass du vorsichtig bist.« Sie drehte sich um und legte ihm die Hände auf die Schultern. »Es ist Joey Pastorelli. Wenn mich nicht alles täuscht, will er Rache üben. Du hast ihn zum Kampf herausgefordert und dich gewehrt, obwohl du drei Jahre jünger bist als er. Ich bin sicher, dass er dir das nie verziehen hat. Also pass auf dich, deine Frau und dein Kind auf. Um mich brauchst du dir keine Sorgen zu machen. Versprochen?«

»Wenn dieses Schwein An und Dillon auch nur nahe kommt ...«

»Richtig.« Reena sah ihren Bruder verständnisvoll an. »Genau das meine ich. Bleib immer in ihrer Nähe. Ihr und Jack müsst euch um Fran, Bella, die Kinder, Mama und Dad kümmern. Ich habe ein paar zusätzliche Streifenwagen angefordert, aber niemand kennt dieses Viertel und die Stimmung hier so wie wir. Sobald dir etwas auch nur im Entferntesten merkwürdig erscheint, rufst du mich sofort an. In Ordnung?«

»Diese Frage hättest du dir sparen können.«

»Es ist heiß«, meinte sie nach einer Weile. »Es wird eine warme Nacht werden. Endlich haben wir Sommer.«

Sie stieg in den Wagen und fuhr nach Hause. Doch als sie dort angekommen war, blieb sie im Auto sitzen und betrachtete das Haus, die Straße und den Häuserblock. Sie kannte viele Leute, die hier wohnten, und zwar die meisten davon, seit sie denken konnte.

Dieses Viertel war ihr vertraut, und sie hatte sich entschieden, hier wohnen zu bleiben. Ganz gleich, in welche Richtung sie auch ging, traf sie stets jemanden, der sie mit Namen ansprach.

Und nun drohte ihr und all ihren Nachbarn Gefahr.

Die Akten unter dem Arm, stieg Reena aus und schloss ihren Wagen ab. Als sie die Beulen und Kratzer im Lack ansah, wurde ihr wieder klar, dass die Explosion von Bos Pick-up noch viel schlimmere Folgen hätte haben können.

Wie lange würde es wohl dauern, ihr Auto anzuzünden?, fragte sie sich. Zwei Minuten? Drei? Er konnte es jederzeit tun, während sie schlief, duschte oder eine Mahlzeit zubereitete.

Aber das wäre nur ein kleiner Nadelstich gewesen. Reena war sicher, dass Joey nun einen Schritt weitergehen würde.

Auf dem Weg zu ihrer Tür winkte sie Mary Kate Leoni

zu, die gerade drei Türen weiter ihre Vordertreppe aus weißem Marmor schrubbte. Hausarbeit, dachte sie. Das Leben ging einfach weiter, und zwar indem man sich mit Alltäglichkeiten befasste, seinen Haushalt erledigte, im Restaurant Gäste bediente oder Eis aß.

Reena schloss die Tür auf und legte die Akten weg. Dann nahm sie die Pistole aus dem Halfter. Sosehr sie auch ihrer Familie – und auch sich selbst – eingeredet haben mochte, dass sie alles im Griff hatte und gerne eine Stunde allein sein wollte, war sie nervös und suchte zuerst gründlich ihr Haus ab. Und zwar mit gezogener Waffe.

Nachdem sie sich vergewissert hatte, dass alles in Ordnung war, fühlte sie sich zwar immer noch nicht ruhiger, ging aber wieder nach unten, um sich die Akten und etwas Kaltes zu trinken zu holen. Es wurde allmählich Zeit, dass sie ihr Arbeitszimmer benutzte, das sie sich im zweiten Stock eingerichtet hatte – und dass sie sich mit dem befasste, was sie am besten konnte: organisieren, überprüfen, analysieren.

Reena schaltete den Computer ein und wandte sich dann der Tafel auf der Staffelei zu, die sie sich gleich nach ihrem Einzug angeschafft hatte. Aus den Akten holte sie Fotoaufnahmen, Zeitungsartikel und Kopien von Berichten. Dann rief sie Fotos und weitere Berichte auf und druckte sie aus.

Als alles an der Tafel hing, trat Reena ein paar Schritte zurück, um es zu betrachten. Anschließend setzte sie sich an den Computer und schrieb in zeitlicher Reihenfolge alles auf, was sich seit jener Nacht im August, als sie elf Jahre alt gewesen war, ereignet hatte.

Obwohl das über eine Stunde dauerte, bemerkte sie kaum, wie die Zeit verging.

So tief war sie in ihren Erinnerungen an die Vergangenheit versunken, dass sie fast vergessen hatte, wo sie sich befand, und sie stieß einen Fluch aus, als das Telefon läutete. Ihre Hand schwebte schon über dem Hörer, aber dann hielt sie inne und warf einen Blick auf die Anzeige.

Reena ließ das Telefon ein zweites Mal läuten und bereitete sich innerlich auf das Gespräch vor. Obwohl sie wusste, dass ihr Apparat abgehört wurde und dass irgendwo ein Kollege mit einem Aufnahme- und Peilgerät saß, schaltete sie ihren eigenen Kassettenrekorder ein, bevor sie abnahm.

»Hallo, Joey.«

»Hallo, Reena. Hat ja ziemlich lange gedauert.«

»Ach, ich weiß nicht. Ich denke, ich bin ziemlich schnell dahintergekommen, wenn man berücksichtigt, dass ich in den letzten zwanzig Jahren keinen Gedanken an dich verschwendet habe.«

»Aber jetzt denkst du an mich, oder?«

»Klar. Mir ist wieder eingefallen, was für ein kleiner Dreckskerl du warst, als du noch in unserer Straße gewohnt hast. Offenbar hast du dich seitdem zu einem großen Dreckskerl entwickelt.«

»Ein loses Mundwerk hattest du ja schon immer. Und diesen Mund werde ich mir sehr bald vornehmen.«

»Wo liegt dein Problem, Joey? Schaffst du es nicht, eine Frau kennenzulernen? Ist deine Methode immer noch, sie erst zu verprügeln und dann zu vergewaltigen?«

»Das wirst du schon noch herausfinden. Zwischen uns beiden ist noch eine Rechnung offen. Ich habe wieder eine Überraschung für dich. Die habe ich nur für dich vorbereitet.«

»Warum lassen wir die Mätzchen nicht, Joey? Wir beide sollten uns treffen. Sag mir nur, wann und wo, und dann reden wir übers Geschäftliche.«

»Du hast mich schon immer für blöd gehalten und geglaubt, dass ich weniger wert bin als du und deine heilige Familie. Und dabei wohnt die immer noch im alten Viertel und handelt mit fettigen Pizzas.«

»Aber, Joey, die Pizzas im Sirico sind doch nicht fertig. Komm mal vorbei. Dann gebe ich dir eine große aus.«

»Schade, dass der Typ, der es zurzeit mit dir treibt, nicht im Pick-up saß, als die Karre in die Luft geflogen ist.« Sein Atem ging schneller, und er stieß die Worte hervor.

Offenbar habe ich einen wunden Punkt getroffen, dachte Reena. Und die Kobra mit einem Stock angeschubst.

»Vielleicht beim nächsten Mal. Er könnte auch zu Hause im Bett einen Unfall haben. Es kommt schließlich öfter vor, dass jemand so was passiert. Er hat gerochen wie ein Schweinebraten. Der Erste. Erinnerst du dich an ihn, Reena? Dein Duft war noch in den Laken, die ich benutzt habe, um ihn anzuzünden.«

»Du Dreckschwein.« Ihr Magen krampfte sich zusammen, dass sie sich vornüberbeugen musste. »Du mieses Dreckschwein.«

Er lachte auf, und seine Stimme senkte sich zu einem Flüstern. »Heute Nacht wird jemand verbrennen.«

Es dauerte fast zwei Stunden, bis Bo sich aus dem Sirico loseisen konnte. Der Auftrag würde sicher sehr interessant werden. Außerdem hatte er etwa ein halbes Dutzend Anfragen für Reparatur- und Umbauarbeiten oder das Anfertigen von Möbelstücken von Leuten erhalten, die vorbeigekommen waren, während er den Bauplatz vermaß. Bevor er sich endlich mit einem mit Parmesan überbackenen Hühnchen aus dem Staub machen konnte, musste er mindestens zwölf Visitenkarten verteilen.

Falls auch nur ein Drittel der Interessenten ihm tatsächlich einen Auftrag erteilte, würde er sich ernsthaft überlegen müssen, ob er nicht besser eine Vollzeitkraft einstellte.

Ein großer Schritt, überlegte er weiter. Ein gewaltiger Schritt, denn sonst hatte er stets nur Aushilfen beschäftigt oder Brad angeheuert, wenn ein Auftrag zu viel für eine Person war oder die Zeit knapp wurde.

Für einen Mann, der eigentlich am liebsten allein arbeitete, war das eine ziemliche Verpflichtung. Er würde jemandem – einem Menschen, der davon abhängig war – ein regelmäßiges Gehalt zahlen müssen. Und zwar Monat für Monat.

Darüber musste er noch einmal gründlich nachdenken.

Während er um seinen Pick-up herumging, strich er mit der Hand über die Motorhaube. Ein schönes Auto, das musste er zugeben. Und er hatte es für einen absoluten Spottpreis bekommen. Bianca hatte verhandelt wie eine Weltmeisterin.

Aber, verdammt, er würde seine alte Karre trotzdem vermissen.

Bo kramte nach seinem Schlüssel und ließ seinen Blick die Straße entlangschweifen, als er plötzlich einen Pfiff hörte.

Der Mann hatte die Daumen in die vorderen Taschen seiner Jeans gehakt, trug eine Baseballkappe und eine Sonnenbrille und grinste breit. Da er Bo irgendwie bekannt vorkam, winkte er ihm mit der Hand, die den Schlüssel hielt, zu.

Im nächsten Moment fiel bei ihm der Groschen: der Typ mit den Blumen, der im Supermarkt Rosen gekauft hatte, um sich bei seiner Frau einzuschmeicheln.

»Hallo«, rief er, während er die Autotür aufschloss. »Wie geht es denn so?«

Das zähnefletschende Grinsen des Mannes war wie festgefroren, als er auf einen Wagen zuging, einstieg, das Fenster hinunterkurbelte und sich hinauslehnte. Er formte mit dem Zeigefinger eine Pistole, und Bo hörte, dass er im Vorbeifahren »peng« rief.

»Komischer Vogel.« Kopfschüttelnd stellte Bo die Tüte mit dem Hühnchen auf den Sitz und rutschte hinters Steuer. Bevor er aus der Parklücke fuhr, sah er sich in beide Richtungen um. Dann wendete er rasch und machte sich auf den Weg zu Reena.

Dort angekommen, öffnete er die Tür, rief ihr zu, um ihr mitzuteilen, dass er zurück war, und brachte dann die Tüte in die Küche. Da ihm ein Geruch in die Nase stieg, der sicher nicht von dem Hühnchen stammte, beschloss er, sich zuerst eine angenehm kühle Dusche zu gönnen.

Also würde er zuerst rasch zu sich nach Hause gehen und dabei auch die Skizzen und Entwürfe holen, die er für Reena angefertigt hatte, um sie ihr zu zeigen. Das würde sie beide für ein paar Stunden von ihren Problemen ablenken.

Deshalb verließ Bo die Küche in Richtung Treppe und rief noch einmal: »Hallo, ich war beim Jagen und Sammeln. Ich gehe nur rasch nach nebenan und dusche. Aber offenbar führe ich hier Selbstgespräche«, fügte er hinzu, da aus dem Schlafzimmer niemand antwortete.

Als er hörte, dass sich über ihm eine Tür öffnete, stieg er in den zweiten Stock hinauf.

»Hallo, Reena, warum kaufen Leute wie du und ich nur Häuser, wo so viele Treppen ... Hey, was ist denn los?«

Sie stand vor der Tür, hinter der sich, wie er wusste, ein kleines Badezimmer verbarg. Ihr Gesicht war kreidebleich.

»Du solltest dich erst mal setzen.« Obwohl sie den Kopf schüttelte, nahm er sie am Arm und zog sie in ihr Arbeitszimmer. »Hat er wieder angerufen?«

Diesmal nickte sie. »Gib mir eine Minute.«

»Ich hole dir ein Glas Wasser.«

»Nein, ich hatte schon eins. Es ist alles in Ordnung. Ja, er hat wieder angerufen, und er hat einen wunden Punkt getroffen. Ich hatte alles im Griff und habe das Gespräch bestimmt. Aber dann hat er etwas gesagt, dass ich die Beherrschung verloren habe.«

Sie hatte es kaum geschafft, O'Donnell anzurufen, bevor sie sich heftig hatte erbrechen müssen.

»Ich habe dich kommen sehen.« Reena hatte den Kopf aus dem Fenster gesteckt, um Atem zu schöpfen.

»Was hat er gesagt?«

Anstatt es zu wiederholen, wies sie nur auf den Kassettenrekorder. »Spul es zurück, und hör es dir selbst an.«

Während er der Aufforderung folgte, ging sie zum Fenster und öffnete es, obwohl es draußen schwül und stickig war.

»Nicht gerade das, was du dir vorgestellt hast«, meinte sie und kehrte ihm weiter den Rücken zu.

»Nein, nicht unbedingt.«

»Niemand wird es dir übel nehmen, wenn du beschließt, dass dir das zu viel ist, Bo. Er wird versuchen, dir etwas anzutun. Einen Anschlag hat er ja schon auf dich verübt.«

»Also hättest du nichts dagegen, wenn ich mir ein paar Wochen freinehme, mir vielleicht einige Nationalparks anschaue oder zum Schnorcheln nach Jamaika fliege?«

»Nein.«

»Wegen so einer dicken, fetten Lüge muss ein braves katholisches Mädchen wie du sicher gleich zur Beichte gehen.«

»Ich lüge nicht.«

»Dann stellst du verdammt niedrige Ansprüche an Männer.«

»Das hat nichts mit Ansprüchen zu tun.« Ungeduldig schloss Reena das Fenster wieder. »Ich will nur nicht, dass dir etwas zustößt. Ich habe Angst.«

»Ich auch.«

Sie wandte sich um und sah ihn unverwandt an. »Ich will dich heiraten.«

Sein Mund öffnete und schloss sich, und er erbleichte sichtlich. »Uff, in diesem Zimmer geht es aber ziemlich hoch her. Ich sollte mich besser setzen, bevor mir noch was auf den Kopf fällt.«

»Was hältst du davon, Goodnight? Schließlich bin ich im

Grunde meines Herzens ein braves katholisches Mädchen. Du kennst meine Familie, und du kennst mich. Was, glaubst du, wünsche ich mir, nachdem ich endlich jemanden gefunden habe, den ich lieben und achten kann und mit dem ich gerne zusammen bin?«

»Ich weiß nicht so recht. Diese ganze ... nennen wir es mal Institution ... ist nicht direkt ...«

»Für mich ist die Ehe ein Sakrament. Etwas Heiliges, und du bist der einzige Mann, dem ich je das Eheversprechen geben wollte.«

»Ich ... ich ... Mist, jetzt fange ich auch noch an zu stottern. Ich glaube, mir ist gerade etwas auf den Kopf gefallen.«

»Bis jetzt war es mir egal, ob ich je heiraten und Kinder haben würde, weil es niemanden gab, mit dem ich mir das vorstellen konnte. Aber seit ich dich kenne, hat sich das geändert, und nun musst du die Konsequenzen tragen.«

»Willst du mich vergraulen, damit ich losfahre, um mir die Nationalparks anzuschauen?«

Sie ging auf ihn zu, umfasste sein Gesicht fest mit beiden Händen und küsste ihn mit Nachdruck. »Ich liebe dich.«

»Oh, Mannomann.«

»Sag ›Ich liebe dich auch, Reena‹, falls du das ernst meinst.«

»Ich meine es ernst. Ich liebe dich.«

Er starrte sie an, und als sie den Anflug von Angst in seinen Augen bemerkte, musste sie schmunzeln.

»Es ist nur ... ich habe diesen Gedanken noch nie zu Ende gedacht. Erst versuchen wir, trotz des ganzen Tohuwabohus ein bisschen Spaß zu haben. Dann überlegen wir uns, ob wir vielleicht zusammenziehen. Und zu guter Letzt befassen wir uns mit dem Thema Zukunft.«

»Ich habe nicht mehr so viel Zeit. Ich bin einunddreißig

und will Kinder, Kinder mit dir. Ich möchte mit dir ein gemeinsames Leben aufbauen. Du hast mir einmal gesagt, du hättest es gewusst, weil die Musik aufgehört hat. Ich wusste es, weil sie für mich anfing. Lass dir Zeit.« Sie küsste ihn wieder. »Denk darüber nach. Momentan haben wir sowieso genug um die Ohren.«

»Das kannst du laut sagen.« Ob das irgendwann einmal anders sein würde?

»Ich würde dich auch heiraten, wenn du eine Weile weggehst, um Abstand zu gewinnen.«

»Ich gehe überhaupt nirgendwohin. Und ich weiß nicht, wie du …« Er brachte es nicht über sich, das Wort »heiraten« auszusprechen. »Wie du mit jemandem zusammen sein könntest, der dich im Stich lassen würde, um seine eigene Haut zu retten.«

»Deine Haut ist mir aber ziemlich wichtig.« Sie seufzte auf. »Tja, dieses Herumgerede hat mich ein bisschen beruhigt. Die Sache sieht also folgendermaßen aus. Wir werden diesen Typen kriegen, wenn vielleicht auch nicht rechtzeitig, um ihm noch heute Nacht oder morgen das Handwerk zu legen. Aber wir schnappen ihn.«

»Selbstbewusstsein ist eine schöne Sache.«

»Ich glaube, dass das Gute stärker ist als das Böse. Insbesondere dann, wenn das Gute sich den Arsch aufreißt. Und zwar genauso, wie ich an das Sakrament der Ehe oder die Poesie im Baseball glaube. Das sind für mich unveränderliche Größen, Bo.«

Sie wandte den Blick ab. Inzwischen hatte sie sich wieder ein wenig gefasst. »Er kennt mich besser als ich ihn, und das ist sein Vorteil. Er hatte viele Jahre Zeit, mich zu beobachten und meine Schwächen auszuforschen. Aber allmählich lerne ich dazu. Mich interessiert, warum er ausgerechnet jetzt das Bedürfnis hat, mir zu offenbaren, wer er ist und was er getan hat. An der gesamten Ostküste ist ihm die Polizei auf den Fersen. Und trotzdem hätte er mich jederzeit umbringen oder es zumindest versuchen können, ohne dass ihm jemand auf die Schliche gekommen wäre.«

»Aber dann wäre es vermutlich nicht so eine Sensation, und er könnte sich nicht wichtig vorkommen.«

»Ja, das gehört auch dazu. Jetzt kommt der große Knall, den er seit zwanzig Jahren plant. Mein Gott, was für ein Typ läuft zwanzig Jahre lang einer Frau nach? Ich begreife das einfach nicht.«

»Ich schon.« Als sie sich wieder zu ihm umdrehte, hatte er sich nicht von der Stelle gerührt. »Bei mir war es zwar ein bisschen anders, aber ich weiß, was es bedeutet, wenn einen der Gedanke an einen anderen Menschen einfach nicht loslässt und einem wider jegliche Vernunft nicht mehr aus dem Kopf will. In seinem Fall ist es krankhaft. Doch in gewisser Weise war es für uns beide eine Fantasie. Es hat sich nur unterschiedlich entwickelt.«

Reena musterte nachdenklich die Tafel. »Seine Obsession begann in seiner und meiner Kindheit. Eine Vergewaltigung hat nämlich weniger mit Sex zu tun als mit Gewalt, Macht und Kontrolle. Als er mich ausgewählt, sich auf mich eingeschossen und versucht hat, mich zu vergewaltigen, ging es ihm weniger um mich als um das, was ich in seinen Augen verkörperte. Die jüngste – und vermutlich ziemlich verwöhnte – Tochter der Familie Hale.«

Sie ging zur Tafel hinüber, wie um sie aus einem anderen Blickwinkel zu betrachten. »Heilige Familie, so hat er uns genannt. Wir waren glücklich und im Viertel anerkannt und hatten viele Freunde. Seine Familie hingegen war von Gewalt bestimmt und vereinsamt, und er war Einzelkind. Es gab zwar in unserem Viertel auch andere Familien, die in ähnlichen Verhältnissen lebten wie wir, doch wir standen wegen des Sirico mehr im Mittelpunkt. Jeder kannte uns, während die Pastorellis Außenseiter waren. Außerdem war ich ihm altersmäßig am nächsten.

Der gewalttätige Umgang seines Vaters mit seiner Mutter hat ihm vermittelt, dass man Frauen ungestraft schlagen darf. Doch sein Versuch, Macht über mich auszuüben, wurde vereitelt, und zwar ausgerechnet von meinem jüngeren Bruder. Das hat ihn den Rest seines Lebens nicht mehr losgelassen, und er gibt mir die Schuld daran.«

Wieder umrundete Reena die Tafel. »Aber ich weiß immer noch nicht, warum er so lange gewartet hat und was er als Nächstes im Schilde führt. Der Mann ist ein Psychopath und kennt weder Gewissen noch Reue. Aber er ist auch feige. Wenn jemand ihn tritt, wehrt er sich nicht unmittelbar, sondern legt später ein Feuer. Jemand hat ihn getreten. Etwas hat dieses Verhalten ausgelöst und ihn dazu gebracht, hierher zurückzukehren und mir mitzuteilen, wer er ist.«

Doch Bo hörte nur noch mit halbem Ohr hin. Stattdessen stand er auf und ging auf die Tafel zu. »Ist er das? Ist das Pastorelli?«

»Junior, ja.«

»Ich bin ihm begegnet. Zwei Mal. Das erste Mal stand er so dicht neben mir wie du jetzt.«

»Wann?«, stieß sie hervor. »Wo?«

»Das erste Mal an dem Samstag, bevor ich bei deiner Familie zum Essen eingeladen war. Ich bin nach einem Kundenbesuch in einen Supermarkt dort in der Nähe gegangen, um Blumen für deine Mutter zu kaufen. Er stand gleich neben mir an der Theke. Mann, bin ich dämlich!«

»Nein. Lass das. Schildere mir einfach, was passiert ist. Hat er dich angesprochen?«

»Ja.« Bo lockerte seine Hände, die sich zu Fäusten geballt hatten, beruhigte sich wieder und beschrieb Reena den Zwischenfall so genau wie möglich.

»Dieses Schwein hat rote Rosen gekauft.«

»Er ist dir gefolgt und hat sich die Zeit genommen, dich zu beobachten. Vom Kunden in den Supermarkt. Offenbar hat es ihm einen Kick gegeben, mit dir zu reden. Er hat sich überlegen und mächtig gefühlt. Ich brauche eine Schiefertafel. Warum habe ich nicht daran gedacht, mir eine Schiefertafel zu kaufen?«

Stattdessen kramte Reena einen Stadtplan hervor und heftete ihn an die Rückseite der Pinnwand. »So. Am besten markieren wir alle Orte, wo er gesehen wurde.« Sie kennzeichnete die Straße, in der Tony Borelli wohnte, mit einer roten Heftzwecke. »Wo bist du ihm das zweite Mal begegnet?«

»Vor etwa zwanzig Minuten«, erwiderte Bo. »Gegenüber vom Sirico.«

Fast hätte sie die Schachtel mit den Heftzwecken fallen lassen. »War er etwa auf dem Weg ins Lokal?«

»Nein.« Er legte ihr die Hand auf die Schulter. »Er ist weggefahren. Er stand auf der anderen Straßenseite, ein paar Häuser weiter. Als er sah, dass ich ihn bemerkt und wiedererkannt hatte, ist er ins Auto gestiegen.«

»Marke? Modell?«

»Äh …« Er schloss die Augen und überlegte angestrengt. »Toyota. Ich glaube, Allradantrieb. Dunkelblau oder vielleicht schwarz. Es wirft zwar ein schlechtes Licht auf meine Männlichkeit, aber ich kenne leider nicht jede Automarke und jedes Modell, das auf den Straßen unterwegs ist. Dieses Auto kam mir nur vertraut vor, weil eine meiner Exfreundinnen so eines hatte. Jedenfalls habe ich ihm zugewinkt, wie man das bei entfernten Bekannten eben so tut. Als er vorbeifuhr, hat er die Hand aus dem Fenster gehalten und so eine Geste gemacht.« Bo formte mit Daumen und Zeigefinger eine Pistole. »Dann hat er ›peng‹ gerufen und ist davongebraust.«

»Ganz schön frech, dieser Drecksker!.« Reena wurde ganz heiß, als sie sich vorstellte, dass Joey auch eine echte Pistole hätte haben können. »Bestimmt hat er vor seinem früheren Haus gestanden und den Laden beobachtet.

Vorhin meinte er, er hätte für heute Nacht wieder eine Überraschung für mich geplant. Aber er muss ganz schön dumm sein, wenn er glaubt, dass ich tatenlos zusehe, wie er das Sirico anzündet.«

Sie bohrte eine Heftzwecke in den Stadtplan. Die Wut siegte über die Angst. »Ich muss einige Anrufe erledigen.«

Kapitel 28

Rings um das Sirico waren Polizisten postiert, um das Restaurant und die Wohnung darüber zu bewachen. Zwei weitere Kollegen genossen die Gastfreundschaft von Reenas Eltern, während zusätzliche Beamte ein Auge auf Frans Haus hatten. Obwohl Vince protestiert und darauf hingewiesen hatte, dass sein Haus mit einer hochmodernen Alarmanlage ausgestattet war, ließ Reena sein Grundstück von einigen Uniformierten patrouillieren.

»Er könnte es auf jeden von ihnen abgesehen haben. Oder auf gar keinen.« Sie ging im Wohnzimmer auf und ab, blieb stehen und betrachtete ihren Stadtplan. »Irgendwo wird er heute Nacht ein Streichholz anzünden.«

Auf ihre Bitte hatte Bo die Tafel nach unten geschleppt. So viel zum Thema – wenn auch nur symbolischer – Trennung von Beruf und Privatleben, dachte Reena. Denn im Moment waren diese beiden Dinge eins.

Als das Mobiltelefon in ihrer Tasche läutete, holte sie es mit einer ungeduldigen Geste heraus. »Hale. Moment bitte.« Sie griff nach einem Notizbuch. »Schießen Sie los.« Sie schrieb hastig mit. »Ja, ja, okay. Wir müssen einen Streifenwagen zum Flughafen schicken. Die Kollegen sollen die Langzeitparker überprüfen. Für Pastorelli wäre es das Einfachste, sein Fahrzeug dort abzustellen und sich ein anderes zu besorgen. Gut. Danke.«

Sie steckte das Telefon wieder ein, ging zum Stadtplan und markierte den Flughafen mit einer gelben Heftzwecke. »Eine Familie ist gerade von einem langen Europaurlaub zurückgekommen. Als sie mit dem Pendelbus zum Langzeitparkplatz am Kennedy-Flughafen kamen, mussten sie feststellen, dass ihr Jeep Cherokee weg war. Wenn man noch die Fahrt nach Süden bedenkt, um seinen alten Kumpel zu besuchen, muss der Mistkerl ganz schön in Eile gewesen sein. Er behält das Auto eine Weile, da es schließlich seine Zeit dauert, den Wagen bis nach Maryland zu verfolgen. Dann bringt er das Fahrzeug wieder zu einem Flughafen, sucht sich ein anderes aus, steigt um und fährt weg. Vermutlich bevorzugt er einen Geländewagen. Genug Platz für seine Spielsachen.«

»Eigentlich wollte ich vorhin zu mir rüber, um zu duschen.«

Geistesabwesend sah sie Bo an. »Was?«

»Ich sagte, ich wollte duschen gehen.«

»Hättest du etwas dagegen, das bei mir zu erledigen? Siehst du denn nie Filme? Der Bösewicht bricht meistens ins Haus ein, während das Opfer gerade duscht. Vergiss nicht, was Janet Leigh in Psycho passiert ist.«

»Janet Leigh ist eine Frau.«

»Egal. Mir wäre es trotzdem lieber, wenn du hier duschst. Im Wäscheraum liegt noch ein sauberes Hemd von dir.«

»Wirklich?«

»Du hast es hier vergessen, und es wurde zufällig gewaschen. Also tu mir bitte den Gefallen, okay?«

»Klar.« Als er ihr die Hände auf die Schultern legte, verstand er, was der Ausspruch bedeutete, ein Mensch sei angespannt wie eine Sprungfeder. »Bringt es was, wenn ich dich bitte, dich zu beruhigen?«

»Aussichtslos.«

»Dann dusche ich jetzt. Währenddessen achtest du auf Einbrecher, die die Kleider ihrer Mutter tragen, und hältst sie in Schach, bis ich wieder meine Hose anhabe.«

»Wird gemacht.«

Reena ging in die Küche, um sich eine Flasche Wasser zu holen, denn sie hatte schon viel zu viel Kaffee getrunken. Da sah sie die Tüte mit dem Essen auf der Anrichte stehen. Nein, sie konnte sich zwar nicht beruhigen, dachte sie sich. Aber sie war dankbar. Dankbar, einen Menschen getroffen zu haben, der so wunderbar zu ihr passte.

Sie war fest entschlossen, Bo zu heiraten, sagte sie sich, als sie den Plastikbehälter aus der Tüte nahm. Da mochte er zappeln, so viel er wollte – schließlich konnte ihm das niemand verdenken –, doch irgendwann würde sie ihn schon kriegen.

Mit einem Auflachen erinnerte sie sich an den Tag, an dem sie mit Gina im Einkaufszentrum rote Schuhe gekauft hatte. Damals hatte Gina ihr erzählt, sie würde Steve heiraten – er wisse es nur noch nicht.

Nach all den Jahren konnte sie diese Aussage endlich verstehen.

Reena stellte das Hühnchen zum Aufwärmen in den Backofen. Nach einer ordentlichen Mahlzeit würde sie wieder klarer denken können und nicht mehr so nervös sein.

Dann kehrte sie mit der Wasserflasche zurück ins Wohnzimmer, um wieder die Karte zu betrachten.

»Wo bist du, Joey?«, fragte sie in Gedanken. »Wo steckst du nur?«

Wenn sie da suchen, arbeite ich eben dort. Nicht nur der richtige Zeitpunkt ist wichtig, es kommt auch auf die Planung an.

Nun hat sie bestimmt das Höschen voll und glaubt, dass ich Mama und Papa ans Leder will.

Noch nicht.

Ein idyllisches Fleckchen Erde. Fells Point. Wenn es erst einmal brennt, wird es noch hübscher.

Die Bullen waren ja so dämlich. Wie oft hatte er ihnen das schon bewiesen? Gut, sie hatten ihn ein paar Mal erwischt, aber damals war er ja auch noch jünger gewesen. Außerdem hatte er etwas daraus gelernt. Im Knast gab es nämlich viel Zeit zum Lernen. Zeit, um zu planen und sich alles genau vorzustellen, zu lesen und zu studieren …

Im Gefängnis hatte er viel über Computer gelernt. In der

heutigen Zeit waren gute Computerkenntnisse nämlich nicht zu verachten, um sich in fremde Datenbanken einzuhacken, Informationen zu beschaffen und Telefone zu klonen.

Und um herauszufinden, wo die Witwe eines gewissen Polizisten wohnte.

Ein Jammer, dass der andere Kerl nach Florida gezogen war. Um den würde er sich später kümmern. Allerdings wäre es nett gewesen, sich gleich beide Schweine vorzuknöpfen, die damals seinen Vater abgeholt, ihn aus seinem eigenen Haus geschleppt und ihn gedemütigt hatten.

Es war eine Erniedrigung für sie beide gewesen.

Dabei spielte es keine Rolle, dass das Bullenschwein bereits den Löffel abgegeben hatte. Dann musste eben seine Witwe dran glauben.

Joey parkte den Wagen – wieder ein Cherokee – eine Straßenecke entfernt und marschierte entschlossen den Gehweg entlang.

Die Jeans hatte er anbehalten, doch er trug dazu ein blaues Oberhemd mit hochgekrempelten Ärmeln, Nike-Turnschuhe und eine schwarze Baseballkappe mit dem Emblem der Orioles. Außerdem hatte er einen kleinen Rucksack bei sich – und einen glänzenden weißen Karton aus einem Blumengeschäft.

Die Witwe dieses Schweins – Thomas Umberio –, von ihren Freunden Deb genannt, lebte allein. Die Tochter wohnte in Seattle, also außerhalb des Jagdgebietes, und der Sohn in Rockville. Wenn das näher bei Baltimore gewesen wäre, hätte Joey sich den Sohn statt der Witwe vorgeknöpft. Doch schließlich war das ein Heimspiel.

Er wusste, dass Deb sechsundfünfzig war, Mathematik an der High School unterrichtete, einen Honda Civic Baujahr 1997 fuhr, dreimal wöchentlich nach der Schule in ein Fitnessstudio – nur für Weiber – ging und meistens um zehn Uhr abends die Schlafzimmervorhänge zuzog.

Wahrscheinlich, damit sie es sich in Ruhe selbst besorgen kann, dachte er, als er in aller Seelenruhe das Mietshaus betrat und die Treppe in den zweiten Stock hinaufstieg, statt den Aufzug zu nehmen.

Auf jeder Etage gab es vier Wohnungen, das hatte Joey bereits erkundet. Doch er brauchte sich keine großen Sorgen zu machen. Die Tattergreise von gegenüber gingen jeden Mittwoch am frühen Abend zum Essen.

Vielleicht machst du ja gerade Hausaufgaben, Frau Lehrerin, dachte er, während er vergnügt an Deborah Umberios Tür klopfte.

Sie öffnete, doch da sie die Sicherheitskette vorgelegt hatte, konnte er nur einen kurzen Blick auf sie erhaschen. Braunes Haar, spitzes Gesicht, argwöhnischer Augenausdruck.

»Deborah Umberio?«

»Ja …«

»Ich habe hier Blumen für Sie.«

»Blumen?« Sie errötete. Frauen waren ja so berechenbar. »Wer schickt mir denn Blumen?«

»Äh …« Er drehte den Karton, als lese er ein Etikett ab. »Sharon McMasters, Seattle.«

»Das ist meine Tochter. Tja, da bin ich aber überrascht. Moment bitte.« Sie schloss die Tür, entfernte die Kette und machte wieder auf. »Wirklich eine nette Überraschung«, wiederholte sie und streckte die Hand nach dem Karton aus.

Er schlug ihr mit der rechten Faust ins Gesicht, und als sie rückwärts taumelte, schlüpfte er rasch in die Wohnung, zog die Tür zu, schloss ab und legte die Kette vor.

»Nicht wahr?«, höhnte er.

Er hatte noch viel zu tun. Nachdem er die Frau ins Schlafzimmer gezerrt hatte, zog er sie aus und fesselte und knebelte sie. Obwohl sie noch immer nicht bei Bewusstsein war, verpasste er ihr vorsichtshalber noch einen Faustschlag, damit sie nicht zu früh aufwachte.

Die Schlafzimmervorhänge wurden heute Abend zwar ein wenig früher geschlossen als sonst, doch Joey glaubte nicht, dass das jemandem auffallen würde. Und wenn, würde sich niemand dafür interessieren.

Er ließ den Fernseher laufen. Sie hatte den Discovery Channel – ach du meine Güte – eingeschaltet, während sie in der Küche das Abendessen zubereitete.

Sah aus, als hätte es Salat gegeben. Zu faul zum Kochen, sagte er sich, als er einen Blick in ihren Kühlschrank warf. Tja, hier würde gleich jemand gebraten werden.

Joey entdeckte eine Flasche Weißwein. Billiges Gesöff, aber manchmal durfte man eben nicht wählerisch sein.

Seit seiner Tätigkeit für die Carbionellis kannte er sich mit guten Weinen aus. Er hatte überhaupt eine ganze Menge dort gelernt.

Joey trank den Wein und verspeiste dazu die hart gekochten Eier, die sie für ihren Salat bereitgestellt hatte. Obwohl sein Rucksack auch Gummihandschuhe enthielt, kümmerte es ihn nicht mehr, ob er Fingerabdrücke hinterließ.

Diese Phase des Spiels hatten sie hinter sich.

Anschließend durchwühlte er Schränke und Gefriertruhe, wo er einige tiefgefrorene Fertigmahlzeiten entdeckte. Eigentlich fand er Tiefkühlgerichte ja widerlich, doch die Abbildung des Hackbratens mit Kartoffelpüree auf der Verpackung sah gar nicht so übel aus.

Also steckte er das Fertiggericht in den Ofen und schüttete italienisches Dressing über den Salat.

Während er wartete, schaltete er sich durch die Fernsehkanäle. Offenbar war die dumme Schlampe zu geizig für einen ordentlichen Kabelanschluss. Er ließ den Ton leise laufen, nur für den Fall, dass ein neugieriger Nachbar an die Tür klopfte, und entschied sich für Jeopardy, eine Quizsendung.

Jeopardy endete und Glücksrad begann – hier mussten

die Kandidaten Wörter aus Einzelbuchstaben zusammensetzen –, während er sich an Hackbraten mit Kartoffelpüree gütlich tat.

Er hatte zwar noch viel vor, allerdings auch jede Menge Zeit. Aus dem Schlafzimmer hörte er ein gedämpftes Stöhnen.

Joey achtete nicht darauf, trank noch einen Schluck Wein und verfolgte weiter die Quizsendung. »Kauf noch einen Vokal«, feuerte er den Kandidaten im Fernsehen an.

Plötzlich stand ihm das Bild seines Vaters deutlich vor Augen, wie er im Wohnzimmer im Fernsehsessel saß, Bier trank und einem Fremden im Fernsehen »Kauf einen Vokal, du Arschloch« zubrüllte.

Wieder wurde er von lodernder Wut ergriffen.

Am liebsten hätte er seine Faust in den Bildschirm gerammt und dem Fernseher einen Tritt versetzt. Und fast hätte er es auch getan, so sehr raste der Hass in seinem Kopf.

»Kauf einen Vokal, du Arschloch«, hatte sein Vater gesagt, und manchmal, nur manchmal, hatte er seinem Sohn dabei breit zugegrinst.

»Wann bewirbst du dich mal als Kandidat, Joey? Wann gewinnst du mal ein bisschen Geld für uns? Du hast doch viel mehr Grips im Schädel als diese Blödmänner.«

Joey murmelte diese Worte vor sich hin und ging in dem winzigen Wohnzimmer hin und her, bis er sich wieder beruhigt hatte.

Sie hätten es schaffen können, dachte er sich. Sie hätten das Tief überwunden, und alles wäre wieder in Ordnung gewesen. Nur ein bisschen mehr Zeit hätten sie gebraucht. Warum hatte man ihnen diese Zeit nicht gegönnt?

Weil diese kleine Schlampe heulend zu ihrem Papa gelaufen ist und alles kaputtgemacht hat!

Sein Körper erbebte vor Zorn und Trauer, und er spürte

ein Prickeln am ganzen Leib, sodass er Mühe hatte, sich zu beherrschen.

Joey griff nach dem Weinglas und trank einen großen Schluck.

»Also gut. An die Arbeit.«

Ein Mann, der seine Arbeit liebte, war seinen Mitmenschen weit überlegen, dachte Joey, als er in dem verdunkelten Schlafzimmer Licht machte. Er lächelte der Frau auf dem Bett zu, die erst blinzelte und ihn dann aus schreckgeweiteten Augen anstarrte.

Sein Kumpel Nick tönte immer, man dürfe nichts persönlich nehmen und nie vergessen, dass es stets nur ums Geschäft ging. Doch Joey kaufte ihm diesen Mist nicht ab. Er nahm es jedes Mal persönlich. Was hätte es sonst auch gebracht?

Also schlenderte er auf das Bett zu, während die Frau ihm mit ängstlichen Blicken folgte. »Hallo, Deb. Wie geht es uns denn? Ich wollte dir noch sagen, dass du für eine Frau, die bald sechzig wird, noch eine gute Figur hast. So wird es viel angenehmer für mich.«

Sie zitterte am ganzen Leib und wurde von einem Zucken durchfahren, als verabreiche ihr jemand Elektroschocks. Ihre Arme und Beine stemmten sich gegen die Wäscheleine, mit der er sie gefesselt hatte. Er überlegte, ob er das Isolierband von ihrem Mund entfernen und den Knebel herausnehmen sollte, nur um ihren ersten gurgelnden Schrei zu hören, doch er durfte die Nachbarn nicht stören.

»Tja, warum fangen wir nicht an?« Als er die Hand an den Knopf seiner Jeans legte, sah er, wie sie panisch den Kopf schüttelte und sich ihre Augen mit Tränen füllten.

Mein Gott, diesen Teil hatte er am liebsten.

»Ach, Moment, wo habe ich nur meine Manieren? Ich muss mich zuerst vorstellen. Joseph Frances Pastorelli junior. Du kannst mich Joey nennen. Dein Saukerl von einem Ehemann hat meinen Vater aus unserem Haus geschleppt, ihm Handschellen angelegt und ihn vor den Augen der versammelten Nachbarschaft abgeführt. Anschließend hat er ihm zu sieben Jahren Haft, davon zwei auf Bewährung, verholfen.«

Währenddessen knöpfte er seine Jeans auf. Sie sträubte sich so heftig, dass ihre Handgelenke schon ganz wund waren. Jeden Moment würden sie zu bluten anfangen, was ihm immer ganz besonders gut gefiel.

»Das war vor zwanzig Jahren. Manche Leute mögen sagen, dass das eine ziemlich lange Zeit ist, um sauer auf jemanden zu sein, aber weißt du was, Deb, diese Leute sind Idioten. Je länger man die Wut mit sich herumträgt, desto besser fühlt es sich an, wenn das Schwein endlich bezahlt.«

Sie stieß blecherne, schrille Schreie aus, die allerdings von dem Knebel und dem Isolierband gedämpft wurden. »Der Saukerl, den du geheiratet hast, gehört zu den Leuten, die schuld an allem sind. Und da er tot ist – mein Beileid, übrigens –, kriegst du jetzt, was eigentlich für ihn bestimmt war.«

Er setzte sich auf die Bettkante, und ihr Bein zuckte zurück, als er es berührte. Dann zog er die Schuhe aus. »Ich werde dich vergewaltigen, Deb, aber darauf bist du sicher schon von selbst gekommen. Und ich werde dir dabei wehtun.« Er zog sich die Jeans herunter. »Dann macht es mir nämlich noch viel mehr Spaß, und ich bin derjenige, der hier das Sagen hat.«

Sie sträubte sich weinend, und er betrachtete ihr Gesicht, während er ihr immer weitere blutende Wunden zufügte. Dabei sah er – wie immer – Reenas Gesicht vor sich.

Sie wimmerte nur noch, als er sich von ihr wälzte. In ihrem Bad erleichterte er seine Blase und wusch sich, denn er hatte eine Abneigung gegen diesen Geruch nach Sex, diesen Hurengeruch, den Frauen an einem Mann hinterließen.

Anschließend ging er ins Wohnzimmer, trank noch ein wenig Wein, schaltete auf ein Baseballspiel um, sah sich einen Durchgang an und verspeiste dabei ein paar Cracker. Verdammte Orioles, dachte er, als die Mannschaft vernichtend geschlagen wurde. Zu blöd, um einen Ball zu finden, selbst wenn man ihn ihnen in den Hintern rammt.

Als er ins Schlafzimmer zurückkehrte, sträubte sie sich noch immer schwach gegen die Fesseln. »Okay, Deb. Jetzt habe ich mich ausgeruht. Zeit für die zweite Runde.«

Ihr Blick war stumpf und benommen, als er fertig war. Sie hatte den Widerstand aufgegeben und lag nur noch schlaff da. Er überlegte, ob er es ihr noch ein drittes Mal besorgen sollte, aber schließlich musste ein Mann sich an seinen Zeitplan halten.

Vor sich hinsummend duschte er und benutzte ihr Duschgel, das nach Zitrone duftete. Anschließend zog er sich an und suchte in ihrer Küche zusammen, was er brauchte.

Putzmittel, Lumpen, Kerzen, Wachspapier. Es war überflüssig, es wie einen Unfall aussehen zu lassen, aber schlampig sein durfte er auch nicht. Man musste ja stolz auf seine Arbeit sein können.

Er streifte die Gummihandschuhe aus seinem Rucksack über. Während er die Lumpen einweichte, läutete das Telefon. Abwartend hielt er inne und lauschte der fröhlichen Frauenstimme, die zu hören war, nachdem der Anrufbeantworter ansprang.

»Hallo, Mom, ich bin es nur. Wollte mich mal wieder melden. Offenbar bist du mit einem heißen Typen verabredet.« Ein perlendes Auflachen. »Ruf mich an, wenn du nicht zu spät nach Hause kommst. Ansonsten telefonieren wir morgen. Ich hab dich lieb. Tschüs.«

»Ist das nicht reizend?«, höhnte Joey und fuhr mit seiner Arbeit fort. »Ja, deine Mom hat heute wirklich eine heiße Verabredung.«

Er hebelte einige Kunststofffliesen hoch, um den Estrich freizulegen, und entfernte mit dem mitgebrachten Akkuschrauber einige Schranktüren, um daraus einen Kamin für die Flammen zu bauen. Anschließend kippte er das Fenster wegen der besseren Luftzufuhr und legte eine Feuerbrücke aus Lumpen und locker zusammengeknülltem Wachspapier.

Nachdem alles zu seiner Zufriedenheit vorbereitet war, ging er mit weiteren Kerzen und den restlichen Lumpen ins Schlafzimmer.

Obwohl sie nur noch halb bei Bewusstsein war, stellte er fest, dass sie bei seinem Anblick aufmerkte. Angst stand in ihren Augen.

»Tut mir leid, Deb, aber ich habe keine Zeit für eine dritte Runde. Also kommen wir gleich zum großen Finale. Hat dein Mann je Arbeit mit nach Hause gebracht?«, fragte er und zückte ein Messer.

Sie begann wieder, sich wild zu sträuben – offenbar steckte doch noch Leben in der Alten –, als er die Klinge im Licht aufblitzen ließ.

»Habt ihr je darüber gesprochen, wie er seinen Arbeitstag verbringt? Hat er dir vielleicht Fotos von Leuten gezeigt, die in ihren Betten verbrannt sind?«

Heftig stieß er, nur wenige Zentimeter von ihrer Hüfte entfernt, zu. Sie bäumte sich auf und fing erneut an, sich zu winden und gurgelnde Geräusche auszustoßen. Dabei atmete sie heftig durch die Nase, und ihre Augen waren so weit aufgerissen, dass er sich wunderte, warum sie ihr nicht aus dem Schädel sprangen wie zwei Oliven.

Er schlitzte die Matratze auf und zerrte die Füllung heraus. Nachdem er das Messer wieder eingesteckt hatte, holte er einen Behälter aus dem Rucksack. »Nebenan habe ich Sachen aus deiner Küche benutzt. Hoffentlich stört es dich nicht. Aber für das Schlafzimmer habe ich selbst etwas mitgebracht. Ein bisschen Spiritus. Der brennt lange.«

Er verteilte die Matratzenfüllung, die Lumpen und die Laken, die sie in ihrer Todesangst beschmutzt hatte, auf dem Boden, überschüttete sie mit dem Spiritus und benutzte sie und das restliche Wachspapier als Feuerbrücke zu den Vorhängen. Anschließend stellte er die Lampe auf den Boden und nahm, fröhlich vor sich hinpfeifend, ihren Nachttisch auseinander. »Das funktioniert wie bei einem Lagerfeuer«, erklärte er, während er die Nachttischteile zeltförmig über den Feuerbrücken aufstellte. »Weißt du, der Spiritus ist leicht entzündlich. Die Möbelpolitur, die ich in der Küche verwendet habe, verträgt um einiges mehr Hitze. Doch wenn man alles richtig macht, brennt es wunderbar, sobald es erst einmal Feuer gefangen hat. Und das ist das, was wir mal als meine zweite Welle bezeichnen wollen. Den so genannten Ursprungsort. Hier drin findet die Hauptshow statt, und du, Deb, bist der Star. Aber vorher noch ein paar Einzelheiten.«

Er kletterte auf ihren Schreibtischstuhl, öffnete das Gehäuse des Rauchmelders und entfernte die Batterie.

Da der Stuhl ihm gerade recht kam, zerschmetterte er ihn anschließend und baute die Teile ebenfalls zeltförmig auf der Matratze auf.

Zu guter Letzt trat er zurück und nickte. »Gar nicht so schlecht, wenn ich mich selbst loben darf. Verdammt, ich krieg schon wieder einen Ständer.« Er kratzte sich zwischen den Beinen. »Schade, dass du nichts mehr davon haben wirst, Schätzchen, aber ich muss los.«

Er legte Streichholzbriefchen entlang der Feuerbrücken und in den zeltförmigen Kaminen aus und lächelte die Gefesselte kühl an, während sie sich sträubte, mit den Fersen gegen die Matratze trommelte und trotz des Knebels zu schreien versuchte.

»Manchmal erwischt der Rauch einen zuerst. Manchmal auch nicht. Ich habe alles so arrangiert, dass du deine eigene Haut knistern hören wirst. Du wirst riechen, wie du brätst.«

Seine Augen waren stumpf und kalt wie die eines Hais. »Sie werden dich nicht rechtzeitig finden, Deb. Mach dir da keine falschen Hoffnungen. Und wenn du dem feigen Sack von einem Ehemann in der Hölle begegnest, richte ihm die besten Grüße von Joseph Frances Pastorelli junior aus.«

Er hielt ein langes, schmales Gasfeuerzeug hoch und zeigte ihr die Flamme, die daraus emporzüngelte, bevor er die Matratzenfüllung, die Streichholzbriefchen und die Lumpen anzündete.

Dann sah er zu, wie das Feuer sich erst langsam und dann immer schneller ausbreitete und heimtückisch den Pfad entlangzüngelte, den er vorbereitet hatte.

Schließlich schulterte er seinen Rucksack, schlenderte hinaus und zündete den Scheiterhaufen in der Küche an. Zu guter Letzt schaltete er noch den Gasherd ein, löschte die Zündflamme und ließ die Tür offen.

Das Feuer kroch auf sie zu und näherte sich dem Bett wie ein Liebhaber. Qualm stieg in trägen Wolken zur Decke. Er wich den Flammen aus und öffnete das Fenster einen kleinen Spalt.

Kurz blieb er stehen und beobachtete, wie die Flammen ihn umkreisten und ihn herauszufordern schienen.

Nichts im Leben liebte er so sehr wie den Tanz des Feuers, und er fühlte sich versucht zu bleiben, um ihm weiter zuzuschauen und ihn zu bewundern. Nur noch eine Minute. Eine winzige Minute.

Doch er wich zurück. Die Flammen hatten bereits angefangen zu brausen.

»Hörst du es, Deb? Jetzt lebt es und ist wild und hungrig. Spürst du die Hitze? Fast beneide ich dich um das, was du gleich erleben wirst. Aber nur fast«, meinte er.

Nachdem er wieder seinen Rucksack geschultert hatte,

griff er nach dem Blumenkarton und schlüpfte zur Tür hinaus.

Inzwischen war es dunkel geworden, und ein Feuer strahlte dann umso heller. Ganz sicher würde es bei diesem hier auch so sein. Er nahm eine Speisekarte für den Straßenverkauf des Sirico aus der Tasche und ließ sie vor dem Gebäude fallen.

Bei seinem Auto angekommen, verstaute er den Rucksack und den leeren Blumenkarton im Kofferraum. Nach einem Blick auf die Uhr berechnete er die verbleibende Zeit und fuhr anschließend in aller Seelenruhe eine Runde um den Block.

Aus den Fenstern, die er vorhin geöffnet hatte, sah er Rauchwölkchen nach draußen schweben. Im Luftzug züngelten Flammen empor.

Er wählte Reenas Nummer. Diesmal war das Gespräch nur kurz. Nachdem er die Adresse heruntergerattert hatte, warf er das Telefon kurzerhand aus dem Wagenfenster und fuhr nach Hause.

Er hatte noch eine Menge vor.

Als Reena eintraf, tobte bereits die Schlacht. Wasserfontänen ergossen sich über das Gebäude, um die lodernden Flammen zu löschen, die aus den Fenstern schlugen. Feuerwehrleute trugen Menschen aus dem Haus, während ihre Kollegen Schläuche hineinschleppten.

Reena nahm einen Helm aus dem Kofferraum. »Bleib zurück«, rief sie Bo über das Brausen des Feuers hinweg zu. »Halte Abstand, bis ich die Situation im Griff habe.«

»Diesmal sind Menschen im Haus.«

»Die Kollegen werden sie rechtzeitig rausholen. Das ist ihr Job.« Reena rannte los und umrundete die Absperrungen, die gerade aufgestellt wurden. Durch den Rauchschleier entdeckte sie den Einsatzleiter, der gerade etwas in ein Funkgerät brüllte.

»Detective Hale, Branddezernat. Ich habe den Brand gemeldet. Schildern Sie mir die Lage.«

»Zweiter Stock, südöstliche Ecke. Evakuierungs- und Brandbekämpfungsmaßnahmen. Schwarzer Qualm, aktiver Brand beim Eintreffen. Drei meiner Männer sind gerade in die betroffene Wohnung eingedrungen. Wir haben ...«

Der Knall der Explosion übertönte alle anderen Geräusche. Scherben und Backsteinbrocken prasselten auf die Straße hinunter, tödliche Wurfgeschosse, die nicht nur den Asphalt und geparkte Wagen, sondern auch Menschen trafen.

Als Reena sich schützend den Arm vors Gesicht hielt, sah sie eine Feuersäule aus dem Dach schießen.

Männer stürmten das Gebäude und stürzten sich in das Flammenmeer.

»Ich bin dafür ausgebildet«, rief Reena. »Ich gehe rein.«

Der Einsatzleiter schüttelte den Kopf. »Angeblich ist noch eine Mieterin im Haus. Niemand geht da hinein, bevor ich keine weiteren Informationen über meine Männer habe.« Während er Reena zurückhielt, brüllte er weiter Befehle und Fragen in sein Funkgerät.

Eine knisternde Stimme meldete zwei verletzte Feuerwehrleute.

Lodernde Flammen, schrecklich schön in ihrer entfesselten Kraft, loderten durch die Dunkelheit. Gleichzeitig gebannt und voller Todesangst, sah Reena zu, wie sie aus Holz und Backstein züngelten und zum Himmel emporschlugen.

Sie wusste, wie es drinnen aussah, wo die Flammen sich alles verzehrend ausbreiteten und jeden zu verschlingen drohten, der sie zu ersticken versuchte. Das Feuer dröhnte und flüsterte, pirschte sich heimtückisch an und flammte dann wieder auf.

Was würde es wohl alles zerstören? Nicht nur Holz und

Stein, sondern auch menschliche Körper, bevor es – zumindest für dieses Mal – gezähmt werden konnte. Beim Einsturz des zweiten Stocks gab es ein Geräusch, als hätte sich mit einem ohrenbetäubenden Krachen die Pforte zur Hölle geöffnet.

Ihre verletzten Kameraden auf dem Rücken tragend, kamen Feuerwehrleute aus dem Gebäude getaumelt. Sanitäter hasteten auf sie zu.

Reena folgte dem Einsatzleiter zu einem der Männer, der gerade in tiefen Zügen Sauerstoff aus einer Maske einatmete. Der Feuerwehrmann schüttelte den Kopf.

»Der Funkensprung war das Problem. Wir kamen rein. Das Opfer lag auf dem Bett. Tot. Sie war schon tot. Wir haben angefangen zu löschen. Und da hat es geknallt. Carter hat am meisten abgekriegt. Ihn hat es schlimm erwischt. Verdammt, ich glaube, er hat es nicht geschafft. Brittle ist schwer verletzt, aber Carter hat wahrscheinlich dran glauben müssen.«

Als wieder ein Krachen ertönte, hob Reena den Kopf. Noch ein Teil des Daches dahin, dachte sie erschöpft. Und der Großteil der Etage unter der Wohnung, die der Täter sich ausgesucht hatte.

Wen hatte er heute Abend ermordet? Wen hatte er im Feuer umkommen lassen?

Reena ging in die Hocke und berührte den Feuerwehrmann, der den Kopf auf die Knie gestützt hatte, an der Schulter. »Ich bin Reena«, sagte sie. »Reena Hale vom Branddezernat. Und wie heißen Sie?«

»Bleen. Jerry Bleen.«

»Jerry, Sie müssen mir ganz genau beschreiben, was Sie drinnen gesehen haben, solange es in Ihrem Gedächtnis noch frisch ist. Erzählen Sie mir so viel wie möglich.«

»Ich bin sicher, dass es Brandstiftung war.« Jerry hob den Kopf. »Dieses Feuer ist absichtlich gelegt worden.«

»Gut. Sie sind also in die südöstliche Wohnung im zweiten Stock eingedrungen.«

»Durch die Tür. Brittle, Carter und ich.«

»War die Tür zu?« Er nickte. »Zu war sie, aber nicht abgeschlossen. Sie fühlte sich heiß an, als ich sie berührt habe.«

»Konnten Sie Einbruchsspuren feststellen?«

»Auf den ersten Blick nicht. Wir haben das Zimmer mit einem Wasserstrahl eingedeckt. Schlafzimmer ... links, alles in Flammen. Zur Küche ging es geradeaus ... dicker schwarzer Qualm. Er hat Kamine gebaut.«

»Wo?«

»Einen oder vielleicht zwei habe ich in der Küche gesehen. Das Fenster stand offen. Ich und Brittle, wir sind ins Schlafzimmer. Der ganze Raum brannte. Ich konnte die Leiche auf dem Bett erkennen. Verkohlt. Dann kam die Explosion. Aus der Küche. Ich habe Gas gerochen, und im nächsten Moment knallte es. Und Carter ...«

Reena nahm Jerrys Hand und blieb bei ihm sitzen, während sie zusah, wie die Feuerwehrleute die tödliche Schönheit der Flammen eindämmten.

Als sie aufstand und zu O'Donnell hinüberging, knirschten Glasscherben unter ihren Füßen. »Diesmal hat er zwei Menschen getötet. Die Mieterin der Wohnung, die er angezündet hat, und einen Feuerwehrmann, der bei einer Explosion umkam. Vermutlich war der Gasherd die Ursache. Joey hat den zeitlichen Ablauf bis ins Letzte geplant und mich so spät angerufen, dass alles bereits lichterloh in Flammen stand, als die Feuerwehr am Brandort eintraf.«

»Reena.« O'Donnell wartete ab, bis sie sich von dem erstickenden Qualm und den unerbittlich züngelnden Flammen abgewandt hatte. »Deb Umberio wohnt in diesem Haus.«

»Wer?« Reena kratzte sich am Nacken und versuchte, den Namen einzuordnen. Als endlich der Groschen fiel,

540

begann ihr Herz heftig zu klopfen. »Umberio? Etwa eine Verwandte von Detective Umberio?«

»Seine Witwe. Tom ist vor einigen Jahren gestorben. Autounfall. Der Brand wurde in Debs Wohnung gelegt.«

»O mein Gott!« Reena schlug die Hände vors Gesicht. »Alistar? Was ist mit seinem Partner Detective Alistar?«

»Der lebt mittlerweile in Florida. Nach seiner Pensionierung vor einem halben Jahr ist er dorthin gezogen. Ich habe ihn angerufen, um ihn zu warnen.«

»Sehr gut. Dann … Ach herrje, John!«

Als sie ihr Telefon herauskramen wollte, hielt O'Donnell sie am Arm fest. »Ihm geht es gut. Ich habe ihn am Mobiltelefon erreicht. Irgendeine glückliche Eingebung hat ihm eingeflüstert, ausgerechnet heute Abend nach New York zu fahren, um sich Pastorelli senior persönlich vorzuknöpfen. Er ist wohlauf, Hale, und da er sich bereits auf der Autobahn befindet, wird er weiterfahren wie geplant. Nur für alle Fälle haben wir einen Streifenwagen zu seinem Haus geschickt, um nach dem Rechten zu sehen.«

»Wir sollten auch Joeys Sozialarbeiterin von damals schützen, den Gerichtspsychologen und auch den Familienrichter. Alle, die damals etwas mit diesem Fall zu tun hatten. Aber ich denke, er wird sich an die Personen halten, die unmittelbar an der Verhaftung seines Vaters beteiligt waren. Meine Familie braucht Polizeischutz.«

»Das wurde bereits veranlasst. Sie werden bewacht, bis wir den Kerl geschnappt haben.«

»Ich muss zu Hause anrufen und meinen Eltern und den anderen Bescheid geben. Dann habe ich wieder einen klaren Kopf.«

»Tu das. Ich rede unterdessen mit den Mietern, um rauszukriegen, ob jemand etwas beobachtet hat.«

Nachdem Reena die Anrufe erledigt hatte, ging sie zu Bo hinüber. »Heute Abend hat er zwei Menschen umgebracht.«

»Ich habe gesehen, wie sie einen Feuerwehrmann weg-
brachten.« In einem Leichensack, fügte er in Gedanken
hinzu. »Es tut mir leid.«

»Die Frau, die ums Leben gekommen ist, war die Witwe
eines der Detectives, die seinen Vater wegen des Brandes
im Sirico festgenommen haben. Jetzt hat er den Eröff-
nungszug gemacht und will das Spielfeld bestimmen. Ihn
interessiert es nicht mehr, ob wir wissen, dass das Feuer
auf sein Konto geht. Es ist ihm auch egal, dass wir inzwischen seine Beweggründe kennen. Er will uns nur beweisen, dass er dazu in der Lage ist. Ich muss dich um einen
Gefallen bitten.«

»Nur zu.«

»Geh nicht zu dir nach Hause. Ruf Brad an und über-
nachte heute bei ihm. Oder bei Mandy. Oder bei meinen
Eltern.«

»Was hältst du von einem Kompromiss? Ich fahre nicht
nach Hause, sondern warte hier auf dich.«

»Es wird noch stundenlang dauern, und du kannst
nichts weiter tun. Nimm mein Auto, wenn du willst. Ich
fahre bei O'Donnell mit. Tust du das bitte für mich?«

»Nur unter einer Bedingung: Wenn du hier fertig bist,
gehst du auch nicht nach Hause. Jedenfalls nicht, ohne
mich vorher anzurufen. Dann treffen wir uns dort.«

»Einverstanden.«

Kurz lehnte sie sich an ihn und ließ sich von ihm in die
Arme nehmen.

Ein Krankenwagen raste mit jaulenden Sirenen vorbei,
unterwegs, um jemandem ärztliche Hilfe und vielleicht
Linderung zukommen zu lassen. Reena drehte sich um,
kehrte zurück in Qualm und Verheerung.

Kapitel 29

Wie ein dunstiger, schwülheißer Vorhang senkte sich die Hitze über den Asphalt, als John durch die ihm unbekannten Straßen der Bronx fuhr. Nach dem Anruf von O'Donnell hatte er umdisponiert und darauf verzichtet, sich ein Zimmer in einem Motel zu nehmen, eine Mütze voll Schlaf zu bekommen und sich erst am Morgen auf die Suche nach Joe Pastorelli zu machen.

Trotz des aus dem Internet ausgedruckten Stadtplans war er inzwischen schon einige Male falsch abgebogen. Selber schuld, dachte er sich, während er versuchte, eine bequemere Sitzposition zu finden, denn schließlich saß er nun schon seit vier Stunden im Auto.

Ich werde langsam alt, sagte er sich dann. Alt und klapperig. Außerdem waren seine Augen nachts hinter dem Steuer auch nicht mehr so gut wie früher – wann zum Teufel war das nur passiert?

Früher hatte er, nur gestärkt mit einem Nickerchen und literweise Kaffee, achtundvierzig Stunden am Stück durchgearbeitet. Allerdings hatte er damals auch noch genug zu tun gehabt, um zwei Tage ununterbrochen auf Trab zu bleiben. Doch diese Zeiten waren – wie John sich bedauernd vor Augen halten musste – ein für alle Mal vorbei.

Für John bedeutete der Ruhestand allerdings nicht den krönenden Abschluss einer erfolgreichen beruflichen Laufbahn, sondern eine endlose Aneinanderreihung leerer Stunden, in denen er von seinen Erinnerungen an damals verfolgt wurde.

Vermutlich war es überstürzt von ihm gewesen, diese weite Autofahrt zu unternehmen, doch immerhin hatte Reena ihn um Hilfe gebeten. Eine goldene Uhr und Pensionsansprüche bedeuteten schließlich noch lange nicht, dass man zum alten Eisen gehörte.

Dennoch brannten John vor Anstrengung die Augen, als

er endlich die richtige Straße entdeckte, und während der Parkplatzsuche setzten die ersten Kopfschmerzen ein.

Der Fußmarsch vom Wagen zu dem Haus, in dem Pastorelli wohnte, lockerte zwar seine verkrampften Beine, war aber nicht unbedingt hilfreich, was den dumpfen Schmerz in seinem Rücken anging. Der Schweiß klebte an ihm wie eine zweite Haut. In einem auch nachts geöffneten koreanischen Supermarkt kaufte er sich eine Flasche Wasser und Kopfschmerztabletten, von denen er noch auf dem Gehweg zwei Stück schluckte. Dabei beobachtete er, wie sich eine Prostituierte mit einem Freier handelseinig wurde und schließlich zu ihm in den Wagen stieg. Um ihren Kolleginnen, die ebenfalls ihre Vorzüge feilboten, aus dem Weg zu gehen, wechselte er die Straßenseite.

Das Haus, in dem Pastorelli lebte, war niedrig und bestand aus abgestoßenem und von uralten Rußschichten bedecktem Backstein. Am Klingelschild einer Parterrewohnung stand sein Name. John klingelte im zweiten und im dritten Stock und trat ein, als ein hilfreicher Mensch den Türdrücker betätigte.

Während die Luft draußen mit einem Dampfbad zu vergleichen gewesen war, erinnerte die im Treppenhaus eher an die in einer geschlossenen Kiste, die man in den Backofen geschoben hatte. Die Kopfschmerzen breiteten sich von Johns Augenhintergrund in Richtung Schädeldecke aus.

Durch Pastorellis Tür war der Fernseher so deutlich zu hören, dass John sogar einen Teil des Dialogs verstehen konnte. Er erkannte *Die Aufrechten – aus den Akten der Straße* und musste sich zu seinem Unbehagen eingestehen, dass er ohne die spontane Fahrt nach New York vermutlich selbst in einem abgedunkelten Zimmer gesessen hätte, um sich diese dämliche Serie anzusehen.

Und wenn Pastorelli in seiner Wohnung mitverfolgte, wie die Gerechtigkeit wieder einmal um Haaresbreite den

Sieg davontrug, hatte er unmöglich noch vor anderthalb Stunden in Maryland mit dem Feuer spielen können.

John klopfte mit der Faust an die Tür.

Er musste noch zwei Mal dagegenschlagen, bis die Tür sich endlich mit einem Quietschen öffnete. Die Kette war vorgelegt.

Ich hätte dich nie wiedererkannt, Joe, dachte John. Auf der Straße wäre ich achtlos an dir vorbeigegangen. Das markante, attraktive Gesicht hatte sich in einen Totenschädel mit eingesunkenen Augen verwandelt, dessen gelbliche Haut schlaff am Kiefer herunterhing, als hätte sie sich von den Knochen gelöst.

John roch Zigaretten und Bier und etwas Süßliches, das ihn an fauliges Obst erinnerte.

»Was zum Teufel wollen Sie von mir?«

»Mit Ihnen reden, Joe. Ich bin John Minger aus Baltimore.«

»Baltimore.« Kurz blitzte ein Funke in den stumpfen Augen auf. »Hat Joey Sie geschickt?«

»Ja, das könnte man sagen.«

Die Tür schloss sich, die Vorhängekette klapperte. »Hat er Ihnen Geld für mich mitgegeben?«, fragte Pastorelli, als sich die Tür wieder öffnete. »Er wollte mir Geld geben.«

»Diesmal nicht.«

Zwei Ventilatoren wälzten die abgestandene Luft um und verteilten den Geruch nach Rauch und Bier und den undefinierbaren Gestank.

Allmählich dämmerte John, worum es sich handelte. Es roch hier nicht nur nach Alter und Krankheit, sondern nach Sterben.

Der schwarze Fernsehsessel aus Leder wirkte in diesem Raum wie ein Mann im Frack in einem Obdachlosenheim. Auf dem wackeligen Beistelltischchen daneben standen eine Dose Miller-Bier und ein überquellender Aschenbecher. Die Fernbedienung für den Fernseher wirkte ebenso nagelneu und fehl am Platz wie der Fernsehsessel. Außerdem waren verschiedene Medikamentendöschen zu sehen.

Ein Sofa, nur noch zusammengehalten von Schmutz und Isolierband, stand an der Wand. Die Arbeitsflächen in der Kochnische waren voller Fettspritzer und mit den Verpackungen von Heimservicediensten übersät. John stellte fest, dass es in den letzten Tagen chinesisches Essen, Pizza und Sandwiches gegeben hatte.

Die Kakerlake, die seelenruhig über den Pizzakarton spazierte, schien sich offenbar hier wie zu Hause zu fühlen.

»Woher kennen Sie Joey?«, wollte Pastorelli wissen.

»Erinnern Sie sich nicht an mich, Joe? Am besten setzen wir uns.«

Der Mann sah aus, als würde er jeden Moment umfallen, dachte John, und er wunderte sich fast, warum man nicht bei jeder Bewegung seine Knochen klappern hörte, so mager war er geworden. John nahm sich den einzigen Stuhl im Raum – einen Klappstuhl aus Metall – und stellte ihn vor den Fernsehsessel.

»Joey wollte mir Geld schicken. Ich brauche Geld, um die Miete zu bezahlen.« Joe setzte sich und griff nach einem Zigarettenpäckchen. Joe beobachtete, wie schwer es den knochigen Fingern fiel, einen Glimmstängel herauszukramen und ein Streichholz anzuzünden.

»Wann haben Sie ihn zuletzt gesehen?«

»Vor ein paar Monaten vielleicht. Er hat mir einen neuen Fernseher geschenkt. Ein Sechsunddreißigzoll-Bildschirm. Von Sony! Joey kauft keinen billigen Kram.«

»Hübsch.«

»Den Sessel habe ich letztes Jahr zu Weihnachten von ihm bekommen. Das Ding vibriert sogar, wenn man will.« Die stumpfen Augen richteten sich auf Johns Gesicht. »Er wollte mir Geld schicken.«

»Ich habe ihn nicht getroffen, Joe. Tatsache ist, dass ich

auf der Suche nach ihm bin. Haben Sie in letzter Zeit mit ihm telefoniert?«

»Worum geht es? Sind Sie ein Bulle?« Langsam schüttelte er den Kopf. »Ein Bulle sind Sie nicht.«

»Nein, ich bin keiner. Es geht um Feuer, Joe. Joey hat sich in Baltimore mächtig Ärger eingehandelt. Und wenn das so weitergeht, wird er Ihnen überhaupt kein Geld mehr schicken.«

»Sie wollen meinem Sohn nur Schwierigkeiten machen.«

»Ihr Sohn hat bereits mehr als genug Schwierigkeiten. Er hat ein paar Mal gezündelt, und zwar in Ihrem alten Viertel. Heute Nacht ist dabei jemand ums Leben gekommen, Joe. Er hat die Witwe eines der Brandermittler getötet, die Sie damals wegen des Feuers im Sirico verhaftet haben.«

»Die Schweine haben mich aus meinem eigenen Haus geschleppt.« Joe pustete Rauch aus und hustete krampfartig, bis ihm die Tränen in die Augen traten. »Aus meinem eigenen Haus.« Er trank einen Schluck Bier und hustete wieder.

»Wie lange geben die Ärzte Ihnen noch, Joe? Wie lange haben Sie noch zu leben?«

Als er grinste, verzerrte sich sein Gesicht zu einer abscheulichen Fratze. »Wenn man den dämlichen Quacksalbern glauben soll, müsste ich schon längst den Löffel abgegeben haben. Aber ich bin noch da, was zum Teufel wissen die also? Ich bin schlauer als diese Kurpfuscher.«

»Weiß Joey, dass Sie krank sind?«

»Er war ein paar Mal mit mir beim Arzt. Die wollten mich mit Gift vollpumpen. Scheiß drauf. Krebs. Bauchspeicheldrüse. Angeblich frisst der Krebs inzwischen auch meine Leber und alles andere auf, und ich dürfte weder trinken noch rauchen.« Der Totenschädel grinste immer noch, als er an seiner Zigarette zog. »Ich scheiß auf alles.«

»Und Joey ist zurückgekommen, um für Sie aufzuräumen.«

»Keine Ahnung, wovon Sie reden.«

»Er kümmert sich um die Leute, die Ihnen damals eins ausgewischt haben. Vor allem um Catarina Hale.«

»Die kleine Schlampe. Ist durchs Viertel getänzelt, als wäre sie was Besseres, und hat meinem Jungen schöne Augen gemacht. Also hat er eben zugegriffen. Was ist denn schon dabei? Und dieser Hale, das Arschloch, hat gedacht, er könnte sich mit uns anlegen. Aber dem hab ich es ordentlich heimgezahlt.«

»Und dafür haben Sie gesessen.«

»Er hat mein Leben ruiniert.« Das Grinsen verflog. »Hale, das Arschloch, hat mein Leben ruiniert. Nach dem Knast konnte ich keinen anständigen Job mehr kriegen und musste die Kotze anderer Leute wegwischen, verdammt. Meine Würde hat er mir genommen. Und mein Leben. Ich bin krank geworden, weil ich im Gefängnis war, ganz gleich, was die verdammten Ärzte auch sagen. Und wahrscheinlich hat Joey es auch geerbt. Und alles nur wegen dieser kleinen Hure.«

John verzichtete, ihn darauf hinzuweisen, dass es unmöglich war, sich im Gefängnis Bauchspeicheldrüsenkrebs zu holen. Und selbst wenn das anders gewesen wäre, konnte man eine ansteckende Krankheit anschließend nicht an seinen Sohn weitervererben.

»Ein richtiges Pech. Und wahrscheinlich war Joey auch dieser Ansicht.«

»Schließlich ist er mein Sohn. Er respektiert seinen Vater und weiß, es ist nicht meine Schuld, dass ich ihm vielleicht die Krebsgene vererbt habe. Er hat nämlich Grips. Mein Joey war schon immer ein ganz Schlauer. Das hat er ganz sicher nicht von seiner Mutter, dieser blöden Kuh. Er wird mir Geld schicken oder mich sogar auf eine Reise mitnehmen, damit ich aus dieser unerträglichen Hitze rauskomme.«

Kurz schloss Joe die Augen und drehte den Kopf zu

einem der Ventilatoren, sodass sein schütteres Haar in dem abgestandenen Luftzug flatterte. »Nach Norditalien, in die Berge, wo es kühl ist. Er hat einen Plan, und die Bullen werden ihm nie etwas nachweisen können. Dazu ist er viel zu klug.«

»Heute Nacht hat er eine Frau in ihrem Bett verbrannt.«

»Kann durchaus sein.« Doch an dem plötzlichen Leuchten in seinen Augen war zu erkennen, dass Joe mächtig stolz auf diese Gräueltat seines Sohnes war. »Wenn das stimmt, wird sie es sich wohl selbst eingebrockt haben.«

»Falls er sich bei Ihnen meldet, Joe, tun Sie sich bitte einen Gefallen.« John zog ein Notizbuch und einen Stift hervor und notierte seinen Namen und seine Telefonnummer. »Rufen Sie mich an. Es ist besser für ihn, wenn Sie mir helfen, ihn zu finden. Wenn die Polizei mir zuvorkommt, kann ich für nichts garantieren. Er hat nämlich die Frau eines Polizisten getötet. Aber wenn Sie mich anrufen, kann ich vielleicht dafür sorgen, dass Sie ein bisschen Geld bekommen.«

»Wie viel?«

»Ein paar Hunderter«, erwiderte John, dem es vor Ekel fast den Magen umdrehte. »Möglicherweise auch mehr.«

Er stand auf und legte den Zettel auf den Beistelltisch. »Er fordert sein Glück heraus. Lange geht das nicht mehr so weiter.«

»Wer Grips hat, braucht kein Glück.«

Während John sich mit dem Wagen auf den Nachhauseweg machte, war Joey gerade damit beschäftigt, das Schloss an der Hintertür von Johns Reihenhaus aufzubrechen. Bis jetzt lief alles genau nach Plan, sagte er sich zufrieden.

Als er sich vorstellte, wie die Frau des Polizisten bei lebendigem Leib gebraten worden war, huschte ein Lächeln über sein Gesicht, und er beugte sich wieder über das Schloss.

Er hatte noch viel vor, hatte er zu ihr gemeint. Ja, es lag wirklich eine Menge Arbeit vor ihm, und außerdem musste er noch ein paar Leute verbrennen. Und dieser John Minger, der seine Nase überall hineinsteckte, stand ganz oben auf seiner Liste.

Joey schlüpfte ins Haus und zog die .22er aus seinem Rucksack. Zuerst würde er den Kerl anschießen. Ihm die Kniescheiben zerschmettern. Und dann noch ein wenig mit ihm plaudern, während er das Feuer legte.

Heute werde ich die Helden der Stadt ordentlich auf Trab halten, dachte er sich, während er sich leise durch das dunkle Haus tastete.

Der Alte lag um diese Uhrzeit bestimmt schon im Bett und sägte beim Schnarchen ganze Wälder ab.

Bevor er selbst so alt wurde, wollte er lieber sterben.

Doch das Altern würde Minger ganz sicher keine Probleme mehr bereiten. Er würde sterben, die ganze Schweinebande würde längst tot sein, wenn sein Vater den Löffel abgab. Das war Gerechtigkeit.

Diese Leute hatten seinen Vater auf dem Gewissen, so als hätten sie ihn tatsächlich mit einem Messer aufgeschlitzt. Und jetzt würde jeder Einzelne von ihnen dafür büßen.

Erfüllt von Aufregung und Vorfreude, ging Joey nach oben. In die Knie, dachte er. Peng, peng. Mal sehen, wie das dem Alten schmeckt.

Oder wie es ihm gefiel, wenn er ohnmächtig zusehen musste, während das Feuer über das Bett auf ihn zugekrochen kam. Und wie es sich in seinen Körper fraß, so wie der Krebs es bei seinem Vater tat.

Auf diese Weise würde er niemals abtreten. Kam überhaupt nicht infrage. Joseph Pastorellis Sohn Joey würde nicht an Krebs krepieren.

Viel zu tun, sagte er sich wieder. Noch viel zu tun, bevor er ins Feuer ging und Schluss machte.

Sobald Minger erledigt wäre, war es Zeit für den Höhepunkt des Abends. Die Nacht war noch jung.

Doch obwohl Joey in allen Zimmern nachsah, konnte er seine Beute nicht finden.

Sein Finger zuckte am Abzug, und seine Hand zitterte, so viel Mühe kostete es ihn, nicht auf das leere Bett zu schießen.

Bestimmt war der Typ losgezogen, um die Polizistenschlampe brennen zu sehen. Die Leute waren eben sensationslüstern. Wahrscheinlich hatte Reena ihn angerufen, und jetzt hielt er ihr Händchen.

Sicher hatte er das kleine Miststück im Laufe der Jahre auch schon öfter hergenommen.

Er konnte ein wenig warten. Ja, die Nacht war noch jung, und er hatte ein bisschen Zeit. Also würde er ihn abpassen, wenn er nach Hause kam. Ihm auflauern wie eine Katze vor einem Rattenloch.

Und um die Wartezeit zu nutzen, begann er schon einmal mit den Vorbereitungen.

Im Raum hing immer noch Qualm, und der nasse Schlafzimmerteppich schmatzte unter Reenas Füßen, als sie die sterblichen Überreste von Deborah Umberio betrachtete.

Die durchweichten Fetzen der verbrannten Matratze sprachen Bände.

»Sie ist hier verbrannt«, sagte O'Donnell. »Hier auf der Matratze.«

Peterson, der Gerichtsmediziner, der ein kurzärmeliges Hemd und eine Khakihose trug, wartete ab, während Reena Digitalfotos machte. »Vielleicht war sie ja tot, bevor er das Zimmer angezündet hat. Oder wenigstens bewusstlos. Sie bekommen die Ergebnisse so bald wie möglich. Wir kümmern uns sofort darum.«

»Sicher war sie weder tot noch bewusstlos.« Reena ließ die Kamera sinken. »Er wollte, dass sie am Leben war, alles mitbekam und wusste, was sie erwartete. Es spürte. Das erregt ihn. Bestimmt hat er sie zuerst gefoltert, das braucht er. Er hat ihr Leid zugefügt.«

Sie holte Luft. »Da sie eine Frau ist, hat er sie vermutlich missbraucht, um sich wichtiger und männlicher zu fühlen. Wenn man in Betracht zieht, dass er schon öfter sexuelle Übergriffe verübt hat, hat er sie bestimmt vergewaltigt.«

»In ihrem Mund befinden sich Stofffetzen.« Peterson beugte sich über die Leiche. »Offenbar wurde sie geknebelt.«

»Sie hat ihm die Tür aufgemacht.« Wie Josh, dachte Reena. »Warum? Dreißig Jahre lang war sie mit einem Polizisten verheiratet und öffnet einem fremden Mann die Tür? Sicher hat er ihr einen Ausweis gezeigt – Lieferung, Reparaturservice. Jemand muss gesehen haben, wie er das Haus betrat. Bei der Befragung der Nachbarn finden wir vielleicht mehr heraus.«

»Währenddessen schauen wir uns gründlich um«, schlug O'Donnell vor. Reena nickte.

»Hier sieht man genau, wie er vorgegangen ist. Ein Brandbeschleuniger, hauptsächlich auf dem Bett verteilt, dann Feuerbrücken überall im Raum. Kamine, um die Flammen anzufachen. Den zweiten Ursprungsort in der Küche brauchte er gar nicht, um sie zu töten. Der war für die Feuerwehrleute, die löschen wollten. Warum nicht auch noch ein paar von denen umlegen? So kriegt man mehr fürs Geld.«

Vorsichtig bahnte Reena sich einen Weg durch die Trümmer und spähte in die Küche. Ein Topfdeckel steckte in der Wand, und von den Überresten der Zimmerdecke tropfte das Wasser. Einige verkohlte Schrankruinen hatten keine Türen mehr. Reena trat näher, ging in die Hocke und benutzte ihr Vergrößerungsglas.

»Diese Türen sind nicht verbrannt oder weggesprengt

worden, O'Donnell. Er hat sie abgeschraubt und sie als Kamine und Brennmaterial benutzt. Anscheinend ist er ziemlich erfindungsreich.« Stirnrunzelnd sah sie ihren Partner an. »Aber er ist sicher nicht mit leeren Händen gekommen und hat darauf vertraut, dass sein Opfer alles Nötige im Haus hat. Er brauchte ein Seil, einen Brandbeschleuniger seiner Wahl, Streichhölzer, vielleicht eine Waffe. Und das bedeutet, dass er eine Tasche, einen Aktenkoffer oder etwas Ähnliches dabeihaben musste.«

Reena richtete sich auf, um ihr läutendes Telefon aus der Tasche zu holen.

»Es ist John«, teilte sie O'Donnell mit.

»Sprich in Ruhe mit ihm. Ich weise inzwischen das Team ein.« Sie fingen an, den Tatort in Quadrate einzuteilen und zu fotografieren.

»Pastorelli liegt im Sterben.« Reena massierte ihre Nasenwurzel. »Bauchspeicheldrüsenkrebs. Er hat John erzählt, er habe Joey seit einigen Monaten nicht gesehen und erwarte eigentlich, dass er ihm Geld schickt. Außerdem sei angeblich eine Italienreise geplant.«

»Deshalb ist die Sache also eskaliert.«

»Sein Vater stirbt, und Joey will das nicht einfach so hinnehmen. Wie John weiterhin erfahren hat, hat der Senior seinem Sohn möglicherweise eingeredet, dass ihm dasselbe Schicksal droht. Joey will, dass ich weiß, wer dahintersteckt und wer es auf mich abgesehen hat. Es ist ein Tribut an seinen Vater – und vielleicht sogar eine Art Selbstmordkommando. Er ist immer noch der Junge, der seinem Vater in dem Polizeiauto hinterherläuft.«

»Glaubt er allen Ernstes, dass er heimlich mit seinem Vater das Land verlassen kann, wenn er hier fertig ist – sofern sie dann noch leben? Will er sich rächen und Vergeltung üben – oder wie er das auch sonst immer nennen mag – und sich anschließend in Italien verstecken?«

»Nicht verstecken. Er würde es nie als verstecken begreifen. Denn dann würde er ja als Schwächling dastehen.« Reena rieb sich die brennenden Augen. »Für ihn bedeutet es eher, dass er ungestraft mit seinen Taten durchgekommen ist und nun für die Zeit, die ihm seiner Ansicht nach noch bleibt, das Leben genießen kann. Und seiner Vergangenheit dreht er eine lange Nase. Letzten Dezember hatte er ziemlich viel Geld, mit dem er sich unter anderem falsche Pässe und Tickets nach Übersee hätte beschaffen können. Vielleicht hat er dort Freunde oder Kontaktleute. Pastorelli hat von Norditalien gesprochen, von den Bergen. Wir könnten Nachforschungen anstellen. Allerdings wird er so weit gar nicht kommen.«

Sie betrachtete Qualm, Schutt und Zerstörung. »Das werde ich nicht zulassen.«

»Will John Pastorelli senior in New York weiter zusetzen?«

»Nein, er denkt nicht, dass er mehr von ihm erfahren kann, und hat sich inzwischen auf den Heimweg gemacht. Ich habe ihn angefleht, sich über Nacht irgendwo ein Zimmer zu nehmen, statt die weite Strecke zurückzufahren. Er klang ziemlich erledigt.«

Joey wartete bis Mitternacht. Scheiß drauf, sagte er sich dann. Dann würde er sich eben ein andermal bei dem alten Mistkerl revanchieren. Für diesen Moment genügte es, ihm eine hübsche Überraschung zu hinterlassen. Umlegen konnte er ihn ja auch noch später.

Er hatte beobachtet, dass Polizisten die Vorder- und Hintertür kontrolliert hatten und dann wieder weggefahren waren. Offenbar wollten sie nach dem Rechten sehen. Also war es wohl das Beste, wenn er sich erst ein bisschen nützlich machte und dann zu seiner nächsten Station aufbrach.

Das Schlafzimmer hatte er bereits vorbereitet und einige Kleidungsstücke aus dem Schrank zu Feuerbrücken verarbeitet. Dazu Matratzenfüllung – inzwischen mehr oder weniger sein Markenzeichen –, Wachspapier und Spiritus. Wenn schon ein Porträt, dann ein handsigniertes, dachte er sich.

Obwohl es Spaß gemacht hätte, die Sachen im ganzen Haus zu verteilen, ging es schneller und war genauso wirkungsvoll, wenn er sich aufs Schlafzimmer konzentrierte.

Joey hatte Familienfotos entdeckt, sie aus den Rahmen gerissen und überall verstreut. Vielleicht würde er sich irgendwann auch um die Menschen auf diesen Fotos kümmern. Du zerstörst meine Familie, und ich zerstöre deine.

Er entzündete die Flamme und sah zu, wie sie sich ausbreitete.

Auf dem Weg nach draußen deponierte er eine Papierserviette mit dem fröhlichen Logo des Sirico auf der Küchenanrichte.

Reena machte sich im Schlafzimmer zu schaffen. Sie saugte die Flüssigkeit auf, die sich in den Bodenritzen und den Überresten der Fußbodenleisten gesammelt hatte, suchte die Überreste unverbrannter Feuerbrücken zusammen und nahm Ascheproben.

Trippley kam herein und kauerte sich neben sie. »Wir haben im Duschabfluss ein paar Haare gefunden. Könnten vom Täter sein.«

»Sehr gut. Wenn wir am Tatort seine DNS sicherstellen, haben wir ihn.«

»Im Wohnzimmer liegen Scherben von einer Weinflasche. Vielleicht sind ja Fingerabdrücke drauf.«

Da war doch noch etwas, dachte Reena und hielt inne. Das bemerkte sie an seinem Tonfall. »Was ist los?«

»Eine Speisekarte aus dem Sirico wurde gefunden.«

Kurz ballten sich ihre Hände zu Fäusten. »Ich habe mich schon gefragt, wo er diesmal etwas hingelegt hat.« Mit finsterem Blick machte sie sich wieder an die Arbeit.

Nach einer Weile kauerte sie sich auf die Fersen. »Warum öffnet die Ehefrau eines erfahrenen Polizisten einem fremden Mann die Tür? Vielleicht weil er angeblich Blumen bringt! Wir müssen die Nachbarn und die Bewohner der angrenzenden Gebäude fragen, ob sie jemanden gesehen habe, der nicht nur eine Tasche oder einen Aktenkoffer, sondern außerdem einen Blumenkarton bei sich hatte.«

»Ich veranlasse das.«

Beide sahen sich um, als O'Donnell hereinkam. »Er hat wieder zugeschlagen. Die Feuerwehr wurde zu einem Brand bei John Minger gerufen.«

»John ist nicht zu Hause.« Als Reena mühsam aufstand, zitterten ihr die Knie. »Er kann noch nicht zurück sein, nicht einmal, wenn er sofort wieder aufgebrochen ist.«

»Fahr hin«, sagte Trippley. »Wir machen hier weiter.«

Reena eilte hinaus und streifte dabei die Schutzhandschuhe ab. »Wenn er will, dass es heute Nacht zum großen Knall kommt, vergreift er sich vielleicht als Nächstes an meinen Eltern, an meinem Bruder oder an meinen Schwestern.«

»Sie werden bewacht, Hale.«

»Ja.« Trotzdem erledigte sie rasch einige Anrufe.

»Verlasst das Haus nicht«, wies sie ihren Vater an. »Keiner geht raus. Ich fahre jetzt zu John. Ich will nicht, dass jemand von euch auch nur einen Fuß vor die Tür setzt, ehe ich Entwarnung gebe. Ich bin so schnell wie möglich zurück.«

Sie legte auf, bevor Gib ihr widersprechen konnte. »Bestimmt wohnt Joey nicht in der Stadt. Vielleicht irgendwo im Umkreis, aber sicher nicht hier. Er könnte in D.C. untergetaucht sein.«

»Wir haben Kollegen mit Fotos losgeschickt, die sämtliche Hotels und Motels abklappern. Das sind allerdings ziemlich viele.«

»Er wird vermutlich keine billige Absteige nehmen. Erstens ist er nicht pleite, und zweitens denkt er voraus. Außerdem hat er offenbar einen Ausweis und eine Kreditkarte. Kann sein, dass er sich als Geschäftsreisender ausgibt. Nach ein paar Tagen in einem Hotel zieht er dann weiter ins nächste.«

Als O'Donnell hinter dem Feuerwehrwagen hielt, sprang Reena aus dem Auto. Ihr Herz fühlte sich an wie eine geballte Faust, obwohl sie sehen konnte, dass das Feuer schon fast gelöscht war.

Sie eilte zu Steve hinüber. »Gasleitungen?«

»Keine Lecks. Offenbar konnte der Brand auf das Schlafzimmer begrenzt werden. Der Rauchmelder wurde deaktiviert. Eine Frau, die ihren Hund spazieren führte, sah den Rauch und hat die Feuerwehr verständigt.«

»Wo ist sie?«

»Gleich da drüben. Sie heißt Nancy Long.«

»Nancy? Gina und ich waren mit ihr in einer Klasse.« Reena entdeckte Nancy in der Menschenmenge und steuerte auf sie zu. Mit einer Hand hielt Nancy die Leine ihres aufgeregten Terriers fest, mit der anderen umklammerte sie den Arm ihres Mannes.

»Nancy!«

»Reena! Mein Gott, ist das schrecklich. Aber offenbar ist Mr Minger nicht zu Hause gewesen. Das Haus war leer. Ich habe Rauch gesehen. Susie hat so ein Theater veranstaltet, dass ich nachgegeben habe und noch einmal mit ihr Gassi gegangen bin. Sie machte gerade ihr Geschäft, als ich nach oben schaute. Vielleicht habe ich es auch gerochen, keine Ahnung. Aber als ich den Kopf hob, sah ich Qualm aus dem Fenster kommen. Ich wusste nicht, was ich tun sollte. Wahrscheinlich war ich in Panik. Zuerst bin ich hinübergelaufen und habe an Mr Mingers Tür geklopft und nach ihm gerufen. Dann bin ich nach Hause gerannt. Meine Hände haben so gezittert, dass ich die Nummer nicht wählen konnte und Ed bitten musste, das zu übernehmen.«

»Vielleicht hast du Johns Haus gerettet. Und wenn er zu Hause gewesen wäre, hätte er dir jetzt sein Leben zu verdanken.«

»Ich weiß nicht. Mir ist immer noch ganz flau.«

»Hast du sonst noch jemanden beobachtet? Einen anderen Spaziergänger möglicherweise?«

»Nein, niemanden. Nicht in diesem Moment.«

»Was meinst du damit?«

»Dass außer mir niemand auf der Straße war.«

»Hattest du denn zuvor jemanden gesehen?«

»Wenn man einen Welpen zur Stubenreinheit erzieht, muss man anfangs ziemlich oft raus. Ehe ich ins Bett ging, habe ich Susie nochmal Gassi geführt, das letzte Mal, wie ich dachte. Gerade hatte ich die Tür aufgeschlossen, um wieder ins Haus zu gehen, als dieser Typ vorbeikam. Aber das war viel früher, so kurz vor Mitternacht, glaube ich.«

»Kanntest du ihn?«

»Nein. Und ich hätte auch nicht auf ihn geachtet, wenn er nicht zu mir rübergeschaut hätte, als ich mit Susie sprach. Er hat gewinkt, und ich habe mich gefragt, wer heute Abend wohl die Glückliche ist.«

»Die Glückliche?«

»Er hatte einen großen weißen Blumenkarton dabei, und ich dachte daran, dass Ed mir inzwischen nie mehr Blumen schenkt.«

»Und das war gegen Mitternacht?«

»So ziemlich genau.«

»Ich zeige dir jetzt ein Foto, Nancy.«

Reena stand in Johns Küche und starrte auf die Serviette aus dem Sirico, die auf der Anrichte lag. Nachdem sie die Stelle markiert hatte, verstaute sie die Serviette in einem Asservatenbeutel.

»John ist unterwegs.« O'Donnell klappte sein Telefon zu.
»Er braucht noch zwei bis drei Stunden. Möchtest du
schon mal anfangen oder lieber auf ihn warten?«

»Kommst du auch ohne mich zurecht? Ich würde lieber
nach meiner Familie sehen und die bis jetzt gesammelten
Beweisstücke im Labor abliefern.«

»Nimm einen uniformierten Kollegen mit.«

»Das hatte ich auch vor. Er hätte warten können. Sich
ein oder zwei Tage Zeit lassen, um sicherzugehen, dass
John zu Hause ist. Aber ihm war es wichtiger, uns heute
Nacht auf Trab zu halten. Ihm kam es nur darauf an, dass
mir klar wird, wer er ist.«

»Vor deinen Haus steht mittlerweile ein Streifenwagen,
Vorder- und Hintertür werden bewacht.«

Reena zwang sich zu einem Lächeln. »Da wird Joey aber
böse sein.« Der Magen krampfte sich ihr zusammen, als
ihr Telefon läutete. »Hale.«

»Ein Jammer, dass er nicht da war. Sonst würde er jetzt
braten.«

Sie gab O'Donnell ein Zeichen. »Das war sicher eine
große Enttäuschung für dich, Joey.«

»Was soll's? Die Polizistenschlampe hat mir für heute
Nacht gereicht. Ich habe an dich gedacht, Reena, als ich es
ihr besorgt habe. Dauernd habe ich nur an dich gedacht.
Hast du deine Nachrichten erhalten?«

»Ja, habe ich.«

»Es wartet noch eine auf dich. In der Klinik deines
Bruders. Du solltest dich beeilen.«

»Verdammt.« Reena beendete das Telefonat und wählte
die Notrufnummer. »Die Klinik, in der mein Bruder und
seine Frau arbeiten. Zwei Häuserblocks entfernt.«

»Ich fahre.« O'Donnell hastete, gefolgt von Reena, hinaus.

Die Weinkarte des Sirico lag im Rinnstein. Das Gebäude
brannte lichterloh.

»Ich ziehe den Schutzanzug an.« Reena öffnete den Kofferraum und holte ihre Ausrüstung heraus. »Hilf mir mit den Sauerstoffflaschen.«

»Reena!«

Sie war so überrascht, weil er sie beim Vornamen ansprach, dass sie mitten in der Bewegung innehielt. »Du bist jetzt schon fast achtzehn Stunden im Dienst. Das sollen die Feuerwehrleute übernehmen.«

»Er hetzt uns im Kreis herum, damit wir uns immer mehr verteilen.« Reena knallte den Kofferraumdeckel zu. »Da er nicht direkt an das Sirico oder meine Familie herankommt, geht er eben auf diese Methode vor. Nur, um mir eins auszuwischen.«

Den Helm in der Hand, stand sie da und starrte in die züngelnden Flammen. »Jetzt dreht er durch«, sagte sie im Brustton der Überzeugung. »Er kann nicht mehr aufhören. Und wie sollte er auch? Das Feuer hypnotisiert ihn und lässt ihn nicht mehr los.«

»Was kann er denn sonst noch anzünden? Alle übrigen gefährdeten Gebäude werden bewacht.«

Vom Qualm tränten Reena die Augen. »Die Schule, dann Bos Wagen ... aber ich glaube, das war nur, weil sich eine günstige Gelegenheit bot und um mich ein bisschen zu erschrecken. Anschließend Umberios Frau, danach John, und zu guter Letzt Xander.«

»Er arbeitet sich zu dir vor.«

»Ich bin die Ziellinie. Er will sich zwar rächen, aber die Reihenfolge stimmt nicht. Eigentlich hätte er sich Xander nach der Schule vornehmen müssen. Xander war der nächste Schritt, dann mein Vater, dann das Restaurant und so weiter und so fort. Auf den ersten Blick erscheint seine Vorgehensweise sprunghaft, aber es steckt sicher Methode dahinter.«

»Sein ehemaliges Haus. Das spielt bestimmt auch eine Rolle«, fügte O'Donnell hinzu. Reena drehte sich erstaunt

560

zu ihm um. »Sein Vater wurde dort abgeholt und ist nie zurückgekehrt. Und er selbst wurde von seiner Mutter gezwungen, dort auszuziehen.«

Reena schleuderte den Helm ins Auto. »Jetzt fahre ich.«

Kapitel 30

Flammen züngelten aus den Fenstern im ersten und zweiten Stock des Hauses, in dem früher die Familie Pastorelli gewohnt hatte. Es waren weder Alarmsirenen noch Geschrei zu hören, und es hatte sich auch keine Menschenmenge versammelt. Nur das Feuer war in der Dunkelheit zu sehen.

»Verständige die Feuerwehr!«, rief Reena O'Donnell zu, griff nach ihrem Helm und kramte hastig die Ausrüstung aus dem Kofferraum. »Es sind Menschen im Gebäude. Zwei. Wahrscheinlich im Schlafzimmer im ersten Stock. Ich gehe rein.«

»Warte auf die Feuerwehr.«

Reena schlüpfte in den Schutzanzug. »Ich muss versuchen, sie zu retten. Vielleicht leben sie ja noch und sind gefesselt. Ich lasse nicht zu, dass heute Nacht noch jemand in den Flammen stirbt.«

Während Reena sich einen Feuerlöscher schnappte, hörte sie mit halbem Ohr, dass O'Donnell rasch die Lage schilderte und die Adresse diktierte. Dann folgte er ihr die Vordertreppe hinauf.

»Er könnte noch im Haus sein.« O'Donnell hatte die Waffe gezogen. »Ich gebe dir Feuerschutz.«

»Kümmere du dich ums Erdgeschoss«, erwiderte sie. »Ich gehe rauf.«

Sie stellte fest, dass Joey die Tür offen gelassen hatte. Wie eine Aufforderung, doch einzutreten und sich wie zu Hause zu fühlen. Nachdem sie einen Blick mit O'Donnell gewechselt hatte, stieß sie die Tür auf.

Das Licht der Straßenlaternen und die silbrigen Strahlen des Mondes fielen ins Gebäude. Die Waffe in der Hand, ließ Reena den Blick über die undeutlich wahrzunehmenden Umrisse von Möbelstücken und Türen gleiten, während ihr das Herz bis zum Hals klopfte.

Ihr Magen fühlte sich an wie ein Eisklumpen, als sie die Treppe hinaufhastete, wo an der Decke der Qualm waberte.

Der Rauch wurde immer dichter und verwandelte sich in eine übel riechende Nebelsuppe, je höher Reena kam. Das Geräusch des Feuers erinnerte an tosende Wellen, die jederzeit über sie hereinbrechen konnten. Als sie prüfend eine Tür betastete, stellte sie fest, dass diese sich kühl anfühlte. Nachdem sie sich rasch umgesehen hatte, pirschte sie weiter den Flur entlang.

An der Decke über ihrem Kopf tanzten die Flammen, umgaben die Tür wie ein goldener Rahmen und näherten sich heimtückisch ihren Stiefelspitzen.

Reena hörte ihren eigenen gedämpften Angstschrei, als sie das Feuer mit Löschschaum eindeckte. Inzwischen drang das Heulen von Sirenen an ihr Ohr. Niemand antwortete auf ihr Rufen. Reena nahm ihren ganzen Mut zusammen, holte tief Luft und stürmte durch die Feuerwand.

Im Zimmer tobte ein flammendes Inferno. Aus dem Fußboden schlug das Feuer und griff auf die Kommode über, wo eine Blumenvase bereits von den Flammen erfasst worden war. Einen Sekundenbruchteil stand Reena mitten im Feuer und ließ sich von seinem Strahlen, der unbeschreiblichen Hitze, den Farben, seinem Züngeln und seiner Gewalt verzaubern.

Sie wusste, dass ihr jämmerlicher Feuerlöscher gegen diese geballte Wucht nichts auszurichten vermochte. Und außerdem war sie leider wieder zu spät gekommen.

Das Bett hatte er nicht angezündet, damit sie auch ja alles ganz deutlich sah.

Er hatte es sich nicht nehmen lassen, die Leichen zu arrangieren. Nachdem er die Hausbewohner erschossen hatte, hatte er sie aufrecht hingesetzt, als würden sie alles beobachten. Ein aufmerksames Publikum, das der majestätischen Gewalt der Flammen Tribut zollte.

Reena war gleichzeitig entsetzt und fasziniert, sodass es sie Mühe kostete, sich von der Stelle zu rühren. Doch dann eilte sie zum Bett, ohne auf die Gefahr zu achten. Sie musste sich vergewissern. Sicher sein, dass es für sie wirklich nichts mehr zu tun gab.

»Zurück! Aus dem Weg!«

Als sie O'Donnell rufen hörte, drehte sie sich um, und es dauerte eine Weile, bis sie begriff, dass er, umringt von wild lodernden Flammen, in der Tür stand. Sein Gesicht war von Schweiß und Ruß verschmiert, doch seine Augen blickten kalt und hart.

Inzwischen hatte er seine Pistole weggesteckt und hielt stattdessen einen Haushaltsfeuerlöscher in der Hand.

»Sie sind tot«, überbrüllte Reena das Dröhnen und Knistern der Flammen, und sie bemerkte, wie erschöpft ihre Stimme klang. »Er hat sie in ihrem eigenen Bett ermordet.«

Kurz wechselten sie und O'Donnell einen wissenden Blick, in dem sich Wut und Verzweiflung mischten. »Lass uns retten, was es noch zu retten gibt.« Er hob den Feuerlöscher. »Das ist unser Job.« Mit diesen Worten entsicherte er das Gerät.

Die Wucht der Explosion riss Reena die Füße weg, sodass sie auf dem Bett und den beiden Leichen landete. Vor lauter Benommenheit wusste sie im ersten Moment nicht, was geschehen war.

Dann schrie sie den Namen ihres Partners, zerrte das blutige Laken vom Bett und stürmte durch das Feuer zur Tür.

Sie wusste, dass sie ihn verloren hatte, noch ehe sie die Flammen, die ihn einhüllten, mit dem Laken und ihrem eigenen Körper zu ersticken versuchte.

Hinter ihr rauschte ein Wasserstrahl, der das Feuer zum Verlöschen brachte, und Feuerwehrleute hasteten in den Raum, der für Reena zur persönlichen Hölle geworden war.

»Er wusste, dass ich zuerst reingehen würde.« Reena saß am Randstein und schob die Sauerstoffmaske weg, die Xander ihr aufnötigte. »Die Leute, die im Haus wohnten, interessierten ihn gar nicht. Deshalb hat er sie auch erschossen, anstatt sie bei lebendigem Leibe verbrennen zu lassen. Sie bedeuteten ihm nichts. Aber er wusste, dass ich zuerst reingehen würde.«

»Du konntest nichts tun, Reena. Du warst machtlos dagegen.«

»Dieses Schwein hat meinen Partner auf dem Gewissen.« Reena schloss die Augen und presste das Gesicht gegen die Knie. Für den Rest ihres Lebens würde sie das Bild vor Augen haben, wie O'Donnells zerschmetterter Körper von den Flammen verschlungen wurde.

Das ist unser Job, waren seine letzten Worte gewesen. Inzwischen fragte sie sich, ob sie mit diesem Beruf, der ihn das Leben gekostet hatte, nicht überfordert war. Vor Trauer und Schuldgefühlen krampfte es ihr den Magen zusammen.

»Das Schwein wusste, dass ich zuerst reingehen würde, um den Brand zu bekämpfen. Deshalb hat er den Feuerlöscher präpariert und sich gedacht, dass O'Donnell – oder ein anderer – ihn sich einfach schnappen und benützen würde. In der Küche, bestimmt stand er in der Küche, wo man ihn auf den ersten Blick sehen konnte. Man handelt rein instinktiv, packt das Ding und verwendet es. Wenn ich doch nur gewartet hätte …«

»Du weißt, dass du nichts dafür kannst.« Xander fasste seine Schwester an den Schultern und zog sie hoch, bis ihre Blicke sich trafen. »Das weißt du genau, Catarina. Du hast getan, was du tun musstest. Und bei O'Donnell war es genauso. An dieser Tragödie trägt nur ein einziger Mensch die Schuld.«

Sie schaute zu dem Haus hinüber, wo die Schlacht noch immer tobte. Nun war auch sie ein Opfer. Sie hatte dort oben in diesem Zimmer ihren Partner verloren. Es zerriss ihr das Herz, und sie befürchtete, auch noch den Verstand zu verlieren.

»Er hat sie nur getötet, um mir zu zeigen, dass er dazu in der Lage ist. Um mir etwas zu demonstrieren. O'Donnell war nur die Zugabe. Dieses verdammte Schwein.«

»Du brauchst Ruhe und Schlaf, Reena. Ich bringe dich jetzt zu Mama und gebe dir ein Beruhigungsmittel.«

»Nein, das wirst du schön bleiben lassen.« Sie stützte die Stirn auf die Knie und kämpfte mit den Tränen, da sie befürchtete, nicht mehr mit dem Weinen aufhören zu können, wenn sie erst einmal damit anfing. Stattdessen versuchte sie, wütend zu sein, um zu spüren, wie der Hass in ihren Adern pulsierte. Doch sie empfand nichts als eine schreckliche, alles erdrückende Trauer.

Sie waren noch so jung, dachte sie. Jünger als ich selbst. Und er hatte sie einfach in ihrem eigenen Bett getötet und sie dann hingesetzt wie zwei Puppen.

Dieses Bild würde sie für den Rest ihres Lebens verfolgen – ebenso der Anblick, wie ein wunderbarer Mann, guter Polizist und enger Freund von den Flammen verschlungen wurde.

Wieder hob sie den Kopf und sah ihrem Bruder in die Augen. »Ich habe dir doch gesagt, du sollst im Haus bleiben und auf gar keinen Fall vor die Tür gehen.«

Genauso gut hätte es ihren Bruder erwischen können, fiel ihr ein. Ihre Mutter. Ihre Schwestern. Ihren Vater. Das war die Botschaft, die Joey ihr mit O'Donnells Tod vermitteln wollte: Es stand in seiner Macht, jeden x-Beliebigen auszuwählen – und das konnte er immer noch.

»Um mich solltest du dir am allerwenigsten Sorgen machen.« Xander umfasste ihr Gesicht mit beiden Händen. »Ein Polizist hat An und das Baby zu Mama gebracht. Inzwischen haben wir nämlich unsere Privatpolizei.«

Damals hatte er auch ihr Gesicht berührt, erinnerte sich

Reena. Als sie vor zwanzig Jahren, verstört und weinend nach Joeys Angriff, auf dem Boden gelegen hatte, hatte ihr Bruder ihr Gesicht gestreichelt. Er hatte nach Traubenlimonade gerochen.

Trauer stieg ihr die Kehle hinauf, und ihr traten die Tränen in die Augen. »Xander, er hat deine Klinik angezündet.«

Als er die Stirn an ihre lehnte, schlang sie die Arme um ihn. »Es ist gut. Alles wird gut.«

»Mein Gott, Xander, er hat deinen Arbeitsplatz zerstört. Er wird euch allen etwas antun, wenn wir ihn nicht aufhalten. O'Donnell war für mich fast wie ein Familienmitglied. Das wusste Joey. Er hatte mit den Ereignissen vor zwanzig Jahren nichts zu tun und musste nicht aus Rache sterben, sondern nur, weil er ein Freund von mir ist. Ich weiß nicht, wie ich Joey das Handwerk legen soll, und ich habe so schreckliche Angst.«

Das Zittern begann in ihren Zehen und breitete sich immer weiter aus, bis sie Halt suchend die Hände ihres Bruders umklammerte. »Ich bin völlig ratlos, Xander. Was soll ich bloß tun?«

»Wir müssen nach Hause. Wir müssen einfach …«

Er hielt inne, und sie blickten beide auf, als Bo sich einen Weg durch die Menschenmenge und vorbei an den Barrikaden bahnte. Dabei rief er immer wieder nach ihr. Als Reena aufstand, geriet sie ein wenig ins Taumeln, sodass Xander sie festhalten musste.

»Warte hier. Ich hole ihn.«

»Nein.« Reena sah Bo an. »Ich kann nicht mehr sitzen.«

Obwohl sie so schnell ging, wie sie konnte, fühlte sie sich, als wate sie durch Sirup, während Bo sich gegen zwei uniformierte Polizisten sträubte, die ihn festzuhalten versuchten.

»Er gehört zu mir. Es ist in Ordnung. Er gehört …«

Bo riss sich los und unterbrach Reena mitten im Satz, in-

dem er sie fest an sich drückte. »Sie sagen, du bist hinein-
gegangen.« Er umarmte sie so fest, dass sie kaum noch
Luft bekam. »Sie sagten, du wärst reingegangen, und ein
Polizist sei verletzt. Ist dir etwas zugestoßen?« Er hielt sie
von sich ab und ließ die Hände über ihren Körper gleiten.
»Ist alles in Ordnung?«

»Nein. O'Donnell ...« Ihr Blick verschleierte sich. »Er ...
er ist tot. Er ist tot. Er wollte den Brand mit einem Feuerlöscher bekämpfen, aber der ist ihm in den Händen
explodiert. Und das Feuer ... Ich konnte ihn nicht retten.«

»O'Donnell?« Sie sah, wie die Angst in seinem Blick von
Trauer abgelöst wurde. »O mein Gott, Reena.« Er zog sie
an sich und nahm sie fest in die Arme. »Es tut mir ja so
leid. O nein, Mrs M.!«

»Wer?«

»Seine Schwester.« Bo wiegte Reena hin und her, während sie weiter, umgeben von Tod und schwarzem Qualm,
auf der Straße standen. »Reena, es tut mir so leid. Ich fühle mich elend und entsetzlich.« Und gleichzeitig so froh,
dass dir nichts passiert ist. Vor Erleichterung und Trauer
drückte er sie noch fester an sich. »Was kann ich für dich
tun?«

»Gar nichts.« Wieder machten sich Benommenheit und
ein Gefühl der Leere in ihr breit. »Er ist tot.«

»Aber du lebst.« Er sah ihr ins Gesicht. »Du lebst und bist
hier.«

»Ich kann nicht mehr klar denken. Ich weiß nicht einmal, ob ich noch etwas fühlen kann. Ich bin nur ...«

Erneut unterbrach er sie, diesmal, indem er sie auf den
Mund küsste. »Doch, kannst du. Du wirst wieder denken
und fühlen und das tun, was du tun musst.« Er presste die
Lippen auf ihre Stirn. »Eine andere Möglichkeit gibt es
nicht.«

Wir retten, was wir retten können, dachte sie und fühlte sich wieder ein wenig ruhiger.

»Du hast eine ausgleichende Wirkung auf mich, Goodnight«, murmelte sie.

»Was?«

Sie schüttelte den Kopf. »Was machst du überhaupt hier draußen? Warum rennst du wie ein Verrückter auf der Straße herum? Hört denn überhaupt niemand auf mich?«

Immer wieder berührte er ihr Haar, ihr Gesicht und ihre Hände. »Ich bin jünger und schneller als dein Vater und deshalb den Polizisten vor eurem Haus entwischt. Er nicht.«

»Verdammt.« Sie drehte sich um und musterte den Brandort.

Das Feuer würde die beiden oberen Etagen zerstören, die Nachbarhäuser beschädigen und das Leben vieler Menschen auf den Kopf stellen. Aber zumindest würde es heute Nacht keine weiteren Opfer mehr fordern. Nicht hier. Für den Moment konnte es ihr nichts mehr anhaben.

Das ist unser Job, hatte O'Donnell gesagt. Und ihr Job war es, etwas zu unternehmen. Zu untersuchen, zu beobachten, zu analysieren. Die Motive zu ergründen und den Täter zu fassen. Und nicht zitternd vor Angst und Trauer auf dem Bordstein zu sitzen.

»Warte eine Minute.« Sie tätschelte Bos Arm und ging zu Younger hinüber, der bei seinem Eintreffen von O'Donnells Tod erfahren hatte. »Ich muss meine Familie beruhigen und nach ihnen sehen. Wenn er wieder anruft, gebe ich dir Bescheid.«

»Jetzt hat er einen von unseren Leuten auf dem Gewissen.« Youngers Miene war eiskalt. »Einen Polizisten. Einen guten Polizisten.« Er blickte zum Himmel hinauf. »Der Typ kann sein Testament machen.«

»Ja. Aber vielleicht ist er noch nicht fertig mit uns. Wir haben alles im Griff. Ich möchte mich nur rasch waschen.« Reena öffnete ihre Jacke. »Und wieder einen klaren Kopf bekommen. Wenn es dir genauso geht, bleib in

569

meiner Nähe, du kannst das Bad bei meinen Eltern benutzen.«

»Vielleicht komme ich später darauf zurück. Der Captain ist unterwegs hierher. Ich erstatte ihm Bericht und postiere Wachen.«

»Vielen Dank.«

Als sie sich abwenden wollte, legte Younger ihr die Hand auf den Arm. »Er war uns einen Schritt voraus, Hale. Aber das wird nicht mehr lange so bleiben, verdammt.«

Wirklich nicht?, fragte sich Reena. Joey war wie eine Kobra, geduldig und mindestens ebenso tödlich. Und er besaß außerdem die Fähigkeit, jahrelang im Verborgenen zu warten und dann zuzuschlagen, wann immer es ihm gefiel.

Im Davongehen warf sie einen letzten Blick auf das Haus. Nein, so durfte sie nicht denken. Es lag nur an ihrer Erschöpfung und Verzweiflung. Inzwischen war er schon zu weit gegangen, um noch aufhören oder sich in Geduld üben zu können. Für eine Verschnaufpause war er dem Ziel schon zu nah.

Reena verstaute ihre Sachen im Kofferraum.

»Detective Younger kommt vielleicht später vorbei, nachdem er hier fertig ist. John ist auf dem Rückweg aus New York.«

»Was hat er denn dort gemacht?« Bo griff nach ihrer Hand, und sie schlangen die Finger ineinander.

»Er hat Joe Pastorelli einen Besuch abgestattet. Der Mann leidet an Bauchspeicheldrüsenkrebs im Endstadium.«

»Ein scheußlicher Tod.« Xander näherte sich von der anderen Seite. »Ist er denn in Behandlung?«

»Klang nicht danach. Vermutlich glaubt Joey, dass in ihm auch kleine Zeitbomben in Form von Tumoren ticken.«

»Ist die Krankheit genetisch bedingt?«, erkundigte sich Bo.

»Keine Ahnung.« Reena fühlte sich von bleischwerer Erschöpfung niedergedrückt. »Ich weiß nicht. Was meinst du, Xander?«

»In nur knapp zehn Prozent der Fälle ist der Krebs erblich. Hauptverursacher ist nämlich das Rauchen.«

»Wenn das nicht Ironie des Schicksals ist. Rauch, Feuer, Tod. Die Einzelheiten erfahre ich, wenn John zurück ist. Allerdings können wir davon ausgehen, dass es sich bei der Krankheit um den Auslöser handelt, der Joey dazu getrieben hat, die Sache zu Ende zu bringen. Ich gehe mal kurz nach Hause und ziehe frische Sachen an.«

»Ich komme mit.«

»Das Haus wird von Polizisten bewacht, Bo.«

»Ich komme trotzdem mit«, wiederholte er und schickte sich an, in ihr Auto zu steigen.

Reena verdrehte die Augen. »Spring rein«, wies sie ihren Bruder an. »Ich setze dich bei Mama ab. Heute Nacht läuft mir niemand allein auf der Straße herum. Richte allen aus, dass es mir gut geht«, fügte sie hinzu, als sie den Wagen anließ. »Und dass ich in ein paar Minuten nachkomme.«

Sie sah, dass überall im Haus Licht brannte, und stieg aus, um ein paar Worte mit den Polizisten zu wechseln, die in dem am Straßenrand geparkten Streifenwagen saßen. Den Kopf zur Seite geneigt, kehrte sie zu Xander zurück.

»Du hast gar nicht erwähnt, dass Fran, Jack, die Kinder und Bella mit ihrem Nachwuchs auch hier sind.«

»Wir hielten das für die beste Methode.«

Reena küsste ihren Bruder auf beide Wangen. »Geh rein und beruhige die anderen. Und … bitte Mama, einen Rosenkranz für O'Donnell zu beten. Ich bin in einer Viertelstunde zurück.«

Sie hastete zurück zum Wagen, bevor ein Familienmitglied sie bemerkte. Denn wenn erst einmal alle nach draußen strömten, würde sie es nie schaffen, nach Hause zu fahren und sich umzuziehen.

»Deine Familie hält fest zusammen«, meinte Bo, als sich das Auto in Bewegung setzte. »Ein Fundament aus Granit, Catarina. Ganz gleich, wie verängstigt und besorgt sie auch sein mögen, nichts kann sie auseinanderbringen.«

»Er will ihnen etwas antun. Und ich fürchte, dass ich die Angst um sie nicht mehr lange aushalte.«

»Bald haben wir es ausgestanden. Und wenn ich mich wirklich auf eine Ehe einlasse – hast du gehört, ich habe das Wort laut ausgesprochen! –, also auf eine Ehe und auf Kinder, will ich, dass unsere Beziehung auch auf einem guten und stabilen Fundament steht.«

»Tja, der Zeitpunkt ist ein wenig eigenartig, aber war das etwa ein Heiratsantrag?«

»Hmmm. Eigentlich kam der Heiratsantrag ja von dir. Ich habe ihn nur angenommen. Allerdings sehe ich nirgendwo einen Ring. Offiziell ist es erst, wenn du mir einen Ring schenkst.«

Sie stoppte den Wagen einfach mitten auf der Straße, stützte den Kopf aufs Lenkrad und brach in Tränen aus.

»O nein, mein Gott, so wein doch nicht.« Bo zerrte an seinem Sicherheitsgurt und beugte sich hinüber, um Reena in die Arme zu nehmen.

»Ich kann aber nicht anders. Gleich geht es wieder. Vorhin im Haus, in dem Schlafzimmer, als ich sah, was er mit ihnen gemacht hatte, dachte ich, ich würde gleich durchdrehen. Er hat sie erschossen und sie ins Bett gesetzt wie Puppen.«

»Wen?«

»Carla und Don Dimarco. Ich kannte sie nicht gut, denn sie hatten das Haus erst vor wenigen Monaten gekauft. Ein junges Ehepaar, ihr erstes eigenes Zuhause. Ihre Mutter und die von Gina waren Klassenkameradinnen.« Reena setzte sich auf und wischte die Tränen weg. »Er hatte das Bett nicht angezündet, damit ich sie auch gut sehen konnte. Den Schall der Schüsse hat er mit Kissen gedämpft. Ich stand da, um mich herum tobte das Feuer, und ich erkannte genau, wie er hereingekommen ist, während sie schliefen, ihnen die Kissen aufs Gesicht gedrückt hat ... ein kleines Kaliber. Ein winziges Loch. Einfach nur ein winziges Loch.«

Schweigend nahm Bo ihre Hand.

»Rings um mich herum brennt es. Die Flammen, die Hitze, der Qualm, das Licht. Es spricht zu mir. Man kann hören, wie es murmelt, singt und brüllt. Es hat eine eigene Sprache. Es fasziniert mich und zieht mich an. Das war schon immer so, seit der Nacht, als ich, ein Glas Gingerale in der Hand, auf der Straße stand und beobachtete, wie hinter den Fensterscheiben des Sirico die Flammen züngelten. Ich verstehe, warum ... warum es ihn so fasziniert«, sagte sie und drehte sich zu Bo um.

»Ich kann nachvollziehen, warum er sich ausgerechnet für Feuer entschieden hat und nicht mehr davon loskommt. Ich begreife die Schritte, die uns hierhergeführt haben, uns alle. Doch nun, seit O'Donnell tot ist, fühle ich mich, als stünde ich am Rande des Abgrunds. In diesem Zimmer bin ich aus dem Gleichgewicht geraten, als ich die beiden Menschen betrachtete, die nichts weiter verbrochen hatten, als sich ein hübsches Haus in einem netten Viertel zu kaufen. Ich schaute sie an und spürte das Feuer, und plötzlich ist etwas in mir zerbrochen. Im nächsten Moment stand mein Partner in der Tür. Er hat mich vom Abgrund zurückgezogen und mich daran erinnert, dass Arbeit auf uns wartete. Und dafür ist er gestorben.«

Zitternd atmete sie aus. »Ich verstehe, was er tut und warum. Und warum er keine andere Wahl hat. Das Feuer fasziniert ihn ebenfalls.«

»Hast du dich etwa auf die Schwachsinnsidee verstiegen, du und dieses Schwein, ihr könntet etwas gemeinsam haben?«

»Es ist so, und zwar in mehr als einer Hinsicht. Nur mit

dem Unterschied, dass ich ein Fundament aus Granit habe, für das ich Gott danke. Und jetzt habe ich zusätzlich noch dich. Wie ich schon sagte, hast du eine beruhigende Wirkung auf mich, Bo. Wenn ich aus dem Gleichgewicht komme, bringst du mich wieder in den Tritt. Warum sonst solltest du in dieser entsetzlichen Nacht neben mir sitzen und von Ehe und Kindern reden?«

»Willst du das wirklich wissen?« Er zog ein Taschentuch aus der Gesäßtasche und wischte ihr damit die tränennassen Wangen ab. »Den Großteil der heutigen Nacht habe ich im Haus deiner Eltern herumgesessen oder -gestanden oder bin auf und ab gelaufen. Und ich habe deiner Familie zugesehen, wie sie dasselbe tat. Dabei ist mir klar geworden, dass man unter die Oberfläche gehen muss, wenn man jemanden wirklich und von ganzem Herzen liebt. Man muss Halt für die Füße finden und auf dieses Fundament etwas aufbauen. Wenn eine Sache Bestand haben soll, muss man sich dafür anstrengen.« Er küsste ihre Hand. »Und ich bin zu jeder Schandtat bereit.«

»Ich auch.« Reena ließ ebenfalls die Lippen über seine Hand gleiten. Dann strich sie sich das Haar zurück und startete den Wagen. »Was für einen Ring möchtest du denn?«

»Einen möglichst kitschigen, mit dem ich vor meinen Freunden angeben kann, bis sie gelb vor Neid werden.«

Sie fand, dass sich ihr eigenes Lachen gekünstelt anhörte.

Hinter dem Polizeifahrzeug, das vor ihrem Haus stand, hielt sie an. »Ich rede kurz mit den Jungs und hole dann drinnen ein paar Sachen. Warum wartest du nicht hier und planst schon mal deine Traumhochzeit? In einem langen weißen Kleid wirst du einfach hinreißend aussehen.«

»Ich denke, das wäre ein wenig übertrieben. Es gehört sich nicht, wenn ich jungfräuliches Weiß trage.«

Reena wollte schon ihre Dienstmarke zücken, erkannte

dann aber den Polizisten, der aus dem Streifenwagen stieg. »Officer Derrick.«

»Detective. Das Schwein hat O'Donnell umgelegt.«

»Ja.« Es kostete Reena Mühe, nicht die Fassung zu verlieren. »Wie lange sind Sie schon hier?«

»Seit zwei. Davor fuhr ein anderer Streifenwagen die Runden. Doch da wir damit rechnen, dass der Täter irgendwann aufkreuzt, wurden wir vom Klinikbrand abgezogen und hier zum Wachdienst eingeteilt. Zwei Kollegen sind hinter dem Haus postiert und melden sich alle fünfzehn Minuten.«

»Wie ist die Lage?«

»Ruhig. Ein paar Leute sind rausgekommen, als sie die Sirenen hörten, und haben sich auf dem Gehweg versammelt. Aber wir haben sie aufgefordert, nach Hause zu gehen.«

»Ich hole mir rasch ein paar saubere Sachen. Mein …« Sie wollte schon »Freund« sagen, verbesserte sich aber. »Mein Verlobter wartet im Wagen. Danke für die Hilfe, Officer.«

»Keine Ursache. Soll ich mit reinkommen?«

»Das brauchen Sie nicht. Ich bleibe nicht lange. Verständigen Sie die Kollegen im Garten, dass ich das Haus betrete.«

»Wird gemacht.«

Reenas Schlüssel klimperten, als sie den Gehweg überquerte und die Vordertreppe hinaufstieg.

Vier Brände in knapp sechs Stunden, dachte sie. Wollte Joey einen Rekord brechen und sich nicht nur rächen, sondern auch berühmt werden?

Dass er sich im Viertel auskannte, war natürlich ein Vorteil für ihn. Aber er war dennoch verdammt schnell.

Reena schloss die Tür auf, machte beim Eintreten Licht und legte die Schlüssel weg, während sie sich in Gedanken den Stadtplan vergegenwärtigte.

In die Wohnung in Fells Point war er gegen halb sieben eingedrungen und hatte sie zwischen Viertel nach neun und halb zehn wieder verlassen. Genug Zeit, um zu John zu fahren und dort einen Brand zu legen. Um den nächsten Brandort rechtzeitig zu erreichen, hatte er gegen Mitternacht dort aufbrechen müssen, und selbst dann war die Zeit knapp gewesen. Das Feuer hatte bei ihrer Ankunft an der Klinik, nur wenige Minuten nach seinem Anruf bei ihr, bereits lichterloh gebrannt.

Eine Frage von Minuten, überlegte sie auf dem Weg nach oben. Und kurz darauf – vielleicht fünf Minuten später – waren sie und O'Donnell auf schnellstem Wege zum ehemaligen Haus der Pastorellis gefahren.

Immer mindestens einen Schritt voraus. So gut konnte niemand sein. Kein Mensch war so schnell. Ein Komplize? Das passte beim besten Willen nicht ins Bild. Schließlich war es Joeys Mission, sein Privatkreuzzug. Er würde den Triumph mit niemandem teilen.

Aber er hatte die Klinik angezündet, war zwei Häuserblocks weiter in sein früheres Haus eingebrochen, hatte zwei Menschen erschossen, den präparierten Feuerlöscher hinterlassen und einen weiteren Brand gelegt. Und zwar einen, der bei ihrem Eintreffen schon voll entwickelt gewesen war.

Weil er Carla und Don zuerst erschossen hatte! Vor dem Klinikbrand! Weil für die beiden Feuer Zeitschaltuhren verwendet worden waren. Vermutlich hatte er alles für das Feuer in der Klinik vorbereitet und war anschließend zu John gefahren. Das muss das Muster sein, dachte sie. Erst Xander, dann John.

Sie war nicht darauf gekommen, weil sie – genau nach Joeys Plan – wie eine Wilde in der Gegend herumgehetzt war. Er hatte alle auf Trab gehalten, indem er sie Feuer löschen ließ, die nicht nur Punkte auf seinem Konto waren, sondern auch der Ablenkung dienten.

Sicher war ihr in ihrer Trauer noch mehr entgangen, sagte sie sich.

Seit zwei. Das hatte Derrick gesagt. Seit zwei schoben sie inzwischen hier Wache.

Reenas Handflächen wurden feucht. Sie wirbelte herum, griff nach ihrer Waffe und wollte die Treppe hinunter und aus dem Haus fliehen.

Doch Joey stand in der Tür und versperrte ihr den Weg. Er trug ein T-Shirt mit dem Werbeaufdruck des Sirico. Und hatte eine .22er in der Hand.

»Zeit für die große Überraschung. Es wäre besser, wenn du die Waffe ganz langsam herausholst, Reena. Wirf sie auf den Boden.«

Sie hob die Hände. Nicht die Waffe hergeben, dachte sie. Du darfst nie die Waffe hergeben. »Das Haus ist von der Polizei umstellt, Joey.«

»Ja, ich habe die Polizisten gesehen. Zwei vorne und zwei hinten. Sind etwa zehn Minuten nach mir angekommen. Heute Nacht hattest du sicher eine Menge zu tun. Du hast ja Ruß im Gesicht. Du warst in meinem Haus, richtig? Ich wusste, dass du reingehen würdest, ich habe mich nämlich eingehend mit dir befasst. Hast du sie gesehen, bevor das Feuer sie erwischt hat?«

»Ja.«

Er grinste breit. »Hey, wo ist denn dein Partner?«

Die Schadenfreude stand ihm ins Gesicht geschrieben. Reena war fest entschlossen, diesen Mann in der Hölle schmoren zu sehen, ganz gleich, welche Folgen das auch für sie persönlich haben mochte. »Du hast einen Polizisten getötet, Joey. Es ist aus und vorbei mit dir. Jeder Kollege in Baltimore ist dir auf den Fersen. Du kannst nicht entkommen.«

»Ich glaube, ich schaffe das schon. Aber wenn nicht, habe ich wenigstens das zu Ende gebracht, was ich angefangen habe. Die Pistole, Reena.«

»Wenn du schießt, stürmt die Polizei das Haus, noch ehe ich umgefallen bin. Das wäre doch kein besonders ruhmreicher Abschluss für deine Mission. Doch darum geht es dir auch gar nicht. Es ist das Feuer, richtig? Für dich bedeutet es nur eine Befriedigung, wenn ich brenne.«

»Und das wirst du. Ich wette, dein Partner hat gut gebrannt.«

Reena drängte das Bild beiseite, das vor ihrem geistigen Auge entstand. Allerdings hatte es ihre Wut entfacht.

Ja, sie konnte denken, und sie konnte fühlen. Und er hatte sich schwer in ihr verschätzt. »Ich weiß, dass dein Vater Krebs hat.«

Rasender Zorn malte sich in seinem Gesicht. »Lass meinen Vater aus dem Spiel. Du hast nicht das Recht, seinen Namen auszusprechen.«

»Womöglich befürchtest du, selbst krank zu sein. Es von ihm geerbt zu haben. Aber die Wahrscheinlichkeit ist ziemlich gering, Joey. Sie liegt im einstelligen Bereich.«

»Was verstehst du schon davon, zum Teufel? Es zerfrisst ihn von innen heraus. Man kann dabei zusehen und es riechen. Ich werde nicht so sterben und er auch nicht. Ich kümmere mich um ihn, ehe es so weit ist. Feuer reinigt.«

Reena wurde von eisiger Furcht ergriffen. Er wollte seinen eigenen Vater verbrennen. »Du kannst ihm nicht helfen. Und du heilst ihn auch nicht, indem du hier stirbst.«

»Vielleicht nicht. Aber er hat mir beigebracht, auf mich selbst aufzupassen. Ich denke, dass ich es schon schaffen werde, mich aus dem Staub zu machen. Wenn du brennst, werden alle herbeistürzen, um dich zu retten. Und währenddessen verdünnisiere ich mich. Wie Rauch.«

Als Joey einen Schritt vorwärts machte, wich Reena zurück. »Ein Bauchschuss wird dich vermutlich nicht töten, zumindest nicht gleich. Aber es wird sehr wehtun. Vielleicht hören sie es. Doch da eine kleine Pistole wie diese nicht viel Lärm macht, kann es auch sein, dass niemand es mitkriegt. Wie dem auch sei, die Zeit reicht. Ich habe schon alles vorbereitet.«

Er stieß Reena ins Schlafzimmer und machte Licht.

Auf dem Boden und dem Bett waren Feuerbrücken und Kamine aufgebaut.

Joey packte Reena am Haar und zerrte sie zu Boden. Dabei presste er ihr die Pistole an die Schläfe. »Ein Geräusch, eine Bewegung, dann jage ich dir eine Kugel in den Kopf und verbrenne das, was von dir übrig ist.«

Ich muss am Leben bleiben, sagte sie sich. Wenn sie tot war, konnte sie ihm nicht mehr das Handwerk legen. »Dann verbrennst du auch.«

»Falls das passiert, kann ich mir keinen schöneren Tod vorstellen. Schon seit ich zwölf bin, macht es mich neugierig.« Er riss Reena die Polizeipistole aus dem Halfter und schleuderte sie beiseite. »Die knallt zu laut«, verkündete er. »Sicher fragst du dich auch, wie sich das anfühlt, reinzugehen und sich vom Feuer überwältigen zu lassen. Aber du wirst es gleich herausfinden. Wir machen es folgendermaßen. Du rufst jetzt deinen Alten an und bittest ihn, herzukommen, weil du unter vier Augen mit ihm reden musst.«

»Er weiß nicht, dass ich hier bin, um Klamotten zu holen. Er hat keine Ahnung. Meine Familie wartet auf mich. Warum?«

»Er brennt, du brennst, und damit ist alles vorbei. Der Kreis hat sich geschlossen.«

»Du glaubst doch wohl nicht im Ernst, dass ich dir meinen Vater ausliefere!«

»Er hat meinen Vater auf dem Gewissen und muss dafür bezahlen. Ich gebe dir die Wahl. Entweder rufst du ihn an und opferst ihn, oder ich bringe sie alle um. Deine ganze Familie.« Er wickelte sich ihr Haar um die Faust und zerrte daran, bis Sterne vor ihren Augen tanzten. »Mutter, Bruder, Schwestern. Die kleinen Bälger. Jeden Einzelnen. Du entscheidest. Dein Vater oder alle.«

»Er hat mich nur verteidigt, und das ist die Pflicht eines Vaters.«

»Er hat meinen Vater gedemütigt und dafür gesorgt, dass er abgeholt und in eine Zelle gesperrt wurde.«

»Das hat dein Vater sich selbst eingebrockt, als er im Sirico zündelte.«

»Er war dabei nicht allein. Das wusstest du nicht, was?« Joey grinste übers ganze Gesicht. »In jener Nacht hat er mich mitgenommen, mir das Feuer gezeigt und mir erklärt, wie man es anzündet. Er hat mir beigebracht, was man mit Leuten macht, die nicht spuren wollen!« Er schlug Reena mit dem Handrücken ins Gesicht und setzte sich rittlings auf sie.

»Du zitterst ja.« Sein Stimme erbebte vor Gelächter. »Du zitterst. So wie damals. Wenn dein Vater hier ist, werde ich es dir vor seinen Augen besorgen. Ich werde ihm zeigen, was für eine Hure sein kostbares Töchterlein ist.« Er riss ihr das Hemd auf und hielt ihr die Pistole ans Kinn.

Reena hörte ihr eigenes Wimmern und unterdrückte den Drang, sich zu sträuben.

»Weißt du noch, wie ich es damals auf dem Spielplatz gemacht habe? Nur dass du jetzt Titten hast.« Er drückte ihr die Brust und schürzte in gespielter Anerkennung die Lippen. »Und sogar recht hübsche. Wenn du nicht mitspielst, werde ich dasselbe mit deiner Mutter und deinen Schwestern und sogar mit dieser asiatischen Schlampe machen, die dein Bruder geheiratet hat. Und dann hast du ja noch eine kleine Nichte. Die ganz Jungen sind doch immer die Schärfsten.«

»Ich bringe dich um.« Innerlich fühlte Reena sich kalt, hart wie Stein und von einer eisigen Wut erfüllt, die schon die ganze Zeit unter der Oberfläche gebrodelt hatte. »Davor bringe ich dich um.«

»Wer hat denn die Waffe, Reena?« Er ließ den Lauf ihre Kehle entlanggleiten. »Wer hat die Macht?« Fest stieß er ihr die Pistole gegen den Kiefer. »Wer hat hier das Sagen, verdammt?«

»Du.« Sie sah ihn unverwandt an und wartete, bis der Zorn ihr Mut verlieh. Erledige deinen Job, Reena. »Du, Joey.«

»Verdammt richtig. Dein Vater für meinen. Opfere ihn, dann lasse ich die anderen am Leben.«

»Ich rufe ihn an.« Sie zwang sich zu weinen und zitterte absichtlich heftiger, um ihm zu zeigen, was er offenbar sehen wollte: Schwäche und Angst. »Er würde lieber sterben als zulassen, dass du seiner Familie etwas antust.«

»Gut für ihn.«

Während Joey sein Gewicht verlagerte, zählte Reena ihre eigenen Atemzüge, setzte sich langsam auf und blickte ihn aus tränennassen Augen an, in denen er, wie sie hoffte, nur ein schicksalergebenes Flehen sehen würde.

Als die Tränen flossen, hob sie die Hand, als wollte sie ihr zerrissenes Hemd zusammenhalten. Doch im nächsten Moment holte sie mit dem Unterarm aus, stieß seine Hand mit der Pistole weg und schlug ihn mit der anderen Faust ins Gesicht. Sie hörte, wie die Waffe klappernd auf dem Boden landete, und sah wieder Sternchen, als er sich auf sie stürzte.

Bo saß im Wagen, trommelte einen Takt mit den Fingern und betete, das alles möge endlich ausgestanden sein.

Warum zum Teufel dauerte das denn so lange? Als er zu ihrem Schlafzimmerfenster hinaufschaute, bemerkte er, dass Licht brannte. Wieder sah er auf die Uhr.

Wenn sie noch länger brauchte, würde er wegen der Erleichterung, des untätigen Herumsitzens und der Tatsache, dass es inzwischen vier Uhr morgens war, bestimmt einschlafen.

Also stieg er aus und schlenderte zu dem Polizisten auf der Beifahrerseite hinüber. »Ich gehe mal rein. Offenbar packt sie einen Überseekoffer, statt sich nur ein sauberes Hemd zu holen.«

»Frauen!«

»Was soll man da machen?«

Bo kramte den Schlüssel aus der Tasche. Sie würden sich überlegen müssen, was aus den Häusern werden sollte, dachte er auf dem Weg zur Vordertreppe. Eines davon verkaufen? Aber welches? Beide behalten und miteinander verbinden? Eine interessante handwerkliche Herausforderung, nur dass sie dann viel zu viel Platz haben würden.

Bo unterdrückte ein Gähnen und öffnete die Tür. »Hallo, Reena, hast du beschlossen, mit mir durchzubrennen und schon mal deine Mitgift einzupacken? Was genau ist denn eigentlich eine Mitgift?«

Gerade hatte er die Tür hinter sich geschlossen und den Fuß der Treppe erreicht, als er hörte, wie Reena seinen Namen rief.

Ihre Nase blutete. Sie hatte den Geschmack im Mund, während sie sich weiter heftig gegen Joey wehrte. Offenbar hatte er sie getreten, doch sie spürte nichts als rasende Wut und Todesangst. Mit ausgestreckten Krallen war sie ihm durchs Gesicht gefahren, um ihm die Augen auszukratzen.

Also blutete nicht nur sie.

Doch er war der Stärkere, und es sah aus, als würde er den Kampf gewinnen.

Als sie Bos Stimme hörte, stieß sie einen Schrei aus.

»Bo! Lauf los! Hol die Polizei!«

Joey machte einen Satz. Er wollte an die Pistole! Mein Gott, die Pistole!

Reena sah nur noch verschwommen und bekam fast keine Luft mehr. Tränen und Blut strömten ihr übers Gesicht, als sie auf die Tür und ihre eigene Waffe zukroch.

Fußgetrappel erklang. Oder war es ihr Herz? Die Waffe in beiden Händen, rollte sie sich herum. Und sah zu ihrem Entsetzen, dass er nicht nach seiner Pistole gegriffen hatte.

»Nicht. Verdammt, riechst du es nicht? Du wirst brennen wie eine Fackel.«

»Du auch.« Er hielt das brennende Streichholz hoch. »Dann werden wir beide wissen, wie es ist.«

Als er das Streichholz in die Pfütze auf dem Boden fallen ließ, loderten dröhnend Flammen empor. Er warf sich mitten ins Feuer.

Die Flammen krochen auf Reena zu, sodass sie sich mit einem Aufschrei wegrollte, als sie nach ihren Beinen griffen. Doch da zerrte Bo sie schon weg und erstickte das Feuer mit den Händen und seinem Körper.

»Wäscheschrank, Decken.« Keuchend zerrte Reena sich die qualmende Hose vom Leib. »Fass den Feuerlöscher nicht an, er könnte ihn präpariert haben. Los, beeil dich!«

Mit klappernden Zähnen presste sie sich an die Wand.

Inzwischen schrie Joey und stieß schreckliche unmenschliche Laute aus, als er, von Flammen eingehüllt, wie wild im Raum hin und her torkelte.

Durch das Feuer, das sein Gesicht verschlang, sahen seine Augen sie an, und Reena war sicher, dass sie diesen Anblick nie vergessen würde.

Dann kam er auf sie zu, einen Schritt nach dem anderen, und näherte sich der Tür.

Doch schon im nächsten Moment stürzte er, während ein Flammenmeer über ihn hinwegbrandete.

Dann kamen sie. Polizisten schlugen die Tür ein. Sirenen heulten. Löschzüge und Wasserschläuche. Die Retter waren da.

Den Rücken an die Wand gestützt, beobachtete Reena das Feuer.

»Lösch ihn«, murmelte sie, als Bo zurückkehrte. »Um Himmels willen, lösch ihn doch.«

Epilog

Eine Decke über den Schultern, saß Reena am Küchentisch ihrer Mutter und trank kühlen Wein. Sie brauchte keinen Arzt, auch nicht ihren Bruder, der ihr erklärte, dass sie einen Schock erlitten habe. Außerdem hatte sie nicht die geringste Lust auf die Notaufnahme und auf ein Beruhigungsmittel.

Sie wollte nur ruhig dasitzen. Die Salbe, mit der An ihre Verbrennungen behandelt hatte, war angenehm lindernd.

»Du hast eine Rippenprellung, aber soweit ich feststellen kann, ist nichts gebrochen.« Zweifelnd musterte Xander ihr zerbeultes Gesicht. »Du musst dich röntgen lassen, Reena.«

»Später, Doc.«

»Verbrennungen zweiten Grades.« Vorsichtig bandagierte An ihren Knöchel. »Du hast Glück gehabt.«

»Ich weiß.« Reena griff nach Bos Hand und lächelte ihrem Vater zu. »Ich weiß.«

»Zuerst wird sie etwas essen, und dann ruht sie sich aus. Keine Polizeiarbeit mehr heute Nacht«, wandte sich Bianca an Younger.

»Nein, Ma'am. Wir kümmern uns morgen früh darum«, erwiderte er, an Reena gerichtet.

»Wenn wir alles untersuchen, werden wir sicher Zeitschaltvorrichtungen finden. Wahrscheinlich hat er sich erst im letzten Augenblick entschlossen, zu sterben. Er … er konnte es nur nicht ertragen, gedemütigt zu werden und eine Niederlage einstecken zu müssen wie sein Vater. Dieser Gedanke oder die Vorstellung eines langsamen Todes waren zu viel für ihn. Deshalb hat er sich so entschieden.«

»Du isst jetzt etwas. Ich brate Eier, und dann gönnt ihr euch alle einen Happen.« Bianca riss den Kühlschrank auf.

Doch im nächsten Moment schlug sie schluchzend die Hände vors Gesicht.

Als Gib einen Schritt auf sie zu machte, nahm Reena ihn kopfschüttelnd am Arm. »Lass mich.«

Vor Schmerz schnappte sie beim Aufstehen nach Luft. Doch sie ging auf ihre Mutter zu und legte die Arme um sie. »Mama, alles ist gut. Wir haben es geschafft.«

»Mein Baby. Mein kleines Mädchen. Bella bambina.«

»Ti amo, Mama. Und es geht mir gut. Ich habe nur Hunger.«

»Va bene. Okay.« Sie wischte sich die Wangen ab und küsste Reena. »Setz dich. Ich koche etwas.«

»Ich helfe dir, Mama.« Auch Bella musste die Tränen zurückdrängen, als Bianca sie mit hochgezogenen Augenbrauen musterte. »Ich weiß noch, wie man Frühstück macht.«

Ja, genau das brauchte sie jetzt, dachte Reena. Das Geklapper, die Geschäftigkeit, die Geräusche und Gerüche in der Küche ihrer Mutter. Sie verspeiste ihre Portion mit einem Appetit, der sie selbst angenehm überraschte.

Später gesellte sie sich zu ihrem Vater und John, die mit ihren Kaffeetassen auf der Vordertreppe saßen. Über dem Viertel ging die Sonne auf, und der weißliche Dunst verhieß einen weiteren brütend heißen Tag.

Reena war sicher, noch nie etwas so Schönes gesehen zu haben.

»Seit wir das erste Mal hier draußen gesessen haben, ist viel Zeit vergangen«, sagte John.

»Damals haben wir Bier getrunken.«

»Das machen wir sicher bald mal wieder.«

»Ich war ziemlich schlechter Laune. Wie ich mich heute Morgen fühle, weiß ich noch nicht genau. Du hast gemeint, ich sei ein Glückspilz, weil ich so eine schöne Frau und reizende Kinder hätte. Du hattest recht. Und du fandest, dass Reena ausgesprochen klug ist. Und damit hattest du wieder recht. Fast hätte ich sie verloren, John. Letzte Nacht hätte ich fast mein kleines Mädchen verloren.«

»Aber es ist nicht dazu gekommen. Und du bist immer noch ein Glückspilz.«

»Habt ihr vielleicht Platz für mich?« Reena trat aus dem Haus. »Wird ein heißer Tag heute. Als Kind habe ich diese heißen Sommertage geliebt, die bis weit in die Nacht hinein zu dauern schienen. Dann lag ich im Bett und lauschte. Fran kam von einer Verabredung mit einem Jungen zurück. Der alte Mr Franco ging mit seinem Hund spazieren. Johnnie Russo fuhr mit seinem frisierten Motorrad vorbei. Du hast ihm immer wieder deswegen zugesetzt, Dad.«

Sie bückte sich, um ihn auf den Scheitel zu küssen. »An einem Morgen wie diesem kommen die Leute früh aus ihren Häusern, bevor es heiß wird. Sie gehen in den Park oder zum Markt, plaudern am Gartenzaun oder auf der Vordertreppe und fahren zur Arbeit. Wenn sie freihaben, gießen sie ihre Blumen und schnappen den neuesten Tratsch auf. Wenn du mich fragst, sind wir alle Glückspilze.«

Eine Weile saßen sie schweigend da und sahen zu, wie der Tag heller wurde. Dann tätschelte John Reena das Knie. »Ich muss nach Hause und sehen, wie viel Arbeit dort auf mich wartet.«

»Das mit deinem Haus tut mir leid, John.«

»Das mit deinem auch, Liebes.«

»Wir alle werden dir beim Wiederaufbau helfen«, sagte Reena. »Außerdem kenne ich einen guten Tischler.«

Er küsste sie auf den Scheitel. »Dein Partner wäre stolz auf dich. Ich melde mich. Und du passt auf dich auf, Gib.«

»Danke für alles, John.«

Reena blickte ihm nach, als er davonfuhr. »Ihm habe ich es zu verdanken, dass ich es so weit gebracht habe. Hoffentlich bist du einverstanden damit.«

»Wenn ich dich so ansehe, freue ich mich darüber.« Tränen standen in seinen Augen, und sie sah sie funkeln, als er die Straße entlangblickte. »Es wird noch ein paar Tage dauern, bis deine Mutter und ich uns wieder beruhigt haben, aber wir schaffen das schon.«

»Ich weiß.« Kurz lehnte sie sich an ihn, und sie saßen gemeinsam auf der Treppe und beobachteten, wie die Sonne aufging. »Auch du hast mich zu dem gemacht, was ich heute bin«, sagte sie leise. »Du und Mama. Ti amo. Molto.« Sie schmiegte sich ein wenig fester an ihn. »Molto.«

Gib legte den Arm um sie und streifte mit den Lippen ihr Haar. »Wirst du den Tischler heiraten?«

»Ja, werde ich.«

»Eine weise Entscheidung.«

»Das glaube ich auch. Ich gehe hinein, verabschiede mich von allen und überrede sie, auch nach Hause zu fahren. Du und Mama, ihr solltet ein wenig schlafen.«

»Du ebenfalls.«

Sie traf Bella allein in der Küche an. »Du kochst und putzt?«

»Fran hat Krämpfe. Mama ist mit ihr nach oben gegangen?«

»Haben die Wehen angefangen?«

»Kann sein. Vielleicht ist es auch nur falscher Alarm. Aber sie hat ja zwei Ärzte, ihre Mutter und ihren Mann, die sich um sie kümmern. Sie kommt schon zurecht.« Bella hob die Hand und schüttelte dann den Kopf. »Ich wollte nicht so ungnädig klingen.« Sie warf das Geschirrtuch hin. »Aber irgendwie bin ich machtlos dagegen.«

»Wir sind alle müde, Bella. Niemand nimmt es dir übel.«

»Ich beneide sie. Nicht nur um die Gelassenheit, die sie trägt wie ein maßgeschneidertes Kostüm, sondern auch um die Blicke, die Jack ihr zuwirft. Man könnte dahinschmelzen. Ich missgönne ihr das alles nicht, ich hätte nur selbst gern ein bisschen davon.«

587

»Tut mir leid.«

»Jammern ist zwecklos. Ich habe es mir ja selbst eingebrockt.« Sie legte sich den Hand auf den Bauch.

»Bist du sicher?«

»Heutzutage kann man es herausfinden, praktisch bevor
es passiert ist. Ich erwarte ein Kind. Ich bin absichtlich
schwanger geworden. Das war dumm und vielleicht auch
egoistisch von mir, doch nun ist es eben geschehen. Und
ich bereue es nicht, dass ich ein Baby bekomme.«

»Hast du es Vince schon erzählt?«

»Er ist begeistert. Auch wenn er mich nicht so liebt, wie
ich es mir wünsche, hat er Kinder sehr gern. Also wird er
in nächster Zeit reizend und aufmerksam sein und sich
mit seiner nächsten Affäre ein bisschen zurückhalten – sofern er nach deiner Standpauke überhaupt noch einen
Seitensprung wagt.«

»Und wirst du glücklich sein, Bella?«

»Ich arbeite daran. Ich werde mich nicht scheiden las-
sen und all das aufgeben, was ich habe. Also werde ich das
Beste daraus machen. Aber sag der Familie noch nichts.
Fran soll ihr Baby bekommen, ohne dass ihr jemand die
Schau stiehlt.«

Reena lächelte. »Du bist wie immer wunderbar, Isabella.«

Als Reena mit Bo nach Hause fuhr, betrachtete sie das
Viertel durch das Wagenfenster. Wie sie vorausgesehen
hatte, waren die Menschen früh unterwegs, gingen im
Park spazieren oder joggten, spielten mit ihren Kindern
oder führten ihre Hunde aus. Andere machten sich eilig
auf den Weg zur Arbeit. Aus einer Bäckerei stieg Reena
der Duft frischen Brotes in die Nase.

Selbst der feuchte Brandgeruch, der noch im Haus hing,
konnte ihre Hochstimmung nicht dämpfen.

Sie nickte dem Polizisten zu, der vor dem Haus Posten
stand.

»Ich brauche eine Mütze voll Schlaf. Anschließend gehe ich in die Kirche, um für O'Donnell eine Kerze anzuzünden«, meinte sie zu Bo. »Und du willst sicher zu Mrs M., O'Donnells Schwester.«

»Ja.« Er strich ihr über den Arm. »Aber erst später.«

»Ich komme mit, und ich würde mich freuen, wenn du mich zu dem Besuch bei seiner Frau begleitest. Doch zuerst muss ich rein.«

»Du schläfst bei mir, und danach zünden wir in der Kirche eine Kerze an und besuchen seine Familie. Allerdings solltest du dich im Krankenhaus untersuchen lassen.«

»Es ist nichts gebrochen, und die Verbrennungen sind nur zweiten Grades. Das heißt jedoch nicht, dass ich mir von Xander nicht ein paar bunte Pillen beschaffen werde. Doch momentan sehne ich mich nur noch nach einem Bett, und deines kommt mir da gerade recht. Aber zuerst muss ich da rein und mir alles ansehen.«

Als sie aufschloss, stieg ihr Rauchgeruch in die Nase, und sie bemerkte Rußflecken an der Wand. Schweigend ging sie die Treppe hinauf. Es krampfte ihr den Magen zusammen.

Das Feuer hatte den Rahmen der Schlafzimmertür verkohlt und sich über den Boden ausgebreitet. Ihre Frisierkommode war angesengt, das Holz wölbte sich, und das Brandmuster an der Wand zeigte, wie gierig die Flammen in Richtung Decke gezüngelt hatten.

Dann sah sie, wo Joeys Körper gestürzt war und die Flammen unter sich erstickt hatte.

»Am Anfang war er noch nicht verrückt, zumindest nicht so wie zum Schluss. Die Vergangenheit hat an ihm genagt und seinen Verstand und vielleicht auch seine Seele zersetzt. So wie ein Feuer Brennstoff verzehrt. Oder wie der Krebs, der seinen Vater zerfrisst. Und letztlich hat es ihn verschlungen.«

»Aber du warst nie der Anlass, sondern nur ein Vorwand.«

Erstaunt drehte sie sich zu Bo um. »Du hast recht. Mein Gott, du hast absolut recht. Und das fühlt sich in gewisser Weise an wie eine Absolution.«

Reena lehnte den Kopf an Bos Schulter. »Ich weiß, wie viel Glück ich gehabt habe, mit ein paar Beulen, blauen Flecken und Verbrennungen davonzukommen. Aber es macht mich traurig, wenn ich mir dieses Zimmer anschaue. Es war zwar nicht vollkommen, aber es war meins.«

»Das ist es immer noch.« Sanft legte er ihr den Arm um die Taille. »Ich kann das wieder in Ordnung bringen.«

Reena lachte auf und schmiegte sich an ihn. »Ja, ja, das kannst du.«

Mit diesen Worten kehrte sie der Verwüstung den Rücken zu und folgte dem Jungen von nebenan nach Hause.

Werkverzeichnis der im
Heyne und Diana Verlag
erschienenen Titel von
Nora Roberts

© Bruce Wilder

Die Autorin

Nora Roberts wurde 1950 in Silver Spring, Maryland, als einzige Tochter und jüngstes von fünf Kindern geboren. Ihre Ausbildung endete mit der Highschool in Silver Spring. Bis zur Geburt ihrer beiden Söhne Jason und Dan arbeitete sie als Sekretärin, anschließend war sie Hausfrau und Mutter. Anfang der Siebzigerjahre zog sie mit ihrem Mann und den beiden Kindern nach Maryland aufs Land. Sie begann mit dem Schreiben, als sie im Winter 1979 während eines Blizzards tagelang eingeschneit war. Nachdem Nora Roberts jedes im Haus vorhandene Buch gelesen hatte, schrieb sie selbst eins. 1981 wurde ihr erster Roman *Rote Rosen für Delia* (Originaltitel: *Irish Thoroughbred*) veröffentlicht, der sich rasch zu einem Bestseller entwickelte. Seitdem hat sie über 200 Romane geschrieben, von denen weltweit über 500 Millionen Exemplare verkauft wurden; ihre Bücher wurden in mehr als 30 Sprachen übersetzt. Sowohl die Romance Writers of America als auch die Romantic Times haben sie mit Preisen überschüttet; sie erhielt unter anderem den Rita Award, den Maggie Award und das Golden Leaf. Ihr Werk umfasst mehr als 195 New-York-Times-Bestseller, und 1986 wurde sie in die Romance Writers Hall of Fame aufgenommen.

Heute lebt die Bestsellerautorin mit ihrem Ehemann in Maryland.

E-Books

Alle Romane in diesem Werkverzeichnis sind auch als E-Book erhältlich.

Besuchen Sie Nora Roberts auf ihrer Website
www.noraroberts.com

1. Einzelbände

Licht in tiefer Nacht *(Come Sundown)*

So lange Bodine denken kann, liegt ein Schatten über dem Familienanwesen. Ihre Tante Alice lief mit achtzehn fort und wurde nie wieder gesehen. Was niemand ahnt: Alice lebt. Nicht weit entfernt, ist sie Teil einer Familie, die sie nicht selbst gewählt hat …

Dunkle Herzen *(Divine Evil)*

Eine New Yorker Bildhauerin erlebt in ihren Albträumen eine »Schwarze Messe«, welche in ihrem Heimatort in Maryland stattfindet. Sie erinnert sich an den grauenvollen Tod ihres Vaters und entschließt sich zur Heimkehr in ihr Elternhaus. Dunkle Mächte werden daraufhin wiedererweckt.

Erinnerung des Herzens *(Genuine Lies)*

Eine alleinerziehende Mutter und erfolgreiche Autorin soll für eine Filmdiva die Memoiren verfassen. Sie erhält deshalb immer häufiger Drohbriefe, je mehr sich die Diva in ihren brisanten Informationen öffnet.

Gefährliche Verstrickung *(Sweet Revenge)*

Die schöne Adrianne führt ein Doppelleben: bei Tag elegante Society-Lady, bei Nacht gefürchtete Juwelendiebin. Doch all ihre Einbrüche sind bloß Fingerübungen für ihren größten Coup: Sie will jenen Mann bestehlen, der einst ihrer Mutter das Leben zur Hölle machte. Nur einer könnte ihre Pläne zunichtemachen: Philip Chamberlain, Ex-Juwelendieb und Interpol-Agent …

Das Haus der Donna *(Homeport)*

Eine amerikanische Kunstexpertin wird zu einer wichtigen Expertise über eine Bronzefigur aus der Zeit der Medici nach Florenz eingeladen, doch vorher wird sie überfallen und mit einem Messer bedroht. Die Echtheit der Figur und der Überfall stehen in einem gefährlichen Zusammenhang.

Im Sturm des Lebens *(The Villa)*
Teresa Giambelli legt die Führung ihrer Weinfirma in die Hände ihrer Enkelin Sophia und in die von Tyker, dem Enkelsohn ihres zweiten Mannes, beide charakterlich sehr unterschiedlich. Als vergiftete Weine der Firma auftauchen, erkennen beide, dass sie gemeinsam für ihre Familie und das Weingut kämpfen müssen.

Insel der Sehnsucht *(Sanctuary)*
Anonyme Fotos beunruhigen die Fotografin Jo Hathaway, und deshalb kommt sie nach Jahren zurück in ihr Elternhaus auf der Insel Desire. Dort findet sie ihren Vater und die Geschwister vor. Jo versucht herauszufinden, weshalb ihre Mutter vor langer Zeit verschwand.

Lilien im Sommerwind *(Carolina Moon)*
South Carolina. Tory Bodeen findet keine Ruhe, seit vor achtzehn Jahren ihre beste Schulfreundin Hope ermordet wurde. Heimlich stellt sie Nachforschungen an, unterstützt von Hopes Bruder. Sie stellen fest, dass Hope das erste Opfer einer Mordserie ist.

Nächtliches Schweigen *(Public Secrets)*
Der Sohn eines umjubelten Bandleaders wird entführt und dabei versehentlich getötet. Die Tochter Emma beobachtet die Untat, stürzt dabei und verliert jede Erinnerung an die Täter. Sie quält sich mit Vorwürfen und versucht mithilfe eines Polizeibeamten, ihr Gedächtnis wiederzuerlangen. Dadurch gerät sie in große Gefahr.

Rückkehr nach River's End *(River's End)*

Auf mörderische Weise verliert die kleine Livvy ihre Eltern, ein Hollywood-Traumpaar. Die Großeltern bieten ihr im friedlichen River's End eine neue Heimat. Jahre später kommen die Erinnerungen und damit die Gefahr, dass bedrohlicher Besuch eintreffen könnte.

Der Ruf der Wellen *(The Reef)*

Auf der Suche nach einem geheimnisumwitterten Amulett vor der Küste Australiens wird James Lassiter bei einem Tauchgang ermordet. Dessen Sohn Matthew und sein Onkel sind weiter auf der Suche, zusammen mit Ray Beaumont und dessen Tochter Tate, und entdecken ein spanisches Wrack.

Schatten über den Weiden *(True Betrayals)*

Nach der Trennung von ihrem Mann erhält Kelsey einen Brief von ihrer totgesagten Mutter. Diese widmet sich seit ihrer Entlassung aus dem Gefängnis der Pferdezucht in Virginia. Kelsey entdeckt dort ihre Wurzeln, verliebt sich, beginnt aber auch in der Vergangenheit ihrer Mutter zu forschen: Weshalb wurde ihr ein mysteriöser Mord zur Last gelegt?

Sehnsucht der Unschuldigen *(Carnal Innocence)*

Innocence am Mississippi ist für die Musikerin Caroline Waverly der richtige Ort der Erholung nach einer monatelangen Tournee mit Beziehungskonflikten. Tucker Longstreet, Erbe der größten Farm in Innocence, verliebt sich in Caroline. Drei Frauen werden innerhalb einiger Wochen ermordet, eine von ihnen war die ehemalige Geliebte von Tucker.

Die Tochter des Magiers *(Honest Illusions)*

Roxanne teilt das geerbte Talent für Magie mit Luke, einem früheren Straßenjungen, den ihr Vater, ein Zauberkünstler, einst aufnahm. Allerdings erleichtern sie Reiche auch um deren Juwelen. Sie werden Partner in der Zauberkunst und in der Liebe. Ein dunkler Punkt in Lukes Vergangenheit lässt ihn verschwinden – Jahre später taucht er wieder auf ...

Tödliche Liebe *(Private Scandals)*
Die erfolgreiche Fernsehmoderatorin Deanna Reynolds hat Glück im Beruf – und in der Liebe mit dem Reporter Finn Riley. Doch eine eifersüchtige Kollegin und anonyme Fanpost machen ihr das Leben schwer.

Träume wie Gold *(Hidden Riches)*
Philadelphia. Die Antiquitätenbesitzerin Dora Conroy kauft eine Reihe von Objekten und gerät damit ins Blickfeld von internationalen Schmugglern. Sie und der ehemalige Polizist Jed Skimmerhorn beginnen, Diebstähle und Todesfälle im Umkreis der geheimnisvollen Lieferung zu untersuchen.

Verborgene Gefühle *(Hot Ice)*
Manhattan. Auf der Flucht vor Gangstern landet der charmante Meisterdieb Douglas Lord im Luxusauto von Whitney. Dabei erfährt sie von Douglas' Plan, im Dschungel von Madagaskar einen sagenhaften Schatz zu suchen.

Verlorene Liebe *(Brazen Virtue)*
Zwei Schwestern. Während Grace unbekümmert alleine als Krimiautorin lebt, arbeitet Kathleen als Lehrerin an einer Klosterschule und verdient sich nebenbei Geld mit Telefonsex für den Scheidungsanwalt. Ein lebensgefährlicher Job, denn Grace findet Kathleen mit einem Telefonkabel erdrosselt.

Verlorene Seelen *(Sacred Sins)*
Washington. Blondinen sind die Opfer eines Frauenmörders, die Tatwaffe immer eine weiße Priesterstola. Mithilfe der Psychiaterin Tess Court versucht Police Sergeant Ben Paris, die Mordserie aufzuklären. Doch nicht nur er hat ein Auge auf Tess geworfen.

Der weite Himmel *(Montana Sky)*
Montana. Der steinreiche Farmer Jack Mercy verfügte in seinem Testament, dass seine drei Töchter aus drei Ehen erst dann ihren Erbteil erhalten, wenn sie ein Jahr lang friedlich zusammen auf der Farm verbringen. Sie versuchen es, doch in dieser Zeit geschehen auf der Farm mysteriöse Dinge.

Tödliche Flammen *(Blue Smoke)*
Reena Hale ist Brandermittlerin und kennt durch ein schlimmes Kindheitserlebnis die Macht des Feuers. Neben Bo Goodnight interessiert sich noch jemand sehr für sie – allerdings verfolgt dieser Unbekannte ihre Spur, um die Macht des Feuers für seinen Racheplan zu benützen.

Verschlungene Wege *(Angels Fall)*
Reece Gilmore ist auf der Flucht: vor der Erinnerung und vor sich selbst. Als sie sich endlich in einem Dorf in Wyoming dem einfühlsamen Schriftsteller Brody anvertraut, glaubt sie, zur Ruhe zu kommen. Doch die Vergangenheit holt sie bald ein.

Im Licht des Vergessens *(High Noon)*
Phoebe MacNamara kennt die Gefahr. Geiselnehmer, Amokläufer – kein Problem für die beim FBI ausgebildete Expertin für Ausnahmezustände. Aber erst die Liebe zu Duncan hat sie unverwundbar gemacht. Glaubt sie. Bis sie von einem Unbekannten brutal überfallen wird. Fortan muss sie um ihr Leben fürchten.

Lockruf der Gefahr *(Black Hills)*
Tierärztin Lilian führt auf ihrer Wildtierfarm in South Dakota ein erfülltes, aber auch abgeschiedenes Leben. Fast zu spät erkennt sie die Gefahr, der sie ausgesetzt ist, als ein Mann sie und ihre Familie bedroht. In letzter Minute nimmt sie die Hilfe ihrer Jugendliebe Cooper an. Kann er sie retten?

Die falsche Tochter *(Birthright)*
Als die Archäologin Callie Dunbrook an den Fundort eines fünftausend Jahre alten menschlichen Schädels gerufen wird, ahnt sie nicht, dass dieses Projekt auch ihre eigene Vergangenheit heraufbeschwören wird.

Sommerflammen *(Chasing Fire)*
Die Feuerspringerin Rowan kämpft jeden Sommer erfolgreich gegen die Brände in den Wäldern Montanas. Doch seit ihr Kollege dabei ums Leben kam, plagen sie Schuldgefühle. Hätte sie Jim retten können?

Gestohlene Träume *(Three Fates)*
Tia Marshs Leben gehört der Wissenschaft. Dass das Interesse für griechische Mythologie ihr einmal zum Verhängnis wird, ahnt sie nicht – bis sie Malachi Sullivan begegnet. Der attraktive Ire ist dem Geheimnis dreier Götterfiguren auf der Spur, und nicht nur er will die wertvollen Statuen um jeden Preis besitzen …

Das Geheimnis der Wellen *(Whiskey Beach)*
Eli Landon wird unschuldig des Mordes an seiner Frau verdächtigt. Im Anwesen seiner Familie an der rauen Küste Neuenglands sucht er Zuflucht. Auch seine hübsche Nachbarin, Abra Walsh, will dort ihre schmerzhaften Erinnerungen vergessen. Doch während sich die beiden näherkommen, holt sie die Vergangenheit ein.

Ein Leuchten im Sturm *(The Liar)*
Nach dem Unfall ihres Mannes erfährt Shelby, dass Richard ein
Betrüger war. Der Mann, den sie geliebt hat, ist nicht nur tot – er
hat niemals existiert. Shelby flüchtet mit ihrer Tochter zu ihrer Fa-
milie nach Tennessee, wo sie Griffin kennenlernt. Doch Richards
Lügen folgen ihr und werden zur tödlichen Bedrohung.

Strömung des Lebens *(Under Currents)*
Von außen betrachtet ist das Leben der Bigelows perfekt. Doch
hinter den Kulissen tyrannisiert der Vater seine Familie. Als Sohn
Zane sich schließlich zur Wehr setzt, kommt das Martyrium ans
Licht. Jahre später findet die Landschaftsgärtnerin Darby in Lake-
view ein neues Zuhause, und Zane kehrt als erfolgreicher Anwalt
in seine Heimat zurück. Die beiden fühlen sich zueinander hingezogen, doch was damals geschehen ist, holt sie ein und wird
zur gefährlichen Bedrohung ...

Vermächtnis der Dunkelheit *(Legacy)*
Adriana erlebt in ihrer Kindheit Traumatisches, doch sie geht als
starke Frau daraus hervor. Alles scheint perfekt, bis Adriana ein
Drohbrief erreicht, dem jedes Jahr ein weiterer folgt. Um Abstand zu gewinnen, kehrt sie zu ihren Großeltern zurück. Während alte Wunden heilen, kommt Adrianas Stalker immer näher.
Aber diesmal ist sie bereit, sich zu verteidigen.

Spur der Finsternis *(Identity)*
Morgans Leben wird jäh aus den Angeln gehoben, als ihre beste
Freundin Nina ermordet wird. Das FBI eröffnet ihr, dass sie es
mit einem Serienmörder und Identitätsräuber zu tun hat, der es
eigentlich auf Morgan selbst abgesehen hat. Schritt für Schritt
nimmt der perfide Hacker ihr alles: ihr Erspartes, ihr Haus, ihre
Identität. Verzweifelt flüchtet sie zurück zu ihrer Familie nach
Vermont. Doch Morgans Verfolger ist ihr stets auf den Fersen.

2. Zusammenhängende Titel

a) Quinn-Familiensaga

– Tief im Herzen *(Sea Swept)*
Maryland. Der Rennfahrer Cameron Quinn kehrt zurück in die Kleinstadtidylle an das Sterbebett seines Adoptivvaters. Dieser bittet ihn, sich mit den beiden Adoptivbrüdern um den zehnjährigen Seth zu kümmern. Er ist ein ebenso schwieriger Junge, wie es Cameron einst war. Hinzu kommt, dass sich die Sozialarbeiterin Anna Spinelli einmischt, um zu prüfen, ob in dem Männerhaushalt die Voraussetzungen für eine Adoption gegeben sind.

– Gezeiten der Liebe *(Rising Tides)*
Ethan Quinn übernimmt während der Abwesenheit seiner Brüder die Rolle des Familienoberhaupts. Seine Arbeit als Fischer und die Verantwortung für den zehnjährigen Seth binden ihn an die kleine Stadt. Außerdem liebt er Grace Monroe, eine alleinerziehende Mutter, welche den Haushalt der Quinns führt.

– Hafen der Träume *(Inner Harbour)*
Gemeinsam kämpfen die drei Quinn-Brüder um das Sorgerecht für Seth, denn sie wissen, dass Seths Mutter eher am Geld als an dem Jungen gelegen ist. Da kommt die Bestsellerautorin Sybill in die Stadt und will unbedingt verhindern, dass Seth von Philipp und seinen Brüdern adoptiert wird.

– Ufer der Hoffnung *(Chesapeake Blue)*
Seth Quinn hat sich durch die Fürsorge seiner älteren Brüder zu einem erfolgreichen Maler entwickelt. Als er aus Europa nach Maryland zurückkehrt, wird er von seiner leiblichen Mutter mit der Publikation seiner Kindheitsgeschichte erpresst. Seth lernt Drusilla kennen, welche sich auch nicht mehr mit ihrer leiblichen Familie identifizieren kann.

b) Garten-Eden-Trilogie

– Blüte der Tage *(Blue Dahlia)*
Tennessee. Die Witwe Stella Rothchild kehrt mit ihren kleinen Söhnen in ihre Heimat zurück. Die Gartenarchitektin beginnt, sich ein neues Leben in der Gärtnerei Harper aufzubauen, unterstützt von der Hausherrin Rosalind. Alles ist gut, bis Stella dem Landschaftsgärtner Logan Kitridge begegnet. Doch jemand will diese Verbindung verhindern.

– Dunkle Rosen *(Black Rose)*
Rosalind Harper hat sich in die Arbeit gestürzt, um den Tod ihres Mannes zu überwinden. Besonders der Gartenkunst widmet sie sich. Doch in dem harperschen Anwesen geht ein Geist um. Rosalind engagiert den Ahnenforscher Mitchell Carnegie, um zu erfahren, um welche übernatürlichen Kräfte es sich dabei handelt.

– Rote Lilien *(Red Lily)*
Hayley Phillips kommt mit ihrer neugeborenen Tochter Lily zu ihrer Cousine Rosalind Harper und findet dort ein neues Heim. Für Rosalinds Sohn Harper empfindet sie tiefe Gefühle, doch dann ergreift eine dunkle Macht von Hayley Besitz.

c) Der Jahreszeiten-Zyklus

– Frühlingsträume *(Vision in White)*
Gemeinsam mit ihren Freundinnen Parker, Laurel und Emma betreibt Mac eine erfolgreiche Hochzeitsagentur. Sie lebt und arbeitet mit den drei wichtigsten Menschen in ihrem Leben – wozu braucht sie da noch einen Mann? Doch als Mac Carter trifft, gerät ihr so gut ausbalanciertes Leben ins Wanken.

– Sommersehnsucht *(Bed of Roses)*
Freundschaft und Liebe – das geht nicht zusammen. Zu dumm
nur, dass sich Emmas langjähriger Freund Jack völlig überraschend als ihre große Liebe erweist. Nun steckt Emma in der
Klemme, zumal sie weiß, wie sehr Jack an seiner Freiheit hängt.

– Herbstmagie *(Savor the Moment)*
Laurel verliebt sich in den smarten Staranwalt Del, den Bruder
ihrer Freundin Parker. Er ist für sie die Liebe ihres Lebens, aber
sieht der heiß begehrte Junggeselle das ebenso?

– Winterwunder *(Happy Ever After)*
Parker ist anscheinend mit ihrem Beruf verheiratet – bis Mal-
colm in ihr Leben tritt. Aber wie soll sie mit ihm eine Beziehung führen, wenn er sich weigert, über seine Vergangenheit zu
sprechen?

d) Die O'Dwyer-Trilogie

– Spuren der Hoffnung *(Dark Witch)*
Iona verlässt Baltimore, um sich im sagenumwobenen County
Mayo auf die Suche nach ihren Vorfahren zu machen. Als sie
den attraktiven Boyle trifft, bietet er ihr an, auf seinem Gestüt zu
arbeiten. Schnell spüren beide, dass sie mehr verbindet als die gemeinsame Leidenschaft für Pferde. Doch dann droht ein dunkles
Familiengeheimnis das Glück der beiden zu zerstören.

– Pfade der Sehnsucht *(Shadow Spell)*
Ionas Cousin Connor O'Dwyer hat die Frau fürs Leben noch
nicht gefunden, doch auf wundersame Weise fühlt er sich immer
mehr zur leidenschaftlichen Meara hingezogen. Das Glück wird
getrübt, als Cabhan, der alte Feind der Familie, Meara benutzt,

um sie alle zu vernichten. Hält der Kreis der Freunde dieser Herausforderung stand?

– Wege der Liebe *(Blood Magick)*

Branna und Fin waren schon mit siebzehn ein Paar, doch dann ist ihre Liebe zerbrochen. Branna liebt Fin zwar noch immer, sie fühlt sich aber von ihm verraten und misstraut ihm seither. Doch sie gehören beide zum magischen Kreis der Freunde und kämpfen gemeinsam gegen Cabhan, den unversöhnlichen Feind des O'Dwyer-Clans. Aber welche Rolle spielt Fin eigentlich in diesem Kampf? Ist er in die Machtspiele seines Vorfahren verwickelt, oder steht er aufseiten von Iona, Connor und Branna?

e) Die Schatten-Trilogie

– Schattenmond *(Year One)*

Lana und Max verbindet eine große und außergewöhnliche Liebe. Als eine weltweite Seuche ausbricht und New York innerhalb kürzester Zeit ins Chaos stürzt, fliehen sie aus der Stadt und gründen mit Gleichgesinnten die Gemeinschaft New Hope. Doch auch hier rückt die Gefahr dem Paar bedrohlich nahe. Lana setzt alles daran, dem Inferno zu entkommen, denn sie trägt inzwischen ein Kind unter dem Herzen, die »Auserwählte«, ihre zukünftige Tochter, die als Einzige in der Lage sein wird, dem Leid der Menschheit ein Ende zu setzen.

– Schattendämmerung *(Of Blood and Bone)*

Fallon trägt eine schwere Verantwortung: Sie wurde mit den Kräften geboren, die notwendig sind, um die postapokalyptische Welt vom Bösen zu befreien. Doch dafür muss sie ihrer geliebten Familie den Rücken kehren und von der kleinen Farmerstochter zur mutigen Kriegerin werden. Gleichzeitig tritt immer wieder Duncan in ihr Leben, mit dem sie etwas Tieferes verbindet, als sie sich eingestehen will. Um den dunklen Mächten und dem Mörder ihres leiblichen Vaters Einhalt zu gebieten, muss das junge Mädchen magische und nichtmagische Wesen zusammenbringen und Hinterhalt und Intrigen enttarnen, die die Gesellschaft noch vor der ersten Schlacht zu unterwandern drohen.

– **Schattenhimmel** *(The Rise of Magicks)*
Die erste Schlacht ist bereits geschlagen, doch der große Kampf um Gut und Böse steht noch bevor: Die junge Fallon führt ihre Armee nach Washington D.C., um die schwarze Magie aus der Welt zu verbannen. Sie ist die Auserwählte, die nach der Apokalypse die Welt wiederaufbauen und ihre Bewohner vereinen soll. Auf der jungen Frau liegt eine große Last, denn die Familie des Mörders ihres Vaters sinnt auf Rache an ihr und ihren Liebsten. Doch ihre große Mission fällt Fallon mittlerweile leichter als die Deutung ihrer Gefühle für Duncan, dessen Schicksal unlösbar mit ihrem verwoben ist.

3. Sammelbände

a) Die Unendlichkeit der Liebe

(Drei Romane in einem Band)

Auch als Einzeltitel erschienen:

– **Heute und für immer** *(Tonight and Always)*
Kasey gewinnt das Herz von Jordan und seiner Nichte Alison, aber jetzt fürchtet Großmutter Beatrice, dass sie die Macht über ihre Familie verliert.

– Eine Frage der Liebe *(A Matter of Choice)*
Ein Antiquitätenladen im Herzen Neuenglands. Ohne Jessicas
Wissen dient er einer internationalen Schmugglerbande als Um-
schlagplatz für Diamanten. Zu ihrem Schutz reist der New Yor-
ker Cop James Sladerman nach Connecticut, wo ihm Jessica die
Ermittlungen aus der Hand nimmt.

– Der Anfang aller Dinge *(Endings and Beginnings)*
Die beiden erfolgreichen Fernsehjournalisten Olivia Carmichael
und T. C. Thorpe sind erbitterte Konkurrenten im Kampf um die
neuesten Meldungen. Sie kommen sich näher, doch da gibt es
einen dunklen Punkt in Olivias Vergangenheit.

b) Königin des Lichts (A Little Fate)

(Drei Fantasy-Kurzromane in einem Band)

– Zauberin des Lichts *(The Witching Hour)*
Aurora muss den Königsthron zurückerobern, nachdem Lorcan
ihre Eltern getötet und ihre Heimatstadt zerstört hat. Verkleidet
gelangt sie an den Hof des Tyrannen. Dort trifft sie auf dessen
Stiefsohn Thane und verliebt sich.

– Das Schloss der Rosen *(Winter Rose)*
Der schwer verletzte Prinz Kylar wird von Deidre, Königin der
Rosenburg, auf welcher ewiger Winter herrscht, gerettet und ge-
pflegt. Dafür will Kylar die Rosenburg von ihrem Fluch befreien.

– Die Dämonenjägerin *(World Apart)*
Kadra ist auf der Jagd nach den Bok-Dämonen. Dabei erfährt sie,
dass sich der Dämonenkönig Sorak des Tors zu einer anderen Welt
bemächtigt hat. Um beide Welten vor dem Untergang zu bewah-

ren, folgt sie Sorak dorthin. Sie landet mitten in New York, in der Wohnung von Harper Doyle. Sie braucht seine Hilfe.

c) Im Licht der Träume (A Little Magic)

(Drei Romane in einem Band)

– Verzaubert *(Spellbound)*

Der amerikanische Fotograf Calin Farrell begegnet im Schlaf der Hexe Bryna, welche ihn um Hilfe bittet, und wird dazu bewogen, nach Irland zu reisen, ins Land seiner Vorfahren. Dort kommt er dem Rätsel auf die Spur: Die Vorfahren von Calin und Bryna waren vor tausend Jahren ein Paar. Doch der Magier Alasdir hatte ihr Leben zerstört – und er versucht es aufs Neue.

– Für alle Ewigkeit *(Ever After)*

Allena aus Boston soll eigentlich ihrer Schwester in Irland helfen. Durch Zufall verbringt sie stattdessen einige Tage im Haus von Conal O'Neil. Die offenbar zufällige Begegnung scheint vom Schicksal vorbestimmt zu sein, denn die beiden fühlen sich stark zueinander hingezogen.

– Im Traum *(In Dreams)*

Die Amerikanerin Kayleen landet durch einen Sturm im Haus des Magiers Draidor. Kayleen verliebt sich sofort in Draidor, und er bereitet ihr einen im wahrsten Sinne des Wortes zauberhaften Aufenthalt.